MIRA®

Der Preis dieses Bandes versteht sich einschließlich
der gesetzlichen Mehrwertsteuer.

Umwelthinweis:
Dieses Buch wurde auf chlor- und säurefreiem Papier gedruckt.

Sizilianische Herzen

MIRA®

MIRA® TASCHENBUCH
Band 25360
1. Auflage: März 2009

MIRA® TASCHENBÜCHER
erscheinen in der Cora Verlag GmbH & Co. KG,
Valentinskamp 24, 20350 Hamburg
Deutsche Taschenbucherstausgabe

Titel der nordamerikanischen Originalausgaben:
Wife by Arrangement

Aus dem Amerikanischen von Fanny Gabor

Husband by Necessity

Aus dem Amerikanischen von Fanny Gabor

Bride by Choice

Aus dem Amerikanischen von Fanny Gabor

erschienen bei: Harlequin Enterprises Ltd., Toronto
Published by arrangement with HARLEQUIN ENTERPRISES II B.V./S.àr.l.

Konzeption/Reihengestaltung: fredebold&partner gmbh, Köln
Umschlaggestaltung: pecher und soiron, Köln
Redaktion: Ivonne Senn
Titelabbildung: Corbis GmbH, Düsseldorf; Getty Images, München
Autorenfoto: © by Harlequin Enterprise S.A., Schweiz
Satz: Buch-Werkstatt GmbH, Bad Aibling
Druck und Bindearbeiten: CPI – Ebner & Spiegel, Ulm
Printed in Germany
ISBN 978-3-89941-582-7

www.mira-taschenbuch.de

Lucy Gordon

Hochzeit mit Hindernissen

Roman

Aus dem Amerikanischen von
Fanny Gabor

MIRA®

1. KAPITEL

„Dein Liebhaber steht draußen und verlangt nach dir, Heather.“

„Musst du so schreien?“ Heather Miller sprang auf und ging ihrer Kollegin entgegen. Im Grunde genommen schätzte sie Sally sehr – auch wenn deren loses Mundwerk mitunter schwer erträglich war.

Zum Beispiel dann, wenn alle im Raum die Köpfe interessiert umdrehten, weil sie Gerüchte in die Welt setzte, an denen nicht das Geringste dran war.

„Erstens muss nicht die halbe Belegschaft davon wissen, und zweitens habe ich dir oft genug gesagt, dass Lorenzo und ich nichts als gute Freunde sind“, erwiderte Heather leise, aber bestimmt.

„Dann ist dir nicht mehr zu helfen.“ Sally schüttelte ungläubig den Kopf. „Einen besseren Liebhaber kann man sich doch gar nicht wünschen. Ich würde jedenfalls keine Sekunde zögern, mit ihm ins Bett zu gehen.“

Der Aufenthaltsraum für die Angestellten von *Gossways,* Londons führendem Kaufhaus, war kaum der richtige Ort, um dieses Thema auszudiskutieren. Und schon gar nicht mit Sally, die in sexuellen Dingen eine bekanntermaßen lockere Einstellung hatte.

„Bist du sicher, dass es Lorenzo Martelli ist?“ Um keine Enttäuschung zu erleben, hielt Heather es für ratsam, sich zu vergewissern, ob wirklich jener unbekümmerte, gut aussehende, junge Mann in der Parfümerieabteilung auf sie wartete, in den sie sich vor einem Monat Hals über Kopf verliebt hatte. „Du hast ihn doch noch nie gesehen.“

„So viele Sizilianer gibt es in London nicht“, wandte Sally ein. „Außerdem hat er ausdrücklich nach dir gefragt. Und wenn du nicht bald zu ihm gehst, schnappe *ich* ihn mir.

Verlass dich drauf!“

Fröhlich und guter Dinge machte sich Heather auf den Weg zu ihrem Arbeitsplatz. Sallys Begeisterung für ihren italienischen Freund schmeichelte ihr – denn dass sie unverschämtes Glück gehabt hatte, als sie ihm begegnet war, wusste sie selbst am besten.

Zumal Lorenzo genauso empfand. Seine Geschäftsreise nach England hatte ursprünglich nur zwei Wochen dauern sollen, doch hatte er sich von Heather ebenso wenig losreißen können wie umgekehrt. Und dass er sie bei der Arbeit besuchte, obwohl sie sich am Abend ohnehin sehen würden, nährte Heathers Hoffnung, in Lorenzo den Mann fürs Leben gefunden zu haben.

Umso enttäuschter war sie, dass nicht Lorenzo, sondern ein wildfremder Mann auf sie wartete.

Wobei „wildfremd“ nicht ganz stimmte, denn zweifellos handelte es sich bei dem großen und kräftigen schwarzhaarigen Mann mit dem dunklen Teint um einen Italiener, vermutlich sogar um einen Sizilianer.

Damit waren die Gemeinsamkeiten zwischen ihm und Lorenzo jedoch bereits erschöpft. Was möglicherweise am Alter des Fremden lag. Anders konnte sich Heather jedenfalls nicht die beträchtliche Lebenserfahrung erklären, die er ausstrahlte.

Sehr gut hingegen konnte sie sich Sallys heftige Reaktion erklären. Sie pflegte die Männer ausschließlich danach zu beurteilen, ob es sich lohnte, mit ihnen ins Bett zu gehen. Doch erschreckender als die jähe Erkenntnis, dass dieser Mann dieses Kriterium spielend erfüllte, traf es Heather, dass er offenkundig denselben Maßstab bei ihr anlegte.

Der prüfende Blick seiner dunklen Augen ließ jedenfalls keinen Zweifel daran, dass er überlegte, welchen Reiz es für ihn haben könnte, mit der dunkelblonden, schlanken, jungen

Frau zu schlafen, die ihm jetzt sichtlich verlegen gegenüberstand. Wofür vor allem die Tatsache verantwortlich war, dass sein Urteil offensichtlich zu Heathers Gunsten ausfiel. Was sie erst recht in Verlegenheit brachte. Denn auch wenn sie mit ihrem Äußeren im Großen und Ganzen zufrieden war, hatte ihr in den dreiundzwanzig Jahren ihres Lebens bislang noch kein Mann auf der Straße hinterhergepfiffen, geschweige denn, sie mit seinen Blicken förmlich ausgezogen.

Um sich ihre Verunsicherung nicht deutlicher anmerken zu lassen als nötig, besann sie sich auf ihre Aufgaben als Verkäuferin in einer derjenigen Abteilungen, in denen das *Gossways* konkurrenzlos war. „Sie haben mich rufen lassen?"

„Allerdings", bestätigte der Fremde, nachdem er ausgiebig das Namensschild auf Heathers weißer Bluse betrachtet hatte. Seine sonore Bassstimme war ebenso erotisch wie sein leichter Akzent.

„Sie sind mir als besonders kompetent empfohlen worden", erklärte er sein Anliegen, „und vielleicht können Sie mir weiterhelfen. Ich suche nach einem passenden Duft, und zwar für völlig unterschiedliche Frauen", setzte er mit einem Lächeln hinzu, das Heather in der Überzeugung bestärkte, dass es sich bei seiner Lebenserfahrung zu einem Großteil um Liebeserfahrung handelte.

„Als Erstes wäre da meine Mutter", sagte er zu ihrer Überraschung. „Sie ist Mitte sechzig und legt sehr viel Wert auf Tradition, selbst wenn sie sich insgeheim wünschen würde, dass ihr Leben etwas aufregender verlaufen wäre."

Die respektvolle Art, mit der er über seine Mutter sprach, wollte so gar nicht zu Heathers Bild von ihm passen. Dafür erleichterte ihr seine Beschreibung die Auswahl bedeutend. „Das müsste zu ihr passen", erwiderte sie und reichte ihm ein Flakon mit einem frischen, gleichwohl dezenten Parfüm.

„Ich verlasse mich ganz auf Ihr fachliches Urteil." Ohne

den Duft zu prüfen, akzeptierte der Fremde Heathers Vorschlag. „Womit wir zu den wählerischeren Damen kommen“, fuhr er fort. „Meiner Freundin Elena beispielsweise. Das Beste ist ihr gerade gut genug, und ihr Aussehen steht ihrem Anspruch in nichts nach. Darüber hinaus hat sie einen ausgeprägten Hang zur Extravaganz.“ Er warf Heather einen bedeutungsvollen Blick zu. „Wenn Sie verstehen, was ich meine.“

So unangenehm es ihr war, verstand Heather in jedem Detail, worauf der Fremde mit seiner Bemerkung anspielte. Vor allem aber verstand sie, dass sich eine Frau mit solchen Vorlieben, wie diese Elena sie offensichtlich hatte, von diesem Mann magisch angezogen fühlte. Denn auch wenn er nicht im klassischen Sinn schön war, drohte seine unvergleichliche Ausstrahlung selbst Heather …

„Ich denke schon“, erwiderte sie und zwang sich, den Gedanken zu verdrängen. „In diesem Fall würde ich Ihnen ‚Mittsommernacht‘ empfehlen. Der Duft ist neu auf dem Markt und scheint mir Ihrer Freundin am ehesten zu entsprechen.“

„Der Name entspricht ihr auf jeden Fall“, bestätigte er mit erschreckender Offenheit, bevor er Heathers Handgelenk umfasste, auf das sie eine Probe aufgetragen hatte.

Je näher er ihre Hand zu seinem Gesicht führte, desto mehr hatte sie das Gefühl, dass er mit seinen korrekten Umgangsformen etwas überspielte. Er kam ihr plötzlich wie ein Tiger vor dem Sprung vor.

„Nun verstehe ich auch, warum man mir Sie so wärmstens empfohlen hat.“ Der rätselhafte Kunde war von Heathers Wahl sichtlich beeindruckt. „Genau diesen Duft hatte ich mir vorgestellt. Ich hoffe, Sie können mir etwas anderes anbieten als diese lächerlich kleinen Fläschchen.“

Heather glaubte sich verhört zu haben. Selbstverständlich verkaufte sie auch größere Mengen, doch nach diesen wurde so gut wie nie nachgefragt. Schließlich handelte es sich um das teuerste Parfüm in ihrem Sortiment. Doch da sie am Umsatz beteiligt war, sollte es ihr nur recht sein, wenn der Kunde ein kleines Vermögen ausgeben wollte. Im dritten Stock des *Gossways* hatte sie ein wunderschönes Hochzeitskleid gesehen …

„Der nächste Fall ist nicht weniger delikat." Der Fremde riss Heather aus ihren Gedanken, bevor sie sich gänzlich gehen lassen und Träumen nachhängen konnte, die jeglicher Grundlage entbehrten – derzeit zumindest.

„Minetta hat ein völlig anderes Naturell als Elena. Sie freut sich schon über die kleinsten Aufmerksamkeiten, und ihre Unbekümmertheit ist geradezu ansteckend."

„Dann könnte das hier das Richtige sein", schlug Heather vor und trug eine Probe auf das andere Handgelenk auf. Wieder nahm der Fremde ihre Hand, und Heather empfand die Berührung so intensiv, dass sie drauf und dran war, ihren Arm zurückzuziehen.

Einzig die Tatsache, dass der Mann sie nicht einmal ansah, bewahrte sie davor, sich bis über beide Ohren zu blamieren. Seine Berührung galt so wenig ihr wie seine Gedanken, die sicherlich der Frage nachhingen, ob der Duft zu der Frau passte, für die er bestimmt war.

Trotzdem legte sich Heathers Beklommenheit erst, als der Fremde unvermittelt den Kopf hob und ihre Hand losließ.

„*Perfetto*", sagte er und lächelte zufrieden. „Wie ich sehe, verstehen wir uns blendend."

Seine Formulierung war nicht weniger provozierend als der Blick, mit dem er Heather musterte. „Es freut mich, wenn ich Ihren Geschmack getroffen habe, Signore", erwiderte sie verunsichert, um ihre Unbedachtheit im selben Moment zu bereuen.

„Sprechen Sie etwa meine Muttersprache?", fragte der Mann, und sein Gesichtsausdruck verriet die Begeisterung, die ein einziges italienisches Wort in ihm ausgelöst hatte.

Womit sich Heathers Vermutung bestätigt hatte, dass er ein Landsmann von Lorenzo war. „Nur ganz wenig“, antwortete sie verlegen. „Und den sizilianischen Dialekt beherrsche ich so gut wie gar nicht.“

Wie unklug es war, sich auf Umwegen danach zu erkundigen, ob er wie Lorenzo aus dem tiefsten Süden des Landes stammte, wurde ihr erst bewusst, als es zu spät war.

Denn sein Interesse an ihr hatte schlagartig neue Nahrung bekommen – und zielte auf Bereiche, die ihn wahrlich nichts angingen. „Welchen Grund mag eine junge Engländerin haben, unseren eigentümlichen Dialekt zu erlernen?“, fragte er, ohne auch nur den Versuch zu machen, seine Neugier zu verbergen. „Ehrlich gesagt fällt mir nur einer ein.“

So wie er indirekt ihre Annahme über seine Herkunft bestätigt hatte, so kam Heather nicht umhin, ihm zuzugestehen, dass seine Vermutung mitten ins Schwarze zielte. „Ich habe einige Brocken bei einem Freund aufgeschnappt“, erwiderte sie ausweichend.

„Ich hoffe, Ihr Freund erweist sich als Ihrer würdig.“ Anders als Heather schien der Fremde nicht bereit, um den heißen Brei herumzureden. „Hat er Ihnen je gesagt, wie überaus *grazziusu* Sie sind?“

Erst am vergangenen Abend hatte Lorenzo dieses Wort verwendet und erklärt, dass es eines der vielen Ausdrücke sei, die der Dialekt Siziliens bereithielt, um die Schönheit einer Frau zu beschreiben.

Doch sosehr ihr das unverhohlene Kompliment schmeichelte, so unangenehm war es ihr, es sich von einem wildfremden Mann machen zu lassen – selbst wenn es aus seinem Mund ungleich zärtlicher klang.

„Wie ich sehe, ist Ihnen die Bedeutung des Wortes bekannt“, kommentierte er die plötzliche Röte in Heathers Gesicht. „Das beruhigt mich ungemein. Denn offensichtlich ist sich Ihr junger Freund durchaus bewusst, welch ein Glückspilz er ist.“

Heather hielt es für dringend geboten, das Thema zu wechseln. Was nur zum Teil daran lag, dass sie sich alles andere als sicher war, ob Lorenzo die Ansicht des Fremden teilte. Mehr noch bewog sie, dass dessen entwaffnende Direktheit sie zunehmend verunsicherte. Allmählich begann sie zu verstehen, warum er sich vor Verehrerinnen kaum retten zu können schien.

„Haben Sie sonst noch einen Wunsch?“, erkundigte sie sich betont sachlich.

Erst sein unverschämtes Lächeln machte sie darauf aufmerksam, dass ihre Frage alles andere als eindeutig gewesen war. Doch erstaunlicherweise verzichtete er darauf, sie bewusst misszuverstehen.

„Ich suche noch etwas für Julia“, erwiderte er. „Sie ist zweifellos die sensibelste der drei. Wie Sie sehen, sind meine Freundinnen so verschieden wie meine Launen.“

Ganz ohne Anzüglichkeiten wollte er Heather dann doch nicht davonkommen lassen. Mehr als an einer fachkundigen Beratung war ihr Kunde offensichtlich daran interessiert, sie aus der Reserve zu locken. Doch Heather war nicht gewillt, ihm diesen Gefallen zu tun.

„Wie praktisch für Sie“, stellte sie nüchtern fest. „Zumal es das Ganze überschaubar macht.“

„Wie darf ich das verstehen?“ Die Überraschung schien ihr geglückt, denn der Fremde wirkte tatsächlich einen Moment lang ratlos.

„So laufen Sie wenigstens nicht Gefahr, die Frauen zu verwechseln“, erklärte sie ihm rundheraus, ohne Rücksicht darauf zu nehmen, dass sie sich damit ins eigene Fleisch schnitt. Einen Kunden zu brüskieren war das Letzte, was sich eine gute Verkäuferin erlauben konnte. Doch da nach allem, was sie sich bereits geleistet hatte, der erhoffte Umsatz ohnehin ausbleiben würde, beschloss sie, aus ihrem Herzen keine Mördergrube zu machen. „Sie können von Glück sagen, dass Sie kein wirklich launischer Mensch sind."

Zu ihrer großen Verwunderung reagierte der Fremde alles andere als empört. Vielmehr schien er Gefallen daran zu haben, dass Heather zum Gegenangriff übergegangen war.

„Ihr Argument ist nicht von der Hand zu weisen", erwiderte er sichtlich amüsiert. „Allerdings kommt es bisweilen vor, dass mir der Sinn nach keiner der drei steht. Ich hätte noch Bedarf an einer geistreichen und schlagfertigen Frau. Wären Sie vielleicht an der Stelle interessiert?"

„Ich glaube kaum, dass ich dafür in Betracht komme", wies Heather sein eindeutiges Angebot zurück.

„Und warum nicht, wenn ich fragen darf?" Sein Lächeln wurde zunehmend herausfordernder, und allmählich begann Heather, Spaß an dem Wortgefecht mit dem Sizilianer zu finden, dessen Hartnäckigkeit es mit seiner Attraktivität unbedingt aufnehmen konnte.

„Weil ich vor Dienstantritt darauf bestehen müsste, dass Sie die drei anderen entlassen – und zwar fristlos."

„Daran soll es nicht scheitern." Sein Gesichtsausdruck verriet, dass er gewillt war, das Spiel auf die Spitze zu treiben. „Ich zweifle nicht im Geringsten daran, dass Sie durch Ihren unermüdlichen Einsatz den Verlust mehr als wettmachen."

„Umgekehrt hätte ich da schon eher Zweifel." Heather wusste selbst nicht, woher sie die Kühnheit für diese Antwort nahm. „Weshalb es das Beste sein wird, wenn wir alles so belassen, wie es ist."

„Das hatte ich ja völlig vergessen", erwiderte er gespielt überrascht. „Sie sind ja bereits in festen Händen."

„Zumindest gibt es jemanden, der sich eine fristlose Kündigung nicht so einfach gefallen ließe wie Ihre Freundinnen", erwiderte sie bestimmt, um deutlich leiser hinzuzufügen: „Hoffe ich zumindest."

Doch dem Fremden waren ihre Zweifel nicht entgangen. „Will mein junger Landsmann Sie denn nicht heiraten?", erkundigte er sich, und fast schien es, als wäre er ernsthaft besorgt.

Heather musste einsehen, dass ihr der Schlagabtausch, so spielerisch er begonnen haben mochte, über den Kopf zu wachsen drohte. Weshalb sie es für ratsam hielt, ihm ein Ende zu bereiten, solange sie dazu imstande war. „Ich wüsste nicht, was Sie das angeht", verbat sie sich weitere Nachfragen, ihr Privatleben betreffend.

„Sie haben völlig recht", stimmte der fremde Mann zu und unterstrich sein Bedauern durch eine entschuldigende Geste. „Es geht mich tatsächlich nichts an. Andererseits bitte ich Sie zu verstehen, dass es mir überaus unangenehm wäre, wenn Ihnen ausgerechnet ein Landsmann falsche Versprechungen machte und sich still und heimlich in seine Heimat absetzte, sobald Sie seinen Verführungskünsten erlegen wären."

„Sie scheinen mich zu unterschätzen", widersprach Heather mit einer Heftigkeit, die sie selbst überraschte. Die Antwort war deutlich genug, doch anstatt es dabei zu belassen, setzte sie leichtsinnigerweise hinzu: „Um mich in Versuchung zu bringen, muss sich ein Mann schon mehr einfallen lassen, als mir schöne Augen zu machen."

„Würden zehntausend britische Pfund reichen?"

Sein Frontalangriff kam derartig überraschend, dass Heather nicht einmal Zeit blieb, empört oder entrüstet zu sein. Außerdem war das Angebot viel zu abwegig, um sie in Verlegenheit zu bringen. Das Gegenteil war der Fall. Die unentschuldbare Entgleisung hatte Heather schlagartig ernüchtert. „Darf ich das Parfüm als Geschenk einpacken, Sir?", fragte sie mit betont professioneller Höflichkeit.

„Ich erhöhe auf zwanzigtausend", erwiderte der Mann, als befände er sich auf einer Versteigerung, und musterte Heather mit einem Blick, der nicht minder kühl und berechnend war.

„Sie scheinen den Ruf unseres Hauses missverstanden zu haben", wies sie ihn ebenso leidenschaftslos in seine Schranken. „Im *Gossways* erhalten Sie in der Tat jedes nur denkbare Produkt, und zwar ausschließlich in bester Qualität. Frauen gehören jedoch ausdrücklich nicht dazu. Und ich schon gar nicht."

Endlich schien sie den Fremden von der Aussichtslosigkeit seines Unterfangens überzeugt zu haben. „Dann werde ich wohl mit leeren Händen gehen müssen", sagte er und zuckte die Schultern. Doch sein Gesichtsausdruck widersprach zutiefst dem Bedauern, das in seiner Stimme gelegen hatte. Denn bevor er sich umwandte und grußlos ging, schenkte er Heather ein zufriedenes Lächeln, das sie sich beim besten Willen nicht erklären konnte.

Erst als er im Fahrstuhl verschwunden war, fiel ihr Blick auf die sündhaft teuren Flakons, die er hatte kaufen wollen – was er zumindest behauptet hatte. Nun konnte sie nicht einmal die saftige Provision über die Kränkungen und Beleidigungen hinwegtrösten, die sie sich hatte anhören müssen.

Mehr als der finanzielle Verlust ärgerte sie jedoch, dass sie beinahe dem unwiderstehlichen Charme dieses Mannes erlegen wäre.

Nur gut, dass er ihr rechtzeitig die Augen geöffnet hatte. Unwillkürlich empfand sie großes Mitleid mit all jenen Frauen, die dumm genug waren, für Geld mit ihm ins Bett zu gehen. Denjenigen, die glaubten, es aus Liebe zu tun, war ohnehin nicht zu helfen.

Selten zuvor hatte Heather den Feierabend so herbeigesehnt. Umso erleichterter war sie, als sie sich endlich auf den Heimweg machen konnte, um sich für den Abend mit Lorenzo umzuziehen.

Auch wenn er tatsächlich nur ihr Freund war, genoss sie die Stunden, die sie gemeinsam verbrachten. Wenn sie zusammen waren, verloren die Sorgen des Alltags ihren Schrecken, und meistens gelang es Heather sogar, sie völlig zu vergessen.

Trotzdem scheute sie davor zurück, das, was sie für ihn empfand, Liebe zu nennen. Was weniger an Lorenzo als vielmehr daran lag, dass sie dieses Wort allzu schmerzlich daran erinnerte, wie sehr sie unter der Trennung von Peter gelitten hatte.

Möglicherweise ließ sie die Angst vor einer erneuten Enttäuschung auch davor zurückschrecken, Lorenzo mehr als nur zu küssen. Umso höher rechnete sie ihm an, dass er nie ein böses Wort verloren, geschweige denn sie bedrängt hatte.

Kennengelernt hatten sie sich im *Gossways.* Die Familie Martelli handelte mit Obst und Gemüse, das auf riesigen Ländereien rings um Palermo angebaut und von dort aus in alle Welt versandt wurde. Und weil die Ware für ihre erstklassige Qualität bekannt war, gehörte selbstverständlich auch das *Gossways* zu den Kunden der Martellis.

Als jüngster Sohn der Familie war Lorenzo erst vor Kurzem zum Vertriebschef aufgestiegen und nach London gekommen, um mit dem zuständigen Einkäufer des *Gossways* zu verhandeln, der wiederum ein Bekannter von Heather war. So also war sie Lorenzo begegnet, und seither verging kaum ein Abend, an dem sie sich nicht sahen.

Standesgemäß war er im Hotel Ritz abgestiegen, und nicht selten lud er sie dorthin zum Essen ein. Fast noch mehr genoss es Heather jedoch, wenn sie auf ihren langen Spaziergängen am Ufer der Themse in irgendein kleines, gemütliches Restaurant einkehrten.

An solchen Abenden kam es mitunter vor, dass sich Heather

unwillkürlich fragte, warum Lorenzo ihretwegen seinen Aufenthalt verlängert hatte. Darüber, dass er sich vor Verehrerinnen sicherlich kaum retten konnte, machte sie sich nichts vor. Und der Typ, der sich lange bitten ließ, war er ganz und gar nicht.

Trotzdem schien er das Zusammensein mit Heather ebenso zu genießen wie sie, und die Geschenke und kleinen Aufmerksamkeiten, mit denen er sie förmlich überhäufte, deuteten darauf hin, dass sie für ihn alles andere als ein flüchtiges Intermezzo war.

Nicht dass Heather deshalb ernsthaft mit einem Heiratsantrag rechnete. Der Gedanke war dann doch zu kühn. Gleichwohl hatte sie das sichere Gefühl, dass ihr sein Charme und die offene Zuneigung halfen, ihre Trauer zu überwinden. Und wenn er eines nicht so fernen Tages nach Sizilien zurückkehren würde, könnte sie ohne Bitterkeit an die gemeinsamen Stunden zurückdenken.

In der Wohnung fand sie eine Nachricht von ihm auf dem Anrufbeantworter vor. „Hier ist Lorenzo. Würdest du heute Abend bitte das blaue Kleid anziehen, das ich dir geschenkt habe? Ich habe eine Überraschung für dich."

Nur zu gern kam Heather seiner Bitte nach und holte das Kleid aus dem Schrank, das er ihr gekauft hatte, weil es seiner Meinung nach so wunderbar zu ihren blauen Augen passte.

Als Lorenzo sie wie verabredet vor ihrem Haus abholte, überreichte er ihr eine einzelne rote Rose, bevor er ein kleines Etui öffnete und Heather eine Perlenkette um den Hals legte.

„Ich habe meine Gründe", erklärte er auf ihren erstaunten und fragenden Blick hin. „Mein Bruder Renato ist gestern aus Sizilien gekommen. Wie du weißt, bin ich seit zwei Wochen überfällig, und jetzt will er die Frau kennenlernen, wegen der ich meine Arbeit so sträflich vernachlässige. Er erwartet uns zum Essen im Ritz."

„Daher weht also der Wind“, sagte Heather gespielt empört und berührte vorsichtig die Perlenkette, die sich an ihren Hals schmiegte wie ein zärtliches Versprechen.

„Ich hätte den Abend zwar lieber mit dir allein verbracht, aber wenn es unbedingt sein muss, kannst du mich auch gern deinem Bruder vorstellen“, willigte sie schließlich ein. „Er wird mich schon nicht auffressen, oder?“

„Keine Sorge“, erwiderte Lorenzo und legte ihr den Arm um die Schultern. „Ich passe auf dich auf.“

Im Taxi berichtete er Heather in aller Kürze, was sie über seinen Bruder wissen musste. Als ältester Sohn und Familienoberhaupt hatte er die Leitung des Betriebes übernommen und ihn durch harte Arbeit und Verhandlungsgeschick zu dem gemacht, was er heute war.

„Er hat nichts als den Betrieb im Sinn“, beklagte sich Lorenzo, „und sein Ehrgeiz beschränkt sich darauf, immer noch mehr Geld zu verdienen.“

„Damit du es wieder ausgeben kannst“, ergänzte Heather in Gedanken an die sündhaft teure Kette um ihren Hals.

Doch je mehr sie sich dem Ritz näherten, desto größer wurde ihre Beklommenheit. Was Lorenzo nicht entgangen war. „Du brauchst keine Angst zu haben“, sagte er einfühlsam, als sie aus dem Taxi gestiegen waren. „Mein Bruder ist kein Unmensch. Außerdem bin ich ja bei dir.“

Obwohl sie sich bei Lorenzo unterhakte, ging Heather mit eher gemischten Gefühlen ins Restaurant. Kaum hatten sie es betreten, erhob sich ein Mann von seinem Platz und winkte ihnen freudestrahlend zu. Zu ihrer großen Verwunderung gelang es ihr trotz der maßlosen Entrüstung, die sie empfand, das Lächeln zu erwidern.

„Guten Abend, Signorina Miller“, begrüßte Renato Martelli sie und verbeugte sich höflich. „Es ist mir eine große Ehre, dass Sie meiner Einladung gefolgt sind.“

„Ich konnte ja nicht wissen, mit wem ich das Vergnügen habe“, erwiderte Heather schroff. „Schließlich haben Sie sich bei unserer ersten Begegnung nicht vorgestellt.“

„Soll das heißen, dass ihr euch schon kennt?“, fragte Lorenzo verständnislos.

Dankenswerterweise übernahm es Renato, ihm von dem Vorfall am Nachmittag zu berichten. „Ich habe deine Freundin heute Nachmittag im *Gossways* aufgesucht“, erklärte er seinem Bruder. „Allerdings ohne mich zu erkennen zu geben“, setzte er hinzu und küsste Heather die Hand. „Was Sie mir hoffentlich verzeihen.“

„Das muss ich mir noch gut überlegen“, sagte sie unversöhnlich. Trotzdem zögerte sie nicht eine Sekunde, als Renato ihr einen Platz anbot.

„Wollt ihr mir nicht endlich erklären, was sich zugetragen hat?“ Lorenzo war deutlich anzusehen, wie sehr ihn der unerwartete Auftakt des Abends verwirrte.

„Dein Bruder hat sich mir gegenüber als Kunde ausgegeben“, erklärte Heather ihm. „Im Lauf der Unterhaltung hat er mir die eine oder andere Frage gestellt. Nicht alle waren beruflicher Natur.“

„Und warum?“

Das konnte nur Renato beantworten. „Ich wollte mir einen ersten Eindruck von der Frau verschaffen, die dich dazu bringt, deine Pflichten zu vernachlässigen.“

„Ist Ihnen das gelungen?“ Heather konnte der Versuchung nicht widerstehen, diese Frage zu stellen.

„Allerdings.“

Lorenzo schien mit der Antwort sehr zufrieden, denn seine Miene hellte sich auf, und er lehnte sich entspannt in seinem Stuhl zurück.

Heather kam nicht umhin, die beiden Brüder heimlich zu beobachten, während sie die Speisekarte studierten. Wie unterschiedlich sie doch waren!

Trotz seiner Größe wirkte Lorenzo mitunter wie ein Junge. Wahrscheinlich, weil seine Gesichtszüge noch nicht sonderlich ausgeprägt waren. Einzig die feine Narbe an der Schläfe verriet, dass er nicht so unerfahren war, wie seine blauen Augen und das lockige braune Haar vermuten ließen. Dafür konnte sein Lächeln Eis zum Schmelzen bringen, und wenn er lachte, war es geradezu ansteckend.

Renato war in allem das genaue Gegenteil. Wenn Lorenzo in mancherlei Hinsicht unreif wirkte, so war es bei ihm kaum vorstellbar, dass er je eine Kindheit gehabt hatte. Er war ungeheuer kräftig gebaut, ohne auch nur ansatzweise zur Rundlichkeit zu neigen. Vielmehr strahlte er ein Übermaß an Kraft und Entschlossenheit aus, und obwohl sein Anzug maßgeschneidert war, fühlte er sich darin sichtlich unwohl.

Die Wirkung seines Gesichtes war nicht weniger beeindruckend – und nicht weniger zwiespältig. Es vermittelte Strenge und Verwegenheit gleichzeitig. Je länger Heather ihn betrachtete, desto mehr empfand sie die Faszination, die von diesem Mann ausging, dessen dunkle Augen wie tiefe Seen waren, die ein Geheimnis bargen.

Wenn sich eine Frau zwischen diesen beiden Männern entscheiden musste, dann würde die Wahl eindeutig zugunsten des Älteren ausfallen.

Renato riss sie aus ihren Gedanken. „Ausgerechnet Lorenzo!", sagte er laut und schüttelte ungläubig den Kopf. „Mit allem hätte ich gerechnet, aber nicht damit, dass er jemals ernsthaft in Erwägung ziehen könnte zu heiraten."

„Bitte, Renato." Lorenzo war das Verhalten seines großen Bruders sichtlich unangenehm. Oder war es doch die Tatsache, dass Heather etwas erfuhr, was ihm bislang nicht über die Lippen gekommen war?

Dafür sprach jedenfalls, dass er sich augenblicklich zu ihr

hinüberbeugte. „Er will dich nur provozieren", sagte er verlegen.

„Da sagst du mir leider nichts Neues", erwiderte Heather und ignorierte Renatos ironisches Lächeln. „Sie sind also nach England gekommen, um sich zu vergewissern, dass die Auserwählte Ihres jüngeren Bruders auch standesgemäß ist?"

„Mich interessierte, ob sie Lorenzos Beschreibungen standhält", widersprach er mit unerschütterlicher Gelassenheit. „Wie ich feststellen muss, hat er maßlos untertrieben."

Heathers Erinnerung an den Nachmittag war zu frisch, um sich von Renatos Charme täuschen zu lassen. Auch wenn sie nicht wusste, *was* er im Schilde führte, war ihr klar, *dass* er mit seinen Komplimenten etwas bezweckte. Doch wenn er annahm, dass sie sich davon blenden ließ, hatte er sich geschnitten.

„Machen wir uns nichts vor", hielt sie ihm entgegen. „Als Sie erfahren haben, dass Ihr Bruder seine Dienstreise wegen einer kleinen Verkäuferin verlängert hat, waren Sie in höchstem Maße alarmiert. Nichts gegen eine kleine Affäre, doch wenn es ums Heiraten geht, stellt ein Martelli gewisse Ansprüche, nicht wahr?"

Lorenzo war die Auseinandersetzung offensichtlich zu viel geworden, denn er ließ den Kopf hängen und sah ausdruckslos auf seine Hände.

Auch Renato schien beeindruckt, denn Heather meinte erkennen zu können, dass er leicht rot wurde. Doch ebenso schnell hatte er sich wieder gefangen. „Respekt, junge Frau", sagte er anerkennend, und sein Lächeln verriet, dass sein männlicher Jagdinstinkt geweckt worden war. „Sie verstehen es, einen Mann aus der Reserve zu locken. In einem Punkt muss ich Ihnen allerdings widersprechen. Das mit der ‚kleinen Verkäuferin' ist natürlich dummes Zeug."

„Was willst du damit andeuten?" Lorenzo schreckte hoch

und blickte verwundert in die Runde.

„Das wirst du gleich erfahren“, erwiderte Renato kühl, ohne Heather aus den Augen zu lassen. „Nach allem, was ich weiß, sind Sie eine selbstbewusste und ehrgeizige Frau, die ganz unten angefangen hat und nicht eher ruhen wird, bis sie oben angelangt ist. Im Alter von sechzehn Jahren haben Sie die Schule geschmissen und als Verkäuferin gejobbt, mal hier, mal da, bis Sie vor drei Jahren die Stelle im *Gossways* bekommen haben. Im vergangenen Jahr haben Sie sich für das hauseigene Fortbildungsprogramm beworben, um ins Management aufsteigen zu können. Weil Sie kein Abitur haben, wurden Sie abgelehnt.“

„Woher weißt du das alles?“

Dieses Mal kam Heather Renato zuvor. „Dein Bruder hat seine Beziehungen spielen lassen und Erkundigungen über mich eingezogen“, erklärte sie Lorenzo. „Ich bin schon ganz gespannt, was er noch alles herausgefunden hat.“

„Zum Beispiel, dass Sie durch Ihren Ehrgeiz, vor allem aber durch Ihren Umsatz die Direktion davon überzeugt haben, dass es ein Fehler war, Sie zu übergehen“, zeigte sich Renato bestens informiert. „Weshalb Sie für den nächsten Lehrgang bereits eine verbindliche Zusage haben. Kurzum: Sie wissen sehr genau, was Sie wollen. Also bitte sparen Sie sich in Zukunft das Gerede von der ‚kleinen Verkäuferin‘.“

2. KAPITEL

Erst nachdem der Ober das Dessert serviert hatte, erhielt Heather Gelegenheit, Renato zur Rede zu stellen, denn Lorenzo hatte einen Geschäftsfreund an der Bar entdeckt und war zu ihm gegangen.

„Warum haben Sie mir heute Nachmittag nicht gesagt, wer Sie sind?“, fragte sie rundheraus, um keine Zeit zu verlieren. „Sie wussten doch ohnehin schon alles über mich.“

„Eben nicht“, wandte Renato ein. „Um einen anderen Menschen zu kennen, muss man ihn erleben. Wenn ich mich Ihnen vorgestellt hätte, hätten Sie sich wohl kaum so natürlich benommen.“

„Warum hätte ich mich anders verhalten sollen, als ich bin?“ Heather wusste beim besten Willen nicht, worauf Renato hinauswollte.

„Sie sind intelligent genug, um zu wissen, dass in Italien, erst recht in Sizilien, das Familienoberhaupt in solch wichtigen Fragen, wie es eine Eheschließung nun einmal ist, das letzte Wort hat“, erklärte er ihr langatmig. „Was hätte also nähergelegen, als sich bei mir einzuschmeicheln?“

„Sie scheinen mich wirklich nicht zu kennen“, erwiderte Heather und musste sich zwingen, nicht ausfallend zu werden. „Sonst wüssten Sie, wie absurd Ihre Unterstellung ist. Abgesehen davon hat mich bislang noch niemand gefragt, ob ich überhaupt die Absicht habe, Lorenzos Frau zu werden.“

„Haben Sie die Absicht?“

„Je mehr ich seine Familie kennenlerne, desto mehr zweifle ich daran.“

Renato sah Heather nachdenklich an. „Mein Verhalten Ihnen gegenüber war sicherlich nicht ganz fair“, gab er schließlich zu. „Ich bitte Sie allerdings zu verstehen, dass ich mir

Gewissheit verschaffen musste. Schließlich ist Lorenzo kein armer Mann …"

„Halten Sie mich etwa für eine Mitgiftjägerin?", schnitt Heather ihm empört das Wort ab.

„Ich muss gestehen, dass ich zunächst den Verdacht hatte", gab Renato unumwunden zu. „Die Entschiedenheit, mit der Sie mein Angebot zurückgewiesen haben, hat mich eines Besseren belehrt."

Bislang war Heather der Meinung gewesen, dass auf ihre Menschenkenntnis halbwegs Verlass wäre. Doch dieser Mann stellte sie vor ein Rätsel. Offensichtlich ging er davon aus, dass aus seinem Mund selbst die größte Beleidigung wie ein Kompliment klang.

Vielleicht lag es daran, dass sie sich auf ein ähnlich gewagtes Spiel mit ihm einließ wie schon bei ihrer ersten Begegnung. „Und wenn ich akzeptiert hätte?"

„Dann wären Sie um zwanzigtausend Pfund reicher – und um eine wundervolle Erfahrung."

Seine Antwort passte genau zu der maßlosen Selbstsicherheit, die er ausstrahlte. Auch dass er ohne Skrupel mit der Freundin seines Bruders schlafen würde, wenn die es zuließe, überraschte Heather nicht sonderlich. Das gehörte anscheinend zu dem Verständnis seiner Rolle als Familienoberhaupt.

„Haben Sie eigentlich schon mal darüber nachgedacht, wie Lorenzo reagieren würde, wenn er von Ihrem Angebot wüsste?" Auch wenn sie die Antwort bereits zu kennen glaubte, wollte sie Renato die Frage nicht ersparen.

„Da Sie es abgelehnt haben, kann er es ruhig erfahren", erwiderte er gelassen. „Andernfalls hätte ich ihm einen Gefallen getan – was er sicherlich eingesehen hätte."

Heather bezweifelte nicht im Geringsten, dass ihm notfalls die entsprechenden Argumente eingefallen wären. Wie er überhaupt davon auszugehen schien, dass die Welt so etwas wie ein Schachspiel war, in dem er die Figuren bewegte – ganz egal ob sie Lorenzo, Elena, Minetta, Julia oder sonst wie hießen.

Sicherlich zählt er mich auch dazu, dachte Heather unwillkürlich. Um ihm zu beweisen, dass sie sich von niemandem zu einer Spielfigur degradieren lassen würde, wagte sie das Äußerste und riskierte einen Zug, mit dem er nicht rechnen konnte.

„Wenn Sie so edle Motive haben, sollten Sie Ihr Angebot vielleicht noch einmal überdenken." Um ihn mit seinen eigenen Waffen zu schlagen, griff sie sein stärkstes – und beleidigendstes – Argument auf. „Ein erfahrener Mann wie Sie müsste doch wissen, dass manche Frauen aus gewissen Gründen nicht so leicht zu haben sind wie andere."

Der Erfolg gab ihr recht, denn Renato war einen Moment sprachlos. „Ich beginne zu begreifen", sagte er schließlich, und seine Stimme verriet fast etwas wie Vorfreude. „An was hatten Sie denn so gedacht?"

„Das kann ich Ihnen genau sagen." Aufreizend langsam beugte sich Heather zu Renato, bis sich ihre Wangen beinahe berührten. „Dass Sie und Ihr Geld mir ein für alle Mal gestohlen bleiben können", flüsterte sie ihm ins Ohr und richtete sich augenblicklich wieder auf.

Es dauerte erstaunlich lange, bis Renato die Fassung wiedererlangte. „Ich bewundere Ihren Mut", sagte er endlich, und jegliche Selbstherrlichkeit war aus seinem Blick verschwunden.

„Mit Mut hat das nichts zu tun", erwiderte Heather bestimmt. „Glücklicherweise bin ich nicht auf Ihr Wohlwollen angewiesen."

„Mit einer Ausnahme." Renato genoss es offensichtlich, ihr widersprechen zu können. „Jedenfalls wenn Sie beabsichtigen sollten, Lorenzo zu heiraten. Und in der Frage, wen ich in die Familie aufnehme, bin ich überaus …“

„Dann habe ich eine gute Nachricht für Sie“, unterbrach Heather ihn und sah ihn wutentbrannt an. „Lorenzo wird Sie nicht in die Verlegenheit bringen, eine Entscheidung treffen zu müssen. Bis jetzt weiß ich ohnehin nur von Ihnen, dass er um meine Hand anhalten will. Sollte er mich jedoch tatsächlich fragen, werde ich mit Nein antworten. Was er einzig und allein Ihnen zu verdanken hat.“

„Heather!“ Lorenzos bestürzte Stimme machte ihr schlagartig klar, dass er die letzten Worte gehört haben musste.

Sie stand auf und drehte sich zu ihm um. „Es tut mir leid, dass du es auf diese Weise erfahren musst. Wir hatten eine wunderschöne Zeit, aber ich befürchte, es ist besser, wenn wir uns nicht mehr sehen.“

„Aber ich liebe dich doch!“ Lorenzo klang verzweifelt, und um Heather daran zu hindern, wegzulaufen, hielt er sie am Arm fest.

„Ich dich auch“, gestand sie zum ersten Mal. „Trotzdem ist es das Beste, wenn ich jetzt gehe.“

„Warum denn nur?“

„Frag deinen Bruder“, wich Heather einer Antwort aus. „Vielleicht ist er ja Manns genug, es dir zu erklären.“

Ohne einen der beiden noch einmal anzusehen, drehte sie sich um und lief einfach los.

Kurz bevor sie den Ausgang des Ritz erreicht hatte, legte sich ihr eine Hand auf die Schulter und brachte sie unvermittelt zum Stehen.

„Machen Sie sich nicht lächerlich“, sagte Renato, nachdem er einige Male tief durchgeatmet hatte.

„Der Einzige, der sich lächerlich macht, sind Sie“, hielt Heather ihm wütend entgegen. „Oder finden Sie es nicht lächerlich, dass Sie glauben, alle müssten unbedingt nach Ihrer Pfeife tanzen?“

„Bislang hat es sich noch jeder gefallen lassen“, erwiderte Renato unüberlegt.

„Das dachte ich mir“, sagte sie abfällig. „Von mir dürfen Sie das allerdings nicht erwarten.“

„Das habe ich inzwischen begriffen.“

„Ein bisschen spät, finden Sie nicht?“ Heather machte den Versuch, sich von Renato zu lösen, doch der reagierte, indem er sie am Arm festhielt. „Bitte, Heather, beruhigen Sie sich doch“, bat er nachdrücklich.

„Ich will mich aber nicht beruhigen!“

„Ich verstehe ja, dass Sie wütend auf mich sind“, versuchte es Renato erneut. „Doch wenn Sie jetzt weglaufen, bestrafen Sie nicht mich, sondern Lorenzo.“

„Mit einem Bruder wie Ihnen müsste er Kummer gewöhnt sein“, erwiderte Heather bitter. „Niemand kann von mir erwarten, dass ich freiwillig in eine Familie einheirate, deren Oberhaupt ein solches Scheusal ist. Und wenn Sie mich nicht sofort loslassen, schreie ich um Hilfe.“

Tatsächlich lockerte er seinen Griff, und ohne eine Sekunde nachzudenken, rannte Heather hinaus auf den Bürgersteig.

Auf der anderen Straßenseite erblickte sie ein Taxi. Ohne nach rechts oder links zu sehen, lief sie los. Wie von fern meinte sie Renato zu hören, der ihr etwas hinterherrief. Dann quietschten die Bremsen eines Autos, und grelle Scheinwerferlichter durchschnitten die Dunkelheit. Nur schemenhaft nahm sie wahr, dass sie jemand an der Schulter packte und herumriss, bevor sie auf den harten Asphalt knallte.

Dann hörte sie Lorenzo, der sich einen Weg durch die Menschentraube bahnte und laut ihren Namen rief. Als er neben ihr stand, sah er sie entsetzt an und schlug sich die Hände vor den Mund.

Seine Blickrichtung machte Heather schlagartig klar, dass nicht sie seine Panik ausgelöst haben konnte. Sie drehte sich um und sah Renato, der wenige Meter entfernt blutüberströmt auf der Straße lag.

Instinktiv wusste Heather, was vorgefallen war. Bei dem Versuch, sie von der Straße zu zerren, war er selbst vor ein Auto gelaufen, und offensichtlich war dabei die Schlagader seines rechten Armes verletzt worden. Und wenn die Blutung nicht bald gestoppt würde, müsste er seinen selbstlosen Einsatz mit dem Leben bezahlen.

„Gib mir deinen Schlips!“, befahl sie Lorenzo. Glücklicherweise reagierte er umgehend, und während er den Krawattenknoten öffnete, holte sie aus ihrer Handtasche einen Füllfederhalter.

Obwohl sie selbst benommen war, gelang es ihr unter Aufbietung all ihrer Kräfte, mit dem Stift und Lorenzos Krawatte einen notdürftigen Druckverband anzulegen, während sie ängstlich darauf wartete, dass Renato ein Lebenszeichen von sich gab.

Als es ihr endlich gelungen war, die Blutung zu stoppen, schlug er die Augen auf. „Danke, Heather“, sagte er kaum hörbar, und doch spürte sie, dass ihr die Tränen in die Augen stiegen.

Plötzlich lösten sich ein Notarzt und zwei Sanitäter mit einer Trage aus der Menge und kümmerten sich um den Schwerverletzten.

Erschöpft und erleichtert zugleich richtete sich Heather auf und ging zu Lorenzo, der vergeblich versuchte, der Polizei den Unfallhergang zu schildern. Neben ihm stand ein Mann, bei dem es sich offensichtlich um den Fahrer des Wagens handelte, denn er versuchte händeringend, die Beamten von seiner Unschuld zu überzeugen.

„Es ist einzig und allein meine Schuld“, teilte sie den Polizisten mit. „Ich bin dem Mann direkt vors Auto gelaufen.“

„Sie?“, fragte einer der Beamten verwundert. „Wir dachten, der Mann ... Egal, das können wir später klären. Erst einmal bringen wir Sie beide ins Krankenhaus."

Lorenzo half ihr in den Krankenwagen, in dem Renato bereits ärztlich versorgt wurde. Der Anblick schnitt Heather ins Herz. Sein Oberkörper war blutüberströmt, und um seinen Kreislauf zu stabilisieren, hatten ihm die Sanitäter eine Sauerstoffmaske aufgesetzt.

Unvermittelt schlug er die Augen auf, und sein Blick wanderte zwischen Lorenzo und Heather hin und her, als wollte er ihnen etwas mitteilen.

Im Krankenhaus wurde er direkt in die Notaufnahme gebracht, während Heather, die nur einige unschöne, aber harmlose Schürfwunden erlitten hatte, noch in der Ambulanz behandelt wurde.

Als sie die Station verließ, erwarteten sie Lorenzo und zwei Polizisten, die ihre Aussage zu Protokoll nahmen.

„Fehlt dir auch nichts, mein Schatz?", fragte Lorenzo besorgt, nachdem die Beamten gegangen waren.

„Ich muss einen Schutzengel gehabt haben", erwiderte sie. „Wie geht es deinem Bruder?"

„Schon wieder besser", berichtete Lorenzo. „Sie haben ihn eben aus der Notaufnahme gebracht. Er hat sehr viel Blut verloren und wird wohl einige Tage hierbleiben müssen. Zum Glück ist er außer Lebensgefahr."

Die Nachricht, dass es ihrem Lebensretter den Umständen entsprechend gut ging, erfüllte Heather mit großer Erleichterung – zumal im selben Moment ein Arzt zu ihnen kam und Lorenzos Eindruck bestätigte.

„Wenn Sie wollen, können Sie Ihren Bruder kurz sehen", teilte er ihm mit. „Aber allein."

„Können wir nicht beide zu ihm?", bat Lorenzo. „Die Dame ist meine Verlobte."

„Also schön", willigte der Arzt ein. „Nur denken Sie bitte

daran, dass der Patient viel Ruhe braucht."

Auch wenn er noch aschfahl war, wirkte Renato nicht mehr gar so bemitleidenswert. Was vor allem daran lag, dass man ihm die blutbefleckte Kleidung ausgezogen hatte.

Er lag mit geschlossenen Augen und bewegungslos im Bett, sein Atem ging gleichmäßig. Einzig die Transfusion, die man ihm gelegt hatte, verriet, dass er nur knapp dem Tod entronnen war.

„Du hast ihm das Leben gerettet."

Wie aufs Stichwort sprach Lorenzo an, wofür sich Heather große Vorwürfe machte. „Wenn ich mich nicht so kindisch benommen hätte, wäre es gar nicht erst dazu gekommen", erwiderte sie beschämt.

„Was ist denn eigentlich vorgefallen?"

„Ehrlich gesagt kann ich mich kaum noch erinnern", erwiderte Heather. „Doch was immer gewesen sein mag – nichts rechtfertigt, dass ich ihn durch mein Verhalten in Lebensgefahr gebracht habe."

„So schnell ist Renato nicht kleinzukriegen", sagte Lorenzo tröstend und legte ihr den Arm um die Schultern. „Bist du mir eigentlich böse, weil ich dich vor dem Arzt als meine Verlobte ausgegeben habe?", fragte er unvermittelt.

„Warum sollte ich?", antwortete Heather mit einer Gegenfrage und schmiegte den Kopf an Lorenzos Schulter.

„Na ja." Lorenzo strich ihr zärtlich übers Haar. „Immerhin hast du ziemlich deutlich gesagt, dass es aus zwischen uns ist."

Die Ereignisse des Abends hatten sich derartig überstürzt, dass sich Heather selbst daran nur noch vage erinnern konnte. „Ich war so wütend auf Renato …"

„Du sollst doch nicht mich, sondern meinen Bruder heiraten." Renato musste durch ihr Gespräch geweckt worden sein. Jedenfalls schien er ihnen schon eine ganze Weile zugehört zu haben, denn sein Blick war hellwach, und obwohl er von den Folgen des Unfalls noch geschwächt war, klang sein Tonfall so bestimmt wie eh und je. „Jetzt gib dir endlich einen Ruck und sag Ja."

Ob aus Schuldgefühlen Renato gegenüber oder aus Erleichterung, dass ihm nichts Ernsthaftes zugestoßen war – Heather hatte es nicht gewagt, ihm zu widersprechen, und in die Heirat mit Lorenzo eingewilligt.

Dann war alles sehr schnell gegangen. Schon am nächsten Tag hatte ihr Lorenzo einen Verlobungsring mit einem wunderschönen Diamanten geschenkt, und kaum hatte sich Renato halbwegs erholt, waren die beiden Brüder zurück nach Sizilien geflogen.

Vier Wochen waren seither vergangen, die Heather wie in Trance erlebt hatte, und noch als sie im Flugzeug nach Palermo saß, wusste sie nicht so recht, wie ihr geschah.

Glücklicherweise begleitete sie ihre beste Freundin. Dr. Angela Wenham, genannt Angie, hatte sich bereit erklärt, sie zu begleiten – nicht zuletzt, um einige Tage freizunehmen und Versäumtes nachzuholen.

Denn Angie war in vielerlei Hinsicht das genaue Gegenteil von Heather. Um es vorsichtig zu sagen, war sie ein ziemlicher Paradiesvogel, der kaum eine Gelegenheit zu einem Flirt ungenutzt ließ.

In letzter Zeit hatte ihr Liebesleben jedoch stark unter den vielen Nachtdiensten gelitten, die sie als Ärztin im Krankenhaus hatte ableisten müssen. Doch wenn Heathers Eindruck nicht trog, war ihre bildschöne und zierliche Freundin entschlossen, sich in den kommenden Tagen schadlos zu halten.

„Hast du nicht erzählt, dass dein Verlobter zwei Brüder hat?", fragte Angie, und ihr Lächeln bestätigte Heather in ihrer Vermutung.

„Du bist und bleibst unverbesserlich“, erwiderte sie lachend. „Ja, er hat zwei Brüder, aber ich kenne bisher auch nur den ältesten, Renato.“

„Ist das nicht dieser Unmensch, dem du den Unfall zu verdanken hattest?“

„Eher umgekehrt.“ Vor Renatos Abflug hatte sich Heather bei ihm dafür entschuldigt, dass sie durch ihr unvernünftiges Verhalten die Gefahr erst heraufbeschworen hatte. Und sosehr es sie erleichterte, dass er ohne bleibende Schäden davongekommen war, so hoch rechnete sie es ihm an, dass er sie mit großer Selbstverständlichkeit als Teil der Familie betrachtete.

„Was weißt du eigentlich über den anderen Bruder?“

„Nicht viel“, musste Heather zugeben. „Er ist der mittlere der drei und heißt Bernardo. Genau genommen ist er ein Stiefbruder. Seine Mutter war eine Angestellte seines Vaters, mit der er über Jahre eine Affäre hatte. Beide sind bei einem Verkehrsunfall ums Leben gekommen. Lorenzos Mutter Baptista hat das Waisenkind bei sich aufgenommen und es wie einen eigenen Sohn großgezogen.“

„Donnerwetter!“ Angie war offensichtlich beeindruckt von Heathers zukünftiger Schwiegermutter. „Das zeugt von Größe.“

„Allerdings“, stimmte Heather ihrer Freundin zu. „Ich kann nur hoffen, dass sie mich genauso herzlich in die Familie aufnimmt.“

„Bestimmt wird sie das.“ Angie warf Heather einen aufmunternden Blick zu. „Außerdem willst du ja nicht sie, sondern Lorenzo heiraten.“

Gleich nach der Landung hielt Heather Ausschau nach ihrem Verlobten, und noch während sie auf ihr Gepäck wartete, sah sie ihn in Begleitung eines anderen Mannes in der Halle.

Er hatte sie in der Menge ausgemacht und winkte ihr freudestrahlend zu. Augenblicklich lief Heather ihm entgegen. „Endlich habe ich dich wieder“, begrüßte Lorenzo sie überglücklich, nahm sie in die Arme und bedeckte ihr Gesicht mit Küssen. „Du ahnst ja nicht, wie sehr ich dich vermisst habe.“

Heather war viel zu überwältigt, um etwas zu erwidern. Erst vor wenigen Minuten war sie auf Sizilien gelandet, und schon fühlte sie sich heimisch auf der Insel, die ihr noch völlig unbekannt war. Was nur bedeuten konnte, dass ihre Entscheidung, Lorenzos Frau zu werden, richtig gewesen war.

„Du musst unbedingt Bernardo kennenlernen“, sagte Lorenzo unvermittelt und sah sich nach seinem Begleiter um. Doch der war inzwischen zu Angie gegangen, um ihr das Gepäck abzunehmen.

„Darf ich dir meine Verlobte vorstellen?“, fragte Lorenzo, als alle vier beieinanderstanden. „Heather, das ist mein Bruder Bernardo.“

„Und das ist Angie“, machte Heather ihre beste Freundin mit ihrem Verlobten bekannt. „Ihr hattet ja bereits das Vergnügen“, kommentierte sie lächelnd, dass sich Bernardo und Angie unablässig interessierte Blicke zuwarfen.

So war es auch wenig verwunderlich, dass Bernardo dem Brautpaar die Plätze auf der Rückbank zuwies und Angie die Beifahrertür aufhielt, bevor er das Gepäck im Kofferraum seines Wagens verstaute.

Heather schmiegte sich an Lorenzo und genoss den Ausblick, der sich ihr während der Fahrt über die Insel bot.

Am meisten beeindruckten sie die leuchtenden Farben, die seit Jahrhunderten Maler aus aller Welt ans Mittelmeer und nicht zuletzt nach Sizilien gelockt hatten. Vor allem wenn man wie sie aus dem grauen England kam, verschlug einem das Blau des Himmels förmlich den Atem.

Bald hatten sie die Außenbezirke Palermos hinter sich gelassen und erreichten die Küste. Als Heather das Meer sah, umklammerte sie unwillkürlich Lorenzos Arm. Die strahlende Sonne ließ das Wasser in allen erdenklichen Blau- und Grüntönen schimmern, und die Wellen rollten sanft und gleichmäßig auf die Küste zu, wo sie sich an einem breiten Sandstrand brachen.

„Das ist unser Zuhause", sagte Lorenzo unvermittelt und zeigte auf eine Villa, die sich treppenförmig auf einem Vorsprung direkt an der Steilküste erhob.

Lorenzo hatte ihr vom Anwesen der Martellis erzählt, doch was Heather sah, übertraf ihre kühnsten Erwartungen. Denn so prunkvoll und ausladend es war, fügte es sich zugleich harmonisch in die Landschaft ein. Aus der Entfernung stach als Erstes das Blumenmeer aus Geranien, Jasmin, weißem und rotem Oleander, Klematis und Bougainvilleen ins Auge, das sich farbenprächtig über die vielen Veranden und Terrassen ergoss.

Nachdem sie sich über eine steile und kurvenreiche Straße dem Haus genähert hatten, bogen sie in eine breite Auffahrt ein. Im selben Moment, in dem Bernardo den Wagen vor einer großen Freitreppe zum Stehen brachte, trat eine kleine ältere Dame durch die Eingangstür.

„Meine Mutter kann es kaum erwarten, dich kennenzulernen", erklärte Lorenzo, bevor er Heather die Wagentür öffnete. Erst als sie Hand in Hand die Treppe hinaufgingen, fiel Heather auf, dass sich ihre zukünftige Schwiegermutter auf einen Stock stützte.

Baptista Martelli reichte ihrem jüngsten Sohn kaum bis zu den Schultern, und trotz ihrer Gebrechlichkeit wirkte sie streng und entschlossen. Dennoch hatte die Krankheit deutliche Spuren in ihrem Gesicht hinterlassen, und ihr Haar war ergraut.

Der Blick ihrer Augen war jedoch hellwach, und ihm schien nichts zu entgehen, als sie Heather von Kopf bis Fuß musterte. Erst dann legte sie die Arme um sie und drückte sie mit einer Kraft an sich, die Heather ihr nicht zugetraut hätte.

„Herzlich willkommen, meine Liebe", begrüßte Baptista sie in fast akzentfreiem Englisch, und ihr Lächeln wirkte herzlich. „Treten Sie bitte ein."

Im Innern war die Villa mindestens so beeindruckend wie von außen. Errichtet im für die Mittelmeergegend nicht ungewöhnlichen maurischen Stil, war sie jedoch ungewöhnlich luxuriös ausgestattet. Ob die kostbaren Wandmosaike oder der Fußboden aus Terrakotta – jeder einzelne Raum strahlte eine selten anzutreffende Ausgewogenheit von Wohlstand, Geschmack und Kennerschaft aus.

Eine Hausangestellte führte Heather und Angie zu dem Zimmer, das sie sich bis zum Tag der Hochzeit teilen sollten. Durch eine große Fensterfront fiel das milde Licht auf zwei große Betten mit Baldachinen. Von der Terrasse aus bot sich ein traumhafter Blick auf den Garten und das dahinterliegende Binnenland, das am Horizont mit den nebelverhangenen Berggipfeln zu verschmelzen schien.

Nachdem die beiden Freundinnen ihr Gepäck – darunter Heathers Hochzeitskleid – ausgepackt und sie sich frisch gemacht hatten, führte sie das Hausmädchen über die Terrasse um das halbe Haus, bis sie schließlich eine große Veranda erreichten.

Baptista und ihre beiden jüngeren Söhne saßen unter einer Schatten spendenden Markise und erwarteten sie bereits. Kaum hatte Heather Platz genommen, brachte Lorenzo ihr einen Teller mit sizilianischen Spezialitäten, von denen sie kaum eine kannte. Dazu schenkte er ihr ein Glas Marsala ein.

Heather fühlte sich wie in einem Märchen aus Tausendundeiner Nacht, und um sich zu vergewissern, dass sie nicht träumte, sah sie mehrfach zu Lorenzo, der ihren Blick jedes Mal lächelnd erwiderte.

„Fürs Erste dürfte das reichen“, unterbrach Baptista sie bestimmt. „Zum Herumturteln bleibt euch später noch Zeit. Jetzt möchte ich mich ein wenig mit deiner Braut unterhalten. Und zwar allein.“

3. KAPITEL

„Vor allem möchte ich Ihnen für den selbstlosen Einsatz danken, mit dem Sie Renato das Leben gerettet haben“, sagte Baptista, kaum dass sie mit Heather allein war.

„Durch meine Überreaktion habe ich die Gefahr doch erst heraufbeschworen“, erwiderte Heather.

„Seien Sie nicht zu bescheiden“, wandte Baptista ein. „Wenn ich richtig informiert bin, hatten Sie allen Grund, wütend auf ihn zu sein. Glücklicherweise haben Sie sich nicht davon abschrecken lassen, sich mit Lorenzo zu verloben und damit Teil unserer Familie zu werden. Ich hoffe, wir können Ihnen den Verlust Ihrer eigenen Familie einigermaßen ersetzen.“

Die Direktheit, mit der die ältere Dame dieses Thema ansprach, erschreckte Heather zutiefst. Sie sprach überaus ungern über den Verlust ihrer Eltern, und es hatte sie große Überwindung gekostet, Lorenzo davon zu erzählen.

Der schien seine Mutter davon in Kenntnis gesetzt zu haben, und so beschloss Heather schweren Herzens, sich ihrer zukünftigen Schwiegermutter anzuvertrauen.

„Ich war Einzelkind, und meine Mutter starb, als ich sechs Jahre alt war. Mein Vater hat ihren Tod nie überwunden.“ Die Erinnerung an ihren unglücklichen Vater drohte sie jetzt noch zu überwältigen, und von seinem Schicksal zu berichten, erschien ihr fast wie Verrat an dem sensiblen Mann, den der Tod seiner Frau lebensuntüchtig gemacht hatte.

„Er hat angefangen zu trinken, bis er schließlich nicht mehr arbeiten konnte. Im Lauf der Jahre ist sein Zustand immer schlimmer geworden. Ich habe mich um ihn gekümmert, so gut es ging, doch als ich kaum sechzehn war, war er so schwach, dass er an einer harmlosen Lungenentzündung gestorben ist.“

In der gebotenen Kürze berichtete sie von den Schwierigkeiten, die sie in jungen Jahren hatte meistern müssen – vor allem den Geldnöten, die den Traum von einem Studium in unerreichbare Ferne gerückt und sie gezwungen hatten, als Verkäuferin zu arbeiten. Es erfüllte sie mit großer Genugtuung, dass Baptista sie nicht nur zu verstehen schien, sondern auch Sympathie für sie empfand. Nur so konnte sich Heather erklären, dass ihre künftige Schwiegermutter sie im weiteren Verlauf der Unterhaltung mit großer Selbstverständlichkeit duzte.

Unvermittelt betrat Renato die Veranda und platzte in das Gespräch. Als Heather ihn vor vier Wochen zum Flugplatz gebracht hatte, waren ihm die Folgen des Unfalls noch deutlich anzusehen gewesen. Vielleicht erschrak sie deshalb, als sie den kräftigen, sonnengebräunten Mann sah, der entschlossener und verwegener wirkte als je zuvor.

Wozu in erheblichem Maße seine legere Kleidung beitrug. Statt eines Maßanzugs trug er Jeans und ein ärmelloses weißes T-Shirt, und sein Haar war zerzaust. Er schien körperlich gearbeitet zu haben, denn auf seiner Stirn glänzten feine Schweißperlen. Doch selbst sein zwangloses Äußeres tat der natürlichen Autorität, die er ausstrahlte, nicht den geringsten Abbruch.

Umso erstaunter war Heather, wie respektvoll Renato seine Mutter begrüßte, bevor er zu ihr kam und ihr die Hand auf die Schulter legte. „Da ist ja meine Lebensretterin", sagte er lächelnd, beugte sich herunter und küsste ihre Wange. „Herzlich willkommen im Kreis der Familie."

Noch ehe Heather etwas erwidern konnte, setzte sich Renato und schenkte sich ein Glas Wein ein. Dann lehnte er sich entspannt zurück und verfolgte das Gespräch der beiden Frauen, ohne Heather aus den Augen zu lassen.

„Wirst du eigentlich schnell seekrank?", fragte er unvermittelt und hob die Augenbrauen.

„Bisher hatte ich noch nie Gelegenheit, es auszuprobieren", erwiderte Heather verunsichert.

„Dann wird es höchste Zeit. Ich habe Lorenzo angeboten, dass ihr eure Flitterwochen auf meiner Segeljacht verbringen könnt. Und da er morgen nach Stockholm muss, können wir den Tag nutzen und herausfinden, ob du auch seefest bist. Das Mittelmeer kann tückisch sein, und du sollst deine Hochzeitsreise ja genießen und nicht darunter leiden."

Heather hatte sich in der Hoffnung bereit erklärt, dass Angie sie begleiten würde. Doch die hatte bereits andere Pläne.

„Bernardo will mir die Insel zeigen", berichtete sie strahlend, als die beiden Freundinnen allein in ihrem Zimmer waren.

„Geht das nicht ein bisschen sehr schnell?", wandte Heather ein. „Ihr kennt euch doch erst wenige Stunden."

„Na und?" Angie teilte ihre Bedenken nicht im Geringsten. Im Gegenteil. Sie schien mit dem Verlauf der Dinge mehr als zufrieden, und als sie Heather zulächelte und im Bad verschwand, stand ihr die Vorfreude auf den kommenden Tag deutlich ins Gesicht geschrieben.

So musste Heather am nächsten Morgen wohl oder übel ohne ihre Freundin zu Renato ins Auto steigen.

Schon von Weitem war der hohe Mast im Hafen von Mondello zu erkennen, der erahnen ließ, dass es sich bei der *Santa Maria* nicht um irgendeine Segeljacht handelte. Doch als Renato den Wagen geparkt hatte und sie zu einem strahlend weißen Einmaster führte, glaubte Heather zunächst, er erlaube sich einen Scherz.

„Willkommen an Bord", sagte er mit deutlichem Stolz in der Stimme und half ihr an Deck einer Luxusjacht von mindestens dreißig Meter Länge.

„Ist das wirklich Ihre Jacht?", fragte Heather ungläubig.

„Erstens ist sie das, und zweitens finde ich es ziemlich unpassend, dass du deinen Fast-Schwager siezt", erwiderte Renato bestimmt und gab dem Skipper einige Anweisungen.

Ehe Heather recht begriffen hatte, wie ihr geschah, hatten zwei Matrosen die Leinen losgemacht, und der riesige Segler glitt beinahe lautlos durch die Hafeneinfahrt hinaus auf die offene See.

Vor der Bucht wehte eine kräftige Brise, und sobald die Segel gesetzt waren, legte sich die schwere Jacht leicht auf die Seite und schnitt elegant durch die Wellen.

„Wie fühlst du dich?", erkundigte sich Renato, der kurz unter Deck gewesen war und sich umgezogen hatte.

„Es geht mir blendend", erwiderte Heather. Die Schiffsbewegungen machten ihr nicht das Geringste aus, und das traumhafte Wetter trug seinen Teil dazu bei, dass sie die kleine Seereise schon nach wenigen Minuten genoss.

Renato schien es nicht anders zu gehen. An Bord seiner Jacht war er offensichtlich in seinem Element, denn er erinnerte in nichts an den undurchschaubaren und selbstherrlichen Mann, den Heather in London kennengelernt hatte. In den Shorts und dem weißen ärmellosen Hemd wirkte er völlig entspannt und energiegeladen zugleich.

„Komm jetzt mit", forderte er Heather auf und nahm ihre Hand. „Du willst doch sicherlich wissen, wo du deine Flitterwochen verbringst."

Er führte sie unter Deck und einen schmalen Korridor entlang, der direkt zur Eignerkabine führte. Der Raum hätte der Luxussuite eines Grandhotels alle Ehre gemacht, und angesichts des Komforts mochte Heather kaum glauben, dass sie sich auf einer Segeljacht befand. Vor allem die Größe des Doppelbettes wollte so gar nicht zu dem Bild passen, das sie sich vom spartanischen Leben auf See gemacht hatte. Umso mehr entsprach es dem, wie sie sich immer den idealen Ort für ihre Hochzeitsnacht vorgestellt hatte.

„Willst du dir nicht einen Badeanzug anziehen?“, fragte Renato und musterte sie mit einem Blick, der Heather befürchten ließ, er könnte Gedanken lesen.

„Ich habe vergessen, einen einzupacken“, erwiderte Heather sichtlich verlegen.

Wortlos ging Renato zu einer Kommode und zog eine Schublade auf, in der Heather eine ganze Sammlung von Badeanzügen erkennen konnte. Wie er in deren Besitz gekommen war, konnte sie sich unschwer vorstellen. Sicherlich stammten sie von Elena, Minetta, Julia und all den anderen jungen Frauen, die er vor ihr in diese Kabine geführt hatte.

„Der müsste dir eigentlich passen“, sagte Renato und hielt ihr einen weinroten Bikini hin.

„Vielleicht sollte ich lieber einen Einteiler anziehen.“ Die Vorstellung, sich dem Blick dieses erfahrenen wie zweifellos unersättlichen Mannes auszusetzen, schien ihr allzu gewagt. „Sonst bekomme ich noch einen Sonnenbrand.“

„Wir können uns ja im Schatten aufhalten“, wandte Renato ein. „Außerdem bin ich gern bereit, dir den Rücken einzucremen.“

Heather musste einsehen, dass ihre Ausrede jämmerlich versagt hatte. Und so zog sie sich unwillig um, nachdem Renato sie allein gelassen hatte. Bevor sie die Kabine verließ, streifte sie jedoch vorsichtshalber den seidenen Morgenmantel über, den sie im Bad gesehen hatte.

Renato saß am Heck des Schiffes unter einem großen Sonnensegel. Als er Heather sah, ging er ihr entgegen und führte sie zu einem kleinen Tisch, auf dem ein Weinkühler und zwei Gläser standen.

„Wo möchtest du gern hinsegeln?“, fragte er lächelnd, nachdem sie angestoßen hatten. „Afrika, Asien, Spanien oder Frankreich“, zählte er mögliche Ziele einer Kreuzfahrt auf, während er in alle vier Himmelsrichtungen zeigte. „Von Sizilien aus ist alles nur einen Katzensprung entfernt."

„Ist das an einem Tag denn zu schaffen?"

Heather musste sich gefallen lassen, dass Renato über ihre Unkenntnis laut lachte. „Leider nein", erklärte er ihr schließlich. „Wir werden uns mit einem Turn entlang der Küste begnügen und uns eine einsame Badebucht suchen. Es sei denn, du bist seekrank und möchtest lieber umdrehen."

„Im Gegenteil", widersprach Heather bestimmt. „Ich fühle mich pudelwohl."

„Dann zeige ich dir jetzt, wie man das Schiff steuert." Renato stand auf und reichte Heather die Hand.

Am Ruderstand löste er den Skipper ab. Heather stellte sich neben ihn. Es war ein wunderbares Gefühl, im Wind zu stehen und die salzige Luft auf den Lippen zu schmecken.

„Willst du dich nicht in die Sonne legen?", fragte Renato nach einer Weile. „Aber creme dich erst gründlich ein. Und denk an mein Angebot. Die Sonne hat hier unglaublich viel Kraft, und ich möchte vermeiden, dass du auf deiner Hochzeit mit Sonnenbrand erscheinst."

Auf dem Vorschiff fand Heather ein Badehandtuch und Sonnenöl. Als sie sich Arme und Beine einrieb, entging ihr nicht, dass Renato sie aufmerksam beobachtete. Plötzlich rief er den Skipper ans Ruder und war mit wenigen Schritten bei ihr. „Dreh dich um", forderte er sie ohne Umschweife auf.

Heather streckte sich auf dem Bauch aus und legte den Kopf auf die verschränkten Arme. Als Renato ihr das Haar aus dem Nacken strich, schloss sie unwillkürlich die Augen und genoss das wohlige Gefühl, das die Berührung seiner Hände in ihr auslöste, die er mit großer Geschicklichkeit und erstaunlicher Sanftheit über ihren Hals und die Schultern gleiten ließ, bis eine angenehme Wärme ihren ganzen Körper durchfloss. In der Ferne hörte sie Möwengeschrei, und der gleichmäßige Rhythmus, mit dem das schwere Schiff in die

Wellen eintauchte, versetzte sie in eine Trance, die sie alles um sich her vergessen ließ.

Urplötzlich schreckte sie hoch, als wäre sie bei etwas Verbotenem ertappt worden. Sie hob den Kopf und blickte zu Renato, dem es offensichtlich genauso ging. Er wirkte wie entrückt, und erst Heathers unvermittelte Bewegung schien ihn in die Wirklichkeit zurückgebracht zu haben.

„Ich muss wieder ans Ruder", sagte er mit schwacher Stimme, bevor er sich aufrichtete und zurück zum Heck ging.

Heather streckte sich wieder auf dem Badehandtuch aus, doch es dauerte eine ganze Weile, bis sich ihr Puls wieder normalisiert hatte.

Sie musste eingeschlafen sein, denn als sie aufsah, fiel ihr Blick auf eine kleine, menschenleere Bucht.

„Wir haben geankert", erklärte Renato, nachdem sie zu ihm an die Reling gegangen war, wo gerade das Beiboot der *Santa Maria* zu Wasser gelassen wurde. „Und jetzt lass uns an den Strand fahren."

Er half ihr die wackelige Leiter hinunter und nahm einen Picknickkorb an Bord. Dann ließ er den Motor an und steuerte direkt auf den breiten Sandstrand zu.

„Wie wär's, wenn wir vor dem Essen ein bisschen schwimmen?", schlug er vor, nachdem er das Beiboot am Ufer vertäut hatte.

Ohne eine Antwort abzuwarten, nahm er Heathers Hand, und gemeinsam liefen sie über den Strand ins Wasser, das zu dieser Jahreszeit noch überraschend kühl war.

Heather war keine besonders geübte Schwimmerin, und nie zuvor hatte sie sich so weit von der Küste entfernt, doch in Renatos Nähe fühlte sie sich absolut sicher.

So blieben sie eine geschlagene halbe Stunde im Meer, und als sie endlich zurück am Strand waren, ließ sich Heather erschöpft in den Sand fallen. Dennoch kam sie nicht umhin, heimlich Renato zu beobachten, der neben ihr stand und sich abtrocknete.

Plötzlich fiel ihr eine Narbe an der Innenseite seines rechten Unterarms auf. „Stammt die von dem Unfall?“, fragte sie entsetzt, weil schlagartig die Erinnerung an jenen unglückseligen Tag in ihr aufstieg, an dem sie Renato durch ihre Unbesonnenheit in Lebensgefahr gebracht hatte.

Es dauerte einen Moment, bis er begriff, was Heather meinte. „Ach, die Narbe“, sagte er betont gleichgültig. „Die ist bestens verheilt. Außerdem möchte ich sie inzwischen gar nicht mehr missen. Bis zu dem Unfall war ich fest davon überzeugt, dass es keiner Frau mehr gelingt, eine bleibende Erinnerung bei mir zu hinterlassen. Du hast mich eines Besseren belehrt.“

Als wäre für ihn das Thema damit beendet, ging er zum Beiboot, um den Picknickkorb zu holen. Doch die Bitterkeit in seiner Stimme war Heather so wenig entgangen wie seine Formulierung, die darauf hindeutete, dass es durchaus eine Frau in seinem Leben gegeben haben musste, die ihm mehr bedeutet hatte als etwa diejenige, deren Bikini sie jetzt trug.

Nachdem sie eine Weile gemütlich zusammengesessen hatten und sich die Köstlichkeiten hatten schmecken lassen, die ihnen der Schiffskoch eingepackt hatte, fasste sich Heather ein Herz. „Hattest du nie die Absicht zu heiraten?“, fragte sie rundheraus.

Renato sah sie lange an, bevor er sich endlich dazu durchrang, etwas zu erwidern. „Ich gebe zu, dass ich mal kurz davorstand. Damals war ich jung und unerfahren und glaubte noch an das Gute im Menschen. Magdalena Conti hat mir eine Lektion erteilt, die ich so schnell nicht vergessen werde.“

Gespielt gleichgültig zuckte er die Schultern. „Sie hatte es einzig und allein auf mein Geld abgesehen. Und ich war dumm genug, auf sie hereinzufallen. Eines Tages hat sie mir gesagt, dass sie schwanger sei. Natürlich habe ich ihr sofort einen Heiratsantrag gemacht. Was ich über kurz oder lang sowieso vorhatte. Damals hatte ich noch Träume – den von einer glücklichen Familie zum Beispiel. Mittlerweile habe ich mich viel zu sehr an das Leben als Single gewöhnt, um es aufzugeben."

Sein Blick schweifte hinaus aufs Meer, und Heather war sich sicher, dass er das Ende der Geschichte für sich behalten würde.

„Kurz darauf hat sie einen Filmproduzenten kennengelernt", fuhr Renato überraschend fort. „Gegen den hatte ich nicht die geringste Chance, denn erstens besaß er mehr Geld als ich, und zweitens führte er ein ungleich aufregenderes Leben. Jedenfalls habe ich sie nie wiedergesehen."

„Und das Kind?" Heather hätte sich für ihre unbedachte Frage ohrfeigen können, doch Renato ließ mit keiner Miene erkennen, dass sie das nichts anging.

„Das hatte sie offensichtlich erfunden", antwortete er traurig. „Wer weiß, vielleicht hat sie es auch …" Er ersparte es sich und Heather, den grausamen Gedanken auszusprechen. „Ehrlich gesagt bin ich mir nicht sicher. Der Frau ist alles zuzutrauen."

Heather vermied es tunlichst, etwas zu erwidern. Was hätte sie auch Tröstendes sagen können? Renato hatte den Schmerz auch nach Jahren nicht überwunden, und so erklärte sich auch, dass er sie zunächst für eine Mitgiftjägerin gehalten hatte.

„Lorenzo weiß gar nicht, welches Glück er hat, dass er an jemanden wie dich geraten ist", sagte er unvermittelt, als hätte er instinktiv gespürt, woran Heather dachte.

„Wenn du mir vertraust, warum denn nicht auch anderen …?"

„Die einzige Frau, der ich vertraue, ist meine Mutter",

unterbrach er sie. „Und ich weiß, wovon ich spreche." Er schenkte ihnen Wein nach und reichte Heather ihr Glas. „Glaubst du, du kannst bei uns glücklich werden?", fragte er mit einem gezwungenen Lächeln.

„Ganz bestimmt sogar", erwiderte Heather aus tiefster Überzeugung. „Manchmal wundere ich mich selbst, wie schnell alles ging, aber Lorenzo gibt mir das Gefühl, zu Hause zu sein."

„Gab es nie einen anderen Mann in deinem Leben, der dir dieses Gefühl gegeben hat?", fragte Renato und beobachtete Heather aufmerksam, als warte er gespannt auf ihre Reaktion.

„Doch", gestand sie rundheraus. Nachdem er so offen zu ihr gewesen war, gab es keinen Grund, ihm zu verschweigen, dass ihr sein Schmerz aus eigener Erfahrung bekannt war. „Und es ist noch gar nicht so lange her. Er hieß Peter, und wie Magdalena und du wollten wir heiraten. Eine Woche vor der Hochzeit hat der Herr es sich anders überlegt. Ohne Lorenzo hätte ich den Schock sicherlich bis heute noch nicht verarbeitet."

Erst durch Renatos fragenden Blick merkte sie, dass sie sich unklar ausgedrückt hatte. „Du darfst nicht denken, dass ich Lorenzo nur heirate, um Peter vergessen zu können. Inzwischen bin ich fest davon überzeugt, dass es das Schicksal gut mit mir gemeint hat. Lorenzo ist so verständnisvoll und fürsorglich. Einen besseren Ehemann kann ich mir gar nicht wünschen."

Renatos Gesichtsausdruck wurde plötzlich ungeheuer nachdenklich. Er sah Heather an, als hätten ihn ihre Worte tief bewegt. „Ich hoffe, du weißt, dass du immer auf mich zählen kannst, falls es mal Probleme geben sollte", sagte er mit großem Ernst.

Es klang, als triebe ihn eine dunkle Vorahnung, und Heather hatte das dumpfe Gefühl, dass er ihr etwas verschwieg.

Doch sein düsterer Blick hielt sie davon ab, ihn nach den Gründen für seine rätselhafte Prophezeiung zu fragen.

Als Renato den Arm ausstreckte und ihre Hand nahm, stockte ihr der Atem. In seinen Augen lag eine eigentümliche Schwermut, die sie diesem kräftigen, stolzen und selbstbewussten Mann nicht zugetraut hätte.

Wie gebannt saßen sie sich gegenüber und sahen sich an, bis Renato unvermittelt ihre Hand losließ und sich aufrichtete. „Es wird höchste Zeit, zur Jacht zurückkehren", teilte er ihr sachlich mit, und seiner Stimme war nicht mehr die geringste Unsicherheit anzuhören.

4. KAPITEL

Nachdem sie schweigend ihre Sachen zusammengepackt und im Beiboot verstaut hatten, nahm Heather auf dem kleinen Sonnendeck am Heck Platz, während Renato sich ans Steuer setzte und den Motor startete.

Dass es mit seiner Ausgeglichenheit nicht so weit her war, wie er Heather glauben machen wollte, wurde ihr klar, als er den Gashebel nach vorn drückte, sobald sie das tiefe Wasser erreicht hatten. Im selben Moment wurde das kleine Boot nach vorn gepeitscht.

Heather richtete sich auf und beobachtete fasziniert die Wellen, die sich hinter ihnen in weißen Schaumkronen brachen. Längst hatten sie die *Santa Maria* hinter sich gelassen, und Renato schien weder das Tempo drosseln noch umkehren zu wollen.

Als er sich nach ihr umsah, meinte Heather, in das Gesicht eines kleinen Jungen zu blicken. „Gefällt es dir?" Über den ohrenbetäubenden Lärm hinweg konnte sie ihn nur mit Mühe verstehen, und zur Erwiderung nickte sie.

Es war ein wunderbares Gefühl, den Fahrtwind im Gesicht zu spüren, der alle Sorgen vertrieb, und je schneller die Fahrt wurde, desto mehr konnte sie die Geschwindigkeit körperlich spüren.

Erst ein erneuter Blick zurück machte ihr klar, dass sie förmlich über das Wasser flogen, denn die große Jacht war schon außer Sichtweite. Die Vorstellung, allein auf dem endlosen Meer zu sein und jede Brücke hinter sich abgebrochen zu haben, löste in ihr ein bislang unbekanntes Freiheitsgefühl aus. Plötzlich meinte sie zu wissen, was sie in ihrem bisherigen Leben vermisst hatte.

Euphorisch legte sie den Kopf zurück und streckte die

Arme zum Himmel empor. Alle Zwänge und Hemmungen fielen von ihr ab, und zum ersten Mal hatte sie das Gefühl, mit sich und der Welt wirklich im Einklang zu sein.

Plötzlich erschütterte eine große Welle das Boot, das sich bedrohlich auf die Seite legte. Ehe Heather sich's versah, hatte sie das Gleichgewicht verloren. Sie streckte den Arm aus, um die Bordwand zu fassen zu bekommen, doch ihr Griff ging ins Leere.

Haltlos flog sie durch die Luft, bis sie hart auf der Wasseroberfläche aufschlug. Augenblicklich wurde ihr schwarz vor Augen. Doch sobald ihr das Salzwasser in den Mund drang, wurde sie sich schlagartig ihrer Situation bewusst. Renato hatte offensichtlich gar nicht bemerkt, dass sie über Bord gegangen war, denn das kleine Boot entfernte sich in rasendem Tempo.

Während sie sich benommen bemühte, den Kopf über Wasser zu halten, wurde sie von einer lähmenden Verzweiflung ergriffen. Ihr Schicksal war besiegelt, denn selbst wenn Renato umkehrte, würde er sie in der unendlichen Einöde des Meeres unmöglich finden.

Die Gewissheit, jämmerlich ertrinken zu müssen, raubte ihr die letzten Kräfte, und eine unsichtbare Hand zog sie unaufhaltsam in die Tiefe. Ein letztes Mal atmete sie ein, bevor das Wasser über ihr zusammenschlug und sie restlos zu verschlingen drohte.

Ohne dass sie ein Motorengeräusch gehört oder ein Boot gesehen hätte, umfassten sie plötzlich zwei starke Arme und brachten sie an die Wasseroberfläche zurück. Heather schnappte nach Luft und umklammerte Renatos Hals wie einen Rettungsring.

So behutsam wie möglich zog er sie an Bord und legte sie auf das Sonnendeck. „Was ist passiert?", fragte er, und seine Stimme verriet, dass er nicht weniger Angst ausgestanden hatte als Heather.

„Ich bin … es ging alles so schnell“, brachte sie kraftlos hervor.

„Es ist ja noch mal gut gegangen“, sagte Renato tröstend und beugte sich über sie.

Ohne zu wissen, wie ihr geschah, richtete Heather sich auf, umarmte ihn und schmiegte sich fest an ihn. Erst das Gefühl der Sicherheit und Geborgenheit machte ihr klar, wie groß die Gefahr tatsächlich gewesen war, in der sie sich befunden hatte. „Ich hatte mich schon damit abgefunden, dass du mich nicht rechtzeitig …“

„Ich habe doch gesagt, dass du auf mich zählen kannst“, unterbrach er sie sanft und strich ihr zärtlich durchs Haar.

Auf der Rückfahrt zur Jacht lenkte er das Boot vorsichtig durch die Wellen und drehte sich fortwährend nach Heather um, als fürchtete er, dass sie erneut über Bord gehen könnte.

Doch Heather war viel zu benommen, um sich auch nur zu bewegen. Mit geschlossenen Augen lag sie da und empfand nur noch eine unendliche Müdigkeit.

Schemenhaft nahm sie noch wahr, dass Renato sie an Deck der *Santa Maria* trug und in die Eignerkabine brachte. Und noch bevor er sie auf das breite Bett gelegt hatte, verlor sie das Bewusstsein.

Als Heather wieder zu sich kam, blickte sie in Angies besorgtes Gesicht.

„Was machst du bloß für Sachen?“, schalt ihre Freundin sie scherzhaft. „Renato hat Bernardo über sein Handy angerufen und ihm gesagt, dass er mich sofort in den Hafen bringen soll“, erklärte sie den Grund für ihre überraschende Anwesenheit. „Dass du mit unserem Ausflug nicht einverstanden warst, wusste ich ja. Aber musst du gleich zu solch drastischen Maßnahmen greifen?“

„Hoffentlich bist du trotzdem auf deine Kosten gekommen“, erwiderte Heather matt.

Angies Lächeln verriet nicht viel mehr, als dass sie die Stunden mit Bernardo zumindest nicht bereute. „Du bist die Erste, der ich es erzählen würde.“ Ihre Antwort war nicht weniger mehrdeutig. „Jetzt zieh dich an, damit ich dich zum Auto bringen kann.“

„Ich ziehe mir nur schnell den Morgenmantel über“, sagte Heather und schlug die Decke zurück.

„Das halte ich für keine gute Idee“, widersprach Angie. „Es sei denn, du willst sämtliche Männer im Hafen mit deinen weiblichen Reizen erfreuen.“

Jetzt erst wurde Heather sich bewusst, dass sie nackt war. Krampfhaft versuchte sie sich zu erinnern, ob sie sich den Bikini selbst ausgezogen hatte. Doch ihre Erinnerung reichte nicht weiter als bis zu jener Sekunde, in der Renato die Kabinentür geöffnet hatte.

„Hast du mir die nassen Sachen …?“

Ihre Hoffnung zerschlug sich, bevor sie sie formuliert hatte. „Ich bin doch gerade erst gekommen“, antwortete Angie. Auch wenn ihr nicht entgangen war, was ihre Freundin beschäftigte, unterschätzte sie offenbar die Bedeutung, die es für sie hatte. „Keine Sorge, von mir erfährt Lorenzo garantiert nichts“, ergänzte sie und blinzelte Heather zu.

„Du solltest nicht immer von dir auf andere schließen“, verwahrte sich Heather gegen die Verdächtigungen ihrer besten Freundin. Doch sich selbst konnte sie nicht darüber hinwegtäuschen, dass der bloße Gedanke an Renatos intime Berührung sie mehr erregte, als sie sich eingestehen mochte.

Die Welt war in undurchdringlichen Nebel gehüllt, aus dem plötzlich zwei starke Arme auftauchten, sie hochhoben und vorsichtig die Stufen hinabtrugen. Kaum lag sie auf dem breiten Bett, spürte sie, dass ihr der Bikini ausgezogen wurde.

Die Kühle auf ihrer nassen Haut ließ sie frösteln, doch schon beugte sich eine Gestalt über sie und trocknete ihr behutsam die Brüste und die Hüften …

Plötzlich lichtete sich der Nebel, und Heather erschrak, als sie das Gesicht des Mannes erkannte. „Nein!“, stieß sie angstvoll hervor.

„Was ist los, Heather?“, fragte Angie, sprang aus dem Bett und kam zu ihr.

Erst als sie die Hand ihrer Freundin spürte, wurde sich Heather bewusst, dass sie sicher und geborgen in ihrem Bett lag.

„Ich muss geträumt haben“, erwiderte sie ausweichend.

„Versuch zu schlafen.“ Angie war offensichtlich zu müde, um sich nach dem Inhalt des Traums zu erkundigen. Sie deckte Angie zu und strich ihr zärtlich über die Stirn. „Und denk vor allem nicht mehr an die schrecklichen Ereignisse.“

Doch sobald Heather die Augen wieder geschlossen hatte, stellte sich das Bild wieder ein. Und das war alles andere als schrecklich. Schrecklich war einzig, wie sehr sie die Vorstellung genoss, nackt vor Renato zu liegen und seine Hände auf ihrer Haut zu spüren. Am meisten bewegte sie jedoch, dass sein Blick geradezu hilflos wirkte und er über sein Tun entsetzter schien als sie.

Heather schlief bis zum Mittag des nächsten Tages. Trotzdem fühlte sie sich danach alles andere als ausgeruht. Es dauerte eine ganze Weile, bis sie begriff, wo sie sich befand und was geschehen war.

Umso mehr erschrak sie, als plötzlich Angie ins Zimmer gestürmt kam. „Lorenzo kommt gleich zurück“, berichtete sie freudestrahlend. „Renato wollte ihn in seinem Hotel in Stockholm anrufen, doch er war schon wieder abgereist.“

„Bist du auch sicher, dass er auf dem Heimweg ist?“ Von

einer Sekunde auf die andere war Heather hellwach. Wenn stimmte, was Angie gesagt hatte, wurde es höchste Zeit, dass sie aus dem Bett kam. Lorenzo sollte sich nicht unnötig Sorgen machen.

„Sein Flugzeug ist vor einer Stunde gelandet“, teilte Angie ihr mit. „Eigentlich müsste er schon hier sein. Er scheint es ohne dich nicht ausgehalten zu haben“, setzte sie lächelnd hinzu.

Kaum hatte Heather sich angezogen, hörte sie das Geräusch eines Automotors. Der Wagen war kaum zum Stillstand gekommen, da sprang Lorenzo heraus und lief in großen Schritten die Treppe hinauf, wo Heather ihn bereits erwartete. Er wirkte bedrückt, wenn nicht gar verstört.

„Wo ist Renato?“, fragte er Heather aufgeregt, und seine Umarmung fiel sehr flüchtig aus. „Ich muss sofort mit ihm reden.“

„Es ist doch nichts passiert, Schatz“, erwiderte sie in der Annahme, dass er sich seinen Bruder vorknöpfen wollte, weil er nicht besser auf sie aufgepasst hatte.

Doch Lorenzo schien sie gar nicht gehört zu haben. „Renato!“, rief er, und ohne seine Verlobte auch nur zu beachten, verschwand er im Haus.

Zu ihrer großen Verwunderung ließ er sich den ganzen Tag nicht mehr blicken, sodass sie sich erst am nächsten Morgen beim Frühstück wieder begegneten. Doch auch dann hielt er es nicht für nötig, Heather sein Verhalten vom Vortag zu erklären. Immerhin gab er ihr sein Ehrenwort, dass er sich mit Renato nicht gestritten hatte.

Auch in den nächsten Tagen bekam sie Lorenzo überaus selten zu Gesicht. Morgens fuhr er in aller Frühe mit Renato nach Palermo ins Büro, und abends kamen sie meist erst spät zurück.

Doch Heather blieb nicht viel Zeit, ihren Verlobten zu

vermissen, denn Baptista hatte beschlossen, ihr die Familie, in die sie bald einheiraten sollte, so nahe wie möglich zu bringen.

Nachdem sie Heather in jeden Winkel des Hauses geführt hatte, verbrachten sie viel Zeit damit, sich gemeinsam alte Fotoalben anzusehen.

Als Erstes zeigte ihr Baptista Bilder ihrer eigenen Hochzeit, auf denen eine ungewöhnlich schöne Braut zu sehen war, die glücklich in die Kamera blickte, während der Bräutigam eher mürrisch wirkte.

Vincente Martelli war gut einen Kopf größer als seine Frau und deutlich älter, und seine Körperhaltung verriet, dass er sich in seinem Smoking alles andere als wohlfühlte. Doch auch in seinem strengen Blick meinte Heather seinen ältesten Sohn wiedererkennen zu können.

Als Baptista ihr die Aufnahmen von Renato zeigte, wurde Heather in ihrer Annahme bestätigt, dass er schon in jungen Jahren genau gewusst hatte, was er wollte. Und der entschlossene Zug um seinen Mund ließ erahnen, dass er sich bereits damals bestens darauf verstanden hatte, seinen Willen durchzusetzen.

Lorenzo mit seinen goldblonden Locken wirkte auf den Fotos aus seiner Kindheit hingegen wie ein kleiner Engel, und Heather war geradezu gerührt, als sie sein offenes und unschuldiges Gesicht sah.

Als Letztes zeigte ihr Baptista Aufnahmen von Bernardo, der sich stets abseits von seinen Brüdern hielt und immer ein wenig grüblerisch dreinblickte.

„Aus Bernardo werde ich nicht so recht klug“, gestand Heather.

„Das ist auch nicht so leicht“, bestätigte Baptista. „Er neigt ein wenig zur Schwermut. Umso mehr freue ich mich darüber, wie gut er sich mit Angie versteht. So fröhlich wie in den letzten Tagen habe ich ihn noch nie gesehen. Vielleicht macht sie ja einen glücklichen Mann aus ihm. Wünschen würde ich es beiden."

Eines Morgens lud sie Heather zu einem Ausflug ein, ohne ihr jedoch das Ziel zu verraten.

Die Fahrt führte sie ins Landesinnere, und je weiter sie sich von der Küste entfernten, desto dünner wurde die Besiedelung. Als sie ein Ortsschild passierten, sagte Baptista unvermittelt: „Gleich sind wir da. Ich besitze ein Landgut, zu dem auch Ellona gehört. Es heißt *Bella Rosaria.* Mein Vater hat es mir vermacht – gewissermaßen als Aussteuer", setzte sie lächelnd hinzu.

Das kleine Dorf war alles andere als eine Augenweide. Seit Jahrhunderten schien sich hier nichts verändert zu haben. Im Grunde genommen gab es nur zwei Gebäude, die aus dem Rahmen fielen: eine mittelalterliche Kirche und ein Gutshaus aus rötlichem Ziegelstein, zu dem eine geschwungene Freitreppe führte.

Die Sonne hatte unterdessen den Zenit erreicht, und um der Hitze zu entkommen, gingen die beiden Frauen ins Haus und setzten sich in den Wintergarten. Von dort aus konnte man das lang gestreckte und fruchtbare Tal überblicken, an dessen Ende Palermo und das Mittelmeer zu erkennen waren.

Eine Hausdame brachte ihnen Tee. Überrascht stellte Heather fest, dass Baptista ihr zuliebe Earl Grey hatte servieren lassen. „Falls du Heimweh haben solltest", erklärte sie lächelnd.

„Ganz im Gegenteil", erwiderte Heather bestimmt. „Ich weiß nicht, wie ich es sagen soll, aber seit ich auf Sizilien angekommen bin, habe ich das Gefühl, dass ich hierher gehöre. Und der traumhafte Ausblick bestätigt mich nur darin. Wie schön muss es sein, wenn man an einem solchen Ort aufwachsen darf."

„Leider haben wir hier nur die Sommer verbracht, wenn es in Palermo unerträglich heiß war", erklärte Baptista. „Trotzdem habe ich die Zeit in bester Erinnerung. Hier habe ich meine große Liebe kennengelernt. Er hieß Federico und hat hier als Gärtner gearbeitet. Er war der schönste Junge von ganz Sizilien, und entsprechend verrückt waren die Mädchen nach ihm. Doch er hatte nur Augen für mich."

„Und warum haben Sie ihn nicht geheiratet?" Die Frage rutschte Heather heraus, ohne dass sie darüber nachgedacht hatte.

Glücklicherweise fühlte sich Baptista nicht gekränkt, denn sie schenkte Heather ein mildes, verständnisvolles Lächeln. „Daran war nicht zu denken", erwiderte sie schließlich, und eine eigentümliche Trauer lag in ihrer Stimme. „Meine Eltern hätten sich nie und nimmer damit einverstanden erklärt. Außerdem hatte mein Vater längst einen anderen Ehemann für mich ausgesucht."

„Wie bitte?" Heather konnte nicht glauben, was sie soeben gehört hatte. „Soll das heißen, dass Sie nicht selbst entscheiden durften, wen Sie heiraten?"

„Überrascht dich das so?" Heathers Verwunderung schien Baptista zu amüsieren. „Damals war das völlig normal, und auch heute noch ist es nichts Ungewöhnliches – vor allem wenn es sich um eine vermögende Familie handelt."

„Aber Sie haben Federico doch geliebt …"

„Ich liebe ihn bis heute", fiel Baptista ihr ins Wort.

„Und was war mit dem Mann, den Ihr Vater für Sie ausgesucht hatte? Haben Sie den auch geliebt?"

„Nein." Baptistas Antwort war so kurz wie eindeutig. „Und er mich auch nicht. Trotzdem war unsere Ehe glücklich." Heathers fassungsloser Gesichtsausdruck ließ sie unwillkürlich schmunzeln. „Du fragst dich sicherlich, wie ich so etwas sagen kann, obwohl er jahrelang ein Verhältnis mit einer anderen Frau hatte. Ja, ich wusste davon, und er hatte meinen Segen."

Die Gleichgültigkeit, mit der Baptista über die Untreue ihres Ehemanns sprach, traf Heather wie ein Schock. „Eine Ehe kann doch nicht glücklich sein, wenn man sich nicht liebt!", wandte sie mit aller Entschiedenheit ein.

„Mit der Liebe ist das so eine Sache", erwiderte Baptista nachdenklich. „Wer will entscheiden, wo sie anfängt und aufhört? Nehmen wir Vincente. Er war mir zeitlebens ein Freund, auf den ich immer zählen konnte, gerade in den schweren Stunden. Als unsere kleine Tochter starb, hat er mir über den Verlust hinweggeholfen. Ist das nicht auch ein Ausdruck von Liebe?"

„Ich wusste gar nicht ..." Heather war viel zu betroffen, um den Gedanken zu Ende zu formulieren.

„Unser erstes Kind war ein Mädchen", erklärte Baptista, beugte sich vor und nahm Heathers Hand. „Doretta ist sechs Monate nach der Geburt gestorben, doch manchmal meine ich, sie vor mir zu haben, wenn ich dich ansehe. Sicherlich wäre sie längst verheiratet, und *Bella Rosaria* wäre mein Hochzeitsgeschenk an sie gewesen."

Heather spürte, dass ihr Tränen der Rührung in die Augen traten, als Baptista ihr liebevoll über die Wange strich. „Wir kennen uns erst wenige Tage, Heather", fuhr sie fort, „aber so, wie du dich vom ersten Moment an auf Sizilien heimisch gefühlt hast, wusste ich sofort, dass Lorenzo keine bessere Frau hätte finden können. Und ich keine bessere Schwiegertochter. Deshalb möchte ich, dass du die neue Besitzerin des Gutes wirst."

„Wollen Sie es wirklich Lorenzo überschreiben?", fragte Heather ungläubig. Baptista musste sich versprochen haben.

„Nicht Lorenzo, sondern dir." Baptistas Antwort war unmissverständlich.

„Das kann ich unmöglich …"

„Und wenn ich dich darum bitte?"

„Wie könnte ich Ihnen eine Bitte ausschlagen?", stimmte Heather verlegen zu. Baptista schien sich ausschließlich von ihren Gefühlen leiten zu lassen, und mit ein wenig Abstand würde sie ihren Schritt sicherlich bereuen. Doch Heather beruhigte sich mit dem Gedanken, dass vor der Hochzeit kaum Gelegenheit wäre, die Übertragung rechtskräftig zu machen, und mit der Heirat fiele ihr Besitz ohnehin der Familie zu.

Erneut hatte sie Baptista sträflich unterschätzt. Mit einer kleinen Glocke rief sie die Hausdame zu sich und gab ihr kurz Anweisungen. Wenig später betraten zwei korrekt gekleidete Herren den Wintergarten und breiteten mehrere Dokumente auf dem Tisch aus.

„Meine Anwälte haben alles vorbereitet", teilte Baptista Heather mit und ließ sich einen goldenen Füllfederhalter reichen. „Wir müssen nur noch unterschreiben."

„Wissen Sie auch, was Sie tun, Signora?" Heather meinte, Baptista vor einer Dummheit bewahren zu müssen.

„Allerdings", erwiderte diese bestimmt und setzte ihre Unterschrift unter die Überlassungsurkunde. „Außerdem finde ich es an der Zeit, dass diese Förmlichkeiten ein Ende haben. Willst du mich nicht ‚Mamma' nennen? In wenigen Tagen bin ich es ja ohnehin."

„Sehr gern … Mamma." Noch ging es Heather ein wenig unsicher über die Lippen.

„*Bene.*" Baptista reichte ihr den Stift. „Dann hör endlich auf zu widersprechen und unterschreib."

Wenige Augenblicke später war Heather Besitzerin eines sizilianischen Landgutes. Nachdem sie alle mit einem Glas Marsala darauf angestoßen hatten, verabschiedeten sich die Anwälte wieder.

„Ich muss mich etwas ausruhen", sagte Baptista. „Inzwischen kannst du dich mit deinem Eigentum vertraut machen."

Leicht beklommen kam Heather der Aufforderung nach, doch schon nach wenigen Minuten hatte sie die Gewissheit, dass die elegante kleine Villa genau dem entsprach, wie sie sich ihr Zuhause immer vorgestellt hatte.

Für ein frisch getrautes Ehepaar war es geradezu ideal, und auch für eventuellen Familienzuwachs bot es genügend Platz. Bis es so weit wäre, könnte sie Lorenzo auf seinen Reisen begleiten, um sich allmählich in die Firma einzuarbeiten. Und wenn er in Palermo zu tun hatte, könnten sie sich abends an diesen traumhaften Ort zurückziehen und die Zweisamkeit genießen.

Nachdem sie sich sämtliche Räume angesehen hatte, trat sie hinaus auf die Terrasse, vor der sich ein paradiesischer Garten erstreckte.

Im Schatten der jahrhundertealten Pinien blühten seltene Blumenarten, die durch ein ausgefeiltes System aus Brunnen und Fontänen mit frischem Wasser versorgt wurden.

Am Ende des Gartens führte der Weg zu einer Laube, die inmitten eines Rosengartens stand, dessen Farbenpracht atemberaubend war. Gekrönt wurde das Kunstwerk von einem Beet mit langstieligen roten Rosen, die an Schönheit und Anmut alles übertrafen, was Heather bislang gesehen hatte.

„Ich wusste, dass ich dich hier finde." Unvermittelt stand Baptista an ihrer Seite und hakte sich bei ihr unter, während sie sich mit dem anderen Arm auf ihren Stock stützte. Gemeinsam gingen sie in die Laube.

„Ich komme oft hierher, wenn ich das Bedürfnis habe, allein zu sein", sagte Baptista, nachdem sie sich gesetzt hatten.

„Hast du nicht gesagt, dass Federico hier als Gärtner ...?"

„Hier hat mir *Fede,* wie ich ihn genannt habe, zum ersten Mal seine Liebe gestanden", bestätigte Baptista Heathers Vermutung. „Den Rosengarten hat er angelegt, damit ich mich immer daran erinnere, dass es nie eine andere für ihn geben würde."

„Und was ist aus ihm geworden?"

„Ich weiß es nicht", erwiderte Baptista traurig. „Als mein Vater herausbekommen hat, was wir füreinander empfinden, hat er ihn sofort entlassen, und ich habe nie wieder etwas von ihm gehört. Jahrelang habe ich versucht, in Erfahrung zu bringen, was aus ihm geworden ist, doch er war wie vom Erdboden verschluckt. Manchmal denke ich, dass ich erst dann in Frieden sterben kann, wenn ich weiß, dass es ihm gut geht. Aber das muss wohl ein Wunsch bleiben."

Baptistas Worte lösten in Heather Gefühle aus, wie sie sie noch nie empfunden hatte. Es schien ihr unvorstellbar, dass eine Frau einen Mann, den sie nicht liebte, heiraten und mit ihm eine Familie gründen konnte und doch dem Einzigen, den sie je geliebt hatte, auf ihre Weise treu geblieben war.

„Vielleicht ist das die wahre Liebe." Heather erschrak regelrecht, weil Baptista ihre Gedanken erraten zu haben schien. „Nicht die Leidenschaft und Hingabe der Jugend, sondern dass man jemanden hat, mit dem man sich unterhalten kann, der dir ein Lächeln schenkt, wenn du es brauchst, der dir die Angst vor dem Alter nimmt – und die vor dem Tod."

„Machen wir uns nichts vor." Ihr Tonfall änderte sich schlagartig. „Ich bin eine alte Frau, und meine Tage sind gezählt. Deshalb möchte ich dich um etwas bitten. Zu meiner Beerdigung werden sehr viele Menschen kommen, die mir nie etwas bedeutet haben. Nur der nicht, der mir am allermeisten bedeutet hat. Würdest du mir eine von Federicos Rosen ins Grab legen?"

„Willst du nicht einen deiner Söhne darum bitten?", fragte Heather verwundert und zugleich tief berührt.

Baptista schüttelte den Kopf. „Dafür ist es mir zu wichtig. Lorenzo würde es vor lauter Kummer vergessen, und Renato ist vieles, was mit Liebe und Gefühlen zu tun hat, fremd."

Heather unterließ es tunlichst, Baptista zu widersprechen – vor allem, was die Einschätzung ihres ältesten Sohnes anging. „Es ist mir eine große Ehre, dass du mich darum bittest", erwiderte sie stattdessen, „und ich gebe dir mein Wort."

Sie saßen noch eine ganze Weile schweigend in der Laube, bis sie sich erhoben und zum Auto gingen.

Als Heather Lorenzo am Abend von der Schenkung erzählte, gratulierte er ihr zunächst, bevor sich seine Miene unversehens verfinsterte.

„Ich bin mal gespannt, was Renato dazu sagt. Er hat schon immer fest damit gerechnet, dass er eines Tages Eigentümer von *Bella Rosaria* wird."

5. KAPITEL

Zwei Tage vor der Trauung setzte der Strom der Verwandten ein, die aus aller Herren Länder anreisten. Allmählich bekam Heather eine Vorstellung davon, was sie am Tag ihrer Hochzeit erwartete.

Trotzdem fieberte sie dem Ereignis voller Freude entgegen. Sie konnte es kaum erwarten, Lorenzos Frau zu werden – nicht zuletzt, weil sie hoffte, dass dann endlich die erotischen Träume aufhören würden, die sie seit dem Vorfall an Bord der *Santa Maria* verfolgten.

Damit nicht genug, sah sie sich selbst tagsüber unwillkürlich mit der Erinnerung an jenen Tag konfrontiert. So etwa, als ihr unter der Dusche ihre nicht ganz nahtlose Bräune aufgefallen war, die nicht zuletzt von dem Sonnenbad auf der Jacht herrührte.

Unwillkürlich hatte sie gemeint, Renatos Hand zu spüren, die sich zärtlich auf ihre Schulter legte, und selbst wenn er sie nur hatte eincremen wollen, erinnerte sie sich allzu gut an den Strudel der Gefühle, den seine Berührung in ihr ausgelöst hatte.

Wie leicht es ihm fiel, sie in Verlegenheit zu bringen, hatte sie schon bei ihrer ersten Begegnung im *Gossways* feststellen müssen. Doch sobald sie verheiratet wäre, würde es damit aus und vorbei sein. Mit der Hochzeitsnacht, so ihre Hoffnung, hätten sich ihre verbotenen Fantasien erübrigt.

Das Hochzeitskleid war ganz im mediterranen Folklorestil gehalten und bestand aus reiner Seide, die mit Brüsseler Spitze gesäumt war. Während es vorn relativ eng geschnitten war, weitete es sich hinten ab der Taille und mündete in eine Schleppe von beeindruckender Länge.

Als Heather sich im Spiegel betrachtete, den Angie ihr vorhielt, hatte sie zum ersten Mal in ihrem Leben das Gefühl, nicht nur hübsch, sondern wirklich schön auszusehen. Wofür mehr noch als das hinreißende Kleid die Tatsache verantwortlich war, dass sie seit ihrer Ankunft auf Sizilien auch innerlich regelrecht aufgeblüht war. Und in wenigen Stunden sollte sich ihr Glück erfüllen. Sie liebte Lorenzo und er sie. Mehr konnte sie sich nicht wünschen.

„Hoffentlich ist ein Arzt unter den Hochzeitsgästen", sagte Angie und lächelte schalkhaft. „Ich könnte mir vorstellen, dass dein Bräutigam vor Begeisterung lang hinschlägt, wenn er dich sieht."

Angie trug ein schlichtes cremefarbenes Seidenkleid, das ihre Bräune betonte und sie noch anmutiger wirken ließ als ohnehin. Doch für Angie galt dasselbe wie für Heather: Auch aus ihr schien die Insel einen anderen Menschen gemacht zu haben, und aus dem Urlaubsflirt mit Bernardo hatte sich längst etwas Ernstes entwickelt.

Plötzlich klopfte es laut an der Tür. „Es wird höchste Zeit", rief Renato, ohne ins Zimmer zu kommen. „Bernardo und Lorenzo sind schon vorgefahren. Ich warte unten auf euch."

Angie reichte Heather den Brautstrauß aus weißen Rosen, bevor sie gemeinsam den Raum verließen und den langen Korridor entlanggingen. Kaum erreichten sie die große Treppe, brandete in der Eingangshalle Applaus auf. Sämtliche Angestellte hatten sich Heather zu Ehren versammelt und beobachteten mit Spannung, wie die Braut majestätisch die Stufen hinabschritt.

Renato kam ihr entgegen und reichte ihr die Hand. Sein Gesichtsausdruck war eigentümlich ernst, doch Heather schob es darauf, dass selbst ihm die Hochzeit seines jüngsten Bruders naheging.

Vor der Tür stand eine große Limousine bereit, und Heather nahm auf der Rückbank Platz. Es blieb Angie überlassen, dafür zu sorgen, dass dabei die Schleppe des Kleides nicht schmutzig wurde.

Nachdem auch Renato eingestiegen war, setzte sich der Wagen langsam in Bewegung. Während der Fahrt nach Palermo betrachtete Heather versonnen die Landschaft. Mit jeder Minute nahm die Aufregung sie immer mehr in Besitz. Unwillkürlich blickte sie zu Renato und erschrak, als sie jenen entrückten Gesichtsausdruck an ihm bemerkte, mit dem er sie schon an Bord der *Santa Maria* betrachtet hatte.

Doch weil sie unterdessen die Kathedrale erreicht hatten, blieb ihr keine Zeit, darüber nachzudenken, was in ihm vorgehen mochte. Kaum war der Wagen zum Stillstand gekommen, wurden auch schon die Türen geöffnet. Angie half Heather beim Aussteigen und kontrollierte den Sitz ihres Kleides.

Als Oberhaupt der Familie fiel Renato die Aufgabe des Brautführers zu. „Können wir?“, fragte er und reichte ihr höflich den Arm.

„Von mir aus“, erwiderte Heather verunsichert, weil sie spürte, dass ihr Tränen in die Augen traten. Dann hakte sie sich bei ihm unter und ließ sich zum Eingang der Kathedrale führen.

Es dauerte eine ganze Weile, bis sich ihre Augen an das Dämmerlicht im Innern der Kirche gewöhnt hatten und sie die voll besetzten Bänke erkennen konnte. Kaum hatte die Hochzeitsgesellschaft die Braut bemerkt, erhoben sich alle und drehten sich zum Eingang um.

Als unvermittelt die Orgel zu spielen begann, umklammerte Heather unwillkürlich Renatos Arm. Noch wenige Sekunden, und er würde sie zum Altar führen, wo der Erzbischof bereits darauf wartete, sie mit Lorenzo Martelli zu vermählen.

Plötzlich sah sie, dass sich Bernardo aus der Menge löste

und aufgeregt auf sie zukam. „Wartet noch“, forderte er sie flüsternd auf. „Lorenzo ist verschwunden.“

„Wie bitte?“, fragte Renato fassungslos. „Ihr seid doch in einem Auto hergefahren.“

„Schon, aber nachdem wir angekommen sind, habe ich ihn aus den Augen verloren. Ich habe nicht die geringste Ahnung, wo er abgeblieben sein könnte. Es sei denn …“

„Raus mit der Sprache!“ Renato war mehr als ungehalten darüber, dass Bernardo sich jedes Wort einzeln aus der Nase ziehen ließ.

„Eine Passantin will gesehen haben, dass er in ein Taxi eingestiegen ist. Die Beschreibung könnte stimmen, aber ich bin mir sicher, dass sie sich geirrt hat.“

„Natürlich hat sie sich geirrt“, platzte Renato heraus. „Lorenzo wird jeden Moment hier sein.“

Er schien von seinen Worten zutiefst überzeugt, doch in seiner Stimme hatte eine Unsicherheit gelegen, die Heather nicht entgangen war und sich augenblicklich auf sie selbst übertrug.

Die Sinne drohten ihr zu schwinden, als plötzlich Baptista neben ihr stand. „Was ist passiert? Wo ist Lorenzo?“

Sie ließ den Blick von Renato zu Bernardo und wieder zurückschweifen. „Wo ist euer Bruder?“, forderte sie gebieterisch Auskunft.

Bevor einer der beiden etwas erwidern konnte, kam ein kleiner Junge in die Kirche gelaufen und sah sich um, als suche er etwas Bestimmtes. Als er Heather sah, entspannte sich seine Miene. Er trat zu ihr und überreichte ihr ein Blatt Papier, und noch ehe Heather begriffen hatte, wie ihr geschah, war er schon wieder verschwunden.

Wie in Trance reichte Heather Angie den Brautstrauß, bevor sie den Zettel auseinanderfaltete, auf dem handschriftlich etwas notiert war. Die Zeilen wirkten, als wären sie in großer Eile und Erregung entstanden.

Liebste Heather,
mein Verhalten ist unverzeihlich, doch leider bleibt mir keine andere Wahl.

In den letzten Tagen und Wochen musste ich oft an die wunderschöne Zeit in London zurückdenken. Wer weiß, was geworden wäre, wenn sich die Dinge so entwickelt hätten, wie sie begonnen haben.

Renato wusste es zu verhindern. Von dem Moment an, in dem er auf den Plan trat, hatten wir keine Chance mehr, glücklich miteinander zu werden. Er hat mich dazu gedrängt, Dich zu heiraten, obwohl er genau wusste, dass ich mich dazu noch zu jung und unerfahren fühlte. Für ihn zählt einzig und allein, dass es einen männlichen Nachkommen gibt, der nach ihm die Firma weiterführen kann. Wie Du weißt, ist Bernardo nur unser Halbbruder, und Renato hat den Glauben an die Liebe längst aufgegeben.

Also hat er mir diese Aufgabe zugedacht, und da er in Dir die ideale Mutter des Stammhalters der Familie Martelli gefunden zu haben glaubte, hat er mir die Pistole auf die Brust gesetzt. Du kennst ihn ja und weißt selbst, dass er Mittel und Wege findet, seinen Willen durchzusetzen.

An jenem Tag, als ich vorzeitig aus Stockholm zurückgekommen bin, war ich fest entschlossen, ihn dazu zu bewegen, die Hochzeit abzusagen oder wenigstens zu verschieben. Ich bin nicht sicher, ob er mir überhaupt zugehört hat. Ich liebe Dich, Heather – zumindest glaube ich es. Und noch heute Morgen war ich fest entschlossen, Dich zu heiraten. Doch als ich die vielen Menschen vor der Kathedrale sah, musste ich einsehen, dass ich uns beiden etwas vormachen würde, wenn ich mit Dir den Bund fürs Leben eingehe.

Wenn Du kannst, verzeih mir bitte.
Lorenzo

Wie betäubt ließ Heather den Arm sinken und blickte ausdruckslos ins Leere. Es hatte keinen Sinn, länger auf Lorenzo zu warten. Er würde nicht kommen, weder heute noch an irgendeinem anderen Tag. Allen Beteuerungen zum Trotz hatte er sie nie geliebt. Jedenfalls nicht genug, um sie zu heiraten.

Eines musste Heather ihm lassen: Ehrlich war er wenigstens. Was sich von seinem großen Bruder nicht behaupten ließ. Renato hatte sich wieder einmal als der skrupellose Taktierer erwiesen, für den Menschen nichts weiter waren als Figuren in einem Spiel, dessen Regeln er bestimmte.

Hinter ihr hörte sie ihn plötzlich laut fluchen, und jetzt erst wurde sie sich bewusst, dass er ihr über die Schulter gesehen und mitgelesen hatte. Als sie sich umsah, erschrak sie unwillkürlich. Renatos Augen waren geweitet, als stünde er unter Schock, und er war ungefähr so blass wie an jenem Abend in London, an dem er nur mit knapper Not dem Tod entronnen war.

Doch trotz seines Zustandes war er damals noch immer Herr der Lage gewesen. Nun wirkte er geradezu hilflos. Heather war jedoch viel zu benommen, um dem irgendwelche Bedeutung beizumessen. Trotzdem brannte sich dieser Gesichtsausdruck in ihrem Gedächtnis ein, und viel später sollte sie sich daran erinnern.

Einstweilen musste sie ohnmächtig verfolgen, dass sich die Hochzeitsgesellschaft nach und nach von ihren Plätzen erhob und sich in Windeseile das Gerücht verbreitete, dass etwas Entsetzliches geschehen sei.

„Was schreibt er?“, fragte Angie leise.

Weil Heather nicht reagierte, nahm sie ihr den Brief aus der Hand. Bernardo stellte sich neben sie, und mit jeder Zeile, die er las, verfinsterte sich seine Miene zusehends. Mit einem erstaunten und zugleich wütenden Blick zu Renato sagte er schließlich: „Ich hole ihn zurück, egal, wo er sich versteckt hat."

„Nein!" Heathers Erstarrung löste sich schlagartig. Endlich konnte sie wieder klar denken – was sich von Bernardo nicht sagen ließ. „Glaubst du wirklich, ich würde ihn jetzt noch heiraten?"

„Bitte, nimm doch Vernunft an, Heather", flehte er förmlich.

„Wäre es vielleicht vernünftig, wenn ich einen Mann heiratete, der es gar nicht will?"

Bernardo nickte und senkte betreten den Blick. „Entschuldige bitte. Du hast natürlich recht."

Es erfüllte Heather mit großer Genugtuung, dass sie ihr Selbstbewusstsein zurückerlangt hatte – oder zumindest äußerlich so wirkte. Denn wie es in ihr aussah, ging niemanden etwas an. Weshalb sie es auch nicht zeigen, sondern die Tränen der Verzweiflung zurückhalten wollte, bis sie endlich allein wäre.

„Das war's dann wohl", sagte sie kühl. „Ich schlage vor, dass wir nach Hause fahren. Renato, würdest du mich bitte begleiten?"

Doch im selben Moment fiel ihr Blick auf Baptista, die die ganze Zeit schweigend neben ihr gestanden hatte und plötzlich alt und gebrechlich wirkte. „Es tut mir so leid, Mamma", suchte sie nach tröstenden Worten. „Ich kann mir vorstellen, wie dir zumute ist."

Baptistas Miene war wie versteinert. „Lorenzo war schon immer mein Sorgenkind", sagte sie mit schwacher Stimme. „Das hat man nun davon, wenn man seine Kinder zu sehr verwöhnt."

„Dich trifft nicht die geringste Schuld", widersprach Heather nachdrücklich. Mit Rücksicht auf Baptista setzte sie nichts weiter hinzu, sondern beließ es bei einem bösen Blick zu Renato.

„Du hast allen Grund, stolz auf dich zu sein.“ Das Sprechen fiel Baptista unendlich schwer, und plötzlich begann sie, leicht zu schwanken und schloss die Augen.

Renato reagierte am schnellsten. Gerade noch rechtzeitig sprang er vor und fing seine Mutter auf, bevor sie stürzen konnte.

„Legen Sie sie vorsichtig hin“, ordnete Angie als erfahrene Ärztin an. Sie kniete sich neben Baptista, öffnete ihr den Kragen und fühlte ihren Puls.

„Ist sie …?“ Renato wagte es nicht, den Gedanken auszusprechen.

„Nein“, erwiderte Angie so kurz angebunden wie bestimmt. „Aber sie muss sofort ins Krankenhaus.“

Ein aufmerksamer Hochzeitsgast hatte bereits schon den Krankenwagen gerufen, und beide Söhne begleiteten ihre Mutter, als sie auf einer Trage aus der Kathedrale getragen wurde.

„Und was machen wir jetzt?“, fragte Angie, nachdem sie es dankenswerterweise übernommen hatte, der Hochzeitsgesellschaft die Situation zu erklären, ohne allzu viele Details preiszugeben.

„Wir fahren ins Krankenhaus“, erwiderte Heather bestimmt. „Ich muss wissen, wie es Baptista geht.“

In der Notaufnahme trafen sie auf Renato und Bernardo, die aufgeregt den Flur auf und ab liefen. „Wie geht es ihr?“, erkundigte sich Heather und wandte sich bewusst an Bernardo. Sie hatte beschlossen, Renato einstweilen zu ignorieren. Ein Krankenhaus war kaum der richtige Ort, ihm die Meinung zu sagen, und die Sorge um Baptista quälte sie schon genug.

„Genaues wissen wir auch noch nicht“, erwiderte Bernardo, „doch so schnell ist Mamma nicht unterzukriegen. Sie hatte schon öfter solche Schwächeanfälle, aber bislang ist sie noch jedes Mal wieder auf die Beine gekommen."

„Machen wir uns nichts vor", wandte Renato bedrückt ein, „in ihrem Alter erholt man sich nicht mehr so leicht davon. Zumal ihr Herz ohnehin angegriffen ist. Ich befürchte, wir müssen uns auf das Schlimmste gefasst machen."

„Dazu besteht nicht der geringste Anlass", widersprach Angie. „Ich bin ziemlich sicher, dass es sich nicht um eine Herzattacke, sondern um einen vergleichsweise harmlosen Kreislaufkollaps handelt. Und als Ärztin weiß ich, wovon ich rede."

Zumindest Bernardo schien ihr zu vertrauen, denn er sah sie dankbar und erleichtert an. Als er ihr verstohlen die Hand drückte, verspürte Heather eine eigentümliche Rührung. Obwohl sie sich erst wenige Tage kannten, konnten die beiden selbst in dieser schweren Stunde einander Halt geben. Und sosehr sie sich für die beiden freute, so schmerzlich wurde ihr bewusst, dass ihr jenes Gefühl, nach dem sie sich immer gesehnt hatte, versagt bleiben musste.

Plötzlich fiel ihr ein, dass sie noch immer ihr Hochzeitskleid trug. In dieser Minute sollte sie eigentlich neben Lorenzo vor dem Altar knien und den Segen des Erzbischofs empfangen. Doch was eigentlich der schönste Tag ihres Lebens werden sollte, hatte in einer Katastrophe geendet. Und der Mann, dem sie das zu verdanken hatte, stand direkt vor ihr.

Zeitlebens hatte Heather sich gefragt, was einen Menschen dazu bringen konnte, einen anderen zu hassen oder zu verachten. Nun meinte sie die Antwort zu kennen, und selbst das alte Sprichwort, nach dem Rache süß war, bekam plötzlich einen Sinn.

Unwillkürlich sah sie zu Renato, und sein Blick verriet ihr, dass er zumindest ahnte, was in ihr vorging. Einzig die Sorge um seine Mutter, die ihm ins Gesicht geschrieben stand, ließ

Heather davor zurückschrecken, ihm zu sagen, was sie von ihm hielt.

Glücklicherweise betrat in diesem Moment ein Arzt den Flur. „Ihrer Mutter geht es den Umständen entsprechend gut“, teilte er den beiden Brüdern mit. „Wenn Sie wollen, können Sie jetzt kurz zu ihr.“

Heather und Angie blieben allein zurück und setzten sich auf eine Bank. Doch schon nach wenigen Augenblicken kam Renato wieder aus dem Krankenzimmer. Er wirkte noch blasser als zuvor. „Meine Mutter möchte dich sprechen“, sagte er mit Grabesstimme.

„Was ist mit ihr?“

„Sie ist wie besessen von dem Gedanken, dass sie die Schuld an allem trifft.“

„Aber das ist doch nicht wahr! Warum hast du ihr das nicht gesagt?“

„Sag du es ihr“, erwiderte Renato bitter. „Auf mich will sie nicht hören. Sag ihr, was du willst, nur bitte sorg dafür, dass sie sich nicht länger quält. Du bist die Einzige, die ihr jetzt helfen kann.“

Gemeinsam gingen sie ins Zimmer, und Bernardo machte Heather wortlos den Platz am Bett frei und stellte sich zu seinem Bruder.

Baptista wirkte unendlich müde und erschöpft, und der Blick, mit dem sie Heather ansah, verriet, dass sie Todesangst ausgestanden hatte. „Vergib mir“, flüsterte sie kaum hörbar, so schwer fiel ihr das Sprechen. „Mir und meinem Sohn, der solche Schande über unsere Familie gebracht hat.“

„Ich habe dir nichts zu vergeben, Mamma“, widersprach Heather rasch und nahm Baptistas Hand. „Dich trifft genauso wenig Schuld wie mich. Was geschehen ist, ist geschehen, und jetzt lass uns nach vorn schauen.“

Baptista hatte Tränen der Rührung in den Augen. „Du hast

ein großes Herz", sagte sie leise und lächelte sanft. „Und Lorenzo ist ein Dummkopf."

Heather beugte sich zu ihr hinunter. „Sind das nicht alle Männer?", fragte sie und erwiderte Baptistas Lächeln. „Umso mehr Grund haben wir Frauen, uns vor ihnen in Acht zu nehmen."

Heathers Worte schienen ihre Wirkung nicht verfehlt zu haben, denn Baptistas Gesichtszüge entspannten sich. „Du hast völlig recht", erwiderte sie. „Wir Frauen müssen zusammenhalten. Darum musst du mir versprechen, dass du Sizilien nicht verlässt, bis ich wieder zu Hause bin."

Heather hatte große Mühe, ihre Bestürzung nicht offen zu zeigen. Wenn sie überhaupt einen Wunsch hatte, dann den, der Insel so schnell wie möglich den Rücken zuzukehren.

„Willst du das für mich tun?" Baptistas Stimme wurde immer schwächer.

„Denk daran, um was ich dich gebeten habe", mischte sich Renato drohend aus dem Hintergrund ein.

Baptista schien ungeduldig auf eine Antwort zu warten, und um keinen Preis durfte sie sich jetzt aufregen. „Ich verspreche es dir", sagte Heather rasch. „Ich werde auf dich warten. Jetzt möchtest du sicher mit deinen Söhnen allein sein."

„Du hast mir dein Wort gegeben." Baptista schien noch nicht restlos überzeugt.

„Mach dir keine Sorgen, Mamma." Heather strich ihr beruhigend über die Stirn. „Ich habe dir mein Ehrenwort gegeben, und ich werde mich daran halten."

„Was ist passiert?", fragte Angie besorgt, als Heather aus dem Krankenzimmer kam. „Du bist weiß wie eine frisch getünchte Wand."

„Ich befürchte, ich habe einen riesigen Fehler gemacht",

erwiderte Heather und berichtete ihrer Freundin in aller Kürze, was sich zugetragen hatte.

„Dir blieb doch keine andere Wahl“, wandte Angie ein.

„Da hast du wohl recht“, sagte Heather niedergeschlagen. „Wenn ich bloß wüsste, wie ich es ertragen soll, mit Renato unter einem Dach zu leben.“

6. KAPITEL

Das Anwesen der Familie Martelli wirkte wie ausgestorben. Die vielen Freunde und Verwandten, die eigens zur Hochzeit angereist waren, schienen förmlich die Flucht ergriffen zu haben. Nur die Geschenke auf dem großen Tisch im Salon erinnerten an den Anlass ihres Kommens.

Erst als sie den großen Raum betrat, bemerkte Heather, wie erschöpft sie war. Bislang hatte die Sorge um Baptista verhindert, dass sie sich mit ihrer eigenen Situation beschäftigt hatte.

Umso niederschmetternder war die plötzliche Gewissheit, dass sie sich in einer schier aussichtslosen Lage befand. Hinter ihr lag die schwärzeste Stunde ihres Lebens und vor ihr die unerträgliche Aussicht, Tag für Tag dem Menschen zu begegnen, dem sie diesen Albtraum zu verdanken hatte.

Unwillkürlich schlug sie die Hände vors Gesicht, um gegen die Verzweiflung anzukämpfen, die sie zu überwältigen drohte. Sie hatte sich fest vorgenommen, sich zusammenzureißen, bis sie alles hinter sich gelassen hatte, was sie bedrückte: die Insel, das Haus der Familie Martelli und vor allem deren Oberhaupt. Und daran wollte sie sich halten – so schwer es auch fiel.

Ein Geräusch ließ sie herumfahren. Renato lehnte am Türrahmen und beobachtete Heather, die alle Mühe hatte, ihren Vorsätzen treu zu bleiben. „Wie geht es deiner Mutter?", erkundigte sie sich und war selbst überrascht, wie gelassen ihre Stimme klang.

„Als ich ging, schlief sie", erwiderte Renato und betrat langsam den Raum. „Der Arzt meint, dass sie schon bald wieder nach Hause kann."

„Das freut mich von Herzen", sagte Heather und verfolgte

argwöhnisch, wie sich Renato ihr unaufhaltsam näherte. „Nicht zuletzt, weil ich dann bald abreisen kann."

„Du scheinst es ja kaum erwarten zu können." Renato klang verbittert. „Vielleicht darf ich dich darauf aufmerksam machen, dass du meiner Mutter damit sehr wehtun würdest. Du bist wie eine Tochter für sie ..."

„Ich bin aber nicht ihre Tochter", fiel Heather ihm ins Wort. „Nicht einmal ihre Schwiegertochter. Und dabei wird es auch bleiben."

„Kannst oder willst du mich nicht verstehen?" Renato war nur noch eine Armeslänge entfernt, und sein düsterer Blick ließ Heather unwillkürlich frösteln. „Sie liebt dich, ganz egal ob du zur Familie gehörst oder nicht. Hast du das denn nicht gemerkt?"

„Natürlich, und es bedeutet mir sehr viel ..."

„Und warum willst du sie dann im Stich lassen? Ist das der Dank für alles, was sie für dich getan hat?"

Heather drehte den Kopf zur Seite, um Renato nicht ansehen zu müssen. Sein Argument war nicht von der Hand zu weisen, und doch kam alles darauf an, dass sie jetzt nicht nachgab. „Ich habe versprochen, nicht eher abzureisen, bis sie wieder zu Hause ist", erwiderte sie emotionslos. „Und dabei bleibt es."

„Ich verstehe ja, dass du wütend auf mich bist, Heather, aber ..."

„Wütend?" Renatos schamlose Untertreibung kam wie gerufen. „Ich verabscheue dich!", platzte sie hasserfüllt heraus. „Und jetzt sag mir endlich, was an Lorenzos Brief dran ist. Ist er wirklich früher aus Stockholm zurückgekommen, um dich zu bitten, die Verlobung zu lösen?"

Renato war deutlich anzusehen, wie unwohl er sich plötzlich in seiner Haut fühlte. Der Ausdruck von Strenge und Selbstsicherheit, der eben noch in seinem Gesicht gelegen hatte, war dem einer großen Unsicherheit gewichen. „Ja“, gab er schließlich widerwillig zu. „Er war fest entschlossen, die Hochzeit abzublasen.“

„Ist dir nie in den Sinn gekommen, dass ich als Erste davon hätte erfahren müssen?“

„Ich wollte dich nicht unnötig beunruhigen. Schließlich konnte ich Lorenzo im Lauf unserer Unterhaltung davon überzeugen …“

„Indem du ihm die Pistole auf die Brust gesetzt hast“, fiel Heather ihm ins Wort. „So hat es Lorenzo jedenfalls in seinem Brief formuliert.“

„Das war gar nicht nötig“, erwiderte Renato ungerührt. „Nach allem, was ich über deine geplante Hochzeit mit diesem Peter wusste …“

„Hast du ihm etwa davon erzählt?“ Heather war außer sich vor Empörung. „Warum frage ich das überhaupt? Ich höre doch förmlich, wie du auf Lorenzo eingeredet hast, dass er mir das nicht antun könne. ‚Das arme Ding ist schon einmal sitzen gelassen worden, und es würde ihr das Herz brechen …‘“

„Wäre es dir lieber gewesen, wenn ich ihm seinen Willen gelassen hätte?“

„Allerdings wäre es das“, platzte Heather heraus. „Ich lege nämlich keinen Wert darauf, aus Mitleid geheiratet zu werden. Eigentlich sollte ich Lorenzo dankbar dafür sein, dass er mir das erspart hat. Auch wenn er sich einen besseren Zeitpunkt hätte aussuchen können. Wenn wir uns in London getrennt hätten, wäre alles einfacher gewesen. Dort hatte ich meine Arbeit, meine Freunde, meinen geregelten Alltag. Bis du auf den Plan getreten bist und dein schmutziges Spiel begonnen hast. Und was hast du davon? Dein Bruder ist getürmt, und deine Mutter liegt im Krankenhaus.“

An Renatos Gesicht konnte Heather ablesen, dass sie in

ihrer Erregung zu weit gegangen war. „Es tut mir leid“, entschuldigte sie sich. „Dass deine Mutter in die Klinik musste, ist nicht deine …“

„Wessen Schuld ist es denn sonst?“ Renato wirkte plötzlich völlig verändert. Der sonst so selbstsichere und mitunter rücksichtslose Mann wurde offensichtlich von Schuldgefühlen geplagt.

„Vielleicht sollten wir morgen weiterreden“, sagte er endlich. „Du hast sicherlich nichts dagegen, wenn ich jetzt gehe.“

„Ich weiß jetzt, wo Lorenzo steckt.“ Heather saß noch am Frühstückstisch, als Renato ins Zimmer kam. „Er ist in Neapel.“

Sie hatte eine schlaflose Nacht hinter sich, und vielleicht gelang es ihr dank ihrer Müdigkeit, gelassen auf die Neuigkeit zu reagieren. „Hast du ihm von eurer Mutter erzählt?“, fragte sie betont sachlich.

„Ich hatte noch keine Gelegenheit, mit ihm zu sprechen.“

„Dann wird es höchste Zeit“, erwiderte sie. „Er sollte sie so bald wie möglich im Krankenhaus besuchen.“

„Das wird nicht nötig sein“, widersprach Renato. „Sie wird morgen entlassen.“

„Trotzdem wird sie ihn sicherlich sehen wollen.“ Heather vermied es bewusst, die Sprache erneut auf die Frage zu bringen, was Baptistas baldige Rückkehr für sie selbst bedeutete.

„Vielleicht sollte man damit lieber warten, bis sie wieder bei Kräften ist“, wandte Renato ein.

„Je eher sie Klarheit hat, desto eher erholt sie sich wieder.“

Heathers Argument hatte Renato nachdenklich gemacht. Eine ganze Weile lang sah er sie schweigend an. „Du scheinst es ja kaum abwarten zu können, ihn wieder in deiner Nähe zu haben“, sagte er schließlich.

Schlagartig war Heather hellwach, und um ihre Gelassenheit war es geschehen. „Ich verbitte mir deine Anspielungen.

Zwischen Lorenzo und mir ist es aus."

„Das sagst du jetzt", erwiderte Renato. „Doch wenn er dir erst wieder gegenübersteht und seinen ganzen Charme spielen lässt …"

„Nach allem, was er sich hat einfallen lassen, um mich loszuwerden, ist das ziemlich unwahrscheinlich", fiel Heather ihm ins Wort, ohne sich im Geringsten für die Verachtung zu schämen, die aus ihrer Stimme klang. „Zumal er nie vorhatte, mich zu heiraten. Das war einzig und allein deine Idee."

„Er hätte immer noch die Möglichkeit gehabt, Nein zu sagen."

„Tu nicht so scheinheilig!", platzte Heather heraus. „Du weißt genau, dass niemand es wagen würde, dir zu widersprechen."

„Mit einer Ausnahme", erwiderte Renato, und sein Tonfall verriet ebenso wie sein Gesichtsausdruck, wie sehr er Heather dafür bewunderte, dass sie sich von ihm nicht einschüchtern ließ.

Heather war nicht gewillt, sich von seinen kaum verhohlenen Komplimenten beeindrucken zu lassen. „Ich kann es jedem nur wärmstens empfehlen", erwiderte sie trotzig. „Und jetzt solltest du endlich deinen Bruder anrufen."

Heather verbrachte den ganzen Tag im Krankenhaus. Baptista war noch sehr schwach und schlief immer wieder ein. Doch jedes Mal wenn sie aufwachte, suchte sie den Blickkontakt, und jedes Mal lächelte sie erleichtert, wenn sie feststellte, dass Heather auf dem Stuhl vor dem Fenster saß.

Gegen Mittag kam Renato zu Besuch. „Lorenzo kommt heute Abend, Mamma", berichtete er seiner Mutter, doch sein Blick galt einzig Heather.

„Ich brauche dringend eine Tasse Kaffee", sagte sie verlegen und ging aus dem Raum. Doch bevor Renato das Krankenhaus verließ, fing er sie ab.

„Du hattest natürlich recht“, gestand er rundheraus. „Die Nachricht, dass Lorenzo zurückkommt, hat sie unheimlich erleichtert. Im Gegensatz zu dir, nehme ich an.“

„Hier geht es einzig und allein um Mamma“, erwiderte Heather schroff. „Meine Gefühle spielen im Moment nicht die geringste Rolle.“

„Genau darüber würde ich mich gern mit dir unterhalten …“

„Ich wüsste nicht, welchen Sinn das jetzt noch haben sollte.“

„Immerhin hat sich seit gestern einiges verändert“, wandte Renato unsicher ein.

„Keine Sorge“, widersprach Heather umgehend. „Solltest du dabei an *Bella Rosaria* denken, kann ich dich beruhigen. Bevor ich nach England zurückkehre, mache ich die Schenkung rückgängig.“

„Ich dachte eher an etwas anderes …“

„Und ich dachte, ich hätte mich klar genug ausgedrückt“, unterbrach Heather ihn. „Jetzt entschuldige mich bitte. Ich will deine Mutter nicht warten lassen.“

Je näher der Abend rückte, desto unruhiger wurde Baptista. „Lorenzo kommt sicherlich bald“, versicherte Heather.

„Und du willst wirklich nicht vorher gehen?“, erkundigte sich ihre mütterliche Freundin besorgt. „Ich wäre die Letzte, die das nicht verstehen würde.“

„Vermeiden lässt sich das Wiedersehen ohnehin nicht“, erwiderte Heather, „und je eher ich es hinter mir habe, desto besser.“

„Du bist eine außergewöhnlich tapfere Frau.“

„Offen gesagt frage ich mich selbst, woher ich die Kraft nehme“, gestand Heather. „Schließlich dachte ich noch bis gestern, nicht nur den Mann fürs Leben, sondern endlich auch ein Zuhause gefunden zu haben.“

„Das kann ich dir genau sagen“, erwiderte Baptista. „Die Insel gibt dir die Kraft. Sie ist die Heimat, nach der du suchst. Das ist mir spätestens an jenem Tag klar geworden, als wir gemeinsam in *Bella Rosaria* waren. Und wenn du ehrlich zu dir selbst bist, musst du mir recht geben. Also vergiss Lorenzo und genieße, dass du hier bist.“

Einen Moment lang war Heather versucht, Baptista zuzustimmen. Der Gedanke hatte etwas unendlich Verlockendes, und es war ja auch nicht zu bestreiten, dass sie sich nie zuvor so im Einklang mit sich selbst gefühlt hatte wie in den wenigen Wochen auf Sizilien.

Trotzdem verbot sich der Gedanke zu bleiben von selbst. Der Schock der Ereignisse hatte sie gegen die Schmerzen immun gemacht. Doch irgendwann würde er nachlassen, und bis dahin sollte sie die Insel tunlichst verlassen haben. In London würde sie ihr inneres Gleichgewicht am ehesten wiederfinden. Selbst wenn es sehr, sehr lange dauern würde.

„Als Engländerin gehöre ich nun mal nach England“, antwortete sie endlich.

„Du gehörst zu uns“, widersprach Baptista bestimmt. „Und wenn das eine alte Sizilianerin sagt, kannst du es getrost glauben.“

Ehe Heather etwas einwenden konnte, ging die Tür auf, und Lorenzo betrat das Zimmer. Baptista stieß einen Freudenschrei aus, und nur Augenblicke später lagen sich Mutter und Sohn in den Armen.

Heather stand auf und verließ das Zimmer, um den beiden Gelegenheit zu geben, sich auszusprechen. Doch sobald sie auf dem Flur war, drohten sie die Gefühle zu überwältigen. Offensichtlich war sie noch nicht in der Lage, Lorenzo gegenüberzutreten, ohne das ganze Ausmaß der Schmerzen zu empfinden, die er ihr zugefügt hatte.

„Heather!“ Unvermittelt stand Renato an ihrer Seite. Als sie aufsah, blickte sie in sein besorgtes Gesicht. „Was ist passiert?“

„Lorenzo ist eben gekommen“, erwiderte sie leise. „Ich habe ihn mit eurer Mutter allein gelassen.“

„Geht es dir nicht gut?“, erkundigte er sich.

„Wundert dich das?“ Heather erhob sich und schenkte Renato ein geringschätziges Lächeln. „Ich fahre jetzt nach Hause. Gute Nacht.“

Schweren Herzens musste Heather einsehen, dass es keine gute Idee gewesen war, sich auf die Terrasse zu setzen.

Das milde Licht des Vollmondes, das sich im Meer spiegelte und es mit einem silbernen Schimmer überzog, erinnerte sie schmerzlich daran, dass sie zu dieser Stunde eigentlich mit ihrem frisch angetrauten Ehemann auf der Jacht ihre Hochzeitsnacht verbringen sollte.

Das Vernünftigste wäre es, augenblicklich ins Haus zu gehen, bevor die Wehmut überhandnehmen konnte. Und dass sie vernünftig war, hatte Heather in den letzten zwölf Stunden eindrücklich bewiesen.

Ein Geräusch schreckte sie auf. Als sie sich umdrehte, sah sie Lorenzo, der aus dem Haus trat. In der Dunkelheit konnte sie ihn nur schemenhaft erkennen, und doch meinte sie deutlich das Gesicht vor Augen zu haben, dessen Lächeln sie einst so bezaubert hatte.

„Ich weiß, dass mein Verhalten unverzeihlich ist, Heather“, sagte Lorenzo verlegen, als er vor ihr stand. „Trotzdem möchte ich dich bitten …“

„Du brauchst dich nicht zu entschuldigen.“ Heather schnitt ihm das Wort ab, ohne ihn anzusehen.

„Bist du denn gar nicht wütend auf mich?“, fragte Lorenzo erstaunt.

„Selbstverständlich bin ich wütend auf dich“, erwiderte Heather und wunderte sich selbst, wie beherrscht sie reagierte. „Aber wenn du erwartet hast, dass ich dir eine Szene mache, muss ich dich enttäuschen. Dafür wissen wir beide zu gut, dass uns dein großer Bruder das eingebrockt hat."

Ein eigenartiger Gedanke ließ Heather laut auflachen. „Bevor in jener denkwürdigen Nacht der Verkehrsunfall passierte, habe ich ihm klipp und klar gesagt, dass ich nie in eine Familie einheiraten werde, die ein solches Scheusal zum Oberhaupt hat. Dabei hätte ich es belassen sollen. Und jetzt möchte ich nichts mehr davon hören."

Lorenzo war fassungslos, und es dauerte eine ganze Weile, bis er sich halbwegs wieder gefangen hatte. „Bin ich dir wirklich so gleichgültig?"

„Wäre es dir lieber, wenn ich dich mit Beschuldigungen überhäufte und dich unter Tränen bäte, mich nicht zu verstoßen?"

„Ich gebe zu, dass mir das deutlich besser gefallen würde", sagte Lorenzo, und als Heather sein jungenhaftes Lächeln sah, lief sie einen Moment lang Gefahr, ihm den Gefallen zu tun.

„Leider muss ich dich schon wieder enttäuschen", erwiderte sie schnell. „Und jetzt lass mich bitte allein."

„Wer weiß, was geworden wäre, wenn Renato mich nicht so gedrängt hätte …"

„Ich will seinen Namen nicht mehr hören", unterbrach sie ihn barsch.

„Du willst doch wohl nicht abstreiten, dass wir uns geliebt haben!"

„Geh jetzt!", forderte Heather mit allem Nachdruck. Um Lorenzo nicht ansehen zu müssen, blickte sie hinaus aufs Meer und wartete regungslos, bis sie sicher sein konnte, dass er ins Haus gegangen war.

Die Erinnerung an glückliche Zeiten hatte ihr mehr zugesetzt, als sie sich eingestehen mochte. Dass es zwischen ihr und Lorenzo aus war, stand außer Frage. Doch ihn sich aus dem Herz zu reißen war weniger leicht.

Als Lorenzo in Renatos Arbeitszimmer kam, traf er auf seine beiden Brüder, die am Schreibtisch standen und Whisky tranken.

„Trinkst du einen mit?“, fragte Renato und schenkte Lorenzo einen Drink ein, ohne seine Antwort abzuwarten.

„Den kann ich jetzt gebrauchen“, erwiderte Lorenzo. Er leerte das Glas in einem Zug und hielt es Renato hin, damit er es erneut füllte.

„Was ist denn passiert?“, erkundigte sich Bernardo.

„Nichts ist passiert!“, platzte Lorenzo heraus. „Das ist es ja gerade, was mich so aufbringt. Ich habe eben mit Heather gesprochen. Auf alles war ich gefasst, aber nicht darauf, dass sie so unbeteiligt bleibt. Nicht eine einzige Träne hat sie vergossen.“

„Das hätte ich dir gleich sagen können“, wandte Renato ein. „Um sich von dir unterkriegen zu lassen, hat sie viel zu viel Selbstachtung. Was das angeht, kann sie es mit jedem von uns aufnehmen.“

„Da kann ich dir nur zustimmen“, pflichtete Bernardo bei. „Heather ist wirklich eine außergewöhnliche Frau.“

„Allerdings.“ Nachdenklich griff Renato zur Whiskyflasche. Der Drink, den er sich einschenkte, fiel besonders groß aus.

„Findest du nicht, dass du allmählich genug getrunken hast?“

„Ich wüsste nicht, was dich das angeht!“, herrschte Renato Bernardo an.

„Lass ihn ruhig“, mischte sich Lorenzo ein. „Renato hat nicht weniger Grund sich zu betrinken als ich. Schließlich habe ich das alles dir zu verdanken“, richtete er sich an seinen ältesten Bruder. „Wenn du dich nicht eingemischt hättest, wären Heather und ich vielleicht …“

„Hör endlich auf zu träumen!“, fiel Renato ihm ins Wort.

„Zwischen Heather und dir ist es aus. Und zwar endgültig!“

„Da wäre ich mir nicht so sicher“, widersprach Lorenzo. „Mit ein wenig Abstand wird sie schon merken, was sie an mir hat. Darauf gehe ich jede Wette ein …“

Weiter kam er nicht. Renato hatte ihm die Hände um den Hals gelegt und sah ihn wutentbrannt an.

„Bist du wahnsinnig?“ Bernardo schrie seinen großen Bruder an, um ihn zur Besinnung zu bringen. Gleichzeitig versuchte er, ihn von Lorenzo wegzuzerren, der schon blau anlief, weil er keine Luft mehr bekam.

Endlich löste Renato den Würgegriff. „Geh mir aus den Augen!“, forderte er Lorenzo unmissverständlich auf.

„Nichts lieber als das!“ Lorenzo warf ihm einen vernichtenden Blick zu. „Und wehe, du mischst dich noch einmal in meine Angelegenheiten ein.“

Kaum hatte Lorenzo den Raum verlassen, knöpfte sich Renato seinen anderen Bruder vor. „Was machst du eigentlich noch hier?“, fragte er bitter. „Wolltest du nicht längst bei deiner neuen Freundin sein?“

„Wenn mich nicht alles täuscht, werde ich Angie noch häufig genug sehen“, erwiderte Bernardo.

„Soll das heißen, dass ihr heiraten wollt?“

„Wenn es nach mir ginge, sofort. Aber du hast ja auch noch ein Wörtchen mitzureden.“

„Und wenn ich Nein sagen würde?“

„Das wäre ausgesprochen schade“, erwiderte Bernardo und lächelte ausnahmsweise. „Ändern würde es allerdings nichts.“

„Das dachte ich mir.“ Renato schien die Entschlossenheit seines Bruders zu imponieren, denn er nickte ihm aufmunternd zu. „Wie schön, dass wenigstens einer von uns dreien glücklich verliebt ist.“

7. KAPITEL

Angies Abreise ließ sich nicht länger aufschieben. Sie hatte ihren Urlaub ohnehin schon eigenmächtig verlängert, doch allmählich wurde es für sie allerhöchste Zeit, nach London zurückzufliegen.

Wobei sich Heather sicher war, dass ihre Freundin schon sehr bald die Zelte in England abbrechen würde, um für immer auf Sizilien zu bleiben. Lange würde sie es ohne Bernardo nicht aushalten, und ihre Liebe zu ihm war so tief empfunden, dass Heather fest davon ausging, dass sich die beiden noch vor Angies Abreise verloben würden.

Dafür sprach auch die Tatsache, dass sie sich gleich nach dem Frühstück verabschiedet hatten, ohne etwas über das Ziel ihres Ausflugs zu verraten. Sicherlich wollten sie das Nötige veranlassen, um die Familie später am Tage zu überraschen.

Doch als Heather das Zimmer betrat, das sie sich mit Angie teilte, wusste sie instinktiv, dass etwas Entsetzliches geschehen sein musste. Der Gesichtsausdruck, mit dem ihre beste Freundin die Koffer packte, erinnerte sie fatal an die schmerzlichen Erfahrungen, die sie selbst vor wenigen Tagen hatte machen müssen.

„Was ist passiert?", fragte sie besorgt. „Hast du dich mit Bernardo gestritten?"

„Dazu hat er mir keine Gelegenheit gegeben", erwiderte Angie mit tränenerstickter Stimme. „Er hat mich überhaupt nicht zu Wort kommen lassen, sondern mir in aller Seelenruhe erklärt, dass er mich nicht heiraten könne."

„Warum das denn?" Angies Antwort traf Heather völlig unvorbereitet. „Ich denke, er liebt dich?"

„Natürlich liebt er mich!" Angie klang geradezu empört. „Immer wieder hat er es mir gesagt. Heiraten will er mich aber trotzdem nicht.“

„Ich verstehe kein Wort“, gestand Heather.

„Ich doch auch nicht!“

Angie schlug verzweifelt die Hände vors Gesicht, und Heather umarmte sie, um sie zu trösten. „Willst du mir nicht erzählen, was passiert ist?“

Auch wenn sich Angie alle Mühe gab, gelang es ihr nicht, ihrer Freundin zu erklären, warum der Mann, der sie liebte, sich weigerte, sie zur Frau zu nehmen. Sie stand viel zu sehr unter Schock, um selbst verstanden zu haben, warum Bernardo sich von ihr trennen wollte und gleichzeitig beteuerte, nie eine andere Frau lieben zu können.

„In welchem Jahrhundert leben wir denn?“, fragte Heather, als sie endlich zumindest eine vage Vermutung zu haben glaubte, warum Bernardo es vorzog, sein Leben als Junggeselle zu fristen.

„Bernardo ist Sizilianer, und dass die Uhren hier anders ticken, brauche ich dir ja wohl nicht zu erklären“, widersprach Angie erregt. „Wenn ihm sein verdammter Stolz wichtiger ist als ich, dann habe ich mich damit abzufinden. Und jetzt lass uns bitte das Thema wechseln.“

Ursprünglich hatte Heather vor, Angie zum Flugplatz zu begleiten. Sie entschied sich spontan anders, als Bernardo sich anbot, das zu übernehmen. Vielleicht würde er in der Stunde des Abschiedes merken, welche Dummheit er beginge, wenn er Angie abreisen ließe, und sie möglicherweise gleich wieder mit zurückbringen.

Doch ein paar Stunden später kehrte er allein zurück, und sein Gesicht verriet absolut nichts darüber, wie es in ihm aussah. Heathers zaghaften Versuch, ihn zur Rede zu stellen, wies er freundlich, aber bestimmt zurück. Nachdem er kurz mit Baptista gesprochen hatte, setzte er sich wieder in sein Auto und fuhr davon.

„Was ist bloß in Bernardo gefahren?“, fragte Heather Renato um Rat.

„Das wüsste ich auch gern“, erwiderte er. „Noch vor wenigen Tagen konnte er es kaum erwarten, Angie zu heiraten. Er hat mich sogar schon gefragt, ob ich einverstanden sei. Diese Geschichte scheint ihn völlig aus der Bahn geworfen zu haben.“

„Willst du nicht noch mal mit ihm reden?“, bat Heather eindringlich.

Renato zuckte die Schultern. „Er hört ja doch nicht auf mich.“

„Das lässt du dir doch sonst auch nicht bieten!“, platzte Heather wütend heraus.

„Offensichtlich sind selbst meine Möglichkeiten begrenzt.“ Renato warf ihr einen provozierenden Blick zu. „Jedenfalls sobald es um Herzensangelegenheiten geht.“

„Wundert dich das?“, fragte Heather gereizt. „Dir hat noch keine Frau so viel bedeutet, dass du ihretwegen auch nur eine einzige Träne vergossen hättest.“

„Das kann ich nicht abstreiten“, erwiderte Renato. „Und wenn ich mir meine Brüder ansehe, bin ich froh und glücklich darüber.“

„Vielleicht sollte ich mir ein Beispiel an dir nehmen.“ Seine Worte hatten sie sehr nachdenklich gemacht. „Man erspart sich viel Kummer, wenn man die Dinge nicht so nah an sich heranlässt. Und keiner beherrscht das so perfekt wie du.“

„Wenn es jemand mit mir aufnehmen kann, dann bist das du.“ Seine Antwort kam mehr als überraschend. „In den vergangenen Tagen warst du stärker als wir alle zusammen. Allerdings wäre es mir lieber, wenn du deinen Gefühlen freien Lauf lässt, anstatt sie mit Gewalt zu unterdrücken. Nicht dass du mir noch daran erstickst.“

Plötzlich spürte Heather seine Hand auf ihrem Arm. Unwillkürlich musste sie an den Vorfall auf der *Santa Maria* und an die erotischen Träume zurückdenken, die er ausgelöst hatte. Doch anders als damals empfand sie nun bei Renatos Berührung nicht das Geringste. In ihr herrschte eine einzige große Leere, die alles verschlang.

„Ich muss zugeben, dass ich dich um deine Fähigkeit, dir sämtliche Gefühle vom Hals zu halten, fast beneide", sagte sie teilnahmslos.

„Täusch dich nicht", erwiderte Renato, und Heather spürte, wie er ihren Arm umklammerte. „So empfindungslos, wie du meinst, bin ich nicht. Im Gegenteil, manchmal wünsche ich mir …"

Unvermittelt ließ er Heather los, als fürchtete er, ihr wehzutun. „Egal", sagte er kurz angebunden, „ich werde mit Bernardo reden. Nur versprich dir nicht zu viel davon."

Am Tag nach ihrer Rückkehr aus dem Krankenhaus ließ Baptista Heather und Renato zu sich rufen.

Als ihr das Hausmädchen die Nachricht überbrachte, war Heather drauf und dran, sich entschuldigen zu lassen. Sie war in einer eigentümlichen Stimmung. Mehrere Nächte hatte sie denkbar schlecht geschlafen, und allmählich begann die Mauer, hinter der sie sich verschanzt hatte, zu bröckeln. Instinktiv ahnte sie, dass eine Winzigkeit reichte, und die Gefühle, die sich in ihr angestaut hatten, würden sich unkontrolliert Bahn brechen.

Dass dieser Moment kurz bevorstand, wusste sie deshalb so genau, weil in den letzten Tagen ihre Verzweiflung immer öfter in blanke Hysterie umzuschlagen und sie in ein ungehemmtes Lachen auszubrechen drohte, das zu unterdrücken sie schier unmenschliche Anstrengungen kostete.

Allein die tiefe Zuneigung zu Baptista brachte sie schließlich dazu, ihr Zimmer zu verlassen und in den Salon zu gehen. Baptista lag auf dem Sofa, und sie und Renato schienen bereits auf Heather gewartet zu haben.

„Wir müssen dringend etwas unternehmen“, sagte sie streng. „Mit der Schande, die über unser Haus und unsere Familie gekommen ist, kann und will ich mich nicht abfinden.“

„Vielleicht solltest du das lieber Lorenzo sagen“, wandte Renato ein.

„Ach, Lorenzo.“ Baptista winkte entrüstet ab. „Die Vergangenheit interessiert mich nicht. Die Zukunft bereitet mir Kopfzerbrechen.“

„Was mich angeht, sehe ich sie klar und deutlich vor mir“, erklärte Heather. „Sobald die Schenkung von *Bella Rosaria* rückgängig gemacht ist …“

„Nicht so stürmisch“, unterbrach Baptista sie. „Als Erstes sollten wir uns über die Geschehnisse in der Kathedrale unterhalten.“

„Ich dachte, wir wollten über die Zukunft sprechen“, wandte Heather ein. Sie hatte nicht das geringste Interesse, an Wunden zu rühren, die alles andere als verheilt waren.

„Das tun wir bereits“, widersprach Baptista bestimmt. „Schließlich wirst du die Schmach doch nicht auf dir sitzen lassen wollen.“

„Ehrlich gesagt, kann ich mit dem Wort ‚Schmach‘ nicht viel anfangen.“

„Ich umso mehr.“ Baptista wirkte regelrecht empört. „Es mag dir altmodisch erscheinen, aber für uns Sizilianer ist ‚Ehre‘ kein leeres Wort. Wenn mir so etwas passiert wäre, hätte mein Vater den Mann auf der Stelle erschossen. Und kein Gericht hätte ihn je dafür zur Verantwortung gezogen.“

„Ich habe nicht vor, jemanden zu erschießen“, erwiderte Heather. Baptistas Moralvorstellungen waren ihr völlig fremd. Doch weil sie fürchtete, ihr zu nahezutreten, setzte sie scherzhaft hinzu: „Jedenfalls nicht Lorenzo.“

Renatos Blick ließ sie ihren Leichtsinn augenblicklich bereuen. „Lorenzo und ich haben uns ausgesprochen“, sagte sie rasch.

„Das freut mich zu hören.“ Baptista quittierte ihre Bemerkung mit einem wohlwollenden Lächeln. „Damit ist die Angelegenheit jedoch noch nicht aus der Welt. Wir müssen Mittel und Wege finden, wie wir das, was dir meine Familie angetan hat, wiedergutmachen können.“

Heather sah ein, dass Baptista nicht eher Ruhe geben würden, als bis sie sich in irgendeiner Form erkenntlich zeigen könnte. „Mir wäre sehr damit geholfen, wenn Renato seine Beziehungen spielen lassen würde, damit ich wieder im *Gossways* arbeiten kann“, schlug sie vor.

„Und was würde dir das bringen?“, fragte Renato skeptisch.

„Einiges“, erwiderte Heather. „Wenn alles wie früher ist, kann ich zum Beispiel so tun, als wäre ich dir nie begegnet. Und etwas Besseres könnte mir kaum passieren.“

„Schönen Dank“, reagierte Renato beleidigt.

„Gern geschehen.“

Baptista hatte die kleine Szene mit sichtlichem Vergnügen verfolgt. „So gut ich dich verstehen kann, muss ich Renato gleichwohl recht geben. Selbst wenn du dich mit Lorenzo ausgesprochen hast, beseitigt das nicht die Schande, die über der Familie liegt. Das kann nur eine Heirat …“

„Ich denke nicht daran, Lorenzo zu heiraten!“, platzte Heather heraus.

„Das verlangt auch niemand von dir.“ Baptista ließ sich nicht aus der Ruhe bringen. Vielmehr hatte sie es offensichtlich nur darauf angelegt, dass Heather ihr das Stichwort lieferte. „Ich dachte eher an Renato“, fuhr sie unbeirrt fort, „selbst wenn ich zugeben muss, dass er bislang wenig getan hat, um dir den Gedanken schmackhaft zu machen. Doch er trägt nun einmal die Hauptverantwortung, und deshalb ist es an ihm, die Schmach zu tilgen. Ich denke, ihr solltet unverzüglich heiraten."

Der Satz verhallte, ohne dass irgendjemand das Wort ergriff. So gern Heather das unerträgliche Schweigen beendet hätte, war sie außerstande dazu. Die Selbstbeherrschung, die sie mühsam aufrechterhalten hatte, drohte sie endgültig im Stich zu lassen. Um nicht augenblicklich einem hysterischen Anfall zu erliegen, wandte sie sich um und schlug sich die Hand vor den Mund.

Doch es war bereits zu spät. Ohne dass sie es kontrollieren konnte, brach sie in schallendes Gelächter aus. Es dauerte eine ganze Weile, bis Baptistas entrüsteter Blick sie wieder zur Besinnung brachte.

„Es tut mir leid", sagte sie atemlos, „aber die Vorstellung, dass ich Renato ..." Noch immer war sie unfähig, das Undenkbare auszusprechen. „Ich ertrage ja nicht einmal seinen Anblick!"

Renato hatte sie die ganze Zeit beobachtet, und sein Gesichtsausdruck verfinsterte sich zunehmend. Als er plötzlich zu sprechen begann, verfiel er reflexartig in seine Muttersprache. Heather verstand so gut wie nichts von dem, was er seiner Mutter zu sagen hatte, doch seiner Stimme war die Empörung deutlich anzuhören.

Umso mehr überraschte es Heather, dass Baptista von ihrem Vorhaben nicht abzubringen war. „Du bist nach Sizilien gekommen, um einen Martelli zu heiraten. Nichts anderes schlage ich vor", sagte sie bestimmt.

„Ich verstehe nicht, wie du auf eine solch abwegige Idee kommst", widersprach Heather empört. „Es ist völlig ausgeschlossen, dass ich Renato ..."

„Ausnahmsweise sind wir mal einer Meinung", fiel er ihr

ins Wort. „Bei allem Respekt, Mamma, aber bitte schlag dir das aus dem Kopf."

„Ich denke nicht daran", erwiderte Baptista starrköpfig. „Du hast große Schande über deine Familie gebracht, und bevor die Sache nicht aus der Welt ist ..."

„Ein Anruf im *Gossways* genügt", wandte Heather ein, um die unsägliche Unterhaltung endlich zu beenden.

„Von mir aus können wir es sofort hinter uns bringen", stimmte Renato zu. „Je eher du dieses Haus verlässt, desto besser."

„Wenn du mir damals im Ritz nicht nachgegangen wärst, hätte ich es nie betreten."

„Wenn ich dir nicht nachgegangen wäre, wärst du überfahren worden."

„Zu dem Unfall ist es nur gekommen, weil ich mich vor dir in Sicherheit bringen musste."

„Ich kann mich nicht erinnern, dir einen Anlass dazu gegeben zu haben."

„Wie bitte?" Renatos Selbstgefälligkeit brachte Heather zunehmend in Rage. „Dann muss ich deinem Gedächtnis wohl auf die Sprünge helfen. Du hast mich behandelt wie ein Stück Vieh, das man auf Herz und Nieren prüft, bevor man es in die eigene Herde aufnimmt. Und ich sollte mich dadurch auch noch geschmeichelt fühlen."

„Ich musste mich doch davon überzeugen, dass Lorenzo die richtige Wahl getroffen hatte."

„Lorenzo? Der wusste doch gar nicht, wie ihm geschah. *Du* hast die Wahl getroffen, und er hatte sich gefälligst danach zu richten. Leider hat er dir einen Strich durch die Rechnung gemacht. Es sieht ganz so aus, als sollte das kein Einzelfall bleiben, Renato, denn auch ich werde nicht nach deiner Pfeife tanzen. Um es klar und deutlich zu sagen: Ich denke nicht daran, dich zu heiraten."

„Ich kann mich nicht erinnern, dir einen entsprechenden Antrag gemacht zu haben", erwiderte Renato kühl. „Ehrlich gesagt fiele mir nicht im Traum ein, mich an eine Frau zu binden, mit der es nichts als Ärger gibt."

„Umso besser!"

„Seid ihr wirklich so töricht, oder tut ihr nur so?" Baptista unterbrach den Streit, doch sie wirkte eher amüsiert als empört. „Wenn ihr nur eine Sekunde nachdenken würdet, anstatt dauernd miteinander zu streiten, würde euch auffallen, dass eine Ehe euch beiden Vorteile bringt. Eine Frau, die nicht zu allem Ja und Amen sagt, findest du kein zweites Mal, Renato, und du, Heather, hättest die Möglichkeit, auf Sizilien zu bleiben."

„Du weißt, wie sehr ich mir das wünsche", erwiderte Heather, „aber der Preis ist mir einfach zu hoch."

„Viel zu hoch", pflichtete Renato ihr bei. „Vergessen wir die ganze Angelegenheit."

„Ist das euer letztes Wort?" Baptista ließ den Blick zwischen den beiden hin und her gleiten, und weil keiner von ihnen etwas erwiderte, schien sie einzusehen, dass ihr Vorhaben gescheitert war. „Dann lasst mich jetzt bitte allein", sagte sie barsch. „Bevor du gehst, schenk mir noch einen Brandy ein, Renato. Am besten einen doppelten."

Der Wind trug das Mitternachtsschlagen einer Kirchturmuhr in den Garten, in den sich Heather zurückgezogen hatte, um ihre tiefe Trauer zu vertreiben.

Sie setzte sich auf den Rand eines Springbrunnens und sah hinaus aufs weite Meer, auf dem sich das Licht von Tausenden und Abertausenden Sternen silbern spiegelte. Bislang hatte sie geglaubt, mit dem, was geschehen war, irgendwie fertig zu werden und einigermaßen nahtlos dort anknüpfen zu können, wo sie vor Wochen aufgehört hatte. Nun sah sie zum ersten Mal mit Bangen in die Zukunft.

Dass Baptista entschlossen war, sie gegen ihren Willen zu verheiraten, hatte sie getroffen wie ein Schock. Ihre mütterliche Freundin wusste doch aus eigener Erfahrung, wie unerträglich der Gedanke war, einen Mann heiraten zu müssen, den man nicht liebte, und sich den, den man liebte, aus dem Herzen reißen zu müssen.

Die Rosen im Garten, bei denen es sich ausschließlich um Ableger aus *Bella Rosaria* handelte, kündeten jetzt noch davon, dass es ihr selbst nie gelungen war. Und trotzdem verlangte sie es von Heather.

„Ich muss mich für das Verhalten meiner Mutter entschuldigen." Ohne dass sie ihn bemerkt hätte, war Renato aus der Dunkelheit aufgetaucht. „Und für das, was ich dir an den Kopf geworfen habe, natürlich auch", setzte er deutlich leiser hinzu.

„Was das angeht, sind wir wohl quitt", erwiderte Heather abweisend. „Und Baptistas Verhalten war sehr aufschlussreich für mich. Immerhin weiß ich jetzt, von wem du die Dreistigkeit geerbt hast, mit der du dich in das Leben deiner Mitmenschen einmischst."

„Ich hoffe, du bist ihr nicht böse."

„Warum sollte ich?" Heather sah zu Renato auf, der unmittelbar vor ihr stand. „Auf ihre Weise hat sie es sicherlich gut gemeint. Auch wenn ich zugeben muss, dass der Vorschlag ziemlich absurd ist."

„Es ist mir nicht entgangen, wie sehr dich der Gedanke amüsiert, meine Frau zu werden." In seiner Stimme lag plötzlich eine eigentümliche Schärfe.

„Eigentlich war mir überhaupt nicht zum Lachen zumute", erwiderte Heather. „Dafür ist alles viel zu ..."

Einer dieser quälenden Lachanfälle verhinderte, dass sie den Satz zu Ende sprechen konnte. Er war ohne jede Vorwarnung gekommen, und entsprechend hilflos reagierte Heather. Das Lachen barst förmlich aus ihr heraus, ohne dass sie es hätte steuern oder gar beenden können. Immer heftiger wurde es, bis es schließlich nahtlos in einen hemmungslosen Weinkrampf umschlug.

Renato war die Veränderung, die in ihr vorgegangen war, nicht entgangen. „Heather", sagte er leise und legte ihr die Hand auf die Schulter.

„Es ist gleich vorbei", erwiderte sie mit tränenerstickter Stimme. Es beschämte sie zutiefst, dass Renato sie in diesem Zustand sah.

Zu ihrem Schrecken setzte er sich neben sie und umarmte sie behutsam. „Du brauchst dich deiner Tränen nicht zu schämen", sagte er sanft. „Im Gegenteil. Ich habe dir doch gesagt, dass es mir viel lieber ist, wenn du deinen Gefühlen freien Lauf lässt."

„Umso mehr Grund habe ich, mich davor zu hüten."

Ihre Antwort ließ ihn unwillkürlich lächeln. „Kannst du nicht mal einen Moment lang vergessen, dass du mich verabscheust?"

„Und wie soll ich das machen?"

„Eines muss man dir lassen", erwiderte Renato und zog Heather in seine Arme. „Ehrlich bist du wenigstens."

Gern hätte sie etwas darauf erwidert, doch seine plötzliche Nähe hatte sie sprachlos gemacht. Er hielt sie in seinen starken Armen und flüsterte ihr beruhigende Worte ins Ohr.

Das Erschreckendste daran war jedoch, dass es Wirkung zu zeigen begann. Denn auch wenn die Tränen nicht versiegen wollten, war das Weinen plötzlich wie eine Erlösung. Tagelang hatte sie sich gezwungen, stark zu sein, und jetzt musste sie einsehen, dass sie mit ihren Kräften am Ende war. Es tat unendlich gut, jemanden zu haben, an den man sich anlehnen und bei dem man Trost finden konnte – selbst wenn es der ärgste Feind war.

„Nichts und niemand ist es wert, dass du so weinst“, sagte Renato zärtlich und strich ihr das Haar aus der Stirn. Dann beugte er sich hinunter und küsste ihr die Tränen von den Wangen.

Alle Ängste und Sorgen schienen schlagartig von Heather abzufallen. Von einer drückenden Last befreit, schmiegte sie sich kraftlos an Renato und genoss das Gefühl der Geborgenheit, während er ihr Gesicht mit Küssen bedeckte.

Instinktiv wusste sie, dass sein Mund jeden Augenblick ihre Lippen finden konnte, und die Dringlichkeit, mit der sie diesen Moment herbeisehnte, vertrieb den Gedanken, dass sie etwas Verwerfliches tat, ehe er sich in ihr breitmachen konnte.

Als sich ihre Lippen endlich trafen, war die Berührung so leicht, dass Heather fast enttäuscht war. Kurz entschlossen legte sie den Arm um Renatos Nacken und zog ihn an sich. Seine Reaktion ließ sie insgeheim aufatmen. Er küsste sie mit einer Leidenschaft, die auch die letzte dunkle Wolke vertrieb.

Heather war sich im Klaren darüber, dass dieser Zustand nur von kurzer Dauer sein würde. Erst vor wenigen Stunden hatten Renato und sie sich gegenseitig beschimpft, und bei nächster Gelegenheit würden sie sich wieder streiten.

Doch daran wollte sie jetzt nicht denken. Sie wollte nur den Augenblick genießen, der ganz von dem Gefühl der Sicherheit und Geborgenheit erfüllt war, das Renatos Nähe und Zärtlichkeit in ihr auslöste.

Unwillkürlich ließ sie die Hand durch sein Haar gleiten und erschrak fast darüber, wie widerspenstig es war. Doch auch das passte zu diesem Mann. Man musste ihn nehmen, wie er war. Und dass man ihm nicht trauen konnte, schloss nicht aus, dass er wunderbar sein konnte.

Als er ihre Stirn küsste, spürte Heather, dass sein Atem

unregelmäßig ging. Erst jetzt wurde sie sich klar, dass der Lauf der Dinge für ihn ebenso überraschend gekommen sein musste wie für sie.

„Erinnerst du dich noch an dein Versprechen?“, fragte sie und löste sich aus Renatos Umarmung.

„Das kommt darauf an, welches du meinst“, erwiderte er lächelnd.

„Dass ich immer auf dich zählen könne, wenn ich dich mal brauchen sollte.“

„Habe ich das nicht gerade nachdrücklich bewiesen?“

Heather war versucht, ihm recht zu geben. Doch dazu war die Erinnerung an das Gespräch mit Baptista noch zu frisch. „Jetzt brauche ich deine Hilfe“, sagte sie leise. „Bitte ruf gleich morgen im *Gossways* an. Wenn ich erst meine Arbeit wiederhabe, gelingt es mir vielleicht zu vergessen, was geschehen ist.“

8. KAPITEL

Schon nach wenigen Tagen merkte Heather, dass sich die Ruhe und der Frieden von *Bella Rosaria* auf sie übertrugen.

Es war Baptistas Vorschlag gewesen, dass Heather eine Weile aufs Land fahren sollte. „Dann kannst du dich an das Gut gewöhnen und das Gut sich an dich“, hatte sie lächelnd gesagt. „Und damit du mich zwischendurch besuchen kannst, leihe ich dir ein Auto.“

Heather hatte zugestimmt, ohne zu zögern. *Bella Rosaria* war für sie der ideale Ort, um vor der Rückkehr nach England ein wenig auszuspannen. Und dass sie sich nicht als Eigentümerin des Landgutes fühlte, würde Baptista spätestens dann merken, wenn sie, Heather, die Schenkung rückgängig gemacht hätte.

Zu ihrer großen Verwunderung ging das Personal jedoch mit großer Selbstverständlichkeit davon aus, in ihr die neue Besitzerin vor sich zu haben. Jocasta, das Hausmädchen, hieß sie mit einer Herzlichkeit willkommen, die sie beschämte, und deren Mann Gino kochte ihr zu Ehren am ersten Abend einen sizilianischen Eintopf, den Heather auf Anhieb zu ihrem Lieblingsgericht erklärte. Entsprechend bedauerte sie, dass sie nicht allzu oft die Gelegenheit bekommen würde, es zu genießen …

Schwieriger gestaltete sich das Verhältnis zu Luigi, dem Verwalter des Gutes. Er war ein kleiner, griesgrämiger Mann in den Fünfzigern, der es gewohnt war, selbstständig zu arbeiten. Er sprach Heather in einem sonderbaren Gemisch aus Sizilianisch und Englisch an, und erst als sie ihm im selben Kauderwelsch antwortete, legte sich sein Misstrauen gegenüber dem Eindringling allmählich.

Sobald sich herausstellte, dass Heather reiten konnte, war

das Eis endgültig gebrochen. Er bot sich an, zwei Pferde aus dem eigenen Stall zu satteln und Heather die Ländereien zu zeigen. Mit Freuden nahm sie an, und der Ritt durch die fruchtbare Landschaft tat ihr so gut, dass sie es sich zur täglichen Gewohnheit machte.

Die Wirkung ließ nicht lange auf sich warten. Mit jedem Tag hellte sich ihre Stimmung mehr auf. Trotzdem hielt sie es für ratsam, ihre Besuche auf dem Anwesen der Familie Martelli auf jene Tageszeiten zu legen, zu denen Renato gewöhnlich nicht zu Hause war.

Zu ihrer Erleichterung kam Baptista mit keiner Silbe mehr auf ihren Vorschlag zu sprechen, sondern unterhielt sich mit ihr meistens über *Bella Rosaria.* Dabei achtete sie stets darauf, Heather als Besitzerin des Landgutes zu behandeln. Und selbst wenn Heather sich an diesen Gedanken gar nicht erst gewöhnen wollte, merkte sie, dass die Vorstellung, einen solchen Betrieb zu führen, sie immer mehr faszinierte.

Insgeheim wunderte sie sich, dass Renato nicht längst Einspruch erhoben hatte. Schließlich wusste sie von Lorenzo, dass er fest damit gerechnet hatte, selbst Eigentümer von *Bella Rosaria* zu werden, und so erwartete sie beinahe täglich seinen Besuch.

Doch die Tage gingen ins Land, ohne dass Renato sich blicken ließ. Anstatt aber erleichtert darüber zu sein, begann sich Heather zunehmend über seine Gleichgültigkeit zu ärgern. Offensichtlich ging er davon aus, dass sich die Angelegenheit irgendwann von selbst regeln würde – und zwar in seinem Sinne.

Denn nicht anders hatte es sich mit der nächtlichen Begegnung im Garten verhalten. Mittlerweile war Heather zu der Überzeugung gelangt, dass er es seit der ersten Begegnung im *Gossways* darauf abgesehen hatte, sie zu küssen. Und nachdem er seinen Willen bekommen hatte, hielt er es nicht mehr für nötig, sich mit ihr, Heather, abzugeben.

Allerdings musste sie zugeben, dass sie seinen Kuss nicht weniger lange herbeigesehnt hatte. Und obwohl sie seinerzeit einen anderen Mann geliebt hatte, wäre es um ein Haar schon auf der *Santa Maria* dazu gekommen.

Nach dem Debakel in der Kathedrale hatte sie sich in ihr Schneckenhaus verkrochen und nichts und niemanden an sich herangelassen. Erst in jener Nacht am Brunnen hatte sie sich wieder geöffnet, und Renatos Zärtlichkeiten hatten ihre Gefühle mit einer Heftigkeit geweckt, die ihr beinahe Angst gemacht hatte. So gesehen war Baptistas Vorschlag, sich nach *Bella Rosaria* zurückzuziehen, genau zum richtigen Zeitpunkt gekommen. Doch nun fühlte sie sich wieder stark genug, Renato unter die Augen zu treten.

Bei ihrem nächsten Besuch sprach sie Baptista vorsichtig auf ihn an und erfuhr, dass er gemeinsam mit Lorenzo eine Geschäftsreise angetreten hatte. Ihre Mutter fühlte sich ohne die Söhne ziemlich einsam, aber sie freute sich auch, dass die beiden endlich Gelegenheit hatten, gemeinsam zu verreisen. Widerwillig stimmte Heather ihr zu.

Der Einzige, dem sie häufiger begegnete, war Bernardo. Er war blass und wirkte unglücklich. Um ihn ein wenig aufzuheitern, lud Heather ihn zum Essen nach *Bella Rosaria* ein und berichtete ihm ausführlich von Angie, die ihr zwischenzeitlich schon zwei lange Briefe geschrieben hatte. Bernardo sprach kaum ein Wort, doch sein Gesichtsausdruck verriet, dass er alles, was Heather erzählte, gebannt verfolgte und in sich aufsog. Er schien Heathers Verständnis sehr zu genießen, denn er blieb länger, als er vorgehabt hatte, und als er sich spät am Abend verabschiedete, hatte Heather in ihm einen guten Freund gefunden.

Je mehr Zeit verging, desto wohler fühlte sie sich auf der Insel, die ihr längst zur Heimat geworden war. Trotzdem zwang sie sich eines Tages, im *Gossways* anzurufen. Zu ihrem großen Schrecken musste sie jedoch erfahren, dass der Platz im hauseigenen Fortbildungsprogramm inzwischen anderweitig vergeben worden war, und auch ihre Stelle in der Parfümerieabteilung war neu besetzt worden. Womit sich die Nachfrage erübrigt hatte, ob ein gewisser Renato Martelli sich für sie verwandt hatte.

Eine geschlagene Woche verging, bis sie eines Mittags vom Wintergarten aus Renatos Auto sah, das sich in hohem Tempo der Villa näherte.

Während Heather zur Haustür ging, strich sie sich schnell das Haar zurecht und nahm sich fest vor, Renato zwar freundlich, aber mit der gebotenen Zurückhaltung zu empfangen.

Doch nicht Renato stieg aus dem Auto und winkte ihr fröhlich zu. „Schön, dich zu sehen, Heather“, begrüßte Lorenzo sie, als er die Treppe hinaufgestürmt war, und lächelte, als wäre zwischen ihnen alles in bester Ordnung. „Ich wollte mal sehen, wie es dir geht.“

Es dauerte eine ganze Weile, bis Heather sich wieder gefangen hatte. Lorenzos Besuch kam mehr als überraschend, und dass er von der Geschäftsreise zurück war, legte die Vermutung nahe, dass auch Renato wieder auf Sizilien war.

„Danke der Nachfrage“, erwiderte sie förmlich. „Wie du siehst, geht es mir gut.“

„Ist es dir hier draußen nicht zu einsam?“, erkundigte sich Lorenzo.

„Es gibt Schlimmeres, als allein zu sein“, antwortete sie spitz. „Willst du nicht ins Haus kommen?“

Lorenzo reagierte auf ihre Bemerkung mit einem herzlichen Lächeln. Überhaupt schien er bester Laune – was ihn mindestens so attraktiv machte wie sein Äußeres. Er trug eine schlichte Leinenhose und ein kurzärmeliges Hemd, das nur zur Hälfte zugeknöpft war.

„Empfindest du die Atmosphäre hier drinnen auch als entsetzlich bedrückend?“, fragte er unvermittelt, nachdem Heather ihn ins Wohnzimmer geführt hatte. „Ich weiß noch genau, wie sehr ich es gehasst habe, wenn wir die Sommerferien hier verbringen mussten.“

Unwillkürlich musste Heather daran denken, dass sie sich bei ihrem ersten Besuch in *Bella Rosaria* ausgemalt hatte, wie schön es wäre, nach der Hochzeit hierherzuziehen. Wie so vieles, was Lorenzo betraf, entpuppte sich auch das als Produkt ihrer blühenden Fantasie. Dass sie trotzdem beinahe seine Frau geworden wäre, war allerdings kaum Lorenzo anzulasten.

„Wir können ja auf die Terrasse gehen, wenn es dir lieber ist“, sagte sie endlich. Jocasta brachte ihnen Wein, und sie stellten sich an die kleine Mauer, von wo aus man einen herrlichen Blick auf den Garten hatte.

„Willst du mir nicht von deinem Streit mit meiner Mutter erzählen?“, fragte Lorenzo und sah sie schalkhaft an.

„Ich weiß nicht, was du meinst“, erwiderte Heather abwehrend.

„Wirklich nicht?“ Lorenzo trank einen Schluck Wein, ohne Heather aus den Augen zu lassen. „Es hat sich längst herumgesprochen, dass Mamma dich mit Renato verkuppeln wollte und du die beiden ausgelacht hast. Ich gestehe, dass ich gern dabei gewesen wäre, als mein großer Bruder eine Abfuhr bekommen hat. Schließlich ist er das von den Frauen, mit denen er sonst zu tun hat, nicht gewohnt.“

„Leider muss ich dich enttäuschen“, erwiderte Heather. „Ich habe ihm keine ‚Abfuhr‘ erteilt, weil er den Vorschlag deiner Mutter genauso wenig hilfreich fand wie ich.“

Sie erschrak selbst, wie wenig ihre Worte darüber verrieten, dass die Situation beinahe außer Kontrolle geraten wäre.

Doch wie immer sie über Renato denken mochte, sie wollte ihn vor seinem jüngeren Bruder nicht zum Gespött machen.

„Dass du so denkst, glaube ich dir aufs Wort", wandte Lorenzo ein. „Bei Renato bin ich mir nicht so sicher. In Amerika hat er sich nichts anmerken lassen, aber seit wir zurück sind ... Vorsicht, Heather, dein Kleid!"

Jetzt erst wurde sich Heather bewusst, dass sie vor Schreck beinahe den Inhalt ihres Glases verschüttet hätte. Renato war also wieder auf Sizilien. Warum hatte er sich dann nicht längst bei ihr gemeldet?

Mit knapper Not widerstand sie der Versuchung, Lorenzo zu fragen, wann sie wiedergekommen seien.

„Ich könnte mir vorstellen, dass er so schnell nicht aufgibt", fuhr er fort. „Dass du ihn ausgelacht hast, wird er kaum auf sich sitzen lassen."

„Glaubst du wirklich, dass er mich heiraten würde, nur weil ich seinen Stolz verletzt habe?"

„Das traue ich ihm durchaus zu", bestätigte Lorenzo. „Und wie du aus eigener Erfahrung weißt, versteht er sich bestens darauf, seinen Willen durchzusetzen." Er sah Heather nachdenklich an. „Wer weiß, was sonst aus uns geworden wäre?"

„Das werden wir wohl nie erfahren", erwiderte sie und wich seinem Blick aus. Doch instinktiv wusste sie, was als Nächstes geschehen würde, und spontan beschloss sie, es zuzulassen, um etwas in Erfahrung zu bringen, was sie brennend interessierte.

Lorenzo reagierte genau so, wie sie es vorausgeahnt hatte. Er stellte sein Glas auf das Mäuerchen und umarmte Heather. Selbst als er den Mund auf ihren presste, wehrte sie sich nicht, sondern erwiderte seinen Kuss sogar – und zwar aus blanker Neugier.

Es war noch nicht lange her, da hatte sie Lorenzo geliebt,

und seine Küsse, selbst die zaghaftesten und flüchtigsten, waren ihr wie ein zärtliches Versprechen erschienen, das Wünsche und Sehnsüchte in ihr geweckt hatte, die sie nur mit Mühe hatte unterdrücken können.

Seither war viel geschehen, und insgeheim fragte sie sich, was sie bei seinem Kuss empfinden, ob sie ähnlich leidenschaftlich reagieren würde.

Schon nach kürzester Zeit hatte sie erfahren, was sie wissen wollte, und löste sich aus Lorenzos Umarmung. Er war ein sympathischer Kerl, doch zu einem Mann fehlte ihm noch einiges.

„Ich hoffe, ich komme nicht ungelegen."

Renatos sonore Bassstimme ließ Heather herumfahren, und sein höhnisches Lächeln schnitt ihr ins Herz.

„Und ob!", erwiderte Lorenzo gespielt empört.

Sein Bruder ging zu ihm und gab ihm einen Klaps auf die Schulter. „Da du dich bereits von Heather verabschiedet hast, spricht nichts dagegen, dass du jetzt gehst."

„Wie kommst du darauf ...?" Ein strenger Blick von Renato brachte ihn augenblicklich zur Besinnung. „Bis bald", sagte er zu Heather und küsste sie flüchtig auf die Wange.

„Willst du denn nicht zum Essen bleiben?", fragte sie – weniger weil sie sonderlich viel Wert darauf legte, dass Lorenzo tatsächlich blieb, sondern weil Renatos Verhalten unentschuldbar war.

„Beim nächsten Mal", erwiderte Lorenzo und ging.

Renato hatte die Szene mit sichtlicher Genugtuung verfolgt, doch als Heather ihn jetzt ansah, meinte sie eine Spur von Verachtung in seinem Blick zu erkennen.

„Was bildest du dir eigentlich ein?", fragte sie empört.

„Ich wollte ihn so schnell wie möglich loswerden", antwortete er ungerührt. „Und wie du siehst, ist mir das ja auch gelungen."

„Vielleicht hättest du vorher fragen sollen, was *ich* will!"

„Die Frage stellte sich nicht. Es war kaum zu übersehen, dass du auf dem besten Wege warst, ihn in dein Bett zu zerren."

Nur mit einem schnellen Griff nach ihrem Handgelenk konnte er verhindern, dass er sich eine saftige Ohrfeige einhandelte. „Allerdings frage ich mich, ob das die richtige Methode ist, um ihn doch noch dazu zu bewegen, dich zur Frau zu nehmen."

„Wenn ich ihn dazu überreden müsste, indem ich mit ihm ins Bett ginge, hätte er nie um meine Hand angehalten – nicht einmal mit deiner freundlichen Unterstützung!", platzte Heather wutentbrannt heraus. Welche Dummheit sie damit beging, fiel ihr erst auf, als sie ein eigentümliches Leuchten in Renatos Augen sah.

„Hast du wirklich nie mit ihm geschlafen?"

Seine erschreckende Deutlichkeit brachte Heather augenblicklich zur Besinnung. „Lass mich sofort los!", forderte sie, und zu ihrer Überraschung löste Renato den Griff, bis er seinen Arm schließlich sinken ließ.

„Dass Lorenzo vor der Kathedrale Reißaus genommen hat, ist das Beste, was dir passieren konnte", sagte er ruhig. „Du wärst mit ihm nicht glücklich geworden. Das weißt du selbst ganz genau."

Heather kam nicht umhin, Renato recht zu geben. Nur wissen lassen wollte sie es ihn um keinen Preis. „Und warum warst du dann so versessen darauf, dass wir heiraten?"

„Damals wusste ich nicht, was ich heute weiß", erwiderte er, und sein Blick verriet deutlich, woran er dachte.

Bevor Heather der Versuchung erliegen konnte, ihm zu gestehen, dass sie genauso empfand, betrat Jocasta die Terrasse. Renato war augenblicklich wie verwandelt. Er begrüßte das Hausmädchen überschwänglich, und während sich die beiden angeregt unterhielten, bemühte sich Heather, ihrer Erregung Herr zu werden.

Dass sie sich mit Renato gestritten hatte, kaum waren sie länger als zwei Minuten zusammen, wunderte sie nicht. Eher schon die Tatsache, dass sie zum ersten Mal das Gefühl hatte, dass sich hinter der Leidenschaftlichkeit, mit der sie sich streiten konnten, etwas anderes, nicht weniger Leidenschaftliches verbarg. Das hätte auch die Ungeduld erklärt, mit der sie dem Wiedersehen entgegengefiebert hatte.

„Darf ich Ihnen etwas zu trinken bringen, Signore?", fragte Jocasta freundlich.

„Nein, danke", lehnte Renato ab. „Die Signora und ich haben noch etwas zu erledigen."

„Das ist mir neu." Heather sah ihn fragend an.

„Es wird höchste Zeit, dass du dich in deine Aufgaben als Besitzerin von *Bella Rosaria* einarbeitest", erklärte Renato. „Luigi ist ein zuverlässiger Verwalter, aber um von ihm und den Mitarbeitern wirklich respektiert zu werden, musst du dich mit allem, was auf dem Gut geschieht, auskennen. Und die Pächter sind schon ganz neugierig auf die neue Herrin. Schließlich wollen sie wissen, was auf sie zukommt."

„Aber …" Heather wollte ihm erklären, dass sie nicht vorhabe, lange Eigentümerin des Landgutes zu bleiben. Sie unterließ es, weil es hoffnungslos war. Wem auch immer sie das in den letzten Tagen und Wochen gesagt hatte – niemand schien ihr zuzuhören, und Renato schon gar nicht.

Im Gegenteil. Sobald sie in seinem Cabriolet saßen und er ihr die Weinberge, Olivenhaine und Obstplantagen zeigte, die zu ihrem Besitz gehörten, verlief die Unterhaltung überaus einseitig. Heather kam kaum mehr zu Wort, so begeistert erzählte Renato von der herausragenden Ernte, die das Gut Jahr für Jahr abwarf, und den Plänen, die die Firma Martelli für das kommende Jahr hatte.

Wo immer sie im Lauf des Nachmittags hielten, verwickelten ihn Landarbeiter in Fachgespräche, bei denen Heather kaum verstand, worum es ging. Doch zu ihrer Überraschung gab sich Renato alle erdenkliche Mühe, sie in die Gespräche einzubeziehen, um den Mitarbeitern klarzumachen, mit wem sie es zu tun hatten. Und zwischendurch erklärte er ihr das Wichtigste, ohne je ungeduldig oder gar herablassend zu werden.

Als sie am frühen Abend eine Schaffarm erreichten, schlug Heathers Herz höher. Sie stellte dem Verwalter zahlreiche Fragen, die er mit einem anerkennenden Nicken beantwortete.

„Woher weißt du das alles?", erkundigte sich Renato überrascht.

„Mein Großvater war Schäfer", erklärte Heather ihm. „Und weil ich in den Ferien häufig bei ihm war, habe ich das eine oder andere von ihm gelernt."

Renatos Lächeln verriet eine derart übertriebene Freude, dass Heather ein eigentümlicher Verdacht kam. Der von dem genährt wurde, was sie in Ellona erwartete. Sämtliche Einwohner, so schien es, hatten sich auf der Dorfstraße eingefunden, um die neue Eigentümerin von *Bella Rosaria* kennenzulernen. Sogar der Pfarrer war eigens aus der Kirche gekommen, um Heather zu begrüßen.

Für die ungeheure Aufmerksamkeit, die man ihr zuteil werden ließ, musste es einen tieferen Grund geben, und mittlerweile meinte Heather, ihn zu kennen.

„Sollen wir morgen einen Ausritt machen?", fragte Renato, nachdem sie die Villa erreicht hatten.

„Kommst du morgen denn wieder?"

„Das wird nicht nötig sein", erwiderte er lächelnd. „Es sei denn, du hast etwas dagegen, dass ich über Nacht bleibe."

„Von mir aus", erwiderte Heather betont gleichgültig. „Ich

sage Jocasta, dass sie dir ein Zimmer fertig machen soll."

„Wie ich sie kenne, ist das schon passiert", sagte Renato und holte eine Reisetasche aus dem Kofferraum. Auch die Übernachtung war also Teil seines Plans gewesen. In den Jocasta offensichtlich eingeweiht war, denn sie hatte ihm nicht nur das Bett bezogen, sondern auch Gino beauftragt, Renatos Lieblingsessen zu kochen.

Heather missfiel es gründlich, dass er wie der Hausherr behandelt wurde und sich entsprechend aufführte. Doch es sich zu verbitten, wagte sie nicht. Schließlich konnte sie Renato keinen Vorwurf daraus machen, dass er ihren Entschluss, nicht auf Dauer zu bleiben, endlich ernst nahm.

Nach dem Abendessen gingen sie in den Garten und verfolgten gemeinsam den atemberaubenden Sonnenuntergang.

„Als ich klein war, habe ich hier mit meinen Freunden immer Räuber und Gendarm gespielt", sagte Renato unvermittelt. „Nirgendwo gab es bessere Verstecke."

„Und was hat Baptista gesagt, wenn ihr den Garten verwüstet habt?"

„Sie hat es mit Fassung getragen", erwiderte Renato. „Wenn wir glücklich waren, war sie es auch."

Inzwischen hatten sie den Rosengarten erreicht, und Renato führte Heather zur Laube. „Aus meinem Zimmerfenster konnte ich sie sehen, wenn sie sich des Nachts hierher zurückzog. Ich glaube, sie hat viel geweint."

„Weißt du, warum?", fragte Heather vorsichtig, weil sie nicht wusste, ob Baptista ihren Söhnen je von ihrer großen Liebe erzählt hatte.

„Wegen des Jungen, der aus Liebe zu ihr diesen Garten angelegt hat. Eines Tages war er spurlos verschwunden, und die Leute erzählten sich allerhand Gerüchte, was aus ihm geworden sei."

„Ich denke, dein Großvater hat ihn entlassen?", fragte

Heather, ohne zu bedenken, dass sie Renato damit verriet, dass ihr die Geschichte so weit bekannt war.

„Hat meine Mutter dir das erzählt?“, erkundigte sich Renato umgehend. „Wie du weißt, war ihr Vater ein überaus strenger Mann. Und wenn es um die Familienehre ging, verstand er überhaupt keinen Spaß.“

„Willst du damit andeuten, dass er ihm etwas ...?“

Doch Renato ließ sie nicht ausreden. „Er war streng, aber kein Unmensch. Jedenfalls ist *Bella Rosaria* ein ganz besonderer Ort für meine Mutter“, fuhr er fort, „und wie es schient, habe ich diese Vorliebe von ihr geerbt.“

„Dann solltest du dafür sorgen, dass es im Familienbesitz bleibt“, erwiderte Heather.

„Keine schlechte Idee.“ Renato lächelte schalkhaft. „Dafür müsstest du allerdings deinen Widerstand gegen den Vorschlag ...“

Dieses Mal fiel Heather ihm ins Wort. „Ausgeschlossen“, widersprach sie bestimmt. „Ich dachte, wenigstens darin wären wir uns einig.“

Er zuckte die Schultern. „Meiner Mutter ist es sehr wichtig, dass die Schande getilgt wird, die Lorenzo und ich über die Familie gebracht haben. Und da ich großen Respekt vor ihr habe ...“

„Schlag dir das ein für alle Mal aus dem Kopf, Renato“, unterbrach sie ihn erneut. „Glaubst du, ich hätte nicht mitbekommen, warum mich die Leute aus dem Dorf so angegafft haben? Ich will dir keine bösen Absichten unterstellen, aber es ist nicht fair, wenn du sie in dem Glauben lässt, dass ich auf Dauer hierbleibe. Und schon gar nicht als deine Frau!“

„Warum eigentlich nicht?“, wandte Renato ein. „Die Menschen mögen dich, willst du ihnen das zum Vorwurf machen? Und dass wir heiraten, ist für sie mindestens eine so ausgemachte Sache wie für meine Mutter.“

„Dann wirst du ihnen erklären müssen, dass sie sich geirrt haben“, erwiderte Heather bestimmt. „Ich werde dich nämlich *nicht* heiraten. Das ist mein letztes Wort. Und jetzt gehe ich ins Bett.“

„Das wird auch Zeit“, sagte Renato unvermittelt. „Ich möchte morgen in aller Frühe losreiten und nicht riskieren, dass ich dich unterwegs verliere. Schließlich wäre es nicht das erste Mal.“

Für diese Unverschämtheit hatte er natürlich eine Ohrfeige verdient. Doch die unverhohlene Anspielung auf den Tag auf der *Santa Maria* kam so überraschend, dass Heather laut lachen musste.

„Das klingt schon besser als beim letzten Mal“, kommentierte er lächelnd.

Tief verunsichert wich Heather seinem Blick aus. Es konnte kein Zufall sein, dass Renato ausgerechnet auf jene beiden Ereignisse anspielte, bei denen ihre Gefühle für ihn auf eine harte Probe gestellt worden waren. Und auch jetzt drohte sie der sonderbaren Attraktivität dieses einzigartigen Mannes zu erliegen, der sie schweigend ins Haus und bis vor ihre Zimmertür begleitete.

„Gute Nacht, Heather“, verabschiedete er sich förmlich, und ohne eine Antwort abzuwarten, drehte er sich um und ging zu seinem Zimmer.

Nachdem Heather die Tür hinter sich geschlossen hatte, stand sie eine ganze Weile unschlüssig im Raum, bis sie sich einen Ruck gab und den Schlüssel im Schloss herumdrehte.

Während sie sich auszog, haderte sie mit sich und der Welt – vor allem aber mit ihrer Entscheidung, die Tür abzuschließen. Schließlich fasste sie sich ein Herz, schloss sie wieder auf und legte sich ins Bett. Als sie die Nachttischlampe ausgeschaltet hatte, blickte sie in die Dunkelheit und horchte gebannt auf die Geräusche im Haus.

Lang konnte es nicht dauern, bis Renato zu ihr kam, und dass er kommen würde, stand außer Frage. Er war entschlossen, sie zu heiraten – wie immer sie darüber denken mochte. Denn über seine Motive machte sich Heather keine Illusionen. Die Familie Martelli brauchte einen männlichen Nachkommen, und da Lorenzo sich als unzuverlässig erwiesen hatte, war Renato förmlich dazu gezwungen, sich selbst darum zu kümmern. Dass er damit zugleich die Familienehre wiederherstellen konnte, war ein ebenso willkommener Nebeneffekt wie die Tatsache, dass er sich auf diese Weise schadlos dafür halten konnte, dass Heather ihn ausgelacht und damit in seinem Stolz verletzt hatte.

Blieb ein letzter Punkt. Seit Heather unvorsichtigerweise angedeutet hatte, dass sie nicht mit Lorenzo geschlafen hatte, war er wild entschlossen nachzuholen, was sein jüngerer Bruder versäumt hatte. Sie deshalb zu heiraten wäre ihm allerdings nicht im Traum eingefallen. Um sich zu irren, kannte Heather seine Einstellung zu gut. Noch im Einschlafen fragte sie sich, warum sie dann die Tür wieder aufgeschlossen hatte …

9. KAPITEL

Das gemeinsame Frühstück verlief überaus wortkarg. Heather war darauf bedacht, Renato möglichst kühl und abweisend zu begegnen. Der bloße Gedanke daran, dass sie ihn geradezu eingeladen hatte, in ihr Schlafzimmer zu kommen, beschämte sie, und sie rechnete ihm seine Zurückhaltung hoch an.

Andererseits war sie auch empört darüber. Denn Heather bezweifelte nicht, dass er aus bloßer Berechnung in seinem Zimmer geblieben war. Er schien ihr vor Augen führen zu wollen, dass er sein Ziel mit aller Konsequenz verfolgte und nicht einmal dann von seinen Plänen abwich, wenn sie das Äußerste wagte.

Doch offensichtlich wurde er seines kleinen Triumphes nicht so recht froh, denn er wirkte unausgeschlafen und gereizt, und auf ein Lächeln von ihm wartete Heather während des gesamten Frühstücks vergeblich.

Erst als sie durch die wunderschöne Landschaft ritten, löste sich die Anspannung zwischen ihnen allmählich. Renato zeigte Heather ihren Besitz, und wohin sie auch kamen, wurden sie freundlich und zuvorkommend empfangen. Jeder schien zu glauben, dass ihre Hochzeit mit Renato kurz bevorstehe, und diese Gewissheit zerstreute offensichtlich jeglichen Argwohn gegenüber der Fremden, von der ihr Schicksal in Zukunft abhing.

Mittags machten sie auf einem idyllisch gelegenen Bauernhof Rast. „Sieh nur", sagte Heather und zeigte auf die Ruinen eines antiken griechischen Tempels, an dessen Fuß Schafe und Ziegen weideten, „ist das nicht ein wunderbares Bild? Die Hochkultur des Altertums und das einfache Leben von heute, friedlich Seite an Seite. Das gibt es nirgends sonst auf der Welt."

„Und warum bleibst du dann nicht, wenn dir Sizilien so gut gefällt?“, fragte Renato unvermittelt.

„Weil es gewisse Einwohner auf der Insel gibt, die es mir ratsam erscheinen lassen, nach England zurückzukehren“, erwiderte Heather ernst, um erneut erleben zu müssen, dass sie Renatos Lächeln wenig entgegenzusetzen hatte.

„Nur Mut“, sagte er strahlend, „so schlimm bin ich nun auch wieder nicht.“

„Und ob!“, widersprach sie, doch es klang entschiedener, als es gemeint war.

„Bin ich nicht!“, entgegnete Renato, und sein Lächeln wurde allmählich zur Bedrohung.

„Bist du doch!“

Sie brachen gleichzeitig in lautes Lachen aus. Wie schön es war, entspannt in der Sonne zu sitzen und aus lauter Übermut miteinander zu zanken. Und wie wohltuend anders die Stimmung im Vergleich zu den Auseinandersetzungen war, die hinter ihnen lagen!

So wusste Heather selbst nicht, was sie dazu brachte, ohne Not ein ernstes Thema anzusprechen. „Darf man erfahren, woher dein Sinneswandel rührt?“, fragte sie Renato. „Vor wenigen Tagen hast du den Gedanken, mich zu heiraten, noch weit von dir gewiesen.“

„Das habe ich meiner Mutter zu verdanken“, erwiderte er. „Sie hat mich nachdrücklich an meine Pflichten erinnert, und da ich ein gehorsamer Sohn bin, habe ich mich schließlich dazu bereit erklärt. Wenn auch nur widerwillig“, setzte er wenig charmant hinzu.

„Kannst du nicht einmal ernst bleiben?“, fragte Heather entrüstet.

„Also schön“, begann er, „wir haben beide erlebt, dass Liebe kein Garant für eine harmonische Ehe ist. Andererseits zeigt das Beispiel meiner Eltern, dass man, auch ohne sich zu lieben, glücklich miteinander sein kann. Jedenfalls dann, wenn man keine Wunder erwartet. Habe ich nicht recht?"

„Ganz von der Hand zu weisen ist das nicht", musste Heather zugeben.

„Soll das heißen, dass wir uns einig sind?" Renato richtete sich auf und wartete gespannt auf Heathers Reaktion. „Du ahnst gar nicht, welche Freude du meiner Mutter damit machen würdest", fügte er hinzu, um ihr die Entscheidung leichter zu machen.

„Das ist nicht fair von dir!", entgegnete Heather erbost. „Du weißt genau, wie weh es mir tut, Baptista enttäuschen zu müssen."

„Keine Sorge", erwiderte Renato. „Insgeheim vertraut sie darauf, dass es dazu nicht kommen wird."

„Hast du ihr etwa diesen Floh ins Ohr gesetzt?", platzte Heather heraus.

„Ich habe ihr nur gesagt, dass ich mit dir noch mal in aller Ruhe …"

„Mir die Pistole auf die Brust setzt, wolltest du sagen!", fiel Heather ihm wutentbrannt ins Wort und sprang auf. „Wie kannst du es nur wagen? Schlimm genug, dass du alle im Dorf an der Nase herumführst. Aber dass du sogar deine Mutter in dein falsches Spiel einbeziehst, ist ja wohl der Gipfel!"

Renato fluchte leise und erhob sich. „Sei doch vernünftig, Heather", bat er sie.

„Fass dich lieber an die eigene Nase", entgegnete sie barsch. „Oder nennst du es vernünftig, dass du mich erst um jeden Preis zur Frau deines Bruders machen willst und jetzt alle Welt glauben lässt, dass wir so gut wie verheiratet seien? Beim ersten Mal hat dir Lorenzo einen Strich durch die Rechnung gemacht, und dieses Mal bin ich es, die das tut."

Renato reagierte unerwartet ruhig auf Heathers Wutausbruch. Er sah sie eine ganze Weile lang nachdenklich an. „Warum läufst du eigentlich vor deinem Schicksal davon?", fragte er schließlich.

„Wenn ich vor etwas weglaufe, dann vor dir!", erwiderte sie empört. „Mein Schicksal sieht etwas anderes vor, als den Sündenbock für das zu spielen, was du angerichtet hast. Dafür eignen sich deine Freundinnen viel besser, und wenn du sie gut dafür bezahlst, wird sich sicherlich eine finden, die dazu bereit ist."

Sein Blick verriet, dass sie ihn tief getroffen hatte. Doch ohne eine Antwort abzuwarten, wandte sie sich um und lief zu den Pferden. Der Gesichtsausdruck des Bauern, der ihr freundlich zulächelte, bestärkte sie in der Gewissheit, dass sie nur eine Figur in einem Spiel war.

Sobald sie auf dem Pferd saß, gab sie ihm die Sporen und trieb es über die Felder. Doch Renato hatte umgehend die Verfolgung aufgenommen und kam ihr erschreckend schnell näher. Schon konnte sie das Hufgetrappel seines Pferdes hören, und als sie sich kurz umdrehte, sah sie, dass er ihr aufgeregt zuwinkte, als wolle er sie vor etwas warnen.

Ohne auf ihn zu achten, ritt sie weiter, als sich urplötzlich der Himmel verdüsterte und das erste Donnergrollen zu hören war, worüber ihr Pferd so sehr erschrak, dass es kurz ins Straucheln geriet. Zum Glück konnte es sich wieder fangen, doch dabei hatte es so viel Geschwindigkeit eingebüßt, dass Renato zu Heather aufschließen konnte.

„Dorthin!", rief er und zeigte auf den Tempel.

Im selben Moment öffnete der Himmel seine Schleusen, und der Wolkenbruch, der auf sie niederprasselte, war in nichts mit dem vergleichbar, was Heather aus England kannte. Es regnete so stark, dass sie innerhalb weniger Sekunden nass bis auf die Haut waren, und die Sicht war so schlecht, dass Heather Mühe hatte, Renato zu folgen.

Er führte sie zur Rückseite des Tempels, wo ihnen ein

Überhang zwischen zwei Säulen als notdürftiger Unterstand diente. Doch der Wind war so stark, dass sie dem Regen kaum weniger ausgesetzt waren als zuvor.

„Verdammt!", fluchte Renato und wischte sich das Wasser aus dem Gesicht. Doch als sein Blick auf Heather fiel, mochte er seinen Augen nicht trauen. Sie stand mit erhobenem Kopf und weit geöffneten Augen da, als würde sie den Ausbruch der Naturgewalten genießen, und einen Augenblick lang fragte Renato sich, ob er dieselbe Frau vor sich hatte, die ihn noch vor wenigen Minuten beschimpft hatte.

Heather schien seine Verunsicherung bemerkt zu haben, denn unvermittelt wandte sie sich um und sah ihn mit einem herausfordernden Lächeln an. Im nächsten Moment hatte Renato sie auch schon umarmt und an sich gezogen.

Es erfüllte Heather mit heimlicher Genugtuung, dass es ihr gelungen war, ihn zu überraschen, wenn nicht gar zu überrumpeln. Und anders als Renato beim Frühstück konnte sie ihren kleinen Triumph durchaus genießen.

Was vor allem daran lag, dass er sie mit einer Leidenschaftlichkeit küsste, die sie augenblicklich die Kälte vergessen ließ. Der Regen hatte ihre Kleidung durchgeweicht, und als sie sich an Renato schmiegte und die Hand über seinen Nacken und Oberkörper gleiten ließ, konnte sie durch den Stoff hindurch die atemberaubende Kraft dieses faszinierenden Mannes fühlen.

Nun wusste sie auch, weshalb sie sich vom ersten Moment an nach ihm gesehnt hatte – selbst wenn sie einen großen Bogen um ihn gemacht hatte. Dass es ihm nicht anders mit ihr erging, hatte er oft genug bewiesen, und wenn beide etwas verband, dann die Widersprüchlichkeit der Gefühle, die sie füreinander empfanden: Sehnsucht und Begierde, Zuneigung und offene Feindseligkeit – und nun auch noch ein rasendes Verlangen, das sich ungehindert Bahn brach.

„Weißt du jetzt, warum du mit Lorenzo nie glücklich geworden wärst?“, fragte Renato.

Seine Selbstgefälligkeit ärgerte Heather maßlos, und unwillkürlich hielt sie es für dringend erforderlich, ihm zu zeigen, dass er sich seines Sieges zu früh freute.

„Wenn du wüsstest, wie ähnlich ihr euch seid“, hielt sie ihm entgegen. „Ihr seid beide unerträgliche Egoisten, die auf den Gefühlen anderer Menschen herumtrampeln, und von uns Frauen versteht ihr beide nichts.“

Renato schien ihr umgehend das Gegenteil beweisen zu wollen. Er legte die Hand auf ihre Brust, während er ihr Gesicht mit Küssen bedeckte. Gleichzeitig flüsterte er zärtlich Worte wie Lust und Leidenschaft, Schicksal und Bestimmung.

Nur von Liebe sprach er nicht. Und auch wenn ihr Körper kaum erwarten konnte, was dieser Mann versprach, zwang sich Heather, sich daran zu erinnern, dass für eine Ehe, wie sie sie sich erträumte, Liebe unerlässlich war.

Kaum hatte sie sich aus Renatos Umarmung gelöst, hörte der Regen so unvermittelt auf, wie er eingesetzt hatte. Heather trat aus der Nische hervor, um den Tempel genauer zu betrachten.

Doch was sie sah, drohte die Wünsche und Sehnsüchte, die sie mühsam unterdrückt hatte, augenblicklich wieder anzufachen. Denn wohin sie auch sah, begegneten ihr in Stein gemeißelte Darstellungen der Natur in ihrer rohesten und zugleich intimsten Form: volles, reifes Korn, das sich im Wind bog, Tiere, die sich paarten, vor allem aber immer wieder Männer und Frauen, deren Gesichter unschwer die Ekstase verrieten, die sie bei der Schöpfung neuen Lebens empfanden.

„Der Tempel wurde zu Ehren der Fruchtbarkeitsgöttin Ceres errichtet.“ Renato hatte sich zu Heather gesellt, und ihm war nicht entgangen, wie sehr die drastischen Abbildungen sie befremdeten und zugleich faszinierten. „Die Reliefe und Skulpturen sollen die Menschen an ihre Bestimmung erinnern, der sie sich auf Dauer nicht entziehen können, heute wie vor zweitausend Jahren."

„Willst du damit sagen, dass es nicht allein unsere Entscheidung ist, was wir aus unserem Leben machen?"

Renato nickte. „Nenn es, wie du willst, aber ich bin zutiefst davon überzeugt, dass es eine höhere Vorsehung gibt, die sich unserem Einfluss entzieht."

„Und was sieht diese Vorsehung deiner Meinung nach für uns vor?", fragte Heather. Der Gedanke an ein Schicksal, wie Renato es verstand, war ihr völlig fremd. Doch klang er so überzeugt, dass sie neugierig geworden war.

„Das ist schwer zu sagen", erwiderte er und sah sie nachdenklich an. „Fest steht hingegen, was es *nicht* vorsieht. Ich halte es für ausgeschlossen, dass wir jemals zusammenleben könnten, ohne uns gegenseitig zu bekämpfen."

Unvermittelt begann er zu lächeln. „Trotzdem ist es unsere Bestimmung, das Leben gemeinsam zu verbringen. Ich werde jedenfalls nicht zulassen, dass du einen anderen Mann heiratest."

Sein Gesichtsausdruck erinnerte Heather unwillkürlich an den Ausflug auf der *Santa Maria.* Das unbekannte Gefühl der Freiheit, das Renatos Gegenwart in ihr ausgelöst hatte, hatte sie beinahe mit dem Leben bezahlt. Nun fühlte sie ganz ähnlich, und wieder war sie an einem Punkt angelangt, an dem sich ihr Leben entscheiden konnte.

„Willst du dich deinem Schicksal immer noch widersetzen, Heather?"

Er schien ihre Antwort kaum erwarten zu können, doch Heather wusste keine Worte, die ihren Gefühlen angemessen gewesen wären. Also legte sie alles, was sie empfand, in den

Blick, mit dem sie ihn ansah.

Augenblicklich umarmte er sie und zog sie an sich. „Ich warne dich“, sagte er gequält, „wenn du mich weiter auf die Folter spannst, kann ich für nichts garantieren.“

„Soll das eine Drohung sein?“, fragte sie herausfordernd.

Ehe sie sich's versah, legte Renato ihr einen Arm um die Taille und den anderen um den Nacken, sodass sie unmöglich fliehen konnte. Dann beugte er sich hinunter und küsste sie mit einer Leidenschaft, die jeden Gedanken daran, sich ihm zu entziehen, zerstreute.

Stattdessen schien sie die Gegenwart der Ceres gänzlich in Bann geschlagen zu haben. Der Tempel der Fruchtbarkeitsgöttin war der denkbar ungeeignetste Ort, um darüber nachzudenken, was ihr bevorstand, wenn sie diesen geheimnisvollen und faszinierenden Mann gewähren ließ.

Umso überraschender traf es sie, dass Renato unvermittelt den Kopf hob. „Ich will endlich Gewissheit“, sagte er fordernd. „Hast du mit Lorenzo geschlafen oder nicht?“

„Ich wüsste nicht, was dich das angeht“, erwiderte sie bestimmt. „Und wenn, dann hättest du es dir selbst zuzuschreiben. Schließlich hast du uns ja förmlich dazu gedrängt.“

Die Wirkung ihrer Antwort war verheerend. Renato war aschfahl, und sein Atem ging so heftig, als hätte er einen Marathonlauf hinter sich. „Lass uns nach Hause reiten“, sagte er schließlich. „Der Himmel zieht sich schon wieder zu.“

Zurück in der Villa, gingen beide in ihre Zimmer, um zu duschen und sich trockene Kleidung anzuziehen. Als Heather wieder in den Salon kam, erwartete Jocasta sie bereits. „Signore Martelli lässt Ihnen ausrichten, dass er dringend nach Palermo musste“, teilte sie ihr mit.

Es überraschte Heather nicht im Geringsten, dass er Hals über Kopf abgereist war, ohne sich von ihr zu verabschieden. Trotzdem ließ sie ihr Abendessen unangerührt, und anstatt früh ins Bett zu gehen, begab sie sich nach Sonnenuntergang in den Garten.

Der Mond schien von einem wolkenlosen Himmel und tauchte die Umgebung in ein unwirkliches Licht. Ohne dass Heather es vorgehabt hätte, fand sie sich plötzlich in der Laube des Rosengartens wieder. Gedankenverloren betrachtete sie die Zeugen einer Liebe, die, allen Hindernissen zum Trotz, die Jahrzehnte überdauert hatte.

Um eine solche Liebe zu erleben, war sie nach Sizilien gekommen und hatte erfahren müssen, dass hier Regeln und Gesetzmäßigkeiten galten, die auf Gefühle keine Rücksicht nahmen.

Das Erstaunlichste aber war, dass sich Heather auf dieser Insel und mit ihren Menschen trotz allem zu Hause fühlte, und wenn ihr Wunsch, bleiben zu können, in Erfüllung gehen sollte, dann wurde es höchste Zeit, wie eine Sizilianerin zu denken und zu handeln.

Was allerdings bedeutete, dass sie sich ihren Ehemann nicht selbst aussuchen könnte. Und mittlerweile ging nicht mehr nur Baptista, sondern ganz Ellona davon aus, dass sie Renato heiraten würde – und nicht zuletzt Renato selbst.

Wenn er sie, wie noch am Nachmittag, in die Arme nahm und küsste, würde Heather ihm lieber früher als später das Jawort geben. Doch hatte sich am Nachmittag auch gezeigt, dass Renato sie behandelte wie sein Eigentum, und in einem solchen Moment lag Heather nichts ferner, als seine Frau zu werden. Ihr Stolz konnte es mit seinem durchaus aufnehmen, und der verbot es nun einmal, sich Renatos Willen zu unterwerfen.

Betrübt ließ Heather den Kopf sinken. Die Situation war so hoffnungslos verfahren, dass es unmöglich einen Ausweg geben konnte.

Es sei denn …

Es war schon später Nachmittag, als Heather zu Baptista fuhr. Durch den Regen des Vortages hatte sich die Luft deutlich abgekühlt, und die leuchtenden Farben der Landschaft kündeten vom herannahenden Herbst.

Baptista wirkte ausgeruht und erholt. Während sie auf der Terrasse saßen und Tee tranken, erkundigte sie sich interessiert, ob es Heather auf *Bella Rosaria* gefalle und wie die Dorfbewohner sie aufgenommen hätten.

„Verdächtig freundlich“, teilte Heather ihr mit. „Sie scheinen davon auszugehen, dass ich bleibe – und zwar als Renatos Ehefrau.“

„Willst du das denn nicht?“

„Bleiben ja, aber …“ Sie unterbrach sich und trank einen Schluck Tee, bevor sie sich einen Ruck gab. „Hast du eigentlich gleich zugestimmt, als dein Vater dir damals einen Ehemann ausgesucht hat?“

„Von wegen!“, erwiderte Baptista strahlend. „Fünf oder sechs habe ich abgelehnt. Meine Eltern wären fast an mir verzweifelt, aber letztlich haben sie meine Entscheidung akzeptiert.“

Plötzlich bemerkte Heather aus dem Augenwinkel, wie Renato auf die Terrasse kam und unvermittelt stehen blieb, als er die beiden Frauen sah.

Auch Baptista hatte ihn entdeckt, doch so wenig wie Heather ließ sie sich etwas anmerken. „Schließlich muss nicht nur der Mann stimmen, sondern auch das ganze Drumherum“, fuhr sie stattdessen fort. „Deshalb ist es immer klug, wenn man eine Person des Vertrauens einschaltet. Denn je mehr man im Vorfeld klären kann, desto eher ist man vor bösen Überraschungen gefeit.“

„Und wie stellst du dir die Aufgaben einer solchen Person vor?“, fragte Heather. Renato hatte sich unterdessen an die Brüstung der Terrasse gesetzt und sah aufs Meer hinaus.

Doch Heather war sich sicher, dass er jedes Wort aufmerksam verfolgte. „Angenommen, es ginge um einen Mann, der so starrköpfig ist, dass Streit geradezu vorprogrammiert ist."

„Das erschwert die Sache natürlich beträchtlich", erwiderte Baptista und zwinkerte Heather heimlich zu. „Für einen solchen Mann muss man eine Frau finden, die sich nicht alles gefallen lässt. Gleichzeitig sollte sie von der Verbindung natürlich auch etwas haben."

„Und was könnte das sein?"

„Nun ja", erklärte Baptista. „Es könnte ja sein, dass sie sich sehnlich etwas wünscht, was ihr der Mann geben kann – eine Heimat zum Beispiel oder eine Orientierung in einer Umgebung, die ihr neu ist."

„Das leuchtet mir ein." Heather hatte bewusst darauf verzichtet, sich schon vorher mit Baptista abzusprechen. Umso mehr beeindruckte sie, mit welcher Selbstverständlichkeit sie ihre Rolle ausfüllte, und ein kurzer Blick zur Seite verriet ihr, dass Renato wie gebannt zuhörte.

„Wenn ich diese Frau wäre, gäbe es allerdings noch einige Punkte, die geklärt sein müssten", wandte sie ein. „Vor allem würde ich unbedingte Treue erwarten. So etwas, wie es sich dein Mann erlaubt hat, würde ich mir nicht bieten lassen."

„Das musst du auch nicht", stimmte Baptista zu. „Du kennst doch das Sprichwort: ‚Was du nicht willst, das man dir tu, das füg auch keinem anderen zu.' Und das gilt selbstverständlich für beide Partner."

„Bei mir rennst du damit offene Türen ein", erwiderte Heather bestimmt. „Auch wenn mancher vielleicht anders darüber denkt."

„Wirklich?" Baptista reagierte gespielt entsetzt. „Wie kann ein Mann nur so dumm sein?"

„Das frage ich mich auch", antwortete Heather und sah zu ihrer Genugtuung, wie Renato zusammengezuckt war.

„Bleibt die Frage, wo man nach der Hochzeit wohnen soll."

„Das ist wichtiger, als du möglicherweise denkst", sagte Baptista. „Zwei der Heiratskandidaten, die mein Vater für mich ausgesucht hatte, musste ich ablehnen, weil sie *Bella Rosaria* nicht mochten. Und für mich stand fest, dass ich zumindest die Sommer in den Bergen verbringen wollte."

„Hattest du denn nicht ab und zu den Wunsch, allein nach *Bella Rosaria* zu fahren?", erkundigte sich Heather.

„Allerdings", bestätigte Baptista. „Und dir wird es sicherlich nicht anders ergehen. Deshalb solltest du unbedingt darauf bestehen, dass sich durch die Hochzeit nichts an den Eigentumsverhältnissen ändert. Vor allem dann, wenn dein Auserwählter genauso gern dort ist, wie du es bist."

„Ehrlich gesagt war ich davon ausgegangen, dass es mit meiner Heirat wieder an eure Familie fällt."

„Nur wenn du einen Martelli heiratest", wandte Baptista entschieden ein.

„Damit ist kaum zu rechnen", erwiderte Heather und stand auf. „Denn leider erfüllt keiner deiner Söhne *alle* Bedingungen."

„Was nicht ist, kann ja noch werden", sagte Baptista lächelnd und erhob sich ebenfalls. „Und dafür bist nicht du, sondern die Person deines Vertrauens zuständig."

Dann reichten sich die beiden Freundinnen die Hand und gingen zurück ins Haus, ohne Renato eines Blickes zu würdigen.

10. KAPITEL

Für die Hochzeit mit Renato wählte Heather bewusst ein deutlich schlichteres Kleid.

Schließlich war es dieses Mal keine Liebe, die sie mit ihrem Bräutigam verband, und so hätte sie eine bescheidene Zeremonie im engsten Familienkreis vorgezogen.

Doch Baptista hatte darauf bestanden, dass die Trauung in der Kathedrale von Palermo stattfand, und es waren mindestens so viele Gäste eingeladen wie zu ihrer Vermählung mit Lorenzo.

Noch in einer anderen Hinsicht war alles beim Alten geblieben. Bernardo war erneut als Trauzeuge vorgesehen, und am Abend vor der Hochzeit traf Angie mit dem Flugzeug aus London ein.

Nachdem Heather sie vom Flugplatz abgeholt hatte, gingen sie in der Stadt essen. Als sie spät am Abend nach Hause kamen, schlichen sie in ihr Zimmer, tunlichst darauf bedacht, Bernardo nicht in die Arme zu laufen.

„Und er hat nicht den leisesten Verdacht?“, fragte Angie, als sie sich für die Nacht zurechtmachten.

„Er ist völlig ahnungslos“, bestätigte Heather. „Und dabei wird es bleiben, bis du morgen die Kathedrale betrittst. Du liebst ihn doch noch, oder?“

„Natürlich“, erwiderte Angie bestimmt. „Allerdings bin ich mir unsicher, ob er genauso …“

„Er hat dich mindestens so vermisst wie du ihn“, fiel Heather ihr ins Wort. „Und dieses Mal wird er dich nicht wieder gehen lassen, dafür werde ich sorgen.“

„Du redest schon genau wie deine Schwiegermutter“, wandte Angie ein.

„Was glaubst du denn, warum sie mich als Schwiegertochter ausgesucht hat?“

Angie sah sie fassungslos an. „Soll das etwa heißen …?“

„Unter einer Liebesheirat versteht man jedenfalls etwas anderes“, erwiderte Heather lächelnd. „Die holen wir nach, sobald Bernardo um deine Hand angehalten hat.“

Als Heather vor der Kathedrale aus dem Wagen stieg, musste sie unwillkürlich an die Ereignisse zurückdenken, die sich hier vor wenigen Wochen zugetragen hatten. Anders als damals hatte ihr jetziger Bräutigam allerdings nicht den geringsten Grund, davonzulaufen. Schließlich hatte ihn niemand dazu gezwungen, sie zu heiraten. Vielmehr sollte mit der Trauung nur ein Vertrag zwischen zwei erwachsenen Menschen abgeschlossen werden, die sich beide Vorteile davon versprachen.

Umso überraschter war Heather, als sie Renato sah, der vor dem Altar stand und seine Braut erwartete. Sein Gesichtsausdruck war alles andere als geschäftsmäßig oder gar unbeteiligt, sondern strahlte einen feierlichen Ernst aus, der ihr so unerklärlich war, dass sie weder die eigentliche Trauung noch Bernardos Reaktion auf das unerwartete Wiedersehen mit Angie mitbekam.

Erst als der Bischof sie segnete, bemerkte sie, dass ein Aufatmen durch die Gemeinde ging. Entsprechend erleichtert wirkten die Gesichter, in die sie auf ihrem Weg zum Ausgang blickte. Und als sie an der Seite ihres Ehemannes hinaus ins grelle Sonnenlicht trat, tat sie es in der Gewissheit, eine sachliche und wohl ausgewogene Entscheidung getroffen zu haben.

Das hinderte jedoch keinen von beiden, auf dem anschließenden Empfang im Haus der Familie Martelli die Rolle zu spielen, die ihnen als Brautpaar zugedacht war. Wie es der Brauch wollte, schnitt Heather die Hochzeitstorte an und verteilte sie an die Gäste, während Renato Champagnergläser austeilte. Selbst die Toasts ließen sie über sich ergehen, ohne mit einer Miene zu verraten, wie unangenehm ihnen die guten

Wünsche für eine Ehe waren, die, wie alle wussten, eine reine Zweckbeziehung bleiben sollte.

Nachdem sie auch noch tapfer den Hochzeitswalzer hinter sich gebracht hatten, wurde die Tanzfläche freigegeben, und Heather beobachtete heimlich Angie und Bernardo, die sich im Takt der Musik wiegten und ihre Umwelt kaum wahrzunehmen schienen. Trotzdem wirkten sie alles andere als glücklich, sondern geradezu verzweifelt.

„Langsam frage ich mich, ob es wirklich eine so gute Idee war, Angie kommen zu lassen", flüsterte Renato, dem die Stimmung seines Bruders nicht entgangen war.

„Ich hatte so gehofft, dass er endlich um ihre Hand anhält", erwiderte Heather leise. „Sie lieben sich doch."

„Was sie offensichtlich nicht daran hindert, sich das Leben gegenseitig zur Hölle zu machen."

„Es sieht ganz so aus, als hätten wir alles richtig gemacht, nicht wahr?", fragte Heather und lächelte Renato an, der ihr Lächeln zwar erwiderte, sie statt einer Antwort jedoch enger an sich drückte.

Durch den Stoff ihres Kleides konnte sie seinen kraftvollen Körper spüren, und die Umarmung weckte Sehnsüchte in ihr, für die sie sich noch vor wenigen Tagen geschämt hätte.

Doch nun, da sie mit ihm verheiratet war, gab es keinen Grund mehr dafür. Im Gegenteil. Noch stand ein Hochzeitsbrauch aus, und je länger Renato sie in seinen Armen hielt, desto größer wurde die Ungeduld, mit der Heather die Stunde herbeisehnte, in der sie endlich allein wären.

Renato schien es nicht anders zu gehen, denn noch bevor die letzten Gäste gegangen waren, entschuldigte er sich im Namen des Brautpaares und führte Heather in sein Zimmer, das von diesem Tag an auch ihres war. Nur die Nachttischlampe brannte, und ein wenig verlegen trat Heather zu dem großen Bett, das sie fortan mit Renato teilen sollte.

Als sie sich umsah, stand Renato noch immer an der Tür und beobachtete sie mit einem Gesichtsausdruck, in dem Heather Unsicherheit zu erkennen glaubte.

Endlich löste er sich aus der Erstarrung und kam langsam auf Heather zu. Als er direkt vor ihr stand, begann er, ihr zärtlich durchs Haar zu streichen, und augenblicklich spürte sie, dass ihr Herz schneller schlug.

„Ich finde, du hast dich großartig gehalten", sagte er leise. „Es war sicherlich nicht einfach für dich, von allen angestarrt zu werden."

„So schlimm war es nicht", erwiderte Heather unsicher. „Zumal die meisten Blicke ohnehin dir galten. Manchen Gästen war deutlich anzusehen, dass sie sich sehr wundern, wie du eine Frau heiraten kannst, die dein Bruder … autsch!"

„Entschuldige bitte", sagte Renato hastig und lockerte den Griff seiner Hand, die sich unwillkürlich verkrampft hatte. „Ich schlage vor, dass dieses Thema ab sofort tabu ist. Am besten tun wir so, als wäre es nie geschehen."

Typisch, dachte Heather. Renato konnte nicht über seinen Schatten springen. Entweder die Dinge liefen so, wie er es für richtig hielt, oder sie existierten nicht.

Doch noch bevor sie etwas erwidern konnte, belehrte sie sein Blick eines Besseren. Erneut wirkte Renato unschlüssiger, als es zu diesem selbstbewussten und kräftigen Mann passen wollte.

„Was ist los?", fragte sie besorgt.

„Als meine Mutter im Krankenhaus lag, hast du gesagt, dass du dein Wort niemals brechen würdest."

„Das würde ich auch nicht", erwiderte sie unsicher, „aber ich verstehe nicht, was das …?"

„Gilt das jetzt auch?"

Schlagartig begriff Heather, was Renato bedrückte. „Natürlich", bestätigte sie ihm rasch. „Jetzt erst recht."

Im selben Moment zog er sie an sich, presste ihren Kopf an seine Schulter und küsste ihr den Nacken, während er den Verschluss ihres Kleides öffnete. Sehnsüchtig erwartete Heather, dass es zu Boden fiel. Unwillkürlich spürte sie, dass etwas in Erfüllung gehen würde, was sich bei ihrer ersten Begegnung im *Gossways* angekündigt hatte.

Endlich konnte sie die kühle Nachtluft auf ihrer Haut fühlen und wusste, dass sie sich nicht getäuscht hatte. Renato umarmte und küsste sie mit einer Leidenschaft, die alles überstieg, was sie bisher mit ihm erlebt hatte und sie sogar die Eifersucht auf alle Frauen vergessen ließ, die er vor ihr geküsst hatte.

Jetzt wollte sie ihn ganz für sich, und um ihm das zu zeigen, öffnete sie die Lippen. Als seine Zunge in ihren Mund eindrang, wusste sie, dass ihr sehnlichster Wunsch in Erfüllung gehen würde. Augenblicklich erwiderte sie seine Liebkosungen mit einer Sicherheit, die sie sich selbst nicht zugetraut hätte.

Renatos Reaktion verriet ihr, dass er beeindruckt war. Ehe sie sich's versah, lag ihr Slip neben dem Kleid, und Sekunden später sah sie vom großen Bett aus, dass sich Renato rasch auszog.

Sie sog den Anblick dieses kräftigen und vitalen Mannes förmlich in sich auf. Nie zuvor hatte sie ihn nackt gesehen, und sehnsüchtig erwartete sie, ihn in seiner ganzen wilden Entschlossenheit spüren zu können. Endlich legte er sich zu ihr, zog sie an sich und ließ die Hände über ihren Körper gleiten.

Vorsichtig und unsicher folgte sie seinem Beispiel, doch sobald sie merkte, wie erregend das Gefühl war, seine Kraft unter ihren Händen zu spüren, legte sie ihre anfänglichen Hemmungen ab. Immer selbstbewusster und fordernder wurden ihre Bewegungen, bis Renato schließlich die Hände über die

Innenseiten ihrer Schenkel gleiten ließ und dann mit untrüglicher Sicherheit aufwärts.

Als er das Zentrum ihres Begehrens erreichte und in Besitz nahm, durchfluteten Heather Wellen der Lust und Erregung. „Renato!“, rief sie seinen Namen, weil sie ein Zögern zu bemerken glaubte.

„Bist du auch wirklich sicher, dass du es willst?“

Es war ihr schier unmöglich, etwas zu erwidern, so sehr hielt sie die Sehnsucht nach ihm umfangen. „Ich will“, sagte sie kraftlos, doch bestimmt genug, um Renato zu überzeugen.

Denn Augenblicke später drang er entschlossen und doch behutsam in sie ein und machte sie zur Frau – zu *seiner* Frau. Überglücklich und außer sich vor Erregung zugleich zog sie ihn an sich, um ihn in seiner ganzen Stärke zu spüren. Die Wogen der Lust schlugen höher und fluteten durch ihren Körper, bis sie sich endlich über ihr brachen und sie in einem Taumel der Leidenschaft mitrissen.

Als sie schließlich beide erschöpft in sich zusammengesunken waren, hielt Renato sie weiterhin umarmt, als hätte er Sorge, sie könnte sich davonstehlen. Doch nichts lag ihr ferner, als diesen Mann je wieder zu verlassen – und sei es auch nur für einen einzigen Tag, eine einzige Nacht.

Um die Flitterwochen auf der Jacht zu verbringen, war das Jahr bereits zu weit fortgeschritten. Außerdem musste Renato geschäftlich nach Rom und Paris, und als er Heather anbot, ihn zu begleiten, sagte sie freudig zu. So konnte sie zwei der schönsten Städte Europas kennenlernen und zugleich einen Einblick in Renatos Arbeit bekommen.

Der einzige Wermutstropfen war, dass Angie sie zum Flugplatz begleitete – allerdings nicht, um sie zu bringen, sondern um nach London zu fliegen. Bernardo hatte sich noch immer nicht dazu durchringen können, ihr einen Heiratsantrag zu machen, weshalb sie schweren Herzens beschlossen hatte, nach Hause zurückzukehren.

Entsprechend traurig war sie, als sie den frisch Vermählten zum Abschied zuwinkte, nachdem sie die Sicherheitskontrolle passiert hatte. Kurz darauf checkten Heather und Renato nach Rom ein, wo sie mehrere Tage verbrachten, bevor sie nach Paris weiterflogen.

Zu Heathers Freude nahm sich Renato trotz seiner Termine viel Zeit für sie, und darüber hinaus erwies er sich als überaus großzügig. In Rom, vor allem aber in Paris führte er sie in die elegantesten Modegeschäfte, und keines verließen sie mit leeren Händen.

Oft begleitete Heather ihn zu seinen geschäftlichen Besprechungen, und jedes Mal meinte sie einen gewissen Stolz in Renatos Augen zu erkennen, wenn seine Geschäftsfreunde ihm mit Worten und Blicken unverhohlene Komplimente für seine reizende Gattin machten.

„Vielleicht sollte ich dich in Zukunft nicht mehr mitnehmen", sagte er eines Abends, nachdem sie von einem Geschäftsessen zurückgekommen waren und sich in ihrer Hotelsuite für die Nacht fertig machten. „In deiner Gegenwart sind die Herren der Schöpfung kaum in der Lage, sich auf das Geschäftliche zu konzentrieren."

„Ein ausgekochter Kerl wie du müsste das doch zu nutzen wissen", erwiderte Heather provozierend – nicht zuletzt, weil Renato gerade den Reißverschluss ihres Kleides öffnete.

In Bruchteilen von Sekunden lag das Kleid auf dem Boden, und Renato trug sie zum Bett. Behände streifte er ihr den BH und den Slip ab, bevor er sich hinabbeugte und mit seinen Lippen die Spitzen ihrer Brüste liebkoste.

„Hier geblieben!", forderte Heather, als er sich unvermittelt aufrichtete. Doch zu ihrer Erleichterung zog sich Renato nur rasch zu Ende aus, bevor er sie zum Bett trug und sich auf sie legte. Als sie endlich mit ihm vereint war, schien sich die Welt um sie her aufzulösen und nur noch aus der kraftvollen Entschlossenheit zu bestehen, mit der Renato sie zu beglücken wusste.

Noch in der Hochzeitsnacht hatte er mit seiner Leidenschaft und Raffinesse eine Sehnsucht nach körperlicher Nähe in ihr geweckt, die kaum zu stillen war. Anfangs hatte sie gemeint, sich für ihre Unersättlichkeit schämen zu müssen. Doch weil es Renato nicht anders erging, hatte sich dieses Gefühl schnell gelegt, und inzwischen kannte sie Renatos Wünsche und Bedürfnisse ebenso gut wie er ihre.

Nicht weniger als die lustvollen Stunden im Bett genoss sie die zärtlichen Worte, die er ihr beim Liebesakt ins Ohr flüsterte. Umso befremdlicher war es, dass Renato tagsüber eigentümlich distanziert war und sich hartnäckig weigerte, über Gefühle zu sprechen – erst recht über seine eigenen.

Genau das fehlte Heather jedoch, um wirklich glücklich zu sein. Nicht dass sie unglücklich war – an der Seite eines großzügigen und aufmerksamen Ehemannes, der ungeahnte Begierden in ihr weckte und sie zugleich mit untrüglicher Sicherheit zu stillen wusste, konnte eine Frau gar nicht unglücklich sein. Trotzdem kehrte sie mit der schmerzlichen Gewissheit nach Sizilien zurück, dass die Abwesenheit von Unglück nicht gleichbedeutend mit Glück war.

Wie sehr sie darunter litt, merkte sie erst, als Renato wenig später für eine Woche geschäftlich verreisen musste und sie ihn nicht begleiten konnte. Die Erntezeit hatte begonnen, und auch wenn Heather dem Verwalter Luigi voll und ganz vertraute, hielt sie es für ihre Pflicht, in der wichtigsten Zeit des Jahres anwesend zu sein und sich dabei zugleich in ihre Aufgaben als Besitzerin des Gutes einzuarbeiten.

Es war das erste Mal seit ihrer Hochzeit, dass Renato und sie länger als wenige Stunden getrennt waren, und nie hätte sich Heather vorstellen können, dass man einen Menschen so sehr vermissen konnte. Tag und Nacht dachte sie an ihn, und schon weit vor Ablauf der Woche war die Sehnsucht schier unerträglich.

Das Wiedersehen war unbeschreiblich. Renato schien unter der Trennung nicht weniger gelitten zu haben als sie, und sie gaben sich alle erdenkliche Mühe, das Versäumte umgehend nachzuholen. Doch ihr Wunsch, mit ihm endlich über ihre Gefühle für ihn zu reden, blieb ebenso unerfüllt wie die Hoffnung, dass er endlich darüber sprechen würde, was er für sie empfand. Nur als er über seine Geschäftsabschlüsse erzählte, war ihm etwas von jener Begeisterung anzumerken, die Heather sich so sehr wünschte.

11. KAPITEL

Eine der Abmachungen, die sie vor der Hochzeit getroffen hatten, sah vor, dass Heather *Bella Rosaria* nach ihren Vorstellungen bewirtschaften konnte. Da die Ernte jedoch weiterhin über die Firma Martelli vermarktet werden sollte, bedeutete das zugleich, dass Heather im Lauf der Zeit eine entsprechende Funktion übernehmen sollte mit dem Ziel, eines Tages Baptista im Vorstand abzulösen.

Trotzdem überraschte es Heather, dass Renato sie eines Tages fragte, ob sie nicht geschäftlich nach Schottland reisen wolle, um dort Kunden zu besuchen und neue Verträge abzuschließen.

„Kommt das nicht ein bisschen früh?", fragte sie verwundert. „Außerdem ist das doch Lorenzos Revier, und da er zurzeit ohnehin in England ist ..."

„Er ist unerwartet auf Schwierigkeiten gestoßen, die ihn noch eine Weile in London festhalten", fiel er ihr ins Wort. „Und ich bin völlig überlastet. Wenn du fahren könntest, würdest du uns allen einen großen Dienst erweisen."

Heather war entschlossen, sich diese Chance nicht entgehen zu lassen. Die Vorstellung, Renato mehrere Tage nicht zu sehen, ließ sie jedoch zögern, ihm eine Zusage zu geben. Doch er schien von dem Gedanken, dass sie Verantwortung für die Firma übernahm, so begeistert, dass sie schließlich einwilligte.

Schon am nächsten Morgen brachte das Flugzeug sie nach Edinburgh, wo für sie eine Suite in einem erst jüngst eröffneten Luxushotel in der Princes' Street reserviert war, das selbstverständlich auch zu ihren Kunden gehörte.

Hier, wie bei allen anderen Geschäftspartnern, die sie in den folgenden Tagen besuchte, hatte sie ausnehmend großen Erfolg, sodass Heather mit sich und ihrer ersten Dienstreise rundum zufrieden sein konnte. Einzig die Sehnsucht nach Renato, die mit jedem Tag größer wurde, trübte ihre Freude.

Um wenigstens seine Stimme zu hören, rief sie eines Morgens kurz entschlossen in der Firma an. Doch die Sekretärin teilte ihr mit, dass Renato das Büro bereits verlassen habe und sie ihn frühestens in drei Tagen zurückerwarte.

Enttäuscht und verwundert zugleich legte Heather den Hörer auf. Um auf andere Gedanken zu kommen, beugte sie sich über ihre prall gefüllten Auftragsbücher. Sie konnte es kaum erwarten, sie Renato zu zeigen und ihm damit vor Augen zu führen, wie gut sie ihre Arbeit gemacht hatte.

Dazu sollte sie schneller Gelegenheit bekommen, als sie gedacht hatte. Denn als sie am späten Nachmittag in die Lobby kam, saßen Renato und der Hoteldirektor an der Bar und unterhielten sich angeregt.

Renato empfing sie mit einer herzlichen Umarmung und einem Blick, der Stolz und Anerkennung verriet.

„Ihre Frau ist eine überaus geschickte und gewiefte Verhandlungspartnerin“, sagte der Direktor anerkennend, nachdem er Heather mit einem galanten Handkuss begrüßt hatte. „Anlass, über Ihre Umsatzzahlen zu klagen, dürften Sie jedenfalls nicht haben.“

„Das habe ich heute schon öfter gehört.“

Renatos Erwiderung ernüchterte Heather schlagartig. Nicht die Sehnsucht nach ihr hatte ihn hergeführt, sondern sein Geschäftssinn. Und offensichtlich hatte er die wenigen Stunden seit seiner Ankunft bereits genutzt, um Erkundigungen über seine neue Verkaufsrepräsentantin einzuholen.

„Ehrlich gesagt hatte ich gehofft, du würdest dich freuen, mich wiederzusehen.“ Erst als der Direktor sich abwandte, um beim Barkeeper Cocktails zu bestellen, bemerkte Renato Heathers erzürnten Gesichtsausdruck.

„Wenn du nur gekommen bist, um mich zu kontrollieren,

dann muss ich dich enttäuschen“, erwiderte sie barsch.

„Du darfst nicht denken …“

„Red dich nicht raus“, unterbrach sie ihn. „Aber ich mache dir keinen Vorwurf. Du kannst eben nicht aus deiner Haut.“

Trotz ihrer Enttäuschung war sie gespannt auf Renatos Reaktion, als sie ihm nach dem Abendessen in ihrer Suite die Auftragsbücher präsentierte. Doch die Miene, mit der er den Erfolg ihrer Arbeit musterte, blieb undurchdringlich.

„Bist du zufrieden mit mir?“, fragte sie unsicher.

Renato blickte auf, als wäre er mit seinen Gedanken ganz woanders gewesen. Doch dann nahm er sie in die Arme und zog sie an sich. „Selbstverständlich“, sagte er zärtlich und strich ihr die Träger des Kleides von den Schultern. „Und das in jeder Hinsicht.“

In den verbleibenden Tagen hatte Heather noch mehrere Termine. Zu ihrer Freude beließ es Renato dabei, ihr im Vorfeld einige Tipps und Hinweise zu geben, ohne sich in die eigentlichen Verhandlungen einzumischen.

Und weil er sich auch sonst überaus rücksichts-, wenn nicht gar liebevoll verhielt, sah Heather dem letzten Abend mit gemischten Gefühlen entgegen. Einerseits freute sie sich auf Sizilien, andererseits befürchtete sie, dass sie dort der Alltag schnell eingeholt haben und die Aussicht, dass Renato seine Reserviertheit ablegte, rapide abnehmen würde.

Als sie spät am Abend eng umschlungen und vom Liebesakt erschöpft im Bett lagen, fasste sie sich ein Herz. „Hast du eigentlich schon mal darüber nachgedacht, was aus uns geworden wäre, wenn ich den Vorschlag deiner Mutter abgelehnt hätte?“

„Das hätte die Angelegenheit unnötig verkompliziert“, erwiderte Renato bestimmt, „aber geheiratet hätte ich dich trotzdem. Spätestens seit unserem Bootsausflug war mir das klar. Nur konnte ich dir das damals schlecht sagen. Schließlich warst du mit meinem kleinen Bruder verlobt."

Unwillkürlich fiel Heather die prickelnde Erotik ein, die in der Luft gelegen hatte, als er ihr auf dem Sonnendeck der *Santa Maria* den Rücken eingecremt hatte. Vor allem aber das Gespräch am Strand, bei dem er zum ersten und bisher einzigen Mal offen über seine Gefühle gesprochen hatte, hatte sie nicht vergessen.

So gesehen wunderte es sie nicht, dass er schon damals entschlossen gewesen war, sie zur Frau zu nehmen. Was allerdings die Frage aufwarf, warum es erst des energischen Eingreifens seiner Mutter bedurft hatte, um ihn dazu zu bewegen.

Plötzlich kam ihr ein ungeheurer Verdacht. „Hast du Baptista etwa nur vorgeschickt?"

„Auf mich wolltest du ja nicht hören", erwiderte Renato ausweichend und doch unmissverständlich. „Und da ich wusste, wie gern sie dich hat, brauchte ich sie nicht lange zu überreden."

Ungläubig sah Heather ihn an. Bei diesem Mann war man vor Überraschungen nie sicher – vor angenehmen so wenig wie vor unangenehmen. „Jetzt weiß ich auch, warum du nicht bei der Direktion des *Gossways* angerufen hast", hielt sie ihm vor.

Sein schalkhaftes Lächeln machte ihr schlagartig klar, dass sie ihn wieder einmal unterschätzt hatte. „Du hast angerufen, stimmt's?", fragte sie. „Aber nicht, um ihnen auszurichten, worum ich dich gebeten habe, sondern um ihnen zu drohen, falls sie mich wieder einstellen!"

Renatos selbstsicherer Gesichtsausdruck sprach eine deutliche Sprache. Einen Moment lang war Heather versucht, ihn mit der Möglichkeit zu konfrontieren, von der Männer in solchen Fällen üblicherweise Gebrauch machten. Warum hatte er sie nicht einfach gefragt, ob sie seine Frau werden wollte?

Im Wissen um die Antwort verwarf sie den Gedanken.

Renato hätte es nie gewagt, sie direkt zu fragen, weil er sich dafür zu seinen Gefühlen hätte bekennen müssen. Und nichts war unwahrscheinlicher als das.

Umso mehr Grund für sie, sich davor zu hüten, ihm offen zu zeigen, was sie für ihn empfand. Von einem Mann, der sein Herz selbst vor seiner Ehefrau verschloss, war nicht zu erwarten, dass er ihr dieses Vertrauen danken würde. Eher schon das Gegenteil.

Ein neues Jahr hatte begonnen, und mit jedem Tag, der ins Land ging, wurden die Anzeichen deutlicher, dass bald der Frühling Einzug halten würde.

Heather sah ihm mit großer Vorfreude entgegen. In wenigen Wochen könnte die Frühjahrssaat ausgebracht werden, und was dann heranreifen würde, wäre ihre erste eigene Ernte.

Die Leitung ihres Gutes machte ihr nicht nur ungeheuren Spaß, sondern sie bewies auch großes Geschick darin. Selbst Luigi hatte seine anfängliche Skepsis abgelegt und hielt mittlerweile große Stücke auf den Sachverstand seiner Chefin.

Dass sie mit ihren Entscheidungen nicht ganz falsch liegen konnte, bewiesen die beträchtlichen Einnahmen, die das Gut erwirtschaftete und die sie in die Lage versetzten, Renato eine beträchtliche Summe zu leihen, als er einen finanziellen Engpass zu überbrücken hatte.

Nichts anderes hätte sie in gleicher Situation von ihm erwartet, und so ging sie mit großer Selbstverständlichkeit davon aus, dass es sich um ein zinsloses Darlehen handelte und er sich mit der Rückzahlung Zeit lassen würde.

Doch erneut erwies sich Renato durch und durch als nüchterner Geschäftsmann, denn er bestand darauf, feste Raten und bankübliche Zinsen zu vereinbaren. „Du hast schließlich nichts zu verschenken“, lautete seine Begründung, die Heather schmerzlich vor Augen führte, dass er sich niemals ändern würde.

Zumal Renato nichts unternahm, sie vom Gegenteil zu überzeugen. Schlimmer noch. Als er überraschend für zehn Tage nach Rom reisen musste, erwähnte er es ihr gegenüber eher beiläufig am Vorabend beim Essen, und auf die Frage, ob sie ihn begleiten wolle, wartete Heather vergeblich.

Nachdem sie einige Tage auf *Bella Rosaria* verbracht hatte, kehrte sie eines Morgens ins Haus am Meer zurück, um festzustellen, dass es wie ausgestorben war. Lorenzo war nach England geflogen, wo er beruflich zu tun hatte, und Baptista besuchte Freunde und wurde erst am Abend zurückerwartet.

Von einem eigentümlichen Gefühl der Verlassenheit befallen, ging Heather in ihr Zimmer und zum Fenster, um sich abzulenken. Recht überlegt, gab es keinen Grund, unzufrieden zu sein. Sie hatte doch alles, was eine Frau sich nur wünschen konnte.

Beinahe jedenfalls, schränkte sie unwillkürlich ein, als ihr Blick zunächst aufs Meer und dann auf den Hafen von Mondello fiel. Der riesige Mast, der selbst den Kirchturm überragte, gehörte zur *Santa Maria,* der Jacht, auf der sie zum ersten Mal in ihrem Leben ernsthaft in Gefahr geraten war. Und damit meinte sie keinesfalls den Bootsunfall, sondern einzig die unstillbare Sehnsucht, die der Bruder ihres damaligen Verlobten in ihr geweckt hatte.

Mittlerweile war sie sich klar darüber, welcher Glücksfall es gewesen war, dass die Hochzeit mit Lorenzo nicht stattgefunden hatte. Denn nach allem, was sie mit Renato erlebt hatte, gab es nicht den geringsten Zweifel, dass es sie früher oder später doch in seine Arme getrieben hätte.

Sicherlich hätte auch Lorenzo es verstanden, jene Wünsche in ihr wachzurufen, die sie anfangs für Unersättlichkeit gehalten hatte. Heute wusste sie, dass es nichts anderes als der völlige Einklang der Bedürfnisse zweier erwachsener Menschen war – wie sie wusste, dass ihr etwas auch nur annähernd Vergleichbares mit Lorenzo versagt geblieben wäre.

So gesehen war es nur konsequent, dass sie Renato geheiratet hatte. Auch wenn es mehr als schwer war, mit einem Mann zusammenzuleben, der sie zwar begehrte, aber nicht liebte.

Und allmählich war sie so weit, die Hoffnung aufzugeben, dass sich daran je etwas ändern würde. Renato lebte in einer Welt, in der einzig seine Regeln galten. Was er wollte, verschaffte er sich, selbst wenn er dafür zu unlauteren Mitteln greifen musste.

Nicht anders hatte er Heather dazu bekommen, ihn zu heiraten. Und was das blinde Verständnis betraf, mit dem sie sich im Bett gegenseitig beglückten, hatten beide keinen Grund, ihre Entscheidung zu bereuen. Doch zu Liebe gehörte ganz eindeutig mehr.

Es war lange her, dass Baptista ihr gesagt hatte, wie fremd Renato alles war, was mit Liebe und Gefühlen zu tun hatte. Das hatte Heather schon damals für eine Untertreibung gehalten, und bis zum heutigen Tag hatte sich daran nichts geändert.

Es klopfte an der Tür. „Herein“, sagte sie mit einiger Verzögerung.

Sara, das Hausmädchen, steckte den Kopf zur Tür herein. „Telefon für Sie, Signora. Signore Lorenzo ist am Apparat.“

„Ich komme“, erwiderte Heather verwundert und folgte Sara in den Salon. „Lorenzo!“, meldete sie sich. „Welche Überraschung! Du willst sicherlich deinen Bruder …“

„Bist du allein?“, fragte er, und seine Stimme klang ängstlich und gehetzt.

„Ja, aber …“

„Ich muss dringend mit dir reden, Heather", fiel er ihr aufgeregt ins Wort. „Renato darf nichts davon erfahren. *Niemand* darf etwas erfahren."

„Was ist denn, Lorenzo?"

„Du musst sofort nach London kommen."

„W... wie bitte?"

„Bitte, Heather, ich brauche dich. Lass dir erklären ..." Die Worte sprudelten nur so aus ihm heraus, und es kostete Heather einige Mühe, ihm zu folgen.

„Also gut", willigte sie ein, nachdem er geendet hatte. „Ich fahre sofort zum Flugplatz. Wenn alles klappt, bin ich heute Abend bei dir."

In aller Eile packte sie das Nötigste ein. Nachträglich stellte es sich als glückliche Fügung heraus, dass Baptista weggefahren war. Und Renato wurde ohnehin erst in einer Woche zurückerwartet. So teilte sie nur dem Hausmädchen mit, dass sie dringend verreisen müsse und spätestens in zwei Tagen zurück sei. Über den Grund oder das Ziel ihres überstürzten Aufbruchs verriet sie jedoch nichts.

Voller Vorfreude betrat Renato das Haus. Heather würde Augen machen, wenn sie ihn unverhofft wiedersah. Und wenn er ihr erst erklärt hätte, dass er ausschließlich ihretwegen die Reise früher abgebrochen hatte als geplant, würde sich vielleicht auch endlich die Reserviertheit legen, mit der sie ihm seit geraumer Zeit begegnete.

„*Amor mia*", rief er freudestrahlend, als er die Schlafzimmertür öffnete. „Wo steckst du?"

Doch der Raum war leer. Was wenig verwunderlich war, wie er einsehen musste, als er sich daran erinnerte, dass erst früher Nachmittag war. Sicherlich saß Heather mit Baptista auf der Terrasse bei einer Tasse Tee. Vielleicht war sie auch nach *Bella Rosaria* gefahren. Dass er trotzdem als Erstes ins

Schlafzimmer gegangen war, ließ tief blicken.

Guter Dinge ging er in die Halle, wo er auf Sara traf. „Weißt du, wo meine Frau ist?“, fragte er sie.

Die schlichte Frage schien das Hausmädchen in arge Verlegenheit zu bringen, denn sie wirkte plötzlich unsicher und verstört.

„Ich weiß es nicht, Signore“, erwiderte sie endlich. „Signore Lorenzo rief gestern an, und kaum war das Gespräch beendet, ist Ihre Frau Hals über Kopf abgereist.“

„Abgereist?“, fragte Renato ungläubig. „Wohin wollte sie denn?“

„Auch das weiß ich nicht, Signore. Sie hat nur gesagt, dass sie spätestens morgen zurückkommt.“

„Und wo ist meine Mutter?“

„Sie hat sich nach dem Essen hingelegt.“

Schweren Herzens fand sich Renato damit ab, dass er mit der Ungewissheit noch eine Weile würde leben müssen. Um sich abzulenken, zog er sich an seinen Schreibtisch zurück und sah die Unterlagen durch, die er aus Rom mitgebracht hatte. Doch weil ihm die Frage nach dem Grund für Heathers überstürzten Aufbruch nicht aus dem Kopf gehen wollte, gab er es schließlich auf und griff zum Telefon.

Lorenzo war in London, und um herauszufinden, was er von Heather so Dringendes gewollt hatte, musste er ihn nur anrufen. Als sich die Rezeption des Ritz meldete, bat er darum, mit Lorenzos Zimmer verbunden zu werden.

„Es tut mir leid, Sir, Mr. Martelli ist bereits abgereist.“

Renato richtete sich in seinem Sessel auf. „Das Zimmer war doch für die ganze Woche gebucht.“

„Das ist richtig, Sir, doch nachdem gestern Abend Mrs. Martelli angereist ist, hat Mr. Martelli seine Pläne offensichtlich geändert. Die Herrschaften haben unser Haus heute Morgen verlassen.“

„Mrs. Martelli?" Eine dunkle Ahnung stieg in Renato auf. „Mrs. Heather Martelli?"

„Genau, Sir."

Renato hatte genug gehört. Ohne ein weiteres Wort zu verlieren, knallte er den Hörer auf die Gabel, bevor er verzweifelt in seinem Stuhl zusammensank.

Obwohl er unter Schock stand, sagte ihm sein Verstand, dass er insgeheim etwas Ähnliches immer befürchtet hatte. Wie viel Lorenzo Heather noch immer bedeutete, war ihm keinesfalls entgangen, doch hatte er diese bittere Wahrheit stets zu verdrängen versucht und sich selbst die deutlichsten Hinweise in bewährter Manier zurechtgebogen – wie immer, wenn etwas nicht in seinem Sinne lief.

Nun musste er erleben, dass ihm alles, was ihm je etwas bedeutet hatte, unter der Hand zerrann. Es war, als hätte ihn eine Lawine ergriffen, die ihn in schwärzeste Dunkelheit tauchte und unaufhaltsam mit sich riss. Sein Hilfeschrei erstickte im selben Moment, in dem ihm schmerzlich bewusst wurde, dass niemand ihn hören würde. Stattdessen machte sich die Gewissheit in ihm breit, dass sein Schicksal besiegelt war und es kein Entrinnen gab.

In der Überzeugung, dass er, Renato, noch mindestens eine weitere Woche in Rom zu tun hatte, war Heather Lorenzo nachgereist, um das zu tun, was sich ohnehin abgezeichnet hatte: ihren Mann mit dessen Bruder zu betrügen.

Renato verwarf den schrecklichen Gedanken, ehe er sich in ihm breitmachen konnte. Dazu wäre Heather nicht in der Lage – wenn auch weniger mit Rücksicht auf ihn, Renato, wie er sich eingestehen musste. Doch Baptista könnte sie das nie und nimmer antun, weil sie wüsste, dass es ihr das Herz brechen würde.

Von der Auffahrt her drang Motorengeräusch in das Arbeitszimmer und riss Renato aus seinen Gedanken. Augenblicklich erhob er sich und ging zum Eingang. Als er die Tür öffnete, fiel sein Blick auf seinen Bruder, der aus einem Taxi stieg.

Lorenzo wirkte übernächtigt und ungepflegt. Er hatte sich offensichtlich seit Tagen nicht rasiert, und sein Anzug war arg in Mitleidenschaft gezogen. Ausgerechnet Lorenzo, dachte Renato unwillkürlich, der sonst so viel Wert auf sein Äußeres legte.

Als Lorenzo die Treppe heraufkam, sah er Renato kaum an, und mit einer hilflosen Geste wehrte er alle Fragen ab. „Ich brauche als Erstes eine Dusche", erklärte er und ging ins Haus.

Unterdessen war auch Heather aus dem Taxi ausgestiegen, und wortlos forderte Renato sie auf, ihm in sein Arbeitszimmer zu folgen. Mit klopfendem Herzen ging er ihr voraus. Instinktiv wusste er, dass sich in den kommenden Minuten sein weiteres Leben entscheiden würde. Eine einzige Frage, eine einzige Antwort konnte die Entscheidung bringen – so oder so.

„Du wolltest doch erst in einer Woche wiederkommen?"

Damit, dass Heather die erste Frage stellen würde, hatte er nicht gerechnet. „Wo zum Teufel warst du?" Der Vorsatz, behutsam vorzugehen, hatte sich schneller erübrigt als geplant.

„In London", erwiderte Heather gereizt, weil Renatos Tonfall sie ärgerte.

„Darf man erfahren, was dich dazu veranlasst hat?"

„Ich hatte meine Gründe."

„Das glaube ich dir aufs Wort."

Das Gespräch drohte in einem handfesten Streit zu enden, und um dem gewachsen zu sein, war Heather viel zu erschöpft. „Ich bin sehr müde", sagte sie beherrscht. „Wenn du mir etwas zu sagen hast, dann bitte ohne lange Umschweife."

„Also schön", begann Renato, auch wenn Heathers Reaktion die Frage fast überflüssig machte. „Hast du die letzte Nacht in Lorenzos Hotelzimmer verbracht?"

Heather sah ihn ungläubig an. „Ich verstehe nicht ..."

„Ich denke, ich habe mich deutlich genug ausgedrückt", unterbrach er sie barsch. „Und jetzt antworte mir endlich!"

„Die Antwort lautet Ja", erwiderte sie aufgebracht. „Ich verstehe allerdings nicht, worauf du mit deiner Frage anspielen ..."

„Stell dich nicht dümmer, als du bist!" Erneut fiel Renato ihr ins Wort, und seine Wut war so groß, dass er auch vor Beleidigungen nicht länger zurückschreckte. „Ich weiß genau, warum du ihm nachgereist bist. Von Anfang an wusste ich es, aber ich Idiot musste dich ja unbedingt zur Frau nehmen!"

Heather war außer sich vor Empörung. „Das war ganz allein deine Idee!", schrie sie ihm ins Gesicht. „Und wenn du dir deiner Sache so sicher gewesen wärst, hättest du nicht darauf bestehen dürfen, dass wir heiraten."

„So schlau bin ich mittlerweile auch", erwiderte Renato verbittert. „Inzwischen weiß ich, dass du nicht einen Deut besser bist als all die anderen Frauen, für die Treue nichts als eine leere Phrase ist. Dass du mich nicht aus Liebe geheiratet hast, war mir völlig klar. Aber ich hatte die Hoffnung, dass sich das ändert, wenn wir uns erst besser kennen und einander nähergekommen sind. Offensichtlich habe ich mich in dir getäuscht, denn bei der erstbesten Gelegenheit reist du Lorenzo nach und schläfst in seinem Zimmer, in seinem Bett."

„Renato ..."

„Hast du wirklich in seinem Bett geschlafen, Heather?"

„Ja!", platzte Heather, ohnmächtig vor Wut, heraus.

Renato fühlte sich, als wäre er zwischen zwei Mühlsteine geraten, die ihn zu zermalmen drohten. Erst als er es ausgesprochen hatte, war er sich der ganzen Konsequenz seines Verdachts bewusst geworden. Und wenn er insgeheim gehofft haben mochte, dass Heather die Anschuldigung weit von sich weisen würde, so war er jetzt mit der unfasslichen Wahrheit konfrontiert.

Denn die Untreue einer Ehefrau war nun einmal keine Lappalie – und auf Sizilien schon gar nicht. Hier konnte sie eine blutige Fehde auslösen, die sich mitunter über Generationen erstreckte. Doch anstatt wie ein Sizilianer zu reagieren, war Renato drauf und dran, Heather anzuflehen, ihm endlich zu sagen, dass er sich geirrt habe und ihr vorbehaltlos vertrauen könne.

Die Erkenntnis, dass das reines Wunschdenken war, traf ihn mit voller Wucht. „Bist du dir eigentlich im Klaren darüber, was das für uns bedeutet?", fragte er mit rauer Stimme. „Sag nichts", wehrte er ihren Versuch, etwas zu erwidern, ab. „Vielleicht hätte ich uns das ersparen können, wenn ich damals besser hingehört hätte, als du mir zu verstehen gegeben hast, dass ich ein hoffnungsloser Fall sei. Doch auf den Rat anderer zu hören war ja noch nie meine Stärke, wie du weißt."

„Renato, bitte komm doch zur Vernunft", wandte Heather verzweifelt ein.

Er antwortete mit einem Lächeln, das seine ganze Bitterkeit verriet. „Dafür ist es eindeutig zu spät. Ich sehe ein, dass ich den Kampf um dich verloren habe. Und um es uns nicht unnötig schwer zu machen, gebe ich dich frei."

„Was soll das heißen, du gibst mich frei?"

„Dass ich in die Scheidung einwillige, damit du Lorenzo heiraten kannst. Vielleicht wirst du ja mit ihm glücklich." Er sprach ruhig, beinahe sachlich. Doch sein gequälter Blick ließ nicht den geringsten Zweifel daran, wie es in ihm wirklich aussah. „So wie ich gehofft hatte, dass wir gemeinsam glücklich werden. Ich habe dich immer geliebt, schon als du noch mit Lorenzo verlobt warst. An jenem Tag auf der *Santa Maria* stand ich kurz davor, es dir zu sagen. Ich habe es nicht übers Herz gebracht."

„Hast du denn nicht gemerkt ... dir kann doch nicht entgangen sein ...?"

„Natürlich habe ich gemerkt, dass du mich begehrst", fiel er Heather ins Wort. „Doch ich wollte nicht nur deinen Körper, ich wollte auch dein Herz. Du ahnst ja nicht, wie erleichtert ich war, als dein Bräutigam nicht in der Kathedrale erschienen ist. Doch bedrängen wollte ich dich auch nicht, sondern dir Zeit lassen, bis du von selbst bemerkst, was ich für dich empfinde. Inzwischen ist mir klar, wie unsinnig das war. Du konntest es nicht merken, weil du es nicht merken wolltest. Dafür hat dir Lorenzo zu viel bedeutet."

Langsam hob er den Kopf. Heather erschrak, als sie seinen Blick sah, dem deutlich anzusehen war, wie sehr Renato litt. Schlagartig erinnerte sie sich, woher sie diesen Gesichtsausdruck kannte. Genauso hilflos und schockiert hatte er sie damals in der Kathedrale angesehen, nachdem er ohne ihr Wissen Lorenzos Brief gelesen hatte. Nun wusste sie endlich, warum, und instinktiv streckte sie den Arm nach ihm aus.

Doch Renato wich ebenso instinktiv zurück. „Spätestens als ich euch eng umschlungen auf der Terrasse von *Bella Rosaria* überrascht habe, hätte mir klar sein müssen, dass du mich niemals lieben wirst", sagte er traurig. „Ich mache dir keinen Vorwurf, Heather. Trotzdem möchte ich dich bitten, jetzt zu gehen. Sonst verliere ich noch die Beherrschung. Und das würde ich uns beiden gern ersparen."

„Renato ...!"

„Geh jetzt, verdammt noch mal!", platzte er heraus. Sein Gesicht war kreidebleich, und sämtliche Trauer und Wut, die sich in ihm angestaut hatten, schienen sich mit einem Schlag zu entladen. „Geh und lass dich nie wieder blicken!"

12. KAPITEL

„Ich gehe nirgendwohin." Heathers Widerspruch war so bestimmt wie unmissverständlich. „Willst du wissen, warum? Weil wir zusammengehören. Wir sind Mann und Frau, und ich liebe dich mindestens so sehr, wie du mich liebst."

„Ach, darum hast du also mit Lorenzo geschlafen", erwiderte Renato sarkastisch.

„Wie kommst du bloß auf diesen Unsinn?"

„Unsinn?" Er sah sie fassungslos an. „Du hast es doch selbst gesagt!"

„Ich habe gesagt, dass ich in seinem Bett geschlafen habe", verbesserte Heather ihn. „Den Rest hast du dazuerfunden."

„Dafür brauchte es nicht viel Fantasie", sagte er mit schmerzerfüllter Stimme.

Heather konnte ihn unmöglich länger leiden sehen. „Begreifst du denn nicht, Liebling?", fragte sie und strich ihm zärtlich über die Wange. „Ich habe *allein* in seinem Bett gelegen. Lorenzo musste die Nacht auf einer unbequemen Pritsche in einer Zelle verbringen. Was glaubst du denn, warum sein Anzug so aussieht, als hätte er darin geschlafen? Weil er genau das getan hat!"

Heathers Worte schienen nur sehr langsam zu Renato durchzudringen. Denn es dauerte eine ganze Weile, bis er etwas erwiderte, und auch dann gelang ihm kein vollständiger Satz. „Was für eine Zelle?"

„Eine Gefängniszelle", erklärte Heather ihm. „Er wurde verhaftet, weil er angetrunken Auto gefahren ist. Außerdem hat er nach einem Beamten geschlagen, der ihn kontrollieren wollte. Von der Polizeiwache aus hat Lorenzo mich angerufen und gebeten, sofort zu kommen. Um niemanden zu beunruhigen, habe ich Sara nur das Nötigste erklärt und bin mit der nächsten Maschine nach London geflogen. Gestern Abend war es schon zu spät, um noch etwas zu unternehmen, und da sein Zimmer schon bezahlt war, erschien es mir unsinnig, ein eigenes ..."

Renatos Kuss schnitt ihr das Wort ab. Doch für das Glücksgefühl, das beide empfanden, gab es ohnehin keine Worte. Die gegenseitige Liebeserklärung war aus heiterem Himmel gekommen und hatte sie völlig unvorbereitet getroffen. Und so mischte sich in die unendliche Freude ein Gefühl der Erleichterung, denn letztlich war es einzig Lorenzos Missgeschick zu verdanken, dass sie etwas ausgesprochen hatten, was ihnen ihr Stolz normalerweise verboten hätte – möglicherweise so lange, bis es zu spät gewesen wäre.

„Habe ich mich auch wirklich nicht verhört?", fragte Renato atemlos. „Bevor du es mir sagst, küss mich noch einmal, damit ich weiß, dass ich nicht träume."

Sie küsste ihn nicht nur einmal, bevor sie ihm endlich versicherte, dass er sich keinesfalls verhört habe. „Ich habe nie mit Lorenzo geschlafen. Weder gestern noch irgendwann sonst."

„Nein, nicht das", entgegnete er aufgeregt. „Das andere, was du gesagt hast. Das, wo das Wort ‚Liebe' vorkam."

„Ich liebe dich, Renato", wiederholte sie allzu gern, „und ich werde dich immer lieben. Dass du genauso empfindest, hätte ich nicht zu hoffen gewagt. Dafür warst du immer viel zu distanziert und beherrscht – außer im Bett natürlich."

„Sag ruhig, dass ich ein Hornochse bin", erwiderte er lächelnd. „Ich hatte mir geschworen, nie wieder eine Frau so nah an mich heranzulassen, dass sie mir wehtun könnte. Und dann habe ich dich kennengelernt, und all meine Vorsätze gerieten in Gefahr. Doch du liebtest einen anderen – meinen Bruder. Ich musste mich vor mir selbst schützen. *Deshalb* habe ich es nicht fertig gebracht, dir meine Liebe zu gestehen. Ich hatte solche Angst …"

Heathers entschlossener Kuss ersparte es ihm, den Gedanken auszusprechen. Er erwiderte ihn mit solcher Leidenschaftlichkeit, dass Heather alles um sich herum vergaß.

Nur schemenhaft nahm sie wahr, dass Renato sie hochhob und die Treppe hinauftrug. Ein lauter Knall verriet ihr, dass die Schlafzimmertür hinter ihnen ins Schloss gefallen war. Ehe sie sich's versah, spürte sie die milde Frühlingsluft auf ihrer nackten Haut und endlich seine Hände, die sie sanft aufs Bett legten.

Sie liebten sich mit einer Hingabe, die alles Bisherige überstieg. Mit der grenzenlosen Erleichterung, dass sie sich wiedergefunden hatten, schien auch die Lust die letzten Fesseln gesprengt zu haben. Das stärkste Gefühl jedoch war eine grenzenlose Zuversicht. Noch vor wenigen Minuten hatte sie nicht mehr miteinander verbunden als ein Stück gemeinsame Vergangenheit. Nun lag eine Zukunft vor ihnen, die namenloses Glück und Erfüllung verhieß.

„Wie hast du Lorenzo eigentlich aus dem Gefängnis freibekommen?", fragte Renato, als sie eng umschlungen und erschöpft unter der Bettdecke lagen.

„Indem ich ihm einen Anwalt besorgt habe, der gleich heute früh zum Haftrichter gefahren ist. Zum Glück war Lorenzo nicht wirklich betrunken, als man ihn angehalten hat, und zu Schaden gekommen war auch niemand."

„Ich denke, er hat einen Beamten geschlagen?"

„Er hat *nach* ihm geschlagen", stellte Heather richtig, „ihn aber glücklicherweise nicht getroffen. Der Anwalt konnte erwirken, dass er gegen eine Geldstrafe auf freien Fuß gesetzt wurde. Ich hielt es für das Beste, ihn auf direktem Weg nach Hause zu bringen, obwohl ich wusste, dass er noch einige Termine in England wahrzunehmen hatte."

„Das war sehr vernünftig von dir", erwiderte Renato.

„Vorsichtshalber werde ich ihn in nächster Zeit auch nicht mehr nach England schicken. Die Kunden müssen natürlich trotzdem betreut werden. Wie wär's, wenn du das übernimmst? Dass du in der Lage dazu bist, hast du in Schottland eindrucksvoll …"

„Was du mir offenbar nicht zugetraut hast", fiel Heather ihm ins Wort. „Sonst hättest du mir nicht nachspioniert."

„Dummerchen", erwiderte er und küsste sie zärtlich. „Ich bin dir nachgereist, weil ich es ohne dich nicht länger ausgehalten habe."

Heather lag auf der Zunge, Renato zu fragen, ob die Tatsache, dass Lorenzo sich zur selben Zeit in England aufgehalten hatte, seinen Entschluss möglicherweise beeinflusst habe. Doch stattdessen schmiegte sie sich lieber an ihn und genoss seine Nähe. Die Frage hatte sich erübrigt – und zwar ein für alle Mal.

Renato schien genauso zu denken. „Ich kann es noch gar nicht richtig glauben, dass unser Glück endlich vollkommen ist", sagte er unvermittelt.

„Ist es das wirklich?", wandte Heather vorsichtig ein.

„Selbstverständlich!", erwiderte Renato bestimmt. „Wir lieben uns. Mehr kann man sich doch gar nicht wünschen."

„Ich widerspreche dir nur ungern, aber mir fiele da schon noch etwas ein."

„Papperlapapp!", widersprach Renato und zog Heather an sich.

Heather verzichtete darauf, die Unterhaltung fortzusetzen. Sie schmiegte sich an Renato, um einfach nur ihr Glück zu genießen. Doch der Gedanke, dass dieses Glück noch nicht vollkommen war, ließ sie auch dann nicht los.

Zwei Wünsche waren noch offen.

Als Heather aus England zurückkehrte, platzte sie mitten in die Vorbereitungen für Baptistas Geburtstag.

„Mir ist da etwas eingefallen, worüber ich gern mit dir reden möchte“, sagte Renato am Abend nach ihrer Ankunft, „und vielleicht können wir zwei Fliegen mit einer Klappe schlagen. Wie du weißt, erwäge ich seit geraumer Zeit, außer Obst, Wein und Gemüse auch Blumen zu verkaufen. Ich muss allerdings zugeben, dass ich nicht sonderlich viel davon verstehe. Was hältst du davon, wenn du dich um den Einkauf kümmerst?“

„Das wäre fantastisch, Renato“, erwiderte Heather begeistert.

„Wenn wir uns so weit einig sind, solltest du möglichst schnell Kontakt zu den führenden Züchtern aufnehmen. Vor allem zu diesem hier“, setzte er hinzu und reichte Heather die Visitenkarte eines gewissen Vincenzo Tordone. „Er ist nicht nur einer der größten Blumenproduzenten Siziliens, sondern auch einer der besten. Solltest du zu demselben Eindruck kommen, könntest du auch gleich den Blumenschmuck für den Geburtstag meiner Mutter bei ihm bestellen.“

Gleich am nächsten Tag besuchte Heather Vincenzo Tordone in seinem Büro in Palermo. Er war schätzungsweise Ende sechzig, groß und schlank, hatte graues, fast weißes Haar. Was Heather jedoch am meisten imponierte, war seine freundliche, kultivierte und zurückhaltende Art, die ihn ihr auf Anhieb sympathisch machte.

Nachdem sie ihm ihr Anliegen erklärt hatte, fuhr er mit ihr zu den Anbauflächen außerhalb der Stadt. Die Vielfalt und Pracht der unterschiedlichsten Sorten war derart beeindruckend, dass Heather ihm augenblicklich einen Vertrag anbot. Vincenzo Tordone schien über eine Gabe zu verfügen, wie sie nur äußerst selten anzutreffen war.

„In der Nähe von Rom habe ich auch noch Anbauflächen“, teilte er ihr mit. „Meine Frau war Römerin, und bis zu ihrem Tod haben wir das Geschäft gemeinsam geführt. Mittlerweile habe ich es meiner Tochter und meinem Sohn überschrieben und mich in meine Heimat zurückgezogen.“

„Ich wusste gar nicht, dass Sie Sizilianer sind“, sagte Heather überrascht. „Ihr Name klingt, als stammten Sie vom Festland.“

„Da habe ich ja auch lange gelebt“, erwiderte Signore Tordone, „aber geboren worden bin ich hier. Mit zwanzig habe ich die Insel verlassen, doch je älter ich wurde, desto mehr habe ich mich zurückgesehnt. Meinen Lebensabend will ich zu Hause verbringen, und wenn es so weit ist, möchte ich hier auch begraben werden.“ Der Anflug von Wehmut verflog ebenso schnell, wie er gekommen war. „Außerdem gibt es für einen Gärtner keinen geeigneteren Ort als Sizilien. Einen besseren Boden findet man nirgends auf der Welt.“

Seine Offenheit wirkte geradezu ansteckend auf Heather, und so erzählte sie ihm freimütig, was sie von England nach Sizilien verschlagen hatte, und von dem wenig geradlinigen Weg, der sie schließlich doch noch zu einem Mitglied der Familie Martelli gemacht hatte.

„Ist es Ihnen sehr schwergefallen, sich bei uns einzuleben?“, fragte er höflich.

„Überhaupt nicht“, erwiderte Heather. „Was vor allem meiner Schwiegermutter Baptista zu verdanken ist. Vom ersten Tag an hat sie mich unter ihre Fittiche genommen und mir die Eingewöhnung damit sehr erleichtert. Sie hat mir sogar ihr Landgut vermacht. Vielleicht kennen Sie es. Es heißt *Bella Rosaria.*“

„Ich habe davon gehört. Oder genauer von dem Rosengarten. Über den erzählt man sich wahre Wunderdinge.“

„Und das völlig zu Recht. Es ist Jahrzehnte her, dass er angelegt wurde, doch Baptista hat ihn in all den Jahren gehütet wie ihren Augapfel.“

Wie von selbst entspann sich eine angeregte Unterhaltung

über die Frage, welche Pflege für Rosen welcher Art die geeignetste war. Mit jeder Minute wurde Heather der ältere Mann sympathischer, und der Vertragsabschluss war nur noch Formsache. Von sofort an war die Firma Martelli für den Export der Erzeugnisse der Firma Tordone zuständig, und selbstverständlich wurde Vincenzo Tordone auch damit beauftragt, den Blumenschmuck für Baptistas Geburtstag zu liefern.

Auch an ihrem Ehrentag hielt Baptista an ihrer Gewohnheit fest, sich nach dem Mittagessen zurückzuziehen, bevor sie sich für den abendlichen Empfang zurechtmachte.

Als Renato und Heather nach ihr sahen, saß sie vor dem Schminktisch und legte sich eine Perlenkette an. Sie winkte Renato zu sich und nahm seine Hand. „Mein Sohn", sagte sie mit großem Ernst, „ich weiß nicht, wie viele Geburtstage ich noch erleben werde …"

„Mamma", unterbrach er sie liebevoll, „das sagst du an jedem Geburtstag – und zwar seit mindestens zehn Jahren."

„Es ist ja auch die Wahrheit, und von Jahr zu Jahr mehr. Du weißt, dass ich nie großen Wert auf Geschenke gelegt habe. Doch in diesem Jahr gibt es etwas, das ich mir mehr wünsche als alles andere."

„Wenn es in meiner Macht steht, will ich dir den Wunsch mit Freuden erfüllen."

„Erst wenn du dich mit deinem Bruder wirklich ausgesöhnt hast, kann ich in Frieden …"

„Glaub mir, Mamma", unterbrach Renato sie, „zwischen uns ist längst wieder alles in bester Ordnung."

Baptista lächelte zwar, doch Heather meinte erkennen zu können, dass Renatos Antwort sie nicht restlos zufriedenstellte.

Es klopfte an der Tür. Bernardo und Lorenzo brachten Wein und Gläser, um im engsten Familienkreis auf das Wohl ihrer Mutter anzustoßen.

Baptista war sichtlich gerührt, als sie mit jedem ihrer Kinder anstieß. Doch als sie darum bat, allein gelassen zu werden, erklärte Renato ernst, dass er noch einige Worte sagen wollte. „Ich möchte die Gelegenheit nutzen, um mich bei Lorenzo zu entschuldigen und ihm gleichzeitig von ganzem Herzen zu danken", wandte er sich an seine Familie. „Wie einigen anderen auch habe ich ihm übel mitgespielt, trotzdem habe ich es ihm zu verdanken, dass ich heute ein glücklicher Mensch bin. Inzwischen wissen wir alle, welch fataler Fehler es gewesen wäre, wenn Lorenzo und Heather geheiratet hätten. Doch ich war nicht in der Lage, das Unglück aufzuhalten, das ich selbst angezettelt hatte. Dafür brauchte es den Mut und die Entschlossenheit von Lorenzo."

Er hob sein Glas, um mit seinem Bruder anzustoßen. „Weil du mir die Stirn geboten hast, konnte ich die Frau heiraten, die ich liebe. Ich bin dir unendlich dankbar dafür."

„Dem kann ich mich nur anschließen", ergänzte Heather gerührt.

Auch an Lorenzo waren die Worte seines Bruders nicht spurlos vorübergegangen. Er wirkte regelrecht beschämt.

Doch am heftigsten reagierte Baptista. Ihre Tränen verrieten, dass Renato ihr keine größere Freude hätte machen können.

„Danke", flüsterte Heather ihm ins Ohr. Nun musste nur noch ein Wunsch in Erfüllung gehen, um ihr Glück vollkommen zu machen.

Unter dem tosenden Applaus der zahlreichen Gäste führte Renato Baptista in den Salon. Als sie die Blumenpracht sah, die unbemerkt von ihr aufgebaut worden war, stockte ihr der Atem.

„Ich bin überwältigt", sagte sie und klammerte sich an ihren ältesten Sohn, der sie zu ihrem Platz am Kopf der Festtafel führte. „Vielen Dank."

„Ich habe noch eine Überraschung für dich“, erwiderte Renato. „Der Mann, der für dieses kleine Wunder verantwortlich ist, möchte dir persönlich gratulieren. Allerdings nur, wenn du dich stark genug fühlst.“

„Es wird mich nicht gleich umhauen, wenn mir ein Gärtner zum Geburtstag gratuliert – selbst wenn es sich um einen wahren Meister seines Faches handelt.“

„Das werden wir gleich wissen.“ Auf ein Handzeichen von Renato hin wurde Vincenzo Tordone in den Raum geführt, der ein wenig unsicher und wortlos auf Baptista zuging, ohne sie jedoch aus den Augen zu lassen.

Von ihrem Platz aus konnte Heather beobachten, dass Baptista seinen Blick wie gebannt erwiderte. Ihr Versuch aufzustehen scheiterte indessen kläglich. Und als Vincenzo schließlich vor ihr stand und ihr eine einzelne Rose entgegenhielt, schlug sie die Hand vor den Mund.

„Federico“, brachte sie endlich stockend hervor. *„Fede!“*

„Träume ich?“, stieß Heather ungläubig hervor. „Das kann nicht wahr …“

„Ist es aber“, fiel Renato ihr liebevoll ins Wort. „Vincenzo Tordone ist niemand anderes als Federico Marcello. Mein Großvater hat ihn damals unter Drohungen von der Insel vertrieben und darauf bestanden, dass er sich einen anderen Namen zulegt – alles, um es meiner Mutter unmöglich zu machen, Kontakt mit ihm aufzunehmen.“

„Und wie ist dir das gelungen?“

„Mithilfe eines Privatdetektivs“, erklärte er lächelnd, „der seine Spur bis nach Rom und wieder zurück verfolgt hat.“

„Wusstest du das etwa alles schon, als du mich zu ihm geschickt hast?“

„Ich war mir jedenfalls ziemlich sicher“, gab Renato zu.

„Und warum hast du mir nichts davon erzählt?“, fragte Heather empört.

„Ich nehme an, weil ich dich auch überraschen wollte“, erwiderte Renato, und in seiner Stimme lag plötzlich ein eigentümlicher Ernst. „Vielleicht bin ich doch nicht so ein hoffnungsloser Fall, wie du geglaubt hast.“

Er war alles andere als ein hoffnungsloser Fall, und das hatte er im Lauf des Tages bereits zweimal bewiesen. Selbstverständlich blieb er ein Dickkopf, und Heather machte sich keine Illusionen darüber, dass es nicht immer leicht sein würde, mit ihm zusammenzuleben.

Und doch wollte sie genau das. Denn von Herzensangelegenheiten verstand er ganz eindeutig mehr, als sie ihm zugetraut hätte, und anders, als Baptista ihm unterstellt hatte, waren ihm Liebe und Gefühle keinesfalls fremd.

Unwillkürlich ging ihr Blick zu ihrer Schwiegermutter, und was sie sah, ließ ihr das Herz überlaufen. Baptista und Federico saßen Seite an Seite, ihre Hände eng umschlungen.

Wortlos machte Heather Renato auf die rührende Szene aufmerksam, und beide beugten sich kaum merklich vor, um das Gespräch zu belauschen.

„Eigentlich bin ich nur nach Sizilien zurückgekehrt, um in deiner Nähe zu sein“, sagte Federico. „Auch wenn ich nicht damit rechnen konnte, dich je wiederzusehen. Und dass du dir mein Gesicht gemerkt hast, darauf hätte ich nicht einmal zu hoffen gewagt.“

„Unter Tausenden hätte ich dich wiedererkannt“, erwiderte Baptista, ohne sich ihrer Tränen zu schämen.

„Warum weinst du denn?“, fragte Federico besorgt.

„Kannst du dir das nicht denken?“ Baptista lächelte ihn zärtlich an. „Weil ich glücklich bin. Und jetzt sag mir endlich, was du all die Jahre gemacht hast. Dass ich geheiratet habe, weißt du schon. Ich hoffe, du hast auch einen Partner fürs Leben gefunden.“

„Ich kann mich wahrlich nicht beklagen“, erwiderte Federico. „Meine Frau war ein wunderbarer Mensch, wie die beiden Kinder, die sie mir geschenkt hat. Solange sie lebte, war sie mir eine Freundin, auf die ich immer zählen konnte." Er hob den Kopf und sah Baptista nachdenklich an. „Geliebt habe ich trotzdem immer nur dich", setzte er mit unsicherer Stimme hinzu.

Baptista war außerstande, etwas zu erwidern, und so drückte sie ihm fest die Hand, um ihm zu sagen, dass es ihr nicht anders ergangen sei – und bis zum heutigen Tag nicht anders ergehe.

Nachdem sich auch die letzten Gäste verabschiedet hatten, gingen Heather und Renato Arm in Arm die Treppe hinauf.

„Wenn man deine Mutter und Federico sieht, könnte man glatt neidisch werden", sagte Heather unvermittelt, als sie den Korridor erreicht hatten, der zu ihrem Schlafzimmer führte. „Ihre Liebe scheint in all den Jahren eher zu- als abgenommen zu haben. Ob uns das wohl auch vergönnt sein wird?"

„Ich kann natürlich nur für mich sprechen", erwiderte Renato, „aber in meinem Herzen wird nie eine andere Frau Platz haben. Trotzdem gibt es einen gravierenden Unterschied. Für Mamma und Federico war es sicherlich das Beste, jemand anderes zu heiraten. Für mich wäre das keine Lösung. Selbst wenn du morgen sterben müsstest, würde ich den Rest des Lebens lieber allein verbringen und darauf vertrauen, dass wir im Tod wieder zusammenfinden."

„Und ich würde …"

„Pst." Renato legte ihr einen Finger auf die Lippen. „Sag nichts, woran du nicht ganz fest glaubst."

„Ich habe dir doch schon gesagt, dass ich dich mindestens so sehr liebe wie du mich. Zweifelst du etwa daran?"

„Natürlich nicht", entgegnete er. „Auch wenn ich mich manchmal frage, womit ich das eigentlich verdient habe."

Seine Worte rührten Heather zutiefst. Als sie Renato kennengelernt hatte, hatte er zu Hochmut und Überheblichkeit geneigt, und dass er eine Schwäche oder gar einen Fehler eingestanden hätte, wäre undenkbar gewesen.

Wie sehr er sich seither verändert hatte! Sein übertriebener Stolz hatte sich im selben Maße gelegt, in dem er gelernt hatte, sich selbst und damit anderen Menschen zu vertrauen – in erster Linie der Frau, die er liebte.

Darüber schien er allerdings den Grund, der ihn einst dazu bewogen hatte, für Lorenzo eine Frau zu suchen, völlig vergessen zu haben.

Was insofern verzeihlich war, als dass Heather sich bereits darauf freute, die Rolle auszufüllen, die ihr dabei zugedacht war. „Dann will ich es dir erklären", sagte sie kurz entschlossen, öffnete die Schlafzimmertür und nahm Renatos Hand.

Bald wäre auch ihr letzter Wunsch erfüllt, und dann stand ihrem gemeinsamen Glück nichts mehr im Wege.

Baptista lag schon eine ganze Weile im Bett, doch an Schlaf war nicht zu denken. Die Ereignisse des Tages gingen ihr unaufhörlich im Kopf herum.

So recht konnte sie ihr Glück noch immer nicht fassen. Federico war in ihr Leben zurückgekehrt, das sich damit erfüllt hatte – und zugleich freute sie sich auf jeden Tag, der ihr bevorstand, denn *Fede* hatte ihr hoch und heilig versprochen, sie ab sofort jeden Tag zu besuchen.

Plötzlich hörte sie Schritte im Treppenhaus und dann auf dem Flur vor ihrem Zimmer. Sobald sie sich aufgerichtet hatte, konnte sie deutlich hören, dass es sich um zwei Personen handelte, die so spät noch auf waren, und besonders eilig schienen sie es auch nicht zu haben. Immer wieder verstummte das Geräusch für Momente, bis sich die beiden wieder ein Stück vorwärtsbewegten, um direkt vor Renatos und

Heathers Zimmer stehen zu bleiben.

Die Unterhaltung der beiden war bis in Baptistas Zimmer zu hören, wenn auch nur als leises Flüstern, das erst verstummte, als die Tür energisch ins Schloss geworfen wurde.

Zufrieden und erleichtert lehnte sich Baptista zurück. Sie hatte sich nicht geirrt. Wenn sie in dieser Nacht der Tod ereilte, würde sie in der Gewissheit scheiden, dass ihr ältester Sohn die Liebe seines Lebens gefunden hatte.

Umso mehr wünschte sie sich, dass ihr noch möglichst viel Zeit auf Erden beschieden war. Es gab nicht nur noch so viel zu erleben und zu genießen – auch völlig neue Aufgaben erwarteten sie.

Die schönste war sicherlich die der Großmutter. Vielleicht wusste bislang nicht einmal Heather selbst, dass sie ein Kind unter dem Herzen trug, doch Baptista war in diesen Dingen zu erfahren, um sich irren zu können.

Bald würde ihre Schwiegertochter ihr einen Enkelsohn schenken – oder besser noch eine Enkeltochter, die ihren Vater auf ähnliche Weise positiv beeinflussen könnte, wie es Heather gelungen war.

Doch vielleicht war das auch gar nicht mehr nötig, denn dass er seine frühere Selbstherrlichkeit und Unnahbarkeit mittlerweile völlig abgelegt hatte, bewies die Tatsache, dass er Federico in ihr Leben zurückgebracht hatte.

Noch vor wenigen Wochen hatte Baptista geglaubt, dass Bernardo der erste ihrer Söhne wäre, der sie mit der Nachricht überraschte, dass sie Großmutter werden würde. Und dass er nicht ihr leiblicher Sohn war, hätte der Freude nicht den geringsten Abbruch getan.

Doch was Heather so eindrucksvoll gelungen war, hatte Angie vergeblich versucht, und was Renato, wenn auch mühsam, gelernt hatte, stand bei Bernardo noch aus. Seine Gefühle offen zu zeigen und zu ihnen zu stehen, verbot ihm nach wie vor sein Stolz.

So nannten die Männer jedenfalls das, was Baptista von jeher als Dummheit empfunden hatte. Und wenn das, was sie heimlich in die Wege geleitet hatte, auch nur annähernd hielt, was sie sich davon versprach, würde Bernardo das einsehen und Angie auf Knien bitten, seine Frau zu werden.

Nein, dachte Baptista zufrieden und in gespannter Erwartung zugleich. Der Himmel musste noch eine Weile ohne sie auskommen. Dafür gab es für sie auf Erden einfach noch zu viel zu tun.

– ENDE –

Lucy Gordon

Happy End auf Sizilianisch

Roman

Aus dem Amerikanischen von
Fanny Gabor

MIRA®

1. KAPITEL

Wo bleibst du denn, Angie? Das Taxi wartet."
Es war nichts Ungewöhnliches, dass Heather Miller auf ihre Freundin warten musste, doch dieses Mal drohte es ihr den letzten Nerv zu rauben.

„Ich komme ja schon", erwiderte Angie wenig glaubhaft, denn noch stand sie vor dem Spiegel im Bad und kontrollierte ihr Make-up. „Der Fahrer kann ja schon mal mein Gepäck runtertragen."

„Das hat er schon vor zehn Minuten gemacht", teilte Heather ihrer Freundin mit. „So lange steht er mittlerweile schon im strömenden Regen vor der Haustür. Und wenn du dich nicht beeilst, fahre ich ohne dich los. Ich möchte gern vor der Hochzeit in Sizilien ankommen. Schließlich bin *ich* die Braut."

„Verbreite nicht solche Hektik", erwiderte Angie gereizt, während sie ihren Mantel von der Garderobe nahm. „Die Trauung ist doch erst in einer Woche."

Doch sobald sie die Straße betraten, musste auch Angie zugeben, dass es keinen besseren Tag geben konnte, um die Stadt zu verlassen. Das Wetter war selbst für Londoner Verhältnisse außergewöhnlich schlecht. Es regnete Bindfäden, und der Gehweg war mit Pfützen übersät.

Umso mehr freuten sich die beiden Freundinnen darauf, in wenigen Stunden am Mittelmeer zu sein und die Sonne genießen zu können.

„Du ahnst gar nicht, wie sehr ich mich nach einigen Tagen Urlaub sehne", sagte Angie, als sie endlich im Taxi saßen, das sie zum Flugplatz brachte. „So ausgebrannt habe ich mich schon lange nicht gefühlt."

„Das wundert mich nicht", erwiderte Heather spitz. „Die Liste deiner Verehrer ist ja auch beeindruckend lang. Angefangen bei Bill über Steve und …"

„Bill? Wer soll das denn sein?"

„Sag bloß, du hast den Tennislehrer schon wieder vergessen?"

„Ach der", erwiderte Angie gleichgültig. „Der gehört doch schon längst der Vergangenheit an."

„Weiß er das auch schon?", fragte Heather verwundert.

„Ich habe es ihm so schonend wie möglich beigebracht", erklärte Angie lächelnd. „Mittlerweile beherrsche ich das schon ganz gut."

„Und wer war der Mann, der dich vorhin am Telefon so herzzerreißend angefleht hat, ihn nicht zu vergessen?"

„Das war George – glaube ich jedenfalls."

Heather musste lachen. „Du bist wirklich unverbesserlich, Angie."

„Bin ich nicht!", widersprach ihre Freundin heftig. „Im Gegenteil. Ich bin verbesserlicher, als du glaubst – selbst auf die Gefahr hin, dass es das Wort gar nicht gibt. Und ausgebrannt bin ich, weil ich in letzter Zeit zu viel gearbeitet habe. Die vielen Nachtdienste gehen an keinem spurlos vorbei."

Angie, genauer Dr. Angela Wenham, arbeitete als Ärztin in der Unfallstation eines großen Londoner Krankenhauses. Und unter der Schichtarbeit litt nicht nur ihr Schlaf, sondern auch und vor allem ihr Liebesleben. Doch wenn Heathers Eindruck nicht trog, war ihre Freundin entschlossen, sich in den kommenden Tagen schadlos zu halten.

Gegensätze ziehen sich an, besagte ein altes Sprichwort, das sich in ihrem Fall längst bewahrheitet hatte, weil Heather und Angie, obwohl völlig entgegengesetzte Typen, seit Jahren die besten Freundinnen waren. Heather war ruhig und besonnen, und auch wenn sie sich durchaus attraktiv fand, wusste sie, dass Angie sie auch in dieser Hinsicht problemlos ausstach, was sie ihr jedoch nicht neidete.

Angie war eine bildschöne Frau, und da sie außerdem blond, blauäugig und zierlich war, weckte sie in jedem Mann den Beschützerinstinkt.

Was sie weidlich auszunutzen verstand. Denn auch wenn sie alles andere als draufgängerisch wirkte, war sie ein ziemlicher Paradiesvogel, der kaum eine Gelegenheit zu einem Flirt ungenutzt ließ. Bald schickte sie die Männer wieder in die Wüste, noch bevor sie ihrer überdrüssig werden konnte.

„Umso mehr freue ich mich auf Sizilien", sagte sie unvermittelt. „Sonne, Strand und Meer – und natürlich jede Menge junger, knackiger Sizilianer."

„Du klingst ja wild entschlossen", erwiderte Heather. „Nur bitte blamier mich nach Möglichkeit nicht vor meiner zukünftigen Familie."

„Das kann ich dir nicht garantieren", entgegnete Angie bestimmt. „Schließlich fahre ich nicht in Urlaub, um mich zu benehmen, sondern um Spaß zu haben und auf meine Kosten zu kommen."

Heather hatte nicht den leisesten Zweifel, dass ihre Freundin genauso entschlossen war, wie sie klang. Sie war eine hoffnungslose Romantikerin und verliebte sich in einer geradezu atemberaubenden Geschwindigkeit – weshalb sie ihre Freunde derart häufig wechselte, dass sie sich kaum die Namen merken konnte.

Doch Heather kannte Angie zu gut, um nicht zu wissen, dass ihre Beziehungen vor allem deshalb so kurzlebig waren, weil ihre ganze Liebe dem Beruf galt. Und auch wenn man es der zierlichen Frau auf den ersten Blick nicht zutrauen mochte, handelte es sich bei ihr um eine ebenso zielstrebige wie erfolgreiche Ärztin, die bei Kollegen und Patienten gleichermaßen beliebt war.

Den Flug nach Palermo trat sie vor allem deshalb an, um ihre beste Freundin zu deren Hochzeit mit Lorenzo Martelli, einem jungen Sizilianer, zu begleiten. Dass sie darüber hinaus entschlossen war, den ersten Urlaub seit Langem in jeder Hinsicht zu genießen, stand außer Frage.

„Hast du nicht erzählt, dass dein Verlobter zwei Brüder hat?“, fragte sie kurz nach dem Start, und ihr schalkhaftes Lächeln bestätigte Heather in ihrer Vermutung.

„Ja, er hat zwei Brüder“, erwiderte sie lachend, „aber ich kenne bisher auch nur den ältesten, Renato.“

„Ist das nicht der Flegel, der sich dir gegenüber als Kunde ausgegeben hat, um herauszufinden, ob du auch gut genug für seinen kleinen Bruder bist?“

„Dass er sich einen Eindruck von mir verschaffen wollte, werfe ich ihm nicht vor“, erwiderte Heather. „Nur die Art und Weise hat mir ganz und gar nicht gefallen.“

Bis zu ihrer Verlobung vor ziemlich genau einem Monat hatte Heather in der Parfümerieabteilung des *Gossways,* Londons führendem Kaufhaus, als Verkäuferin gearbeitet. Renato, Lorenzos ältester Bruder und Oberhaupt der Familie Martelli, hatte sie – unter einem Vorwand und ohne sich zu erkennen zu geben – dort aufgesucht und sie mit Fragen, Andeutungen und Angeboten konfrontiert, die, milde ausgedrückt, ziemlich indiskret gewesen waren.

Als Lorenzo sie am selben Abend ins Ritz geführt hatte, um ihr seinen Bruder vorzustellen, war es prompt zu einem Eklat gekommen. Renato hatte die Wahl seines Bruders zwar akzeptiert, sich dabei jedoch so selbstherrlich aufgeführt, dass Heather entrüstet aus dem Hotel geeilt war.

Bei dem Versuch, sie zurückzuhalten, war Renato vor ein Auto gelaufen und schwer verletzt worden. Noch im Krankenhaus hatte Lorenzo um Heathers Hand angehalten, und unter dem Eindruck der dramatischen Ereignisse hatte sie spontan Ja gesagt.

„Was weißt du eigentlich über den anderen Bruder?“

„Nicht viel“, musste Heather zugeben. „Er ist der Mittlere der drei und heißt Bernardo. Genau genommen ist er ein Stiefbruder. Seine Mutter war die langjährige Geliebte seines Vaters. Beide sind bei einem schweren Verkehrsunfall ums Leben gekommen. Lorenzos Mutter Baptista hat das Waisenkind bei sich aufgenommen und es wie einen eigenen Sohn großgezogen.“

„Donnerwetter!“ Angie war offensichtlich beeindruckt von Heathers zukünftiger Schwiegermutter. „Das zeugt von Größe.“

„Allerdings“, stimmte Heather ihrer Freundin zu. „Ich kann nur hoffen, dass sie mich genauso herzlich in die Familie aufnimmt.“

„Bestimmt wird sie das.“ Angie warf Heather einen aufmunternden Blick zu. „Außerdem willst du ja nicht sie, sondern Lorenzo heiraten“, setzte sie lächelnd hinzu. „So ganz kann ich es allerdings immer noch nicht glauben. Schließlich kennst du ihn erst wenige Monate, und das Abenteuer, sich auf ein fremdes Land und eine fremde Sprache einzulassen, hätte eher zu mir als zu dir gepasst.“

Auch wenn sie es diplomatisch formulierte, war die Anspielung auf Peter nicht zu überhören. Insgeheim schien Angie zu befürchten, dass sich Heather zu der überstürzten Hochzeit mit Lorenzo hatte hinreißen lassen, weil sie immer noch darunter litt, dass ihr früherer Verlobter sie eine Woche vor der Hochzeit verlassen hatte.

„Ich weiß genau, was ich tue“, erwiderte Heather bestimmt. „Jedenfalls heirate ich Lorenzo nicht, um Peter zu vergessen, sondern weil ich ihn liebe. Und auf das neue Leben, das mich erwartet, freue ich mich genauso wie auf ihn.“

Wenig später konnte Heather aus dem Flugzeugfenster zum ersten Mal einen Blick auf ihre zukünftige Heimat werfen. Eingebettet ins tiefe Blau des Mittelmeeres, tauchte unter ihnen die grüne Stiefelspitze Italiens auf, wie Sizilien auch genannt wurde.

Nach der Landung in Palermo gingen die beiden Freundinnen zum Gepäckband, und während Angie auf die Koffer wartete, konnte sie beobachten, wie ein großer und gut aussehender junger Mann mit lockigem braunen Haar Heather freudestrahlend zuwinkte.

Doch wie Heather war auch Lorenzo nicht allein gekommen, und der Mann an seiner Seite hatte es Angie augenblicklich angetan.

Er war deutlich kleiner als Lorenzo, wie sie zufrieden feststellte. Sie selbst maß kaum mehr als einen Meter sechzig, und sie hasste es, Männer zu küssen, die größer als ein Meter achtzig waren.

Auch seine weiteren äußeren Merkmale erfüllten alle Voraussetzungen, damit sich Angie Hals über Kopf in diesen Mann verlieben konnte. Er hatte einen schlanken und doch athletischen Oberkörper und schmale Hüften.

Ihre ungeteilte Vorfreude auf die kommenden Tage erhielt jedoch einen empfindlichen Dämpfer, als der Mann auf sie zukam, um ihr das Gepäck abzunehmen. In seinen dunklen Augen lag ein Ernst, der alles Spielerische und jede Leichtigkeit vermissen ließ, ohne allerdings seiner Attraktivität den geringsten Abbruch zu tun.

„Bernardo Tornese", stellte er sich ihr vor und reichte Angie die Hand.

„Angela Wenham", erwiderte sie, und die Kraft seines Händedrucks überraschte sie ebenso wie seine klangvolle tiefe Stimme.

„Ich freue mich sehr, Sie kennenzulernen, Signorina Wenham."

„Bitte nennen Sie mich doch Angie", forderte sie ihn auf. „Alle meine Freunde nennen mich so."

„Also dann: Herzlich willkommen auf Sizilien, Angie."

Offensichtlich war er von Angie nicht weniger beeindruckt als sie von ihm, denn er musterte sie mit deutlichem Interesse, wie Angie zu ihrer Freude feststellte. Und weil sie wusste, dass sie auch nach einem mehrstündigen Flug unbedingt vorzeigbar war, ließ sie ihn gewähren.

Nachdem sich das Brautpaar gebührend begrüßt hatte, machte Heather Angie mit ihrem Verlobten bekannt. „Das ist mein Bruder Bernardo", stellte Lorenzo ihr seinen Begleiter vor.

„Halbbruder", widersprach Bernardo so leise, dass es außer Angie niemand hören konnte.

Die Fahrt zum Anwesen der Martellis dauerte kaum eine halbe Stunde, doch der Eindruck, der sich Angie bot, war überwältigend. Kaum hatten sie die Außenbezirke Palermos hinter sich gelassen, zeigte sich die atemberaubende Schönheit Siziliens. Die Sonne stand hoch am wolkenlosen Himmel und ließ die üppige Farbenpracht der Landschaft besonders gut zur Geltung kommen. Und je mehr sie sich der Küste näherten, desto häufiger öffnete sich der Blick aufs Mittelmeer, auf dem sich die Schaumkronen brachen und wie kleine Diamanten funkelten.

„Gleich sind wir da", sagte Lorenzo aus dem Fond des Wagens und zeigte auf eine Villa, die sich treppenförmig auf einem Vorsprung direkt an der Steilküste erhob.

„Ist das wirklich Ihr Haus?", fragte Angie ungläubig, als sie das hochherrschaftliche Anwesen sah, und blickte zu Bernardo, der neben ihr am Lenkrad des Wagens saß.

„Die Villa gehört der Familie Martelli", verbesserte er mit einem bitteren Unterton.

Als sie kurz darauf in eine breite Auffahrt einbogen, bemerkte Angie vor der Eingangstür eine ältere Dame. „Meine Mutter kann es kaum erwarten, dich kennenzulernen", sagte

Lorenzo zu Heather und bestätigte Angies Annahme, dass es sich bei der kleinen, zerbrechlich wirkenden Frau um Baptista Martelli handelte. Sie mochte kaum älter als Mitte sechzig sein, doch sie musste sich auf einen Stock stützen, und ihr Haar war bereits ergraut. Dennoch strahlte sie eine Würde aus, die Angie zutiefst beeindruckte.

Nachdem Lorenzo seine Mutter fast überschwänglich begrüßt hatte, stellte er ihr zunächst seine Verlobte und dann Angie vor.

Die Herzlichkeit, mit der sie die beiden Freundinnen in ihrem Haus willkommen hieß, war ohne Zweifel echt. Doch aus ihrer Formulierung wie aus ihrem Blick sprachen eine Willenskraft und Strenge, die es mit ihrer Gastfreundlichkeit unbedingt aufnehmen konnten.

Dieselbe Reserviertheit meinte Angie in der zurückhaltenden Art zu erkennen, mit der Bernardo Baptista begrüßte. Denn obwohl an seinem Benehmen nicht das Geringste auszusetzen war, fiel die Umarmung nicht gerade herzlich aus.

Eine Hausangestellte brachte Heather und Angie zu dem Zimmer, das sie sich bis zum Tag der Hochzeit teilen sollten. Durch eine breite Fensterfront fiel das milde Licht auf zwei große Betten mit Baldachinen. Eine breite Glastür führte auf die Terrasse, von der sich ein traumhafter Blick auf den Garten bot. Angie war eine leidenschaftliche Hobbygärtnerin, und sie nahm sich fest vor, so bald wie möglich einen ausgedehnten Spaziergang durch die gepflegten Anlagen zu machen, hinter denen sich das fruchtbare Binnenland erstreckte, das am Horizont mit den nebelverhangenen Berggipfeln zu verschmelzen schien.

Nachdem sie sich frisch gemacht hatte, zog sie statt der Jeans, die sie auf der Reise getragen hatte, ein leichtes blaues Sommerkleid an. Als auch Heather sich umgezogen hatte, führte das Hausmädchen die beiden Freundinnen über die

Terrasse um das halbe Haus, bis sie schließlich eine große Veranda erreichten.

Baptista und ihre beiden jüngeren Söhne saßen unter einer Schatten spendenden Markise und erwarteten sie bereits. „Darf ich Ihnen etwas zu essen bringen?“, erkundigte sich Bernardo, nachdem er Angie zu ihrem Platz geführt hatte.

„Gern“, erwiderte sie und kam aus dem Staunen nicht heraus, als er ihr schließlich einen Teller mit sizilianischen Spezialitäten hinstellte. „Versteht Ihre Mutter das unter einem Imbiss?“

„Baptista kennt Ihren Geschmack noch nicht“, erklärte Bernardo. „Deshalb hat sie den Koch angewiesen, von allem ein bisschen zu machen.“

Angie fiel auf, dass sich Bernardo zum wiederholten Male dagegen zur Wehr gesetzt hatte, als Mitglied der Familie Martelli angesprochen zu werden. Auf dem Flugplatz hatte er nicht nur einen anderen Namen genannt, sondern betont, dass er nur Lorenzos Halbbruder sei. Und so kühl die Begrüßung Baptistas ausgefallen war, so sehr bestand er nun darauf, dass sie nicht seine Mutter war.

Noch ahnte Angie nicht einmal, was ihn dazu brachte, doch ihr Gefühl sagte ihr, dass sie einen zwar komplizierten, aber nicht minder aufregenden Mann vor sich hatte. Ihre Neugier war jedenfalls geweckt.

So kam sie bei der anschließenden Unterhaltung nicht umhin, ihn heimlich zu beobachten. Dass Lorenzo und er keine leiblichen Brüder waren, war nur allzu offensichtlich. Sie waren in allem das genaue Gegenteil. Lorenzo war fröhlich und unbeschwert, und seine braunen Locken wie sein fröhliches Lächeln verliehen ihm etwas Unbeschwertes und Jungenhaftes.

Bernardo hingegen wirkte abweisend und grüblerisch, und seine Stimmung schien ebenso finster zu sein wie sein

Gesichtsausdruck. Sein Teint verriet, dass er die Schreibtischarbeit hasste und sich lieber in der freien Natur aufhielt.

Am meisten faszinierte Angie jedoch sein Gesicht, das sich von einer Sekunde auf die andere verwandeln konnte. Wenn er einfach nur dasaß und das Gespräch scheinbar teilnahmslos verfolgte, verliehen ihm die tief liegenden Augen und die vollen Lippen eine eigentümliche Schwermütigkeit, die sich jedoch augenblicklich in eine ungeahnte Lebendigkeit verwandelte, sobald er sprach.

„Wenn Sie möchten, zeige ich Ihnen gern den Garten", bot er sich an, als Baptista darum bat, sie mit ihrer künftigen Schwiegertochter allein zu lassen.

„Sie scheinen Gedanken lesen zu können", erwiderte Angie, ohne auch nur den Versuch zu machen, ihre Freude zu verbergen.

Gemeinsam betraten sie die ausgedehnten Parkanlagen, die, wie Bernardo zu berichten wusste, von mehreren Gärtnern gepflegt wurden und jedem Schloss zur Ehre gereicht hätten. Im Zentrum stand ein großer Springbrunnen, von dem aus sternförmig mehrere Wege abgingen, die durch großzügige und reich bepflanzte Blumenbeete führten und schließlich in ein Wäldchen mündeten.

Bernardo war sichtlich beeindruckt, dass Angie die meisten Blumenarten kannte, und wenn sie auf eine besonders seltene Sorte stießen, erklärte er ihr geduldig Namen und Herkunft.

Doch so viel Sachverstand er auch besaß, er ließ jegliche Begeisterung vermissen. Fast schien es, als machte ihn die Atmosphäre befangen – was Angies Wunsch, mehr über diesen rätselhaften Mann zu erfahren, noch anstachelte.

„Kennen Sie Heather schon lange?", fragte er unvermittelt.

„Seit sechs Jahren", erwiderte sie. „Wir sind uns fast jeden Morgen auf dem Weg zur Arbeit begegnet, wenn sie zu dem

Schreibwarengeschäft fuhr, in dem sie damals angestellt war, und ich zur Klinik."

„Ich wusste gar nicht, dass Sie Krankenschwester sind."

„Ich auch nicht", erwiderte Angie spitz.

Erst Bernardos Blick machte ihr klar, wie sehr ihn ihre Antwort verunsichert hatte. „Ich bin Ärztin", erklärte sie leicht gereizt.

„Verzeihen Sie bitte", entschuldigte er sich verlegen. „In manchen Dingen sind wir Sizilianer ziemlich altmodisch. Erst recht oben in den Bergen, wo ich die meiste Zeit des Jahres verbringe."

Das offene Eingeständnis, dass ihm traditionelle Werte und Gebräuche durchaus etwas bedeuteten, überraschte Angie. Zugleich machte es den besonderen Charme dieses Mannes aus, dass er sich nicht verbog, um ihr zu imponieren, sondern sich so gab, wie er war.

„Sie brauchen sich nicht zu entschuldigen", erwiderte sie. „Das ist mir in England auch schon passiert. Um auf Heather zurückzukommen", wechselte sie rasch das Thema. „Damals haben wir uns angefreundet, und seitdem sind wir die besten Freundinnen."

„Dann können Sie mir doch sicherlich erklären …" Er unterbrach sich, um nach den richtigen Worten zu suchen. „Sie wirkt so … na ja, Sie haben Lorenzo ja erlebt. Er ist, wie soll ich sagen …"

Angie kam aus dem Staunen nicht mehr heraus, und unwillkürlich fragte sie sich, wie ein Mann mit seinem familiären und finanziellen Hintergrund derartig schüchtern sein konnte. Offensichtlich konnte er nicht aus seiner Haut – was, wie sie sich eingestehen musste, der Faszination, die er auf sie ausübte, nicht den geringsten Abbruch tat.

„Nicht gerade ein Mönch gewesen", beendete sie seinen Satz bewusst diskret, „und Sie fragen sich jetzt, ob Heather in diesen Dingen eine ähnlich lockere Einstellung hat."

Bernardo wurde tatsächlich ein wenig rot. „Im Grunde hat sich die Frage erübrigt. Schließlich hat Renato der Hochzeit zugestimmt, und das hätte er kaum getan, wenn er Anlass hätte … Er spricht in den höchsten Tönen von ihr."

„Was sich andersherum nicht behaupten lässt", wandte Angie ein. „Nach allem, was ich weiß, hat er sich ihr gegenüber ziemlich rüpelhaft benommen."

„Ich ahne, worauf Sie anspielen", erwiderte Bernardo verlegen. „Die beiden sind wie Feuer und Wasser, und manchmal frage ich mich, ob Lorenzo der Situation überhaupt gewachsen ist."

„Im Zweifelsfall wird er doch wohl zu seiner Frau halten."

„Noch kennen Sie Renato nicht", erwiderte Bernardo, und in seiner Stimme schwang eine Spur Niedergeschlagenheit mit. „Er ist nicht nur Lorenzos großer Bruder, sondern auch das unumstrittene Oberhaupt der Familie."

„Vielleicht bin *ich* ja altmodisch", widersprach Angie. „Aber ist Lorenzo nicht alt genug, um selbst Entscheidungen zu treffen?"

„Eigentlich schon", gestand Bernardo widerwillig. „Trotzdem bleibt dem Familienvorstand in allen wichtigen Fragen das letzte Wort. Das wird doch bei Ihrem Vater nicht anders gewesen sein, oder?"

„Wie man's nimmt", erwiderte Angie. „Natürlich haben wir unseren Vater respektiert, aber nicht allein deshalb, weil er ein Mann war." Bernardos betretener Blick verriet ihr, dass die Botschaft angekommen war. „Er hat sich unseren Respekt verdient, indem er vierzig Jahre lang als Arzt gearbeitet und unzähligen Menschen geholfen hat."

„Dann war es sicherlich sein Wunsch, dass Sie Ärztin werden."

„Im Gegenteil", entgegnete Angie lachend. „Solange ich

denken kann, hat er meine beiden Brüder und mich davor gewarnt, in seine Fußstapfen zu treten. ‚Zwei abschreckende Beispiele müssten doch reichen!', lautete sein Einwand. Denn unsere Mutter war auch Ärztin. Sie ist gestorben, als ich noch studiert habe – selbstverständlich Medizin, wie meine beiden Brüder auch."

„Und wie hat Ihr Vater darauf reagiert?"

„Ich glaube, insgeheim war er schon ein bisschen stolz auf mich. Zumal meine Examensnoten deutlich besser waren als die meiner Brüder."

„Die waren darüber sicherlich nicht gerade begeistert, oder?"

„Das kann man wohl sagen. Ihre Kommentare waren alles andere als freundlich. Doch am meisten hat mich geärgert, dass sie mir die Facharztausbildung nicht zugetraut haben. Umso mehr haben sie gestaunt, als ich nicht die üblichen vier, sondern nur drei Jahre gebraucht habe."

„Allmählich jagen Sie mir Angst ein", kommentierte Bernardo mit einem schalkhaften Lächeln. „So jung, und schon so erfolgreich."

„Unterschätzen Sie mich nicht", entgegnete Angie bestimmt. „Erstens bin ich schon achtundzwanzig, und zweitens sollten Sie nicht von meiner Körpergröße auf meine Hartnäckigkeit schließen. Wenn es danach geht, bin ich ein Riese."

„Das glaube ich Ihnen aufs Wort", erwiderte Bernardo nachdenklich. Einen Moment lang wirkte er völlig geistesabwesend, und nur der bewundernde Blick, mit dem er Angie ansah, ließ erahnen, was ihn bewegte.

Ohne genau sagen zu können, warum, war Angie durch die Gegenwart dieses ungewöhnlichen Mannes nicht weniger verzaubert. Sie kannte ihn erst wenige Stunden und wusste von ihm so gut wie nichts. Und obwohl er weder außergewöhnlich gut aussah noch sich besonders geschickt verhielt, wenn es darum ging, ein zwangloses Gespräch zu führen, fühlte sie sich mit einer Heftigkeit zu ihm hingezogen, die weit über das hinausging, was ihr für einen Urlaubsflirt ratsam erschien.

Trotzdem zögerte sie nicht eine Sekunde, als er ihr die Hand reichte und sie wortlos aufforderte, den Spaziergang fortzusetzen.

„Der Garten ist wirklich ein kleines Paradies", sagte sie, als sie das Wäldchen erreichten.

„Das ist er wohl", erwiderte Bernardo höflich.

„Gefällt er Ihnen nicht?", fragte Angie, weil er nicht gerade überzeugt geklungen hatte.

„Ehrlich gesagt stelle ich mir unter einem Paradies etwas anderes vor", gestand er. „Hier ist alles so perfekt, dass man bei jedem Schritt Angst haben muss, etwas kaputt zu machen. Ich ziehe die wirklichen Paradiese vor."

„Und wo finden Sie die?"

„In den Bergen", antwortete er, ohne zu zögern. „Deshalb komme ich auch nur selten hierher. Oder können Sie sich hier einen Steinadler vorstellen?"

„Gibt es auf Sizilien denn Steinadler?", fragte Angie ungläubig.

„Natürlich. Bei uns in Montedoro zum Beispiel."

„Bedeutet das nicht ‚goldener Berg'?"

„Genau!", bestätigte Bernardo begeistert. „Woher können Sie denn Italienisch?"

„Meine Tante war mit einem Italiener verheiratet, und als ich klein war, haben wir sie oft besucht. Wie erklärt sich denn der Name?"

„Den verdanken der Berg wie der gleichnamige Ort der Tatsache, dass die Sonne sie zweimal täglich in ihr goldenes Licht taucht – einmal, wenn sie aufgeht, und einmal, wenn sie untergeht. Einen schöneren Ort gibt es auf der ganzen Welt nicht."

„Das kann ich mir lebhaft vorstellen“, erwiderte Angie mit einer Spur Wehmut in der Stimme.

„Hätten Sie nicht Lust …?“ Anstatt die Frage zu beenden, sah er Angie begeistert, aber auch verlegen an.

„Wozu?“, fragte sie ermutigend, weil sie kaum erwarten konnte, dass er sie aufforderte, mit ihm in die Berge zu fahren.

„Da seid ihr ja! Es wird höchste Zeit, dass ihr euch für das Abendessen umzieht.“

Lorenzos Stimme platzte in die Stille hinein und machte ihren Wunsch mit einem Schlag zunichte – vorerst zumindest. Denn noch lag der ganze Abend vor ihnen, und auch wenn sie nicht wusste, woher sie ihre Sicherheit nahm, bezweifelte Angie nicht, dass sie Bernardo noch im Lauf dieses Tages dazu bringen würde, über seinen Schatten zu springen und sie zu sich nach Hause einzuladen.

Als sie in ihr Zimmer kam, erwartete Heather sie bereits.

„Du weißt hoffentlich, was du tust“, sagte sie vorwurfsvoll.

„Ich verstehe nicht, worauf du hinauswillst“, erwiderte Angie mit Unschuldsmiene.

„Tu nicht so scheinheilig. Ich habe euch doch gesehen. Außerdem kenne ich dich gut genug, um zu wissen, wann dir ein Mann gefällt. Ich könnte mir allerdings vorstellen, dass die üblichen Tricks und Kniffe, mit denen du die Männer normalerweise um den kleinen Finger wickelst, bei Bernardo nicht ziehen.“

„Da könntest du recht haben“, gab Angie unumwunden zu. „Genau das macht ihn ja so wahnsinnig interessant.“

„Ich gebe es auf“, sagte Heather entmutigt.

„Tu das, Kleines. Mir ist ohnehin nicht mehr zu helfen.“

Weil Renato unterdessen aus Palermo zurückgekehrt war, erhielt Angie beim Abendessen die Gelegenheit, die drei Brüder ausgiebig miteinander zu vergleichen.

Je länger sie Lorenzo beobachtete, desto besser verstand sie, warum sich ihre beste Freundin in ihn verliebt hatte. Sein Aussehen war über jeden Zweifel erhaben und seine Unbekümmertheit geradezu ansteckend. Darüber hinaus war er überaus charmant und verhielt sich Heather gegenüber sehr aufmerksam. Dass er in mancherlei Hinsicht noch ein wenig unreif wirkte, ließ sich angesichts solcher Vorzüge sicherlich verschmerzen.

Sein ältester Bruder war in allem das genaue Gegenteil. Renato war groß und kräftig und begrüßte Angie ausgesucht höflich. Und doch war er ihr auf Anhieb unsympathisch. Alles an ihm wirkte streng und selbstherrlich, und während des Essens kam ihm nicht ein freundliches Wort über die Lippen. Unwillkürlich fühlte sich Angie an Bernardos dunkle Prophezeiung erinnert, dass Heather es mit ihrem zukünftigen Schwager nicht leicht haben würde.

An Bernardo hingegen fand Angie nicht das Geringste auszusetzen. Im Gegenteil. Er schien den Blick kaum von ihr lassen zu können, und mehr als einmal musste einer seiner Brüder eine Frage, die an ihn gerichtet war, wiederholen, um eine Antwort von ihm zu bekommen.

Kaum war das Essen beendet, nahm er zwei Weingläser und führte Angie auf die Terrasse. Die Sonne war längst untergegangen, und eine ganze Weile lang standen die beiden schweigend nebeneinander und sahen hinaus in die Nacht. „Wollen wir uns nicht duzen?“, schlug Bernardo unvermittelt vor, und seinem Gesichtsausdruck war deutlich anzusehen, welche Überwindung die Frage ihn kostete.

„Sehr gern“, erwiderte Angie gerührt und erwartete gespannt, dass Bernardo sich zu ihr herunterbeugte, um sie zu küssen. Und dann würde er es auch endlich wagen, die Einladung auszusprechen, auf die sie nicht weniger sehnsüchtig wartete als auf seinen Kuss.

Bernardo war anders als alle Männer, die ihr bislang begegnet waren – und nichts anderes erwartete sie auch von dem Gefühl, das die Berührung seiner Lippen auslösen würde.

Doch *wie* anders er war, wurde ihr erst so richtig bewusst, als er ihre Hand nahm und an seine Wange schmiegte. „Vielleicht sollten wir …“, begann er unsicher, bevor er wieder verstummte.

„Ja?“

„Vielleicht sollten wir lieber wieder ins Haus gehen“, beendete er den angefangenen Satz. „Die anderen werden sich schon wundern, wo wir abgeblieben sind.“

Angie verwarf den Gedanken, ihn mit ihren bewährten Mitteln von dem Gedanken abzubringen. Was bei anderen Männern mit Sicherheit die erhoffte Wirkung erzielt hätte, war bei Bernardo zum Scheitern verurteilt.

„Du hast sicherlich recht“, stimmte sie ihm zu. „Es ist vielleicht wirklich das Beste, wenn wir wieder ins Haus gehen.“

2. KAPITEL

Der Traum lief jedes Mal nach demselben Muster ab – und das seit mittlerweile zwanzig Jahren.

Der Junge war allein zu Hause und wartete darauf, dass seine Mutter zurückkam, als es plötzlich an der Tür klopfte. Von diesem Moment an war die Welt nicht mehr dieselbe.

Der Junge war niemand anderes als Bernardo selbst, und doch schien es sich im Traum um einen Dritten zu handeln, dessen Gefühle und Gedanken er im Voraus kannte, ohne sie ihm ersparen zu können.

Denn noch wusste der Junge nicht, dass seine Mutter nicht kommen würde, weil sie gemeinsam mit seinem Vater in dessen Auto in eine Schlucht gestürzt war.

Wie in einem Film folgte an dieser Stelle ein Schnitt, und das nächste Bild zeigte den Jungen, der sich über den Leichnam seiner Mutter beugte und sich und ihr schwor, ihren Namen und ihren Ruf von dem Schmutz zu befreien, den die Dorfbewohner über sie ausgeschüttet hatten. *Prostituta* hatten sie Marta Tornese hinter ihrem Rücken genannt, weil sie ein uneheliches Kind hatte. Ihr es offen ins Gesicht zu sagen hatten sie nur deshalb nicht gewagt, weil der Vater des Kindes ein einflussreicher Mann war, dessen Rache sie fürchteten. An ihrer Meinung über sie konnte jedoch auch das nichts ändern.

In dieser Sekunde hatte der Junge seiner toten Mutter versprochen, ein ebenso mächtiger Mann wie Vincente Martelli zu werden und die Dorfbewohner notfalls zu zwingen, ihr Andenken in Ehren zu halten. Doch zu seinem bitteren Leidwesen hatte er sehr bald einsehen müssen, dass dieser Schwur an eine Reihe von Bedingungen geknüpft war, die er unmöglich erfüllen konnte.

Das nächste Bild zeigte ihn, wie er aus einem Versteck den fremden Stimmen zuhörte, die hitzig darüber stritten, was aus ihm werden sollte. Um allein zu leben, war er mit seinen zwölf Jahren noch zu jung, und das Haus hatte ohnehin dem Liebhaber seiner Mutter gehört, an dessen Familie es mit seinem Tod fiel. Der Junge meinte verstehen zu können, dass er ein *bastardo* war, der in ein Heim gehörte.

Wieder klopfte es an der Tür, und wieder eröffnete sich eine neue Welt – dieses Mal in Gestalt einer schönen und doch zerbrechlich wirkenden Frau, die kaum älter als Mitte vierzig war. Sie schien ebenso traurig wie der Junge zu sein, und doch lächelte sie ihn an und forderte ihn liebevoll auf, mit ihr zu kommen.

Signora Baptista Martelli, die betrogene Ehefrau seines Vaters, hatte allen Grund, ihn zu hassen. Stattdessen war sie entschlossen, ihn in ihre Familie aufzunehmen und zu behandeln wie ihr eigen Fleisch und Blut.

Obwohl er sich viel zu alt dafür empfand, brach der Junge in Tränen aus. Die Scham darüber verhinderte es, ihr zu erklären, dass er ein Zuhause hatte und ein neues weder wollte noch brauchte. Hilflos musste er über sich ergehen lassen, dass ihm alles genommen wurde, was ihm je etwas bedeutet hatte.

Wie immer schreckte Bernardo mit dem Bild des Jungen vor Augen auf, der in einem goldenen Käfig eingesperrt war. Und nur hier, in seinem Zimmer auf dem Anwesen der Martellis, verfolgte ihn dieser Traum, der aus dem selbstbewussten Mann, den seine Umwelt in ihm sah, ein hilfloses Kind werden ließ.

Bernardo stieg aus dem Bett, zog sich die Jeans über und ging mit bloßem Oberkörper auf den Balkon. Nachdem er eine Zeit lang am Geländer gestanden hatte, spürte er, wie die kühle Nachtluft ihn langsam wieder in die Gegenwart zurückbrachte. Gleich nach Sonnenaufgang würde er das Haus verlassen und dorthin zurückkehren, wo er hingehörte. Bis zu Lorenzos und Heathers Hochzeit war noch eine ganze Woche hin, und so lange würde er es hier nicht aushalten.

Doch so fest sein Entschluss stand, gab es etwas, was ihm den Abschied schwer machen würde. Direkt unter seinem befand sich das Zimmer, in dem die zukünftige Braut und ihre Freundin untergebracht waren und sicherlich tief und fest schliefen.

Er gestand sich ein, dass Angie ihm mehr bedeutete als je eine Frau zuvor. Mit ihr war etwas in sein Leben getreten, wonach er sich immer gesehnt hatte und für das er kein anderes Wort wusste als …

„Pst!“, flüsterte in diesem Moment jemand, der auf der Terrasse unter seinem Balkon sein musste. Verwirrt blickte er hinunter und erschrak fast, als er Angie erkannte, die auf der Brüstung saß und zu ihm hinaufsah.

Der Gedanke, dass sie ihn die ganze Zeit beobachtet hatte, machte ihn zutiefst verlegen – und das nicht nur, weil er halb nackt war. Nicht viel anders erging es ihm, als er ihre schlanken Beine sah, die im Mondlicht schimmerten. Sicherlich hatte sie schon im Bett gelegen und geschlafen, und unwillkürlich ertappte sich Bernardo bei dem erregenden Gedanken, dass Angie unter dem dünnen Nachthemd nichts trug.

Er musste sich regelrecht zwingen, seine Fantasie zu zügeln – auch wenn die Heftigkeit, mit der sein Körper auf die Vorstellung reagierte, es äußerst schwer machte.

„Eigentlich müsste es genau andersherum sein“, sagte Angie unvermittelt, und ihr schalkhaftes Lächeln brachte Bernardos gute Vorsätze augenblicklich ins Wanken.

„Was müsste andersherum sein?“, fragte er verwirrt.

„Julia muss auf dem Balkon stehen und Romeo von unten zu ihr aufsehen."

Ihre Stimme war mindestens ebenso betörend wie die Tatsache, dass sie ihre Situation mit der des berühmtesten Liebespaares der Welt verglich.

„Bist du eigens aufgestanden, um dir den Sonnenaufgang anzusehen?", fragte Bernardo verlegen, ohne seine Unsicherheit überspielen zu können.

„Nicht ganz", erwiderte Angie lächelnd. „Obwohl ich sicher bin, dass es sich lohnen würde."

„Das schon, aber am eindruckvollsten ist er natürlich oben in den Bergen. Bald werde ich mich wieder selbst davon überzeugen können. Umso schöner, dass ich dich noch sehe. Ich will morgen in aller Frühe aufbrechen."

„Wirklich?" Angie sagte nur dieses eine Wort, doch die Enttäuschung war ihr so deutlich anzuhören, dass Bernardo sich dazu hinreißen ließ, gegen alles zu verstoßen, was ihm der gesunde Menschenverstand riet. „Willst du nicht mitkommen?"

„Nichts lieber als das."

Angies Antwort fiel euphorischer aus, als er zu hoffen gewagt hatte.

„Allerdings nur unter einer Bedingung", setzte sie gespielt empört hinzu. „Wir fahren erst nach einem ausgiebigen Frühstück. Schließlich habe ich Urlaub."

„Abgemacht."

Mit einem betörenden Lächeln verabschiedete sich Angie und ging in ihr Zimmer. Bernardo blieb allein zurück und blickte wie gebannt auf die Stelle, wo sie gesessen hatte.

Sein Verstand sagte ihm, dass er sich auf etwas einließ, dessen Folgen er gar nicht abschätzen konnte. Und wenn er klug wäre, würde er augenblicklich die Villa verlassen und Angie einige Zeilen mit einer Entschuldigung hinterlassen.

Doch irgendetwas in ihm war stärker als sein Verstand. Und klug sein war das Letzte, was er im Moment wollte.

Am nächsten Morgen herrschte allgemeiner Aufbruch. Lorenzo hatte das Haus schon verlassen, weil er geschäftlich nach Stockholm musste, und Renato hatte Heather zu einem Ausflug auf seiner Segeljacht eingeladen, auf der sie und Lorenzo die Flitterwochen verbringen sollten.

„Willst du nicht mitkommen?", fragte sie ihre Freundin.

„Das wird nicht gehen", wies Angie das Angebot freundlich, aber bestimmt zurück. „Bernardo will mir die Insel zeigen."

„Geht das nicht ein bisschen sehr schnell?", wandte Heather ein. „Ihr kennt euch doch erst wenige Stunden."

„Na und?" Angie teilte ihre Bedenken nicht im Geringsten. Im Gegenteil. Sie schien mit dem Verlauf der Dinge mehr als zufrieden, und als sie Heather zulächelte und im Bad verschwand, stand ihr die Vorfreude deutlich ins Gesicht geschrieben.

Die Frage, was sie anziehen sollte, beschäftigte sie länger, als ihr lieb war. Schließlich entschied sie sich für ihre weißen Jeans, ein dunkelblaues Seidentop, das eng genug war, um ihre Figur zu betonen, und einfache Sandaletten. Eine silberne Halskette und dazu passende Ohrringe sowie ein Hauch des sündhaft teuren Parfüms, das sie anlegte, verliehen ihrer Erscheinung den letzten Schliff.

Bernardo erwartete sie bereits an seinem Geländewagen. Sobald sie die Außenbezirke Palermos hinter sich gelassen hatten, wurden die Straßen zunehmend steiler.

„Was du hier siehst, gehört alles Baptista", erklärte Bernardo, als sie einen kleinen Ort namens Ellona passierten. „Die Villa dort drüben heißt *Bella Rosaria.* Als Kinder haben wir hier immer die Sommerferien verbracht."

Je weiter sie ins Landesinnere kamen, desto karger und unfruchtbarer wurde die Landschaft.

„Wovon leben die Menschen hier?“, erkundigte sich Angie interessiert.

„Von Ackerbau und Viehzucht“, erwiderte Bernardo. „Wie seit vielen Hundert Jahren. Inzwischen überwiegt allerdings der Weinanbau. Trotzdem ist das Leben hier oben ziemlich entbehrungsreich, und viele Menschen ziehen an die Küste.“

Immer höher hinauf führte die kurvenreiche Straße, doch der fantastische Ausblick entschädigte Angie für ihr leichtes Unwohlsein. Es schien, als könnte sie die gesamte Insel überblicken, und am Horizont schimmerte schwach das tiefe Blau des Mittelmeeres.

Die Landschaft, durch die die Fahrt führte, wurde hingegen immer unwirtlicher und zugleich immer großartiger. Kiefernwälder wurden von Hochebenen abgelöst, auf denen einzelne Höfe lagen, die einsam und verlassen wirkten.

„Das ist Montedoro“, sagte Bernardo unvermittelt.

Angie setzte sich auf und sah fasziniert auf den Ort, dessen Häuser sich an eine Bergwand schmiegten, die sich steil bis in die Wolken erhob und den Ort in ein rötliches Licht tauchte.

„Die Altstadt ist siebenhundert Jahre alt“, erklärte Bernardo, als er den großen Wagen behutsam durch das alte Stadttor lenkte und in die schmale Hauptstraße einbog, die von zahlreichen kleinen Geschäften gesäumt wurde.

Die Straße war voller Menschen, die meisten von ihnen unverkennbar Touristen. Die Einheimischen, die ihnen begegneten, grüßten Bernardo freundlich und blickten verstohlen ins Auto, um sich seine Begleiterin näher anzusehen.

Am Ende der steilen Straße befand sich ein kleiner Platz mit mehreren Boutiquen und einem Straßencafé. Bernardo parkte den Wagen und führte Angie in eine winzige Gasse, die so eng war, dass eine beinahe gespenstische Dunkelheit herrschte.

„Hier bin ich zu Hause", sagte Bernardo unvermittelt und öffnete eine schmale Holztür, die in eine dicke Mauer aus Natursteinen eingelassen war.

Angie glaubte, nicht richtig zu sehen. Vor ihr lag ein lichtdurchfluteter, üppig bepflanzter Innenhof, in dessen Zentrum ein Springbrunnen stand.

„Unglaublich", sagte sie tief beeindruckt. „Diese Großzügigkeit und Helle hätte ich nie für möglich gehalten. Und wie still es hier ist. Ganz anders als draußen in den engen Gassen. Wer sich hier nicht auskennt, würde nie auf die Idee kommen, dass sich hinter den Mauern etwas so Schönes und Friedliches verbirgt."

„Wir werden uns hüten, daran etwas zu ändern", erwiderte Bernardo mit dem Anflug eines Lächelns. „Im Sommer quillt der Ort vor Touristen fast über, und auch im größten Trubel bleibt uns Einheimischen eine Rückzugsmöglichkeit."

„Haben denn alle Häuser einen solchen Innenhof?"

„Die meisten. Ursprünglich waren sie dazu gedacht, dass sich die Frauen mit ihren Kindern im Freien aufhalten konnten, ohne anderen Männern zu begegnen."

„Ich verstehe", erwiderte Angie befremdet. „Wie viele Menschen leben denn in Montedoro?"

„Höchstens sechshundert. Im Winter, wenn keine Touristen kommen, ist es eine ziemliche Geisterstadt."

„Und womit verdienen die Einheimischen dann ihr Geld?"

„Die meisten arbeiten in den Weinbergen, an denen wir vorbeigekommen sind. Wie so vieles in dieser Gegend gehören sie der Familie Martelli."

Angie entging nicht, dass er von seiner Familie zum wiederholten Mal in der dritten Person sprach, als gehöre er nicht dazu.

„Dieses Haus ursprünglich auch. Vincente Martelli hat es für meine Mutter gekauft."

„Er scheint ja ein sehr großzügiger Mann gewesen zu sein."

„Das schon", bestätigte Bernardo. „Doch vor allem wollte er seine Geliebte vor den Anfeindungen der Dorfbewohner in Schutz nehmen. Als unverheiratete Mutter hatte sie wahrlich keinen leichten Stand."

Zu Angies großer Enttäuschung wurde Bernardo davon abgehalten, mehr über seine Herkunft zu erzählen, weil plötzlich eine große und kräftige etwa fünfzigjährige Frau aus dem Haus trat. Sie begrüßte Angie in akzentfreiem Englisch, ehe sie sich an Bernardo wandte. „Das Essen ist gleich fertig, Signore Tornese", teilte sie ihm mit, bevor sie wieder in der Küche verschwand.

„Das war Stella, meine Haushälterin", erklärte Bernardo. „Sie ist eine fantastische Köchin. Manchmal schimpft sie mit mir, weil ich nur selten Gäste einlade und sie ihre Kochkunst nicht öfter unter Beweis stellen kann."

Er schlug vor, die Zeit bis zum Essen für einen Rundgang durchs Haus zu nutzen.

Die karge Schönheit der Räume überraschte Angie. Und doch gefiel ihr auf Anhieb, mit welch bewusster Zurückhaltung alles gestaltet war. Die wenigen Möbel waren überaus erlesen, der Fußboden bestand durchgehend aus rotem Klinker, und die Wände aus Naturstein waren nicht verputzt.

Als sie die Diele erreichten, kam Stella aus der Küche, um etwas mit Bernardo zu besprechen. Kaum hatten sich die beiden zurückgezogen, bemerkte Angie eine Tür, die einen Spaltbreit offen stand. Einen Moment lang zögerte sie, doch schließlich öffnete sie sie ganz.

Auf den ersten Blick glich der Raum den anderen Zimmern aufs Haar. Ebenso sachlich und nüchtern eingerichtet, wirkte er wie eine Mönchszelle. Nur das große Messingbett wollte nicht zu diesem Eindruck passen.

Erst als Angie den Raum betrat, fiel ihr das Gemälde auf, das über dem Kopfende des Bettes hing. Es zeigte das Porträt einer attraktiven jungen Frau, deren Lächeln ihrem Gesicht eine faszinierende Güte und Milde verlieh.

Gleichzeitig aber meinte Angie in ihren Augen ein tiefes Misstrauen und eine Strenge erkennen zu können, die sie unwillkürlich an Bernardo erinnerte.

Als Angie bewusst wurde, dass es das Porträt seiner Mutter war, das so unterschiedliche Gefühle in ihr auslöste, bekam sie plötzlich ein schlechtes Gewissen, weil sie ohne Erlaubnis in seine Privatsphäre eingedrungen war.

So leise, wie sie es betreten hatte, verließ sie das Schlafzimmer, und kaum hatte sie die Tür wieder angelehnt, tauchte Bernardo in der Diele auf.

Insgeheim fragte sich Angie, ob er ihr auf dem Rundgang durchs Haus auch sein Schlafzimmer zeigen würde, doch er führte sie in einen Raum, in dem ein Schreibtisch und mehrere Aktenschränke standen.

„Hier erledige ich den ganzen Papierkram“, erklärte er, und sein Gesichtsausdruck verriet, wie ungern er sich in seinem Arbeitszimmer aufhielt. „Zum Glück geht es mit der modernen Technik viel schneller als früher“, setzte er mit einem Blick auf den Computer hinzu.

Durch die geöffneten Fenster war der strahlend blaue Himmel zu sehen, und Angie durchquerte den Raum, um die milde Frühlingsluft einzuatmen. Als sie den Abgrund bemerkte, der sich unter ihr auftat, schrak sie unwillkürlich zusammen.

„Ich hätte dich warnen sollen“, sagte Bernardo und kam

auf sie zu. „Das Haus ist direkt in die Felswand gebaut, und auf dieser Seite fällt das Gelände senkrecht ab."

„Eigentlich bin ich ja schwindelfrei", erwiderte sie benommen. „Doch damit hatte ich nicht gerechnet."

„Sei lieber vorsichtig." Bernardo legte ihr den Arm um die Taille, um Angie behutsam vom Fenster wegzuziehen.

Die Berührung war nur leicht, und trotzdem meinte Angie darin Bernardos urwüchsige Kraft zu spüren. Widerstandslos lehnte sie sich an ihn und ließ sich von ihm tiefer in den Raum führen. So nah, wie sie sich waren, konnte Bernardo unmöglich verborgen bleiben, dass ihr Herz in Erwartung seiner Zärtlichkeit schneller schlug.

Unwillkürlich blickte sie auf, und was sie in seinen Augen sah, löste unbändige Freude in ihr aus. Bernardo schien ihre geheimsten Wünsche nicht nur erraten zu haben, sondern auch zu teilen.

Umso unvorbereiteter traf es sie, als er plötzlich den Arm zurückzog und sich von ihr löste. „Das Essen dürfte jetzt fertig sein." Vergeblich versuchte er seiner Stimme einen entschlossenen Ton zu verleihen. „Wir sollten Stella nicht warten lassen."

Das Esszimmer war so schlicht eingerichtet wie das übrige Haus. Der einzige Unterschied war, dass eine große Terrassentür auf den Innenhof führte. Von ihrem Platz aus konnte Angie den Springbrunnen und Teile der Gartenanlagen sehen, die sich von denen in der Villa deutlich abhoben, weil sie weniger ordentlich waren, ohne deshalb ungepflegt zu wirken.

„Es ist wirklich zauberhaft hier", sagte Angie begeistert.

„Das liegt an der Jahreszeit", schränkte Bernardo ein. „Im Winter würde es dir möglicherweise weniger gut gefallen. Wir befinden uns fast eintausend Meter über dem Meeresspiegel, und hier kann es entsetzlich kalt werden. Manchmal zeigt sich die Sonne wochenlang nicht, und der Schneefall ist so dicht, dass man die Hand vor Augen nicht sieht."

„Du könntest während der Wintermonate doch in die Villa am Meer ziehen", schlug Angie vor.

„Das wäre eine Möglichkeit", erwiderte Bernardo. „Bislang habe ich jedoch noch nie Gebrauch davon gemacht."

„Und warum nicht?", fragte Angie, obwohl sie die Antwort zu kennen glaubte.

Bernardo zögerte lange, bis er etwas erwiderte. „Ich nehme an, du hast davon gehört, dass die Familienverhältnisse etwas kompliziert sind."

„Du hast es mir doch selbst erzählt."

„Ich?"

„Als ihr Heather und mich am Flugplatz abgeholt habt, hat Lorenzo dich als seinen Bruder vorgestellt. Du aber hast ihn sofort korrigiert, zwar nur leise, aber ich stand direkt neben dir. Und dich selbst hast du als Bernardo Tornese vorgestellt, als wäre es dir unangenehm, zur Familie Martelli gezählt zu werden."

„Genau genommen gehöre ich nicht weniger dazu als Renato und Lorenzo", erklärte Bernardo. „Baptista hat mich adoptiert, als ich noch ein Kind war. Doch in meinem Herzen bleibe ich ein Tornese. Und keiner im Ort käme auch nur auf die Idee, mich Martelli zu nennen."

„Macht es dich denn nicht stolz, den Namen deines Vaters zu tragen?"

„Doch", gab Bernardo zögernd zu. „Und ich mache Baptista auch keinen Vorwurf daraus. Im Gegenteil. Ich bin ihr zutiefst dankbar für alles, was sie für mich getan hat. Schließlich hat sie mich nicht nur bei sich aufgenommen, obwohl sie dadurch täglich an die Untreue ihres Mannes erinnert wurde, sondern auch dafür gesorgt, dass ich wirtschaftlich unabhängig bin. Meinem Vater gehörten mehrere Häuser im Ort, darunter auch dieses hier.

Ursprünglich wollte er sie meiner Mutter schenken, damit meine Zukunft gesichert war. Doch als der tragische Unfall passierte, waren sie noch in seinem Besitz und fielen damit automatisch an Baptista. Sie hat sie mir überschrieben und sie verwaltet, bis ich volljährig war."

„Diese Größe hätten sicherlich nur wenige Frauen besessen", sagte Angie tief beeindruckt.

„Allerdings", stimmte Bernardo ihr zu. „Ihr Pflichtbewusstsein ist wirklich außergewöhnlich."

„Glaubst du, sie hat das alles nur getan, weil sie sich dazu verpflichtet fühlte?" Bernardos Erklärungsversuch befremdete Angie. „Ich könnte mir eher vorstellen, dass sie aus Zuneigung zu dir so gehandelt hat."

„Das halte ich für ausgeschlossen", entgegnete er bestimmt. „Dafür muss sie meine Mutter viel zu sehr gehasst haben."

„Hat sie sich je so verhalten, dass du Grund zu der Annahme hast?"

„Nicht direkt", musste er zugeben. „Sie hat mich nicht anders behandelt als ihre leiblichen Söhne. Doch wenn wir in *Bella Rosaria* waren, konnte ich jede Nacht hören, wie sie im Garten saß und um ihren verstorbenen Mann weinte. Ich musste doch annehmen, dass sie mir mit dem Namen auch die Erinnerung an meine Mutter nehmen wollte. Deshalb habe ich bis heute daran festgehalten."

Ehe Angie ihm widersprechen konnte, fiel ihr die erste Begegnung mit Baptista ein, bei der sie selbst den Eindruck gewonnen hatte, dass sich hinter der Freundlichkeit ein eiserner, unbeugsamer Wille verbarg.

Bernardo schien die Erinnerung an die Vergangenheit innerlich aufgewühlt zu haben, denn er wirkte mitgenommen. Gleichzeitig meinte Angie zu erkennen, dass es ihn erleichtert hatte, ihr sein Herz zu öffnen.

Doch plötzlich lächelte er gezwungen. „Der Tag ist viel zu schön, und wir sollten nicht über solch deprimierende Dinge reden. Wollen wir nicht in den Garten gehen?“

Er nahm ihre Hand und führte Angie zum Brunnen, wo es trotz der Hitze angenehm kühl war. Lange standen sie schweigend nebeneinander und betrachteten ihre Spiegelbilder im Wasser.

Eine kaum merkliche Veränderung in Bernardos Gesicht ließ Angie den Atem stocken. Er wirkte unsicher wie ein kleiner Junge, und doch wusste sie, dass er sie im nächsten Moment küssen würde.

Angie reagierte nicht weniger unsicher. Sie war es gewohnt, sich in jeder Lebenslage unter Kontrolle zu haben. Davon konnte jedoch keine Rede mehr sein. Die Situation war ihr völlig entglitten – erst recht ihre Gefühle. Je größer die Gewissheit wurde, dass Bernardo sie endlich küsste, desto furchterregender begann ihr Herz zu rasen.

Das Klingeln des Handys traf sie wie ein Schock. Auch Bernardo schien Mühe zu haben, in die Wirklichkeit zurückzufinden, denn es dauerte eine ganze Weile, bis er sein Telefon gefunden hatte. „Ja?“, meldete er sich.

Angie sah zu ihrem Schrecken, dass sich sein Gesichtsausdruck schlagartig veränderte. „Wir kommen sofort“, sagte er aufgeregt und beendete das Gespräch. „Das war Renato“, erklärte er Angie. „Heather hatte einen Unfall. Du sollst sofort zu ihr kommen.“

Augenblicklich machten sie sich auf den Rückweg, und Bernardo schilderte Angie in knappen Worten den Unfallhergang. „Renato hat von seiner Jacht aus angerufen. Bei einem Ausflug an den Strand ist Heather vom Beiboot gefallen, ohne dass er es gemerkt hatte. Als es ihm auffiel, war es fast zu spät. Wie gut, dass kein Seegang herrschte, sonst … Zum Glück ist alles noch einmal gut gegangen, denn im letzten Moment konnte Renato Heather retten."

Als sie den Hafen von Mondello erreichten, legte gerade die *Santa Maria* an. Angie sprang aus dem Auto und ließ sich von Renato an Bord helfen.

Heather lag in der Eignerkabine und schlief. Zu Angies großer Erleichterung schien sie noch einmal mit dem Schrecken davongekommen zu sein. Zärtlich strich sie ihr über die Stirn, um sie behutsam zu wecken.

Als Heather ihre Freundin sah, konnte sie sogar schon wieder lächeln.

„Was machst du bloß für Sachen?", schalt Angie sie liebevoll. „Renato hat Bernardo über sein Handy angerufen und ihm gesagt, dass er mich sofort in den Hafen bringen soll", erklärte sie den Grund für ihre überraschende Anwesenheit. „Dass du mit unserem Ausflug nicht einverstanden warst, wusste ich ja. Aber musst du gleich zu solch drastischen Maßnahmen greifen?"

„Hoffentlich bist du trotzdem auf deine Kosten gekommen", erwiderte Heather matt.

Angies Lächeln verriet nicht mehr, als dass sie die Stunden mit Bernardo zumindest nicht bereute. „Du bist die Erste, der ich es erzählen würde." Ihre Antwort war nicht weniger mehrdeutig. „Jetzt zieh dich an, damit ich dich zum Auto bringen kann."

3. KAPITEL

Bernardo hatte spontan beschlossen, erst am nächsten Tag zurück nach Montedoro zu fahren. Weil Angie jedoch die meiste Zeit bei ihrer Freundin verbrachte, hatten sie kaum Gelegenheit, sich zu sehen.

Zu allem Überfluss schienen sie mitten in eine Familienkrise geraten zu sein. „Renato wollte Lorenzo in Stockholm anrufen“, erklärte Bernardo ihr den Grund der Aufregung, von der alle im Haus ergriffen waren. „Doch der hatte sein Hotel bereits verlassen.“

„Ich denke, er wollte erst morgen wiederkommen?“

„Das hatte er auch vor. Doch er hat Stockholm mit unbekanntem Ziel verlassen.“

„Ich kann nur hoffen, dass er weiß, was sich gehört“, sagte Angie mit allem Nachdruck.

„Was meinst du damit?“

„Nicht dass der Herr meint, sich vor der Hochzeit noch einmal richtig austoben zu müssen“, erklärte Angie einigermaßen unverblümt.

„Wie kommst du dazu, so etwas zu behaupten?“, fragte Bernardo empört. „Du kennst ihn doch gar nicht!“

„Du aber“, erwiderte Angie kühl. „Als sein Bruder müsstest du doch wissen, ob ihm das zuzutrauen ist oder nicht.“

Bernardo strich sich verlegen durchs Haar. „Entschuldige bitte, dass ich etwas lauter geworden bin“, antwortete er schließlich ausweichend und nahm Angie in die Arme.

Doch bevor es zum ersten Kuss kam, den Angie so sehr herbeisehnte, hörten sie Schritte auf dem Flur, die sich rasch näherten. Kaum hatten sie sich voneinander gelöst, stand Renato neben ihnen. Er wirkte sehr verärgert.

„Das Rätsel ist gelöst“, teilte er ihnen mit. „Lorenzo hat eben vom Flugplatz in Palermo aus angerufen. Er ist in einer guten halben Stunde hier."

„Bestimmt hat er es vor lauter Sehnsucht nach Heather nicht länger in Schweden ausgehalten", sagte Angie erleichtert.

„Das ist noch lange kein Grund, die Arbeit zu vernachlässigen", entgegnete Renato schroff.

„Sie scheinen zu vergessen, dass er in wenigen Tagen heiratet", erwiderte Angie trotzig. Und ehe Renato etwas erwidern konnte, ließ sie ihn stehen, um Heather Bescheid zu sagen.

„Heather tut mir jetzt schon leid", schüttete sie Bernardo ihr Herz aus, der ihr gefolgt war. „Einen solchen Schwager hat sie nicht verdient."

„Vielleicht liebt sie Lorenzo genug, um auch damit fertig zu werden", wandte er ein. „Schließlich kann man sich zwar den Partner aussuchen, den man heiratet, aber nicht dessen Familie."

Seine Formulierung weckte in Angie den Verdacht, dass er dabei nicht allein an Lorenzo und Heather gedacht hatte. Schließlich war auch er Renatos Bruder, und wenn er sie fragte, ob sie seine …

Sei nicht so kindisch, rief sie sich zur Vernunft. Noch hat er dich nicht einmal geküsst!

Lorenzos Rückkehr änderte manches, aber anders, als Angie erwartet hatte.

Als sie den gequälten Gesichtsausdruck sah, mit dem er die Villa betrat, musste sie einsehen, dass ihn nicht die Sehnsucht nach seiner Verlobten dazu gebracht hatte, alles stehen und liegen zu lassen und nach Hause zurückzukehren.

Eher schien er dringend etwas mit Renato besprechen zu wollen, denn er ging auf direktem Weg in dessen Arbeitszimmer. Erst nach Stunden verließ er es wieder. Zuvor waren mehrere Male laute Worte in die Halle gedrungen. Insgeheim hoffte Angie, dass Lorenzo seinem Bruder Vorhaltungen machte, weil er nicht besser auf Heather achtgegeben hatte.

Mehr noch beschäftigte sie allerdings die Frage, wann sie endlich Gelegenheit haben würde, mit Bernardo allein zu sein – was sich zu ihrem Leidwesen erst am nächsten Tag ergab.

Lorenzo und Renato waren schon in aller Frühe nach Palermo in die Firma gefahren, und Baptista hatte Heather auf die Terrasse gebeten, um sich mit ihr zu unterhalten.

„Sie können uns gern Gesellschaft leisten", hatte sie lächelnd gesagt, „aber ich nehme an, dass Bernardo und Sie schon etwas vorhaben."

Das hatten sie in der Tat, denn Bernardo wollte wie geplant nach Montedoro fahren und hatte Angie angeboten, sie mitzunehmen.

Unterwegs hielt er unvermittelt an und führte sie zu einer Anhöhe, von der aus man fast die ganze Insel überblicken konnte. Der Anblick der fruchtbaren Landschaft, die sich vom Mittelmeer bis an den Fuß des Gebirges erstreckte, war atemberaubend schön.

Trotzdem verlor Angie jegliches Interesse daran, als Bernardo sie plötzlich an sich zog und ihr die Lippen auf den Mund presste. Es dauerte eine freudige Schrecksekunde lang, bis sie ihr Glück begriffen hatte. Doch dann erwiderte sie seinen Kuss mit einer Leidenschaft, die ihm zeigen musste, dass sie auf diesen Augenblick gewartet hatte, seit sie Bernardo auf dem Flugplatz begegnet war.

Der Erfolg gab ihr recht, denn seine Umarmung wurde sofort fester, woraufhin Angie auch die letzte Zurückhaltung ablegte und all ihre Sehnsucht in den Kuss legte.

Als sich ihre Lippen lösten, meinte Angie, zum ersten Mal ein freies und offenes Lächeln in seinem Gesicht erkennen zu können, das sie zutiefst rührte. Bernardo wirkte wie ein

Schatzsucher, der einen lang erhofften Fund gemacht hatte und am Ziel seiner Träume war. Gleichzeitig schien es, als hätte ihn sein Glück derartig unvorbereitet getroffen, dass er ihm noch nicht so recht trauen mochte.

„Von der ersten Sekunde an habe ich diesen Augenblick herbeigesehnt“, sagte er unsicher und strich Angie zärtlich über die Wange. „Trotzdem sollten wir jetzt weiterfahren. Wenn wir länger allein bleiben, kann ich für nichts garantieren.“

Am liebsten hätte Angie ihm gestanden, wie sehr sie sich wünschte, dass er endlich die Selbstbeherrschung verlor. Doch das Faszinierende an Bernardo war ja gerade, dass er anders als andere Männer war – weshalb sie nicht erwarten durfte, dass er wie andere Männer reagierte.

Als Erstes fiel Angie in Montedoro auf, dass die Straßen überfüllt waren. Bei dem strahlenden Sonnenschein waren nicht nur zahlreiche Touristen gekommen – um das Chaos perfekt zu machen, war Markttag. Auf dem kleinen Platz am Ende der Hauptstraße waren zahlreiche Stände aufgebaut worden, an denen die verschiedensten landwirtschaftlichen Produkte aus dem Umland angeboten wurden.

Als Bernardo und Angie Hand in Hand über den Platz gingen, grüßten die Standbesitzer freundlich und respektvoll, und manche verwickelten ihn in ein Gespräch, bei dem sie seine Begleiterin neugierig und ziemlich unverhohlen musterten.

Bernardo schien das Interesse, das Angie auslöste, regelrecht zu genießen, und einen Moment lang hatte sie den Verdacht, dass er eine bestimmte Absicht verfolgte, wenn er sie den Dorfbewohnern vorstellte.

Doch ebenso schnell, wie er gekommen war, verwarf sie den Gedanken wieder. Bernardo und sie verband lediglich eine kurze Urlaubsbekanntschaft, und selbst ein noch so leidenschaftlicher Kuss konnte und sollte daran nichts ändern.

Als sie das nahe liegende Kloster erreichten, erhielt ihr Verdacht jedoch neue Nahrung, denn die Oberin trat aus der Tür und begrüßte Bernardo mit einer Herzlichkeit, für die Angie keinerlei Erklärung hatte. Und befremdet nahm sie zur Kenntnis, dass sie begrüßt wurde, als sähe die Ordensschwester in ihr die künftige Ehefrau Bernardos.

Zum Nachdenken blieb ihr allerdings keine Zeit, denn kaum hatte Mutter Francesca die beiden aufgefordert, mit ihr Tee zu trinken, kam eine Nonne herbeigeeilt und berichtete, im Ort sei ein Mädchen angefahren worden.

„Doktor Fortuno ist nirgends zu finden", sagte sie aufgeregt. „Deshalb haben sie die Kleine auf unsere Krankenstation gebracht. Ich werde mich sofort um sie kümmern."

„Trauen Sie sich das denn zu, Schwester Ignatia?", fragte Mutter Francesca besorgt. „Schließlich ist es lange her, dass Sie als Krankenschwester gearbeitet haben."

„Vielleicht kann ich Ihnen helfen", sagte Angie, ohne zu zögern. „Ich bin Ärztin."

„Sie schickt der Himmel", erwiderte die Oberin erleichtert. „Es wäre uns allen eine große Beruhigung, wenn Sie nach der Kleinen sehen könnten. Vielleicht ist sie ja doch schwerer verletzt."

Die Krankenstube war ein winziger Raum, der bestenfalls die Anforderungen an eine Erste-Hilfe-Station erfüllte. Auf dem Bett lag ein Mädchen von höchstens acht Jahren. Offensichtlich hatte es starke Schmerzen, denn es weinte unaufhörlich. An seiner Seite stand eine ältere Frau, die ganz in Schwarz gekleidet war. Selbst das weiße Haar war unter einem schwarzen Kopftuch verborgen.

Schwester Ignatia versuchte ihr in knappen Worten zu erklären, dass sie sich keine Sorgen mehr zu machen brauchte, und zeigte dabei mehrfach auf Angie.

Womit sie das genaue Gegenteil dessen erreichte, was sie

bezweckt hatte. Denn die Frau sprang auf und stellte sich schützend vor ihr Enkelkind, als wollte sie um jeden Preis verhindern, dass Angie sich ihm näherte. Offensichtlich hielt sie es für ausgeschlossen, dass es sich bei der jungen Ausländerin um eine Ärztin handeln konnte.

Doch das schien nicht der einzige Grund für ihre strikte Weigerung zu sein, ihr Enkelkind in Angies Obhut zu geben, denn immer wieder blickte sie entrüstet auf deren Kleidung und stieß dazu Verwünschungen aus.

„Nimm es nicht persönlich“, sagte Bernardo. „Ich habe dir ja schon gesagt, dass es auf Sizilien in vielerlei Hinsicht ziemlich altmodisch zugeht. Und für die ältere Generation gilt das ganz besonders.“

„Worüber regt sie sich denn so auf?“, fragte Angie verständnislos.

„Über die Tatsache, dass du eine Hose trägst“, erklärte Bernardo verlegen. „Es ist noch nicht lange her, da war das ein untrügliches Erkennungszeichen für Frauen, die … na ja, wie soll ich sagen …“

„Ich habe auch so verstanden“, fiel Angie ihm entrüstet ins Wort.

Bernardo hielt es für seine Pflicht, es wenigstens zu versuchen, die Großmutter des verletzten Kindes zu besänftigen. Zunächst hörte sie ihm auch aufmerksam zu, und Angie bekam den Eindruck, dass er ein besonders hohes Ansehen im Dorf genoss. Trotzdem gelang es auch ihm nicht, die Meinung der Frau zu ändern.

„Vielleicht können Sie die Dame davon überzeugen, dass ich nicht das bin, wofür sie mich hält“, wandte sich Angie kurz entschlossen an die Oberin, weil das Jammern des Kindes deutlich verriet, wie sehr es litt.

Mutter Francesca nickte und sprach beruhigend auf die Frau ein, deren Gesicht sich tatsächlich allmählich entspannte, bis sie endlich zur Seite trat.

Augenblicklich ging Angie zum Bett und untersuchte die kleine Patientin, deren Verletzungen glücklicherweise weniger schlimm waren als vermutet. Bis auf einige schmerzhafte Schürfwunden und Prellungen hatte sie noch einmal Glück gehabt. Behutsam reinigte und desinfizierte Angie die Wunden, damit Schwester Ignatia sie verbinden konnte.

„In wenigen Tagen ist die Kleine wieder auf den Beinen", teilte sie der Oberin mit. „Sicherheitshalber sollten Sie Doktor Fortuno zurate ziehen, wenn er zurück ist", setzte sie in Gedanken an die Bedenken und Vorurteile hinzu, die ihr entgegengeschlagen waren. „Wenn er mit mir Rücksprache nehmen will, ist er mir jederzeit willkommen."

Zum Abschied lächelte sie dem Kind zu, das mittlerweile aufgehört hatte zu weinen und das Lächeln dankbar erwiderte.

„Bei allem Verständnis für Traditionen", sagte Angie zu Bernardo, als sie Hand in Hand den Marktplatz überquerten, „aber für das Verhalten der Frau fehlt mir jedes Verständnis. Sie hätte das Kind lieber sterben lassen, als es einer Frau anzuvertrauen, die in ihren Augen falsch angezogen ist!"

„Zum Glück hat sie ja auf die Oberin gehört", wandte er beschwichtigend ein. „Einem Mann wäre das nie gelungen. Nicht einmal mir."

Angie unterließ es, ihm auf seine überhebliche Bemerkung eine passende Antwort zu geben. Es hätte ihm sicherlich nicht gefallen, wenn sie ihn darauf aufmerksam machte, dass er den Brüdern Martelli und vor allem dem ältesten mehr glich, als er sich eingestehen wollte.

„Als ich noch ein Kind war, hatte meine Mutter eine Bekannte, die nicht die geringste Aussicht hatte, einen Ehemann zu finden, weil sie, wie meine Mutter es ausdrückte, ‚nicht rein genug' war. Erst später habe ich herausgefunden, was ihr zum Verhängnis geworden war. Sie hatte sich mit einem Bekannten in einem Café getroffen."

„Mehr nicht?", fragte Angie bestürzt.

„Mehr nicht", bestätigte Bernardo. „Ihr Ruf war für alle Zeiten ruiniert. In einer Gesellschaft, die so stark von den Männern dominiert ist wie unsere, haben es Frauen wahrlich nicht leicht. Erst recht, wenn sie in einer Kultur aufgewachsen sind, in der andere Regeln gelten."

„Stammte sie denn nicht von hier?"

„Wer?"

„Die Frau, von der du gerade erzählt hast."

„Daran erinnere ich mich nicht", erwiderte Bernardo betreten. „Und jetzt lass uns auf dem schnellsten Weg nach Hause gehen. Stella wartet sicherlich schon mit dem Essen auf uns."

Stella wartete nicht nur schon, sie hatte sich darüber hinaus selbst übertroffen. Der Tisch war festlich gedeckt, und es gab ein mehrgängiges Menü, das ausschließlich aus sizilianischen Spezialitäten zusammengestellt war.

Entsprechend lange zog sich das Essen hin, und als Stella den Kaffee brachte, verwickelte sie Angie in ein Gespräch über Kochrezepte.

„Das wurde auch Zeit", sagte Bernardo erleichtert, nachdem seine Haushälterin sich endlich zurückgezogen hatte. „Seit wir in Montedoro angekommen sind, waren wir nicht eine Sekunde lang ungestört. Und jetzt ist der Tag, auf den ich mich so gefreut habe, schon wieder zu Ende."

„Noch nicht ganz", widersprach Angie in der Hoffnung, dass Bernardo ihre kaum verhohlene Aufforderung verstehen würde.

Augenblicklich stand er auf und kam zu ihr. Als er sich zu ihr hinunterbeugte, erwartete sie mit klopfendem Herzen seinen Kuss. Nur wenige Zentimeter trennten ihre Lippen, da schrillte die Türklingel, und der Bann brach.

„Verdammt!", platzte Bernardo heraus und richtete sich auf. „Wer kann das denn sein?"

Kurz darauf führte er Dr. Fortuno ins Wohnzimmer, der sich bei Angie bedanken wollte. Doch anstatt es dabei zu belassen, überschüttete er sie förmlich mit Erklärungen, warum er als Landarzt nicht immer dort sein konnte, wo er gebraucht wurde.

Je länger er von seiner Arbeit erzählte, desto mehr kam Angie zu dem Schluss, dass er zwar ein durchaus sympathischer Mann, dafür jedoch ein eher durchschnittlicher Arzt war, an dem die Fortschritte der Medizin in den letzten zehn Jahren spurlos vorübergegangen waren.

Das Gespräch wollte kein Ende nehmen, und Bernardo versuchte nach Kräften, seine Ungeduld zu verbergen. Als Dr. Fortuno endlich ging, waren zwei Stunden vergangen.

„Malediri!", schimpfte Bernardo, nachdem er die Haustür geschlossen hatte. „Das war's dann wohl für heute. Ich befürchte, es wird höchste Zeit, dass ich dich nach Palermo zurückbringe. Die anderen werden sich schon fragen, wo du bleibst."

„Das nehme ich auch an", erwiderte Angie. „Zu schade, dass der Tag so zu Ende geht."

Als sich ihre Blicke begegneten, war beiden klar, dass sie unmöglich jetzt aufbrechen konnten. Mit wenigen Schritten war Bernardo bei Angie und nahm sie in die Arme.

Sein Kuss war zärtlicher und zugleich besitzergreifender als der erste. Und erregender obendrein. Die Qual des stundenlangen Wartens auf diesen Augenblick entlud sich blitzartig und löste ein Verlangen aus, das Angie nicht länger kontrollieren konnte.

Bernardo schien es nicht anders zu ergehen. Sein Kuss machte mehr als deutlich, wie sehr er Angie begehrte. *„Amor* *mia*“, flüsterte er atemlos und presste sie an sich.

„Ja!“, erwiderte sie zwischen zwei Küssen, die umso leidenschaftlicher wurden, je mehr Bernardos Erregung auch sie erfasste.

Nur schemenhaft nahm sie wahr, dass er sie an die Hand nahm und in sein Schlafzimmer führte. Das Feuer des Begehrens war in ihr entflammt, und jeder Gedanke daran, sich zu widersetzen, war wie ausgelöscht. Von ihrer ersten Begegnung an hatte sie gewusst, dass Bernardo und sie füreinander bestimmt waren. Und als er sich auf das Bett legte und sie auf sich zog, nahm Angie es als den letzten Beweis dafür, dass sich ihr Schicksal erfüllen sollte.

Seine Umarmung war wie eine Erlösung, und als er ihre Lippen mit der Zunge liebkoste, öffnete sie den Mund. Bernardos Zärtlichkeit und seine Berührungen brachten sie zum Erschauern.

Eine Woge der Lust durchflutete ihren Körper und ließ sie dem, was kommen sollte, entgegenfiebern. Nichts konnte sie davon abhalten, sich Bernardo hinzugeben. Sie gehörte ihm, und um ihm unmissverständlich zu zeigen, wie sehr sie sich nach ihm sehnte, bog sie sich ihm entgegen.

Bernardo hielt sich nun nicht mehr zurück. Er bedeckte Angies Hals mit Küssen, während er die Hände zum Saum ihrer Bluse gleiten ließ.

Atemlos erwartete Angie die intimste Berührung, als ihr plötzlich und ohne Vorwarnung ein alarmierender Gedanke kam. Sie wünschte sich nichts sehnlicher, als diesem Mann so nahe wie nur möglich zu sein – körperlich wie seelisch.

Gleichzeitig warnte eine innere Stimme sie, ihren Gefühlen nachzugeben. Bernardo war ein faszinierender Mann, doch er war mindestens genauso ernsthaft und kompliziert. Was immer er tat, tat er aus tiefster Überzeugung und mit aller Konsequenz. Niemals könnte er akzeptieren, dass eine

Frau mit ihm schlief, ohne den festen Vorsatz, sich an ihn zu binden.

Und genau davor hatte Angie Angst. Nicht dass sie ihre Beziehung noch als den Urlaubsflirt verstand, den sie ursprünglich im Sinn gehabt hatte. Doch es wäre unverzeihlich, die Folgen zu kennen und den Schritt dennoch zu wagen.

Vorsichtig, aber bestimmt löste sie sich aus Bernardos Umarmung. „Es tut mir leid“, sagte sie betrübt.

Bernardo hatte auch ohne lange Erklärungen verstanden. Mit einem zerknirschten Gesichtsausdruck drehte er sich um und setzte sich ans Fußende des Bettes.

Als er sich wieder umwandte, wirkte er immer noch verstört. „Entschuldige bitte“, sagte er mit gebrochener Stimme. „Ich weiß auch nicht, was in mich gefahren ist. Ich wollte dich nicht überrumpeln. Dafür bedeutest du mir viel zu viel – mehr als alles andere auf der Welt.“

Die Rückfahrt verlief schweigend. Angie empfand die Stille nicht als bedrückend, denn es gab ihr die Gelegenheit, über Bernardos Worte nachzudenken.

Er schien eingesehen zu haben, dass es ein Fehler gewesen wäre, miteinander zu schlafen. Doch damit war die Übereinstimmung zwischen ihnen auch schon erschöpft. Denn seine Gründe waren ihren genau entgegengesetzt.

In der Sorge, dass ihr Verhältnis zu Bernardo eine Ernsthaftigkeit annehmen würde, vor der sie sich fürchtete, hatte sie sich dagegen entschieden. Doch nichts anderes schien sie erreicht zu haben, denn für ihn hatte ihre Beziehung erst durch den Verzicht jene Ernsthaftigkeit erhalten, die manche Liebe nannten. Und wie sie es auch drehte und wendete, kam sie nicht umhin, sich einzugestehen, dass es sie glücklich machte.

Bernardo begleitete sie bis zur Eingangshalle. „Gute Nacht“, sagte er zärtlich und küsste sie verlegen auf die Wange.

„Schläfst du denn nicht hier?“, fragte Angie verwundert, als er zurück zur Haustür ging.

Er drehte sich zu ihr um und sah sie mit einem jungenhaften Lächeln an. „Mit dir unter einem Dach zu schlafen wäre viel zu gefährlich. Wenn erst die Hochzeit vorbei ist, können wir vielleicht …“

„Nicht nur vielleicht“, fiel sie ihm wehmütig ins Wort.

„Abgemacht“, erwiderte er zärtlich. „Und jetzt schlaf gut, mein Liebling.“

4. KAPITEL

Die Hochzeit versprach ein ausschweifendes Fest zu werden. Aus allen Himmelsrichtungen waren Freunde und Verwandte angereist, die der Trauung beiwohnen und am Abend gemeinsam mit dem Brautpaar feiern wollten.

Heathers Hochzeitskleid war ein Traum aus reiner Seide und wurde von einem langen Schleier gekrönt. Doch auch Angie sah in ihrem vergleichsweise schlichten cremefarbenen Kleid hinreißend aus, wofür nicht zuletzt ein glückliches Strahlen in ihren Augen verantwortlich war.

„Bernardo hat dir ja ganz schön den Kopf verdreht", sagte Heather unverblümt, während sie sich in ihrem Zimmer schminkten, und traf mitten ins Schwarze.

„Das kann man wohl sagen", gestand Angie rundheraus. „Dabei dachte ich immer, dass mir so etwas nie passieren könnte. Sobald ich gemerkt habe, dass ein Mann mehr von mir wollte als einen unverbindlichen Flirt, habe ich schnell das Weite gesucht. Und kaum lerne ich Bernardo kennen, ist es um mich geschehen. Inzwischen wage ich mir nicht einmal vorzustellen, wie ein Leben ohne ihn wäre."

„Wenn ich mich nicht irre, wird das nicht nötig sein", wandte Heather ein. „Es ist doch nicht zu übersehen, was er für dich empfindet."

„Wenn er es doch endlich auch *sagen* würde!", platzte Angie heraus. Manchmal staunte sie selbst, wie rasend schnell alles gegangen war. Denn obwohl sie ihn erst wenige Tage kannte, wartete sie sehnsüchtig auf seinen Heiratsantrag. Nicht einmal die Tatsache, dass sie dann ihre Arbeit als Ärztin aufgeben und in ein fremdes Land ziehen müsste, würde sie davon abhalten können, seine Frau zu werden. Die Liebe zu Bernardo war einfach stärker als die zu ihrem Beruf.

Plötzlich klopfte Renato an die Tür und forderte sie dringend auf, sich zu beeilen. „Alle anderen sind schon zur Kathedrale nach Palermo gefahren“, teilte er ihnen mit. „Ich warte am Auto auf euch.“

Unter dem Applaus der Bediensteten begleitete Angie Heather die Treppe hinunter und zum Wagen. Während der Fahrt beobachtete Angie ihre Freundin heimlich, deren Aufregung mit jeder Minute zuzunehmen schien. Doch das war nicht mehr als die verständliche Vorfreude darauf, dass sie in wenigen Minuten ihrem Bräutigam gegenübertreten würde, um mit ihm den Bund fürs Leben einzugehen.

Unwillkürlich musste Angie an Bernardo denken. Erst am Vortag war er aus Montedoro zurückgekommen, und da er die meiste Zeit mit seinen Brüdern verbracht hatte, um die letzten Details für die Hochzeit vorzubereiten, hatte Angie ihn kaum gesehen.

Umso mehr freute sie sich darauf, ihn in der Kathedrale wiederzusehen. Sie war sich sicher, dass er sich ebenso darauf freute und es mit einem Lächeln beweisen würde. Und allen, die es bemerkten, würde klar sein, dass schon bald die nächste Hochzeit stattfinden sollte.

Kaum hielt der Wagen vor der Kathedrale, wurden auch schon die Türen geöffnet. Angie half Heather beim Aussteigen und kontrollierte den Sitz des Kleides ihrer Freundin.

Als Oberhaupt der Familie fiel Renato die Aufgabe des Brautführers zu. Er reichte Heather den Arm und begleitete sie in die Kirche. Angie hielt sich dicht hinter ihnen.

Sobald sie die Eingangstür erreichten, erklang die Orgel, und die Gäste erhoben sich von ihren Sitzen.

Trotzdem wurde Angie das Gefühl nicht los, dass irgendetwas nicht stimmte, und wie zum Beweis löste sich Bernardo plötzlich aus der Menge, schritt rasch zu ihnen und erklärte aufgeregt, dass Lorenzo verschwunden sei.

Noch ehe einer der Anwesenden so recht begriffen hatte, was er meinte, kam ein Junge in die Kathedrale gelaufen. Als er die Braut erblickte, überreichte er ihr wortlos einen Zettel und rannte wieder davon.

Atemlos beobachtete Angie, wie Heather das Blatt entfaltete und Lorenzos handgeschriebenen Brief las.

„Was schreibt er?“, fragte sie, als ihre Freundin wie betäubt den Arm sinken ließ und ausdruckslos ins Leere blickte.

Weil Heather nicht reagierte, nahm sie ihr den Brief aus der Hand. Er besagte letztlich nichts anderes, als dass Lorenzo die Konsequenzen daraus gezogen hatte, dass sich alles in ihm gegen die Hochzeit mit Heather sträubte, in die er nur auf Druck von Renato eingewilligt habe.

Als sie sich zu Bernardo umdrehte, wurde Angie schlagartig klar, dass er ihr über die Schulter gesehen und den Brief gelesen haben musste. In seinem Blick lag eine wilde Entschlossenheit, und er schien bereit, die Schmach, die sein Bruder über die Familie gebracht hatte, mit allen Mitteln zu rächen.

Erst als Baptista zu ihnen kam, legte sich sein Zorn ein wenig. Ihre Miene war wie versteinert. Renato brachte ihr das Unfassbare so schonend wie möglich bei, doch sobald ihr bewusst wurde, was ihr jüngster Sohn getan hatte, begann sie leicht zu schwanken und schloss die Augen.

Renato reagierte am schnellsten. Gerade noch rechtzeitig sprang er vor und fing seine Mutter auf, bevor sie stürzte.

„Legen Sie sie vorsichtig hin“, ordnete Angie an und kniete sich neben Baptista. Dann öffnete sie ihr den Kragen und fühlte ihren Puls.

„Ist sie …?“ Renato wagte es nicht, den Gedanken auszusprechen.

„Nein“, erwiderte Angie kurz angebunden. „Trotzdem muss sie sofort ins Krankenhaus.“

Ein aufmerksamer Hochzeitsgast hatte bereits den Krankenwagen gerufen, und beide Söhne begleiteten ihre Mutter, als sie auf einer Trage aus der Kathedrale gebracht wurde.

Heather und Angie folgten ihnen im Wagen eines der Hochzeitsgäste. Auf dem Flur der Notaufnahme trafen sie auf Renato und Bernardo, der äußerlich gefasst wirkte. Und doch entging Angie nicht die Anspannung, unter der er stand. Weil sie sich vorstellen konnte, wie sehr ihn in diesem Moment der Gedanke quälen musste, dass er sein Verhältnis zu Baptista nie geklärt hatte, ging sie zu ihm und nahm tröstend seine Hand.

Endlich kam der Stationsarzt zu ihnen und überbrachte die beruhigende Nachricht, dass Baptista außer Lebensgefahr sei. Er erlaubte den Brüdern sogar, ihre Mutter kurz zu sehen. Nach einer Weile rief Renato Heather ins Zimmer. Als sie zurückkam, wirkte sie verzweifelter als zuvor.

„Was ist passiert?", fragte Angie besorgt. „Du bist weiß wie eine frisch getünchte Wand."

„Ich befürchte, ich habe einen riesigen Fehler gemacht", erwiderte ihre Freundin betrübt. „Ich war fest entschlossen, gleich morgen früh abzureisen, aber ich musste Baptista versprechen, dass ich wenigstens so lange bleibe, bis sie aus dem Krankenhaus entlassen wird. Wenn ich bloß wüsste, wie ich es ertragen soll, mit Renato unter einem Dach zu leben."

Angie kannte Heather fast so gut wie sich selbst, und doch überraschte es sie, dass ihre ganze Abneigung und all ihr Hass Renato galt und nicht dem Mann, der sie so schmählich verlassen hatte.

Ohne dass sie hätte sagen können, warum, überfiel Angie plötzlich eine unstillbare Sehnsucht nach Bernardos liebevoller Umarmung.

Das Anwesen der Familie Martelli wirkte wie ausgestorben. Die vielen Freunde und Verwandte, die eigens zur Hochzeit angereist waren, schienen förmlich die Flucht ergriffen zu haben.

Heather wollte verständlicherweise eine Weile allein sein, und so ging Angie in den Garten, nachdem sie sich umgezogen hatte.

Baptistas Schwächeanfall und die Sorge um Heather hatten sie bis jetzt eigentümlich ruhig bleiben lassen. Doch nun brach sich die Bitterkeit gegen die Familie Martelli und das, was sie ihrer besten Freundin angetan hatte, ungehindert Bahn. Am liebsten hätte sie ihre Wut in den Nachthimmel geschrien.

„Angie", hörte sie Bernardo plötzlich hinter sich sagen. Ohne sich nach ihm umzublicken, setzte sie ihren Weg fort.

Mit wenigen Schritten hatte er sie eingeholt. „Wenn du wüsstest, wie leid mir alles tut", sagte er entschuldigend. „Trotzdem darfst du nicht schlecht über uns denken."

„Das wirst du mir kaum verbieten können", entgegnete sie erbost. „Wenn Lorenzo hier wäre, wäre ich glatt imstande ... Wie konnte er Heather das nur antun? Hast du ihr Gesicht gesehen?"

„Ich will ihn ja gar nicht in Schutz nehmen ..."

„Das würde ich mir auch strengstens verbitten", fiel Angie ihm ins Wort.

„Vergiss nicht, dass Renato eine gehörige Mitschuld trifft", wandte Bernardo ein. „Schließlich hat er Lorenzo dazu gedrängt, Heather zu heiraten."

„Für wen hält dein Bruder sich eigentlich?", fragte Angie empört. „Er war mir vom ersten Moment an unsympathisch, und inzwischen hasse ich ihn regelrecht – ihn und seine ganze Familie, die Heather so tief gedemütigt hat."

Ihre Worte erschreckten Bernardo nicht weniger als der Blick, mit dem Angie ihn ansah. Wie oft hatten ihn die Fröhlichkeit und Unbeschwertheit, die ihre Augen ausstrahlten, in den letzten Tagen verzaubert. Doch nun schlugen ihm eine Kälte und Bitterkeit aus ihnen entgegen, die er nicht für möglich gehalten hätte.

„Hasst du wirklich Renatos *ganze* Familie?“, fragte er ängstlich. „Ohne Ausnahme?“

Erst seine Frage machte Angie schlagartig bewusst, was sie in ihrer Wut gesagt hatte. Um die Tränen der Scham zurückzuhalten, presste sie die Lippen zusammen und schüttelte heftig den Kopf.

„Ich weiß doch selbst nicht, was ich sage“, versuchte sie ihm ihre Reaktion zu erklären. „Das Beste ist, du beachtest mich gar nicht.“

„Kannst du mir verraten, wie ich das machen soll?“, fragte Bernardo zärtlich und umarmte sie.

Als er sich hinunterbeugte, wollte sich Angie spontan von ihm lösen. Sie war viel zu aufgewühlt, um sich küssen zu lassen. Gleichzeitig sehnte sie sich nach der Berührung, weil sie wusste, dass sie augenblicklich alles um sich her vergessen würde – außer den Mann, der nicht gewillt schien, sie so einfach gehen zu lassen.

„Weißt du denn nicht, was ich für dich empfinde?“, fragte er zärtlich, während seine Umarmung fester wurde und er ihr Gesicht mit Küssen bedeckte.

Instinktiv schmiegte sie sich an ihn. Seit sie dieses Gefühl zum letzten Mal gehabt hatte, schien eine Ewigkeit vergangen zu sein, und jetzt erst merkte Angie, wie sehr sie seine Nähe und Zärtlichkeit vermisst hatte.

„Es gibt so vieles, was du noch nicht weißt“, flüsterte Bernardo, „und ich kann kaum erwarten, es dir zu erzählen. Obwohl ich mir nicht sicher bin, ob ich je die richtigen Worte finden werde, um dir zu sagen, wie sehr ich dich liebe.“

„Du kannst es ja einfach mal versuchen.“

„Reden war noch nie meine Stärke“, antwortete er verlegen, „aber du bedeutest mir mehr als alles andere auf der Welt. Tag und Nacht denke ich an dich. Sogar in meinen Träumen bist du bei mir. Und damit es kein Traum bleibt, möchte ich dir einen Vorschlag machen. Morgen fahre ich nach Montedoro. Willst du nicht mitkommen?"

„Du ahnst nicht einmal, wie gern ich das tun würde", erwiderte Angie glücklich und traurig zugleich. „Doch ich kann Heather unmöglich alleinlassen."

„Du kannst ihr ohnehin nicht helfen", wandte Bernardo ein. „Mit dem, was ihr meine Brüder eingebrockt haben, muss sie allein fertig werden. Und dazu ist sie wahrlich stark genug."

„Ich werde sie einfach fragen", schlug Angie vor. „Und wehe, sie sagt Nein."

Eng umschlungen kehrten sie ins Haus zurück, in dem längst alle Lichter erloschen waren, sodass niemand sie sehen konnte, als sie Hand in Hand die Treppe hinaufgingen.

„Gute Nacht, Liebling", verabschiedete sich Bernardo vor Angies Zimmertür und küsste sie zärtlich. „Ich werde vor Aufregung kein Auge zutun."

Erst als Angie die Tür hinter sich geschlossen hatte, merkte sie, dass Heather noch nicht schlief.

„Wie geht es dir?", fragte sie besorgt, weil ihre Freundin sehr niedergeschlagen wirkte. „Hast du mit Lorenzo sprechen können?"

„Der hat sich sicherheitshalber aus dem Staub gemacht", erwiderte Heather völlig unbeteiligt. „Mir soll es recht sein", fuhr sie genauso kalt fort, „ihm kann ich ohnehin keinen Vorwurf machen. Eher schon Renato. Ich habe ihn zur Rede gestellt." Unvermittelt wurde ihr Blick wieder lebhaft. „Erst wollte er nicht heraus mit der Sprache, aber schließlich hat er alles zugegeben."

„Was denn?", fragte Angie verständnislos.

„Dass Lorenzo früher aus Stockholm zurückgekommen

ist, um ihn zu bitten, die Hochzeit abzusagen oder wenigstens zu verschieben. Doch Renato hat sich nicht nur geweigert, sondern Lorenzo erzählt, dass ich schon einmal kurz vor der Hochzeit sitzen gelassen wurde. Ihm war jedes Mittel recht, um Lorenzo dazu zu bringen, mich zu heiraten – und sei es aus Mitleid."

„Ich hätte größte Lust, ihn zu erwürgen", platzte Angie heraus.

„Das wirst du schön bleiben lassen", entgegnete Heather. „Wenn ihn jemand erwürgt, bin ich es."

Gleichzeitig brachen sie in lautes Lachen aus, und Angie kam nicht umhin, Bernardo recht zu geben. Heather war stark genug, um mit der Situation allein klarzukommen. Wenn jemand dringend Beistand brauchte, war es Renato.

„Hättest du etwas dagegen, wenn ich morgen etwas unternehmen würde?", fragte Angie bewusst vage.

Doch Heather hatte es auch so verstanden. „Amüsier dich ruhig mit Bernardo", erwiderte sie lächelnd und umarmte ihre Freundin. „Ich komme schon allein zurecht. Wenn du wüsstest, wie sehr ich mich für dich freue. Wie schön, dass wenigstens einer von uns beiden glücklich verliebt ist."

In den folgenden Tagen bewies Heather eindrucksvoll, dass sie der Situation mehr als nur gewachsen war. Sie meisterte die Schwierigkeiten, vor die sie sich gestellt sah, mit einer Bravour, die Angie allen Respekt abnötigte.

Nachdem Lorenzo reumütig nach Hause zurückgekehrt war, wich sie dem Gespräch mit ihm keinesfalls aus, sondern trat ihm selbstbewusst und mit einer Souveränität gegenüber, die ihn, wie Angie später von Bernardo erfuhr, regelrecht beschämt hatte.

Selbst Renato, der sich sonst durch nichts und niemanden aus der Ruhe bringen ließ, schien Heathers Willensstärke zutiefst verunsichert zu haben. Es war ihm deutlich anzumerken, wie sehr es ihn irritierte, zum ersten Mal einem Menschen zu begegnen, der es wagte, seine Autorität infrage zu stellen, die er bislang gewissermaßen für naturgegeben gehalten hatte.

Vor allem Baptista beobachtete diese Entwicklung mit großem Wohlwollen. Sie empfand für Heather eine geradezu mütterliche Zuneigung, und selbst als sie aus dem Krankenhaus entlassen worden war, war sie nicht bereit, Heather so einfach gehen zu lassen. Vielmehr wies sie das Angebot empört zurück, die Schenkung ihres Landgutes *Bella Rosaria*, das sie Heather vor der Hochzeit überschrieben hatte, rückgängig zu machen.

Weil sie sich um ihre Freundin keinerlei Sorgen machen musste, konnte Angie sehr viel Zeit mit Bernardo verbringen. Oft fuhren sie gemeinsam zu seinem Haus nach Montedoro, und Angie bekam zunehmend Respekt davor, dass er bewusst den Reichtum der Familie Martelli – den, wie sie von Baptista wusste, seine Brüder gern mit ihm geteilt hätten – ausschlug und es vorzog, in relativ bescheidenen Verhältnissen zu leben.

Denn im Vergleich zu der Villa am Meer war sein Haus geradezu spartanisch eingerichtet. Den einzigen Luxus, den er sich geleistet hatte, war eine Zentralheizung, für die er, wie er mehrfach betonte, jeden Winter dankbar war.

Allmählich bekam Angie den Eindruck, dass er solche Dinge nur deshalb erwähnte, um ihr zu verstehen zu geben, dass sie im Falle einer Heirat keinesfalls das bequeme Leben erwartete, das sie möglicherweise gewohnt war. Dabei übertrieb er seine Schwarzmalerei mitunter allerdings gewaltig, denn so armselig, wie er es darstellte, war das Haus keineswegs.

Doch anders als in solchen Andeutungen kam er nie auf

ihre gemeinsame Zukunft zu sprechen, und auf einen Heiratsantrag wartete Angie vergeblich. Trotzdem bezweifelte sie nicht im Geringsten, dass sie nun, da sie sich gefunden hatten, nichts mehr trennen konnte.

„Wenn es dir recht ist, würde ich gern etwas im Internet nachsehen“, bat Angie ihn eines Tages.

„Kennst du dich damit denn aus?“, fragte Bernardo lächelnd.

„Na hör mal“, protestierte Angie. „Du brauchst nur dein Passwort einzutippen. Den Rest schaffe ich schon selbst.“

Angie wollte ihrem Vater eine E-Mail schicken und sich bei der Gelegenheit die Website ansehen, mit der er seit Neuestem für seine Klinik warb.

Dr. Harvey Wenham hatte viele Jahre in einem Londoner Krankenhaus gearbeitet, bis er sich seinen Traum erfüllen und eine Privatklinik für plastische Chirurgie gründen konnte. Inzwischen war er ein berühmter und erfolgreicher Schönheitschirurg, zu dessen Patienten zahlreiche Größen aus Kultur, Wirtschaft und Politik gehörten, die sich auf seine Arbeit ebenso verlassen konnten wie auf seine Diskretion.

Die betuchte Kundschaft brachte ihm neben dem Ruhm natürlich auch viel Geld ein, und nachdem er jahrzehntelang jeden Penny zweimal hatte umdrehen müssen, genoss er seinen Reichtum in vollen Zügen.

Zu seinem Leidwesen hatten sich seine beiden Söhne geweigert, in die Klinik einzusteigen, und Angie wusste, wie sehr er sich wünschte, dass seine Tochter eines Tages seine Nachfolgerin werden würde.

Bislang hatte sie sich vor der Entscheidung gedrückt, weil sie andere Angebote hatte, die finanziell zwar weniger lukrativ waren, dafür umso mehr Befriedigung versprachen.

Doch wie es aussah, hatte sich die Frage nach ihrer beruflichen Zukunft ohnehin erledigt. Bernardo und sie liebten sich, und der Gedanke, ihn je wieder zu verlassen, wäre ihr nie in den Sinn gekommen.

„Wünscht die Dame vielleicht eine kleine Stärkung?“ Bernardo kam in sein Arbeitszimmer und stellte Angie eine Tasse Kaffee auf den Schreibtisch.

„Sehr aufmerksam, der Herr“, erwiderte sie lächelnd und trank den Kaffee, während Bernardo ihr skeptisch über die Schulter sah.

„Solche Typen mag ich besonders“, sagte er verächtlich und zeigte auf den Bildschirm, auf dem ein Foto ihres Vaters zu sehen war. „Nennen sich Mediziner, obwohl sie nie einen Kranken zu Gesicht bekommen. Stattdessen verdienen sie Millionen damit, dass sie irgendwelchen Prominenten die Fältchen wegoperieren.“

„Das mit den Millionen stimmt“, erwiderte Angie und erwartete gespannt die Frage, woher sie das so genau wissen wollte. „Alles andere …“

Doch Bernardo war so aufgebracht, dass er ihr gar nicht richtig zugehört hatte. „Dabei gibt es genügend Menschen, die die Hilfe eines Arztes bitter nötig haben“, fiel er ihr ins Wort.

„Wenn du mich ausreden lassen würdest, könnte ich dir erklären, dass er deine Ratschläge nicht braucht“, erwiderte sie verärgert. „Er behandelt nämlich nicht nur Prominente, sondern auch ganz gewöhnliche Menschen, die durch einen Unfall entstellt wurden. Und einen beträchtlichen Teil seiner Einkünfte spendet er für wohltätige Zwecke.“

„Und woher willst du das wissen?“, fragte Bernardo misstrauisch.

„Zufällig ist er mein Vater, und ich wäre dir dankbar, wenn du etwas freundlicher über ihn reden könntest.“

Befremdet zeigte Bernardo auf das Bild ihres Vaters. „Ist das wirklich dein Vater?“

Angie setzte den Cursor auf den Namen, der unter dem

Foto stand. In der Erwartung, dass Bernardo sich umgehend für seine Entgleisung entschuldigen und sie zärtlich umarmen würde, sah sie zu ihm auf.

Doch er wirkte, als hätte ihm jemand einen Stoß ins Herz versetzt.

„Was ist, Bernardo?" Sein Gesichtsausdruck erschreckte Angie zutiefst. „Du bist plötzlich so blass."

„Schon gut", erwiderte er benommen und rang sich ein Lächeln ab, ohne Angie jedoch darüber hinwegtäuschen zu können, dass ihn etwas entsetzlich quälte.

„Willst du mir nicht sagen, was dich bedrückt?", fragte sie besorgt.

„Offen gestanden ...", begann er unsicher. „Ich konnte ja nicht wissen, dass du aus einer wohlhabenden Familie stammst."

„Ist das denn so wichtig?"

„Im Grunde genommen nicht", erwiderte er. „Jedenfalls *sollte* es das nicht sein."

„Und warum beschäftigt es dich dann so?"

„Weil ich mir die ganze Zeit etwas vorgemacht habe!", platzte er heraus. „Ich dachte, du seiest arm, und nun muss ich erfahren, dass dein Vater ein Multimillionär ist."

Bernardos Erregung war ihr unerklärlich. „Dadurch ändert sich doch zwischen uns nichts", erwiderte sie ruhig, um die Situation nicht eskalieren zu lassen. „Oder hattest du bisher den Eindruck, dass ich eine verwöhnte Frau bin, die auf der faulen Haut liegt und das Geld ihres Vaters ausgibt?"

„Allerdings nicht", erwiderte Bernardo entschieden, als wollte er weniger Angie als vielmehr sich selbst überzeugen. „Ich weiß, dass du auf eigenen Beinen stehst und hart arbeiten musst. Genauso weiß ich, dass ich dich liebe. Und dass dein Vater ein reicher Mann ist, ändert daran nicht das Geringste. Schließlich ist es nicht dein Geld, sondern seins."

Angie hielt es für besser, den Computer herunterzufahren und den Raum umgehend zu verlassen. Auch wenn sie es sich nicht erklären konnte, maß Bernardo der Tatsache, dass sie aus einer wohlhabenden Familie stammte, eine Bedeutung bei, die das gegenseitige Vertrauen und Verständnis infrage stellte, das in den letzten Tagen zwischen ihnen gewachsen war.

Um nicht Gefahr zu laufen, den Abgrund noch zu vergrößern, der sich unvermittelt vor ihnen aufgetan hatte, beschloss sie, Bernardo erst später mit der ganzen Wahrheit zu konfrontieren.

Sein unnahbarer und zugleich entsetzter Gesichtsausdruck machte ihr klar, dass es ein großer Fehler wäre, ihm in diesem Moment zu sagen, dass sie in der Tat eine reiche Frau war, weil ihr Vater ihr vor einem Jahr nicht weniger als eine Million britische Pfund geschenkt hatte.

Ich werde es ihm später erzählen, nahm sie sich fest vor. Schon in den nächsten Tagen.

5. KAPITEL

Bernardos Reaktion ließ Angie das Schlimmste befürchten. Doch als er am nächsten Morgen vor ihr stand, wusste sie, dass die Wirklichkeit noch grausamer war, als sie es sich während einer schlaflosen Nacht ausgemalt hatte.

Sie saß gerade beim Frühstück, da platzte er in die Küche der Villa, wohin er sie am Vorabend gebracht hatte. Sein Blick war beinahe hasserfüllt.

„Ehrlich gesagt hätte ich es lieber von dir selbst erfahren", sagte er ruhig und kalt.

„Was hättest du lieber von mir erfahren?"

„Dass du eine Millionärin bist."

„Woher weißt du das?", fragte Angie entsetzt, weil sie instinktiv wusste, dass sich eine Katastrophe anbahnte.

„Aus dem Internet", erwiderte Bernardo und lächelte bitter. „Ich habe die Seite noch einmal aufgerufen, die du dir gestern angesehen hast. Und über die Links bin ich überraschend schnell fündig geworden", setzte er hinzu und legte einige Papiere auf den Tisch.

Ungläubig sah Angie, dass er einen Artikel ausgedruckt hatte, der vor einigen Monaten in einer englischen Illustrierten erschienen war. Um Werbung für seine Klinik zu machen, hatte ihr Vater einem Journalisten ziemlich ungehinderten Einblick nicht nur in sein Berufs-, sondern auch in sein Familienleben gewährt.

Ein beträchtlicher Teil des Artikels befasste sich mit Angie. *Tagsüber eine hingebungsvolle Ärztin, nachts eine junge Frau, die das Leben zu genießen weiß*, stand in großen Lettern unter einem Foto, auf dem Angie in einem äußerst freizügigen Kleid auf der Tanzfläche einer berühmten Londoner Discothek zu sehen war.

Ein weiteres Bild zeigte sie als stolze Besitzerin eines Autos, das sich eine angestellte Ärztin von ihrem Einkommen nie und nimmer hätte leisten können. Den Abschluss des Artikels bildete eine Aufnahme ihrer Eigentumswohnung in Mayfair, Londons teuerstem Viertel.

„Warum hast du mir nichts davon gesagt?“, fragte Bernardo vorwurfsvoll, als Angie zu ihm aufsah.

„Ich habe mich nicht getraut“, erwiderte sie verzweifelt. „Du warst gestern so aufgebracht, dass ich Angst hatte, alles noch schlimmer zu machen.“

„Das ist dir eindrucksvoll gelungen.“ Bernardo unternahm nicht einmal den Versuch, seine Bitterkeit zu verbergen. „Du hättest offen und ehrlich zu mir sein müssen. Und zwar von Anfang an.“

„Wann hätte ich es dir denn sagen sollen?“, platzte Angie entrüstet heraus. „Am Tag meiner Ankunft? Noch auf dem Flugplatz? Wenn ich gewusst hätte, wie viel es dir ausmacht, hätte ich mir ein Schild umgehängt: ‚Achtung, Ihnen steht eine wohlhabende Frau gegenüber.‘ Ich konnte doch nicht ahnen, welche Rolle das für dich spielt. Schließlich bist du auch nicht gerade arm.“

„Verwechsle mich bitte nicht mit den Martellis“, erwiderte er sarkastisch. „Ich besitze nur das, was mein Vater meiner Mutter hinterlassen hat, und das übrige Erbe interessiert mich nicht. Das weißt du genau, und die Gründe kennst du auch. Ich kann nun mal nicht über meinen Schatten springen.“

„Das verstehe ich ja, aber …“

„Du verstehst gar nichts“, unterbrach Bernardo sie wutentbrannt. „Sonst hättest du mir das nicht angetan. Du weißt genau, dass ich nicht anders leben kann. Trotzdem hast du mich in dem Glauben gelassen, dass wir eine gemeinsame Zukunft haben werden. Ich wollte dich bitten, mich zu heiraten, obwohl ich genau weiß, wie beschwerlich das Leben in Montedoro ist. Je öfter wir in den letzten Tagen dort waren, desto größer wurde meine Hoffnung, dass du dem gewachsen sein könntest – nicht zuletzt aus Liebe zu mir."

„Und warum zweifelst du jetzt daran?", fragte Angie entgeistert. „Hältst du mich wirklich für so wenig belastbar? Vergiss nicht, dass ich auf einer Unfallstation arbeite."

„Und nach dem Dienst gehst du in dein Luxusapartment und erholst dich von den Strapazen", erwiderte Bernardo kalt. „Machen wir uns nichts vor, Angie. Du würdest das Leben in den Bergen nicht lange aushalten. Du kennst es doch noch gar nicht richtig. Bislang hast du nur die angenehmen Seiten erlebt. Aber wenn im Winter wochenlang die Sonne nicht scheint und die Stürme ums Haus fegen, würdest du dich schnell an ein gemütliches Plätzchen zurücksehnen."

„Du denkst ja reizend von mir", entgegnete Angie gekränkt. „Doch so schwach, wie du glaubst, bin ich nicht. Du solltest mir wenigstens die Chance geben, dir zu beweisen, wozu ich imstande bin – nicht zuletzt aus Liebe zu dir. Und wenn alle Stricke reißen, kann ich ja immer noch eine kleine Wohnung in Palermo kaufen, wo wir …"

„Glaubst du wirklich, ich würde mich von dir aushalten lassen?", fiel Bernardo ihr ins Wort, und alle Farbe war aus seinem Gesicht gewichen.

„Davon kann keine Rede sein", stellte Angie richtig. „Wenn wir verheiratet sind, ist es doch auch *dein* Geld."

„Niemals würde ich auch nur einen Penny von dir annehmen!" Seine Stimme drohte sich zu überschlagen.

„Warum denn nicht?", fragte Angie verängstigt. „Schließlich leben wir nicht mehr im …"

Noch bevor sie den Gedanken ausformuliert hatte, wurde ihr klar, wie aussichtslos der Versuch war, Bernardo umzustimmen. Er hatte nie einen Hehl daraus gemacht, wie viel ihm traditionelle Werte bedeuteten. Und sosehr es sie vom ersten Moment an fasziniert hatte, dass er anders als andere Männer war, so wenig konnte sie ihm jetzt einen Vorwurf daraus machen.

Zumal sie sicher war, dass die eigentliche Ursache für seine Weigerung, ihr die Chance zu geben, sich zu beweisen, viel tiefer lag, als er sie glauben machen wollte. Es war sinnlos, ihn darauf anzusprechen, weil er es empört von sich gewiesen hätte.

Doch aller Vergeblichkeit zum Trotz war sie fest entschlossen, um ihn und ihre Liebe zu kämpfen. „Es *muss* einfach eine Lösung geben", sagte sie mit allem Nachdruck. „Was uns verbindet, ist viel zu wertvoll, um es einfach aufzugeben. Und wenn wir erst verheiratet sind …"

„… würden wir uns beide ins Unglück stürzen", beendete Bernardo ihren Satz. „Ich kann dein Geld nicht annehmen, und du kannst ohne es nicht leben. Spätestens bei deinem ersten Besuch in England würdest du merken, dass du etwas anderes vom Leben willst, als ich dir bieten kann, und nicht zu mir zurückkehren. Und nach Lage der Dinge würde ich dir bestimmt …"

„Was würdest du, Bernardo?", hakte Angie nach.

Es dauerte sehr lange, bis er endlich antwortete. „Wie ich mich kenne, würde ich dir nachreisen."

Neue Hoffnung keimte in ihr auf, denn noch konnte sie nicht wissen, dass sie ihn gründlich missverstanden hatte. „Wenn du sogar dazu bereit wärst, warum dann nicht auch …?"

„Willst oder kannst du mich nicht verstehen?", unterbrach er sie schroff. „So wenig man einen Baum einfach verpflanzen kann, so wenig kannst du von mir verlangen, mein gewohntes Leben aufzugeben. Genau das tust du jedoch, und aus Liebe zu dir wäre ich bereit, alles hinter mir zu lassen und dir bis ans Ende der Welt zu folgen. Nur wäre ich dann nicht mehr der Mann, den du zu kennen und zu lieben behauptest, sondern nur noch ein Schatten meiner selbst, ein entwurzelter und zerstörter Mann, dessen du sehr schnell überdrüssig würdest."

„Glaubst du wirklich, ich würde zulassen, dass du in dein Verderben rennst?" Bernardos Wutausbruch hatte Angie fassungslos gemacht. „Dann wundert es mich nicht, dass du dich deiner Liebe für mich schämst."

„Das habe ich nie gesagt!", wandte Bernardo empört ein.

„Und ob!", widersprach Angie bestimmt. „Du sagst, dass du mich liebst, doch aus deinen Worten klingt nichts als abgrundtiefes Misstrauen heraus. Sonst würdest du nicht plötzlich an meinen Gefühlen für dich zweifeln. Oder ist es wirklich nur das verdammte Geld, das dich so über mich denken lässt?"

„Mit dem Geld hat das nicht das Geringste ..."

„Umso schlimmer", fiel Angie ihm erregt ins Wort. „Dann bist du offensichtlich schon vorher nicht in der Lage gewesen, mir zu vertrauen. Anders als du bin ich bereit, alles stehen und liegen zu lassen, um mit dir zusammenzuleben. Natürlich weiß ich um die Risiken, die damit verbunden sind, aber für die Liebe gibt es nun einmal keinen Garantieschein.

Es gibt nur einen einzigen Grund, der mich den Mut aufbringen lässt, an eine gemeinsame Zukunft nicht nur zu glauben, sondern sie auch in Angriff zu nehmen, und das ist gegenseitiges Vertrauen. Daran scheint es dir jedoch mehr zu mangeln, als du dir selbst eingestehen willst. Und anstatt an meiner Liebe zu dir zu zweifeln, solltest du dich fragen, warum du nicht nur mir, sondern vor allem dir selbst nicht vertraust."

„Bitte, Angie", flehte Bernardo eindringlich, „so darfst du nicht sprechen."

„Keine Sorge", entgegnete sie traurig, weil sie wusste, dass sie an seiner Einstellung nichts ändern konnte. Eher würde er sie beide ins Verderben stürzen als auch nur den winzigsten Schritt auf sie, Angie, zuzumachen. „Ich bin ohnehin am Ende angelangt. *Wir* sind am Ende angelangt."

Bernardo war, wie er war, und genau so liebte sie ihn. Ihn ändern zu wollen hieße ihn zu verbiegen, und ihn nicht ändern zu können bedeutete, sich ihn aus dem Herz zu reißen.

Anders als für Heather gab es für Angie nicht den geringsten Grund, länger auf Sizilien zu bleiben.

Ihre Freundin hatte sich auf Bitten und Drängen Baptistas entschlossen, ihren Aufenthalt noch um einige Wochen zu verlängern, und so buchte Angie einen einzelnen Platz in der Maschine von Palermo nach London.

Bernardo brachte sie zum Flugplatz. Nachdem Angie ihr Gepäck aufgegeben hatte, begleitete er sie bis zum Flugsteig, ohne dass einer von ihnen ein einziges Wort sprach. Das Schweigen war derart bedrückend, dass sich Angie wie auf einer Beerdigung vorkam – und zwar ihrer eigenen.

Erst als unwiderruflich die Stunde des Abschieds gekommen war, brachte Bernardo die Kraft auf, etwas zu sagen. „Verzeih mir, wenn du kannst", bat er Angie mit heiserer Stimme. „Ich weiß, dass ich dir sehr wehtue – und mir genauso. Denn ich liebe dich noch immer, und ich werde nie eine andere Frau lieben. Doch etwas in mir ist stärker als ich, sosehr ich mich auch dagegenstemme."

Auf eine eigentümliche Art beruhigten Angie seine Worte. Bei einem anderen Mann hätte sie die Hoffnung gehabt, er könnte über seinen Schatten springen und es sich in letzter Sekunde anders überlegen. Doch sie kannte Bernardo gut genug, um zu wissen, dass ein Gesinnungswandel ausgeschlossen war. Denn sosehr es ihn auch quälte, sie gehen zu lassen, sein Stolz ließ es nicht zu, den entscheidenden Schritt zu wagen.

Statt zu antworten, legte sie ihm liebevoll die Hand auf die

Wange und schenkte ihm ein Lächeln, das ihm deutlicher als alle Worte sagte, was sie für ihn empfand.

Als er ihre Hand nahm und zärtlich küsste, schien er am ganzen Körper zu zittern.

„Bernardo …“, flüsterte Angie.

„Bitte geh jetzt“, flehte er. „Sonst bricht es mir noch das Herz.“

Noch im Flugzeug traf Angie eine Entscheidung, die sie lange vor sich hergeschoben hatte.

Gleich nach der Landung in London rief sie ihren Vater an, um ihm zu sagen, dass sie bereit war, in seiner Klinik zu arbeiten – unter der Bedingung allerdings, dass sie sofort anfangen könnte.

Der Gedanke, untätig zu Hause zu sitzen, war ihr unerträglich, und weil ihr Vater erfreut einwilligte, stürzte sie sich mit ganzem Elan in die Arbeit, die interessanter und abwechslungsreicher war, als sie es sich vorgestellt hatte.

Nur die Abende blieben problematisch, denn sobald sie in ihrer Wohnung saß, überfiel eine namenlose Trauer und Einsamkeit sie. Daran änderten auch die vielen Verehrer nichts, vor denen sie sich nach wie vor kaum retten konnte.

Die meisten Einladungen schlug sie ohnehin aus, und die wenigen Ausnahmen, die sie machte, verliefen erschreckend ernüchternd. Die entsprechenden Männer waren überaus zuvorkommend und konnten mühelos eine zwanglose Unterhaltung führen, in die sie geschickt das eine oder andere Kompliment einfließen ließen.

Doch was Angie früher möglicherweise geschmeichelt hätte, kam ihr nun billig und aufgesetzt vor. Denn sosehr sie sich auch bemühten, keiner konnte auch nur im Entferntesten an jenen Mann heranreichen, dessen Bild sie Tag und Nacht vor Augen hatte.

Weil mit zunehmender Routine auch die Arbeit sie immer weniger ausfüllte, erwartete sie sehnsüchtig Heathers Rückkehr nach London. Umso härter traf es sie, als eines Tages das Telefon klingelte und ihre Freundin sie über die unglaublichen Geschehnisse informierte, die sich auf Sizilien zugetragen hatten.

„Stell dir vor", teilte Heather ihr aufgeregt mit, „Baptista will, dass Renato und ich heiraten."

„Wie bitte?", fragte Angie entgeistert. „Das soll doch wohl ein schlechter Witz sein."

„Genau das habe ich ihr auch gesagt", erwiderte Heather lachend.

„Wie kommt sie überhaupt darauf? Sie weiß doch genau, dass du Renato nicht ausstehen kannst."

„Du weißt ja selbst, wie altmodisch sie ist", erklärte Heather. „Für sie ist die Familienehre erst dann wiederhergestellt, wenn die Schmach getilgt ist, die mir in ihren Augen zugefügt wurde. Dafür muss ich nach ihrer Vorstellung in die Familie einheiraten. Und weil Renato die Hauptverantwortung trägt, hat sie ihn als meinen Ehemann auserkoren."

„Das ist doch völlig absurd …"

„Natürlich ist es das", fiel Heather Angie ins Wort. „Für uns jedenfalls. Nur befinde ich mich nicht in England, sondern auf Sizilien, und dass die Uhren hier anders gehen, brauche ich dir ja wohl nicht zu sagen."

„Das brauchst du allerdings nicht", erwiderte Angie nachdenklich. „Was hast du denn jetzt vor?"

„Ich werde für einige Tage nach *Bella Rosaria* fahren, bis sich die Aufregung gelegt hat. Der Rest wird sich finden."

Angie verabschiedete sich in der Gewissheit, dass ihre beste Freundin die quälende Einsamkeit auf dem Landgut bestimmt nicht lange aushalten und schon sehr bald nach London zurückkommen würde.

Stattdessen rief Heather wenige Wochen später erneut an, um Angie mitzuteilen, dass sie in wenigen Tagen mit Renato getraut würde. „Du musst unbedingt kommen“, sagte sie euphorisch. „Kannst du einige Tage Urlaub nehmen?“

„Ich denke schon“, erwiderte sie zögernd, weil etwas anderes ihr eindeutig mehr Kopfzerbrechen bereitete. „Hast du schon mit Bernardo ...?“

„Er hat nicht die leiseste Ahnung“, erklärte Heather. „Und dabei wird es bis zur Hochzeit auch bleiben. Ich will ihn überraschen.“

„Ist das nicht ein bisschen gewagt?“, fragte Angie ängstlich. „Es könnte doch sein, dass er von mir nichts mehr wissen ...“

„Ganz im Gegenteil“, schnitt Heather ihr das Wort ab. „Er ist todunglücklich. Und wenn du erst vor ihm stehst, wird er schon merken, was er an dir hat.“

Angie war sich alles andere als sicher, ob es klug war, Bernardo zu überraschen. Doch die Kraft, Heathers Vorschlag abzulehnen, hatte sie auch nicht. Der Wunsch, Bernardo wiederzusehen, seine Stimme zu hören und vielleicht sogar seine Umarmung spüren zu dürfen, war wesentlich stärker als die Angst vor der Enttäuschung.

„Ich komme“, teilte sie ihrer Freundin mit. Wer wagt, gewinnt, besagte ein altes Sprichwort, und Angie war entschlossen, alles zu wagen.

Als sie am Vorabend der Trauung in Palermo landete, holte Heather sie am Flughafen ab.

Damit niemand – schon gar nicht Bernardo – von Angies Anwesenheit erfuhr, gingen die beiden Freundinnen in der Stadt essen.

„Im Grunde habe ich das einzig und allein Baptista zu verdanken“, erklärte Heather, warum sie einen Mann zu heiraten gedachte, der ihr im Grunde genommen zuwider war. „Sie hat sich strikt geweigert, das Landgut zurückzunehmen, das sie mir kurz vor der geplatzten Hochzeit mit Lorenzo geschenkt hat. Die einzige Möglichkeit, es wieder in den Besitz der Martellis zu bringen, ist, Renato zu heiraten."

„Und was verspricht er sich davon?"

„Dasselbe wie ich", erwiderte Heather lächelnd. „Er will *Bella Rosaria* unbedingt wiederhaben. Und dafür muss er mich nun mal heiraten."

„Weißt du was?", sagte Angie unvermittelt. „Ich glaube dir kein Wort. Ihr liebt euch. Deshalb wollt ihr heiraten!"

„Ausgeschlossen", widersprach Heather vehement. „Dafür bekämpfen wir uns gegenseitig viel zu sehr."

„Was meine Vermutung nur bestätigt", wandte Angie ein. „Ich brauche dich hoffentlich nicht daran zu erinnern, dass sich leidenschaftlich nur streiten kann, wer sich leidenschaftlich liebt."

Heather erwiderte nichts, doch ihr war deutlich anzusehen, dass sie die Worte ihrer besten Freundin sehr nachdenklich gemacht hatten.

„Was sagt Lorenzo eigentlich dazu, dass du seinen Bruder heiratest?", erkundigte sich Angie.

„Der hat ein viel zu sonniges Gemüt, als dass es ihm etwas ausmachen würde", erwiderte Heather und konnte wieder lachen. „Zumal wir beide wissen, dass es mit uns nicht gut gegangen wäre."

Als sie spät am Abend zur Villa zurückkehrten, führte Heather Angie durch einen Hintereingang in ihr gemeinsames Zimmer – dasselbe, das sie schon vor der geplanten Hochzeit mit Lorenzo bewohnt hatten.

„Bernardo hat nicht den leisesten Verdacht?", fragte Angie, als sie sich für die Nacht zurechtmachten.

„Er ist völlig ahnungslos", bestätigte Heather. „Und dabei wird es bleiben, bis du morgen die Kathedrale betrittst."

„Mir ist jetzt schon angst und bange."

„Dazu besteht kein Anlass“, entgegnete Heather liebevoll. „Er hat mich mehrmals in *Bella Rosaria* besucht, und auch wenn er versucht hat, es sich nicht anmerken zu lassen, war offensichtlich, dass er nur gekommen ist, um etwas über dich zu erfahren. Als ich ihm von den Briefen erzählt habe, die du mir geschrieben hast, hat er jedes Wort in sich aufgesogen.“

„Hast du ihm etwa erzählt, dass ich jetzt bei meinem Vater arbeite?“

„Natürlich“, erwiderte Heather verlegen. „Darf er das denn nicht wissen?“

„Von mir aus schon“, sagte Angie besorgt. „Ich hoffe nur, dass er nicht die falschen Schlüsse daraus zieht.“

Als sie direkt hinter der Braut die Kathedrale betrat, drohte die Aufregung über Angie zusammenzuschlagen.

Die ganze Nacht hatte sie wach gelegen und sich gefragt, wie Bernardo wohl auf das unverhoffte Wiedersehen reagieren würde, und in wenigen Sekunden sollte sie die Antwort bekommen.

Unter den Klängen der Orgel gingen sie auf den Altar zu, vor dem Renato seine Braut erwartete. Bernardo saß an seiner Seite, und als Angie ihn sah, erschrak sie. Er wirkte abgespannt und geradezu verhärmt, als trüge er eine schwere Last auf seinen Schultern. Kann es sein, dass die Trennung ihn so gezeichnet hat?, dachte Angie unwillkürlich.

Doch bislang konnte sie sich nicht einmal sicher sein, ob er sie überhaupt gesehen hatte. Denn bis auf die Tatsache, dass er kurz zusammenzuckte, zeigte er nicht die geringste Regung.

Als der Erzbischof vor den Altar trat, drehte Bernardo ihr den Rücken zu. Angie wusste seine Reaktion – oder besser deren Ausbleiben – beim besten Willen nicht zu deuten.

Noch war nicht entschieden, ob er sich freute oder blankes Entsetzen empfand.

Die Trauungszeremonie zog sich endlos hin, und die ganze Zeit über fragte sich Angie, ob es nicht ein folgenschwerer Fehler gewesen war, zur Hochzeit ihrer besten Freundin anzureisen.

Als Renato Heather den Ehering ansteckte, überfiel Angie eine eigentümliche Schwermut. Zwei Menschen, die kaum ein gutes Wort füreinander hatten, waren entschlossen, das Leben, allen vorhersehbaren Schwierigkeiten zum Trotz, gemeinsam zu verbringen, während zwei andere, die sich von ganzem Herzen liebten, nicht einmal in der Lage waren, auch nur den Versuch zu machen.

Begleitet vom Gesang des Chors, verließ das Brautpaar die Kirche. Angie reihte sich hinter ihnen ein, um am Ausgang auf Bernardo zu treffen, der ihr anbot, sie in seinem Auto mit zur Villa zu nehmen.

Dass die Begegnung alles andere als zufällig war, bewies die Tatsache, dass Bernardo losfuhr, ohne einen anderen der zahlreichen Hochzeitsgäste mitzunehmen.

„Ich hoffe, du fühlst dich durch Heathers Geheimniskrämerei nicht überrumpelt“, begann Angie vorsichtig ein Gespräch.

„Mir war klar, dass du kommst“, erwiderte Bernardo sanft. „Schließlich kann Heather doch nicht heiraten, ohne dass ihre beste Freundin bei ihr ist.“ Er nahm eine Hand vom Lenkrad und strich Angie zärtlich über die Wange. „Ehrlich gesagt konnte ich das Wiedersehen kaum erwarten. Ich habe mich die ganze Zeit gefragt, wie es dir wohl geht.“

„Und zu welcher Antwort bist du gekommen?“

„Deinem Äußeren nach zu urteilen, geht es dir blendend“, sagte er lächelnd, und der Blick, mit dem er Angie bedachte, verriet deutlich, wie sehr er sich nach ihr gesehnt hatte. „Du warst noch nie so schön wie heute."

Verlegen senkte Angie den Blick. Obwohl sie sich über das Kompliment freute, ertappte sie sich bei der Hoffnung, dass Bernardo es ihr auch dann gemacht hätte, wenn sie weniger elegant gekleidet gewesen wäre als mit dem beigefarbenen schulterfreien Seidenkleid.

Doch die Fahrt zur Villa war zu kurz, um mehr über Bernardos wahre Gefühle herauszufinden, und auch bei dem anschließenden Empfang ergab sich keine Möglichkeit dazu, obwohl sie nebeneinandersaßen.

Ein einziges Mal beugte sich Bernardo zu ihr hinüber, um ausgerechnet jenes Thema anzusprechen, das Angie aus gutem Grund fürchtete.

„Wie ich höre, arbeitest du jetzt in der Klinik deines Vaters", sagte er betont beiläufig.

„Das stimmt", erwiderte Angie trotzig. „Er ist ein brillanter Chirurg, und ich lerne täglich etwas dazu."

„Das freut mich für dich", gratulierte Bernardo mit beißender Ironie. „Dann steht deiner Karriere ja nichts mehr im Weg."

Seine herablassende Art brachte Angie vollends in Rage. „Tu nicht so scheinheilig!", platzte sie heraus, ohne Rücksicht darauf, dass ihre Tischnachbarn jedes Wort verstehen konnten. „Sag doch gleich, dass ich zu nichts anderem tauge, als mir mit dem Geld meines Vaters ein schönes Leben zu machen."

„Bitte lass uns die wenigen Stunden, die wir haben, nicht auch noch streiten", versuchte Bernardo sie zu beschwichtigen.

Womit er jedoch das genaue Gegenteil erreichte. „Wir haben alle Zeit der Welt", entgegnete Angie wütend. „Das ganze Leben, wenn du willst."

Bernardo blieb es erspart, etwas zu erwidern, weil im selben Moment ein Tusch ertönte und eine schier endlose Reihe von Toasts und Glückwünschen ausgebracht wurde, bevor Renato und Heather unter den bewundernden Blicken der Gäste mit dem Hochzeitswalzer den geselligen Teil des Abends einleiteten.

„Schön, dich wiederzusehen, Angie. Möchtest du mit mir tanzen?"

Als sie aufsah, blickte sie in Lorenzos Gesicht, der jungenhaft lächelte. Wie Heather gesagt hatte, schien es ihn tatsächlich nicht im Geringsten zu bedrücken, dass seine ehemalige Verlobte seinen Bruder heiratete.

„Gern", erwiderte Angie und wollte Lorenzo die Hand reichen, als plötzlich ein Arm vorschnellte und sie zurückhielt.

„Es tut mir leid, Lorenzo", sagte Bernardo bitter, „aber ich fürchte, du musst dich nach einer anderen Tanzpartnerin umsehen."

Sein Bruder nahm es lächelnd hin und wandte sich umgehend an eine Frau am Nebentisch. Bernardo stand auf und führte Angie zur Tanzfläche. Als sie sich gegenüberstanden und im Takt der Musik wiegten, spürte sie, dass er am ganzen Körper zitterte, und in seinen Augen konnte sie lesen, was er ihr zu sagen nie gewagt hätte. Sollte sie je Zweifel daran gehabt haben, dass er sie noch immer liebte, so waren sie ein für alle Male ausgeräumt.

Doch ebenso deutlich war ihm anzumerken, wie sehr ihn seine Liebe zu ihr bedrückte. „Es war ein Fehler, dass du gekommen bist", sagte er gequält. „Deine Nähe macht mich schwach und hilflos. Und das kann und will ich nicht zulassen. Auch wenn ich mich nach dir gesehnt habe."

„Warum sträubst du dich so gegen dein Glück – unser Glück?"

„Weil das, was du für unser Glück hältst, unser Unglück

wäre", erwiderte er bitter. „Du bist jung und unbeschwert. In Montedoro würdest du dich eingesperrt fühlen wie ein Vogel im Käfig. Und bei der erstbesten Gelegenheit würdest du wieder davonfliegen."

„Wie wenig du mich doch kennst, Bernardo", entgegnete Angie. „Wie könnte ich mich eingesperrt fühlen, solange *du* bei mir bist?"

„Mach es mir bitte nicht so schwer, Angie. Glaub mir, ich weiß, wovon ich spreche."

Wie wenig er von seinen eigenen Worten überzeugt war, bewies die Tatsache, dass seine Hände das genaue Gegenteil sagten, denn er zog Angie fest an sich, als wollte er sie nie wieder gehen lassen. Seinem Gesicht war die innere Zerrissenheit, in der er sich befand, deutlich anzusehen.

Instinktiv wusste Angie, dass es lediglich eines winzigen Anstoßes bedurfte, um eine endgültige Entscheidung herbeizuführen – in diese oder jene Richtung. Kurz entschlossen löste sie sich von ihm, nahm seine Hand und führte Bernardo wortlos hinaus auf die Terrasse.

„Angie …"

„Küss mich lieber", schnitt sie ihm das Wort ab und legte ihm die Arme um den Nacken.

Noch war sein Widerstand nicht gebrochen, und um das Überraschungsmoment nicht ungenutzt verstreichen zu lassen, küsste sie ihn mit einer Leidenschaft, die ihn unweigerlich an ihre glücklichsten Stunden erinnern musste.

Mit großer Genugtuung stellte sie fest, dass ihre Vorgehensweise von Erfolg gekrönt war. Bernardo beugte sich hinunter, strich ihr das Haar zurück und bedeckte ihre bloße Schulter mit Küssen.

„Was machst du nur mit mir?", fragte er atemlos.

„Hast du dich denn nicht genauso danach gesehnt wie ich?", stellte sie die Gegenfrage.

„Wenn du wüsstest, wie sehr ich dich vermisst habe. Nacht für Nacht habe ich wach gelegen und mir nichts sehnlicher gewünscht, als dich bei mir zu haben, dich berühren und spüren zu dürfen, dich zu lieben – und wenn es nur ein einziges Mal wäre."

„Worauf wartest du dann noch?" Angie war viel zu erregt, um länger Hemmungen zu haben. „Mein Zimmer ist gleich nebenan."

Bernardos Reaktion war niederschmetternder als ein Faustschlag. „Es *darf* nicht sein!", sagte er verzweifelt. „Es wäre so leicht, sich gehen zu lassen. Doch die Wirklichkeit würde uns schneller einholen, als du glaubst. Man muss für alles die Konsequenzen tragen – auch für das, was man aus Liebe tut."

„Begreif doch endlich, dass wir zusammengehören", erwiderte Angie fassungslos. „Was immer für Schwierigkeiten sich uns in den Weg stellen – gemeinsam werden wir sie meistern. Warum bist du nur so mutlos?"

„Weil wir uns gegenseitig zerstören würden. Du lebst dein Leben und ich meines. Warum willst du das nicht endlich einsehen?"

„Weil ich dich liebe!" Angie ließ ihrer Verzweiflung freien Lauf. „Und weil ich glaube, dass man alles schaffen kann, was man schaffen will, wenn man sich liebt. Vielleicht ist das naiv, aber immer noch besser, als es aus Feigheit gar nicht erst zu versuchen!"

Bernardo hob den Arm, um sie zu beruhigen, doch instinktiv wich Angie seiner Berührung aus und trat einen Schritt zurück, weil ihr schlagartig bewusst wurde, dass alles, was sie unternahm, gegen Bernardos Starrsinn nichts ausrichten konnte.

„Wenn dir unsere Liebe so wenig bedeutet, dann lohnt es sich wohl wirklich nicht, darum zu kämpfen", sagte sie unter

Tränen. „Im Gegensatz zu dir halte ich es nicht für einen Fehler, dass ich gekommen bin. Ich bin sogar froh darüber. Wenigstens weiß ich jetzt, woran ich bin. Leb wohl, Bernardo."

Es war weit nach Mitternacht, und die letzten Gäste hatten das Haus längst verlassen, als Angie auf die Terrasse ging. In der Gewissheit, dass sie nie wieder die Gelegenheit dazu bekommen würde, versuchte sie sich das einzigartige Panorama einzuprägen, das sich vor ihr entfaltete.

Unvermittelt tauchte Baptista aus der Dunkelheit auf und stellte sich zu Angie ans Geländer. „Ich kann mir gut vorstellen, wie Ihnen zumute ist", sagte sie mitfühlend. „Trotzdem sollten Sie nicht zu hart mit Bernardo ins Gericht gehen. Auch wenn er sich alle Mühe gibt, es nicht zu zeigen, wird er nie aufhören, Sie zu lieben."

„Warum will er mich dann unbedingt loswerden?", fragte Angie verzweifelt.

„Weil ihn das Leben verbittert und er verlernt hat, seine Gefühle offen zu zeigen. Wenn er es denn je gekonnt hat", setzte sie traurig hinzu.

„Er hat mir erzählt, wie er Teil Ihrer Familie geworden ist", sagte Angie, weil sie ahnte, was Baptista bewegte.

„Wenn er es denn geworden wäre!", erhielt sie zur Antwort. „Für mich ist er mein Sohn, den ich genauso liebe wie Renato und Lorenzo. Doch Bernardo weist alle Gefühle, die wir ihm entgegenbringen, geradezu ängstlich zurück. Und als würde er damit Verrat an seiner Mutter begehen, weigert er sich hartnäckig, den Namen seines Vaters zu benutzen oder den Anteil des Erbes anzutreten, der ihm zusteht. Es fiel ihm ja schon schwer, die Verwaltung der Güter zu übernehmen, die ihm gehören könnten. Lieber verzichtet er auf ein beträchtliches Vermögen und lebt in bescheidenen Verhältnissen."

„Und warum tut er das?“, erkundigte sich Angie ratlos. „Dass er seiner Mutter gegenüber loyal bleiben will, verstehe ich ja, aber das allein kann doch sein Verhalten nicht erklären.“

„Irgendetwas treibt ihn an, von dem niemand etwas weiß“, erwiderte Baptista, „und das ihn geradezu menschenscheu werden lässt. Sie sind die Erste, die ihm wirklich nahegekommen ist, und wenn er sich Ihnen nicht anvertraut, wird es niemand schaffen, ihn aus seiner Einsamkeit zu befreien.“

„Ich wünsche mir nichts mehr, als an seiner Seite zu sein“, sagte Angie mit großem Ernst. „Doch er traut mir das Leben in den Bergen nicht zu, ohne mir auch nur die Chance zu geben, ihn vom Gegenteil zu überzeugen.“

„Darauf kannst du warten, bis du alt und grau bist.“ Angies Erklärung hatte Baptista so sehr befremdet, dass sie sie unwillkürlich duzte. „Ich wundere mich allerdings, dass du dir vorschreiben lässt, was du zu tun und zu lassen hast. Warum machst du nicht einfach, was du für richtig hältst, und beweist ihm auch ohne seine ausdrückliche Aufforderung, wie sehr er sich in dir irrt?“

„Nichts würde ich lieber tun“, gestand Angie rundheraus. „Wenn ich nur wüsste, wie!“

„Daran soll es nicht scheitern“, erwiderte Baptista lächelnd. „Ich hätte da schon eine Idee.“

6. KAPITEL

Montedoro war in dichten Nebel gehüllt, und die wenigen Einwohner, die den Winter über in der Höhe ausharrten, hatten sich in ihre Häuser zurückgezogen, um der Kälte zu entfliehen.

Doch kaum hatten Arbeiter damit begonnen, den Lastwagen abzuladen, den sie mühsam durch die engen Gassen zum Haus von Dr. Fortuno gesteuert hatten, bildete sich eine Menschentraube und musterte argwöhnisch die zierliche junge Frau, die den Möbelträgern Anweisungen gab.

„Wer ist das denn?“, raunte jemand misstrauisch.

„Unsere neue Ärztin“, erhielt er zur Antwort.

„Machst du Witze? Die ist doch nicht älter als meine Tochter.“

„Was will sie denn mit dem ganzen modernen Krimskrams?“, fragte ein anderer mit Blick auf die medizinischen Geräte, die in die Praxis getragen wurden. „Doktor Fortuno ist doch auch ohne so etwas ausgekommen.“

„Der hat seit seinem Studium ja auch kein einziges Fachbuch mehr angerührt“, wurde ihm erklärt.

„Ist seine Nachfolgerin denn verheiratet?“, erkundigte sich ein Dritter mit Blick auf das große Bett aus Nussbaumholz.

„Nicht dass ich wüsste“, lautete die Antwort.

Nachdem der Laster wieder gefahren war, trat Angie auf die Menge zu. „Vielleicht erinnert sich der eine oder andere von Ihnen noch an mich“, erklärte sie in fließendem Italienisch. „Im vergangenen Sommer war ich schon einmal hier. Ich bin Doktor Fortunos Nachfolgerin und möchte Sie einladen, sich die neue Praxis anzusehen.“

Ein Blick in die Mienen der Menschen ließ Angie erahnen, dass sie einen sehr schweren Stand haben würde. Denn das

Misstrauen der Fremden gegenüber schien die Neugier auf den Neuankömmling bei Weitem zu überwiegen.

„Wo ist Doktor Fortuno?“, erkundigte sich jemand.

„Er ist zu seiner Schwester nach Neapel gezogen“, erklärte Angie nervös.

„Und wann kommt er zurück?“

„Gar nicht. Ab sofort werde ich Sie ärztlich versorgen.“

Die Reaktion der Bewohner von Montedoro war niederschmetternd. Sie steckten die Köpfe zusammen und tuschelten aufgeregt, und keiner kam Angies Aufforderung nach, sich von ihr die Praxis zeigen zu lassen.

Traurig ging sie ins Haus zurück, als plötzlich ein Schatten an der Tür auftauchte. Doch ihre Hoffnung, dass ihre zukünftigen Patienten es sich anders überlegt hatten, zerschlug sich im selben Moment, in dem sie den Besucher erkannte.

„Was zum Teufel tust du hier?“, fragte Bernardo teils wütend, teils empört.

Als Angie seinen Gesichtsausdruck bemerkte, zuckte sie unwillkürlich zusammen. Wenn man ihn so sah, fiel es schwer zu glauben, dass dieser Mann sie angeblich liebte. Doch ebenso schnell fing sie sich wieder. Dass es nicht leicht werden würde, hatte sie schließlich von Anfang an gewusst.

„Ich richte meine neue Praxis ein“, erwiderte sie selbstbewusst. „Es dürfte sich bis zu dir herumgesprochen haben, dass Doktor Fortuno in den Ruhestand gegangen ist.“

„Das hat es in der Tat“, reagierte Bernardo ungehalten. „Mich interessiert eher, warum ausgerechnet du seine Nachfolge antrittst.“

„Spricht etwas dagegen?“

„Mehr als du glaubst.“ Seine Miene verfinsterte sich zunehmend. „Deshalb ist es das Beste, wenn du umgehend wieder verschwindest.“

„Die Entscheidung, was ich tue und lasse, solltest du getrost mir überlassen."

„Warum begreifst du nicht endlich, dass du dem Leben hier oben nicht gewachsen bist?", hielt er ihr wutentbrannt entgegen.

„Ich habe dir schon einmal gesagt, dass du mich sträflich unterschätzt", entgegnete Angie bestimmt.

„Und ich habe dir schon einmal gesagt, dass die Uhren bei uns anders gehen als bei euch in England. Die Leute werden eine Frau als Ärztin nie und nimmer akzeptieren. Bis es so weit ist, vergehen noch einige Jahrzehnte. Also schlag dir das Ganze endlich aus dem Kopf. Und für den Fall, dass du dich uneinsichtig zeigst, werde ich eigenhändig dafür sorgen, dass du Montedoro auf der Stelle wieder verlässt. Habe ich mich deutlich genug ausgedrückt?"

„Absolut." Bernardos Selbstherrlichkeit brachte Angie zunehmend in Rage, und sie musste all ihre Kraft aufbringen, um gefasst zu bleiben – oder jedenfalls so zu wirken. „Ich frage mich nur, wie du es anstellen willst, mich aus meinem eigenen Haus zu vertreiben."

Bernardo schien eingesehen zu haben, dass Angie so nicht beizukommen war, denn er strich sich nervös durchs Haar. „Darfst du in Italien überhaupt praktizieren?", fragte er schließlich. „Vielleicht gilt deine Zulassung als Ärztin hier überhaupt nicht."

„Keine Sorge", entgegnete sie lächelnd. „Es war zwar viel Rennerei, aber inzwischen habe ich alle Unterlagen beisammen."

„So schnell?", erkundigte sich Bernardo überrascht. „Wenn ich mich nicht irre, muss zunächst alles übersetzt und beglaubigt werden. Normalerweise dauert das Jahre."

„Normalerweise schon", erwiderte Angie triumphierend. „Dass es bei mir in wenigen Monaten geklappt hat, ist einzig und allein Baptista zu verdanken. Sie kennt den einen oder anderen einflussreichen Menschen in den entsprechenden Behörden und hat ein gutes Wort für mich eingelegt. Und Doktor Fortuno war ihr regelrecht dankbar, als sie ihm gesagt hat, dass sie einen Käufer für seine Praxis gefunden hat."

„Ich hätte mir denken können, dass Baptista dahintersteckt", sagte Bernardo bitter.

„Sie traut mir eben mehr zu als du, und ich verspreche dir, dass ich sie nicht enttäuschen werde. Ich bin nämlich nicht nur eine gute Ärztin, sondern auch genau am richtigen Ort."

„Du kannst dich doch nicht einmal richtig verständigen", wandte Bernardo ein.

„Mein Italienisch ist besser, als du glaubst", entgegnete Angie. „Außerdem sprechen die meisten Menschen in Montedoro ziemlich gut Englisch, wie sie Sommer für Sommer beweisen, wenn die Touristen in das Dorf einfallen."

„Und was ist mit den Bauern aus dem Umland? Die sprechen ausschließlich Sizilianisch."

„Weil ich das wusste, habe ich einen Intensivkurs gemacht. Übrigens hat mir die Lehrerin bescheinigt, dass ich sehr talentiert bin. Und falls ich doch einmal auf Schwierigkeiten stoße, kann Schwester Ignatia mir sicherlich weiterhelfen. Sie wird zweimal wöchentlich als Sprechstundenhilfe bei mir arbeiten."

„Und wenn der Schnee kommt?", brachte Bernardo das letzte Argument vor, das ihm noch einfiel.

„Dann ziehe ich mir feste Schuhe an", entgegnete Angie souverän. „Wie du siehst, bin ich auf alles Mögliche vorbereitet, und wenn trotzdem Probleme auftauchen, wird sich eine Lösung finden. Dass du mir Steine in den Weg legen willst, überrascht mich ehrlich gesagt nicht. Trotzdem könntest du endlich zugeben, dass du dich freust, mich zu sehen."

„Du weißt genau …"

„Ich weiß, dass du über etwas entschieden hast, was uns beide betrifft, ohne mich nach meiner Meinung zu fragen. Das werde ich mir nicht noch einmal gefallen lassen. Du solltest dich allmählich mit dem Gedanken vertraut machen – auch wenn ihr Martellis es nicht gewöhnt seid, dass eine Frau es wagt, sich euren Anordnungen zu widersetzen."

„Ich bin kein Martelli!", widersprach Bernardo empört.

„Und ob!", stellte Angie selbstbewusst richtig. „Du ahnst nicht einmal, wie ähnlich du deinen Brüdern bist."

Bernardo war ratlos. Jedes seiner Argumente hatte Angie mühelos beiseitegeschoben. Wütend sah er sich in der Wohnung um, die nicht nur schlicht, sondern geradezu ärmlich eingerichtet war. „Willst du etwa so leben?", fragte er und zeigte auf die vorsintflutliche Kücheneinrichtung.

„Zur Not würde mir das völlig reichen", antwortete Angie. „Doch wie du weißt, besteht keine Not – jedenfalls nicht in finanzieller Hinsicht. Und da ich auf dich keine Rücksicht nehmen muss, habe ich mir erlaubt, neue Möbel zu bestellen. Sie werden nächste Woche geliefert. Und das Wichtigste ist bereits da", setzte sie hinzu und öffnete die Schlafzimmertür, um den Blick auf das große, bequeme Bett freizugeben.

„Guten Tag, *dottore.*"

„Hallo, Ginetta", begrüßte Angie das junge Mädchen, das zur Tür hereingekommen war und ein wenig verlegen Bernardo anlächelte. „Wie schön, dass du gleich gekommen bist. Ich wollte dich bitten, im Schlafzimmer sauber zu machen und das Bett zu beziehen. Die Wäsche ist noch in den Umzugskartons verpackt."

„Ginetta wird mir im Haushalt und in der Praxis zur Hand gehen", erklärte Angie, nachdem das Mädchen im Schlafzimmer verschwunden war. „Übrigens ist sie die Schwester des kleinen Mädchens, das ich damals behandelt habe."

„Da sagst du mir nichts Neues", erwiderte er schroff. „Du

scheinst tatsächlich an alles gedacht zu haben. Nur was ich darüber denke, interessiert dich offensichtlich nicht."

„Hat dich damals interessiert, was ich denke?", fragte sie entrüstet. „Nein, Bernardo, das hier ist einzig und allein meine Sache, und dieses Mal gelten meine Regeln."

„Und was willst du damit erreichen? Wenn du glaubst, dass du mich so rumkriegst und ich dich doch noch heirate ..."

„Was bildest du dir eigentlich ein?", platzte Angie heraus. „Glaubst du wirklich, ich hätte mir die teure Praxiseinrichtung gekauft, nur weil ich es nicht erwarten kann, endlich zu heiraten? Wenn es mir darum ginge, hätte ich in London wahrlich genug Auswahl gehabt."

Um nicht augenblicklich die Selbstbeherrschung zu verlieren, musste sich Bernardo die schreckliche Vorstellung förmlich verbieten, dass jemand anders als er seinen Arm um Angies schmale Taille gelegt und ihre sinnlichen Lippen geküsst haben könnte.

Und doch konnte nur ein ausgesprochener Ignorant annehmen, dass eine bildschöne und intelligente Frau wie Angie lange allein blieb. „Ich habe mir nie eingebildet, dass ich der einzige Mann in deinem Leben bin", sagte er niedergeschlagen.

„Dann bist du dümmer, als die Polizei es erlaubt", flüsterte Angie, damit Bernardo es nicht hören konnte. „Für meine Entscheidung, hierherzukommen, habe ich gute Gründe", sagte sie zwar vage, aber vernehmlich. „Vielleicht bin ich wirklich so ein Schwächling, wie du glaubst ..."

„Das habe ich nie gesagt", protestierte Bernardo.

„Und ob du das gesagt hast", widersprach Angie energisch. „Und manches andere Unschöne noch dazu. In deinen Augen bin ich eine verwöhnte und verhätschelte Tochter aus gutem Hause, die bei der ersten Belastung zusammenbricht. Ein bisschen mehr traue ich mir durchaus zu, und um es herauszufinden, bin ich hergekommen. Mit dir hat das nicht das

Geringste zu tun. Deshalb möchte ich dich bitten, mich nicht länger von der Arbeit abzuhalten."

Bernardo sah sie eine ganze Weile lang ungläubig an, bevor er sich schließlich umwandte und wortlos das Haus verließ.

Der Auftakt verlief alles andere als vielversprechend.

Das schlechte Wetter war dabei noch das geringste Problem, und die Aussicht, einen Monat lang die Sonne nicht zu sehen, bedrückte Angie deutlich weniger als die Tatsache, dass Bernardo in einem Punkt recht behalten hatte. Die Skepsis der Dorbewohner ihr gegenüber war größer, als sie angenommen hatte.

Die Einzigen, die vom ersten Tag an zu ihr gehalten hatten, waren die Nonnen. Doch Ende Januar, eine Woche nach ihrer Ankunft, kam ihr der Zufall zu Hilfe, und zwar in Form eines Anrufes von Heather, die ihr erzählte, in Palermo sei eine Grippeepidemie ausgebrochen.

Noch waren Montedoro und die umliegenden Dörfer verschont geblieben, und damit es so blieb, traf Angie umgehend die erforderlichen Vorsichtsmaßnahmen.

Nachdem sich alle Nonnen und sogar der Pfarrer hatten impfen lassen, veranlasste die Oberin, dass alle Schüler der Klosterschule einen Brief mit nach Hause bekamen, in dem die Eltern aufgefordert wurden, sich und ihre Kinder gegen die Grippeepidemie zu schützen und in Angies Praxis zu kommen.

Die Resonanz auf den Brief war gut, doch insbesondere die Männer weigerten sich hartnäckig, der Aufforderung nachzukommen. Angie brauchte nicht lange zu überlegen, bis ihr eine Lösung für das Problem einfiel.

„Buona notte, dottore", begrüßte Stella den späten Gast, nachdem sie eine Zeit lang gebraucht hatte, Angie zu erken-

nen, die in eine dicke Winterjacke eingepackt war und die Kapuze tief in die Stirn gezogen hatte. „Signore Tornese isst gerade zu Abend. Er wird sich freuen, Sie zu sehen."

Angie war sich da weniger sicher, doch als Stella sie ins Esszimmer führte, schlug sie die Kapuze zurück und setzte ihr strahlendstes Lächeln auf, damit Bernardo auf den ersten Blick erkennen konnte, wie wenig ihr das unwirtliche Klima ausmachte.

„Guten Abend, Signore Tornese", begrüßte sie ihn betont distanziert und reichte ihm die Hand.

„Guten Abend, *dottore*", erwiderte Bernardo höflich, ohne seine Überraschung zu verbergen.

In diesem Moment kam Stella mit einer Tasse Kaffee in der Hand aus der Küche und reichte sie Angie. „Etwas Warmes kann sicherlich nicht schaden. Ich hoffe, die Kälte setzt Ihnen nicht allzu sehr zu."

„Ich komme bestens damit zurecht", antwortete Angie strahlend und klopfte sich auf die Oberschenkel. „Soll ich Ihnen sagen, warum? Weil ich Funktionsunterwäsche trage."

Stella brach in lautes Lachen aus.

„Sie sollten es unbedingt einmal ausprobieren", versicherte Angie ihr. „Und Sie selbstverständlich auch, Signore. Es gibt nichts Besseres gegen Kälte."

„Vielen Dank für den Tipp", erwiderte Bernardo pikiert. „Ich nehme allerdings nicht an, dass du deswegen hergekommen bist."

„Stimmt", erwiderte Angie mit einem provozierenden Augenaufschlag. „Von Heather weiß ich, dass in Palermo eine schwere Grippeepidemie ausgebrochen ist, und um zu verhindern …"

„Grippeepidemie", sagte Bernardo abfällig. „Wenn ich das schon höre."

„Deine Bemerkung zeugt von großer Unkenntnis", entgegnete Angie. „Ich spreche nicht von einem Schnupfen, sondern von einer Virusgrippe, die im schlimmsten Fall tödlich verlaufen kann. Deshalb halte ich es für dringend geboten, dass sich alle Bewohner von Montedoro impfen lassen. Und weil sich immer noch viele uneinsichtig zeigen, wollte ich dich bitten, ihnen mit gutem Beispiel voranzugehen."

„Wie bitte?", fragte Bernardo ungläubig.

„Du genießt allergrößten Respekt im Ort, vor allem bei den Männern. Wenn du dich impfen lässt, trauen sich die anderen vielleicht auch. Es scheint tatsächlich erwachsene Männer zu geben, die sich vor einer winzigen Nadel fürchten. Unglaublich, findest du nicht?"

„Du kannst jetzt gehen", forderte Bernardo Stella auf.

„Das war überaus klug von dir", machte sich Angie über ihn lustig, nachdem seine Haushälterin gegangen war.

„Bitte, Angie ..."

„Willst du mich nicht weiter *dottore* nennen?", fiel sie ihm ins Wort. „Das klingt doch gleich viel respektvoller."

„Dass ich nicht lache."

„Dir bricht schon kein Zacken aus der Krone", zog Angie ihn auf. „Die anderen Dorbewohner wissen durchaus, wie man sich einer Dame gegenüber zu benehmen hat."

„Wenn du als Dame behandelt werden willst, solltest du vielleicht nicht aller Welt erzählen, welche Unterwäsche du trägst", entgegnete Bernardo gereizt.

„Solange es ausschließlich berufliche Gründe hat, spricht doch wohl nichts dagegen", wandte Angie ein. „Zumal es nichts Unerotischeres gibt als rote Funktionswäsche. Oder findest du das etwa sexy?", fragte sie und öffnete ihr Hemd.

Bernardo hoffte inständig, dass Angie ihm nicht anmerken würde, was ihr Übermut in ihm auslöste. Denn er hätte kaum heftiger reagieren können, wenn sie unter ihrem dicken Flanellhemd statt des hochgeschlossenen langärmeligen Pullis einen knappen schwarzen Seiden-BH getragen hätte.

Ihr Blick tat ein Übriges, denn ihrer Unschuldsmiene war deutlich anzusehen, dass ihre Hintergedanken keinesfalls so harmlos waren, wie sie Bernardo glauben machen wollte.

„Willst du mir nicht endlich sagen, warum du gekommen bist?“ Mühsam hatte er die Sprache wiedergefunden.

„Das habe ich doch schon“, erwiderte Angie, während sie das Hemd wieder zuknöpfte. „Du hast mehrfach betont, dass du dich für die Menschen im Ort verantwortlich fühlst, und ich gebe dir die Gelegenheit, deinen Worten Taten folgen zu lassen.“

„Also schön“, stimmte er widerwillig zu. „Am besten bringen wir es gleich hinter uns. Umso eher kannst du wieder gehen.“

„Damit das Ganze die gewünschte Wirkung hat, müsstest du dich schon in meine Praxis bequemen“, wandte Angie ein. „Sagen wir morgen gegen elf? Um diese Zeit sind die Straßen am vollsten, und die Nachricht, dass du zur Ärztin gehst, verbreitet sich wie ein Lauffeuer. Wenn ich dich dann noch eine Weile im Wartezimmer sitzen lasse, kannst du allen erzählen, dass du dich impfen lassen willst.“

„Sonst noch was?“, fragte Bernardo ungehalten.

„Für heute wäre das alles.“

„Dann spricht ja nichts dagegen, dass du jetzt gehst.“

„Nicht bevor du mir dein Wort gegeben hast, dass du morgen kommst.“

„Du hast mein Wort. Bis morgen um elf, *dottore.*“

7. KAPITEL

Die Aktion hatte genau den Erfolg, den Angie sich davon versprochen hatte. Sobald die Männer des Ortes gesehen hatten, dass Bernardo zur Ärztin ging, um sich impfen zu lassen, folgten sie seinem Beispiel.

Von diesem Tag an war das Eis zwischen den Alteingesessenen und der ledigen Ausländerin, die Hosen trug und auch sonst aus ihren neumodischen Ideen keinen Hehl machte, geschmolzen.

Nachdem ihr neues Auto – ein Geländewagen, mit dem sie auch die abgelegensten Ecken erreichen konnte – geliefert worden war, begann Angie damit, die Dörfer und Höfe der Umgebung aufzusuchen. Sehr schnell wurde ihr klar, dass Dr. Fortuno ein noch schlechterer Arzt gewesen sein musste, als sie bislang angenommen hatte, denn der Gesundheitszustand der meisten Menschen war bedenklich, woran die teils bittere Armut, in der sie lebten, sicherlich die Hauptschuld trug.

Über Mangel an Arbeit konnte sich Angie folglich ebenso wenig beklagen wie über den Mangel an Zustimmung seitens ihrer Patienten. Der Einzige, der seine abwehrende Haltung absolut nicht aufgeben wollte, war Bernardo, der weiterhin der Meinung zu sein schien, dass sie die falsche Frau am falschen Ort war.

Dass sie auf dem richtigen Weg war, wurde ihr jedoch bestätigt, als sie wegen einer schweren Erkältung, die sie sich bei ihren Besuchen im Umland zugezogen hatte, drei Tage das Bett hüten musste. Zu ihrer großen Freude erhielt sie viel Besuch, und die Nonnen sowie die Frau des Bürgermeisters überraschten sie mit selbst gebackenem Kuchen.

Bernardo hingegen rief nicht einmal an, um sich nach ihr zu erkundigen, sondern ließ über Stella, die sie eines Morgens besuchte, Grüße ausrichten.

„Bitte sagen Sie ihm, dass ich mich überaus geschmeichelt fühle“, gab Angie Stella enttäuscht mit auf den Weg, als sie sich verabschiedete.

„Das tue ich gern“, erwiderte Stella. „Er meldet sich jeden Abend, um sich nach Ihnen zu erkundigen.“

„Ist er verreist?“, fragte Angie überrascht. Doch die Enttäuschung darüber, dass er sie nicht selbst anrief, überwog die Neugier bei Weitem.

„Er ist in Palermo, um den Geburtstag von Signora Martelli vorzubereiten.“

Angie wusste nicht nur vom dem großen Fest, das Baptista zu Ehren geplant war – sie war sogar herzlich eingeladen, daran teilzunehmen. Doch so gern sie der Einladung gefolgt wäre, hatte sie gezögert, eine Zusage zu geben.

Dank Angies Vorsorge war die Grippewelle bis auf wenige Ausnahmen, die glücklicherweise glimpflich verliefen, an Montedoro vorbeigegangen. Dafür waren zwei Kinder an Masern erkrankt, und Angie musste sie mehrmals täglich ärztlich versorgen. Da sie außerdem Sorge hatte, dass andere Kinder sich anstecken konnten, hielt sie es für wenig wahrscheinlich, dass sie an dem Fest teilnehmen konnte.

Erfreulicherweise erholten sich ihre kleinen Patienten schneller als erwartet, und da auch keine weiteren Erkrankungen aufgetreten waren, standen für sie die Aussichten gut, an dem rauschenden Fest teilnehmen zu können.

Vor allem freute sich Angie darauf, Heather endlich wiederzusehen, die inzwischen in die Firma ihres Mannes eingestiegen und deshalb häufig auf Reisen war.

Die Martellis handelten mit Obst und Gemüse, das auf eigenen Ländereien rings um Palermo angebaut und von dort aus in alle Welt versandt wurde. Zu Angies großer Überraschung war Heather unter anderem auch für die Betreuung der Kunden in England zuständig. Diese Aufgabe hatte sie von Lorenzo übernommen, den Renato vorläufig nicht mehr nach London schicken wollte, weil sein jüngster Bruder bei seinem letzten Aufenthalt mit Alkohol am Steuer erwischt worden war und nach einem Polizisten geschlagen hatte. Es war nur Heather zu verdanken gewesen, dass er mit einer deftigen Geldstrafe davongekommen war.

Doch nachdem Angie vormittags Radio gehört hatte, war ihr klar, dass sie unmöglich an der Geburtstagsfeier teilnehmen konnte. Enttäuscht griff sie zum Telefon und rief Baptista an.

„Im Wetterbericht wurde starker Schneefall angekündigt", erklärte sie den Grund ihrer Absage. „Ich habe Sorge, dass die Straßen tagelang unpassierbar sind und ich nicht nach Montedoro zurückkann. Und bevor ich meine Patienten im Stich lasse, beiße ich lieber in den sauren Apfel und bleibe hier."

„Dafür habe ich vollstes Verständnis", erwiderte Baptista gerührt. „Und sobald das Wetter wieder besser ist, besuchst du mich. Dann haben wir auch mehr Zeit füreinander."

Angie wollte schon wieder auflegen, als sie eine männliche Stimme am anderen Ende hörte. „Bernardo möchte dich noch sprechen", teilte Baptista ihr mit und verabschiedete sich.

„Übertreibst du nicht ein bisschen, Angie?", meldete sich Bernardo, ohne sie zu begrüßen. „Doktor Fortuno hat sich doch auch freigenommen, wann immer ihm der Sinn danach stand."

„Es dürfte ihn kaum jemand vermisst haben", erwiderte Angie brüsk. „Er ist sicherlich ein sympathischer Kerl, aber als Arzt ..."

„Dass in seiner Praxis wenig Betrieb war, heißt doch noch lange nicht, dass er ein schlechter Arzt ist", fiel Bernardo ihr ins Wort.

„Wie erklärst du dir dann, dass mein Wartezimmer jeden Tag voll ist?", fragte Angie. „Die Menschen sind nicht öfter oder seltener krank als früher“, reichte sie die Antwort gleich nach. „Zu Doktor Fortuno sind sie nur deshalb nicht gegangen, weil sie genau wussten, dass er ihnen nicht helfen konnte. Er hat sich also nicht freigenommen – er hatte schlichtweg nichts zu tun. Und dass sich das von mir nicht sagen lässt, wirst selbst du mitbekommen haben.“

„Willst du damit sagen, dass du dir nicht einmal einen netten Abend machen kannst?“

„Nicht wenn ein Unwetter angekündigt ist“, erwiderte sie spitz. „Zum Glück war ich ja darauf vorbereitet, dass das Leben hier oben im Winter kein Zuckerschlecken ist.“

Bernardo hatte den Seitenhieb offensichtlich verstanden, denn er hatte es plötzlich sehr eilig, das Gespräch zu beenden.

Wie angekündigt setzte kurz nach Einbruch der Dunkelheit das Unwetter ein. Binnen weniger Minuten sank die Temperatur unter den Gefrierpunkt, und als Angie das dichte Schneetreiben sah, war ihr klar, dass Montedoro für einige Tage mehr oder weniger von der Außenwelt abgeschnitten sein würde.

Doch obwohl sie offensichtlich die richtige Entscheidung getroffen hatte, fiel es ihr in dieser Nacht schwer, Schlaf zu finden. Denn insgeheim sah sie den kommenden Tagen mit Bangen entgegen.

Woran weniger der Sturm als vielmehr die Gewissheit schuld war, dass die Einwohner von Montedoro ihr die Selbstlosigkeit kaum danken würden. Denn Angie war sich sicher, dass nicht einer von ihnen sie in den nächsten Tagen brauchen würde, weil alle es vorzogen, sich in ihren Häusern zu verkriechen. Und so würde sie die nächsten Tage untätig und allein in einem kleinen Haus verbringen, um das orkanartige Windböen tobten, anstatt sich vergnügliche Stunden im milden Klima der Küste zu machen, die Gastfreundschaft Baptistas zu genießen und dabei auch noch in Bernardos

Nähe sein zu können.

Als sie am nächsten Morgen aufwachte, herrschte gespenstische Stille. Der Sturm schien sich gelegt zu haben, und gespannt ging Angie ans Fenster.

Der Anblick, der sich ihr bot, war ebenso faszinierend wie trostlos. Das Tal vor ihr war tief verschneit – jedenfalls soweit Angie es überblicken konnte. Denn die Berge waren in dichten Nebel gehüllt, und Montedoro schien über den Wolken zu schweben.

Bis ins Detail entsprach es der Stimmung, die Bernardo ihr beschrieben hatte, um ihr klarzumachen, dass sie dem Leben hier oben nicht gewachsen war – mit ihm nicht und schon gar nicht ohne ihn.

Zum ersten Mal seit ihrer Ankunft wurde Angie von Zweifeln geplagt, glaubte plötzlich die Motive für Bernardos Unnahbarkeit zu verstehen. Offensichtlich hatte er geahnt, dass die ehrgeizige junge Frau aus gutem Hause bald an ihre Grenzen stoßen würde.

Um sich auf andere Gedanken zu bringen, zog Angie sich an und ging in die Küche, wo sie frühstückte. Anschließend ging sie routinemäßig in die Praxis, doch wie vermutet war das Wartezimmer leer, und ein Blick auf die Straße verriet ihr, dass sich daran auch nichts ändern würde.

Weil Ginetta freihatte, beschloss Angie, die Zeit zu nutzen und medizinische Fachblätter zu lesen, wozu sie in den letzten Tagen nicht gekommen war. Doch weil sie sich nicht konzentrieren konnte, gab sie es schon bald wieder auf und legte die Hefte beiseite.

Die Stunden zogen sich endlos lange hin, und die Stille im Haus und auf der Straße, wo nicht ein Fußstapfen im Schnee zu sehen war, wurde zunehmend bedrückender.

Als endlich die Dämmerung hereinbrach und der Tag ein Ende zu nehmen versprach, ging Angie durchs Haus, um die

Vorhänge zuzuziehen. Die Fenster der Nachbarhäuser waren hell erleuchtet, und Angie ertappte sich dabei, dass sie geradezu Wut auf die Menschen empfand, derentwegen sie im Ort geblieben war und die es nicht einmal für nötig hielten, sich auch nur die kleinste Verletzung zuzuziehen.

Im Schlafzimmer angekommen, öffnete sie das Fenster, um einen Blick ins Tal zu werfen, bevor es in völliger Dunkelheit versank.

Im ersten Moment wusste sie nicht zu sagen, ob sie es sich nur einbildete oder ob sie wirklich eine Gestalt sah, die sich aus dem dichten Nebel löste. Doch schon bald war sie sich sicher, dass dort draußen ein Fußgänger die steile verschneite Straße nach Montedoro erklomm.

Wie kann man nur so leichtsinnig sein?, dachte Angie unwillkürlich und versuchte, den nächtlichen Wanderer nicht aus den Augen zu verlieren, der nicht einmal eine Taschenlampe bei sich zu haben schien.

Zu ihrem Entsetzten erfüllte es sie geradezu mit Erleichterung, dass doch noch jemand ihre Hilfe benötigte. Kurz entschlossen schlüpfte sie in ihre Stiefel und zog die dicke Winterjacke an. Nachdem sie ihre Taschenlampe aus der Kommode genommen hatte, trat sie hinaus auf die Straße.

Um nicht bei jedem Schritt auszurutschen, hielt sie sich nah an den Mauern der Häuser. Trotzdem dauerte es erschreckend lange, bis sie das Stadttor erreicht hatte und die Taschenlampe einschaltete, um die abschüssige Straße abzuleuchten.

Weil niemand zu sehen war, wagte sie sich vorsichtig weiter und rief laut in die Dunkelheit, ohne dass ihre Rufe erwidert wurden. Immer weiter entfernte sie sich vom Stadttor, ohne dass ein Lebenszeichen auszumachen war.

Schon befürchtete sie, dass der arme Mensch vor Erschöpfung zusammengebrochen war, als der Lichtkegel ihrer Taschenlampe auf eine Gestalt fiel, die zusammengekauert am Straßenrand saß.

„Bernardo!", rief sie entsetzt, als er den Kopf hob.

„Wo kommst du denn her?", fragte er nicht weniger erstaunt.

„Ich habe dich zufällig von meinem Schlafzimmerfenster aus gesehen", erklärte sie ihm atemlos. „Was denkst du dir eigentlich, bei diesem Unwetter hier draußen herumzulaufen? Wo ist dein Auto?"

„Das steht weiter unten am Berg", erwiderte er, und es war ihm deutlich anzumerken, wie schwer ihm das Sprechen fiel. „Ich bin in eine Schneewehe geraten."

„Bist du verletzt?"

„Mein Knöchel ist ziemlich geschwollen."

„Du musst sofort ins Warme", ordnete Angie an und half Bernardo aufzustehen. „Leg den Arm um meine Schultern."

„Ich komme schon allein ..."

„Keine Widerworte", fiel sie ihm ins Wort. „Oder willst du etwa erfrieren?"

Nachdem er widerwillig ihre Anweisung befolgt hatte, konnten sie sich auf den mühsamen Rückweg begeben.

In Angies Kopf kreisten eine Vielzahl von Fragen. Wie lange mochte Bernardo schon zu Fuß durch die Nacht geirrt sein? Und was hatte ihn überhaupt bewogen, sich bei diesem Wetter auf den Weg zu machen?

Wohlweislich beschloss sie, ihn später danach zu fragen, denn sie spürte genau, dass er mit seinen Kräften am Ende war.

Der Weg, den sie einschlugen, führte an Angies Haus vorbei, doch als sie die Tür aufschließen wollte, sträubte sich Bernardo. „Ich gehe zu mir", sagte er barsch.

„Kommt nicht infrage", widersprach Angie entschieden. „Dein Knöchel muss unbedingt behandelt werden, und zwar in meiner Praxis."

Bernardo war zu schwach, um zu widersprechen. Doch

statt ins Behandlungszimmer führte Angie ihn ins Wohnzimmer, wo sie ihm die Winterjacke auszog und ihn aufforderte, sich aufs Sofa zu legen, während sie ihm ein großes Glas Brandy einschenkte.

„Damit du wieder auftaust“, erklärte sie, während sie ihm den hochprozentigen Schnaps reichte.

Als sie mit einem Frotteebademantel aus dem Schlafzimmer zurückkam, hatte Bernardo das Glas bereits ausgetrunken.

„Es wird höchste Zeit, dass du aus deinen nassen Sachen rauskommst“, forderte Angie ihn unverblümt auf, sich auszuziehen. „Während du dir den Bademantel überziehst, hole ich dir noch einen Brandy aus der Küche.“

Sie ließ sich bewusst mehr Zeit, als sie gebraucht hätte, und als sie ins Wohnzimmer kam, lag Bernardo umgezogen auf dem Sofa. „Wie lange bist du dort draußen herumgeirrt?“, fragte sie, während sie seinen Knöchel untersuchte.

„Ich weiß es nicht genau“, erwiderte Bernardo matt. „Sicherlich mehrere Stunden.“

„Und wann bist du umgeknickt?“

„Schon nach wenigen Metern.“

„Du hast Glück im Unglück gehabt“, sagte Angie. „Der Knöchel ist nur verstaucht. Trotzdem hättest du nicht weiterlaufen dürfen. Warum hast du mit deinem Handy nicht jemanden zu Hilfe gerufen?“

„Ich wollte so schnell wie möglich nach Montedoro“, erwiderte Bernardo gereizt. „Warum, weiß ich selbst nicht mehr“, kam er ihrer Frage zuvor.

„Und woher stammen die Verletzungen im Gesicht?“

„Ich bin gestürzt und konnte mich bei der Glätte nicht halten“, erklärte er und hob seine Hände, die voller Schürfwunden waren.

Augenblicklich begann Angie, Bernardo gründlich zu untersuchen, doch glücklicherweise stellte sich heraus, dass er vergleichsweise glimpflich davongekommen war.

Während sie ihm die Wunden auswusch und desinfizierte, beobachtete sie, dass ihm immer wieder die Augen zufielen, bis er schließlich einschlief.

Leise ging sie in die Küche, um etwas Warmes zu essen zu machen. Während sie am Herd stand, sah sie sich mehrfach um und in Bernardos entspanntes Gesicht. So entschieden er sich jede Nachfrage nach dem Grund seines überstürzten Aufbruchs aus Palermo auch verbeten hatte, stand für Angie zweifelsfrei fest, dass er sie nicht hatte alleinlassen wollen.

Eine andere Erklärung dafür, dass er die Strapazen des Fußmarsches auf sich genommen hatte, anstatt umzukehren und sich von seinen Brüdern abholen zu lassen, gab es nicht, und diese Gewissheit erfüllte Angie mit einem unerwarteten Glücksgefühl.

Es konnte kein Zufall sein, dass in diesem Moment das Telefon klingelte und Baptistas Anruf ihre Annahme indirekt bestätigte.

„Ich versuche die ganze Zeit, Bernardo zu erreichen“, erklärte die Jubilarin aufgeregt. „Als sich heute früh selbst im Tal der Himmel bezog, war er nicht davon abzubringen, nach Montedoro zurückzufahren.“

„Er ist vor einer Stunde bei mir angekommen“, erwiderte Angie und verzichtete bewusst darauf, Baptista die ganze Wahrheit über Bernardos Zustand zu berichten.

„So spät?“, fragte Baptista verwundert.

„Er musste die letzten Kilometer laufen, weil sein Wagen in einer Schneewehe stecken geblieben ist.“

„Hauptsache, ihm ist nichts passiert“, sagte Baptista erleichtert. „Und da ich ihn nun in besten Händen weiß, kann ich endlich schlafen gehen. Gute Nacht, Angie, und viel Erfolg.“

„Gute Nacht, Signora Martelli“, verabschiedete sich Angie. „Und ehe ich es vergesse: herzlichen Glückwunsch zum Geburtstag."

Lächelnd legte sie den Hörer zurück, als sie Geräusche aus dem Wohnzimmer hörte. Bernardo war aufgewacht und rieb sich die Augen. „Ich werde jetzt lieber nach Hause gehen."

„Hier geblieben", widersprach Angie bestimmt. „Ich habe dir eine Suppe gekocht."

Ohne Widerworte nahm er den Teller, den Angie ihm aus der Küche holte, und aß die Suppe mit großem Appetit. Was Angie nicht wunderte, denn sie wusste mittlerweile, dass er seit dem Frühstück keine Mahlzeit mehr zu sich genommen hatte.

Genauso wenig wunderte es sie, dass er in der kurzen Zeit, in der sie den Abwasch machte, eingeschlafen war. Sie holte eine Decke aus dem Schlafzimmer, die sie über ihm ausbreitete, bevor sie selbst ins Bett ging. Vorsichtshalber ließ sie jedoch die Tür offen, und als sie im Dunkeln unter ihrer Decke lag, konnte sie hören, dass sein Atem ruhig und gleichmäßig ging.

Mitten in der Nacht wurde Angie durch ein eigentümliches Geräusch geweckt. Ohne das Licht einzuschalten, stand sie auf und ging ins Wohnzimmer. Sie ahnte in der Dunkelheit, dass jemand im Raum herumirrte.

Als sie nach dem Lichtschalter tastete, spürte sie unvermittelt eine Hand, die sich um ihren Nacken legte, dann einen muskulösen Körper, der sich an sie lehnte, als suche er Halt.

„Was machst du in meinem Haus?", fragte Bernardo verwirrt. „Und warum kann ich mein verdammtes Bett nicht finden?"

„Ich bringe dich hin", sagte Angie leise und führte ihn in ihr Schlafzimmer. Im Halbschlaf schien er es für das Normalste von der Welt zu halten, sich in ihr Bett zu legen und von ihr zudecken zu lassen.

Erst als sie sich sicher sein konnte, dass er wieder schlief, legte sich Angie selbst hin. Das Bett war riesig und die Decke groß genug, dass zwei Personen darunter Platz fanden, ohne sich zu berühren. Trotzdem zögerte sie einen Moment, bis sie schweren Herzens der Versuchung widerstand, Bernardo zu umarmen und sich an ihn zu schmiegen.

Noch ist es nicht so weit, tröstete sie sich und schlief in der Gewissheit ein, dass der Tag nicht mehr fern war, an dem ihr Wunsch in Erfüllung gehen würde.

Bernardo hatte zu ihr zurückgefunden, und dieses Mal würde sie sich nicht wieder fortschicken lassen.

8. KAPITEL

Als Bernardo aufwachte, sah er sich vor ein unlösbares Rätsel gestellt.

Seine letzte Erinnerung war, dass er sich erschöpft an den Straßenrand gesetzt hatte und in ihm die schneidende Kälte emporkroch.

Nun lag er in einem Raum, der ihm völlig fremd war, unter einer warmen Decke in einem großen, gemütlichen Bett. Wie er hierhergekommen war, wusste er nicht. Umso besser wusste er, dass ihn nichts wieder von hier vertreiben würde.

Erst als er neben sich sah und bemerkte, dass das zweite Kopfkissen benutzt worden war, fielen ihm allmählich einzelne Geschehnisse des vergangenen Tages ein: der unbändige Wunsch, nach Montedoro zu fahren, um in Angies Nähe zu sein, wenn das Unwetter tobte, der Fußmarsch, der in einem wahren Albtraum geendet wäre, hätte sich nicht unvermittelt eine Gestalt aus der Dunkelheit gelöst und ihn vor dem sicheren Tod bewahrt. Angie hatte ihn zu sich nach Hause gebracht, seine Wunden versorgt und ihm zu essen gegeben, bis er schließlich auf ihrem Sofa eingeschlafen war.

Daran erinnerte er sich jetzt. Doch das erklärte nicht, warum er einen viel zu kleinen Bademantel trug und in Angies Bett lag. Verzweifelt fragte er sich, ob das Bild, das er vor Augen hatte, tatsächlich der Wirklichkeit entsprach.

Als er sah, dass die Türklinke heruntergedrückt wurde, zog er sich unwillkürlich die Bettdecke bis zum Kinn – gerade rechtzeitig, bevor Angie leise das Schlafzimmer betrat und seine Sachen auf einen Stuhl neben dem Bett legte.

„Guten Morgen“, sagte sie, nachdem sie bemerkt hatte, dass Bernardo wach war. „Wie wär’s mit einer kleinen Stärkung?“

„Guten Morgen“, erwiderte er unsicher, denn wie ihre Frage ließ auch ihr Lächeln alle Möglichkeiten offen. „Eine

Tasse Kaffee könnte nicht schaden. Du kannst ja schon mal in die Küche gehen. Ich komme nach, sobald ich mich angezogen …"

„Das wirst du schön bleiben lassen", entgegnete Angie bestimmt. „Du hast schwere Erfrierungen erlitten, und als deine Ärztin verordne ich dir strenge Bettruhe, die ich höchstpersönlich überwachen werde."

„Musst du denn nicht in die Praxis?", fragte Bernardo überrascht.

„Heute ist doch Sonntag." Angie war alarmiert, weil sie es nicht für ausgeschlossen hielt, dass Bernardo unter Gedächtnisverlust litt. „Weißt du das denn nicht?"

„Doch, doch", erwiderte er nachdenklich. „Im Gegensatz zu manch anderem. Zum Beispiel bin ich mir sicher, dass ich auf deinem Sofa eingeschlafen bin." Bewusst wählte er eine möglichst diskrete Formulierung für die Frage, die ihn am meisten beschäftigte.

„Es hätte mich auch gewundert, wenn du dich an mehr als daran erinnern könntest." Angies Antwort war wenig dazu angetan, ihm die Verunsicherung zu nehmen, bis sie hinzusetzte: „Mitten in der Nacht bist du aufgewacht und orientierungslos durch die Wohnung geirrt. Ich dachte mir, dass du in deinem Zustand in meinem Bett besser aufgehoben bist als auf der schmalen Couch."

„Ist sonst noch etwas … vorgefallen?", erkundigte er sich unsicher, weil er immer noch nach einer Erklärung dafür suchte, warum seine Kleidung auf einem Stuhl neben dem Bett lag.

„Was soll denn vorgefallen sein?", fragte Angie verwundert. „Du hast geschlafen wie ein Stein."

Bernardo musste sich eingestehen, dass ihn die Erklärung weniger beruhigte, als er gedacht hätte. Vielmehr enttäuschte es ihn sogar ein wenig, dass nicht der geringste Ausdruck des

Bedauerns in Angies Tonfall gelegen hatte.

„Ich hole uns jetzt das Frühstück", fuhr sie ebenso unbekümmert fort und verließ das Schlafzimmer, um kurz darauf mit einem beladenen Tablett zurückzukommen.

„Wie war Baptistas Geburtstagsfest?", erkundigte sie sich, nachdem sie auf der Bettkante Platz genommen und Bernardo Kaffee eingeschenkt hatte.

„Geradezu rührend", erwiderte er euphorisch. „Vor dem eigentlichen Empfang hat sich Renato in Anwesenheit der ganzen Familie bei Lorenzo entschuldigt und sich zugleich dafür bedankt, dass er den Mut aufgebracht hat, ihm die Stirn zu bieten. Im Grunde genommen ist es verrückt", setzte er lächelnd hinzu. „Wenn Lorenzo nicht im letzten Moment gekniffen hätte, wären Renato und Heather heute nicht das glückliche Paar, das sie sind."

„Warum wollte er sie eigentlich unbedingt mit seinem kleinen Bruder verheiraten?", fragte Angie nach.

„Weil er frühzeitig die Erbfolge in der Firma sichern wollte, selbst aber nicht bereit war, sein Junggesellenleben aufzugeben. Und da ich …" Er unterbrach sich und sah Angie einen Augenblick lang nachdenklich an, bevor er fortfuhr: „Jedenfalls hatte er Lorenzo dazu auserkoren, für einen Stammhalter zu sorgen. Doch wenn nicht sämtliche Indizien trügen …"

„Sag bloß, Heather ist schwanger?", fiel Angie ihm aufgeregt ins Wort.

„Zumindest sagt Baptista das", antwortete Bernardo lächelnd.

„Wie sehr ich Heather das wünschen würde", sagte Angie gerührt. „Sie hat sich immer eine richtige Familie gewünscht."

„Damit ist sie nicht allein", erwiderte Bernardo wie beiläufig. „Und Baptista kann es kaum erwarten, endlich Großmutter zu werden."

„Und wie war der Empfang?“, erkundigte sich Angie, ohne auf seine Bemerkung einzugehen.

„Umwerfend. Renato hat den Mann ausfindig gemacht, in den sich Baptista als junges Mädchen unsterblich verliebt hat. Er war als Gärtner in *Bella Rosaria* angestellt und betreibt heute eine riesige Gärtnerei. Renato hatte ihn beauftragt, den Blumenschmuck für den Geburtstag zu liefern, und ihn Baptista wie beiläufig vorgestellt. Sie hat Federico auf Anhieb erkannt, und glücklicher als in diesem Moment habe ich sie noch nie gesehen.“

„Wie schade, dass ich nicht dabei sein konnte“, sagte Angie traurig. „Dabei hätte mich hier niemand vermisst“, setzte sie lächelnd hinzu. „Nicht ein einziger Patient hat sich zu mir verirrt.“

„Wir hätten dich alle gern bei uns gehabt“, sagte Bernardo ernst. „Allerdings war deine Vorsicht ja mehr als angebracht. Bei dem Wetter hättest du wirklich nicht zurückfahren können.“

„Und warum hast du es dann versucht?“, fragte Angie, ohne eine Antwort zu erwarten. Die war deutlich genug seinen Augen abzulesen.

„Nicht einmal ich bin immer vernünftig, Angie“, erwiderte er und lehnte sich entspannt zurück, während Angie das Geschirr auf das Tablett stellte und in die Küche trug.

Vernünftig war es sicherlich nicht, dass er noch immer in Angies Bett lag und sich von ihr pflegen und verwöhnen ließ. Doch um dem ein Ende zu machen, war sein Trägheitsgefühl nicht nur zu groß, sondern auch viel zu angenehm.

Es war noch nicht lange her, da hätte er das Angebot, dass sich jemand so liebevoll um ihn kümmerte, empört zurückgewiesen. Dabei ist es so einfach, dachte er, während er den Bademantel auszog, sich wieder unter die Bettdecke legte und die Augen schloss. Man musste nur aufhören, sich gegen sein

Glück zu sträuben, und dem Menschen vertrauen, den man liebte.

Angie hatte sich alles andere als zufällig dazu entschlossen, das Frühstücksgeschirr abzuräumen. Nicht minder deutlich als seine unverhohlenen Andeutungen hatten ihr Bernardos Blicke zu verstehen gegeben, dass sie am Ziel ihrer Wünsche war. Er hatte seinen Widerstand endgültig aufgegeben, und auch wenn dadurch nicht alle Schwierigkeiten auf einen Schlag beseitigt waren, war er inzwischen immerhin bereit, sich ihnen zu stellen.

Und so kehrte sie in der festen Erwartung ins Schlafzimmer zurück, dass er sie mit offenen Armen empfangen würde.

Dass er wieder eingeschlafen war, empfand sie im ersten Moment als tiefe Kränkung – zumal der Bademantel neben dem Bett verriet, dass er nackt unter der Decke lag. Doch je länger sie Bernardos Gesicht betrachtete, desto mehr wich die Empörung einer tiefen Befriedigung. Nie zuvor hatte sie ihn derart entspannt gesehen. Der starke, selbstbewusste, mitunter geradezu störrische Mann glich plötzlich einem Kind, das über Schmerz, Leid und Kummer noch nicht das Geringste wissen konnte, weil das Leben es bislang davor verschont hatte.

Angie ging ans Bett und strich Bernardo durchs Haar. Er reagierte nicht einmal. Offensichtlich hatte er sich entschlossen, so lange zu schlafen, bis alles vergessen war, was ihn in den letzten Jahren bedrückt hatte.

Was ziemlich viel gewesen sein musste, denn wann immer sie in den folgenden Stunden nach ihm sah, lag er bewegungslos im Bett. Doch sein gleichmäßiger Atem ließ sie sicher sein, dass sie sich keine Sorgen um ihn zu machen brauchte.

Im Gegenteil, dachte Angie in der Gewissheit, dass ihre Zeit kommen würde, weil mit jeder Minute, die er friedlich schlief, die Barrieren abgetragen würden, die er zwischen ihnen errichtet hatte.

Es war bereits kurz vor Mitternacht, als Angie frisch geduscht aus dem Bad kam. Nur mit einem Badehandtuch bekleidet, ging sie ins Schlafzimmer, um die Vorhänge zu schließen. Als sie sah, dass der Schnee im Mondlicht silbrig glänzte, verharrte sie unwillkürlich in der Bewegung.

„Ist es nicht wundervoll hier?“, fragte Bernardo unvermittelt.

„Und ob es das ist“, erwiderte Angie und war in wenigen Schritten bei ihm. „Selbst im Winter“, setzte sie hinzu und strich ihm zärtlich über die Stirn.

Augenblicklich breitete er die Arme aus und zog Angie an sich. „Davon habe ich lange geträumt“, sagte er sanft, um lächelnd hinzuzusetzen: „Nicht nur im Schlaf.“

Ehe sie etwas erwidern konnte, presste er die Lippen auf ihren Mund, während er mit den Händen das Badehandtuch öffnete. Kaum hatte er die Bettdecke zurückgeschlagen, schmiegte sich Angie an ihn und ließ die Hände über seinen athletischen Oberkörper gleiten, um ihm zu verstehen zu geben, wie sehr sie sich nach ihm sehnte.

Ihm schien es mit ihr nicht anders zu gehen, denn er küsste sie mit einer Leidenschaft, die ihr den Atem stocken ließ, erst recht als er seine Lippen über ihren Hals zu den Brüsten gleiten ließ, deren Spitzen sogleich hart wurden.

Als er begann, sie mit der Zunge zu umspielen, streckte Angie die Arme aus und schob die Hände in Bernardos Haar, um vor unstillbarem Verlangen nicht laut aufzuschreien.

„Wie wunderschön du bist“, flüsterte er, ohne die Qualen der Lust zu unterbrechen. „Immer wieder habe ich versucht, es mir auszumalen, aber meine Fantasie reichte bei Weitem nicht aus.“

„Nicht einmal, als dich nur rote Unterwäsche von der Wirklichkeit trennte?“, fragte sie provozierend.

Bernardo brach in lautes Lachen aus, das nicht enden wollte.

Überglücklich zog Angie seinen Kopf an ihre Brust, weil sie es wie ein Geschenk empfand, ihn so unbeschwert zu erleben.

„Gib endlich zu, dass du es nur darauf abgesehen hattest, mich zu quälen“, sagte er schließlich.

„Das kann ich nicht abstreiten“, erwiderte sie lächelnd. „Trotzdem hast du keinen Grund, dich zu beschweren. Im Grunde genommen hast du dich selbst gequält.“

„Das soll mir nicht noch einmal passieren“, brummelte er gespielt ernst. Dann richtete er sich auf und ließ die Hände mit einer Entschlossenheit und Intimität über Angies Körper gleiten, die ihr verriet, dass ihre Sehnsucht bald erfüllt werden sollte.

„Komm, Liebster“, flüsterte sie und legte sich auf den Rücken, um ihn wissen zu lassen, wie schmerzlich sie ihn erwartete.

Als er sich endlich über sie beugte, legte sie die Arme um ihn und zog ihn an sich. Sie stieß einen entzückten Schrei der Erfüllung aus, sobald sie mit ihm vereint war.

Etwas Schöneres und Vollkommeneres ließ sich nicht einmal denken. Und Angie empfand es als ein Wunder, dass sie von einem tiefen Wissen um Bernardo durchdrungen war und er mit ebenso untrüglicher Sicherheit wusste, wie er sie glücklich machen konnte.

So abweisend und unnahbar er sich im Alltag gab, besaß er doch die einzigartige Fähigkeit, mit seinem Körper Gefühle auszudrücken, für die er niemals die Worte gefunden hätte.

Jeden ihrer Wünsche und all ihre Sehnsüchte schien er im Voraus zu wissen. Immer wieder zog er sich sanft zurück, um gleich darauf umso kraftvoller in sie einzudringen und ihren Aufschrei im Keim zu ersticken, bis sich schließlich das Begehren ungehindert Bahn brach und sie in einem Strudel der Leidenschaft mitriss.

Sein Blick drückte Gedanken und Gefühle, Wünsche und

Erfahrungen aus, von denen sie bislang nicht einmal etwas geahnt hatte. Und die Ungewissheit, mit wem er all das bisher geteilt hatte, ließ sie zum ersten Mal in ihrem Leben Eifersucht empfinden.

„Du wirkst plötzlich so bedrückt still."

„Vielleicht sollte ich es lieber für mich behalten", erwiderte Angie, unsicher, ob sie ihm ihre trüben Gedanken verraten sollte. „Eine eifersüchtige Geliebte ist sicherlich das Letzte, was einem Mann gefällt."

„Ich weiß nicht, wie andere Männer darüber denken", erwiderte er lächelnd. „Mir gefällt der Gedanke sehr wohl. Zumal ich dich beruhigen kann, *amor mia.* Es gibt nicht den geringsten Grund, eifersüchtig zu sein. Von heute an zählt keine andere Frau mehr für mich."

Sosehr sich Angie über seine liebevollen Worte auch freute, bot ihr die Antwort doch nur wenig Trost, weil sie alles, was in der Vergangenheit lag, schmerzlich offen ließ.

„In Zukunft gibt es nur noch dich", fuhr Bernardo fort. „Komm her und ich zeige dir, was ich meine."

9. KAPITEL

Als Angie von den ersten Sonnenstrahlen geweckt wurde, empfand sie ein wohliges Gefühl des Glücks und der Geborgenheit.
Instinktiv streckte sie den Arm aus und erschrak, als sie feststellte, dass der Platz neben ihr leer war.

Voller Angst richtete sie sich auf und sah Bernardo, der auf einem Stuhl am Fenster saß und in das verschneite Tal hinabblickte. Augenblicklich schlug Angie die Bettdecke zurück und ging zu ihm.

„Was gibt es da draußen zu sehen?“, fragte sie leise, um ihn nicht zu erschrecken.

„Geister“, erwiderte er traurig und legte die Arme um Angie, ohne sie anzusehen.

„Deine Eltern?“, riet Angie.

„Nicht nur. Es gibt noch etwas anderes, was mich bis in den Schlaf verfolgt.“

„Komm wieder ins Bett“, forderte sie ihn liebevoll auf, auch wenn sie wusste, dass es keineswegs die Kälte war, die ihn zittern ließ.

Ohne zu widersprechen, ließ er sich von ihr zurück zum Bett führen. Kaum lagen sie unter der Decke, drückte Angie seinen Kopf an ihren Hals, und um Bernardo das Gefühl der Sicherheit zu vermitteln, strich sie ihm beruhigend durchs Haar.

Ganz allmählich schien sich seine Anspannung zu legen, und Angie begann, ihn mit großer Zärtlichkeit zu verwöhnen, um den bösen Geistern, die ihn trieben, endgültig den Garaus zu machen.

Sobald sie spürte, dass seine Verzweiflung in Erregung umzuschlagen begann, zog sie ihn auf sich und empfing ihn mit einer Hingabe, die ihn wissen lassen sollte, dass er in ihrer

Nähe keine Angst zu haben brauchte – was immer ihn auch bedrücken mochte.

Vom Liebesakt erschöpft und erfüllt zugleich, schmiegte sie sich an Bernardo, der sich aufgesetzt hatte. Augenblicklich legte er ihr den Arm um die Schultern und zog ihren Kopf an seine Brust.

Doch trotz der zärtlichen Umarmung wirkte er eigentümlich geistesabwesend. Unwillkürlich sah Angie zu ihm auf und erschrak, weil sie spürte, dass er sich in eine Welt aus düsteren Gedanken zurückgezogen hatte, in der nicht einmal sie ihn erreichen konnte.

„Woran denkst du, Bernardo?", fragte sie und lächelte liebevoll, um ihn aufzuheitern.

„An nichts Bestimmtes", antwortete er und bemühte sich, Angies Lächeln zu erwidern, ohne verbergen zu können, dass ihre Stimme ihn aus unendlicher Entfernung zurückgebracht hatte.

„Ich sehe dir doch an, dass dich etwas bedrückt", entgegnete Angie. „Willst du mir nicht sagen, was es ist?"

„Sind die Geister noch da?", fragte sie, als ihr klar wurde, dass er nicht antworten würde.

„Sie sind immer da."

„Sogar jetzt?"

„Vor allem jetzt", sagte Bernardo bitter. „Als wollten sie mich daran erinnern, dass ich kein Recht habe, glücklich zu sein."

„Warum sollten sie das tun?"

Sein Schweigen traf sie schmerzlicher, als sie sich das je hätte vorstellen können. Bis jetzt hatte sie die Hoffnung gehabt, dass das gegenseitige Vertrauen groß genug war, um alle Probleme zu meistern, vor die sie sich gestellt sehen würden. Doch nun musste sie erleben, dass sich Bernardo vor ihr verschloss, ohne ihr die geringste Chance zu geben, wenigstens zu verstehen, was ihn quälte. Und kaum hatte sie das Gefühl der Eifersucht kennengelernt, drohte es sie gänzlich in Besitz zu nehmen.

„Sag es mir“, bat sie ängstlich.

„Ich kann es nicht.“

„Weil du mich nicht liebst“, entgegnete sie, ohne nachzudenken. „Sonst hättest du keine Geheimnisse vor mir.“

„Das darfst du nicht einmal denken, Angie“, erwiderte er verstört, und sein Gesichtsausdruck verriet Entsetzen.

„Dann sag mir endlich, was dich bedrückt“, forderte sie ihn verzweifelt auf. „Ich ertrage es nicht länger, dass du dein Innerstes vor mir verschließt.“

Das Glück, das sie vor wenigen Minuten noch geteilt hatten, erschien ihr plötzlich wie ein Traum, und die gemeinsame Zukunft, die sie eben noch so deutlich vor sich gesehen hatte, drohte ihr zwischen den Händen zu zerrinnen. „Ich weiß doch nicht einmal, ob deine Zärtlichkeiten wirklich mir galten. Vielleicht warst du mit deinen Gedanken ganz woanders, als wir uns geliebt haben!“

Bernardos Reaktion traf sie völlig unvorbereitet und schien all ihre Ängste zu bestätigen. Denn auch wenn sie deutlich sehen konnte, dass er zusammenzuckte, blieb er äußerlich ruhig, als er endlich erwiderte: „Keine Frau hat mir jemals so viel bedeutet, wie du es tust. Das sollte als Antwort auf deine Frage reichen. Und jetzt lass uns bitte nicht länger darüber reden.“

Seine hartnäckige Weigerung, sich ihr anzuvertrauen, traf Angie. Sie löste sich aus Bernardos Umarmung, richtete sich auf und sah ihn feindselig an. „Du machst es dir verdammt einfach“, schleuderte sie ihm entgegen. „Mehr als ich für dich empfinde, kann eine Frau für einen Mann gar nicht empfinden. Und zum Dank behandelst du mich, als wäre ich Luft für dich! Verstehst du das etwa unter Liebe? Ich nenne das abgrundtiefes Misstrauen, und allmählich frage ich mich, ob es nicht ein großer Fehler war, dass wir miteinander …"

„Willst du mich zwingen, dir Dinge zu sagen, die ich mir nicht einmal selbst eingestehen kann?", fiel Bernardo ihr ins Wort.

„Ich will dich zu gar nichts zwingen", entgegnete sie außer sich vor Wut und Enttäuschung. „Ich will, dass du mir endlich vertraust!"

„Bitte, Liebling …"

„Sag es mir", verlangte sie verzweifelt. „Wer ist dieser Geist, der dich so sehr quält, dass in deinem Herzen für mich kein Platz ist?"

Als Angie Bernardos Gesichtsausdruck sah, in dem sich Erschöpfung und Erleichterung die Waage hielten, wusste sie, dass sein Widerstand gebrochen war. Doch sosehr sie sich darüber freute, dass er endlich bereit war, sich ihr anzuvertrauen, so sehr quälte es sie, ihn derart leiden sehen zu müssen.

„Ein Junge von zwölf Jahren", begann er endlich, sich die schwere Last von der Seele zu reden, „der mit seiner Mutter zusammenlebt und seinen Vater nur von gelegentlichen Besuchen kennt, weil er mit einer anderen Frau und zwei Söhnen, die seinen Namen tragen, in einem wunderschönen Haus an der Küste lebt.

Der Junge trägt einen anderen Namen – den seiner Mutter, und insgeheim schämt er sich dafür. Obwohl sie ihm eine wunderbare Mutter ist, wünscht er sich nichts sehnlicher, als zu dem großen Haus am Meer zu gehen und die Menschen kennenzulernen, mit denen sein Vater zusammenlebt. Eines Tages fasst er sich ein Herz und macht sich heimlich auf den Weg.

Nachdem er viele Stunden gelaufen ist, ohne sein Ziel zu erreichen, gibt er enttäuscht auf und kehrt um. Doch als er bei Einbruch der Dunkelheit nach Hause kommt, ist seine Mutter nicht da. Er wartet bis tief in die Nacht, ohne dass sie zurückkehrt.

Am nächsten Morgen erfährt er, dass seine Mutter nie mehr kommen wird, weil sie gemeinsam mit seinem Vater tödlich verunglückt ist. Er hatte sie besuchen wollen, und aus Sorge um den Jungen, der spurlos verschwunden war, hatten sie sich ins Auto gesetzt und waren losgefahren, um ihn zu suchen. In einer Kurve hat sich der Wagen überschlagen und ist in eine Schlucht gestürzt."

„Bernardo", flüsterte Angie, doch er hörte sie nicht einmal, weil er die schrecklichen Ereignisse, die ihn seit Jahren verfolgten, erneut zu durchleben schien.

„Der Junge hat nie jemandem erzählt, warum er an jenem Tag heimlich das Haus verlassen hatte", fuhr er benommen fort. „Doch er war alt genug, um zu wissen, dass er durch den Verrat, den er an seiner Mutter begangen hatte, zum Mörder seiner Eltern geworden war. Wenige Tage später kam die Ehefrau seines Vaters zu ihm.

Seine Mutter hatte ihm oft erzählt, wie sehr diese Frau sie hassen müsse, weil sie ihr den Mann weggenommen habe. Doch nun lächelte diese Frau und forderte den Jungen herzlich auf, mit ihr zu kommen und fortan in dem großen Haus am Meer zu leben und den Namen seines Vaters zu tragen.

Alles, was sich der Junge je gewünscht hatte, schien in Erfüllung zu gehen – allerdings um den Preis zweier Menschenleben. Doch aus Angst, dass sie wortlos gehen und er in ein Heim gesteckt würde, brachte er nicht den Mut auf, der Frau rundheraus zu sagen, dass er ihren Ehemann auf dem Gewissen hatte. Dafür war er zu feige."

„Er war doch noch ein Kind!", widersprach Angie eindringlich.

„Damals vielleicht", wehrte Bernardo ihren Einspruch ab. „Doch inzwischen ist er ein erwachsener Mann und immer noch ein Feigling, der all die Jahre geschwiegen und die Freundlichkeit, mit der ihm seine Stiefmutter begegnete, misstrauisch zurückgewiesen hat, weil ihn die Gewissheit nicht loslassen wollte, wie sehr sie ihn insgeheim hassen …"

„Sag so etwas nicht", fiel Angie ihm ins Wort. „Du weißt genau, dass Baptista dich nicht hasst."

„Das könnte sich schnell ändern, wenn sie die Wahrheit erfahren würde."

„Auch dann würde sie dir keinen Vorwurf machen", entgegnete Angie energisch. „Vergiss nicht, dass du damals erst zwölf Jahre alt warst."

„Trotzdem fühlte ich mich für meine Mutter verantwortlich", widersprach Bernardo. „Doch anstatt zu tun, was ich meinem Vater versprochen hatte, mich um sie zu kümmern, habe ich sie …" Entsetzt schlug er die Hände vors Gesicht.

Sosehr Bernardo unter der Erinnerung auch litt und Angie mit ihm, fühlte sie gleichwohl eine eigentümliche Erleichterung. Er hatte sich ihr anvertraut, und so unüberbrückbar die vor ihnen liegenden Schwierigkeiten auch schienen, bezweifelte Angie nicht, dass sie sie gemeinsam meistern würden.

„Sei nicht so traurig, Liebster", sagte sie tröstend und umarmte ihn. „Ich bin doch bei dir. Und wenn wir zusammenhalten, wird alles gut."

„Nichts wird gut!", sagte er unter Tränen.

„Verlass dich auf mich", widersprach sie sanft und strich ihm zärtlich über die Wange. „Wenn wir uns lieben, können wir alles schaffen. Und wir lieben uns doch, oder?"

Bernardo hob den Kopf, und trotz aller Trauer, die in seinem Gesicht stand, meinte Angie eine Spur Zuversicht erkennen zu können. Sie zog ihn an sich und ließ die Hände über seinen Körper gleiten, um ihm durch die intime Berührung zu zeigen, dass sie für immer zusammengehörten.

Nur langsam begann sein innerer Widerstand zu bröckeln,

doch als es so weit war, brach sich das Begehren, das sich in ihm angestaut hatte, ungehemmt Bahn.

Mit einer Leidenschaft, die an Verzweiflung grenzte, nahm er Angie in Besitz, die sich ihm in dem Wissen, wie sehr er sie brauchte, hingab. In der Nacht zuvor hatte sie geglaubt, alle Schwierigkeiten überwunden zu haben. Doch nun reichte ein Blick in seine Augen, die Angst verrieten, um sie wissen zu lassen, dass noch ein weiter Weg vor ihnen lag. Ein sehr weiter.

Als Angie aufwachte, brauchte sie nicht auf die Uhr zu sehen, um sich schlagartig bewusst zu werden, dass sie verschlafen hatte.

Schon wollte sie aufstehen, als sie zu ihrem Schrecken bemerkte, dass Bernardo nicht neben ihr lag. Sie beruhigte sich mit dem Gedanken, dass er es vorgezogen hatte zu gehen, bevor Ginetta ihren Dienst antrat.

Mit der Gewissheit, dass bald die ganze Welt erfahren durfte, wie sehr sie sich liebten, schlüpfte sie aus dem Bett. Denn nachdem er ihr vertraut hatte, bezweifelte sie nicht, dass er bald einsehen würde, wie unbegründet die Vorwürfe waren, die er sich machte. Und sie war entschlossen, ihm dabei nach Kräften zur Seite zu stehen.

Nachdem sie ausgiebig geduscht hatte, ging sie in die Küche, um zu frühstücken. Als sie den Wasserkessel auf den Herd stellen wollte, fiel ihr ein unscheinbarer Zettel auf, der auf dem Tisch lag.

Der Text war so schlicht wie niederschmetternd.

Liebste Angie,
ich war Dir gegenüber offener als je einem Menschen zuvor, und mich quält die Angst, dass ich zu offen war.

Mich kann man ebenso wenig lieben, wie ich lieben

kann. Um Dir nicht mehr wehzutun, als ich es bereits getan habe, bitte ich Dich, mich zu vergessen und nach England zurückzukehren – um unser beider willen.
Vergib mir.
Bernardo

Wie unter Zwang las Angie die Zeilen immer wieder. Derselbe Mann, der sie nachts mit unvergleichlicher Leidenschaft und Zärtlichkeit geliebt hatte, hatte sich im Morgengrauen davongestohlen, als müsse er sich vor ihr in Sicherheit bringen.

Doch am meisten ließ sie der entsetzliche Gedanke verzweifeln, dass sie sich sein Verhalten selbst zuzuschreiben hatte. Schließlich hatte Bernardo sie deutlich davor gewarnt, ihn zu zwingen, ihr Dinge zu sagen, die er sich selbst nicht eingestehen konnte. Trotzdem hatte sie darauf bestanden, und die Quittung dafür hielt sie nun in Händen.

Das Gefühl des Triumphes, das sie vor wenigen Minuten noch empfunden hatte, war schlagartig verschwunden, weil sie sich mit der bitteren Erkenntnis konfrontiert sah, dass sie alles gewagt und alles verloren hatte.

Noch ist nichts verloren!, sagte sie sich, zog sich hastig an und rannte hinaus auf die Straße. Um nicht bei jedem Schritt auszurutschen, hielt sie sich nah an den Häusern und kämpfte sich mühsam zu der schmalen Gasse, in der Bernardos Haus lag.

„Bernardo!“, rief sie seinen Namen, als sie endlich vor der Pforte stand, die in den Innenhof führte.

Es dauerte nicht lange, bis die Tür geöffnet wurde.

„Er ist nicht mehr hier“, erklärte ihr Stella mit Tränen in den Augen. „Vor einer Stunde hat er das Haus verlassen.“

„Hat er gesagt, wohin er wollte?“

„Nein“, erwiderte die Haushälterin betrübt. „Er sagt mir nie, wohin er fährt und wie lange er bleibt.“

„Weit kann er noch nicht sein“, äußerte Angie eine vage Hoffnung, um gegen das Gefühl der Panik anzukämpfen, das in ihr aufstieg. „Es ist doch alles tief verschneit!“

„Wenn ich mich richtig erinnere, erwähnte er sein Auto.“

Angie wusste, was sie zu tun hatte. Ohne sich von Stella zu verabschieden, machte sie sich auf den Weg zum Stadttor. Als sie dort endlich ankam, entdeckte sie mehrere Fußspuren im Schnee. Die einen stammten eindeutig von ihr, als sie auf der Suche nach Bernardo den Berg hinabgegangen war, die anderen von ihnen beiden, als sie den Verletzten und halb Erfrorenen zu ihrem Haus gebracht hatte.

Doch außerdem waren da noch frische Abdrücke, und diese ließen darauf schließen, dass ein Mann in großer Eile den Ort verlassen hatte. Ängstlich verfolgte Angie mit dem Blick die Spur in der Hoffnung, dass sie irgendwann kehrtmachte. Doch obwohl die tief stehende Sonne sie blendete, musste Angie erkennen, dass die Spur den Berg hinabführte, bis der Dunst sie verschluckte.

10. KAPITEL

Die Nachricht, dass Heather ein Kind erwartete, versetzte die gesamte Familie Martelli in helle Aufregung, und auch Angie konnte es kaum erwarten, ihre Freundin zu sehen.

Sobald die Witterungsverhältnisse es zuließen, fuhr sie nach Palermo, wo sie von Heather und Baptista mit offenen Armen empfangen wurde. Die drei Frauen setzten sich auf die Terrasse und genossen die ersten Sonnenstrahlen, die vom herannahenden Frühling kündeten – jedenfalls an der Küste, dachte Angie mit einer Spur Bitterkeit daran, dass in Montedoro noch tiefster Winter herrschte.

Doch so mühsam und beschwerlich das Leben dort mitunter auch war, sie war fest entschlossen, daran festzuhalten – wie an dem Mann, dessentwegen sie in die Berge gezogen war. Nicht einmal dass er sie verlassen hatte, konnte daran etwas ändern.

Zu ihrer Erleichterung vermieden es Heather und Baptista, sie auf Bernardo anzusprechen. Dennoch war sich Angie durchaus bewusst, dass sie sich insgeheim fragten, warum er sie nicht begleitet hatte.

Angie dachte allerdings nicht im Traum daran, ihre Neugier zu befriedigen. Seit dem unseligen Morgen, an dem sie seinen Abschiedsbrief gefunden hatte, hatte sie unaufhörlich über das nachgedacht, was Bernardo ihr erzählt hatte. Und als sie nun Baptista gegenübersaß, fiel es ihr mehr als schwer, sich vorzustellen, dass diese gutmütige und warmherzige Frau ihn hassen könnte – was immer er ihr auch angetan haben mochte.

Die Versuchung, ihr reinen Wein einzuschenken, war groß, und nur das Wissen darum, dass Bernardo es ihr nie verzeihen würde, ließ Angie Abstand davon nehmen. Sie hatte nicht das

Recht, etwas weiterzuerzählen, was ihn so sehr bedrückte, dass selbst eine noch so große und tief empfundene Liebe machtlos dagegen war.

Zu ihrer Beruhigung blieb ihr jede Nachfrage erspart, bis unvermittelt ein großer weißhaariger Mann die Terrasse betrat, den Baptista ihr als einen „alten Freund" vorstellte.

„Federico ist viel mehr als das", flüsterte ihr Heather ins Ohr. „Er ist ihre große Liebe. Er kommt jeden Tag, und dann sitzen sie zusammen und halten stundenlang Händchen. Sind sie nicht ein wundervolles Paar?"

Das waren sie in der Tat, wie Angie feststellte, je länger sie die beiden beobachtete. Die Innigkeit, mit der sie sich unterhielten, rührte sie zutiefst. Gleichzeitig erfüllte sie der Anblick der alten Menschen, die ein Leben lang unbeirrbar an ihrer Liebe festgehalten hatten, mit einer eigentümlichen Schwermut.

Als wenig später Renato und Lorenzo zu ihnen stießen, war die Familie komplett – jedenfalls beinahe, schränkte Angie unwillkürlich ein.

Renato wirkte völlig verwandelt. Die Ehe, erst recht die Vorfreude auf das Kind, schien einen anderen Menschen aus ihm gemacht zu haben. Er kümmerte sich derart rührend und zuvorkommend um Heather, dass Angie ihn beinahe zu mögen begann.

Auch Lorenzo hatte sich verändert, ohne dass Angie genau hätte sagen können, woran sie es festmachte. Denn er wirkte so fröhlich und unbeschwert wie eh und je, und sein jungenhafter Charme war ungebrochen. Dafür schien sein Selbstvertrauen entschieden größer geworden zu sein, was sich Angie nur mit der veränderten Beziehung zu seinem großen Bruder erklären konnte, zu dem er früher ehrfürchtig aufgesehen hatte.

Wie sie von Bernardo wusste, hatte sich Renato in aller

Förmlichkeit bei Lorenzo entschuldigt und gleichzeitig dafür bedankt, dass er ihn zu einem glücklichen Menschen gemacht hatte. Dies hatte Lorenzo offensichtlich ermöglicht, die Minderwertigkeitsgefühle ihm gegenüber abzulegen und sich als gleichwertiger Partner zu fühlen, der dem Älteren mit demselben Respekt begegnete wie der dem Jüngeren.

Nachdem Lorenzo Angie herzlich begrüßt hatte, setzte er sich neben sie und erzählte ihr freudestrahlend von seiner bevorstehenden Reise in die USA.

„Gut genug Englisch kannst du ja", kommentierte Angie spitz. „Allerdings sind die Alkoholvorschriften in Amerika deutlich strenger als in England."

„Meine Schwägerin konnte wohl mal wieder ihren Mund nicht halten", wandte er sich gespielt empört an Heather, die augenblicklich in lautes Lachen ausbrach, in das die anderen umgehend einstimmten.

Angie genoss es, im Kreis einer Großfamilie zu sitzen, deren Mitglieder ihr eigenes Glück genauso zu schätzen wussten wie das der anderen und ihr obendrein das Gefühl gaben, dazuzugehören.

Umso schmerzlicher wurde ihr bewusst, dass ihr das für immer versagt bleiben würde. Denn selbst wenn Bernardo sie nicht verlassen hätte, verhinderten seine Schuldgefühle, dass er sich selbst als Teil der Familie Martelli betrachtete. Und so gut Angie mittlerweile zu wissen glaubte, warum er sich mit aller Macht gegen sein eigenes und das Glück derjenigen stemmte, die ihn liebten, so genau wusste sie auch, dass sein Stolz es ihm verbot, sich ausgerechnet von ihr helfen zu lassen.

Sobald sich die Gelegenheit ergab, sich zu verabschieden, ohne unhöflich zu wirken, machte sich Angie auf den Rückweg in die Berge, die ihr einsamer und unwirtlicher erschienen als je zuvor.

Als Lorenzo in der zweiten Aprilwoche nach zweimonatigem Aufenthalt in den USA mit prall gefüllten Auftragsbüchern nach Sizilien zurückkehrte, führte ihn einer seiner ersten Wege nach Montedoro.

Angie hatte gerade die Praxis abgeschlossen, als er vor ihrer Haustür stand.

„Komm rein", begrüßte sie ihn erfreut. „Ich mache uns etwas zu essen. Mehr als Tiefkühlkost kann ich dir aber leider nicht anbieten."

„Besser als nichts", erwiderte Lorenzo und folgte ihr in die Küche, wo Angie eine vegetarische Lasagne aus dem Gefrierschrank nahm und in die Mikrowelle stellte.

„Für mich keinen Alkohol", erklärte sie Lorenzo, als er eine Weinflasche auf den Tisch stellte. „Vielleicht bist du so gut und schenkst mir ein Glas Orangensaft ein."

Während er die Flasche entkorkte, holte sie Gläser aus dem Schrank. „Erzähl mir von deiner Reise", forderte sie ihn auf, nachdem sie auf das Wiedersehen angestoßen hatten, und begann den Tisch zu decken.

Doch Lorenzo schwieg beharrlich, und als Angie sich zu ihm umdrehte und seinen Gesichtsausdruck sah, wusste sie auch den Grund. „Na, wie heißt sie denn?"

„Helen", gab er unumwunden zu. „Ich glaube, es hat mich ziemlich erwischt. Umso bitterer ist es, dass sie mir schon nach zehn Minuten klargemacht hat, dass ich der Letzte bin, den sie heiraten würde."

„Hast du ihr denn so schnell einen Heiratsantrag gemacht?"

„Natürlich nicht", erwiderte Lorenzo lächelnd. „Offensichtlich hielt sie es für nötig, mir von Anfang an meine Grenzen aufzuzeigen."

„Willst du mir etwa weismachen, dass es Frauen gibt, die deinem Charme widerstehen können?"

„Es scheint fast so."

„Lass dir doch nicht jedes Wort einzeln aus der ..."

„Was ist los?", fragte Lorenzo besorgt. „Du bist plötzlich so blass."

Angie war eine Gabel aus der Hand geglitten, und als sie sich bückte, um sie aufzuheben, begann sich alles vor ihren Augen zu drehen.

„Ich habe einen anstrengenden Tag hinter mir", erwiderte sie, nachdem sie sich mühsam wieder aufgerichtet hatte. „Außerdem habe ich seit dem Frühstück nichts mehr gegessen."

„Dann wird es höchste Zeit", sagte Lorenzo bestimmt. „Du setzt dich sofort hin und überlässt den Rest mir. Mit der Mikrowelle kann sogar ich umgehen."

Angie fühlte sich zu schwach, um sich seiner Anordnung zu widersetzen, und so nahm sie am Esstisch Platz und genoss es, sich von Lorenzo bedienen zu lassen.

„Falls du gehofft hattest, Bernardo zu begegnen, muss ich dich enttäuschen", teilte sie ihm während des Essens mit. „Er hat sich seit Wochen nicht mehr in Montedoro blicken lassen."

„Ich weiß", erwiderte Lorenzo. „Mutter hat mir erzählt, dass er wie vom Erdboden verschluckt ist. Für dich mag das neu sein, aber die Familie kennt das nicht anders von ihm. Schon als Kind hat er sich häufig in sein Schneckenhaus zurückgezogen und niemanden an sich herangelassen."

Er unterbrach sich und sah Angie lächelnd an. „Wie gut, dass ich nicht ihn, sondern dich besuchen wollte. Hast du dich in der neuen Umgebung mittlerweile einigermaßen eingelebt?"

„Nicht nur einigermaßen", entgegnete Angie. „Ich komme besser klar, als mancher es mir zugetraut hätte."

„Besser, als Bernardo es dir zugetraut hat, wolltest du sagen", grinste Lorenzo.

„Das kann ich nicht abstreiten“, gestand Angie freimütig. „Manchmal ertappe ich mich bei dem Wunsch, dass er zurückkommt, nur damit ich ihm sagen kann: ‚Ich habe dir doch gleich gesagt, dass du mich unterschätzt!‘“

„Das kann dir niemand verübeln“, erwiderte Lorenzo verständnisvoll. „Schließlich bist du seinetwegen hergekommen.“

„Natürlich bin ich seinetwegen gekommen“, gestand Angie unter Tränen. „Doch anstatt ihm das klipp und klar zu sagen, habe ich geglaubt, ihm eine Lektion erteilen zu müssen. Und jetzt ist es zu spät, um …“

„Du hast dir nichts vorzuwerfen, Angie“, unterbrach Lorenzo sie und nahm ihre Hände. „Bernardo ist so sehr in seiner eigenen Welt gefangen, dass er sein Glück nicht einmal erkennt, wenn es direkt vor seiner Nase liegt.“

Lorenzos mitfühlende und tröstende Worte taten ihr so gut, dass sie versucht war, ihm ihr Herz auszuschütten. Und möglicherweise hätte sie dieses Mal nicht die Kraft gehabt, mit Rücksicht auf Bernardo länger zu schweigen, wenn es nicht unvermittelt an der Haustür geklingelt hätte.

Kaum hatte sich Angie die Tränen aus dem Gesicht gewischt, führte Ginetta einen großen, hageren, ungefähr dreißigjährigen Mann in die Küche.

„Habe ich nicht deutlich genug gesagt, dass ich Sie hier nie wieder sehen will?“, herrschte Angie ihn mit einer Heftigkeit an, die Lorenzo unwillkürlich zusammenzucken ließ.

„Es hätte ja sein können, dass Sie Ihre Meinung inzwischen geändert haben“, erwiderte der Mann mit an Hochmut grenzender Gelassenheit. „Zumal ich bereit bin, mein Angebot zu erhöhen, – sagen wir, um das Doppelte.“

„Da ich nicht die Absicht habe, die Praxis zu verkaufen, interessiert mich Ihr Angebot nicht, selbst wenn Sie es verdreifachen“, entgegnete Angie bestimmt. „Und jetzt verlassen Sie bitte mein Haus.“

„Wie Sie meinen", sagte er widerwillig. „Ich werde mir allerdings erlauben, Sie in den nächsten Tagen erneut aufzusuchen."

„Das sollten Sie vielleicht besser lassen, Signore Bondini." Lorenzo war aufgestanden und hatte sich bedrohlich vor dem ungebetenen Eindringling aufgebaut. „Sie könnten sich sonst jede Menge Ärger einhandeln."

Der Mann schien etwas erwidern zu wollen, doch dass Lorenzo ihn mit Namen ansprach, schien ihn ebenso zu verwirren, wie ihm offensichtlich der Mut fehlte, sich mit ihm anzulegen.

„Dann werde ich jetzt gehen", sagte er eingeschüchtert. „An Ihrer Stelle würde ich mir allerdings genau überlegen, ob Sie es sich leisten können, mein Angebot abzulehnen", wandte er sich erneut an Angie. „Allzu viel Zeit bleibt Ihnen nicht, und ich kann nicht garantieren, dass ich bereit bin, Ihnen in wenigen Monaten denselben Preis zu bieten. Und bevor Sie abstreiten, was die Spatzen schon von den Dächern pfeifen, bedenken Sie, dass ich Arzt bin, Signorina."

Das letzte Wort betonte er so, dass es wie eine Beleidigung klang. Doch ehe Lorenzo sich solche Unverschämtheiten und Anzüglichkeiten verbitten konnte, war der Störenfried gegangen.

„Belästigt dich Carlo Bondini schon länger?", fragte Lorenzo besorgt.

„Seit einigen Wochen kommt er regelmäßig und versucht mit allen Mitteln, mir die Praxis abzukaufen", antwortete Angie. „Woher kennst du ihn eigentlich?"

„Ich war mit ihm auf derselben Schule", erklärte Lorenzo geistesabwesend, weil er krampfhaft versuchte, sich auf das, was er gehört und gesehen hatte, einen Reim zu machen. „Schon damals war er ein ziemlicher Flegel. Vielleicht wollte ihn nach seinem Medizinstudium deshalb niemand als Arzt einstellen. Umso unverständlicher ist mir, woher er das viele Geld haben will, das er dir bietet."

„Kannst du dir das nicht denken?", fragte sie verzweifelt, um die Antwort dann selbst zu geben. „Von Bernardo natürlich. Er ist geradezu versessen darauf, mich loszuwerden."

„Das kann nicht dein Ernst ... er kann dich doch nicht ... nicht ausgerechnet jetzt ..." Lorenzo fiel es schwer, die richtigen Worte zu finden. „Wenn ich Bondini richtig verstanden habe ..."

„Du hast ihn durchaus richtig verstanden", bestätigte Angie seine Vermutung, bevor er sie ausgesprochen hatte. „Er war ja deutlich genug."

„Na warte", sagte Lorenzo bestimmt und hob die Hand gegen einen imaginären Gegner. „Mein feiner Bruder kann sich auf etwas gefasst machen."

Das kleine Bauernhaus stand versteckt am Rande eines Wäldchens und war nur über einen schmalen Feldweg erreichbar. Obwohl der Hof, zu dem es gehörte, vor vielen Jahren aufgegeben worden war, befand sich das Gebäude in einem erstaunlich guten Zustand.

Als Bernardo seinen Bruder sah, der sich zielstrebig dem Grundstück näherte, ging er hinaus und erwartete ihn vor der Tür. „Was willst du?", empfing er ihn unfreundlich. „Und woher weißt du überhaupt, dass ich hier bin?"

„Ich kenne dein Versteck schon seit Jahren", erwiderte Lorenzo. „Genauer gesagt, seit ich dir als Junge eines Tages heimlich gefolgt bin, als du mal wieder verschwunden bist. Und da ich deinen verdammten Dickkopf lange und gut genug kenne, war mir klar, dass ich dich hier finde."

Widerwillig machte Bernardo die Tür frei und ließ Lorenzo ins Haus. „Was verschafft mir die Ehre deines Besuchs?", fragte er sarkastisch.

„Der Dickkopf, von dem ich eben sprach", erwiderte Lorenzo. „Ich weiß nicht, was zwischen Angie und dir vorgefallen ist. Dafür weiß ich umso besser, dass du im Begriff bist, einen riesigen Fehler zu begehen. Angie ist eine großartige und wunderschöne junge Frau, die dich mehr liebt, als du es möglicherweise verdient hast. Denn du verschließt dich ihr gegenüber genauso hartnäckig, wie du dich all die Jahre vor uns, deiner Familie, verschlossen hast. Trotz allem bin und bleibe ich dein Bruder, und ich werde nicht tatenlos zusehen, wie du dein eigenes, vor allem aber das Glück anderer zerstörst."

Bernardo antwortete nicht, doch sein finsterer und gequälter Blick ließ es Lorenzo ratsam erscheinen, sein Ziel weniger direkt anzusteuern als geplant. „Kennst du einen gewissen Carlo Bondini?"

„Sag mir endlich, warum du gekommen bist!", forderte Bernardo ihn aufgebracht auf.

„Um dir zu sagen, dass dein Strohmann endlich aufhören soll, Angie zu tyrannisieren. Zufällig habe ich seinen letzten Auftritt mitbekommen, und ich musste mich ziemlich zusammenreißen, um ihm nicht …"

„Er sollte sie nur dazu bringen, die Praxis zu verkaufen", beteuerte Bernardo. „Von Schikanieren war nie die Rede."

„Dann hättest du nicht ausgerechnet diesen Flegel engagieren dürfen", entgegnete Lorenzo.

„Ich kann auf deine Ratschläge verzichten", erwiderte Bernardo schroff.

„Das mag durchaus sein", parierte Lorenzo mit einem ironischen Lächeln. „Schließlich bin ich kein Mediziner. Im Gegensatz zu Bondini. Und auch wenn er ein hundsmiserabler Arzt ist, scheint er in diesem Fall die richtige Diagnose gestellt zu haben."

„Kannst du mir vielleicht verraten, worauf du hinauswillst?“, fragte Bernardo verständnislos.

„Mir scheint, du solltest schleunigst damit anfangen, dein Verhältnis zu deiner Familie zu überdenken“, erklärte Lorenzo ihm. „Wenn du schon für Nachwuchs sorgst, solltest du dich wohl nicht länger dagegen sträuben, selbst dazuzugehören.“

11. KAPITEL

Lange hatte Angie den Feierabend nicht mehr so herbeigesehnt wie an diesem Tag. Sie fühlte sich matt und ausgelaugt, und obendrein hatte sie starke Rückenschmerzen. Noch zwei Patienten warteten auf sie, und dann konnte sie endlich in ihre Wohnung gehen und die Füße hochlegen.

Doch als sie in das Wartezimmer kam, musste sie zu ihrem Schrecken feststellen, dass dort ein weiterer Mann Platz genommen hatte. Und dass er sich nicht auf morgen vertrösten lassen würde, war ihr klar, sobald sie in Bernardos entschlossenes Gesicht sah.

Nachdem sie den letzten Patienten für diesen Tag verabschiedet hatte, schloss sie die Haustür ab und ging zögernd ins Wartezimmer, weil sie nicht wusste, was sie Bernardo sagen sollte.

Kaum stand sie ihm gegenüber, war der Vorsatz, betont gleichgültig zu wirken, bereits im Ansatz gescheitert. Er saß da, als wäre er direkt den quälenden Träumen entsprungen, die sie seit zwei Monaten plagten. Bis in den Schlaf hatte er sie verfolgt, und im Lauf der Zeit hatte Angie sich so sehr daran gewöhnt, morgens mit einem flauen Gefühl aufzuwachen, dass sie zunächst die eindeutigen Anzeichen für die grundlegende Wende übersehen hatte, die ihr Leben genommen hatte.

Mehrfach hatte sich Angie bei dem Gedanken ertappt, dass es nicht einer gewissen Komik entbehrte, dass sich ausgerechnet eine erfahrene Ärztin angestellt hatte wie ein unerfahrenes Mädchen vom Land, das weder über ihre Bildung noch über ihren gesunden Menschenverstand verfügte.

Doch kein Wissen und keine Erfahrung halfen ihr weiter, als sie ihm sprachlos gegenüberstand und verzweifelt nach den richtigen Worten suchte.

„Geht's dir gut?“ Bernardo kam ihr mit einer schlichten, gleichwohl herzlichen Frage zuvor.

„Sehr gut sogar“, erwiderte sie, erleichtert, endlich die Sprache wiedergefunden zu haben. „Möchtest du einen Kaffee?“, setzte sie hinzu und ging in ihre Wohnung, ohne eine Antwort abzuwarten. „Soll ich uns etwas zu essen machen?“, fragte sie, als sie die Küche erreicht hatte, und öffnete den Kühlschrank.

„Für mich nicht“, lehnte Bernardo, der ihr gefolgt war, dankend ab.

„Wirklich nicht?“, vergewisserte sich Angie und suchte ziellos im Kühlschrank nach etwas Essbarem, nur um Bernardo nicht ansehen zu müssen.

„Willst du dich nicht zu mir setzen?“, fragte er freundlich, aber bestimmt. „Wir müssen dringend miteinander reden.“

„Ich weiß nicht, ob das eine so gute Idee ist“, erwiderte Angie und drehte sich zu ihm um. „Vor zwei Monaten haben wir schon einmal miteinander gesprochen, und ich brauche dich sicherlich nicht daran zu erinnern, wie das geendet hat.“

„Mir blieb keine andere Wahl, als zu gehen“, entgegnete Bernardo betroffen. „Die Situation drohte mir die Luft abzuschnüren.“

„Besten Dank für das reizende Kompliment.“

„Warum willst du mich nicht verstehen, Angie?“ Bernardo sah sie mit einem Ausdruck der Verzweiflung an. „Vielleicht war es falsch von mir, aber damals hielt ich es für das Beste. Und zwar für uns beide.“

„Weshalb du beschlossen hast, mir Bondini auf den Hals zu hetzen, damit er mich so lange bearbeitet, bis ich aufgebe und nach England zurückkehre.“

„Ich verspreche dir hoch und heilig, dass er dich nie wieder behelligt“, schwor Bernardo feierlich. „Von Lorenzo weiß ich, wie dieser Bondini mit dir umgesprungen ist, und ich habe umgehend ein ernstes Wort mit ihm geredet."

Weil Angie nichts erwiderte, sondern weiterhin das Abendessen vorbereitete, fasste sich Bernardo ein Herz. „Lorenzo hat mir noch mehr erzählt."

„Er scheint ja ziemlich redselig gewesen zu sein."

„Er ist nun mal ... er ist immerhin mein Bruder", erwiderte Bernardo. „Und es ist ihm alles andere als egal, was aus mir wird. Aus uns, um genau zu sein."

„Ich weiß", bestätigte Angie. „Er hat mich besucht, und bei der Gelegenheit haben wir auch über dich gesprochen. Lorenzo ist ein prima Kerl." Unvermittelt blickte sie auf und sah Bernardo streng an. „Im Gegensatz zu dir."

„Ich weiß selbst, dass ich ein hoffnungsloser Fall bin", entgegnete er hart gegen sich selbst. „Doch so bin ich nun mal. Und nach allem, was ich weiß, wirst du dich daran gewöhnen müssen."

„Da bin ich aber neugierig", erwiderte Angie spitz. „Du scheinst mehr zu wissen als ich."

„Ich denke ... bist du denn nicht ...?"

„Schwanger?", kam Angie ihm zu Hilfe und sah ihn mit erhobenem Kopf an. „Natürlich bin ich schwanger. Ich wüsste allerdings nicht, was sich dadurch zwischen uns ändert."

„Alles ändert sich dadurch!", erklärte Bernardo fassungslos und legte Angie die Hände auf die Schultern, bevor sie sich abwenden konnte. Am liebsten hätte er sie augenblicklich an sich gezogen und geküsst, um ihr zu verstehen zu geben, wie stolz es ihn machte, dass sie ein Kind von ihm erwartete.

Er hatte nie einen Hehl daraus gemacht, dass ihm traditionelle Werte und Gebräuche sehr viel bedeuteten – und sogar für einen Sizilianer war er ziemlich altmodisch. Entsprechend unwichtig ließ die Aussicht, bald Vater zu werden, alles andere werden, und selbst alte Ängste und Sorgen schienen plötzlich ihren Schrecken zu verlieren.

Der Versuch, Angie das mit Worten zu erklären, war aussichtslos, und doch hätte er nicht eine Sekunde gezögert, wenn er in ihren Augen auch nur die kleinste Ermutigung entdeckt hätte.

Doch ihr Blick blieb kalt und abweisend, bis sie sich schließlich von Bernardo löste. „Für mich ändert sich allerdings einiges", sagte sie, während sie zurück zum Herd ging. „Die Leute aus dem Ort wissen immer weniger, wie sie mit mir umgehen sollen. Dass ich ihre Sprache nicht perfekt beherrsche und allerlei neumodische Ideen mitgebracht habe, daran haben sie sich mittlerweile schon fast gewöhnt. Selbst dass ich immer in Hosen herumlaufe, tragen sie inzwischen mit Fassung. Ich befürchte allerdings, dass ich die Toleranz der meisten ein wenig überstrapaziere, wenn ich ihnen zumute, mit einer unverheirateten Mutter zusammenzuleben."

Mit einer handfesten Szene hätte Bernardo besser umgehen können als mit der Teilnahmslosigkeit, mit der Angie über ihr gemeinsames Kind sprach. Doch obwohl er sich fühlte, als hätte er einen Schlag in den Magen erhalten, bemühte er sich verzweifelt, sich sein Entsetzen nicht anmerken zu lassen.

„Schneiden sie dich etwa?", fragte er unsicher.

„Das nicht", erwiderte sie. „Schließlich haben sie bislang nicht mehr als einen vagen Verdacht – was mir übrigens dieser Bondini eingebrockt hat. Doch bald braucht man kein Mediziner mehr zu sein, um mir anzusehen, dass ich schwanger bin. Und ob die Menschen eine ledige Mutter akzeptieren, wage ich entschieden zu bezweifeln."

„Da könntest du allerdings recht haben", stimmte Bernardo ihr zu. „Deshalb solltest du dir und ihnen die Situation lieber ersparen."

„Wie oft soll ich dir noch sagen, dass ich nicht bereit bin, die Praxis aufzugeben und nach England zurückzukehren?“, empörte sich Angie über Bernardos Ansinnen.

„Ich dachte eigentlich an etwas anderes“, entgegnete er ruhig.

„Darf man erfahren, woran?“

„Kannst du dir das nicht denken?“

„Dann würde ich wohl kaum fragen!“

Bernardo suchte den Blickkontakt zu Angie, bevor er entschlossen erwiderte: „Je eher wir heiraten, desto besser.“

Fassungslos wurde sich Angie darüber klar, dass Bernardo ihr soeben einen Heiratsantrag gemacht hatte – selbst wenn es in seinen Worten weniger wie eine Frage, sondern eher wie eine Forderung geklungen hatte.

Doch sosehr sie diesen Augenblick herbeigesehnt hatte, wollte sich das überwältigende Glücksgefühl, das sie sich in ihren Träumen ausgemalt hatte, beim besten Willen nicht einstellen. Stattdessen weckte die Selbstherrlichkeit, mit der Bernardo zum wiederholten Male allein die Entscheidungen für sie traf, ihren Trotz.

„Wir sollen heiraten?“, wiederholte sie seine Worte, als hätte er in einer fremden Sprache mit ihr gesprochen. „Und warum, wenn ich fragen darf?“

Bernardo war wie vor den Kopf geschlagen. „Na hör mal“, erwiderte er verwirrt, „schließlich bekommen wir ein Kind.“

„*Ich* bekomme ein Kind“, entgegnete Angie feindselig. „Deine Rolle beschränkt sich auf die des Erzeugers. Das Recht, dich als Vater des Kindes zu fühlen, hast du verwirkt, als du dich im Morgengrauen klammheimlich aus dem Staub gemacht hast, ohne dich für die möglichen Folgen der Nacht auch nur im Geringsten zu interessieren.“

„Ich bestreite ja gar nicht, dass ich mich unmöglich benommen habe“, gestand Bernardo verzweifelt ein. „Und dass es leichtsinnig war, ungeschützt miteinander zu schlafen, weiß ich selbst. Ich dachte nur, dass du als Ärztin …“

„Am besten sagst du gar nichts mehr“, fiel Angie ihm ins Wort. „Du machst nämlich alles nur noch schlimmer. Es ehrt dich ja, dass du dir Vorwürfe machst – auch wenn ich das Wort ‚Leichtsinn‘ in diesem Zusammenhang reichlich unpassend finde. Wie sehr du mich verletzt hast, scheint dir aber noch gar nicht aufgefallen zu sein. Kannst du dir eigentlich vorstellen, wie ich mich gefühlt habe, als ich aufgewacht bin und du warst nicht mehr da? Und als hättest du mich damit noch nicht genug gedemütigt, hast du geglaubt, mich mit einem Fetzen Papier abspeisen zu können.“

„Du weißt doch, wie schwer es mir fällt, die richtigen Worte zu finden“, wandte Bernardo betreten ein.

„Dein Problem sind weniger die Worte als vielmehr die Gefühle“, widersprach Angie schroff. „In jener Nacht bin ich in der Gewissheit eingeschlafen, dass du endlich den Panzer abgelegt hast. Zum ersten Mal hast du einem anderen Menschen vertraut und dich ihm geöffnet, und wenn du mich damals gefragt hättest, ob ich dich heiraten will, hätte ich nicht eine Sekunde lang gezögert. Heute weiß ich, dass es ein fataler Irrtum gewesen wäre.“

„Warum denn nur?“ Bernardo strich sich voller Verzweiflung mit den Händen durchs Haar. „Du wolltest doch immer, dass wir heiraten. Sonst hättest du doch gar nicht die Praxis gekauft.“

„Irrtum.“ Angie spürte, dass sie allmählich die Kräfte verließen. Die Entschiedenheit, mit der sie Bernardos Antrag zurückwies, überraschte sie selbst, und einen Moment lang war sie versucht, ihren Widerstand aufzugeben, ihm in die Arme zu fallen und ihm zu sagen, dass sie sich nichts sehnlicher wünschte, als seine Frau zu werden.

Doch irgendwie gelang es ihr, die Tränen zurückzuhalten

und sich ihre Qualen nicht anmerken zu lassen. „Ich habe die Praxis gekauft, weil ich gehofft hatte, dass du mich aus Liebe heiraten würdest und nicht, weil du dich dazu verpflichtet fühlst. Leider hatte ich vergessen, dass du nicht fähig bist, einen anderen Menschen zu lieben, weil man ihm dafür vertrauen muss. Du hast mich bitter dafür bestraft, aber ich habe meine Lektion gelernt. Und jetzt möchte ich dich bitten, mich allein zu lassen."

„Du kannst mich doch nicht einfach fortschicken", sagte Bernardo entgeistert.

„Warum nicht? Weil ich ein Kind von dir bekomme?"

„Nicht nur", erwiderte Bernardo bestimmt. „Es gibt Dinge, die kannst selbst du nicht ungeschehen machen – so hartnäckig du dich auch darum bemühst. Uns verbindet mehr als nur die Tatsache, dass du ein Kind bekommst, und das weißt du genauso gut wie ich. Ich gebe zu, dass ich mich lange dagegen gesträubt habe, mir einzugestehen, wie viel du mir bedeutest. Doch auch ohne das Kind wäre ich eines Tages zu dir gekommen, um dich um Verzeihung zu bitten und dich zu fragen, ob du uns noch eine Chance gibst."

„Das sind doch alles leere Worte."

„Du glaubst mir also nicht?"

„Ich weiß es nicht", erwiderte Angie niedergeschlagen. „Ich weiß nur, dass es zu spät ist. Ich kann und ich werde dich nicht heiraten, auch wenn es bis vor Kurzem mein sehnlichster Wunsch war. Und jetzt geh bitte, Bernardo."

„Wie du meinst", sagte er widerwillig. „Aber ich komme wieder. Verlass dich darauf. Es ist nie zu spät, Angie, und ich werde keine Ruhe geben, bis du meine Frau bist."

Regungslos sah sie ihm hinterher, wie er zur Tür ging und sich noch einmal zu ihr umsah, bevor er das Haus verließ. Mit den Empfindungen waren auch ihre Tränen versiegt, und ihr einziger Wunsch war, ins Bett zu gehen und zu schlafen, um an nichts mehr denken und nichts mehr fühlen zu müssen. Und zwar nie wieder.

Angies bange Vorahnung, dass die Probleme im Ort zunehmen würden, wurde schnell bestätigt.

Auch wenn es ihr noch nicht anzusehen war, zweifelte niemand in Montedoro mehr daran, dass sie schwanger war. Gleichzeitig galt es als ausgemachte Sache, dass Bernardo der Vater ihres Kindes war. Und dass er in sein Stadthaus zurückgekehrt war, schürte die Gewissheit, dass er Angie bald zur Frau nehmen würde.

Umso größer war die Verwunderung, dass die beiden nur äußerst selten zusammen gesehen wurden, und als sich abzeichnete, dass sie keinesfalls heiraten wollten, nahm die Ablehnung, die Angie entgegenschlug, deutlich zu.

Nicht dass die Menschen ihr gegenüber offen feindselig gewesen wären. Trotzdem war nicht zu leugnen, dass sich das einst so vertrauensvolle Verhältnis deutlich abkühlte.

Das deutlichste Zeichen dafür war, dass Ginetta eines Tages nicht mehr zur Arbeit erschien, und Angie kam zu Ohren, dass die Mutter ihrer Tochter verboten hatte, weiterhin im Haushalt einer *prostituta* zu arbeiten.

„Sie dachten natürlich, dass er mich heiratet, um mich vor der Schande zu bewahren, wie sie sich ausdrücken“, klagte Angie Heather anlässlich eines langen Telefonats ihr Leid.

„Willst du damit etwa sagen, dass er sich geweigert hat?“, fragte ihre Freundin entgeistert.

„Nicht er – *ich* habe mich geweigert. Nur ist das den Dorfbewohnern natürlich nicht verständlich zu machen. Für sie sieht es so aus, als ließe er mich im Stich, und wenn ich mich nicht täusche, setzen sie ihm nicht weniger zu als mir.“

„Seht ihr euch denn wenigstens manchmal?“

„Ab und zu begegnen wir uns zufällig im Dorf“, erwiderte Angie, „und die wenigen Male, die er mich besucht hat, ist er gegangen, sobald er sich davon überzeugt hatte, dass das Kind und ich wohlauf sind."

„Das klingt ja ziemlich verfahren", meinte Heather und seufzte. „Offensichtlich wird es dringend Zeit, dass sich Baptista einschaltet. Schließlich hat sie Erfahrung mit ausweglosen Situationen."

„In diesem Fall dürfte selbst sie machtlos sein", wandte Angie ein.

„Solange Bernardo nicht über seinen Schatten springt und sie um Rat fragt, sicherlich", stimmte Heather zu. „Doch bekanntlich soll man die Hoffnung nie aufgeben, und wer weiß, vielleicht geschieht ja doch noch ein Wunder."

Baptista staunte nicht schlecht über den späten Besuch. Sie saß im Salon und trank vor dem Schlafengehen eine Tasse Tee, als das Hausmädchen ihr sagte, Bernardo wolle sie sprechen.

Sobald er den Raum betreten hatte, wurde ihr klar, dass sein Besuch einen wenig erfreulichen Grund haben musste, denn er wirkte ratlos und niedergeschlagen.

„Es war dumm von mir, dich um diese Uhrzeit noch zu stören", sagte er, nachdem er eine ganze Weile rastlos im Zimmer auf und ab gegangen war, und schaffte es kaum, Baptista in die Augen zu sehen. „Es ist eindeutig zu spät."

„Ich hätte mir in der Tat gewünscht, dass du früher zu mir kommst", erwiderte sie bewusst doppeldeutig. „Ob es *zu* spät ist, kann ich allerdings erst beurteilen, wenn du mir gesagt hast, warum du gekommen bist."

„In letzter Zeit muss ich häufig an meine Mutter denken", sagte er, ohne sich hinzusetzen. „Sie hat mir oft erzählt, wie sehr sie von ihren Mitmenschen geschnitten wurde, weil sie ein uneheliches Kind hatte. Heute weiß ich, dass deinem Mann dasselbe geblüht hätte, wenn er nicht so viel Einfluss gehabt hätte, dass die Leute seine Rache fürchten mussten."

„Gibt es konkrete Vorfälle, die dich zu diesen Schlussfolgerungen gebracht haben?", fragte Baptista einfühlsam.

„Ich hatte gestern Besuch von einem jungen Mädchen namens Ginetta", berichtete er. „Sie hat bis vor Kurzem bei Angie in der Praxis ausgeholfen, aber ihre Mutter hat es ihr verboten, sobald ihr zu Ohren gekommen war, dass ihre Arbeitgeberin ein uneheliches Kind erwartet."

Bernardos Unruhe war so groß, dass er nicht einmal in der Lage war, stehen zu bleiben. Getrieben ging er weiter auf und ab. „Ginetta bewundert Angie sehr und hat sie sich gewissermaßen als Vorbild auserkoren. Sie spielt sogar mit dem Gedanken, selbst Ärztin zu werden. Sie kam, um mich zu fragen, ob ich Angie nicht doch heiraten könne, weil ihre Mutter dann ihre starre Haltung aufgeben würde. Ich musste ihr leider sagen, dass die Chancen dafür äußerst schlecht stünden. Als ich ihr versucht habe, die Gründe zu erklären, hat sie mich angesehen, als redete ich in einer fremden Sprache. Sie wollte mir einfach nicht glauben, dass Angie diejenige ist, die sich weigert."

Unvermittelt blieb er stehen und sah Baptista verzweifelt an. „Sie hat mir auf ihre kindliche Art nachdrücklich zu verstehen gegeben, das alle in Montedoro es als meine verdammte Pflicht und Schuldigkeit ansehen, Angie umgehend zu heiraten – und zwar vor der Geburt des Kindes. Angie ist trotz allem noch immer sehr beliebt im Ort. Die Menschen missbilligen zwar ihr Verhalten, aber verlieren wollen sie sie auch nicht."

„Und das alles entnimmst du den Worten eines jungen Mädchens?", fragte Baptista verwundert.

„Nicht nur", gestand Bernardo ein. „Wo immer ich auch hingehe, treffe ich auf Menschen, die mir gute Ratschläge erteilen. Selbst der Bürgermeister und der Pfarrer haben mir schon ins Gewissen geredet. Und wie die Oberin Mutter Francesca darüber denkt, kannst du dir sicherlich vorstellen. Ich brauche gar nicht erst den Versuch zu machen, irgendjemandem zu erklären, dass Angie sich hartnäckig weigert, meine Frau zu werden. Sie erwarten von mir, dass ich die Sache in Ordnung bringe, und es ist unmöglich, sie davon zu überzeugen, dass es nicht in meiner Hand liegt."

„Bist du dir wirklich so sicher?", fragte Baptista nachdenklich. „Nur weil du bislang keine Mittel und Wege gefunden hast, Angie zu überzeugen, heißt das doch nicht, dass es sie nicht gibt."

„In diesem Fall schon", widersprach Bernardo vehement. „Ich weiß, dass es ein großer Fehler von mir war, wortlos zu verschwinden, aber ich dachte, dass sie ohne mich besser klarkommt."

„Davon hast du sie mittlerweile offensichtlich überzeugt", kommentierte Baptista ironisch – mit dem Erfolg, dass Bernardo sich endlich zu ihr setzte.

„Ich weiß ja selbst, dass ich mir in die Taschen lüge", gab er unumwunden zu. „Natürlich habe ich sie aus blankem Egoismus verlassen. Ich hatte ihr mein Herz ausgeschüttet, sie näher an mich herangelassen als je einen Menschen zuvor. Und plötzlich hatte ich solche Angst …"

Baptista nickte zustimmend. „Du bist wahrhaftig nicht der Einzige, dem die Nähe eines anderen Menschen unheimlich ist", sagte sie mitfühlend. „Liebe kommt jedoch ohne Nähe nicht aus und braucht deshalb vor allem eines: Mut. Angie hat diesen Mut, und sie ist bereit, dir vorbehaltlos zu vertrauen – solange sie merkt, dass sie das, was sie gibt, auch zurückbekommt. Und wenn du dazu nicht bereit bist, wäre sie wohl tatsächlich schlecht beraten, deine Frau zu werden."

„Ich liebe sie doch!", sagte Bernardo verzweifelt. „Und sie liebt mich."

„Manchmal reicht selbst die größte Liebe nicht, um miteinander glücklich zu werden“, erwiderte Baptista ruhig. „Und wenn du nicht bereit bist, dein Verhalten Angie gegenüber zu ändern, wirst du dich wohl oder übel damit abfinden müssen.“

„Niemals werde ich mich damit abfinden“, widersprach Bernardo energisch und sah seine Stiefmutter flehend an. „Ich weiß mir keinen Rat mehr. Damals hast du Angie dabei geholfen, nach Montedoro zu ziehen. Jetzt brauche *ich* deine Hilfe.“

12. KAPITEL

Längst hatte der Frühling auch in den Bergen Einzug gehalten, und je näher der Sommer rückte, desto mehr empfand Angie Genugtuung darüber, dass Bernardo zu Unrecht an ihrem Durchsetzungsvermögen gezweifelt hatte und sie sich in Montedoro zu Hause fühlen konnte.

Dass Sizilien auch ihrem Kind eine Heimat werden sollte, stand für sie ebenso unumstößlich fest wie der Entschluss, ihre Praxis weiterzuführen. Zwar kamen weniger Patienten als zuvor. Doch zu ihrer großen Erleichterung hielten ihr die meisten Menschen im Ort weiterhin die Treue.

Angie bezweifelte nicht, dass sich mit der Zeit auch die letzten Vorbehalte legen würden. Und während sie über ihre private Zukunft aus nachvollziehbaren Gründen momentan so wenig wie möglich nachdachte, stand ihrer beruflichen Zukunft nach menschlichem Ermessen nichts im Weg.

Umso überraschter war sie, als sie eines Morgens die Tür zum Wartezimmer öffnete und den Raum leer vorfand, was sie sich zunächst mit dem guten Wetter zu erklären versuchte.

Doch als gegen Mittag noch immer niemand gekommen war, begann sie sich allmählich zu wundern und schließlich sogar zu ärgern. Denn auch wenn ihr an manchem Morgen nicht danach zumute war, hatte sie sich jeden Tag um ihre Patienten gekümmert. Und nun dankten sie es ihr, indem sie sie mit Missachtung straften.

Enttäuscht ging sie zum Fenster und sah hinaus auf die Straße, als ihr eine reich geschmückte Pferdekutsche auffiel, die sich den Berg hinaufquälte. Schon wollte sie Benito, den Kutscher, grüßen, als sie plötzlich bemerkte, dass es sich bei der Frau, die neben ihm saß, nicht um eine Touristin, sondern um Heather handelte.

In der sicheren Annahme, dass die Fantasie ihr einen Streich spielte, schloss sie einen Moment lang die Augen. Doch als sie erneut durchs Fenster blickte, hatte sie allen Grund, an ihrem Verstand zu zweifeln. Denn bei der jungen Frau auf dem Kutschbock handelte es sich nicht nur zweifelsfrei um ihre beste Freundin, sondern auf den gepolsterten Sitzbänken dahinter saß ebenso unbestreitbar Baptista, und der Mann neben ihr glich aufs Haar Angies …

„Dad!“, rief sie und rannte zur Haustür. „Wo kommst du denn her?“, fragte sie fassungslos, als sie endlich vor ihm stand.

„Aus London natürlich“, erwiderte er strahlend und stieg von der Kutsche. „Oder glaubst du etwa, ich würde mir die Hochzeit meiner einzigen Tochter entgehen lassen? Wenn wir etwas eher davon erfahren hätten, wären deine Brüder sicherlich auch mitgekommen. Sie lassen dich aber herzlich grüßen.“

„Wovon redest du?“ Die Worte ihres Vaters waren wenig dazu angetan, Angies Verwirrung zu schmälern. „So schön es ist, dass du hier bist, aber das muss alles ein entsetzlicher Irrtum sein. Es findet keine Hochzeit statt und meine schon gar nicht. Ich muss es schließlich wissen.“

„So?“, fragte Baptista mit einem liebevollen Lächeln und zeigte den Berg hinauf, von wo sich eine Menschentraube näherte, die vom Bürgermeister angeführt wurde.

Hinter ihm konnte Angie unschwer Renato und Lorenzo erkennen, die Bernardo in ihre Mitte genommen hatten. Ihnen folgten zahlreiche Einwohner von Montedoro, darunter Mutter Francesca, die von mehreren Nonnen begleitet wurde. Obwohl es ein Wochentag war, waren alle festlich angezogen, und die drei Brüder Martelli trugen ihre besten Anzüge.

„Verehrte Signorina“, sagte der Bürgermeister feierlich, als die Gruppe vor Angies Haus stand. „Seit dem Tag Ihrer Ankunft haben Sie sich durch Ihre Arbeit und Ihr gesamtes Auftreten den Respekt der ganzen Gemeinde erworben, und als Bürgermeister darf ich Ihnen dafür im Namen aller Bewohner meinen aufrichtigen Dank aussprechen."

„Das klingt ja fast wie eine Abschiedsrede", fiel Angie ihm unwillkürlich ins Wort.

„Bitte lassen Sie mich doch ausreden, Signorina", erwiderte der Bürgermeister verunsichert. „Meine Verantwortung für das Gemeinwohl gebietet es, darauf zu achten, dass unsere Traditionen bewahrt werden. Ihnen mag es altmodisch erscheinen, doch gewisse Dinge, die für Sie selbstverständlich sind, stehen in krassem Gegensatz zu dem, was wir Sizilianer ..."

„Eine ledige Mutter zum Beispiel. Selbst wenn sie eine noch so gute Ärztin ist."

Angies Einwurf machte den Bürgermeister sichtlich verlegen. „Verstehen Sie mich bitte richtig", erklärte er umständlich. „Wir schätzen und verehren Sie nicht nur als Ärztin, sondern auch als Menschen, und wir würden uns glücklich schätzen, wenn Sie bei uns bleiben. Dafür ist es jedoch unerlässlich, dass Sie gewisse Regeln einhalten. Und dazu gehört nun einmal, dass Sie den Vater des Kindes heiraten."

Angie hatte das eigentümliche Gefühl, Teil einer sorgfältig vorbereiteten Inszenierung zu sein, in der ihr zwar eine Hauptrolle zugedacht war, es jedoch niemand für nötig befunden hatte, sie vorher darüber zu informieren. „Hast du dir das etwa ausgedacht?", wandte sie sich an Bernardo.

Doch statt ihr zu antworten, wich er ihrem Blick aus und sah Hilfe suchend zu Baptista.

„Darauf kommt es doch nicht an", sprang seine Stiefmutter ihm bei und ließ sich von Angies Vater von der Kutsche helfen. „Wichtig ist einzig und allein, dass Bernardo dich heiraten will – falls du bereit bist, seine Frau zu werden."

„Selbst wenn ich es wäre", erwiderte Angie ausweichend, weil das Wunder, das sich vor ihren Augen abspielte, zu unvorbereitet kam, um ungeteilte Freude auszulösen. „Man kann nicht so mir nichts, dir nichts mal eben heiraten. Schon gar nicht eine Ausländerin. Das will gut vorbereitet sein. Allein die ganzen Papiere, die man übersetzen lassen muss, damit man überhaupt das Aufgebot …"

„Das soll kein Hinderungsgrund sein", unterbrach Baptista sie lächelnd. „Nachdem ich erst deine Geburtsurkunde hatte, war alles andere ein Kinderspiel."

„Meine was?", fragte Angie ungläubig. „Woher …?"

„Kannst du dir das nicht denken?", mischte sich ihr Vater ein und küsste seine Tochter liebevoll auf die Wange.

„Ihr scheint euch eurer Sache ja ziemlich sicher zu sein", erwiderte sie empört und zutiefst gerührt zugleich. „Noch habe ich allerdings nicht Ja gesagt."

„Dann tu es endlich", drängte nun Lorenzo. „Umso eher kann das rauschende Fest beginnen."

Die Blicke aller waren auf Angie gerichtet, und selbstverständlich wusste sie, was von ihr erwartet wurde. Doch so gern sie aus vollem Herzen zugestimmt hätte, zögerte sie, weil der Einzige, der sich noch nicht geäußert hatte, ausgerechnet derjenige war, den es außer ihr am meisten anging. Und das Mindeste, was sie von ihrem zukünftigen Ehemann erwartete, war ein förmlicher Heiratsantrag.

Plötzlich löste sich Bernardo aus der Menge und kam zu Angie. „Gib deinem Herzen einen Ruck und sag Ja", flehte er förmlich. „Ich habe viele Fehler gemacht, und der größte war sicherlich, dass ich nicht den Mut aufgebracht habe, unserer Liebe zu vertrauen. Inzwischen weiß ich, wie dumm und feige das von mir war. Von dir habe ich gelernt, dass nur derjenige glücklich werden kann, der bereit ist, dafür zu kämpfen. Ich bin dazu bereit, Angie, und weil du mein Glück bist, bitte ich dich, meine Frau zu werden."

Angie war außerstande, etwas zu erwidern. Dass Bernardo sich in aller Öffentlichkeit zu seinen Gefühlen bekannt hatte, rührte sie fast noch mehr als die wunderbaren Worte, mit der er um ihre Hand angehalten hatte. Um ihm zu zeigen, dass sie sich nichts sehnlicher wünschte, als das Leben an seiner Seite zu verbringen, strich sie ihm zärtlich über die Wange und schenkte ihm ein liebevolles Lächeln.

Augenblicklich zog er sie an sich und küsste ihr die Freudentränen vom Gesicht, bevor er die Lippen auf ihren Mund presste und sie unter dem Applaus der Umstehenden den Bund fürs Leben besiegelten.

„Ich störe euch nur ungern", mischte sich schließlich Heather ein, die mittlerweile vom Kutschbock gestiegen war. „Aber es wird höchste Zeit, dass du dich umziehst, Angie."

„Wo soll ich denn auf die Schnelle ein Hochzeitskleid hernehmen?", fragte sie ratlos.

„Das lass getrost meine Sorge sein", erwiderte Heather und ließ sich von Benito ein Paket reichen. „Ich habe mir erlaubt, dir eine kleine Auswahl mitzubringen."

Sie hakte sich bei Angie unter und führte sie ins Haus, wo sie drei verschiedene Brautkleider auspackte, die sie in Palermo erstanden hatte. Nach einigem Zögern entschied sich Angie für ein cremefarbenes Seidenkleid, dessen Schleier mit gelben Rosen bestickt war.

Als sie wieder ins Freie traten, wurde die Braut frenetisch begrüßt, und ein kleines Mädchen überreichte ihr den Brautstrauß. Nachdem die gesamte Hochzeitsgesellschaft in der Kutsche Platz genommen hatte, trieb Benito die Pferde an und lenkte das Fuhrwerk zum Rathaus, wo die standesamtliche Trauung stattfinden sollte.

Der Bürgermeister ließ es sich nicht nehmen, die Zeremonie persönlich zu vollziehen. Nach einer kurzen Ansprache tauschten Bernardo und Angie die Ringe und waren fortan Mann und Frau. Doch noch stand mit der kirchlichen Trauung der Höhepunkt des Tages aus.

Und was Angie vor und in der Kirche erwartete, drohte ihr den Atem zu verschlagen. Als ihre Brautjungfern erwarteten sie Ginetta und deren kleinere Schwester Ella, die Angies erste Patientin in Montedoro gewesen war, noch bevor sie sich hier niedergelassen hatte. Wer von ihren Verwandten auch immer auf diesen Gedanken gekommen war, Angie würde ihm ewig dankbar dafür sein.

Nicht minder berührte sie das Bild, das sich ihr bot, als ihr Vater sie in die Kirche geleitete. Die Bänke waren voll besetzt, und alle aus dem Ort schienen ihr zu Ehren gekommen zu sein. Selbst aus dem Umland waren Bauern mit ihren Familien angereist, um bei der Trauung der Ärztin ihres Vertrauens anwesend zu sein.

Doch sobald Angie vor dem Altar neben ihrem Bräutigam saß, hatte sie nur noch Augen für ihn. Bernardo schien aufgeregter als sie zu sein, denn geradezu unbeholfen hielt er ihre Hand, als wäre sie der einzige Halt in einer Welt, in der er sich noch äußerst unsicher bewegte.

Auch Angie konnte ihr unerwartetes Glück noch nicht so recht fassen. Ein mehr als steiniger Weg lag hinter ihnen, und beinahe wären sie kurz vor dem Ziel noch gestrauchelt. Nun aber sollte sich ihre Bestimmung erfüllen, und nichts und niemand auf der Welt konnte Bernardo und sie je wieder trennen.

Begleitet von Orgelklängen verließ das Brautpaar die Kirche, um mit der Familie und allen Bewohnern des Ortes auf dem Marktplatz von Montedoro zu feiern, der von Federico

Marcello mit Blumen geschmückt worden war.

Nachdem alle an langen Tafeln Platz genommen hatten, folgte eine schier endlose Reihe von Reden, weil keiner darauf verzichten wollte, dem Paar die besten Wünsche mit auf den Weg zu geben.

Endlich verriet ein Tusch der Kapelle, dass der Zeitpunkt für den Hochzeitstanz gekommen war, und unter dem fröhlichen Applaus der Gäste führte Bernardo Angie auf die Tanzfläche.

„Anfangs hätte ich dir wirklich nicht zugetraut, dass du dich je bei uns einleben würdest", sagte er leise, während sie sich im Takt der Musik wiegten. „Du hast mich nachdrücklich eines Besseren belehrt. Die Menschen hier oben scheinen das eher begriffen zu haben als ich. Sieh dir nur die strahlenden Gesichter um uns her an. Sie gelten einzig und allein dir."

„Dir ganz genauso, Liebling", widersprach Angie. „Es sind *unsere* Freunde, die uns das ermöglicht haben. Und deine Familie hat dir zum wiederholten Mal die Hand entgegengestreckt, Bernardo. Meinst du nicht, dass es Zeit wird, sie zu ergreifen?"

Er erwiderte nichts, und Angie war klug genug, ihn nicht zu bedrängen. Insgeheim vertraute sie darauf, dass er schon bald erneut über seinen Schatten springen würde, auch wenn er ihm momentan unüberbrückbar erschien.

„Fühlst du dich durch die kleine Inszenierung, die wir aufgeführt haben, sehr überrumpelt?", fragte er ernst.

„Na hör mal", erwiderte sie lächelnd und strich ihm über die Wange. „Deine Frage kommt ein bisschen spät, findest du nicht?"

„Ich war so verzweifelt", gestand er ihr. „Wie ich es auch immer angestellt habe, du wolltest nicht meine Frau werden. Und ich dachte, wenn ich ein bisschen nachhelfe …"

„Mir wäre immer noch die Möglichkeit geblieben, Nein zu sagen."

„Auch wenn alle im Dorf wild entschlossen waren, dich unter die Haube zu bringen?", wandte er mit einem jungenhaften Lächeln ein. „Ich hätte nie geglaubt, dass ich mal eine halbe Hundertschaft in Anspruch nehmen muss, um meinen Heiratsantrag loszuwerden."

„Ohne deine Brüder hättest du es selbst dann nicht geschafft", kommentierte Lorenzo, der direkt neben ihnen stand und offensichtlich jedes Wort mitbekommen hatte.

„Auf uns kannst du dich eben verlassen", erklang Renatos Stimme von der anderen Seite, als er gemeinsam mit Heather tanzend an ihnen vorüberglitt.

„Nicht nur auf euch", sagte Angie und blickte zu Bernardo. „Wenn ich mich nicht schwer täusche, hat jemand anders im Hintergrund heimlich die Fäden gezogen."

„Weil ich mir keinen Rat mehr wusste, habe ich Baptista um Hilfe gebeten", gab Bernardo ohne Umschweife zu. „Sie hat nicht einen Moment gezögert und mir mit Rat und Tat beiseitegestanden, als wäre ich ihr leiblicher Sohn."

„Gibt dir das nicht zu denken?"

„Allerdings tut es das", erwiderte Bernardo nachdenklich und führte Angie zurück zu ihrem Platz, wo sich ihr Vater interessiert mit einer Frau unterhielt, deren Tochter bei einem Unfall schwere Verbrennungen erlitten hatte und unter den Entstellungen, die sie davongetragen hatte, noch heute litt.

„Was hältst du davon, wenn ich mir das Mädchen mal ansehe?", schlug Dr. Wenham Angie unvermittelt vor.

„Ich hatte gehofft, dass du das sagst", erwiderte Angie erleichtert. „Ich war schon drauf und dran, dir den Fall in einem Brief zu schildern und dich zu fragen, ob du die Kleine nicht operieren kannst."

„Dann solltest du alles Nötige in die Wege leiten“, willigte er spontan ein. „Schick mir vor allem Röntgenaufnahmen, damit ich genau weiß, was mich erwartet. Operieren sollten wir sicherlich in Palermo. Erstens braucht unsere kleine Patientin dann nicht zu reisen, und zweitens kann ich dich bei der Gelegenheit besuchen.“

„Die Kosten übernehme selbstverständlich ich“, mischte sich Bernardo in das Gespräch ein, doch Dr. Wenham erteilte ihm eine ziemlich deutliche Abfuhr.

„Mein lieber Schwiegersohn“, sagte er bestimmt, „wie du weißt, bin ich ein vermögender Mann, was mich in die überaus angenehme Lage versetzt, selbst zu entscheiden, wem ich wann und wofür wie viel in Rechnung stelle. Und jetzt entschuldigt mich bitte. Mir ist nach feiern zumute.“

Ohne eine Antwort abzuwarten, stand er auf und ging zur Frau des Bürgermeisters, um sie zum Tanzen aufzufordern.

„Ich befürchte, ich habe deinem Vater ziemlich unrecht getan“, wandte sich Bernardo betroffen an Angie. „Und er ist beileibe nicht der Einzige.“

„Ich kann dir die Entscheidung natürlich nicht abnehmen“, ergriff sie entschlossen die Gunst der Stunde, „aber meinst du nicht, dass es Zeit wird, offen mit Baptista zu reden?“

„Glaubst du wirklich, dass jetzt der richtige Zeitpunkt dafür ist?“

„Fällt dir ein besserer ein?“

Angies Einwand schien Bernardo zu denken zu geben, denn er sah sie eine ganze Weile unschlüssig an, bis er sich endlich einen Ruck gab und einwilligte. „Also schön“, sagte er entschlossen, „aber du musst mitkommen.“

Gemeinsam ging das frisch vermählte Paar zu dem Tisch, an dem Baptista und Federico saßen und verliebte Blicke austauschten. „Ich wollte mich noch bei dir bedanken“, begann Bernardo umständlich. „Was du heute für mich getan hast … und nicht nur heute. Wenn ich nur die richtigen Worte wüsste."

„Vielleicht kann ich dir helfen", erwiderte Baptista. „Seit zwanzig Jahren wünsche ich mir, dass du in mir eine Mutter siehst. Damit meine ich nicht, dass du deine leibliche Mutter vergessen sollst. Im Gegenteil. Ich möchte dir nur die Liebe geben dürfen, die sie dir gegeben hätte, wenn sie noch leben würde. Als du mich gebeten hast, dir zu helfen, war ich sehr glücklich. Zum ersten Mal hast du zugelassen, dass ich dich wie mein eigen Fleisch und Blut behandle."

Bernardo war Baptistas unverhohlene Liebeserklärung sichtlich unangenehm. „Ich habe nicht das Recht, dass du mich liebst", erwiderte er gequält. „Es gibt etwas … Wenn du die Wahrheit wüsstest, würdest du nicht so reden."

„Welche Wahrheit kann so schlimm sein, dass ich nicht wie eine Mutter für dich empfinden soll, mein Sohn?", fragte Baptista zärtlich.

„Die bittere Wahrheit, dass ich für den Tod deines Mannes verantwortlich bin", machte er seinem Herzen Luft. „Wenn ich an jenem Tag nicht ausgerissen wäre, um meinen Vater zu besuchen und seine Frau und seine Söhne kennenzulernen, wäre der Unfall nicht passiert. Wie habe ich euch beneidet, weil ihr jeden Tag mit ihm zusammen sein durftet, während meine Mutter und ich ihn nur selten sahen und zur Strafe von allen Leuten im Dorf geschnitten wurden. Ich wollte unbedingt mit eigenen Augen sehen, wie ihr lebt. Weil es dunkel wurde, habe ich auf halbem Weg kehrtgemacht. Doch da hatten sich meine Eltern schon auf die Suche nach mir begeben. Wenn ich nicht ausgerissen wäre, würden sie heute noch leben!"

Noch während er sprach, betrachtete Bernardo Baptista und wartete ängstlich darauf, dass sich in ihrem Gesicht die Abscheu widerspiegeln würde, die sie für ihn empfinden musste.

Entsprechend unvorbereitet traf es ihn, als sie ihm ein verständnisvolles Lächeln schenkte. „Jetzt ist mir alles klar“, sagte sie ruhig. „Ich habe mich all die Jahre gefragt, warum du von zu Hause weggelaufen bist, und Vincente konnte es mir nicht erklären.“

„Vincente?“, fragte Bernardo ungläubig. „Wie hätte er dir etwas erklären können? Er war doch auf der Stelle tot, als das Auto in die Schlucht stürzte.“

„Bevor deine Mutter und er losgefahren sind, um dich zu suchen, hat er mich angerufen und mir gesagt, dass er später als geplant nach Hause kommt. Den Grund hat er mir selbstverständlich auch genannt.“

„Dann wusstest du die ganze Zeit …?“

„Vincente und ich hatten keine Geheimnisse voreinander“, erklärte Baptista dem sprachlosen Bernardo. „Und von der Beziehung zu deiner Mutter wusste ich selbstverständlich auch. Um genau zu sein, habe ich sie sogar gebilligt. Schockiert dich das etwa?“, fragte sie, als sie seinen fassungslosen Gesichtsausdruck sah.

„Allerdings“, gestand Bernardo. „Schließlich warst du seine Ehefrau …“

„Vielleicht lag mir deshalb vor allem sein Glück am Herzen. Und deine Mutter konnte ihm etwas geben, was ihm bei mir versagt blieb. Denn anders, als du anzunehmen scheinst, habe ich Vincente nicht geliebt, wie er mich nicht geliebt hat. Wir waren Freunde und Vertraute, aber meine Liebe gehörte einem anderen Mann.“

Sie wandte sich zu Federico und sah ihn zärtlich an, bevor sie weitersprach. „Dein Vater wusste das und hat es stets respektiert, so wie ich respektiert habe, dass er sozusagen eine zweite Familie gegründet hatte. Eines Tages hat er mir das Versprechen abgenommen, dass ich mich um euch kümmern würde, falls ihm etwas zustößt. Es hat mich stolz gemacht, dass er mich darum gebeten hat, und für mich war es eine Selbstverständlichkeit, mich an mein Versprechen zu halten – jedenfalls, soweit du es zugelassen hast."

Bernardo war plötzlich aschfahl. „Als du vor mir gestanden hast und mich abholen wolltest, war ich felsenfest davon überzeugt, dass du mich hasst."

„Du hättest dich mal sehen müssen", erwiderte Baptista lachend. „Ein kleiner Junge von zwölf Jahren, der einfach wild entschlossen war, sich wie ein erwachsener Mann zu benehmen. Leider wusstest du noch nicht, dass es auch Männern dann und wann gut zu Gesicht steht, Gefühle zu zeigen. Der Versuch, dich zu umarmen, ist jedenfalls kläglich gescheitert.

Dass du es mir nicht leicht machen würdest, war mir von Anfang an klar. Nicht im Traum hätte ich allerdings damit gerechnet, wie hartnäckig du dich noch nach Jahren mir und deinen Brüdern gegenüber verschließt. Doch nicht einmal die Tatsache, dass du dich geweigert hast, den Namen deines Vaters zu tragen, konnte mich daran hindern, all die Jahre wie eine Mutter für dich zu empfinden."

„Obwohl ich schuld an seinem Tod bin?", fragte Bernardo entgeistert, weil ihm nicht in den Kopf wollte, dass Baptista ihm nicht den geringsten Vorwurf machte.

„Du warst doch noch ein Kind", widersprach sie bestimmt. „Bald wirst du selbst Vater sein. Und du wärst der Letzte, der seinen Kindern ein Leben lang Vorwürfe für etwas macht, was sie aus Unerfahrenheit angestellt haben. Wie kannst du mir etwas unterstellen, was du selbst niemals tun würdest?"

Bernardo senkte betreten den Blick. „Verzeih mir, bitte – Mutter", sagte er leise, doch immer noch laut genug, dass Baptista es hören konnte. Ihr Gesichtsausdruck verriet, dass er ihr keine größere Freude hätte machen können.

„Vor allem musst du dir selbst verzeihen“, sagte sie zärtlich. „Erst dann wirst du dich deiner Familie zugehörig fühlen, ohne Angst haben zu müssen, Verrat an deiner Mutter zu begehen. Wenn du einverstanden bist, würde ich sie gern in unsere Familiengruft in Palermo umbetten lassen. Dann sind wir endlich alle eine einzige große Familie.“

Bernardo war außerstande, etwas zu erwidern. Doch Baptista hatte auch so verstanden. Sie stand auf und nahm ihren Sohn in die Arme. Dabei warf sie einen verstohlenen Blick zu Angie, und die beiden Frauen verständigten sich mit einem Zwinkern, dass sie alle Geduld mit dem Starrkopf aufbringen würden, den sie beide liebten.

„Bei dem Tempo, in dem sich unsere Familie vergrößert, sollten wir aufpassen, dass wir nicht den Überblick verlieren“, sagte Baptista, nachdem sie sich aus der Umarmung gelöst und die Tränen abgewischt hatte. „Letztes Jahr die Heirat von Renato und Heather, heute die von Bernardo und Angie, zwei Enkelkinder sind auch schon unterwegs – und die nächste Hochzeit kündigt sich bereits an.“

Schon wollten sich alle nach Lorenzo umdrehen, als Baptista sich zu Federico wandte und seine Hand nahm. „Wir hätten schon vor vierzig Jahren heiraten sollen, aber wenn man sich liebt, ist es nie zu spät dafür.“

„Es wurde höchste Zeit, dass du auch mal an dich selbst denkst“, sagte Bernardo erfreut. „Bis jetzt warst du ja vollauf damit beschäftigt, die Ehen deiner Kinder einzufädeln.“

„Ich habe keinen Grund, mich zu beschweren“, erwiderte Baptista strahlend. „Außerdem ist meine Mission noch nicht beendet.“

Nun sahen tatsächlich alle zu Lorenzo, der augenblicklich rot wurde. „Solltest du mich im Sinn gehabt haben, kannst du dir deine Mühe sparen.“

„Nur Mut, Kleiner“, sagte Renato. „Mit der Zeit gewöhnt

man sich … au!“ Heather hatte ihm kurz entschlossen den Ellbogen in die Rippen gestoßen.

„Das mag ja sein“, entgegnete Lorenzo aufgebracht. „Und in zehn Jahren bin ich gern bereit, darüber nachzudenken. Bis dahin verschont mich bitte mit solchen Vorschlägen. Habe ich mich klar genug ausgedrückt?“

Niemand erwiderte etwas, und die wissenden Blicke, die auf ihm ruhten, brachten ihn allmählich in Panik. „Ob ich mich klar genug ausgedrückt habe?“, wiederholte er fordernd.

„Das hast du in der Tat, mein Junge“, sagte Baptista sanft. „Ich würde vorschlagen, dass wir die Dinge in aller Ruhe auf uns zukommen lassen.“

Es war weit nach Mitternacht, und die letzten Gäste hatten das Fest verlassen, als ein einsames Paar Hand in Hand im Mondschein spazieren ging.

Die beiden sprachen kaum miteinander, und trotzdem hätte ein heimlicher Beobachter den Eindruck gehabt, dass sie sich auch ohne Worte verstanden.

„Ich habe auf meine Menschenkenntnis immer große Stücke gehalten“, sagte der Mann unvermittelt. „Doch um die ist es genauso schlecht bestellt wie um mein Wissen über die Liebe. Von der weiß ich nicht mehr, als dass ich sie empfinde – für dich und unser Kind. Leicht werdet ihr es mit mir sicherlich nicht haben, und ab und zu werde ich deine Hilfe benötigen …“

„Ich bin nicht sicher, ob ich dir eine große Hilfe sein kann“, erwiderte die Frau nachdenklich. „Ich verstehe von der Liebe nicht mehr als du. Sie ist so anders, als ich sie mir vorgestellt habe. Ich hätte nie gedacht, dass sie auch Kummer und Leid mit sich bringt.“

„Hast du Angst vor dem, was vor uns liegt?“

„Nein“, entgegnete die Frau bestimmt. „Ich weiß nur, dass

ich viele Fehler gemacht habe. Und ich bin sicher, es werden weitere folgen."

Schweigend setzten sie ihren nächtlichen Spaziergang fort. Nur ein einziger Satz wurde noch gesprochen, ohne dass einer der beiden später hätte sagen können, wer von ihnen ihn äußerte: „Gemeinsamen werden wir einen Weg finden."

EPILOG

Bernardos und Angies Tochter kam im Oktober zur Welt, und die Taufe fand im darauffolgenden Frühjahr in der Kathedrale von Palermo statt. Bernardo bestand darauf, dass sie vor der Zeremonie alle gemeinsam in die Familiengruft gingen, um Blumen auf die Gräber von Vincente Martelli und Marta Tornese zu legen. Auf diese Weise wollte er bezeugen, dass er sich endgültig den Martellis zugehörig fühlte. Inzwischen trug er auch mit großer Selbstverständlichkeit den Namen seines Vaters, und sogar einen Teil des Vermögens, das ihm zustand, hatte er angenommen.

In den letzten Schwangerschaftsmonaten hatte sich gezeigt, dass Angie die Praxis unmöglich allein weiterführen konnte. Lange hatte sie vergebens nach einem geeigneten Kollegen Ausschau gehalten, und Carlo Bondini einzustellen verbot sich von vornherein.

Wie so oft war ihr auch in diesem Fall das Schicksal zu Hilfe gekommen, dieses Mal in Gestalt ihres Bruders Steven, der sie eines Tages besuchte, weil ihm in England aus den verschiedensten Gründen die Decke auf den Kopf zu fallen drohte. Innerhalb weniger Tage entschied er sich, endgültig auf Sizilien zu bleiben und in die Praxis seiner Schwester einzusteigen, und schon bald war er bei den Menschen in Montedoro ähnlich beliebt wie sie.

Zur Taufe gab es ein großes Wiedersehen, denn auch Angies Vater und ihr zweiter Bruder Jack waren selbstverständlich angereist und sahen gespannt zu, als Angie mit dem Kind zum Taufstein ging, damit es das heilige Sakrament empfing.

Bernardo stellte sich neben sie und blickte voller Stolz auf seine Frau und ihre gemeinsame Tochter.

Doch auch wenn es der glücklichen Familie nicht anzusehen war, schwelte unterschwellig ein Streit zwischen ihnen, denn noch bis zum Vorabend hatten sich die Eltern nicht über den Namen einigen können, den das Kind tragen sollte.

Schließlich hatte Bernardo die Entscheidung seiner Frau überlassen, und nun wartete er gespannt, welchen Namen Baptista, die die Patin der Kleinen war, dem Pfarrer auf dessen Nachfrage hin nennen würde.

Endlich war der Moment gekommen, und Baptista nahm Angie das kleine Mädchen vorsichtig ab und hielt es über das Taufbecken.

„Auf welchen Namen soll dieses Kind getauft werden?", fragte der Priester feierlich.

„Marta", antwortete Baptista und sah zu dem Mann auf, den sie liebte wie einen Sohn. „Marta Martelli."

– ENDE –

Lucy Gordon

Heirate nie einen Italiener

Roman

Aus dem Amerikanischen von
Fanny Gabor

MIRA®

PROLOG

„Dein Flug wird gleich aufgerufen", sagte Heather Miller, als ihr Blick auf die Anzeigetafel im Flughafen von Palermo fiel.

„Wenn es nach mir ginge, wären wir schon in der Luft", erwiderte Lorenzo voller Vorfreude. „Ich kann es kaum erwarten, nach New York zu kommen."

„Denk daran, dass du nicht zu deinem Vergnügen in die USA fliegst", mischte sich Renato mahnend ein. Als Oberhaupt der Familie Martelli und Chef der gleichnamigen Firma hielt er es für ratsam, seinen jüngeren Bruder an dessen Aufgaben zu erinnern. „Zweck deiner Reise ist es, Geld zu verdienen, indem du neue Kunden für unser Obst und Gemüse gewinnst, und nicht, es auf den Kopf zu hauen, indem du dich mit jungen Amerikanerinnen amüsierst."

„Um das zu verhindern, müsstest du schon mitfliegen", wandte Heather ein. Es fiel ihr wirklich nicht leicht, sich diesen gut aussehenden, athletischen jungen Mann mit dem lockigen braunen Haar und den blauen Augen als seriösen Geschäftsmann vorzustellen.

Doch so attraktiv und sympathisch ihr Schwager auch war, erschien es Heather unvorstellbar, dass sie diesen jugendlichen Draufgänger noch vor wenigen Monaten geliebt hatte – oder geglaubt hatte, ihn zu lieben. Nach Sizilien war sie jedenfalls gekommen, um ihn zu heiraten.

Glücklicherweise hatte sie rechtzeitig gemerkt, dass ihre wahre Liebe Renato galt. Zugegeben, er war ein verschlossener und nachdenklicher Mann, dem kaum ein Lächeln zu entlocken war, während Lorenzo die Herzen der Frauen im Sturm eroberte.

Heather hatte an dem scheinbar so schroffen und abweisenden Renato jedoch Facetten entdeckt, die ihr Herz für ihn eingenommen hatten. Seit acht Monaten waren sie nun verheiratet, und schon bald würden sie eine richtige Familie sein, denn Heather erwartete ein Kind.

„Im Elroy ist ein Zimmer für dich reserviert", teilte Renato seinem Bruder mit. „Ruf mich an, sobald du angekommen bist. Und vergiss nicht …"

„Ich weiß selbst, was ich zu tun habe", fiel Lorenzo ihm ins Wort. „Und wenn ich auch nur die Hälfte der Leute besuche, deren Adressen mir Mamma mitgegeben hat, komme ich ohnehin zu nichts anderem. Erst gestern hat sie ohne mein Wissen die Angolinis angerufen und mich für Donnerstag zum Abendessen angekündigt. Kannst du mir vielleicht sagen, was ich da soll?"

„Du musst Mamma verstehen", erwiderte Renato. „Unser Großvater und Marco Angolini waren die besten Freunde, bis Marco mit seiner Frau und seinem Sohn in die USA ausgewandert ist."

„Das weiß ich selbst", wandte Lorenzo ein, „aber das ist Jahrzehnte her. Marco und seine Frau sind längst tot, und selbst sein Sohn und dessen Frau sind inzwischen alte Leute. Mich beschleicht ein ganz anderer Verdacht. Die beiden haben nämlich nicht nur drei Söhne, sondern auch vier ledige Töchter – alle im heiratsfähigen Alter."

„Seit wann jagen dir ledige Frauen im heiratsfähigen Alter Angst ein?", fragte Renato schalkhaft.

„Mit den Töchtern werde ich schon fertig", widersprach Lorenzo. „Weniger mit der Aussicht, dass ich verkuppelt werden soll."

„Warum sträubst du dich eigentlich so gegen dein Glück?" Es bereitete Renato sichtlich Vergnügen, Öl ins Feuer zu gießen. „Die Angolinis besitzen eine Schlachterei, und selbst du musst zugeben, dass die Verbindung zwischen einer Fleischertochter und dem Sohn eines Gemüsebauern geradezu ideal wäre."

„Vergiss es, Brüderchen“, wies Lorenzo Renato zurecht, und doch konnte er sich ein Grinsen nicht verkneifen.

Ehe Renato etwas erwidern konnte, ertönte aus den Lautsprechern der dringende Aufruf an alle Passagiere nach New York, sich am Flugsteig einzufinden. „Mach uns keine Schande“, gab er seinem Bruder gespielt drohend noch mit auf den Weg.

Nachdem er sich von seiner Schwägerin verabschiedet hatte, drehte sich Lorenzo um. Renato und seine Frau sahen ihm nach, bis er hinter dem Abfertigungsschalter verschwand. „Man könnte ihn fast bemitleiden“, sagte Renato nachdenklich. „Es scheint sein Schicksal zu sein, dass keine Frau ihm widerstehen kann.“

„Ausnahmen bestätigen die Regel“, widersprach Heather, und sein liebevolles Lächeln bewies, dass er ihre Anspielung verstanden hatte. „Mach dir keine Sorgen“, sagte sie beruhigend. „Lorenzo weiß genau, was seine Position in der Firma von ihm verlangt.“

„Das schon“, antwortete Renato. „Ich hoffe nur, dass er es während des Fluges nicht vergisst.“ Dann legte er den Arm um Heather und führte sie aus dem Flughafengebäude.

1. KAPITEL

New York war tief verschneit, und ein eisiger Wind pfiff durch die Straßen. Doch selbst ein solch trüber Februarabend konnte der Faszination dieser Metropole keinen Abbruch tun – schon gar nicht, wenn man im Begriff war, das Elroy in der Park Avenue zu betreten, das beste und teuerste Hotel der Stadt.

Am Personaleingang stand ein Wachmann, der Helen nicht erkannte, sodass sie ihm ihren Firmenausweis zeigen musste. „Helen Angolini. Trainee im Management", las er halblaut und nickte anerkennend, bevor er sie endlich passieren ließ.

„Kann sich dieses Ding nicht etwas schneller bewegen?", schimpfte sie vor sich hin, als sie endlich im Aufzug stand, der sie in die achte Etage bringen sollte. „Ich komme auch so schon zu spät."

„Mich wundert, dass du überhaupt kommst", drang ihr plötzlich eine vertraute Stimme ans Ohr. Als Helen sich umsah, blickte sie direkt ins Gesicht ihrer Freundin Dily, die die ganze Zeit unbemerkt hinter ihr gestanden hatte.

Die beiden hatten sich vor drei Jahren gleichzeitig für die Managementschulung des Elroy beworben und waren unter Hunderten ausgewählt worden. Schnell hatten sie sich angefreundet, und seit geraumer Zeit teilten sie sich eine kleine Wohnung. Nun standen sie kurz vor dem Abschluss der Ausbildung und hofften beide auf eine Festanstellung.

„Kommst du etwa direkt vom Flughafen?", erkundigte sich Dily mit Blick auf Helens Gepäck.

„Richtig geraten", bestätigte Helen. „Eigentlich wollte ich längst bei meinen Eltern sein. Doch kaum saß ich im Taxi, klingelte mein Handy. Mr. Dacre hat mir befohlen, auf direktem Weg ins Hotel zu kommen."

Endlich hielt der Fahrstuhl, und kaum hatten sich die Türen geöffnet, nahm Dily Helens Arm und zog sie zur Damentoilette. „Bevor du Mr. Dacre unter die Augen trittst, würde ich mich an deiner Stelle umziehen."

Helen war eine große, attraktive junge Frau mit schulterlangem pechschwarzen Haar und dunklen, ausdrucksvollen Augen. Nicht wenige, darunter Dily, waren der Ansicht, dass sich ihre wahre Schönheit erst richtig zu entfalten begonnen hatte, seit sie ihr fünfundzwanzigstes Lebensjahr erreicht hatte. Sosehr Helen sich dadurch auch geschmeichelt fühlte, fürchtete sie bisweilen, dass ihr die sizilianische Abstammung allzu deutlich anzusehen war. Manchmal beneidete sie ihre Freundin, die nicht nur zierlicher war, sondern vor allem blondes Haar, blaue Augen und einen hellen Teint hatte.

Doch selbst wenn Helen mit ihrem Aussehen nicht rundherum zufrieden war, verstand sie sich darauf, sich so zu kleiden, dass ihr das unmöglich anzumerken war. Weil sie wusste, dass zu ihrem dunklen Teint am besten kräftige und warme Töne passten, öffnete sie einen Koffer und zog ein dunkelrotes Seidenkleid heraus.

„Du siehst hinreißend aus", gratulierte Dily ihr, nachdem Helen sich umgezogen und das Haar ausgiebig gebürstet hatte, bis es ihr seidig über die Schultern fiel. „Die Männer werden dir zu Füßen liegen."

„Kannst du eigentlich an nichts anderes denken?", fragte Helen belustigt und steckte sich das Namensschild an, das sie als Mitarbeiterin des Elroy auswies. „Vergiss nicht, dass wir nicht zu unserem Vergnügen hier sind, sondern um zu arbeiten."

„Ach so?" Dily zuckte gleichgültig die Schultern. „So genau nehme ich es mit der Trennung von Privatem und Dienstlichem nicht. Und jetzt komm endlich. Mal sehen, ob unter den Typen einer ist, der eine kleine Sünde rechtfertigt."

Lächelnd folgte Helen ihr in den frisch renovierten Kaisersaal, der einen Großteil des achten Stocks einnahm. Der riesige Raum erstrahlte in neuem Glanz, und auf dem Parkett stand ein Dutzend runder Tische, die unter der Last des kalten Büfetts zusammenzubrechen drohten.

Im Saal herrschte eine fast bedrohliche Enge, aus der sich unvermittelt ein Mann löste und direkt vor Helen stehen blieb.

„Ich denke, du bist in Boston, mein Schatz", begrüßte Erik sie eine Spur zu überschwänglich.

„Da war ich bis vor wenigen Stunden auch", erklärte sie ihrem Kollegen, der zum Management des Elroy gehörte. Ab und zu trafen sie sich nach Feierabend, um gemeinsam essen oder ins Theater zu gehen, und einmal hatte Helen ihn sogar zu ihren Eltern mitgenommen. Trotzdem war ihre Beziehung rein freundschaftlicher Natur, und nichts lag Helen ferner, als eine Beziehung mit ihm anzufangen – was die Kollegen im Hotel nicht daran hinderte, ihnen eine leidenschaftliche Affäre anzudichten.

„Entschuldige mich bitte, Erik", sagte sie und sah sich im Raum um, „aber wenn ich nicht bald unseren Chef finde, ist es mit meiner Karriere vorbei, ehe sie richtig begonnen hat."

Ohne eine weitere Erklärung ließ sie ihn stehen und begab sich auf die Suche nach ihrem unmittelbaren Vorgesetzten.

„Da sind Sie ja endlich." Jack Dacre hatte Helen erspäht und sich zu ihr durchgekämpft.

„Mein Flugzeug hatte Verspätung", entschuldigte sie sich. „Es tut mir leid, dass ich nicht eher …"

„Schon gut", fiel er ihr ins Wort. „Das hat Zeit bis morgen. Jetzt interessiert mich einzig, was Sie über diese Veranstaltung wissen."

„So gut wie nichts", musste Helen zugeben. „Bis zum Tag meiner Abreise war nie die Rede davon."

„Das ist richtig. Wir haben uns in der Tat sehr kurzfristig dazu entschlossen, hier oben ein italienisches Restaurant einzurichten. Zur Eröffnung haben wir ausschließlich Stammkunden und Lieferanten eingeladen. Mischen Sie sich unter die Gäste und halten Sie sie bei Laune."

Kaum hatte er seinen Satz beendet, verschwand er in der Menge und ließ Helen allein zurück. Nach kurzem Zögern kämpfte sie sich zu Braden Fairley durch, den sie am anderen Ende des Saales entdeckt hatte.

Erst als sie ihn beinahe erreicht hatte, bemerkte sie, dass er sich mit einem gut aussehenden Mann mit lockigem braunen Haar unterhielt. Dessen Körperhaltung verriet, dass ihn die Gesellschaft des Direktors des Elroy eher langweilte, auch wenn er sich alle Mühe gab, es sich nicht anmerken zu lassen.

Als Braden Fairley einen Schritt zur Seite trat, weil ein anderer Gast ihn angesprochen hatte, hob der Fremde unvermittelt den Kopf. Fasziniert betrachtete Helen seine blauen Augen und sein fröhliches, fast jungenhaftes Lächeln, das sich auf seinem Gesicht ausbreitete, als sich ihre Blicke begegneten.

Als hätte er in ihr eine heimliche Verbündete gefunden, warf er einen kurzen Blick zu Braden Fairley, bevor er mit mitleiderregender Miene wieder Helen ansah, die alle Mühe hatte, nicht laut aufzulachen. Doch kaum hatte der Fremde sich mit einem Augenzwinkern für ihr Mitgefühl bedankt, nahm Braden Fairley ihn wieder in Beschlag, und Helen blieb keine andere Wahl, als ihn seinem Schicksal zu überlassen.

Zumal sie, wie sie sich plötzlich erinnerte, nicht zu ihrem Vergnügen hier war, sondern um zu arbeiten. Deshalb mischte sie sich unter die Gäste, ohne der Versuchung widerstehen zu können, den Fremden heimlich zu beobachten.

Er mochte einen Meter neunzig groß und maximal dreißig Jahre alt sein. Seine Figur war überaus sportlich, und mit einer Baumwollhose und einem Seidenhemd war er vergleichsweise leger gekleidet.

Doch das Beeindruckendste an ihm war zweifellos sein Lächeln – erst recht als es eindeutig ihr, Helen, galt. Offensichtlich hatte er bemerkt, dass sie ihn beobachtete, und als sich ihre Blicke begegneten, versuchte sie vergeblich, sich ihre Verlegenheit nicht anmerken zu lassen. Zu ihrem Schrecken erwiderte sie sein Lächeln sogar, obwohl sie ahnte, welche Gefahr sie damit heraufbeschwor.

Unter Aufbietung all ihrer Kräfte gelang es ihr, sich von dem faszinierenden Fremden loszureißen und in der Menge unterzutauchen.

Nachdem sie eine Stunde lang gelächelt, Hände geschüttelt und belanglose Gespräche geführt hatte, brauchte sie dringend eine Verschnaufpause. In der Hoffnung, in den Fensternischen eine Sitzgelegenheit zu finden, zog sie sich dorthin zurück.

„So ein Empfang kann einen ziemlich schaffen, nicht wahr?“ Kaum hatte Helen auf einem Sofa Platz genommen, drang ihr eine fast jugendlich klingende Stimme ans Ohr. Als sie aufsah, blickte sie direkt in das Gesicht des faszinierenden Fremden.

„Erst recht, wenn man meinem Chef in die Finger gerät“, erwiderte sie mit einem Lachen, in das der Mann augenblicklich einstimmte.

Seine Attraktivität nahm dadurch geradezu bedrohliche Ausmaße an, wie Helen erschrocken und fasziniert zugleich feststellen musste. Plötzlich war sie froh, dass sie auf Dilys Rat gehört und sich umgezogen hatte. Sie wusste um die Wirkung des dunkelroten Seidenkleids, und wenn die anerkennenden Blicke ihres Gegenübers sie nicht täuschten, hatte sie die richtige Wahl getroffen.

„Ihr Chef ist ein reizender Mensch", antwortete er endlich. „Leider hat er die Angewohnheit, nicht mehr aufzuhören zu reden, wenn er erst einmal in Fahrt gekommen ist."

Er sah sich kurz um, als fürchtete er, dass Braden Fairley hinter ihm stand und bereits darauf lauerte, die einseitige Unterhaltung fortzusetzen. „Darf ich mich zu Ihnen setzen?", fragte er schließlich und sah Helen schalkhaft an. „Sonst verwickelt er mich gleich wieder in ein Gespräch."

Ohne eine Antwort abzuwarten, nahm er neben ihr Platz. Seine unvermittelte Nähe drohte Helen endgültig aus der Fassung zu bringen, und es dauerte eine ganze Weile, bis sie die Sprache wiedergefunden hatte. „Sind Sie zum ersten Mal in New York?", erkundigte sie sich, weil sie dem Akzent des Fremden entnehmen konnte, dass er kein Amerikaner war.

„Leider ja", gestand er. „Ich bin zwar erst seit zwei Tagen hier, aber ich bedauere schon jetzt, dass ich nicht viel früher hergekommen bin. New York ist einfach umwerfend."

„Es freut mich, dass Ihnen meine Heimatstadt gefällt."

„Sind Sie wirklich hier geboren?", fragte er ungläubig. „Dann kennen Sie doch sicherlich jeden Winkel und jeden Straßenstrich."

Erst als Helen laut auflachte, merkte er, dass er sich aus Unkenntnis in der Wortwahl vergriffen hatte. „Verzeihen Sie bitte", entschuldigte er sich händeringend. „Ich wollte Ihnen wirklich nichts Derartiges unterstellen."

„Schon gut", antwortete Helen versöhnlich, „ich nehme es nicht persönlich."

„Das Ganze ist mir entsetzlich peinlich, Miss ..." Er beugte sich vor, um das Namensschild an Helens Kleid besser entziffern zu können. Irgendetwas schien ihn daran zu amüsieren, denn unvermittelt änderte sich sein Gesichtsausdruck.

„Ihr Name klingt aber gar nicht amerikanisch."

„Fangen Sie nicht auch noch damit an", erwiderte Helen erbost. „Schlimm genug, dass meine Vorgesetzten mich für eine Italienerin halten. Dabei bin ich durch und durch Amerikanerin."

„Warum tragen Sie dann einen italienischen Namen?"

„Weil mein Großvater aus Italien stammte. Er ist vor Jahrzehnten in die USA eingewandert. Mein Vater war damals noch ein kleines Kind. Doch obwohl er und meine Mutter amerikanische Pässe haben, fühlen sie sich heute noch als Italiener."

„Was sich von Ihnen offensichtlich nicht behaupten lässt."

„Ich bin hier in Manhattan geboren und aufgewachsen, und in Italien bin ich noch nie in meinem Leben gewesen. Wie soll ich mich da als Italienerin fühlen?"

„Und wie denken Ihre Eltern darüber?"

„Wie Italiener", musste Helen einräumen. „Ich habe meine Arbeit und eine eigene Wohnung. Doch anstatt sich darüber zu freuen, dass ich auf eigenen Füßen stehe, bedrängt mich meine Mutter seit Jahren damit, dass ich doch endlich heiraten und eine Familie gründen soll. Wobei als Schwiegersohn selbstverständlich nur ein Italiener infrage kommt."

„Ist das denn so abwegig?", fragte ihr Gegenüber.

„Allerdings", erwiderte Helen bestimmt. „Sollte ich je heiraten, dann garantiert keinen Italiener. Eher gehe ich ins Kloster!"

Es schien den Mann zu faszinieren, dass sie sich so aufregte, aus welchem Grund auch immer. Seine nächste Frage klang in ihren Ohren jedenfalls wie reine Provokation. „Woher stammt Ihre Familie denn?"

„Von Sizilien", antwortete Helen, und sie stieß den Namen der Insel wie einen Fluch aus. „Vielleicht verstehen Sie jetzt, warum ich nie einen Mann aus der Heimat meiner Vorfahren heiraten werde. Eine Tradition, die davon ausgeht, dass sich eine Frau ihrem Ehemann unterwirft, kann mir gestohlen bleiben."

„Das glaube ich Ihnen gern", erwiderte er verständnisvoll. „Andererseits kann man es den Männern nicht verübeln, wenn sie ihre Privilegien nicht kampflos aufgeben", setzte er provozierend hinzu.

„An mir würden sie sich die Zähne ausbeißen", entgegnete Helen trotzig.

„Darauf gehe ich jede Wette ein. Und wenn ich nicht so ein Feigling wäre, würde ich Ihnen auch sagen, was mich so sicher sein lässt."

„Nur Mut", erwiderte Helen, ohne zu merken, dass sie im Begriff war, auf den Köder anzubeißen, den der Fremde ausgelegt hatte. „Wie Sie gemerkt haben, bin ich nicht nachtragend."

„Also schön", sagte der Mann, und doch zögerte er einen Moment, bevor er weitersprach. „Man merkt Ihnen Ihre Herkunft bei jedem Wort an."

„Wie bitte?", fragte Helen entgeistert.

„Ihr südländisches Temperament lässt sich nicht verbergen. Wenn man Sie reden hört, fühlt man sich förmlich nach Sizilien versetzt. Nur würde ich es nie wagen, Ihnen das ins Gesicht zu sagen", setzte er rasch hinzu, als er sah, dass Helens Miene sich verfinsterte.

„Ihr Glück", entgegnete sie streng, doch ihr Gesichtsausdruck sprach ihrem Tonfall Hohn. „Wir sollten lieber das Thema wechseln. Ich habe Ihre Geduld lange genug strapaziert. Schließlich haben Sie die weite Reise nicht angetreten, um sich meine Lebensgeschichte anzuhören."

„Wer weiß?", entgegnete der Fremde und schenkte Helen erneut dieses unwiderstehliche Lächeln. „Im Moment fällt mir jedenfalls kein anderer Grund ein. Darum schlage ich vor, dass wir unsere Unterhaltung bei einem Drink fortsetzen, sobald Sie hier abkömmlich sind."

„Das wird leider nicht gehen", erwiderte Helen gerührt. „Der Abend ist schon anderweitig verplant."

„Darf man erfahren, womit?"

„Es ist zwar noch geheim, aber ich muss noch jemanden umbringen."

„Wer ist denn der Glückliche?"

„Ein gewisser Lorenzo Martelli." Helens Lachen erstarb im selben Moment, in dem sie trotz seines dunklen Teints erkennen konnte, dass der Fremde aschfahl geworden war.

„Habe ich etwas Falsches gesagt?", erkundigte sie sich besorgt.

„Nein, nein", entgegnete er rasch. „Ich frage mich nur, warum Sie diesen Mann umbringen wollen. Wie war doch gleich sein Name?"

„Lorenzo Martelli", antwortete Helen. „Umbringen will ich ihn, damit ich ihn nicht heiraten muss."

„W…wie bitte?"

„Ihre Einladung zum Drink kommt deshalb ungelegen, weil ich gleich zu meinen Eltern muss", erklärte sie. „Sie geben ein Essen zu Ehren dieses Signore Martelli. Sie dürfen dreimal raten, woher er kommt. Richtig geraten", fuhr sie fort, ohne eine Antwort abzuwarten. „Aus Sizilien. Er ist geschäftlich in New York, und weil unsere Großväter eng befreundet waren, glaubt er, uns unbedingt besuchen zu müssen."

„Und was macht Sie so sicher, dass er Sie heiraten will?"

„Ob *er* das will, kann ich Ihnen nicht sagen", erwiderte Helen zur Verblüffung des Fremden. „Meine Eltern wollen es, und damit ist es beschlossene Sache."

„Aber Sie haben ihn doch noch nie in Ihrem Leben gesehen!"

„Ich habe Ihnen doch gesagt, wie sie sind. Sie haben sogar daran gedacht, die Verabredung für heute Abend zu treffen, während ich beruflich in Boston zu tun hatte. Von dem Mann, den sie für mich ausgesucht haben, weiß ich nur, dass er eine gute Partie ist und sehnsüchtig nach einer Sizilianerin Ausschau hält, die seine Frau werden will."

„Wenn er so vermögend ist, wie Sie sagen, sollte es ihm doch ein Leichtes sein, auf Sizilien eine Braut zu finden", wandte der Fremde ein.

„Wahrscheinlich ist er so dick und unansehnlich, dass er zu Hause nicht fündig geworden ist."

Der Mann nickte zustimmend. „Langsam beginne ich zu begreifen, warum Sie ihn umbringen wollen. Obwohl ihn eigentlich keine Schuld trifft. Schließlich haben sich Ihre Eltern das ausgedacht."

„Mitgehangen, mitgefangen", entgegnete Helen kompromisslos.

„Urteilen Sie nicht vorschnell?", wandte der Fremde vorsichtig ein. „Wenn Sie ihn erst kennen, sind Sie vielleicht froh und glücklich, ihn heiraten zu dürfen."

Helens Blick glich einem Donnerwetter. „Ausgeschlossen. Bevor das geschieht, sterbe ich lieber. Da ich aber nicht die geringste Lust dazu habe, wird er wohl dran glauben müssen."

„Nur weil er Italiener ist?"

„*Nur* ist gut", entgegnete Helen trotzig. „Zufällig weiß ich aus eigener Anschauung, dass Italiener altmodisch, herrschsüchtig, unzuverlässig und untreu sind. Vor allem untreu. Wissen Sie, wie man italienische Ehemänner bei uns nennt? Verheiratete Junggesellen. Von ihnen wird geradezu erwartet, dass sie fremdgehen, und wer es nicht tut, macht sich zum Gespött seiner Landsleute – der männlichen, selbstverständlich."

„Und die anderen Eigenschaften, die Sie aufgezählt haben? Könnten Sie sich mit denen notfalls anfreunden?"

„Dafür weiß ich zu gut, was diesem Martelli in dieser Sekunde durch den Kopf geht."

„Das glaube ich kaum", widersprach der Mann, und Helen sah ihn skeptisch an. „Was geht ihm denn durch den Kopf?", korrigierte er sich rasch.

„Wir sind vier Schwestern", antwortete Helen, ohne auf seine Bemerkung einzugehen. „Patrizia, Olivia, Carlotta und ich – vier ledige junge Frauen. Dieser Martelli wird das Haus meiner Eltern in dem festen Glauben betreten, dass wir uns nebeneinander vor ihm aufstellen, damit er uns in aller Ruhe begutachten und sich eine von uns aussuchen kann. Wahrscheinlich rechnet er sogar damit, dass wir uns gegenseitig die Augen auskratzen."

„Trauen Sie ihm das wirklich zu?"

„Und ob!", erwiderte Helen bestimmt und stand auf. „Der Kerl soll sich bloß vorsehen. Ich bin jetzt genau in der richtigen Stimmung, um ihm gegenüberzutreten. Es war wirklich sehr freundlich von Ihnen, dass … Haben Sie eigentlich schon gegessen?", fragte sie unvermittelt, weil sie plötzlich wusste, wie der Abend zu retten wäre.

„Nein, aber ich verstehe nicht …"

„Dann kommen Sie doch einfach mit zu meinen Eltern", schlug sie begeistert vor.

„Was versprechen Sie sich davon?", fragte der Mann skeptisch.

„Nichts weiter", wiegelte Helen ab. „Ich dachte nur, wenn ich in Ihrer Begleitung komme und wir so tun, als würden wir uns schon länger …"

„Dieser Martelli soll denken, dass Sie bereits in festen Händen sind, oder?"

„So ungefähr", gestand Helen. „Tun Sie mir doch den Gefallen. Ich verspreche Ihnen auch, dass ich Sie nicht tiefer in die Sache mit hineinziehen werde als nötig."

Wenn du wüsstest, dachte der Mann, weil ihm, anders als ihr, klar war, wie tief er jetzt schon in der Sache drinsteckte. Und was passieren würde, wenn Helen Angolini erfuhr, mit wem sie es zu tun hatte, wollte er sich lieber nicht ausmalen. Doch was immer geschehen mochte, den erstaunten Blick ihrer faszinierenden Augen wollte er sich um keinen Preis entgehen lassen.

„Einverstanden", erwiderte er entschlossen. „Der Kerl hat einen Denkzettel verdient, und wenn ich es bin, der Ihnen dabei helfen kann – umso besser."

„Sie hat der Himmel geschickt, Mr. ... Apropos, ich weiß Ihren Namen gar nicht."

„Ich hole nur rasch meinen Mantel", wich er einer Antwort aus. „Wir treffen uns dann unten in der Halle."

Helen hielt nach Dily Ausschau, um sie zu bitten, sich um das Gepäck zu kümmern. Anschließend ging sie zu ihrem Chef, um sich von ihm zu verabschieden. Fast befürchtete sie, sich einen Rüffel einzuhandeln, weil sie sich mit einem einzelnen Gast länger unterhalten hatte, als es sich mit ihrer Aufgabe vertrug.

Doch Mr. Dacre reagierte völlig anders, als sie es erwartet hatte. „Gut gemacht, Helen", lobte er sie. „Ich wusste ja, dass ich mich auf Sie verlassen kann."

Bevor sie fragen konnte, wie sie zu der Ehre kam, wandte sich ihr Chef ab, um sich seinem Gesprächspartner zu widmen. Als sie an die Rezeption kam, erwartete sie der Mann bereits, der ihr inzwischen gar nicht mehr so fremd war. Er hatte sich einen dicken Wintermantel angezogen und trug eine schwarze Ledertasche bei sich.

Auf der Straße winkte er ein Taxi heran. Doch als er sich zu Helen umdrehte, stand sie noch am Hoteleingang und sprach mit einem gut aussehenden jungen Mann. Die beiden schienen sich gut zu kennen, denn bevor der Mann in der Lobby des Elroy verschwand, küsste er Helen auf die Wange.

„War das Ihr Freund?", fragte der Fremde, als sie im Taxi saßen.

„Das war Erik", erwiderte sie. „Ihn habe ich übrigens auch einmal mit zu meinen Eltern genommen. Doch das passiert mir kein zweites Mal. Sie haben sich alle erdenkliche Mühe gegeben, eine mögliche Beziehung zwischen ihm und mir bereits im Keim zu ersticken. Und wissen Sie auch, warum? Weil seine Vorfahren nicht Italiener waren, sondern Wikinger."

„Das hindert Sie aber nicht daran, sich weiterhin mit ihm zu treffen, oder?"

„Wir gehen dann und wann zusammen aus", antwortete Helen betont vage, bevor sie dem Fahrer die Mulberry Street als Ziel nannte.

Nur wenige Meilen trennten die Park Avenue von Little Italy, trotzdem war es, als käme man in eine andere Welt. Und obwohl Helen alles tat, um sich ihre Herkunft nicht anmerken zu lassen, musste sie jedes Mal, wenn sie in das Viertel kam, einsehen, dass ihr das rege Treiben in und vor den kleinen Bars und Geschäften unendlich viel lieber war als das vornehme und luxuriöse Flair der Gegend, in der sie arbeitete. Hier war und blieb ihr Zuhause, was immer sie sich selbst und anderen mitunter auch einzureden versuchte.

Doch als sie nun auf ihr Elternhaus zufuhren, musste sie feststellen, dass hinter jedem Fenster des dreistöckigen Gebäudes ein neugieriges Augenpaar ihre Ankunft erwartete. Die älteste Tochter einer italienischen Familie hatte es wahrlich nicht leicht – jedenfalls nicht, solange sie noch ledig war.

Nachdem Helen das Taxi verlassen hatte, schlug sie den

Kragen ihres Mantels hoch, denn nach wie vor wehte ein eisiger Wind, und die Luft roch förmlich nach Schnee.

Erst als ihr Begleiter das Taxi bezahlt und sich zu Helen umgedreht hatte, bemerkte er, dass sie beobachtet wurden. Instinktiv wusste er, was er zu tun hatte, und der Strafe, die unausweichlich folgen würde, sah er gelassen entgegen. Wenn sein Plan auch nur annähernd aufging, wäre er reichlich entschädigt.

„Wir werden beobachtet“, sagte er. „Wie wäre es, wenn wir Ihrer Familie etwas bieten?“

„Und was, wenn ich fragen darf?“

„Ich dachte an das hier“, erwiderte er und zog sie an sich. Ehe sie sich's versah, hatte er sich zu ihr hinuntergebeugt, sodass sich ihre Lippen beinahe berührten.

„Was machen Sie?“ Der Anschlag auf ihre Sinne war so plötzlich gekommen, dass Helen nicht sagen konnte, ob es sich bei dem Gefühl, das die unvermittelte Nähe in ihr auslöste, um Empörung oder Erregung handelte.

„Ich tue so, als ob wir uns schon länger kennen würden“, erwiderte er betont sachlich. „Darum hatten Sie mich doch gebeten. Oder haben Sie es sich inzwischen anders überlegt und wollen einen dicken, unansehnlichen Italiener heiraten?“

Helen war außerstande, einen klaren Gedanken zu fassen. Natürlich hatte sie es sich nicht anders überlegt, doch ob sie das gemeint hatte, als sie den Fremden um Hilfe gebeten hatte, wagte sie zu bezweifeln. Andererseits hatte er sicherlich recht, und je überzeugender ihre Vorstellung geriet, umso eher würden ihre Eltern einsehen, dass sie die Rechnung ohne den Wirt gemacht hatten. Nur, wie sollte sie sich in diesem Wirrwarr von Fragen, Vermutungen und Hoffnungen zurechtfinden, wenn die Nähe dieses faszinierenden Mannes sie in einem Maß erregte, das ihr geradezu unheimlich war?

„Normalerweise küsse ich keine Männer, die ich gerade erst kennengelernt habe“, erklärte sie verunsichert.

„Niemand dort drinnen weiß, wie lange wir uns kennen – oder wie kurz.“

Sein Einwand war nicht von der Hand zu weisen. Doch etwas in Helen sträubte sich immer noch, sich auf das Spiel mit dem Feuer einzulassen. „Ich weiß doch noch nicht einmal, wie Sie hei…“

Der sanfte Druck seiner Lippen erstickte das letzte Wort. Im selben Moment wurde der Griff um ihre Taille kaum merklich fester, als wollte ihr der Fremde wortlos zu verstehen geben, dass es Teil ihrer Verabredung sei und nichts mit irgendwelchen Gefühlen zu tun habe.

Dafür sprach auch, dass die Berührung seiner Lippen verriet, wie viele Frauen er vor ihr geküsst haben musste. Diesen Lippen war nichts fremd, erst recht nicht die Kunst, eine junge Frau im Handstreich zu erobern.

„Es würde überzeugender wirken, wenn du meinen Kuss erwiderst“, flüsterte er unvermittelt, als hätte er Helens Zwiespalt erraten.

Ihr Verstand warnte sie nachdrücklich, doch ihre Hände hatten den Weg zum Nacken des Fremden schon gefunden. Im nächsten Moment öffnete sie die Lippen, um ihm zu signalisieren, wie sehnsüchtig sie seinen Kuss erwartete. Sie erwiderte ihn mit einer Leidenschaft, die ihr in aller Deutlichkeit klarmachte, dass es längst nicht mehr darum ging, überzeugend zu wirken. Was sie tat, tat sie einzig und allein deshalb, weil sie es nicht anders wollte.

Endlich konnte sie sich dazu durchringen, ihn sanft von sich zu drücken. „Das sollte reichen“, sagte sie verlegen, um leise hinzuzufügen: „Fürs Erste jedenfalls.“

„Wir haben doch noch nicht einmal angefangen“, widersprach der Mann scheinbar ungerührt. Doch Helen meinte in seiner Stimme eine Unsicherheit bemerkt zu haben, und seine Augen schimmerten dunkler als ohnehin. Offensichtlich waren die Innigkeit und Heftigkeit ihres Kusses auch für ihn überraschend gekommen.

„Lass mich bitte los“, forderte sie ihn auf, weil sie wusste, dass es um sie geschehen wäre, wenn sie sich nicht augenblicklich von diesem faszinierenden Mann losriss. „Sonst zückt Lorenzo Martelli noch sein Messer“, setzte sie deutlich freundlicher hinzu.

„Er soll ruhig kommen“, erwiderte der Fremde gelassen. „Heute nehme ich es mit jedem auf.“

Im selben Moment wurde die Haustür aufgerissen, und ein Stimmengewirr erklang. Sekunden später stand ihre Mutter an ihrer Seite, und zu Helens Erstaunen lag in ihrem Blick nicht etwa Empörung, sondern vielmehr Bewunderung und ein Ausdruck reinen Glücks.

„Ich habe immer gewusst, dass du eines Tages zur Besinnung kommst“, begrüßte Mrs. Angolini ihre älteste Tochter überschwänglich und drückte sie an sich.

„Mamma“, sagte Helen verunsichert, „ich habe einen Gast mitgebracht. Ich hoffe, es macht dir …“

„Das ist mir nicht entgangen“, fiel ihre Mutter ihr ins Wort und schenkte ihr ein anerkennendes Lächeln. „Als dein Vater mir gesagt hat, um wen es sich handelt, habe ich sofort den Champagner aus dem Kühlschrank geholt.“

„Kennt Poppa ihn denn?“, fragte Helen entgeistert.

„Er hat ihn doch vor zwei Tagen vom Flughafen abgeholt und ins Elroy gebracht. Dort hast du ihn sicherlich kennengelernt. Haben wir dir nicht einen wunderbaren Ehemann ausgesucht?“

Helen fühlte sich plötzlich benommen. Ein dichter Schleier legte sich um sie und trübte ihre Sinne – doch leider nicht genug, um die grausame Wahrheit von ihr fernzuhalten, die ihr ebenso deutlich vor Augen stand wie jener Mann, dem ihr Vater freudig die Hand schüttelte. „Herzlich willkommen, Lorenzo“, hörte sie ihn noch sagen, bevor ihre Schwestern ihn beiseitedrängten, um den Besucher ins Haus zu führen.

Kurz bevor sie den Eingang erreichten, drehte Lorenzo Martelli sich noch einmal zu Helen um. Ihren wütenden Blick erwiderte er mit einer stummen Geste, in der sich Schuldbewusstsein, Hilflosigkeit und Schalk die Waage hielten.

2. KAPITEL

Wenn du wüsstest, wie glücklich du mich machst", sagte Helens Mutter gerührt. „Ich kann es kaum erwarten, Tante Lucia anzurufen und ..."

„Bitte, Mamma", unterbrach Helen sie. Der Gedanke, dass sich die Episode wie ein Lauffeuer verbreiten würde, war ihr ausgesprochen peinlich. „Vielleicht wartest du damit lieber noch."

„Du hast völlig recht", zeigte sich ihre Mutter einsichtig, „wir überraschen sie lieber mit der Einladung zu eurer Hochzeit."

„Ich habe nicht vor, ihn zu heiraten", widersprach Helen bestimmt.

„Wie bitte?" Signora Angolini war wie vor den Kopf geschlagen. „Ich höre wohl nicht richtig? Ein anständiges Mädchen wie du würde es doch nie wagen, einen Mann in aller Öffentlichkeit zu küssen, wenn sie ihn nicht heiraten will."

Helen war versucht zu gestehen, dass sie zu diesem Zeitpunkt nicht einmal den Namen des Mannes gekannt hatte. Doch diese Schmach wollte sie ihrer Mutter nicht auch noch antun.

„Lass uns ins Haus gehen", schlug sie vor, auch wenn sie nicht die geringste Lust verspürte, demjenigen unter die Augen zu treten, der sie in die Sackgasse manövriert hatte, in der sie sich befand. Doch noch weniger Wert legte sie darauf, sich weiterhin den neugierigen Blicken der Nachbarn auszusetzen, die hinter den Gardinen standen und gespannt auf die Fortsetzung der anrührenden Liebesszene zu warten schienen.

Die Wohnung der Familie befand sich direkt über der Fleischerei, die Nicolo Angolinis ganzer Stolz war. Für ein Ehepaar mit vier Töchtern war sie gerade groß genug, doch nun herrschte eine bedrohliche Enge, weil sich zur Feier des Tages außer den drei Söhnen mitsamt ihren Familien auch ein erheblicher Teil der Verwandtschaft eingefunden hatte, in deren Mitte ein lächelnder Lorenzo Martelli stand.

Als Helen die Wohnung betrat, wusste sie auch, was in der großen Ledertasche gewesen war. Lorenzo hatte seinen Gastgebern sizilianische Delikatessen mitgebracht, bei deren Anblick Signora Angolini in Tränen ausbrach, so sehr überwältigte sie die Erinnerung an ihre Heimat, die sie zuletzt als kleines Kind gesehen hatte.

Als sie sah, wie glücklich er ihre Mutter gemacht hatte, war Helen versucht, Lorenzo alles andere zu verzeihen. Glücklicherweise blieb es ihr erspart, weil ihre Schwestern sie jäh in die Wirklichkeit zurückholten.

„Er sieht einfach umwerfend aus“, flüsterte Patrizia, und Olivia und Carlotta nickten zustimmend. „Du bist ein Glückskind, Elena.“

„Erstens heiße ich Helen, und zweitens will ich kein Wort mehr hören“, schimpfte sie. „Habe ich mich deutlich genug ausgedrückt?“

„Versprichst du mir, dass ich deine Brautjungfer sein darf?“ Carlotta war erst fünfzehn, und vor lauter Aufregung hatte sie vergessen, wie aufbrausend ihre große Schwester sein konnte.

„Wenn du nicht sofort still bist, verspreche ich dir eine Tracht Prügel!“

Die drei Mädchen tauschten vielsagende Blicke aus, als hätten sie vollstes Verständnis dafür, dass Elena momentan besonders empfindlich war.

Helen ließ ihre Schwestern einfach stehen und bahnte sich einen Weg zu Lorenzo. „Wir haben noch ein Hühnchen miteinander zu rupfen“, flüsterte sie lächelnd, damit keiner der Umstehenden Verdacht schöpfte.

„Es tut mir aufrichtig leid …"

„Das wird es, wenn ich erst mit dir fertig bin", fiel Helen ihm drohend ins Wort, um ihm unter den Augen der gesamten Familie die Hände um den Nacken zu legen. „Weißt du, was du bist?", fragte sie leise. „Ein hinterhältiges Miststück."

„Von wem kam denn der Vorschlag, dass wir uns wie zwei alte Freunde benehmen?", protestierte Lorenzo und erinnerte Helen unsanft daran, dass sie selbst nicht ganz unschuldig an der Situation war.

„Hast du das etwa irgendjemandem erzählt?", fragte sie ängstlich.

„Natürlich nicht."

„Dein Glück. Und wenn du Interesse daran hast, den morgigen Tag zu erleben, solltest du es dabei belassen." Kaum hatte sie die Drohung ausgesprochen, wandte sie sich um und tauchte in der Menge unter.

Lorenzo sah ihr mit einem mulmigen Gefühl nach, weil er Helen durchaus zutraute, dass sie im Falle eines Falles ihren Worten Taten folgen lassen würde.

Er wurde durch Nicolo Angolini aus seinen Gedanken aufgeschreckt, der die Gäste zu Tisch bat.

Über die Frage, wer neben Lorenzo sitzen durfte, entbrannte ein Streit, aus dem sich Helen tunlichst heraushielt. Sie hatte das dringende Bedürfnis, Ordnung in ihre Gedanken zu bringen, und die unmittelbare Nähe desjenigen, der für das Chaos in ihrem Kopf verantwortlich war, wäre ihr keine Hilfe dabei.

Nachträglich war es ihr unerklärlich, wie sie ihm hatte erzählen können, dass ihre Eltern sie mit einem gewissen Lorenzo Martelli verheiraten wollten. Doch anstatt sich zu erkennen zu geben, hatte er sich angeboten, ihr beizustehen.

Damit nicht genug, hatte er sie in aller Öffentlichkeit geküsst, und, was das Schlimmste war, sie, Helen, dazu gebracht, den Kuss zu erwidern. Wenn sie ehrlich war, musste sie zugeben, dass dieser Punkt sie am meisten beschäftigte, was nicht zuletzt die Tatsache bewies, dass sie errötete.

In der bösen Ahnung, dass Lorenzo, der ihr gegenübersaß, es sehen und völlig falsche Schlüsse daraus ziehen würde, sah sie auf. Wie befürchtet, hatte er sie beobachtet, doch sein Lächeln war nicht triumphierend, sondern vielmehr aufmunternd, sodass Helen versucht war, es zu erwidern.

Fall nicht schon wieder auf ihn herein!, rief sie sich im letzten Moment zur Besinnung. Er hatte sie tief gedemütigt, und nun versuchte er mit unlauteren Mitteln, sie dazu zu bringen, ihm zu verzeihen. Doch so leicht würde sie es ihm nicht machen!

Auf Nachfrage eines ihrer Brüder begann Lorenzo, von seiner Familie zu erzählen. So erfuhr Helen, dass seine Mutter seit vielen Jahren Witwe war. Lorenzo schien sich große Sorgen um sie zu machen, weil sie mit zunehmendem Alter immer gebrechlicher wurde. Nur ihr Wille war seinen Worten nach eisern und ungebrochen.

„Haben Sie auch Geschwister?“, erkundigte sich Carlotta.

„Zwei ältere Brüder“, erwiderte Lorenzo, „Renato, der Älteste, hat vor Kurzem eine Engländerin geheiratet. Sie heißt Heather. Und da sie ein Kind erwartet, werde ich bald Onkel.“

„Mir scheint etwas entgangen zu sein“, wandte Helens Vater ein. „Bisher wusste ich nur von zwei Söhnen.“

„Es sind aber drei“, widersprach Lorenzo bestimmt, ohne eine Erklärung hinzuzufügen. Sein Lächeln war überzeugend wie zuvor, und doch meinte Helen zu bemerken, dass ihr Vater einen wunden Punkt angesprochen hatte. Doch gleich darauf hatte Lorenzo sich wieder gefangen und das Gespräch geschickt auf ein anderes Thema gelenkt.

Es schien ihm nicht das Geringste auszumachen, von ihrer Verwandtschaft ausgefragt zu werden. Mit derselben Souveränität, mit der er die Fragen ihres Vaters und seiner Söhne beantwortete, machte er ihrer Mutter Komplimente und brachte ihre Schwestern zum Lachen.

Hilflos musste Helen zur Kenntnis nehmen, dass er im Handumdrehen ihre ganze Familie für sich eingenommen hatte. Ihren Eltern war deutlich anzusehen, dass die Wahl, die ihre älteste Tochter getroffen hatte, ihre uneingeschränkte Zustimmung fand – zumal es sich dabei um denselben Mann handelte, den sie ausgesucht hatten. Noch hatte Helen nicht die geringste Ahnung, wie, doch irgendwann würde sie ihren Eltern erklären müssen, dass es sich bei diesem Mann um einen hinterhältigen Lügner handelte, der auf die Folterbank gehörte, bis er hoch und heilig versprechen würde, sich nie wieder einer Frau zu nähern.

Lorenzo war nicht entgangen, was Helen beschäftigte, doch vorsichtshalber unterließ er es, sich die Vergeltung, die ihn erwartete, in allen Details auszumalen.

Fairerweise musste er allerdings zugeben, dass er ihre strikte Weigerung, je einen Italiener zu heiraten, allmählich verstehen konnte. Denn so freundlich er auch behandelt wurde, waren die Männer der Familie Angolini in der Tat doch ein abschreckendes Beispiel. Hier wurden Traditionen aufrechterhalten, die selbst auf Sizilien längst überholt waren. In diesem Haushalt hatten die Frauen nichts zu bestellen, und nur die jüngeren, deren beruflicher Werdegang sie aus Little Italy hinaus in die Welt geführt hatte, wagten es, sich dagegen aufzulehnen. Die Männer lebten hingegen in dem festen Glauben, dass sich in den letzten fünfzig Jahren nichts verändert hatte.

Was sich spätestens zeigte, als Lorenzo der Dame des Hauses ein Kompliment für das ausgezeichnete Essen machte.

Noch bevor Signora Angolini sich bedanken konnte, wandte ihr Mann ein, dass weniger ihre Kochkunst als vielmehr sein Fleisch so außergewöhnlich sei und das Kompliment deshalb ihm gebühre.

Daraufhin stand Helens Mutter wortlos auf und begann, den Tisch abzuräumen. Schließlich waren sämtliche Frauen in der Küche beschäftigt, während die Männer es sich gemütlich machten und sich den Kaffee schmecken ließen, den Olivia ihnen gekocht hatte.

Als Nicolo Angolini laut zu gähnen begann, war dies das unmissverständliche Zeichen zum Aufbruch. Nach und nach machte sich die gesamte Verwandtschaft auf den Heimweg – was für manchen bedeutete, nur die Straßenseite zu wechseln.

„Ich werde jetzt auch gehen", sagte Lorenzo zu seiner Gastgeberin, nicht ohne sich für den reizenden Abend zu bedanken.

„Wollen Sie nicht noch ein bisschen bleiben?", bat Signora Angolini. „Mein Mann und ich gehen schlafen, und die kleinen Mädchen liegen auch schon im Bett, aber Elena leistet Ihnen sicherlich gern noch ein wenig Gesellschaft."

„Mit dem größten Vergnügen", sagte Helen und hakte sich bei Lorenzo unter – vor allem, um zu verhindern, dass er Reißaus nahm. „Schließlich haben wir noch einiges zu besprechen."

Lorenzo wirkte alles andere als begeistert, trotzdem willigte er ein. Nachdem Helens Eltern sich zurückgezogen hatten, setzte ein beredtes Schweigen ein, das Helen dazu nutzte, ihr Gegenüber ausgiebig zu mustern.

„Du bist also Lorenzo Martelli", sagte sie endlich.

Er nickte lediglich.

„Ich nehme an, das warst du schon, als wir uns vorhin im Hotel unterhalten haben."

„Wenn ich mich richtig erinnere, ja."

„Und auch, als du mich geküsst hast."

„Ich kann es kaum abstreiten."

„Du hast es also getan, obwohl du genau wusstest, wie sehr ich dich verachte?"

„Ich wusste, dass du einen dicken, unansehnlichen Mann verachtest, der zufällig den Namen Lorenzo Martelli trägt", wandte Lorenzo ein. „Mich konntest du damit kaum meinen."

„Und ob ich dich meinte!", platzte Helen heraus. „Ich habe diesen Lorenzo Martelli schon verachtet, als ich ihn noch gar nicht kannte. Jetzt, da ich ihn kenne, verachte ich ihn erst recht."

„Ich weiß ja, dass ich mich danebenbenommen habe", gestand er reumütig ein, „aber ich habe mich von deiner Anmut und Schönheit hinreißen ..."

„Das Süßholzraspeln kannst du dir sparen", fiel Helen ihm ins Wort. „Ich bin dafür nicht empfänglich."

„Also schön", lenkte Lorenzo ein, weil er merkte, dass seine Verteidigungsstrategie ins Leere lief. „Ich habe mich nicht gerade wie ein Kavalier benommen. Doch wenn du ehrlich bist, musst du zugeben, dass du den Kuss erwidert hast – und zwar aus freien Stücken."

„Das musst du dir einbilden", protestierte Helen vehement. „Wie käme ich dazu, diesen Lorenzo Martelli zu küssen?"

„Kannst du nicht endlich aufhören, von mir wie von einem Fremden zu sprechen? Und dass du meinen Kuss erwidert hast, steht so fest wie das Amen in der Kirche."

„Vielen Dank, dass du mich daran erinnerst, was du mir durch deine Unbeherrschtheit alles eingebrockt hast", sagte Helen sarkastisch.

„Ich verstehe nicht, worauf du hinauswillst." Die Veränderung in Helens Ton traf Lorenzo völlig unvorbereitet, und sicherheitshalber suchte er Schutz hinter einem Stuhl.

„Dann werde ich es dir erklären“, erwiderte Helen mit einer Bitterkeit, die Lorenzo darin bestätigte, dass seine Vorsicht angebracht war. „Anders, als du anzunehmen scheinst, ist das nicht nur eine Angelegenheit zwischen uns beiden. Dummerweise hast du mich auf offener Straße geküsst, sodass meine gesamte Verwandtschaft und alle Nachbarn es sehen konnten. Und ein solcher Kuss kommt einem Jawort gleich – jedenfalls für die Tochter einer sizilianischen Familie. Ich kann förmlich spüren, wie sich die Schlinge um meinen Hals zusammenzieht.“

„Es wundert mich zwar, dass du den Gang zum Altar mit dem zum Galgen vergleichst, trotzdem brauchst du dir keine Sorgen zu machen. Das bekomme ich schon hin.“

„Und wie willst du das anstellen?“

„Indem ich gar nicht erst um deine Hand anhalte“, lautete Lorenzos entwaffnende Antwort. „Ich werde deinen Eltern einfach erklären, dass wir nicht zueinander passen. Und wenn sie fragen, warum, werde ich sagen, dass du hundsmiserabel küsst – tu das nicht, Helen!“

Nur seiner Geistesgegenwart war es zu verdanken, dass ihn das Buch, das sie nach ihm geworfen hatte, nicht mit voller Wucht am Kopf traf, sondern hinter ihm an die Wand klatschte.

„Raus hier!“, forderte Helen ihn empört auf.

„Sollen wir nicht vorher besprechen, wann ich mit deinen Eltern …?“

„Raus, habe ich gesagt!“

Lorenzo war schon an der Tür, als er sich noch einmal zu Helen umwandte. „Bleibst du heute Nacht hier?“

„Es geht dich zwar nichts an, aber eigentlich hatte ich vor, noch zu meiner Wohnung zu fahren“, erwiderte sie barsch.

„Dann sollten wir lieber gleichzeitig aufbrechen.“

„Signore Martelli“, sagte Helen betont distanziert, „wenn

Sie auch nur halbwegs zugehört hätten, wüssten Sie, dass ich es kaum ertrage, gleichzeitig mit Ihnen in New York zu sein, geschweige denn in einem Taxi."

„Ich kann mir auch Angenehmeres vorstellen, aber wenn du die Gerüchteküche nicht anheizen willst, wäre es ratsam, wenn wir das Haus gemeinsam verließen."

„Und wem sollte es deiner Meinung nach um diese Uhrzeit auffallen, wenn wir es nicht täten?"

„Allen, die um diese Uhrzeit am Fenster stehen, weil es sie brennend interessiert, ob Elena Angolini und der junge Mann, den sie vorhin so innig geküsst hat, das Haus gemeinsam oder getrennt verlassen."

„Was so ziemlich sämtliche Bewohner der Straße sein dürften", gab Helen sich die ernüchternde Antwort selbst. „Warte einen Moment, ich rufe uns ein Taxi."

Lorenzo hatte natürlich recht. Sie mussten das Haus gemeinsam verlassen, um zu verhindern, dass noch mehr Gerüchte entstanden. Davon gab es wahrlich schon genug.

Nachdem das Taxi vorgefahren war, gingen sie schweigend die Treppe hinab. Vor der Haustür reichte Lorenzo Helen den Arm, um sie über den rutschigen Gehweg zu führen. Widerstandslos ließ sie ihn gewähren und wartete geduldig, bis er die Wagentür geöffnet hatte und sie endlich einsteigen konnte. Denn obwohl sie nicht ein einziges Mal aufgeblickt hatte, war sie felsenfest davon überzeugt, dass Dutzende Augenpaare jede ihrer Bewegungen gebannt verfolgten.

Kaum hatte das Taxi die Mulberry Street verlassen, stieß Helens Mutter hinter der Gardine ihres Schlafzimmers einen zufriedenen Seufzer aus. „Ist dir aufgefallen, dass er ihr sogar die Wagentür aufgehalten hat?"

„Schon", brummelte ihr Mann, der verschlafen neben ihr stand. „Aber was mag der Lärm zu bedeuten haben, den sie eben gemacht haben?"

„Gar nichts“, erklärte ihm seine Frau. „Ein kleiner Streit zwischen frisch Verliebten ist völlig normal.“

„Sollten wir nicht noch irgendwo auf einen Drink einkehren?“, schlug Lorenzo vor, kaum dass das Taxi die Mulberry Street verlassen hatte.

„Du kannst ja in die Hotelbar gehen, wenn ich dich am Elroy abgesetzt habe“, erwiderte Helen abweisend.

„Das saß.“ Lorenzo verzog das Gesicht und hielt sich die Wange, als hätte Helen ihm eine schallende Ohrfeige verpasst.

„Sei froh, dass ich nicht wirklich zugeschlagen habe.“

Kaum hatte sie es ausgesprochen, wusste sie, dass sie einen Fehler gemacht hatte. Sie kannte Lorenzo zwar erst wenige Stunden, doch gut genug, um zu wissen, dass er sich die Chance, sie in Verlegenheit zu bringen, nicht entgehen lassen würde.

„Tu dir keinen Zwang an“, erwiderte er prompt.

„Hör auf, Lorenzo“, bat sie ihn und musste wider Willen lächeln, weil ihn der Schalk, der ihm aus den Augen sah, unwiderstehlich machte.

„Schlag ruhig zu“, forderte er sie auf. „Vielleicht fühlst du dich dann besser.“

Die Versuchung war zu groß. Helen hob den Arm und deutete eine Ohrfeige an, die zu einem fast zärtlichen Streicheln geriet, als die Hand schließlich Lorenzos Wange erreichte.

Dass dies nicht nur ein weiterer Fehler, sondern ein ungleich größerer war, wurde ihr spätestens klar, als Lorenzo blitzartig ihre Hand nahm und küsste.

Schlagartig stellte sich die Erinnerung an jenen Kuss ein, den sie vor ihrem Elternhaus ausgetauscht hatten, an das Gefühl seiner Lippen, die sich sanft und energisch zugleich auf ihre gedrückt hatten. Und obwohl Lorenzo eine Armeslänge von ihr entfernt saß, meinte sie diese erregende Nähe auch jetzt zu spüren.

Es wird höchste Zeit, ihm endgültig Einhalt zu gebieten, sagte sich Helen, doch den Vorsatz auch in die Tat umzusetzen war sie nicht imstande. Dafür genoss sie das Prickeln auf der Haut viel zu sehr, das die zärtliche Berührung seiner Lippen auslöste.

Als die knisternde Spannung sie zu überwältigen drohte, hob Lorenzo unvermittelt den Kopf und ließ ihre Hand los. Grenzenlose Scham und Enttäuschung ließen Helen rasch wieder zur Besinnung kommen. Sie zog ihren Arm zurück und rückte sicherheitshalber ganz nah an die Tür, um in den wenigen Minuten, welche die Fahrt noch dauern konnte, jede noch so flüchtige Berührung zu vermeiden.

„Wir sind da", sagte sie erleichtert, als vor ihnen endlich das Elroy auftauchte.

„Dann sollten wir rasch überlegen, wann ich mit deinen Eltern spreche", schlug Lorenzo vor.

„Das übernehme ich selbst", entgegnete Helen betont abweisend. „Ich rufe sie morgen an und sage ihnen, dass du und ich uns nicht wiedersehen und folglich auch nicht heiraten werden."

„Und wie willst du ihnen den kleinen Vorfall vor ihrer Haustür erklären?"

„Ich werde einfach sagen, dass ich mich habe hinreißen lassen", erwiderte Helen. „Sie werden das verstehen", setzte sie hinzu, wenn auch wenig überzeugend. „Schließlich waren sie auch einmal jung."

„Wenn das so ist, spricht eigentlich nichts dagegen, dass du dich erneut hinreißen lässt", sagte Lorenzo, und selbst im Halbdunkel meinte Helen sein schalkhaftes Lächeln erkennen zu können. „Zumal sie es dieses Mal nicht sehen würden."

„Dafür aber mein Arbeitgeber“, konterte Helen, weil das Taxi in diesem Moment vor dem Hoteleingang hielt. „Gute Nacht, Mr. Martelli“, verabschiedete sie sich förmlich. „Es hat mich gefreut, Sie kennenzulernen. Ich wünsche Ihnen einen erfolgreichen Aufenthalt in New York.“

„Tu nicht so scheinheilig“, wandte Lorenzo ein. „In Wirklichkeit wünschst du mir die Pest an den Hals.“

„Das kann ich weder bestätigen noch dementieren.“

„Was so gut wie ein Geständnis ist.“ Lorenzo sah ein, dass nicht die geringste Aussicht bestand, Helen noch umzustimmen. „Dann danke ich Ihnen für den wunderbaren Abend, Miss Angolini. Ich hoffe, unsere Wege kreuzen sich eines nicht so fernen Tages erneut.“

Helen erwiderte sein Lächeln betont freundlich, bevor sie ihn in aller Deutlichkeit wissen ließ, wie sie darüber dachte. „Der Himmel möge uns davor bewahren“, gab sie ihm mit auf den Weg. „Leben Sie wohl, Mr. Martelli.“

Sie sah ihm nach, bis er in der Lobby des Hotels war. Das wäre geschafft, dachte sie erleichtert. Mit ein wenig Glück und Geschick sollte es ihr gelingen, ihm in den wenigen Tagen, die er noch in der Stadt war, aus dem Weg zu gehen.

Am nächsten Morgen ließ Jack Dacre Helen in sein Büro rufen.

„Ich habe einen etwas ungewöhnlichen Auftrag zu vergeben“, erklärte ihr Chef umständlich, „und da ich gesehen habe, wie blendend Sie sich mit Mr. Martelli verstehen, möchte ich Sie damit betrauen.“

„Worum geht es denn?“, fragte Helen so emotionslos wie möglich.

„Ich möchte Sie bitten, sich ein wenig um ihn zu kümmern“, erwiderte ihr Chef. „Sein Englisch scheint schlechter zu sein, als ich angenommen habe. Erst heute früh hat er mir gestanden, wie sehr er darunter leidet, dass er sich kaum verständlich machen kann. Und da Sie seine Muttersprache beherrschen, schlage ich vor, dass Sie ab sofort als seine Dolmetscherin fungieren. Ganz nebenbei erfahren wir so vielleicht etwas über die Konditionen, die unsere Konkurrenz aushandelt. Verstehen Sie jetzt, warum ich ihm seine Bitte nicht abschlagen konnte und wollte?“

Helen verstand zunächst nur, dass sie die Hartnäckigkeit eines gewissen Lorenzo Martelli sträflich unterschätzt hatte. Und so klopfte sie mit einer gehörigen Portion Wut im Bauch an seine Zimmertür, die sich wie von Geisterhand öffnete.

Doch sobald er seine Nase aus der Tür streckte, war Helens Wut schon wieder verflogen. „Würdest du bitte mit dem Unfug aufhören?“, rief sie ihn zur Vernunft, doch ihr Lächeln wollte nicht so recht zu ihrem strengen Tonfall passen.

„Wer hätte gedacht, dass wir uns so bald wiedersehen“, begrüßte er Helen, nachdem er die Tür hinter ihr geschlossen hatte.

„Ich konnte ja nicht ahnen, dass du sogar meinen Chef einspannst – auch wenn ich mich frage, wie er auf deinen miesen Trick hereinfallen konnte.“

„Nix Trick“, erwiderte Lorenzo radebrechend, „ich wirklich nix spreche Englisch.“

„Gib dir keine Mühe“, verbat sich Helen sein Theater, ohne verbergen zu können, wie sehr ihr der jungenhafte Schalk in seinen Augen gefiel. „Zufällig weiß ich, dass dein Englisch nahezu perfekt ist – von dem einen Ausrutscher gestern mal abgesehen. Und da du keine Dolmetscherin brauchst, frage ich mich, was ich hier eigentlich soll.“

„Du könntest mir beispielsweise die Sehenswürdigkeiten von New York zeigen.“

„Mein Auftrag lautet zwar, mich um Sie zu kümmern, Mr. Martelli, doch damit war wohl kaum gemeint, dass ich Ihnen in Ihrer Freizeit Gesellschaft leiste."

„Es war ja nur ein Versuch", erwiderte Lorenzo beschwichtigend. „Ich habe hier eine Liste mit Kunden, die ich heute besuchen muss. Ich schlage vor, du begleitest mich."

„Sind auch Hotels darunter?", erkundigte sich Helen so unverfänglich wie möglich, während sie einen Blick auf die Liste warf.

„Nur Restaurants."

„Und warum ist kein einziger Italiener darunter?"

„Weil die die Qualität unserer Ware längst kennen", erklärte Lorenzo selbstbewusst. „Sinn meiner Reise ist es, die anderen Nationalitäten davon zu überzeugen, dass sie unbedingt bei uns kaufen müssen."

„Ganz schön eingebildet, der Herr."

„Findest du? Als Sizilianerin wirst du nicht bestreiten ..."

„Lorenzo!"

„Entschuldige bitte. Ich wollte dir nicht zu nahetreten. Und jetzt lass uns mit der Arbeit anfangen."

In den folgenden Stunden begleitete Helen Lorenzo in zahlreiche Restaurants, und so schwer es ihr fiel, kam sie nicht umhin, ihn für sein Verhandlungsgeschick zu bewundern. Er verstand es meisterhaft, seinen Charme spielen zu lassen, bis aus potenziellen Kunden zahlungskräftige Käufer geworden waren.

Am späten Nachmittag war sein Auftragsbuch prall gefüllt, und er beschloss, Feierabend zu machen. „Ich brauche dringend eine Stärkung", sagte er erschöpft. „Da vorn ist ein Restaurant, lass uns dort etwas essen."

Das Restaurant hieß *Five* und erwies sich als Volltreffer, denn es bot einen fantastischen Ausblick auf den Hudson. Die letzten Lichtstrahlen brachen sich auf der Wasseroberfläche des Flusses und verwandelten ihn in ein glitzerndes Sternenmeer.

Obwohl Helen oft am Ufer spazieren ging und Sonnenuntergänge wie diesen häufiger erlebt hatte, erschien er ihr dieses Mal besonders schön. Was sicherlich daran lag, dass er einen nicht weniger schönen Tag krönte, den sie in Begleitung eines Mannes verbracht hatte, der sich zu ihrer Überraschung als überaus angenehmer Gesprächspartner erwiesen hatte. Sie hatte jedenfalls lange nicht mehr so viel und herzlich gelacht wie in den vergangenen Stunden.

„Ich fühle mich, als hätte ich heute das Pensum einer ganzen Woche erledigt“, klagte Lorenzo, nachdem der Ober die Speisekarte gebracht hatte.

„Da bist du nicht der Einzige“, erwiderte Helen spitz.

„Ich hoffe, ich habe nichts Unmögliches von dir verlangt“, sagte er verlegen.

„Das nicht gerade. Allerdings auch nicht das, was eigentlich meine Aufgabe war. Denn übersetzt habe ich kein einziges Wort. Stattdessen durfte ich mich als deine Privatsekretärin betätigen: Notiere das bitte, Helen! Kannst du das schnell mitschreiben, Helen?“

„War ich wirklich so schlimm?“ Lorenzo war deutlich anzusehen, wie unangenehm es ihm war, dass er Helen herumkommandiert hatte, ohne es zu merken.

„Wie man's nimmt“, antwortete sie ausweichend, bevor sie sich einen Ruck gab. „Manchmal hat mich dein Ton sehr an meinen Vater erinnert: Tu dies, Mamma, tu das, Mamma.“

„Das kannst du doch nicht miteinander vergleichen!“, protestierte Lorenzo. „Dein Vater ist ein altmodischer Patriarch.“

„Und was bist du?“

„Ein Geschäftsmann, der sich Sentimentalitäten nicht leisten kann. Jedenfalls nicht wenn er im Dienst ist.“

Es ist aussichtslos, dachte Helen enttäuscht, und doch ertappte sie sich dabei, wie sie die Leichtigkeit, mit der Lorenzo ein unliebsames Thema vom Tisch wischte, amüsierte.

Nachdem sie ihr Essen bestellt hatten, unterhielten sie sich eine ganze Weile über unverfängliche Dinge. Doch kaum hatte der Ober die Vorspeise serviert, kam Lorenzo zu Helens Verwunderung auf ihre Bemerkung zurück.

„Allmählich verstehe ich, was du eben gemeint hast", sagte er nachdenklich. „Deinem Vater sind Traditionen sehr wichtig, um es positiv auszudrücken, oder?"

Helen nickte. „Im Grunde ist er ein wundervoller Mensch, der für jeden ein Lächeln übrig hat, immer guter Dinge ist und sehr hart arbeitet, damit es seiner Familie an nichts fehlt. Doch meiner Mutter gegenüber ist er ein unerträglicher Tyrann. Er kann sein sizilianisches Temperament eben nicht verleugnen – so wenig wie du", setzte sie übermütig hinzu.

Lorenzos Protest ließ nicht lange auf sich warten. „Nicht alle Sizilianer sind Tyrannen", wandte er vehement ein. „Mein Vater ist gestorben, als ich noch ein Kind war, trotzdem erinnere ich mich noch sehr gut an ihn. Er ist nie so mit seiner Frau umgesprungen, wie dein Vater es tut. Und ich würde meine Frau auch nie so behandeln."

„Glücklicherweise werde ich nicht in die Situation kommen, dich je daran erinnern zu müssen."

„Erklär das deinem Vater", erwiderte er triumphierend. „Ich bin sicher, dass er die Hochzeit inzwischen schon bis ins letzte Detail geplant hat."

„Das überlasse ich dir", widersprach Helen. „Schließlich bist du der Mann."

„Dann heirate ich dich lieber", sagte Lorenzo spontan. „Das ist ungefährlicher."

3. KAPITEL

„Soll das ein Heiratsantrag sein?"

Erst Helens Verblüffung ließ Lorenzo merken, was er sich mit seiner Unachtsamkeit eingebrockt hatte. Doch die Versuchung zu erfahren, wie sie auf die entsprechende Frage reagieren würde, war zu groß.

„Was würdest du denn sagen, wenn ich dich bitten würde, meine Frau zu werden?", fragte er betont vorsichtig.

„Ich würde sagen, dass du den Verstand verloren hast", lautete die ernüchternde Antwort. „Oder hast du schon vergessen, dass ich geschworen habe, dich eher umzubringen, als dich zu heiraten?"

„Das hatte ich völlig verdrängt", erwiderte Lorenzo. „Vielen Dank, dass du mich daran erinnert hast."

Helens Lächeln sprach der Heftigkeit ihrer Worte Hohn. „Könnte es sein, dass deine Mordgelüste weniger mit meiner Herkunft als mit einem anderen Mann zu tun haben?", erkundigte sich Lorenzo deshalb. „Zum Beispiel mit Erik?"

„Fängst du jetzt auch schon damit an?", empörte sich Helen. „Wenn eine Frau den einen Mann nicht liebt, muss das nicht automatisch heißen, dass sie einen anderen liebt. Warum begreift ihr Männer das nicht endlich?"

„Weil wir immer vom Nächstliegenden ausgehen", antwortete Lorenzo triumphierend. „Und was liegt näher, als dass ein Mann und eine Frau sich lieben? Schließlich hängt nichts Geringeres davon ab als der Fortbestand der Menschheit."

„Ehrlich gesagt liegt mir mehr daran, eine gute Hotelmanagerin zu werden, als den Fortbestand der Menschheit zu garantieren."

„Lässt sich das eine mit dem anderen nicht vereinbaren?"

„Nicht wenn ich einen Sizilianer heirate."

Das Lachen, in das beide gleichzeitig ausbrachen, hätte nicht herzlicher sein können. Doch als sich unwillkürlich ihre Hände berührten und dann umfassten, endete es ebenso schlagartig, wie es eingesetzt hatte.

Aus dem Augenwinkel konnte Lorenzo erkennen, dass die übrigen Gäste auf sie aufmerksam geworden waren und sie wohlwollend beobachteten. Auch Helen schien es nicht entgangen zu sein. „Weißt du, was sie denken?", fragte sie und entzog ihm behutsam ihre Hand.

„Dass wir frisch verliebt sind", erwiderte Lorenzo. „Oder fällt dir ein anderer Grund ein, warum ein Mann und eine Frau Hand in Hand in einem Restaurant sitzen, sich anlächeln und darüber völlig vergessen, dass sie in der Absicht hergekommen waren, etwas zu essen. Wo der Ober nur bleibt?"

Helen war Lorenzo sehr dankbar, dass er ihr ersparte, etwas erwidern zu müssen. Denn ihr fiel tatsächlich kein anderer Grund ein. Wahrscheinlich, weil es keinen anderen gab.

Um sich nicht länger als nötig mit den Konsequenzen zu beschäftigen, schnitt sie rasch ein anderes Thema an. „Du hast gestern so gereizt reagiert, als sich mein Vater nach deinen Geschwistern erkundigt hat. Wie viele Brüder hast du denn nun, einen oder zwei?"

„Anderthalb", erwiderte Lorenzo lächelnd, und auf Helens verwunderten Gesichtsausdruck hin setzte er hinzu: „Bernardo ist mein Halbbruder."

„War ein Elternteil von dir denn vorher schon einmal verheiratet?"

„Nicht wirklich", antwortete Lorenzo ausweichend. „Da ich weiß, wie du über die sizilianischen Männer denkst, sollte ich es dir lieber nicht erzählen, aber die Wahrheit ist, dass mein Vater über viele Jahre hinweg eine Geliebte hatte. Aus dieser Beziehung stammt Bernardo."

„Wusste deine Mutter von der anderen Frau?"

„Mein Vater hat ihr gegenüber nie einen Hehl daraus gemacht“, bestätigte Lorenzo. „Er hat ihr sogar das Versprechen abgenommen, sich um Marta und ihren Sohn zu kümmern, falls ihm etwas zustoßen sollte.“

Helen schien ihm kein Wort zu glauben. „Hat sie sich etwa an ihr Versprechen gehalten, als dein Vater gestorben ist?“, fragte sie verständnislos.

„Und ob!“, erwiderte Lorenzo bestimmt. „Jedenfalls, soweit es noch möglich war. „Mein Vater ist bei einem Autounfall tödlich verunglückt und mit ihm seine Geliebte. Noch am selben Tag hat meine Mutter Bernardo zu sich geholt und ihn fortan wie einen eigenen Sohn behandelt.“

Helen konnte immer noch nicht glauben, dass eine Frau so selbstlos und großherzig sein konnte. „Das hätte ich nicht für möglich gehalten“, gestand sie. „Und das nach allem, was ihr Mann ihr angetan hat.“

„Es mag komisch klingen, aber sie hat meinem Vater nie Vorwürfe gemacht.“

„Ihr blieb doch keine andere Wahl, als sich zu arrangieren“, warf Helen empört ein. „Ich habe dir doch erzählt, wie man verheiratete Italiener bei uns nennt. Und was ich von solchen Allüren halte, weißt du auch. Wahrscheinlich hast du deshalb meinem Vater nicht geantwortet.“

„Wie du darüber denkst, spielte in dem Moment nicht die geringste Rolle“, widersprach Lorenzo bestimmt.

Erst seine Antwort machte Helen klar, dass er die Wahrheit verschwiegen hatte, um kein schlechtes Licht auf seinen Vater fallen zu lassen. „Die Familienehre bedeutet dir sehr viel, nicht wahr?“, fragte sie bewegt.

„Ich bin Sizilianer, ob ich will oder nicht“, erwiderte er. „Du müsstest doch am besten wissen, was das bedeutet.“

„Wenn du willst, dass ich meine Morddrohung doch noch wahr mache, brauchst du es nur zu sagen“, sagte Helen drohend, woraufhin Lorenzo die Arme hob und wie ein Boxer in Deckung ging.

Dabei hätte er beinahe dem Ober die Teller aus der Hand geschlagen, der in diesem Moment ihr Hauptgericht servierte. „Erzähl mir mehr über deinen Halbbruder", forderte Helen Lorenzo auf, als sie wieder allein waren. „Gehört er richtig zur Familie?"

„Von uns aus, ja", antwortete er. „Doch aus Gründen, die ich nicht kenne, lehnt er uns ab. Er wohnt weder bei uns, noch nimmt er unseren Familiennamen an, sondern er lebt unter dem Namen seiner Mutter in seinem Geburtsort Montedoro, einem kleinen Dorf in den Bergen. Er könnte ein reicher Mann sein, aber nicht einmal das Erbteil, das ihm nach dem Tod unseres Vaters zustand, wollte er annehmen. Geld und Besitz scheint er regelrecht zu verachten. Vor nicht allzu langer Zeit verliebte er sich in eine Engländerin. Und da Angie seine Gefühle erwiderte, rechneten wir täglich damit, dass sie sich verloben. Doch dann hat Bernardo zufällig erfahren, dass Angie eine reiche Frau ist, und seitdem weigert er sich, sie auch nur zu sehen."

„Und wie geht sie damit um?", erkundigte sich Helen.

„Anders, als Bernardo gedacht hat." Aus Lorenzos Stimme klang großer Respekt. „Sie ist Ärztin, und da sie über die finanziellen Mittel verfügt, hat sie kurzerhand eine Praxis in Montedoro übernommen. Bernardo kocht vor Wut, aber Angie lässt sich nicht umstimmen. Und einem Mann nur deshalb zu gehorchen, weil er ein Mann ist, kommt für sie genauso wenig infrage wie für dich."

„Das macht sie mir auf Anhieb sympathisch", gestand Helen. „Wie haben sich die beiden kennengelernt?"

„Über Heather."

Lorenzos Antwort fiel denkbar kurz aus, und Helen spürte sehr wohl die Verlegenheit, in die ihn ihre schlichte Frage gebracht hatte. „Ist sie nicht die Frau deines ältesten Bruders?“, erkundigte sie sich gleichwohl.

„Stimmt.“ Mehr war ihm offensichtlich nicht zu entlocken, denn ehe Helen erneut nachfragen konnte, wechselte Lorenzo unvermittelt das Thema. „Ich glaube, ich sollte mal mit dem Geschäftsführer reden. Das Essen schmeckt nicht schlecht, aber mit unserer Ware wäre es um Klassen besser.“

Kaum war die Sprache auf das Geschäft gekommen, war Lorenzo wieder in seinem Element. Er sprühte vor Ideen und erzählte Helen voller Begeisterung von den ehrgeizigen Plänen der Firma Martelli. „Nirgendwo auf der Welt gibt es einen auch nur annähernd so fruchtbaren Boden wie auf Sizilien. Alles wächst dort, und zwar in einer konkurrenzlosen Qualität.“

Die Begeisterung, mit der Lorenzo von seiner Heimat erzählte, verwandelte ihn regelrecht, denn nicht nur seine Stimme, auch sein Gesichtsausdruck war völlig verändert.

„Hast du schon große Sehnsucht nach zu Hause?“, fragte sie so behutsam wie möglich, um ihm nicht zu nahezutreten.

Einen Moment lang schien Lorenzo von der Frage überrascht, doch dann huschte ein zustimmendes Lächeln über sein Gesicht. „Ein bisschen schon“, gestand er freimütig. „Ich bin beruflich viel auf Reisen, aber jedes Mal, wenn ich zurückkomme, weiß ich, was ich vermisst habe. Daran wird sich wohl auch nichts mehr ändern. Vielleicht ist es wirklich so, dass ein Mensch früher oder später zu seinen Wurzeln zurückkehren muss – und ein Sizilianer erst recht.“

Helen lächelte verständnisvoll. Doch insgeheim musste sie mit sich ringen, um sich nicht angesprochen zu fühlen. Lorenzo liebte seine Heimat, und er wäre niemals bereit, sie länger als für einige Wochen zu verlassen. Sie hingegen war entschlossen, als Hotelmanagerin Karriere zu machen. Umso mehr Grund hatte sie, sich vor diesem faszinierenden Mann in Acht zu nehmen. Lorenzo konnte das Herz einer Frau im Sturm erobern. Weshalb sie gut daran getan hatte, ihm ihres zu verschließen.

„Wie lange bleibst du eigentlich in New York?“, erkundigte sie sich und hoffte, dass ihre Stimme sich weniger besorgt anhörte, als ihr zumute war.

„Noch einige Tage“, erwiderte Lorenzo. „Dann muss ich nach Detroit und Chicago, bevor Renato mich zum Rapport erwartet.“

„Das klingt ja fast, als wäre dein Bruder ein Sklaventreiber.“

„So schlimm ist es auch wieder nicht“, widersprach Lorenzo lächelnd. „Allerdings ist ihm die Rolle des Familienoberhauptes, die ihm nach dem Tod unseres Vaters zugefallen ist, ein wenig zu Kopf gestiegen. Ich wehre mich nach Kräften dagegen, aber das ändert nichts daran, dass ich ihn jeden Abend anrufen und Bericht erstatten muss.“

Nachdem Lorenzo die Rechnung beglichen hatte, ließ er den Geschäftsführer an den Tisch rufen. Es dauerte nicht lange, und Helen musste wieder als seine Privatsekretärin einspringen, denn die Unterredung der beiden Männer endete damit, dass das *Five* ab sofort zu den Kunden der Firma Martelli gehörte.

„Renato hat allen Grund, stolz auf dich zu sein“, sagte Helen anerkennend, als sie vor dem Restaurant in der Kälte standen und auf ein Taxi warteten. „Und was machen wir nun? Möchtest du noch ins New Yorker Nachtleben eintauchen?“

„Auf keinen Fall“, lehnte Lorenzo strikt ab. „Wenn ich nicht bald bei Renato anrufe, reißt er mir den Kopf ab.“

Endlich hielt ein Taxi. „Kann ich dich mit zum Elroy nehmen?“, fragte Lorenzo.

„Das ist nicht nötig“, erwiderte Helen. „Ich wohne nicht weit von hier, und ein kleiner Fußweg tut mir sicherlich gut.“

Lorenzo legte einen Arm um sie und küsste sie auf die Wange. „Ich kann dir gar nicht sagen, wie dankbar ich dir für diesen Tag bin“, sagte er herzlich, „aber ab morgen werde ich versuchen, allein klarzukommen. Darf ich dich vor meinem Heimflug noch einmal anrufen, um die Einladung zum Drink nachzuholen?“

„Mit dem allergrößten Vergnügen“, antwortete Helen so, wie sie seine Frage empfand.

Vor zwei Monaten war Lorenzo aus New York abgereist, und seither beschränkte sich der Kontakt auf einen gelegentlichen Anruf oder eine E-Mail.

Helen tröstete sich damit, dass sie sich so in Ruhe auf ihre Prüfungen vorbereiten konnte, die ihre ganze Konzentration und Aufmerksamkeit erforderten.

Erik hatte sich erboten, mit ihr den Prüfungsstoff noch einmal durchzugehen. Vor allem in Sachen Buchführung hatte Helen noch einigen Nachholbedarf.

„Ich werde diesen Statistikkram nie begreifen“, klagte sie ihm ihr Leid, als sie nach einem langen Arbeitstag bei ihm im Büro saß und sich über endlose Zahlenkolonnen beugte. „Aber hier kann irgendetwas nicht stimmen.“

Erik stellte sich neben sie, legte ihr den Arm auf die Schulter und ließ sich von Helen die Einträge zeigen, in denen sie einen Buchungsfehler vermutete. Mit wenigen Sätzen hatte er sie von der Richtigkeit der Abrechnung überzeugt und ihr zugleich die Systematik erläutert, die ihr zugrunde lag.

„Wenn du es erklärst, versteh sogar ich es“, sagte sie lächelnd und sah dankbar zu ihm auf.

„Trotzdem sollten wir für heute Schluss machen und den Tag bei einem Drink ausklingen lassen“, schlug Erik vor.

„Einverstanden!"

„Ich hoffe, ich störe nicht?"

Eine ihr vertraute Stimme ließ Helen aufschrecken. Ohne dass sie oder Erik es bemerkt hätten, hatte jemand die Bürotür geöffnet. Mehr als seine Frage verriet sein Blick, wie sehr ihn die Szene irritierte.

„Hallo, Lorenzo." Helen erhob sich, um den unerwarteten Rückkehrer mit ihrem Kollegen bekannt zu machen.

„Guten Tag, Mr. Martelli", begrüßte Erik ihn. „Endlich lerne ich einen unserer besten Lieferanten persönlich kennen."

„Es freut mich, dass Sie mit unserer Ware zufrieden sind", bedankte sich Lorenzo und reichte Erik die Hand. „Immerhin weiß ich jetzt, woran ich bin", setzte er mit einem Blick auf Helen hinzu.

„Helen und ich wollten uns gerade auf den Weg zu einer Bar machen", erklärte Erik. „Warum begleiten Sie uns nicht einfach?"

„Sehr gern", erwiderte Lorenzo. „Vorher muss ich allerdings noch kurz in mein Zimmer."

Als er wenige Minuten später die *Empire Bar* betrat, traf er nur Helen vor. „Erik lässt sich entschuldigen", erklärte sie ihm. „Ein wichtiger Gast wollte ihn dringend sprechen. Er hat mich beauftragt, dich solange bei Laune zu halten."

Helen erschrak fast, wie distanziert sie klang. Doch seit Lorenzos letzter E-Mail waren mehr als zwei Wochen vergangen, und nun platzte er einfach herein, als wäre es das Selbstverständlichste von der Welt.

„Ich schlage vor, wir gehen inzwischen ins Restaurant. Bevor du abreist, will der Küchenchef noch die Bestellungen für den Sommer mit dir besprechen."

„Nimm deinen Mantel und komm."

„Was soll ich mit meinem Mantel, wenn wir hier im Hotel essen?", fragte Helen irritiert.

„Wir essen nicht im Hotel“, entgegnete Lorenzo energisch. „Ich will mich mit *dir* unterhalten, nicht mit dem Küchenchef.“

„Und die Bestellungen?“

„Die können bis morgen warten.“

Lorenzo führte Helen in eine kleine Bar am Ufer des Hudsons, auf dem sich die letzten Sonnenstrahlen eines milden Vorfrühlingstages brachen. Erst die friedliche Stimmung ließ Helen merken, wie sehr sie Lorenzo vermisst hatte. Außer ihm gab es niemanden, mit dem sie offen und ehrlich reden konnte, und in wenigen Tagen würde er nach Sizilien zurückkehren.

„Wie ist es dir ergangen?“, erkundigte sich Lorenzo. „Du wirkst erschöpft.“

„Ich stecke mitten im Prüfungsstress“, erklärte Helen. „Erik ist so nett und paukt mit mir den gesamten Stoff durch.“

„Wie eine Nachhilfestunde wirkte das vorhin eher nicht.“

„Höre ich etwa einen Anflug von Eifersucht heraus?“

„So würde ich es nicht nennen“, widersprach Lorenzo. „Ich frage mich nur, warum du nicht etwas gelassener an die Sache herangehst. Die Hauptsache ist doch, dass du die Prüfung bestehst. Und das sollte dir auch ohne Eriks fürsorgliche Betreuung gelingen.“

„Bestehen schon“, erwiderte Helen. „Allerdings kaum so, wie ich es mir vorstelle. Das Elroy hat ein knallhartes Auswahlverfahren. Die mit den besten Noten bekommen die besten Jobs. So einfach ist das. Also muss ich nicht nur bestehen, sondern eine der Besten sein.“

„Findest du nicht, dass du ein wenig übertreibst?“, fragte Lorenzo besorgt. Die Karriere bedeutete Helen offensichtlich so viel, dass sie sogar ihre Gesundheit aufs Spiel setzte. „Ich würde dir jedenfalls dringend raten, das Ganze nicht so ernst zu nehmen.“

„Du hast vielleicht Humor“, sagte Helen. „Es *ist* so ernst. Schließlich hängt meine gesamte Zukunft davon ab. Du weißt doch genau, wie sehr mir davor graut …“

„Natürlich weiß ich, dass du dir deine Zukunft anders vorstellst, als sie für eine junge Frau aus Little Italy vorgesehen ist“, fiel Lorenzo ihr ins Wort. „Trotzdem habe ich das Gefühl, dass du vor etwas wegläufst, ohne zu wissen, wohin.“

„Ganz falsch ist das wohl nicht“, antwortete Helen nachdenklich. „Manchmal fühle ich mich wie in einem Labyrinth. Ich bin sicher, dass es einen Ausweg gibt, nur weiß ich nicht, wo.“

„Vielleicht hast du bislang in der falschen Richtung gesucht“, wandte Lorenzo ein. „Manchmal liegt der Ausweg näher, als man meint.“

„Soll das eine Anspielung sein?“, fragte Helen misstrauisch.

„Jedenfalls kein Heiratsantrag“, entgegnete Lorenzo so übertrieben vehement, dass Helen unwillkürlich lachen musste.

„Wenn du wüsstest, wie gut es tut, mit dir zu reden“, gestand sie freimütig. „Meinen Eltern brauche ich damit nicht zu kommen. Ein besseres Argument dafür, mich endlich ihrem Willen zu beugen, könnte ich ihnen gar nicht liefern. Und ein anderer Mensch, der meine Ängste versteht, ist weit und breit nicht in Sicht.“

„Noch bin ich nicht weg“, erwiderte Lorenzo, um Helen aufzuheitern. „Und wenn du magst, treffen wir uns morgen Abend …“

„Das wird nicht gehen“, fiel Helen ihm ins Wort. „Dily ist morgen Abend nicht zu Hause, und ich will die Gelegenheit nutzen, um in Ruhe für die Prüfung zu lernen.“

„Umso besser.“ Zu Helens Verblüffung reagierte Lorenzo geradezu begeistert. „Dann komme ich einfach zu dir.“

„Habe ich nicht deutlich genug gesagt, dass ich arbeiten ...?“

„Ich koche uns ein Abendessen. Du brauchst dich um nichts zu kümmern, und während ich den Tisch abräume, kannst du dich wieder an den Schreibtisch begeben.“

„Einverstanden“, stimmte Helen gerührt zu. „Unter einer Bedingung“, setzte sie hinzu und sah Lorenzo provozierend an.

„Und die wäre?“, fragte er verwundert.

„Den Abwasch machst du auch.“

„Das ist zwar Erpressung, aber meinetwegen.“

Als Helen am nächsten Abend aus dem Büro kam, erwartete Lorenzo sie bereits. Er hatte zwei prall gefüllte Einkaufstüten bei sich, die er bis in ihre Wohnung trug.

Kaum hatte sie ihm die Küche gezeigt, schickte er sie an den Schreibtisch und machte sich an die Arbeit. Dabei verhielt er sich so leise, dass Helen zwischendurch fast vergaß, dass sie nicht allein in der Wohnung war. So erschrak sie beinahe, als er sie plötzlich zum Essen rief.

Er hatte eine köstliche Kreation aus verschiedenen Fleischsorten zubereitet, und sowohl das Rezept wie auch die Qualität des Fleisches weckten in Helen einen eigentümlichen Verdacht.

„Der Schlachter, bei dem du eingekauft hast, war nicht zufällig ...?“

„Dein Vater“, beendete Lorenzo ihren Satz. „Ich war heute Nachmittag bei ihm und habe ihn nach deinem Lieblingsgericht gefragt. Daraufhin hat er mir dieses Rezept genannt und mir die besten Fleischstücke ausgesucht.“

„Ich hätte nicht gedacht, dass er sich daran noch erinnert“, erwiderte Helen.

„Dann wirst du dich gleich noch mehr wundern“, kündigte Lorenzo an und stand unvermittelt auf. „Das Rezept dafür hat mir allerdings nicht er, sondern deine Mutter verraten“, erklärte er, als er das Dessert servierte.

„Warst du etwa auch in der Wohnung?“

„Dein Vater ist mit mir hinaufgegangen, damit deine Mutter mir den einen oder anderen Tipp für die Zubereitung geben konnte. Zum Abschied hat er mir dringend geraten, es nicht zu übertreiben. Wenn ein Mann eine Frau zu sehr verwöhnt, nimmt sie es nur zum Anlass, ihm auf der Nase herumzutanzen, hat er mich gewarnt. Woraufhin deine Mutter ihm gesagt hat, dass er nicht solchen Unfug erzählen soll.“

„Das hat sie wirklich gesagt? Ich habe noch nie erlebt, dass sie ihrem Mann widerspricht.“

„Wenn die Kinder nicht in der Nähe sind, tut sie das sicherlich öfter“, erwiderte Lorenzo. „Sobald sie allein sind, ist dein Vater wie verwandelt. Und in der Küche führt ohnehin deine Mutter das Kommando. Wenn sie ihn bittet, ihr etwas aus dem Schrank zu holen oder die Spülmaschine auszuräumen, pariert er ohne Widerworte.“

Helen war geneigt, Lorenzo zu glauben, doch ganz konnte sie sich nicht dazu durchringen. Es klang einfach zu schön, um wahr zu sein.

Nach dem Essen bot sie an, ihm beim Abwasch zu helfen, doch er wies ihren Vorschlag strikt zurück. „Ich habe versprochen, dass du dich um nichts kümmern musst, und dabei bleibt es.“

„Wenn du so weitermachst, setzt du deinen Ruf als Casanova aufs Spiel“, warnte Helen ihn scherzhaft.

„Mit dem war es noch nie weit her“, erwiderte Lorenzo gespielt traurig. „Das habe ich meiner Mutter zu verdanken. Ich hätte es nie gewagt, mich ihren Anordnungen zu widersetzen.“

„War sie denn so streng?“, fragte Helen.

„Streng ist kein Ausdruck.“

„Und du hast ihr nie widersprochen?“

„Wo denkst du hin?“ Lorenzo sah sie mit einer Unschuldsmiene an, die schon wieder verdächtig war. „Im Gegenteil. Seit mit Heather eine zweite Frau im Haus ist, weiß ich gar nicht, wem von beiden ich gehorchen soll. Und wenn Bernardo Angie doch noch heiratet, muss ich mich wohl dreiteilen, um allen gerecht zu werden."

Lorenzos kleine Stegreifvorstellung bewirkte, dass Helen vor Lachen fast keine Luft mehr bekam.

„Du solltest mich lieber bemitleiden, als dich über mich lustig zu machen", beschwerte er sich.

„Ich mache mich gar nicht lustig", widersprach sie. Doch weil es alles andere als glaubhaft klang, nahm sie ihn kurzerhand in die Arme.

Augenblicklich tat er es ihr nach, und so standen sie eng umschlungen in der Küche. Mit einem Mal empfand Helen eine Sicherheit und Geborgenheit, die ihr im Alltag allzu oft versagt blieb. Ihr war, als könnte sie endlich aufhören zu kämpfen und einfach nur genießen, dass jemand in ihrer Nähe war, dem sie nichts beweisen musste. Und je mehr die innere Anspannung von ihr abfiel, umso mehr brach sich die Erschöpfung Bahn, unter der sie seit Tagen litt.

„Helen."

„Ja?" Sie schreckte förmlich auf, als Lorenzos Stimme wie von ferne an ihr Ohr drang.

„Du schläfst ja im Stehen ein."

Sie sah ihn benommen an. „Bin ich wirklich eingeschlafen?"

„Allerdings", bestätigte Lorenzo. „Dass ich kein Casanova bin, war mir ja klar, aber dass ich wie eine Schlaftablette auf dich wirke, trifft mich tief."

„Das tust du ja gar nicht", erwiderte Helen besänftigend. „Ich fühle mich nur so sicher in deiner Nähe."

„Du machst es nicht besser, wenn du der Kränkung eine Beleidigung hinzufügst", protestierte er lächelnd.

„Ich sollte wohl lieber an den Schreibtisch zurückkehren,

bevor ich noch mehr Unheil anrichte", sagte Helen, ohne sich von der Stelle zu bewegen. Sie fühlte sich, als würde sie unter einem Bann stehen, dem sie sich nicht entziehen konnte.

Lorenzo nahm ihr schließlich die Entscheidung ab, indem er sich vorsichtig von ihr löste.

„Worauf wartest du noch?", fragte er und bemühte sich, den Tonfall eines tyrannischen Ehemannes zu treffen. „Marsch, marsch an die Arbeit. Das ist ein Befehl."

„Ich war nicht besonders überzeugend, nicht wahr?", fragte er, weil Helen ihn eher mitleidig als beeindruckt ansah.

„Dir fehlt eben die Übung", tröstete sie ihn.

Kaum saß sie am Schreibtisch, brachte Lorenzo ihr eine Tasse Mokka, bevor er sich wortlos in die Küche zurückzog.

Doch auch der Kaffee konnte Helens Müdigkeit nicht vertreiben, und so legte sie sich aufs Sofa, um für einige Minuten die Augen zu schließen. Das Geräusch der Wohnungstür ließ sie jedoch aufschrecken.

„Was machst du denn hier?", fragte Dily überrascht, nachdem sie das Licht eingeschaltet hatte. „Ich dachte, du liegst längst im Bett."

„Wie spät ist es … schon zwei Uhr?"

Schlagartig wurde ihr bewusst, dass Lorenzo die Wohnung still und leise verlassen hatte, um sie, Helen, nicht zu wecken. Als sie Dily in die Küche folgte, glaubte sie ihren Augen nicht. Der Raum strahlte und glänzte wie neu, und alles stand an seinem gewohnten Platz.

Endlich entdeckte sie auch den Zettel auf der Anrichte.

Du hast so friedlich geschlafen, dass ich es nicht übers Herz gebracht habe, Dich zu wecken. Ich hoffe, Du hast etwas Schönes geträumt.
Lorenzo

Lorenzos zärtliche Worte und sein rücksichtsvolles Verhalten rührten Helen zutiefst – bis zu dem Augenblick, in dem sie sich tatsächlich an einen Traum zu erinnern meinte. Anders konnte sie sich zumindest nicht erklären, dass sie sich plötzlich einbildete, im Schlaf die leichte Berührung seiner Lippen auf ihren gespürt zu haben.

4. KAPITEL

Helen hatte sich angeboten, Lorenzo zum Flughafen zu bringen. Doch als sie sah, wie er sein Gepäck aufgab, war sie nicht mehr sicher, ob das eine gute Idee gewesen war. Der Abschied würde jedenfalls nicht leichter werden.

„Darf ich dich noch auf einen Drink einladen?“, fragte Lorenzo, nachdem er eingecheckt hatte.

Sie gingen in eine Bar, und Lorenzo bestellte für Helen einen Orangensaft und für sich einen Scotch. Danach setzte ein bedrückendes Schweigen ein, weil keiner von beiden wusste, wie er mit der Situation umgehen sollte.

„Hast du auch nichts vergessen?“, erkundigte sich Helen, um irgendetwas zu sagen.

„Ich glaube nicht“, erwiderte Lorenzo. „Und wenn, dann ist es jetzt ohnehin zu spät.“

„Wenigstens ist das Wetter nicht so unfreundlich wie bei deiner Ankunft“, versuchte sie erneut ein Gespräch in Gang zu bringen.

„Da hast du recht“, antwortete er. „Doch du solltest mal einen sizilianischen Frühling erleben. Die Farbenpracht ist unbeschreiblich.“

„Du kannst es wohl kaum erwarten, endlich wieder nach Hause zu kommen, oder?“

„Das kann ich nicht leugnen“, gestand er freimütig. „Was nicht heißen soll, dass ich die Zeit hier nicht genossen habe“, setzte er rasch hinzu.

„Das freut mich – zumal es mir nicht anders ergeht.“

„Ich hoffe nur, deine Eltern verleiden es dir nicht nachträglich noch. Immerhin hatten sie ja bestimmte Pläne mit uns.“

„Ich sage ihnen einfach, dass ich mich nicht zwischen Erik und dir entscheiden konnte und du es leid warst, hingehalten zu werden. Sicherheitshalber warte ich damit aber, bis du außer Landes bist."

„Das ist sehr rücksichtsvoll von dir", erwiderte er lächelnd. „Wenn sich deine Eltern erst damit abgefunden haben, dass du ihn mir vorziehst, ist ihnen Erik als Schwiegersohn vielleicht gar nicht so unsympathisch."

Helen hätte sich vor Wut darüber, dass sie durch ihre Unbedachtheit Lorenzo zu dieser Bemerkung geradezu eingeladen hatte, die Zunge abbeißen können. Andererseits hatte ihn niemand gezwungen, auf ihre Dummheit mit einer doppelt so großen zu reagieren.

„Das setzt allerdings voraus, dass ich mich entscheide, ihn zu heiraten", wandte sie mürrisch ein. „Übrigens werde ich ab sofort mit ihm zusammenarbeiten. Um genau zu sein, bereits heute Abend. Das Elroy gibt einen Empfang, und wir …"

„Sieh dich bloß vor", fiel Lorenzo ihr ins Wort. „Du weißt, wie solche Anlässe enden können."

Helen wusste nicht, ob es Absicht oder ein Versehen gewesen war, dass Lorenzo wenige Minuten vor seinem Abflug ein Thema anschnitt, um das sie seit Wochen einen großen Bogen gemacht hatten. Doch seinem Blick war deutlich anzusehen, dass er sich genau wie sie in jedem Detail an jenen Kuss erinnerte, der so spielerisch begonnen hatte, bevor er unvermittelt in blanke Leidenschaft umgeschlagen war. Und wie sie wusste er, dass die Erinnerung daran unauslöschlich war.

„Von Erik ist nichts dergleichen zu befürchten", sagte sie endlich. „Er ist vom Scheitel bis zur Sohle ein Gentleman."

„Dieser Vorwurf ist mir bis jetzt erspart geblieben."

Sein Lächeln stürzte Helen erneut in tiefe Konflikte, weil es ihr den Gedanken, dass er sie gleich verlassen würde und sie nicht sicher sein konnte, ihn je wiederzusehen, schier unerträglich machte.

„Wenn du losmusst, sag es nur." Lorenzo wirkte verlegen,

denn ihr plötzlicher Stimmungsumschwung war ihm nicht entgangen. „Nicht dass du meinetwegen Ärger bekommst."

„Ich bringe dich noch bis zum Flugsteig", erwiderte sie traurig. „Dann muss ich wirklich zurück."

Die Minuten bis zum Abflug verrannen, und Lorenzo wurde zunehmend nervöser. „Meine E-Mail-Adresse hast du doch?", vergewisserte er sich bereits zum zehnten Mal, um sich die Antwort zum zehnten Mal selbst zu geben. „Natürlich hast du sie, und ich habe deine. Dann können wir ja in Kontakt bleiben."

„Die Passagiere des Fluges nach Rom werden gebeten …"

Ohne das Ende der Durchsage abzuwarten, standen Helen und Lorenzo auf und gingen die wenigen Schritte bis zum Flugsteig. An der Absperrung blieben sie stehen und sahen sich schweigend an.

„Hier trennen sich unsere Wege dann wohl." Lorenzo hatte als Erster die Sprache wiedergefunden. „Auf Wiedersehen …" sagte er, und über sein Gesicht huschte ein hinreißendes Lächeln, bevor er hinzusetzte: „Elena."

Sie ballte die Hand zur Faust und hielt sie ihm gespielt drohend ans Kinn. Lorenzo umfasste die Hand und küsste sie.

„Auf Wiedersehen, Helen", sagte er leise, als er den Kopf wieder gehoben hatte.

„Auf Wiedersehen", flüsterte sie kaum hörbar, weil ihr die Stimme versagte.

Bevor er ging, beugte sich Lorenzo vor und küsste sie zärtlich auf die Wange. Helen sah ihm nach, bis er hinter der Sicherheitsschleuse verschwunden war.

Auf dem Flughafen wimmelte es von Menschen, doch Helen fühlte sich einsamer als je zuvor in ihrem Leben. Anstatt umgehend zurück zum Hotel zu fahren, ließ sie sich ziellos durch die riesige Halle treiben, bis sie, ohne es sich vorgenommen zu haben, pünktlich zur Abflugszeit vor dem

Aussichtsfenster stand, von dem aus man die Startbahn überblicken konnte.

Ohne jede sichtbare Regung beobachtete sie, wie die Maschine nach Rom auf die Startbahn einbog, immer schneller wurde und schließlich abhob, um kurz darauf in den Wolken zu verschwinden.

Als sie den Kopf senkte, fiel Helen auf, dass der Blick durch die Scheibe plötzlich eigentümlich getrübt war. Sicherlich regnet es mal wieder, erklärte sie es sich. Erst als sie sich umdrehte und immer noch alles verschwommen war, wurde ihr der wahre Grund bewusst.

Nach einem endlos langen Flug landeten sie in Rom. Zu Lorenzos Erleichterung erreichte er den Anschluss nach Palermo. Trotzdem war es später Abend, als er endlich wieder heimischen Boden unter den Füßen hatte.

Als er die Flughafenhalle betrat, erwarteten ihn Heather und Renato. Die Wiedersehensfreude war groß, und Renato ließ sich sogar dazu hinreißen, seinem kleinen Bruder ein großes Kompliment für die vielen Bestellungen zu machen, die in der Zwischenzeit aus den USA eingegangen waren.

In der Familienvilla wartete Lorenzos Mutter Baptista schon sehnsüchtig auf ihren Jungen, und selbst Fede, ihre Jugendliebe, der ihr im Alter ein unverzichtbarer Freund geworden war, reichte ihm gerührt die Hand.

„Spann uns nicht länger auf die Folter“, unterbrach Baptista die langwierige Begrüßung. „Erzähl uns endlich von Elena.“

„Da gibt es nicht viel zu erzählen, Mamma“, erwiderte Lorenzo ausweichend. „Sie ist eine sympathische junge Frau, mit der ich mich gut verstehe. Nicht mehr und nicht weniger.“

„Willst du mich für dumm verkaufen?“, protestierte seine Mutter empört. „Zufällig weiß ich, dass du sie am ersten Abend in aller Öffentlichkeit geküsst und die vergangene Woche fast ausschließlich mit ihr verbracht hast. Also versuche nicht, mir weiszumachen, dass du sie nichts weiter als sympathisch findest."

Lorenzo strich sich nervös durchs Haar. Dass die beiden Mütter in telefonischem Kontakt standen, wunderte ihn nicht. Doch damit, dass sich Neuigkeiten und Gerüchte derart schnell und detailliert über den Ozean verbreiteten, hatte er nicht gerechnet.

„Wenn es doch stimmt, Mamma?", wandte er unsicher ein. „Dass ich Helen in den letzten Tagen so oft gesehen habe, hatte in erster Linie berufliche Gründe – selbst wenn wir dabei viel gelacht haben."

„Wer zum Teufel ist Helen?", fragte Baptista verwundert.

„Helen und Elena sind ein und dieselbe Person", erklärte Lorenzo gereizt. „Sie zieht die anglisierte Form ihres Namens vor. Und wenn es dir recht ist, würde ich mich jetzt gern ein wenig frisch machen."

Seiner Mutter war unschwer anzusehen, dass sie seine Antwort eher für eine Ausflucht hielt. Gleichwohl sah sie ein, dass ihr Sohn nach der langen Reise nicht in der Verfassung war, ihr Rede und Antwort zu stehen. Sie entließ ihn mit einem Blick, der Lorenzo deutlich machte, dass die Unterhaltung unterbrochen, jedoch nicht beendet war.

„Wo ist eigentlich Bernardo?", erkundigte er sich, nachdem er sich geduscht und umgezogen hatte.

„Der ist seit Tagen wie vom Erdboden verschluckt", teilte ihm Renato mit.

„Ich dachte, er hätte sich während meiner Abwesenheit mit Angie ausgesöhnt", sagte Lorenzo verwundert. „An Mammas Geburtstag ist er doch trotz des Schneesturms nach Montedoro gefahren, weil Angie aus Sorge um ihre Patienten nicht kommen konnte. Das hätte er doch nicht getan, wenn sie ihm nichts bedeutete."

„Das sehe ich genauso, mein Junge", stimmte Baptista ihm zu. „Als ich Angie angerufen habe, um sie zu fragen, ob er heil angekommen ist, saß er sogar in ihrer Küche."

„Gleich am nächsten Morgen ist er aber wieder aus Montedoro verschwunden", ergänzte Heather, „und seither fehlt jede Spur von ihm."

„Unser Bruder wird offensichtlich nie erwachsen", setzte Renato hinzu. „Schon als Junge hat er sich immer versteckt, sobald ihm etwas über den Kopf zu wachsen drohte."

Renatos spöttische Bemerkung ließ Lorenzo hellhörig werden. Er war der Einzige, der wusste, wohin sich ihr Halbbruder früher zurückgezogen hatte, weil er ihm eines Tages heimlich gefolgt war. Doch um seinem Verdacht augenblicklich nachzugehen, war er viel zu müde.

Den nächsten Vormittag verbrachte er im Büro seines älteren Bruders, der über alle Details der Reise genauestens informiert werden wollte – jedenfalls die geschäftlichen, wie Lorenzo erleichtert feststellte, als er das Zimmer endlich verlassen konnte. Denn anders als seine Mutter hatte Renato ihm Fragen nach Helen erspart.

Es war bereits später Nachmittag, als er in Montedoro ankam. Dr. Angela Wenham schloss gerade ihre Praxis und war sichtlich überrascht, als Lorenzo aus seinem Auto stieg. Sie war schön wie eh und je, und doch erschrak er ein wenig, als er sie sah, denn Angie wirkte erschöpft und vor allem traurig.

„Du musst mir unbedingt von deiner Reise erzählen", forderte sie ihn auf und lud ihn ein, zum Abendessen zu bleiben.

Lorenzo folgte ihr in die Küche, doch anstatt ihr begeistert die Städte, in denen er gewesen war, und den beruflichen Erfolg aufzulisten, den er dort gehabt hatte, musste er unwillkürlich an Helen denken. Ohne dass er es beeinflussen konnte, legte sich ein strahlendes Lächeln um seinen Mund.

„Wie heißt sie denn?“, fragte Angie mit untrüglicher Sicherheit.

„Helen.“ Lorenzo musste einsehen, dass er sich dieses Mal nicht vor einer ehrlichen Antwort drücken konnte. „Nur solltest du dich hüten, vorschnelle Schlüsse zu ziehen. Dass ich der Letzte bin, den sie heiraten würde, hat sie mir schon nach zehn Minuten klargemacht.“

Angie sah ihn verwundert an. „Hast du ihr denn so schnell einen Heiratsantrag gemacht?“

„Natürlich nicht“, erwiderte Lorenzo lächelnd. „Offensichtlich hielt sie es für nötig, mir von Anfang an meine Grenzen aufzuzeigen.“

„Willst du mir etwa weismachen, dass es Frauen gibt, die deinem Charme widerstehen können?“

„Es scheint fast so.“

„Lass dir doch nicht jedes Wort einzeln …“

„Was ist los?“, fragte Lorenzo besorgt. „Du bist plötzlich so blass.“

Angie war eine Gabel aus der Hand geglitten, und als sie sich bückte, um sie aufzuheben, begann sich alles vor ihren Augen zu drehen.

„Ich habe einen anstrengenden Tag hinter mir“, erwiderte sie, nachdem sie sich mühsam wieder aufgerichtet hatte. „Außerdem habe ich seit dem Frühstück nichts mehr gegessen.“

„Dann wird es höchste Zeit“, sagte Lorenzo bestimmt. „Du setzt dich sofort hin. Um das Abendessen kümmere ich mich.“

Angie fühlte sich zu schwach, um sich seiner Anordnung zu widersetzen, und so nahm sie am Esstisch Platz und genoss es, sich von Lorenzo bedienen zu lassen.

Während er am Herd stand, berichtete sie ihm von jener Nacht, in der Bernardo trotz Sturmwarnung in die Berge gefahren war, um in ihrer Nähe zu sein. Doch was ihn veranlasst hatte, schon am darauffolgenden Tag die Flucht zu ergreifen, blieb Lorenzo weiterhin ein Rätsel. Einziger Anhaltspunkt war und blieb Angies kleiner Schwächeanfall. Und selbst auf die Gefahr hin, dass sich seine Annahme als falsch erweisen sollte, konnte sich Bernardo auf etwas gefasst machen.

Obwohl es längst dunkel war, kehrte Lorenzo nicht auf direktem Weg nach Palermo zurück, sondern fuhr zu dem kleinen Bauernhaus, in dem er seinen Bruder vermutete. Sein Instinkt hatte ihn nicht getrogen, und ohne Umschweife konfrontierte er Bernardo mit dem Anlass seines unangemeldeten Besuches.

„Ich werde nicht tatenlos zusehen, wie du dein eigenes, vor allem aber das Glück anderer zerstörst", sagte er bestimmt. „Schließlich bin ich dein Bruder, ob es dir passt oder nicht. Übrigens scheint es mir an der Zeit, dass du dein Verhältnis zu deiner Familie überdenkst", setzte er bedeutungsvoll hinzu. „Wenn du dich schon um ihren Fortbestand verdient machst, solltest du dich nicht länger dagegen sträuben, selbst dazuzugehören."

Bernardo sah ihn ratlos an, doch Lorenzo ließ ihn ohne jede Erklärung stehen und ging so unvermittelt, wie er gekommen war. In dem Gefühl, alles richtig gemacht zu haben, fuhr er der Küste entgegen.

Zu Hause angekommen, beschloss er, Helen eine E-Mail zu schreiben. Er hatte ihr ohnehin versprochen, sich bald zu melden, und in den letzten Tagen in New York hatte er sich so daran gewöhnt, sich mit ihr über alles zu unterhalten, dass es ihm nun geradezu fehlte.

Bevor er die E-Mail abschickte, las er sie noch einmal durch. Sie war deutlich länger geraten als geplant. Einzig seinen Verdacht, dass Angie schwanger sein könnte, hatte er verschwiegen.

Plötzlich befielen ihn Zweifel, ob sie sich für all diese familiären Dinge überhaupt interessierte. Er beendete das Grübeln, indem er kurz entschlossen den Befehl „Senden“ ausführte.

Eine ganze Woche verging, ohne dass er eine Antwort erhielt. Was ihn umso mehr bedrückte, da er häufiger an Helen dachte, als er es für möglich gehalten hätte.

Um dem Spuk ein Ende zu bereiten, beschloss er, sie einfach anzurufen. Bei der Gelegenheit könnte er auch das dringende Bedürfnis stillen, ihre Stimme zu hören, das er seit geraumer Zeit verspürte.

Doch zu seiner Enttäuschung meldete sich nur der Anrufbeantworter. Ein Blick auf die Uhr machte ihm klar, dass er den Zeitunterschied vergessen hatte. In New York war es früher Vormittag, und Helen saß in diesem Moment sicherlich in ihrem Büro im Elroy und unterhielt sich mit Erik.

Der Gedanke versetzte ihm einen Stich, wofür er beim besten Willen keine Erklärung hatte – und vorsichtshalber auch nach keiner suchte.

Im Lauf des Abends versuchte er mehrfach, Helen zu erreichen, doch stets mit dem gleichen Ergebnis. Es dauerte bis morgens um fünf, bis am anderen Ende der Leitung endlich der Hörer abgenommen wurde. Doch die Stimme, die sich meldete, passte weder zu Helen noch zu Dily, und ohne ein einziges Wort gesagt zu haben, knallte Lorenzo den Hörer auf die Gabel.

Erik!, schoss es ihm durch den Kopf. In New York war es kurz vor Mitternacht, und an Helens Telefon meldete sich Erik!

Nun wusste Lorenzo auch, warum sich Helen nicht bei ihm gemeldet hatte: Sie hatte kein Interesse mehr an ihm. Kaum war er abgereist, hatte sie die Vorbehalte ihrer Eltern gegen Erik aus der Welt geräumt, und sicherlich würde schon in den nächsten Tagen ihre Verlobungsanzeige ins Haus flattern.

Mir soll es recht sein, dachte Lorenzo. Eigentlich hatte der Gedanke etwas Erleichterndes. Schließlich bedeutete es, dass er ein für alle Mal aus dem Spiel war. Doch wenn er allen Grund hatte, sich zu freuen, warum überfiel ihn dann ausgerechnet jetzt ein Gefühl, das ihm bislang bestenfalls aus dem Wörterbuch bekannt war, wo es unter „E“ wie „Einsamkeit“ stand?

Seine entsetzliche Stimmung hellte sich deutlich auf, als er am Tag darauf eine E-Mail von Helen erhielt, die ihm deutlich machte, dass er seine Schlüsse deutlich voreilig gezogen hatte – zumindest was die Verlobung anging.

Nachdem sich Helen mehrmals dafür entschuldigt hatte, dass sie so spät antwortete, erzählte sie fröhlich, dass sie am Vorabend gemeinsam mit Erik im Kino gewesen sei und ihn anschließend zum Essen zu sich nach Hause eingeladen habe.

Ich war in der Küche beschäftigt, als das Telefon klingelte. Weil Dily unterwegs war, habe ich Erik gebeten ranzugehen. Der Anrufer hat aufgelegt, ohne seinen Namen zu sagen. Ich weiß aber auch so, dass es Mamma war. Sie scheint ihren Schock schnell überwunden zu haben, denn bald darauf hat es erneut geläutet, und obwohl wieder Erik abgenommen hat, hat sie sich dieses Mal gemeldet. Du kannst dir sicher vorstellen, was ich mir anhören musste, weil zu solch später Stunde noch ein Mann in meiner Wohnung war. Manche Menschen sind so misstrauisch, dass sie nicht einmal einen Anlass brauchen.

Lorenzo war viel zu erleichtert, um den letzten Satz auf sich zu beziehen. Er erwiderte ihre E-Mail umgehend, und in der Folgezeit schrieben sie sich beinahe täglich. Eriks Name tauchte zwar öfter auf, als Lorenzo lieb war, aber wenigstens war nicht mehr davon die Rede, dass er Helen in ihrer Wohnung besuchte – und schon gar nicht mitten in der Nacht.

Der regelmäßige Gedankenaustausch mit Helen wurde so selbstverständlich, dass Lorenzo ihr auch die familiären Neuigkeiten nicht vorenthielt.

Bernardo ist aus seinem Versteck gekrochen und will Angie nun doch heiraten. Aber nun weigert sie sich auf einmal. Sie ist schwanger und unterstellt Bernardo, dass er nur des Kindes wegen um ihre Hand angehalten hat.

In ihrer Antwort trug Helen Lorenzo auf, Angie herzlich von ihr zu grüßen und zu ihrer Entscheidung zu gratulieren.

Danach kam die Korrespondenz zum Erliegen, weil Helens Prüfungen anstanden. Sie hatte sich, nicht zuletzt dank Eriks Hilfe, gründlichst auf alle Fachgebiete vorbereitet. Doch je länger sich die Prüfung hinzog, desto mehr verließ ihre Zuversicht sie. Als nach drei Tagen endlich alles überstanden war, war sie so erschöpft, dass es ihr fast gleichgültig war, wie sie abgeschnitten hatte.

Im Foyer des Elroy fing Erik sie ab. „Hast du morgen Abend Zeit?“, erkundigte er sich vorsichtig. „Ich würde dich gern zum Essen ausführen.“

„Gern“, erwiderte Helen ohne große Begeisterung. „Bis dahin habe ich mich von den Strapazen hoffentlich so weit erholt, dass ich einigermaßen vorzeigbar bin.“

„Darauf müsste ich allerdings bestehen.“ Obwohl er lächelte, wirkte er überaus angespannt. „Schließlich habe ich einen Tisch im *Jacaranda* reservieren lassen.“

„Im *Jacaranda?*“, wiederholte sie ungläubig. „Hast du geerbt? Da kostet doch die Garderobe schon so viel wie in anderen Restaurants ein viergängiges Menü. Außerdem weiß ich gar nicht, ob ich dafür etwas Passendes anzuziehen habe. Warum essen wir nicht einfach hier im Hotel?"

„Für das, was ich mit dir besprechen möchte, ist das Elroy nicht der richtige Ort", antwortete Erik geheimnisvoll.

Nun war es keine große Kunst, zu erraten, was es so Wichtiges zu besprechen gab. Helen war sich sicher, dass Erik die rein freundschaftliche Beziehung, die sie bislang miteinander verband, nicht mehr reichte und er ihr vorschlagen würde, fortan mehr als nur das Büro zu teilen.

Doch genauso sicher war sie sich, dass sie seinen Vorschlag ablehnen würde. Was weniger an Erik als vielmehr an ihr selbst lag. Sie war einfach nicht so weit, um sich zu binden. Nicht einmal an Erik, obwohl er alle Eigenschaften besaß, die sie von ihrem zukünftigen Ehemann erwartete, denn er war zuverlässig, treu und kein Italiener.

Damit war er das genaue Gegenteil eines anderen Mannes, an den sie unvermittelt denken musste. Lorenzo war unbekümmert, mit an Sicherheit grenzender Wahrscheinlichkeit untreu und nicht nur Italiener, sondern – und dieses Manko ließ sich durch nichts aufwiegen – Sizilianer.

Um sich selbst zu beweisen, dass das ungute Gefühl, mit dem sie dem Abend entgegensah, nichts mit Lorenzo zu tun hatte, beschloss sie, ihm von der Einladung zu berichten.

Er schien auf ihre E-Mail förmlich gewartet zu haben, denn seine Reaktion war binnen Sekunden auf ihrem Bildschirm.

Dann steht Eure Verlobung ja wohl kurz bevor.

Ihre Antwort geriet so kurz wie eindeutig:

Blödsinn!

Es dauerte eine kleine Ewigkeit, bis Helen sich endlich für ein Kleid entschieden hatte, mit dem sie sich auch im *Jacaranda* nicht zu genieren brauchte.

Erik begrüßte sie mit einem Handkuss und führte sie an einen blumengeschmückten Tisch. Kaum hatten sie Platz genommen, zog Erik ein schwarzes Etui aus der Innentasche seines Jacketts und reichte es Helen.

„Öffne es", forderte er sie auf, als er ihren ungläubigen Blick sah. „Es gehört dir."

Mit klopfendem Herzen hob Helen den samtbesetzten Deckel an. „Das kann ich nicht annehmen", sagte sie teils gerührt, teils bestürzt, als sie die wertvolle Goldkette sah, an der ein kunstvoll gearbeitetes Medaillon hing.

„Du würdest mir eine unendliche Freude machen, wenn du es trotzdem tust", wandte Erik ein. „Vielleicht fällt es dir leichter, wenn du weißt, dass es zwei Gründe gibt, warum ich es dir schenke. Zum einen möchte ich dir auf diese Weise zu der bestandenen Prüfung gratulieren. Deine Noten sind herausragend. Das offizielle Ergebnis bekommst du erst in einigen Tagen, aber ich habe mir erlaubt, Erkundigungen einzuholen. Außerdem habe ich darauf gedrängt, dass du meiner Abteilung zugewiesen wirst, und zwar mit Erfolg. Der zweite Grund ist ... ich weiß nicht recht, wie ich es sagen soll, aber vielleicht weißt du ohnehin schon ... Es ist nämlich so, dass ..."

Erik beugte sich vor und nahm Helens Hand, als könnte er so den Mut aufbringen, das zu sagen, was ihm offensichtlich sehr am Herzen lag.

Gerührt hörte Helen ihm zu, ohne ihn ein einziges Mal zu drängen oder gar zu unterbrechen. Erik dankte es ihr mit Worten, die sie regelrecht glücklich machten.

Nach einem wunderbaren Abend trennten sie sich, und Helen verließ das *Jacaranda* mit einem strahlenden Lächeln auf den Lippen und einer Goldkette um den Hals.

Sie wusste selbst nicht zu sagen, warum sie den Computer einschaltete, kaum dass sie ihre Wohnungstür hinter sich geschlossen hatte.

Steht der Hochzeitstermin schon fest?

Lorenzos unverblümte Frage beantwortete sie bewusst uneindeutig:

Du wärst der Erste, den ich es wissen lassen würde.

Helens Antwort beschäftigte Lorenzo tagelang. Ein Ja war es ganz sicher nicht, doch für ein eindeutiges Nein war es zu vage formuliert. Er zog daraus den Schluss, dass der Abend mit Erik weniger harmonisch, als er befürchtet, aber immer noch deutlich harmonischer verlaufen war, als er gehofft hatte.

Was genau geschehen war, konnte ihm nur eine Person sagen. Doch die Blöße, sie direkt danach zu fragen, wollte er sich nicht geben. Zu seinem Leidwesen dachte die Person jedoch nicht daran, es von sich aus zu erzählen, und nach einer Woche gab Lorenzo die Hoffnung auf, dass sich daran etwas ändern würde.

5. KAPITEL

Mehrere Wochen verstrichen, ohne dass sie voneinander hörten. Ein besonderes Ereignis brachte Lorenzo schließlich dazu, Helen anzurufen, um ihr von Angies und Bernardos Hochzeit zu berichten.

„Es sah lange nicht danach aus, aber heute haben sie sich in der Kirche von Montedoro endlich das Jawort gegeben", erzählte er ihr. „Die Familie musste ein bisschen nachhelfen, indem wir uns vor Angies Haus versammelt und sie vor vollendete Tatsachen gestellt haben. Sie konnte gar nicht mehr Nein sagen."

„Ihr habt sie also entführt und gezwungen, euren Bruder zu heiraten", stellte Helen misstrauisch fest.

„Angie zu etwas zwingen zu wollen ist aussichtslos", widersprach Lorenzo. „Und in diesem Fall war es auch gar nicht nötig, denn ihre Liebe zu Bernardo stand nie außer Frage. Sie hatte sich in eine ziemlich hoffnungslose Lage manövriert, und wir haben nicht mehr getan, als ihr einen Ausweg zu bahnen."

„Du brauchst gar nicht zu versuchen, irgendetwas zu beschönigen", erwiderte Helen entrüstet. „Angie hat es gewagt, sich einem Sizilianer zu widersetzen, und das konntet ihr natürlich nicht auf euch sitzen lassen. Schade, dass sie Bernardo nicht einfach vor dem Altar hat stehen lassen."

„Auf Sizilien würde das einer Frau ziemlich schlecht bekommen."

Die Antwort auf seine unüberlegte Äußerung ließ an Deutlichkeit nicht zu wünschen übrig. „Du kannst von Glück sagen, dass du auf der anderen Seite des Atlantiks bist, Martelli", tönte es ihm aus dem Hörer entgegen.

„Sonst hätte ich es kaum gewagt, etwas Derartiges zu sagen. Du weißt doch, dass ich ein Feigling bin."

Helens Lachen kam so spontan und herzlich, dass Lorenzo die viertausend Meilen, die zwischen ihnen lagen, insgeheim verfluchte. „Wenn du die Hochzeit miterlebt hättest, würdest du nicht so über uns denken“, sagte er unvermittelt.

„Hättest du mich denn gern dabeigehabt?“, fragte sie leise.

„Ja“, gestand er freimütig. „Und wenn du erst meine Heimat und meine Familie richtig kennen würdest, müsstest du endlich auch deine blödsinnigen Vorurteile ablegen.“

„Darauf kannst du lange warten“, erwiderte Helen. „Erstens handelt es sich nicht um Vorurteile, sondern um Vorbehalte, und zweitens sind sie und ich unzertrennlich. Worüber du, drittens, froh und glücklich sein solltest. Immerhin haben sie dich davor bewahrt, die USA mit einem Verlobungsring am Finger zu verlassen.“

„Apropos Verlobung. Was gibt es Neues von Erik?“

„Er ist auf Geschäftsreise.“

Wenn das keine gute Nachricht ist, dachte Lorenzo, der zunächst gemeint hatte, im Hintergrund eine männliche Stimme gehört zu haben, erleichtert. Entsprechend gut war seine Stimmung, als er sich schließlich von Helen verabschiedete und ihr eine gute Nacht wünschte.

Auf Sizilien brach bereits der Morgen an, und da an Schlaf ohnehin nicht zu denken war, setzte sich Lorenzo auf die Terrasse. Während er den Sonnenaufgang beobachtete, kreisten seine Gedanken unaufhörlich um ein Erlebnis, von dem er Helen liebend gern erzählt hätte, es aber nicht gewagt hatte.

Im Anschluss an Bernardos und Angies Trauung hatte auf dem Markplatz von Montedoro ein rauschendes Fest stattgefunden, an dem alle Dorbewohner teilgenommen hatten. Er, Lorenzo, hatte die hübschesten Mädchen zum Tanz aufgefordert und so ausgelassen gefeiert wie lange nicht mehr.

Die Tradition wollte es, dass vor dem Ende einer Hochzeitsfeier das nächste Brautpaar ausgerufen wurde, und zur

Überraschung aller verkündete Baptista, dass sie schon bald ihre Jugendliebe Fede heiraten wolle, der wie durch ein Wunder – und dank Renatos Zutun – in ihr Leben zurückgekehrt war.

Doch als sei der Tradition damit noch nicht ausreichend Genüge getan, machte Baptista geheimnisvolle Andeutungen über eine weitere Hochzeit, die er, Lorenzo, nur auf sich beziehen konnte. Und die Blicke der Umstehenden verrieten, dass es ihnen nicht anders erging.

„Solltet ihr an mich gedacht haben, muss ich euch enttäuschen", protestierte er energisch. „In zehn Jahren bin ich gern bereit, darüber nachzudenken. Bis dahin verschont mich mit solchen Vorschlägen. Habe ich mich klar genug ausgedrückt?" Ein Blick in die Runde machte ihm deutlich, dass keiner ihn ernst nahm.

Was er niemandem verübeln konnte, denn er war von seinen Worten plötzlich selbst nicht mehr überzeugt. Dafür hatte er zu deutlich Helens Gesicht vor Augen. Dabei war nichts ausgeschlossener, als dass sie je seine Frau würde. Das hatte sie ihm mit aller Deutlichkeit zu verstehen gegeben, noch bevor sie seinen Namen gewusst hatte.

Zu seiner Erleichterung gelang es ihm, den Gedanken an Helen wieder zu verdrängen – bis zum späten Abend jedenfalls. Nach der Rückkehr nach Palermo ging er zu seiner Mutter, um ihr eine gute Nacht zu wünschen.

„Das haben wir doch gut hinbekommen, findest du nicht?", fragte sie ihn zufrieden.

„Das kann man wohl sagen", stimmte er ihr zu. „Ich hatte allerdings bis zum letzten Moment Zweifel, ob unser Plan aufgeht."

„Ich nicht", erwiderte seine Mutter. „Seit dem Abend, an dem mir Bernardo sein Herz ausgeschüttet hat, wusste ich, dass nichts und niemand diese Hochzeit verhindern kann."

„Und was hat dich so sicher gemacht?“

„Seine Augen“, antwortete Baptista. „In seinen Augen habe ich gesehen, dass Angie und er zusammengehören. Und wenn ich mich nicht sehr täusche, sehe ich in deinen Augen etwas ganz …“

„Du hast schon die Ehen meiner Brüder eingefädelt“, fiel er ihr ins Wort. „Bitte versuch das nicht auch noch bei mir.“

„Ich hoffe sehr, dass es nicht nötig sein wird.“ Baptista lächelte vielsagend. „Und so oft, wie du von Elena sprichst …“

„Tue ich das wirklich?“, fragte er alarmiert, ohne sie aussprechen zu lassen. „Selbst wenn, kannst du dir das aus dem Kopf schlagen. Sie ist so gut wie verlobt. Noch bestreitet sie es zwar, aber mir kann sie nichts vormachen. Ich rechne täglich mit der offiziellen Nachricht.“

„Bist du deshalb in letzter Zeit so mürrisch?“

„Ich bin nicht mürrisch“, erwiderte er mürrisch. „Gute Nacht, Mamma.“

„Gute Nacht, mein Junge.“

Helen war im Elroy aufgehalten worden, und als sie am Flughafen ankam, sollte die Maschine aus Rom längst gelandet sein. In der Sorge, dass sich Lorenzo ein Taxi genommen hatte, weil sie ihn entgegen ihrer Zusage nicht abgeholt hatte, lief sie in die Halle.

Ihre Befürchtungen schienen sich zu bestätigen, denn Lorenzo war nirgends zu sehen. Ein zufälliger Blick auf die Tafel mit den Ankunftszeiten ließ sie aufatmen. Der Flug aus Rom kam noch später an als sie, und die Maschine befand sich noch in der Luft.

Erleichtert setzte sich Helen in eine Bar und bestellte einen Kaffee. Wie ihre Reaktion deutlich bewies, fieberte sie dem Wiedersehen mit Lorenzo förmlich entgegen.

Es war schon erstaunlich, wie oft sie seit seiner Abreise

an ihn hatte denken müssen – erst recht, wenn man bedachte, dass sie völlig ausgelastet war.

Tagsüber arbeitete sie als Eriks Assistentin, was ihr in jeder Hinsicht viel Freude bereitete. Abends war sie häufig ausgegangen, mal mit diesem, mal mit jenem Mann, der eine jünger, der andere weniger jung, dieser ein reicher Geschäftsmann und jener ein armer Student. Alle waren auf ihre Weise überaus zuvorkommend gewesen – und jeder auf seine Weise gähnend langweilig. Jedenfalls war es keinem von ihnen gelungen, ihr auch nur ein einziges Lächeln zu entlocken, geschweige denn ein herzliches Lachen.

Wie wichtig es war, in jeder Lebenslage den Humor zu behalten und genau dann einen Scherz zu machen, wenn niemand damit rechnete, wusste sie selbst erst, seit sie Lorenzo begegnet war. Doch seither wollte sie es nicht mehr missen.

Seit fast drei Monaten hatte sie ihn nicht gesehen, und daran hätte sich möglicherweise auch nichts geändert, wenn man im Elroy nicht beschlossen hätte zu expandieren.

„Ich darf es dir zwar eigentlich nicht verraten", hatte sie Lorenzo am Telefon erzählt, „aber die Elroy Company hat in mehreren Städten der USA Hotels aufgekauft. Die Verträge mit sämtlichen Lieferanten stehen zur Neuverhandlung an."

„Ich bin schon unterwegs", hatte Lorenzo erwidert.

In wenigen Minuten würde sein Flugzeug landen. Er würde durch die Zollkontrolle kommen und sich nach ihr, Helen, umsehen. Ein Blick in sein fröhliches Gesicht würde sie mehr erwärmen als die sengende Junisonne, die unerbittlich vom Himmel brannte.

Doch fast zwei Stunden vergingen, ohne dass die Ankunft des Fluges aus Rom durchgesagt wurde. Besorgt ging Helen zur Aufsicht und erkundigte sich nach den Gründen für die Verspätung.

„Es gibt technische Probleme“, erklärte ihr ein freundlicher junger Mann. „Das Fahrwerk lässt sich nicht ausfahren, und nun kreisen sie dort oben und versuchen den Schaden zu beheben.“

„Und wenn es sich nicht reparieren lässt?“, fragte sie ängstlich.

„Dann muss die Maschine notlanden.“

Voller Sorge ging Helen zu dem großen Fenster, von dem aus man die Landebahn überblicken konnte. Es fiel ihr schwer, das Gefühl der Panik zu unterdrücken, als gleichzeitig Krankenwagen und Feuerwehr vorfuhren und sich neben der Landebahn postierten.

Ehe Helen sich's versah, war sie von zahlreichen Menschen umgeben, denen wie ihr die Angst ins Gesicht geschrieben stand. Als durch Lautsprecheransage die Landung der Maschine angekündigt wurde, blickten alle zum Himmel. War es der Besatzung gelungen, den Schaden zu reparieren? Oder mussten sie mit dem Schlimmsten rechnen?

Helen verdrängte den grausigen Gedanken, so gut es ging, und erwartete gespannt den Moment, in dem das Flugzeug die tief hängenden Wolken durchstieß. Als es endlich so weit war, ging ein Schrei der Erleichterung durch die Menge, und dann brandete Applaus auf: Das Fahrwerk war ordnungsgemäß ausgefahren, und die Maschine landete, ohne dass die Feuerwehr eingreifen musste.

Was dann geschah, erlebte Helen wie in Trance. Die Menge hatte sich binnen weniger Sekunden aufgelöst, doch sie war wie angewurzelt stehen geblieben. Der Schock saß so tief, dass sie außerstande war, Erleichterung zu empfinden. Sie wusste, dass alles gut ausgegangen war, doch der Gedanke daran, was alles hätte passieren können, war stärker. Und obwohl das Flugzeug direkt vor ihren Augen zum Stillstand kam, meinte sie die schreckliche Gewissheit zu haben, dass es abgestürzt war und keiner der Insassen überlebt hatte. Sie würde Lorenzo niemals wiedersehen.

„Helen!"

Lorenzo schien sie bereits mehrfach angesprochen zu haben, denn er sah sehr besorgt aus. „Warum weinst du, *cara?*", fragte er und legte ihr die Hand auf die Schulter.

Die liebevolle Berührung und das zärtliche Kosewort drohten Helen zu überwältigen. „Ich weine nicht", erwiderte sie reflexartig und wischte rasch die Tränen weg.

„Ich dachte schon, du wärst das Warten leid gewesen und wieder in die Stadt gefahren."

Helen hielt es für besser, ihm nicht zu sagen, was sie daran gehindert hatte, ihn direkt hinter der Passkontrolle abzupassen. „Wussten die Passagiere eigentlich, dass das Fahrwerk klemmte?"

„Die Besatzung hat uns gesagt, dass sie eine Notlandung vorbereitet", erklärte er ihr, und sein Lächeln war so unbekümmert wie eh und je. „Als die Entwarnung kam, waren wir schon erleichtert, obwohl ich nie den geringsten Zweifel hatte, dass sie uns heil zurück auf die Erde bringen würden."

Lorenzos unerschütterliche Zuversicht brachte Helen jäh die Ängste in Erinnerung, die sie ausgestanden hatte. Unwillkürlich traten ihr Tränen in die Augen, und dieses Mal hatte sie weder die Kraft noch den Willen, sie zurückzuhalten. Im nächsten Moment fand sie sich in Lorenzos Armen wieder, der sie fest an sich drückte.

„Um ehrlich zu sein, hatte ich schon befürchtet, dich nie wiederzusehen", gestand er ihr leise.

„Sag das nicht!", platzte sie heraus. „Als hätte ich nicht schon genug Angst ausgestanden." Dann klammerte sie sich an ihn und schloss die Augen in der Gewissheit, dass Lorenzo tatsächlich nichts passiert war.

„Ich könnte jetzt einen Drink gebrauchen", sagte er schließlich und räusperte sich ein wenig verlegen. Dann legte er den Arm um Helen und führte sie in eine Bar.

Es war tiefster Winter gewesen, als sie sich zuletzt gesehen hatten. Jetzt, im Sommer, war Lorenzo sonnengebräunt, und der dunkle Teint ließ sein dunkles lockiges Haar heller und das Blau seiner Augen kräftiger und intensiver wirken. Helen hatte sich von den Qualen, die sie durchlitten hatte, immer noch nicht erholt, doch während sie Lorenzo ansah, musste sie einsehen, dass ihr Herz noch aus anderen Gründen schneller schlug als gewöhnlich.

„Woran denkst du?", fragte er unvermittelt.

„Dass ich mit dir nichts als Scherereien habe", erwiderte Helen barsch. Doch Lorenzo hatte es nicht besser verdient. Wer sich hinterrücks in die Träume einer jungen Frau einschlich und Wünsche in ihr auslöste, die ihr zuvor wie Albträume vorgekommen waren, durfte sich nicht wundern, wenn sie irgendwann um sich schlug. „Es würde mich nicht wundern, wenn du die Panne am Fahrwerk absichtlich herbeigeführt hättest, nur um mir einen Schreck einzujagen!"

„Ausschließen will ich das nicht", sagte er lächelnd, bevor er ihre Hand nahm.

Helens Wut war augenblicklich verraucht. „Wir sollten allmählich aufbrechen", schlug sie nach einigen Augenblicken vor.

Während der Fahrt in die Stadt zählte er die Städte auf, durch die ihn seine Geschäftsreise führen würde. In New York, wo er einige Tage bleiben wollte, sollte sie beginnen und schließlich mehrere Wochen später in New Orleans enden.

„Fliegst du von dort aus direkt nach Europa, oder kommst du vorher noch einmal nach New York?", erkundigte sich Helen vorsichtig.

Die Antwort ließ lange auf sich warten. „Ich weiß es noch

nicht“, erwiderte er schließlich ausweichend. „Dafür weiß ich, dass ich dich heute Abend gern zum Essen einladen würde. Hast du Zeit?“

„Ich denke schon“, antwortete Helen vage, obwohl sie sich diesen Abend seit Wochen frei gehalten hatte.

„Dann treffen wir uns um acht Uhr in der Hotelbar.“

Helen erledigte ihre Arbeit derartig schnell, dass sie fast zu früh fertig war. So konnte sie sich in aller Ruhe ein passendes Kleid aus ihrer Garderobe aussuchen, die sie für solche Fälle in ihrem Büro aufbewahrte.

Als sie pünktlich um acht die Bar betrat, erwartete Lorenzo sie bereits. Er stand auf und kam ihr entgegen. Sein Blick ließ nicht den geringsten Zweifel, dass ihm die junge Frau in dem weißen Chiffonkleid mit dem tiefen Dekolleté außerordentlich gut gefiel. Vor allem das Medaillon, das an einer goldenen Kette um ihren Hals hing, schien ihn zu faszinieren.

Wie Helen es nicht anders von ihm kannte, war Lorenzo zwar überaus elegant, gleichwohl leger gekleidet. Dass ihr Herz dennoch schneller schlug, als sie ihm gegenüberstand, schrieb sie den Ereignissen auf dem Flughafen zu, von denen sie sich offenbar noch nicht wieder erholt hatte.

„Wohin fahren wir eigentlich?“, fragte sie ihn, als sie im Taxi saßen.

„Ins *Five*“, teilte Lorenzo ihr lächelnd mit. „In Erinnerung an einen unvergesslichen Abend, den wir dort verbracht haben.“

Auch Helen erinnerte sich in jedem Detail an ihren Besuch in dem Restaurant am Hudson, bei dem Lorenzo ihr beinahe einen Heiratsantrag gemacht hatte.

„Darf man fragen, woher du diese wunderschöne Kette hast?“, erkundigte er sich vorsichtig, nachdem sie an einem Tisch auf der Uferterrasse Platz genommen hatten.

„Von Erik“, antwortete Helen wahrheitsgemäß.

„Dann seid ihr also doch verlobt?“

„Ich habe dir doch gesagt, dass du der Erste sein wirst, der es erfährt.“

„Und warum lädt er dich dann ins *Jacaranda* ein und schenkt dir eine Kette, die bestimmt mehrere Hundert Dollar gekostet hat?“

„Knapp tausend“, verbesserte Helen ihn. „Und sie ist kein Verlobungs-, sondern eher so etwas wie ein Abschiedsgeschenk.“

„Soll das heißen, dass er dich nicht mehr liebt?“, fragte Lorenzo und erwartete Helens Antwort voller Hoffen und Bangen zugleich.

„Er liebt mich durchaus noch“, erwiderte sie und kostete Lorenzos schmerzverzerrten Gesichtsausdruck einige Sekunden lang aus, bevor sie hinzusetzte: „Allerdings auf seine Weise.“

„Kannst du dich bitte etwas weniger geheimnisvoll ausdrücken?“, forderte Lorenzo sie bestimmt auf.

„An jenem Abend im *Jacaranda* hat Erik mir gestanden, dass er seit Jahren jemand anders liebt und mich nur als Tarnung benutzt hat …“

„Der Schuft!“

„… bis er den Mut für sein Geständnis aufgebracht hatte.“

„Willst du damit sagen, dass er …?“

„Mittlerweile habe ich diesen Jemand kennengelernt. Er heißt Paul und war mir sehr sympathisch.“

Lorenzo schlug die Hände vors Gesicht, um nicht laut loszulachen. Es dauerte eine ganze Weile, bis er sich wieder unter Kontrolle hatte. Trotzdem war ihm die Erleichterung noch immer anzusehen, als er Helen schließlich fragte: „Was hat er denn zu seiner Entschuldigung vorgebracht?“

Die Erklärung, die Erik ihr seinerzeit gegeben hatte, hatte sie sehr nachdenklich gemacht, und ihr Verstand riet ihr jetzt dringend, Lorenzo nichts davon zu erzählen. Dass sie sich schließlich doch dazu hinreißen ließ, konnte sie sich einzig mit der Angst erklären, die sie um ihn ausgestanden hatte.

„Er hat mir glaubhaft versichert, dass er mich nur deshalb für seine Zwecke eingespannt hat, weil er sicher war, dass ich in dich verliebt bin."

„Und was hast du darauf erwidert?", fragte Lorenzo gespannt, und das Lächeln um seinen Mund war einer Ernsthaftigkeit gewichen, wie Helen sie noch nie an ihm erlebt hatte.

„Dass Außenstehende manchmal den Eindruck haben können", antwortete sie ausweichend, weil sie plötzlich merkte, auf welch gefährliches Terrain sie sich gewagt hatte. „Hier im *Five* ist uns das doch schon einmal passiert, wenn du dich erinnerst."

„Selbstverständlich erinnere ich mich daran", sagte Lorenzo bestimmt und nahm Helens Hand, als wollte er die Szene von damals nachstellen. „Wie ich mich an deine Worte erinnere, dass es nicht heißen muss, dass eine Frau einen anderen Mann liebt, wenn sie den einen nicht liebt."

„Das *muss* es auch weiterhin nicht", erwiderte Helen unsicher. Doch um den Gefühlen, die sie für Lorenzo in diesem Moment empfand, wirklich trauen zu können, war die Angst, die sie um ihn ausgestanden hatte, noch zu frisch. „Anders als damals würde ich heute allerdings nicht mehr ausschließen, dass es das heißen *kann*", beließ sie es bei einer Andeutung.

„Dann hast du deine Meinung also …?"

Lorenzo unterbrach sich mit einem bedauernden Lächeln und zog die Hand zurück, weil unvermittelt der Ober aufgetaucht war und das Essen servierte.

Es schien, als wäre mit dem Abbruch der zärtlichen Berührung auch das Thema jäh beendet, denn obwohl sie sich den weiteren Abend über angeregt unterhielten, kam keiner der beiden mehr darauf zu sprechen. Helen unternahm einige Male den Versuch, doch im entscheidenden Moment verließ sie jedes Mal der Mut.

Deshalb hoffte sie inständig, dass Lorenzo sich ein Herz nehmen und es wagen würde, die Frage noch einmal vollständig zu wiederholen.

Je länger sie vergeblich wartete, desto größer wurde ihre Niedergeschlagenheit. Was Lorenzo nicht einmal bemerkte – wahrscheinlich, weil er nicht weniger bedrückt war als sie.

Die wenigen Tage in New York, auf die Lorenzo sich so gefreut hatte, vergingen wie im Flug. Von morgens bis abends hatte er geschäftliche Termine, und sein Handy stand nicht still.

Wenigstens den letzten Abend hatte er sich frei halten können, um ihn gemeinsam mit Helen zu verbringen. Widerwillig begleitete er sie zu ihren Eltern, die auf seinem Besuch bestanden hatten.

„Du musstest hoffentlich nicht allzu sehr leiden“, entschuldigte sich Helen auf dem Rückweg, weil ihre Eltern ihn mit großer Selbstverständlichkeit als ihren künftigen Schwiegersohn behandelt hatten.

„Ich werde es überleben“, erwiderte er lächelnd. „Allerdings könntest du mich zur Wiedergutmachung noch zu einem Drink einladen.“

Eine innere Stimme warnte Helen eindringlich davor, auf Lorenzos Vorschlag einzugehen. Es bedrückte sie schon genug, dass er am nächsten Tag abreisen würde, und je länger sie den Abschied vor sich herschob, umso größer wurde die Gefahr, dass ihre Gefühle ihr einen Streich spielten.

„Gern", stimmte sie rasch zu und schlug vor, in den Nachtclub des Elroy zu gehen, der ein beliebtes Ziel für Nachtschwärmer war.

Auch an diesem Abend war er gut besucht, und sie fanden erst nach langem Suchen einen freien Tisch. Doch sobald die Band zu spielen begann, zog es sie ohnehin auf die Tanzfläche, die sie erst nach einer halben Stunde verließen.

„Du tanzt wie eine Fee, trotzdem bin ich ganz schön außer Atem", sagte Lorenzo, als sie wieder Platz genommen hatten, und fächelte sich Luft zu.

Helen war nicht weniger erschöpft, musste sich aber eingestehen, dass das ausgelassene Tanzen daran nicht die Hauptschuld trug. Seit drei Tagen hatte sie an nichts anderes als an den Moment denken können, in dem es hieß, Abschied von Lorenzo zu nehmen und mit der Ungewissheit leben zu müssen, ob sich ihre Wege je wieder kreuzen würden.

Die Trauer, die dieser Gedanke in ihr auslöste, glich fatal derjenigen, die sie am Flughafen empfunden hatte, als sie ihn sehnsüchtig erwartet und sich doch innerlich darauf eingestellt hatte, ihn für immer verloren zu haben. Und so suchte ihr Blick im Dämmerlicht der Diskothek sein Gesicht, als wollte sie die letzte Gelegenheit nutzen, sein Bild unauslöschlich in ihrer Erinnerung zu bewahren.

Als er unvermittelt den Kopf hob und ihren Blick erwiderte, wusste Helen, dass ihn die Situation genauso überforderte wie sie.

„Wenn du morgen zum Dienst kommst, bin ich schon weg", sagte er traurig.

„Ich weiß", flüsterte sie.

Er nahm ihre Hand und küsste sie zärtlich, und Helen drohte endgültig die Kontrolle über sich zu verlieren. Sie brauchte sich nur vorzubeugen und sich an Lorenzo zu schmiegen. Wenn er den Kopf hob, würden sich ihre Lippen geradezu zwangsläufig treffen, und was dann geschah …

„Helen“, sagte er leise. „Elena!“

„Lass uns vernünftig bleiben“, sagte sie mehr zu sich als zu Lorenzo und ohne zu wissen, woher sie die Kraft dazu nahm. „Du musst mitten in der Nacht aufstehen, und ich will nicht daran schuld sein, wenn du dein Flugzeug verpasst.“

„Es fällt mir zwar mehr als schwer, aber ich befürchte, du hast recht“, stimmte er widerwillig zu, stand auf und reichte ihr die Hand.

Seite an Seite gingen sie zum Fahrstuhl, um in die Lobby des Hotels zu fahren. Kaum hatten sich die Türen hinter ihnen geschlossen, umfasste Lorenzo Helens Gesicht und presste die Lippen auf ihre.

Genauso unvermittelt hob er den Kopf und sah sie schalkhaft an.

„In der Halle geht das schlecht“, flüsterte er, „und der letzte Kuss ist so lange her, dass ich unbedingt meine Erinnerung auffrischen muss, bevor ich fahre. Bis dahin sind noch viele Stunden Zeit. Noch müssen wir also nicht Abschied nehmen.“

Ihren Versuch, etwas zu erwidern, unterband er entschlossen, indem er sie mit einer Leidenschaft küsste, die das unstillbare Verlangen in ihr weckte, ihm so nahe wie irgend möglich zu sein.

Es war so intensiv, dass sie glaubte, seine Hände auf der Haut zu spüren, die sie liebkosten und ermutigten, die Zärtlichkeit zu erwidern. Außer sich vor Verlangen umarmte sie Lorenzo und presste sich an ihn, um ihm zu zeigen, dass sie sich nichts sehnlicher wünschte, als seinen nackten Körper berühren zu dürfen und ihm ihren zu öffnen.

Sie wusste, dass sie schön, ihre Brüste rund und fest, ihre Hüften schmal und ihre Haut seidenweich war. Doch alles Wissen um ihre Schönheit war wertlos, solange der Mann, nach dem sie sich sehnte, sie nicht mit eigenen Augen sehen, mit den Händen ertasten, mit der Haut erspüren und schließlich in Besitz nehmen konnte. Und ehe Lorenzo das nicht getan hatte, würde sie ihn nicht gehen lassen.

Erst die plötzliche Helligkeit machte Helen klar, dass sich die Türen des Lifts öffneten. Augenblicklich löste sie sich von Lorenzo und versuchte nach Kräften, die amüsierten Blicke der Wartenden zu ignorieren, die in den Nachtclub wollten und sich über das Paar wunderten, das ihnen entgegenkam.

Der Bann, unter dem sie noch vor wenigen Sekunden gestanden hatte, war gebrochen. Schweigend begleitete sie Lorenzo zur Rezeption, wo er sich seinen Zimmerschlüssel geben ließ.

„Auf Wiedersehen, Signore Martelli“, verabschiedete sie sich betont sachlich und reichte ihm die Hand.

„Auf Wiedersehen, Miss Angolini. Ich weiß Ihre Freundlichkeit überaus zu schätzen.“

„Wenn ich Ihnen mit irgendetwas behilflich sein kann, lassen Sie es mich wissen.“

„Ich bin sicher, dass ich auf Ihr Angebot sehr bald zurückkommen werde.“

Helen blieb allein in der Lobby zurück. Wie sehr hatte sie sich auf Lorenzos Besuch gefreut. Doch sein Terminkalender war so voll gewesen, dass er kaum Zeit für sie gehabt hatte. Morgen früh würde er New York verlassen und erst nach Wochen zurückkommen. Wenn überhaupt.

Doch selbst wenn er sich entschließen sollte, nicht von New Orleans aus nach Italien zu fliegen, blieben ihnen bestenfalls wenige Stunden, bevor sie erneut Abschied nehmen mussten. Und dann für immer.

Der Fahrstuhl hat nicht eine Sekunde zu früh gehalten, dachte sie erleichtert. Denn nichts war ausgeschlossener, als dass sie Lorenzo begleitete, wenn er nach Sizilien zurückkehrte. Selbst wenn er sie darum gebeten hätte. Was er nicht getan hatte.

Sie konnte sich also nur dazu gratulieren, dass sie in letzter Sekunde zur Vernunft gekommen und ihr so ein verhängnisvoller Fehler erspart geblieben war.

Doch wenn sie alles richtig gemacht hatte, warum fühlte sie sich dann so unendlich elend und leer?

6. KAPITEL

Als Helen vor dem Eingang des Elroy in New Orleans stand, kamen ihr große Zweifel, ob es ein guter Einfall gewesen war, Lorenzo ohne sein Wissen nachzureisen.

Hinter ihr lagen sechs lange Wochen, in denen sie ihn in ihren Gedanken durch die USA begleitet hatte. Welch geschickter Geschäftsmann er war, hatte sie mit eigenen Augen erlebt, und dass seine Reise in dieser Hinsicht ein voller Erfolg würde, stand für sie fest.

Hingegen wusste sie nicht, wie er damit umgehen würde, dass er die bewundernden Blicke sämtlicher Frauen auf sich zog. Es hatte sie ohnehin nachdenklich gemacht, dass er nie eine andere Frau erwähnt hatte. Sie konnte es sich nur damit erklären, dass er ihnen gegenüber deutlich nachgiebiger war als am Verhandlungstisch. Und je eher sie sich selbst davon überzeugte, desto eher wäre sie von Lorenzo geheilt.

So jedenfalls hatte sie es vor sich selbst gerechtfertigt, dass sie am Vortag Erik gebeten hatte, ihr einige Tage freizugeben.

Sie gab sich einen Ruck und betrat das Foyer – und zwar gleichzeitig mit Lorenzo, der offensichtlich vom Pool im Garten kam. Er trug Shorts und ein kurzärmeliges Hemd, das bis zum Bauchnabel geöffnet war. An seinem Arm hing eine junge Schönheit von höchstens achtzehn Jahren, die nicht nur ungeheuer attraktiv war, sondern auch sehr genau zu wissen schien, wie sie ihr Aussehen zur Geltung bringen konnte.

Lorenzos Begleiterin wiegte sich derartig übertrieben in den Hüften, dass ihr schulterlanges rotes Haar bei jedem Schritt hin und her schwang. Ihre Lippen waren voll, und ihre kleinen Brüste zeichneten sich spitz unter dem Oberteil ihres Tangas ab, der nur notdürftig von einem seidenen Tuch verhüllt wurde.

Die Wirklichkeit war noch niederschmetternder, als Helen es sich in ihren schlimmsten Fantasien ausgemalt hatte. Ihr erster Gedanke war, umgehend die Flucht zu ergreifen. Das Vergnügen, sie in aller Öffentlichkeit demütigen zu können, wollte sie Lorenzo nicht machen.

Doch er war mittlerweile so nah, dass schon die kleinste Bewegung ihn auf sie aufmerksam machen würde. Deshalb beließ es Helen dabei, sich vorsichtig hinter einen Pfeiler zurückzuziehen.

Von dort aus beobachtete sie, dass den beiden ein Paar mittleren Alters folgte. „Lorenzo!“, rief der Mann. „Meine Frau und ich brauchen dringend einen Mittagsschlaf. Es wäre nett, wenn Sie sich so lange um Calypso kümmerten.“

Zu ihrer großen Zufriedenheit konnte Helen sehen, dass Lorenzo einen Moment lang ein Gesicht schnitt, bevor er sich zu dem Mann umwandte.

„Es tut mir sehr leid, Mr. Baxter, aber ich habe noch zu tun“, erwiderte er entschuldigend und versuchte den Arm frei zu bekommen – wenn auch vergeblich.

„Erstens sollen Sie mich Dagwood nennen, und zweitens haben wir gerade einen Millionenvertrag unterschriftsreif gemacht. Warum entspannen Sie sich nicht ein bisschen und genießen das Leben?“

„Das wird leider nicht gehen“, entgegnete Lorenzo unsicher. „Ich muss wirklich noch arbeiten. Außerdem reist im Lauf des Tages meine Freundin an“, setzte er mit einer Verzweiflung hinzu, die Helens Herz höher schlagen ließ.

„Na wenn schon!“, platzte Dagwood heraus. „Ein attraktiver und erfolgreicher junger Mann wie Sie wird sich doch wohl eine kleine Abwechslung gönnen dürfen.“ Er warf ihm ein Lächeln zu, wie Helen es schäbiger noch nie gesehen hatte. „Warum rufen Sie Ihre Freundin nicht an und vertrösten sie auf nächste Woche?“

„Ich wollte sie tatsächlich gerade anrufen." Dankbar ergriff Lorenzo die Gelegenheit, sich der lästigen Begleitung für einen Moment zu entziehen. Denn kaum hatte er sein Handy aus der Hemdtasche gezogen, ließ Calypso ihn tatsächlich los und trottete missmutig zur Bar.

Der Zufall wollte es, dass sich Lorenzo auf die andere Seite des Pfeilers stellte, sodass Helen jedes Wort seines Telefonats hören konnte.

„Martelli", meldete er sich unwirsch. „Ist Miss Angolini jetzt zu sprechen? … Ich weiß, dass sie verreist ist, aber ich dachte … Haben Sie ihr denn nicht gesagt, dass sie mich zurückrufen …? Natürlich ist es wichtig, sogar lebenswichtig!"

Wütend und enttäuscht beendete er das Telefonat.

„Wo brennt's denn?" Unvermittelt stand Helen vor ihm.

„W…wo kommst du denn plötzlich her?!", rief er entgeistert aus.

„Ich dachte, du wolltest mich sprechen."

Es dauerte eine geraume Zeit, bis Lorenzo die Sprache wiedergefunden hatte. „Allerdings wollte ich das", sagte er aufgeregt. „Ich brauche dringend deine Hilfe. Bei unserem Abschied hast du doch gesagt, dass ich mich jederzeit …"

„Dann solltest du mir endlich sagen, was hier los ist. Auch wenn ich es schon ahne", fügte sie mit einem Blick auf Familie Baxter hinzu.

„Dieses Mädchen ist wie eine Klette", bestätigte Lorenzo ihre Vermutung. „Ich werde sie einfach nicht mehr los. Sie ist zwar erst achtzehn, aber erfahrener als manche Frau mit Mitte zwanzig. Eine Scheidung hat sie auch schon hinter sich. Mich scheint sie als nächstes Opfer ausgesucht zu haben."

„Sag ihr doch einfach, dass sie dich in Ruhe lassen soll", schlug Helen vor.

„Du hast gut reden", erwiderte er verzweifelt. „Wenn ich

das mache, reißt Renato mir den Kopf ab. Denn noch hat ihr Vater den Vertrag nicht unterschrieben, den ich mit ihm ausgehandelt habe. Und da er seine Tochter abgöttisch liebt, könnte ein falsches Wort das Geschäft platzen lassen."

„Dann wirst du dich wohl in dein Schicksal fügen müssen." Helen wusste selbst nicht, warum sie Lorenzos Verzweiflung noch anstachelte. „Immerhin ist Calypso ein attraktives junges Mädchen. Warum tust du nicht einfach, was ihr Vater vorgeschlagen hat, und genießt das Leben?"

Zum ersten Mal erlebte sie Lorenzo wirklich wütend. „Das ist der lächerlichste Vorschlag, den ich je gehört habe!", entgegnete er bestimmt.

Ehe Helen etwas erwidern konnte, nahm er sie in die Arme. „Ich habe dich ja so vermisst, mein Schatz", sagte er so laut, dass sie instinktiv begriff, dass Familie Baxter im Anmarsch sein musste. Im nächsten Moment spürte sie seinen Mund auf den Lippen. Der Kuss gehörte genauso zum Theater wie die Umarmung. Trotzdem meinte Helen eine Ernsthaftigkeit darin ausmachen zu können, die weit über das hinausging, was die Situation erforderte.

„Darf ich dir Dagwood Baxter vorstellen, Liebling?" Lorenzo hatte sich von ihr gelöst und machte sie mit seinem widerspenstigen Kunden und dessen Familie bekannt. Einzig Maggie Baxter war Helen nicht auf Anhieb unsympathisch, und deshalb widersprach sie auch nicht, als Calypsos Mutter vorschlug, gemeinsam zu Abend zu essen.

„Jetzt muss ich mit diesem kleinen Teufel auch noch meine Freizeit verbringen", klagte Lorenzo, als sie allein waren. „Aber der werden wir einen schönen Strich durch die Rechnung machen."

„Wenn sie wirklich so durchtrieben ist, wird sie sich von einer Konkurrentin eher angestachelt als abgeschreckt fühlen", wandte Helen ein.

„Dann müssen wir sie eben mit ihren eigenen Waffen schlagen."

„Was habe ich mir darunter vorzustellen?"

„Du musst noch abgebrühter sein als sie und mich nach allen Regeln der Kunst umgarnen. Den ganzen Abend darfst du mich nicht aus den Augen lassen – höchstens um Calypso ab und zu böse Blicke zuzuwerfen."

„Das Letzte dürfte nicht schwerfallen, aber alles andere …"

„Vor allem musst du dir irgendeinen sexy Fummel anziehen."

„Wie sexy soll er denn sein?"

„Extrem sexy. Sonst begreift sie nie, dass es hoffnungslos ist."

Die Begeisterung stand Lorenzo ins Gesicht geschrieben, doch ein Blick auf Helen brachte ihn jäh zur Ernüchterung. „Was ist los?", fragte er verwundert.

„Nichts ist los", erwiderte sie barsch. „Außer dass du ein eingebildetes, arrogantes und aufgeblasenes Miststück bist. Sonst würdest du nicht im Ernst annehmen, dass ich dieses Theater …"

„Hilfst du mir oder nicht?", fiel er ihr ins Wort.

„Also schön."

Wider Erwarten machte es Helen geradezu Freude, sich in der Hotelboutique ein Kleid auszusuchen, das zwar ihrem Geschmack widersprach, dafür aber den speziellen Anforderungen genügte.

Ihre Wahl fiel schließlich auf ein cremefarbenes Seidenkleid, das weit genug über den Knien endete und ihre langen, wohlgeformten Beine zur Geltung brachte. Noch gewagter als die Länge war jedoch der Ausschnitt, der ihre Brüste nur halb verdeckte und jeden Gedanken daran, zu dem Kleid einen BH zu tragen, von vornherein verbot.

Nachdem Helen dazu passende Accessoires angelegt hatte, wagte sie einen Blick in den Spiegel. Es fiel ihr nicht leicht, in der jungen Frau, die sie sah, sich selbst wiederzuerkennen. Doch ihr Auftrag lautete, verführerisch und durchtrieben zu wirken, und zumindest das letzte Kriterium erfüllte ihre Verkleidung.

Dass sich die Wirkung darin nicht erschöpfte, bewies Lorenzos Reaktion. Er musterte sie von Kopf bis Fuß, und sein Blick verriet unschwer, wie beeindruckt er war.

„Ist der Fummel sexy genug?" Bewusst griff Helen die Formulierung auf, mit der Lorenzo sie auf ihre Aufgaben eingestimmt hatte.

„Ich muss gestehen, dass ich tief beeindruckt bin", erwiderte er zweideutig und ließ den Blick über den Ausschnitt gleiten. „Allmählich beginne ich mich auf den Abend zu freuen."

Helen erging es nicht anders, denn Lorenzo sah in dem weißen Seidenhemd, dessen oberste Knöpfe geöffnet waren und den Blick auf den sonnengebräunten Hals freigaben, nicht minder verführerisch aus.

„Dann sollten wir mit der Vorstellung beginnen", schlug sie vor.

Hand in Hand gingen sie durch die Lobby in den Garten, wo Familie Baxter sie bereits erwartete. Als er seine Gäste sah, kam Dagwood ihnen entgegen, führte Helen zu einem Tisch am Rande des Pools und wies ihr den Platz neben ihm an. Es blieb genau ein einziger Stuhl frei, und Lorenzo musste sich wohl oder übel neben Calypso setzen.

Dass sie selbst geradezu dezent gekleidet war, wurde Helen klar, als ihr Blick auf das Mädchen fiel. Der Schneider war offensichtlich bestrebt gewesen, mit möglichst wenig Stoff auszukommen.

Die Unterhaltung am Tisch verlief überaus schleppend. Während Maggie Baxter stumm ihr Essen aß und das Treiben mit dem Ausdruck der Missbilligung verfolgte, tat ihr Mann alles Erdenkliche, um Helen in ein Gespräch zu verwickeln. Ihm war sehr daran gelegen, ihre Aufmerksamkeit von Lorenzo abzulenken, den Calypso mit den irrwitzigsten Verrenkungen von ihren körperlichen Reizen zu überzeugen suchte. Zu ihrer Genugtuung stellte Helen fest, dass er sich nach Kräften bemühte, seinen Blick in neutrale Regionen zu lenken.

Doch dann versuchte das Mädchen, Lorenzos Widerstand zu brechen, indem es die Hand über seinen Nacken gleiten ließ. Spontan beschloss Helen, dem Spuk ein Ende zu machen. Ohne eine Miene zu verziehen, beugte sie sich vor und flüsterte: „Wenn du nicht augenblicklich deine Hände von meinem Freund lässt, landest du im Pool."

Calypso sah sie überrascht an, und eine Weile war sie außerstande, etwas zu erwidern. Als sie sich wieder gefangen hatte, ging sie um den Tisch herum zu ihrem Vater, um sich bei ihm auszuweinen.

„Was ist, mein Engel?", fragte er und strich ihr übers Haar.

„Die Frau hat gedroht, mich in den Pool zu werfen, wenn ich Lorenzo nicht in Ruhe lasse!", jammerte sie.

„Junger Mann", sagte Dagwood energisch an Lorenzo gerichtet. „Ich brauche Sie hoffentlich nicht daran zu erinnern, was für Sie auf dem Spiel steht. Entweder Sie bringen Ihre Freundin zur Vernunft, oder Sie können das Geschäft vergessen."

Lorenzo legte in aller Seelenruhe das Besteck nieder, bevor er wie in Zeitlupe aufstand. „Wissen Sie was, Mr. Baxter?", sagte er endlich, und sein Lächeln wirkte wie befreit. „Stecken Sie sich Ihren Auftrag wer weiß wohin."

Dagwood schnaubte vor Wut. Er war Widerworte offensichtlich nicht gewohnt, und schon gar nicht in dieser Deutlichkeit. Er forderte seine Familie auf, ihm unverzüglich zu folgen, und ging, ohne sich umzublicken und gefolgt von seiner Tochter, ins Hotel zurück. Einzig Maggie Dagwood verabschiedete sich mit einem anerkennenden Nicken, bevor auch sie verschwand.

„Was machen wir nun mit dem angebrochenen Abend?“, fragte Lorenzo.

„Wie wär’s mit Tanzen?“, schlug Helen vor. Auf der anderen Seite des Pools hatte eine Band zu spielen begonnen, und die ersten Paare befanden sich bereits auf der Tanzfläche. Lorenzo nahm Helen an die Hand und führte sie um das Schwimmbecken herum.

„Du hast dich benommen wie ein echter Kavalier“, bedankte sie sich, als sie sich im Takt der Musik wiegten. „Vielleicht stimmt das deinen Bruder milder, wenn er erfährt, dass du einer Frau zuliebe einen Auftrag im Wert von einer Million Dollar ausgeschlagen hast.“

„Mehr als mein Bruder beschäftigt mich im Moment die Frau“, erwiderte Lorenzo, der seinen Schalk wiedergefunden hatte. „Genauer gesagt, ihr Kleid.“

„Das ist kaum zu übersehen.“ Helen war nicht entgangen, dass Lorenzos Blick auf ihrem Dekolleté ruhte. „Mit dem Kavalier scheint es doch nicht so weit her zu sein.“

„Wie würde sich ein Kavalier denn verhalten?“

„Er würde mich so fest an sich ziehen, dass er gar nicht in Versuchung käme.“

„Besser so?“

„Viel besser.“

Besser ja, aber auch gefährlich, dachte Helen, weil sie Lorenzos Nähe mehr genoss, als es sich mit ihren Vorsätzen vereinbaren ließ.

„Habe ich dir eigentlich schon gesagt, wie sehr ich mich freue, dass du hier bist?“, fragte Lorenzo unvermittelt, als hätte er ihre Qualen instinktiv erraten.

„Noch nicht", erwiderte Helen, „aber bisher hattest du ja auch noch keine Gelegenheit dazu."

„Wie lange kannst du bleiben?"

„Mein Rückflug ist für übermorgen gebucht", antwortete sie wahrheitsgemäß. Dass sie den mit einem einzigen Anruf um einige Tage verschieben konnte, behielt sie jedoch vorsichtshalber für sich. „Und du?"

„Ich muss spätestens in einer Woche wieder auf Sizilien sein. Zum Rapport", setzte er lächelnd hinzu.

Helen versuchte sich die tiefe Traurigkeit, die sich plötzlich einstellte, nicht anmerken zu lassen. Doch Lorenzo kannte sie mittlerweile besser, als ihr bewusst war.

„Ich bin ja nicht aus der Welt", sagte er tröstend. „Eines Tages komme ich garantiert wieder. Außerdem kannst du mich doch in Palermo besuchen."

„Das sollte ich besser bleiben lassen", entgegnete sie betrübt. „Meine Eltern könnten das ziemlich missverstehen."

„Was gibt es da zu missverstehen?", fragte Lorenzo, und ihren Versuch, es ihm zu erklären, unterband er bereits im Ansatz, indem er die Lippen auf ihre presste. Der Kuss kam ähnlich überraschend wie der erste, und die Wirkung auf ihre Selbstbeherrschung war nicht minder verheerend.

„Was sollen die Leute denken, Lorenzo?", ermahnte sie ihn.

„Dass wir verliebt sind", erwiderte er mit einem entwaffnenden Lächeln. Dann löste er sich von Helen, nahm sie an die Hand und führte sie durch die Lobby bis zu ihrer Zimmertür.

„Elena ..."

„Bitte nicht", fiel sie ihm ins Wort. „Lass uns schlafen gehen – jeder in seinem Bett." Sie öffnete die Zimmertür und zögerte, den Raum zu betreten.

Sie war so unschlüssig, dass sie kaum hörte, wie er ihr eine gute Nacht wünschte. Ohne seine Hand loszulassen, ging sie langsam weiter und blieb erneut stehen, bis sie Lorenzo endlich ins Zimmer zog und die Tür ins Schloss fallen ließ.

„Elena“, sagte er erneut, und ihr war es recht. In dieser Minute war sie tatsächlich eher die heißblütige Südländerin, die sich nach den Zärtlichkeiten dieses faszinierenden Mannes sehnte, als die unterkühlte und disziplinierte Managerin aus New York, die ihn gar nicht erst in ihr Zimmer gelassen hätte.

Sie schmiegte sich an ihn und erwartete sehnsüchtig seinen Kuss. Kaum spürte sie seine Lippen auf ihren, fielen auch die letzten Hemmungen von ihr ab. Sie erwiderte den Kuss mit einer Leidenschaft, die ihr bislang unbekannt gewesen war.

„Danach habe ich mich gesehnt, seit wir uns vor dem Haus deiner Eltern geküsst haben“, flüsterte Lorenzo.

„Ich mich doch auch, Dummerchen“, erwiderte Helen glücklich. „Und wenn du seinerzeit richtig zugehört hättest, wäre dir nicht entgangen, dass meine Zurückweisung schon damals eher halbherzig war.“

„Wenn das so ist, will ich dich nicht länger auf die Folter spannen.“ Lorenzo strafte sich selbst Lügen, indem er die Lippen über ihren Hals gleiten ließ.

Die Gefühle, die er in Helen auslöste, waren die reinste Folter – anders ließ sich die unendliche Lust kaum nennen, die sie empfand. Nur schemenhaft nahm sie wahr, wie er ihr die Hände auf die Schultern legte und die Träger des Kleides abstreifte. Ehe sie sich's versah, lag es auf dem Fußboden. Wie es dorthin gekommen war, wusste Helen nicht zu sagen. Sie wusste nur, dass sie nun so gut wie nackt war.

„Ich muss verrückt gewesen sein, als ich dich gebeten habe, diesen Fummel anzuziehen“, hörte sie Lorenzo sagen, während er sich das Hemd auszog. „Du ahnst nicht, welche

Höllenqualen ich den ganzen Abend gelitten habe."

Im Halbdunkel ihres Zimmers konnte sie ihn kaum wahrnehmen, doch ihre Hände verrieten ihr, wie stark und muskulös sein Oberkörper war. Die Aussicht, ihn in wenigen Augenblicken spüren und eins mit ihm werden zu dürfen, weckte eine unbändige Vorfreude in ihr.

Endlich trug Lorenzo sie zum Bett und zog ihr den Slip aus. Dann kniete er sich neben sie und betrachtete sie. Sein Lächeln verriet Helen, dass sie das Wissen um ihre Schönheit nicht getrogen hatte.

Wie zum Beweis strich er ihr zärtlich übers Gesicht. Die Berührung war kaum spürbar, und doch trieb sie Helens Qualen der Lust ins Unerträgliche. Auch das entging Lorenzo nicht, denn unvermittelt beugte er sich hinunter und liebkoste ihre Lippen mit der Zunge. Gleichzeitig ließ er die Hände zu ihren Brüsten gleiten und reizte die Knospen, die sich augenblicklich aufrichteten.

Ehe sie sich's versah, spürte sie, wie sein Mund die Spitzen umschloss. Der Sturm, den Lorenzo dadurch auslöste, riss Helen willenlos mit. Sie richtete sich auf und küsste ihm den Hals, während sie die Hände über seinen Rücken gleiten ließ.

Immer wilder und erregter wurden die Berührungen, mit denen sie sich verwöhnten, immer größer Helens Verlangen, das Lorenzo mit seinen Küssen unaufhörlich anfachte, bis sie es kaum mehr erwarten konnte, endlich seine ganze Kraft und Zärtlichkeit zu spüren.

Sie wusste, dass auch ihn der Taumel der Leidenschaft erfasst hatte und er sich jeden Moment auf sie legen würde. Weil sie nichts anderes ersehnte, legte sie sich zurück und streckte die Arme aus, um Lorenzo an sich zu ziehen und ihn zu empfangen.

Das plötzliche und schrille Klingeln des Telefons traf sie wie ein eiskalter Schock.

„Verdammt!“, platzte sie heraus. „Hör einfach nicht hin, und wenn es vorbei ist …“

„Du solltest lieber rangehen“, sagte er sanft. „Wer um diese Zeit anruft, muss gute Gründe dafür haben.“

„Wehe, wenn nicht“, sagte sie drohend, sodass Lorenzo unwillkürlich lachen musste.

„Hallo?“, meldete sich Helen unfreundlich.

„Ich muss dringend Lorenzo Martelli sprechen“, hörte sie eine aufgeregte Frauenstimme sagen. „Er ist nicht in seinem Zimmer. Können Sie mir sagen, wo er ist?“

„Einen Moment bitte“, erwiderte sie ausweichend und reichte Lorenzo den Hörer. „Ach du bist es, mein Herzblatt“, begrüßte er die Frau am anderen Ende der Leitung überschwänglich. „Wie schön, endlich wieder deine Stimme zu hören!“

Helen verließ das Bett, warf sich den Morgenmantel über und ging ins Bad, damit Lorenzo ungestört telefonieren konnte. Heimlich verfluchte sie den Portier, der sie offensichtlich beobachtet und der Anruferin den entscheidenden Tipp gegeben hatte.

Doch wer mochte die Frau sein, die Lorenzo so vertraut begrüßte und deren Stimme ihn völlig vergessen ließ, dass er Sekunden zuvor mit einer anderen intimste Berührungen ausgetauscht hatte?

Um die Gedanken zu vertreiben, kühlte sich Helen am Waschbecken die Schläfen, bevor sie wieder ins Zimmer zurückging.

Als sie Lorenzo sah, wusste sie, wie sehr sie ihm unrecht getan hatte. „Was ist passiert?“, fragte sie ängstlich und nahm ihn in die Arme.

Nie zuvor hatte sie ihn auch nur annähernd so verstört erlebt, und es kostete ihn große Überwindung, das Entsetzliche, das er erfahren hatte, auszusprechen.

„Das war meine Schwägerin Heather“, erklärte er benommen. „Mamma liegt im Krankenhaus.“

„Ist es etwas Ernstes?“

„Ich fürchte, ja“, erwiderte er. „Sie hat seit Langem ein schwaches Herz, und es scheint sich um einen leichten Infarkt zu handeln. Vielleicht ist es harmloser, als es aussieht, doch Heather hält es für besser, wenn ich sofort nach Hause komme.“

„Dann solltest du es auch tun“, ermutigte Helen ihn und strich ihm zärtlich durchs Haar. „Während du deine Sachen packst, kümmere ich mich um dein Flugticket.“

„Willst du nicht mitkommen?“, fragte Lorenzo unvermittelt, und er schien von seinem Vorschlag ebenso überrascht wie Helen.

„Was hast du gesagt?“, fragte sie ungläubig.

Er sah sie an, als könnte er in ihren Augen den Halt finden, den er durch das Telefonat verloren hatte. „Komm mit mir, Helen“, sagte er flehend. „Komm mit nach Sizilien. Ich möchte, dass du bei mir bist, falls …“

„Sei unbesorgt“, erwiderte Helen beruhigend und küsste ihm die Stirn. „Deiner Mutter geht es sicherlich schon wieder viel besser, wenn du ankommst. Trotzdem begleite ich dich gern.“

Er sprang auf und zog sich sein Hemd an, während Helen den Hörer abnahm, um die Rezeption anzurufen. Plötzlich unterbrach Lorenzo den Kontakt.

„Vielleicht ist es doch keine so gute Idee, wenn du mich begleitest“, sagte er verlegen. „Ich wünsche mir nichts mehr als das“, setzte er rasch hinzu, als er Helens schockierten Gesichtsausdruck sah, „aber ich kann es unmöglich von dir verlangen.“

„Verlangen nicht“, entgegnete Helen bestimmt, „aber wünschen. Und wenn du dir wirklich wünschst, dass ich mit dir komme, dann tue ich es."

„Und was ist mit deiner Arbeit?", fragte er verwundert. „Ich weiß doch, wie wichtig sie dir ist. Du kannst doch nicht deine Karriere aufs Spiel ..."

„Das lass getrost meine Sorge sein", schnitt sie ihm das Wort ab. „Ich werde mit Erik reden. Wie ich ihn kenne, fällt ihm schon etwas ein."

Entschlossen griff sie zum Telefon und rief die Rezeption an, um sie zu beauftragen, zwei Flüge nach Palermo zu buchen. Obwohl es mitten in der Nacht war, rief sie anschließend Erik an, der genau so reagierte, wie sie es vorausgesehen hatte.

„Bleib, solange du magst", bot er ihr an. „Um alles andere kümmere ich mich."

Nachdem sie aufgelegt hatte, versuchte Helen ihre Gedanken zu ordnen. Lorenzo hatte nicht ganz unrecht. Ihre Arbeit hatte ihr immer sehr viel bedeutet, und wenn sie ihre Karriere nicht gefährden wollte, wäre es das Beste, nach New York an ihren Schreibtisch zurückzukehren.

Doch gab es etwas Unwichtigeres als ihre Karriere, wenn sie nichts anderes wollte, als in Lorenzos Nähe zu sein und ihn zu trösten?

7. KAPITEL

An der markanten Form erkannte Helen sofort, dass es sich bei der Insel, die sich tief unter ihr aus der glitzernden See erhob, um Sizilien handelte. Nun sah sie also zum ersten Mal die Heimat ihrer Vorfahren – und damit in gewisser Weise auch ihre eigene. Denn selbst wenn sie sich zeitlebens dagegen gesträubt hatte, lagen ihre Wurzeln auf diesem fruchtbaren und von der Sonne verwöhnten Dreieck im Mittelmeer.

Doch um diesem Gedanken lange nachzuhängen, war ihre Sorge um Lorenzo viel zu groß, der mit angsterfüllter Miene neben ihr saß. Er schien die Sekunden bis zur Landung zu zählen und erwartete mit Bangen den Moment, in dem er seiner Familie gegenübertreten und bereits an ihren Gesichtern erkennen würde, ob das Undenkbare eingetreten war.

Helen riss sich von dem Ausblick los und nahm Lorenzos Hand, um ihm Mut zu machen. Er dankte es ihr mit einem unbeholfenen Lächeln.

Es faszinierte sie zutiefst, dass dieser selbstbewusste und weltgewandte Mann sich seiner Gefühle nicht im Geringsten schämte. Nicht zuletzt daraus schöpfte sie die Kraft, ihre Gefühle für ihn nicht länger zu leugnen. Und die beschränkten sich nun einmal nicht auf die Bereitschaft, sich ihm leidenschaftlich hinzugeben, weil das Verlangen alle Hemmungen hinweggerissen hatte. Dass sie jetzt an Lorenzos Seite war, ging über jede noch so große Leidenschaft hinaus, weil ihr Herz diese Entscheidung diktiert hatte.

Kaum hatten sie den Zoll passiert, hielt Lorenzo ängstlich Ausschau nach seiner Familie. Endlich entdeckte er eine junge blonde Frau, die ihm zuwinkte und dabei die Daumen nach oben hielt. Mit wenigen Schritten war er bei ihr und umarmte sie erleichtert – wenn auch vorsichtig, weil sie hochschwanger war.

„Sie ist außer Lebensgefahr“, hörte Helen die Frau sagen, als sie neben den beiden stand. „Sie kann es kaum erwarten, dich zu sehen.“

Lorenzo machte Helen mit seiner Schwägerin Heather bekannt, die sie überaus herzlich begrüßte. „Wir freuen uns schon alle, dich endlich kennenzulernen. Es ist dir doch recht, wenn ich dich duze? Lorenzo hat so viel von dir erzählt, dass mir das förmliche Sie nur schwer über die Lippen käme.“

„Sehr gern.“ Nur mühsam widerstand Helen der Versuchung, Heather zu fragen, *was* Lorenzo über sie erzählt hatte. Dafür hatten die beiden es viel zu eilig, ins Krankenhaus zu kommen.

„Mamma hatte einen Kreislaufzusammenbruch“, berichtete Heather während der Fahrt nach Palermo. „In Anbetracht ihres Alters und ihrer angegriffenen Gesundheit haben wir sicherheitshalber einen Krankenwagen gerufen. Die Ärzte haben sich rührend um sie gekümmert, und mittlerweile ist sie schon wieder obenauf.“ Sie wandte sich zu Helen um. „Als ich ihr erzählt habe, dass du Lorenzo begleitest, ging es ihr gleich besser.“

Helen erwiderte ihr Lächeln nur halbherzig. Sie war viel zu sehr damit beschäftigt, sich einen Eindruck von der Frau zu machen, bei deren Anruf Lorenzo einen Moment lang vergessen zu haben schien, dass er sich im Bett einer anderen befand. Auch jetzt war die Vertrautheit und Zuneigung zwischen den beiden spürbar.

Nach kurzer Fahrt erreichten sie das Krankenhaus. Vor Baptista Martellis Zimmer erwartete sie ein Mann, der Lorenzo mit einem anerkennenden Klaps auf die Schulter begrüßte, bevor er Heather herzlich umarmte und küsste.

Diese war es auch, die Helen mit ihrem Mann Renato bekannt machte. Er war deutlich kleiner als Lorenzo und sein

Teint dunkler, doch wirkte er noch kräftiger und muskulöser. „Wir haben deinem Besuch schon entgegengefiebert", sagte er freundlich und duzte Helen mit großer Selbstverständlichkeit. „Es wurde höchste Zeit, dass Lorenzo dich uns persönlich vorstellt."

Noch ehe Helen wusste, was sie erwidern sollte, wandte sich Renato an seinen kleinen Bruder. „Und jetzt ab mit dir", sagte er im Befehlston. „Mamma erwartet dich schon sehnsüchtig."

Kaum hatte Lorenzo die Tür hinter sich geschlossen, kam ein junges Paar den Flur entlang und winkte bereits von Weitem. Bernardo und Angie waren eigens aus Montedoro gekommen, um ihre Mutter zu besuchen. Doch die vielsagenden Blicke, die Helen erdulden musste, ließen es zumindest denkbar erscheinen, dass die Neugier auf Lorenzos Begleiterin der Sorge um Baptista Martelli in nichts nachstand.

Angie schien Helens Verlegenheit bemerkt zu haben, denn sie kam zu ihr und umarmte sie herzlich. „Ich kann dir gar nicht sagen, wie dankbar ich dir bin, dass du den weiten Weg auf dich genommen hast, um Lorenzo zu begleiten."

Die vertraute Anrede bestärkte Helen in dem Verdacht, dass sich die Martellis abgesprochen und beschlossen hatten, sie vom ersten Moment an wie ein Familienmitglied zu behandeln. Was Angie dann sagte, war wenig dazu angetan, diesen Verdacht zu zerstreuen. „Eine gute Nachricht ist immer noch die beste Medizin für Baptista."

„Welche gute Nachricht?"

„Ich verstehe ja, dass du noch nicht darüber sprechen willst", erklärte Angie, „aber wir sind alle überglücklich, wie sich die Dinge entwickeln. Ehrlich gesagt rechne ich schon seit Lorenzos erster USA-Reise damit. Damals hat er mir sein Herz ausgeschüttet. Es hat ihn völlig aus der Bahn geworfen, dass du strikt abgelehnt hast, seine Frau zu werden."

„W…wie bitte?“

„Unter uns gesagt schadet es ihm nicht, dass du ihn eine Weile hingehalten hast. Das war eine völlig neue Erfahrung für ihn. Umso mehr freue ich mich, dass ihr jetzt zusammen seid. Ich wusste vom ersten Moment an, dass du die Richtige für ihn bist.“

„Das muss ein Missverständnis sein“, platzte Helen heraus. „Ich habe Lorenzo nicht ‚hingehalten‘, und ‚zusammen‘ sind wir auch nicht. Ich bin nur mitgekommen, weil …“

Warum eigentlich? Warum war sie einem Mann um die halbe Welt gefolgt, wenn er ihr nicht wichtiger war als alles andere? Und hatte sie nicht insgeheim gewusst, welche Schlüsse seine Familie daraus ziehen würde?

Abgesehen von jenem Versprecher im *Five* war das Wort ‚Hochzeit‘ nie zwischen ihnen gefallen, und um ihre Hand angehalten hatte Lorenzo schon gar nicht. Trotzdem ließ sich nicht bestreiten, dass durch ihre Entscheidung, ihn zu begleiten, die Frage im Grunde bereits entschieden war.

Renato riss Helen aus ihren Gedanken. „Meine Mutter möchte dich kennenlernen“, sagte er und führte sie ins Krankenzimmer.

Die alte weißhaarige Dame, die aufrecht im Bett saß, strahlte eine große Milde und Güte, doch eine nicht minder beeindruckende Entschlossenheit aus. Unter Lorenzos aufmunterndem Blick ging Helen zu ihr und reichte ihr die Hand.

„*Miu fighia*“, begrüßte Baptista Martelli sie mit dem sizilianischen Ausdruck für „meine Tochter“, und es dauerte ein wenig, bis Helen begriff, dass sie selbst für Signora Martelli bereits zur Familie gehörte.

„Guten Tag, *Signura.*“ Ohne es beabsichtigt zu haben, erwiderte sie den Gruß auf Sizilianisch.

Baptista Martelli war sehr gerührt darüber, denn sie strich Helen zärtlich über die Wange. „Nenn mich doch Baptista“, sagte sie herzlich. „*Signura* klingt so entsetzlich unpersönlich aus dem Mund einer künftigen …"

„Du solltest dich jetzt ein wenig ausruhen, Mamma", fiel Lorenzo ihr ins Wort, „und Helen wird das nach der langen Reise sicherlich auch tun wollen."

„Du hast völlig recht, mein Junge", stimmte Baptista ihm zu, bevor sie sich erneut an Helen wandte. „Vielleicht hat Lorenzo dir erzählt, dass ich bald meine Jugendliebe Federico heiraten werde. Jetzt, da du hier bist, ist mein Glück vollkommen, weil ich weiß, dass ich die Hochzeit im Kreis der *ganzen* Familie feiern darf."

Helen gab den Versuch, etwas zu erwidern, umgehend wieder auf. Die Herzlichkeit, mit der sie aufgenommen wurde, überwältigte sie derart, dass sie das Krankenzimmer mit Tränen in den Augen verließ.

Baptista hatte Lorenzo gebeten, ihr noch eine Weile Gesellschaft zu leisten. Helen fuhr mit der restlichen Familie zur Villa der Martellis. Die Fahrt führte zunächst landeinwärts, bevor sich hinter einer Biegung der atemberaubende Blick auf die Küste auftat. Kurz darauf war das große Haus zu sehen, das sich treppenförmig auf einem Vorsprung direkt an der Steilküste erhob. Aus der Entfernung stach als Erstes das Blumenmeer aus Geranien, Jasmin, Klematis und Bougainvilleen ins Auge, das sich farbenprächtig über die Veranden und Terrassen ergoss.

Im Innern war die Villa nicht weniger beeindruckend, denn sie war ungewöhnlich luxuriös und geschmackvoll ausgestattet. Kostbare Wandmosaike zierten selbst die Korridore, und offene Treppenflure führten in die oberen Etagen.

„Ich musste mich auch erst daran gewöhnen", gestand Heather, die Helen in ihr Zimmer brachte. „Inzwischen fehlt mir etwas, wenn ich eine Weile nicht hier bin."

„Lebst du denn nicht ständig hier?“, fragte Helen verwundert.

„Renato und ich besitzen ein Landgut außerhalb von Palermo, wo wir den Sommer verbringen. Doch jetzt wollten wir in Baptistas Nähe sein. Außerdem steht die Geburt unseres Babys kurz bevor.“

Sie führte Helen in ein großes Schlafzimmer, in dem zwei riesige Betten mit Baldachinen standen. Guido, der Chauffeur, hatte ihr Gepäck bereits gebracht, und Sara, das Hausmädchen, räumte es gerade in die Schränke.

Unvermittelt stand Angie im Zimmer und führte Helen auf die Terrasse. „Ist das nicht traumhaft?“, fragte sie und ließ den Blick über den paradiesischen Garten und das dahinter liegende Binnenland schweifen, das am Horizont mit den nebelverhangenen Berggipfeln zu verschmelzen schien.

Etwas Vergleichbares hatte Helen nie zuvor in ihrem Leben gesehen. „Es ist atemberaubend“, sagte sie leise. „Solange ich denken kann, haben mir meine Eltern erzählt, wie schön Sizilien ist, aber dass es so schön ist, hätte ich mir nicht träumen lassen. Genau wie dieses Zimmer“, setzte sie hinzu und verließ die Terrasse wieder, um sich nicht zu lange der glühenden Hitze auszusetzen. „Es ist wie im Märchen.“

„Das Gleiche habe ich damals zu Angie gesagt“, erwiderte Heather. „Wir haben auch hier geschlafen, als ich herkam, um …“

Unerklärlichweise unterbrach sie sich plötzlich und warf Angie einen ratlosen Blick zu. Doch ebenso schnell hatte sie sich wieder gefangen. „Du willst dich sicherlich ein wenig ausruhen“, wandte sie sich erneut an Helen. „Sara, bitte lass die Signorina jetzt allein“, ordnete sie an.

Nachdem das Hausmädchen gegangen war, verabschiedeten sich auch die beiden Schwägerinnen. Was habe ich nur getan?, fragte sich Helen, nachdem sie sich aufs Bett gelegt hatte. Sie hatte sich doch geschworen, sich nie mit einem Sizilianer einzulassen. Und nun lag sie in seinem Elternhaus und gehörte fast schon zur Familie.

Ihr einziger Trost war, dass sie Lorenzo noch nicht gekannt hatte, als sie den Schwur geleistet hatte. Nichts und niemand hätte sie davon abhalten können, ihm zu folgen – selbst nach Sizilien. Und noch beim Einschlafen empfand sie diese unstillbare Sehnsucht nach ihm.

Ein zärtlicher Kuss weckte sie aus ihrem traumlosen Schlaf, und als sie die Augen öffnete, blickte sie in Lorenzos Gesicht.

„Wie soll ich dir nur danken?", sagte er leise. „Ohne dich wäre ich völlig aufgeschmissen gewesen."

„Zum Glück war die Erkrankung deiner Mutter nicht so schlimm wie befürchtet", erwiderte Helen einfühlsam. „In wenigen Tagen kann sie das Krankenhaus sicherlich verlassen. Und mich brauchst du dann auch nicht mehr."

„Da wäre ich mir an deiner Stelle nicht so sicher", entgegnete er, und in seinen Augen blitzte der Schalk auf. „Schließlich gibt es da etwas, was wir zwar angefangen, aber nicht zu Ende gebracht haben. Vorher lasse ich dich auf keinen Fall gehen."

„Und hinterher?", fragte sie provozierend. „Brauchst du mich dann auch noch?"

„Ich werde dich immer brauchen, *cara,* mein ganzes Leben lang", erwiderte er, und seinem Gesicht war deutlich anzusehen, wie ernst es ihm damit war.

Er zog Helen an sich und küsste sie mit einer Leidenschaft, die sich augenblicklich auf Helen übertrug. Und auch wenn sie sich weiterhin standhaft weigerte, dem Gefühl, das sie für ihn empfand, einen Namen zu geben, wusste sie, dass sie ihn genauso brauchte wie er sie. Ihn je wieder zu verlassen würde ihr niemals in den Sinn kommen.

Unter Aufbringung aller Kräfte gelang es Lorenzo schließlich, sich von Helen loszureißen. „Eigentlich bin ich gekommen, um dir zu sagen, dass wir in einer halben Stunde essen können.“

„Dann werde ich rasch duschen.“

„Ich hole dich ab“, rief er ihr im Hinausgehen zu. „Sonst verläufst du dich noch.“

Helen hatte gerade ein dunkelblaues Sommerkleid angezogen, als sie Schritte auf dem Korridor hörte. Sie öffnete die Zimmertür, um Lorenzo zu begrüßen. Doch zu ihrem Schrecken sah sie, dass er nicht allein war. Er hatte den Arm um Heather gelegt und unterhielt sich angeregt mit ihr.

„Wir wollten dich abholen“, sagte Heather, als sie Helen sah, und lächelte freundlich. Lorenzo zog seinen Arm zurück und folgte den beiden Frauen schweigend ins Esszimmer.

Die übrige Familie war bereits vollzählig versammelt, doch zum Zeichen, dass Helen zur Familie gehörte, hatten sie mit dem Essen auf sie gewartet.

Wenn sie noch Zweifel daran gehabt haben sollte, räumte Renato sie kurze Zeit später mit einer kleinen Bemerkung aus. Er hatte Lorenzo erzählt, dass ein aufgebrachter Dagwood Baxter angerufen und die Bestellung im Wert von einer Million Dollar storniert hatte. „Kannst du mir das erklären?“

„Nun ja“, erwiderte Lorenzo in Erwartung eines Donnerwetters. „Ich musste ihm leider zu verstehen geben, dass er sich seinen Auftrag wer weiß wohin stecken kann.“

„Und warum?“

„Weil er Helen beleidigt hat.“

„Dann kann uns dieser Baxter in der Tat gestohlen bleiben“, sagte Renato lapidar, und damit war die Angelegenheit aus der Welt.

Der gesamte Abend verlief harmonisch und einträchtig, und Helen schämte sich geradezu, weil sie sich immer wieder dabei ertappte, dass sie sich trotz aller Freundlichkeit, mit der Lorenzo und seine Familie ihr begegneten, unwohl in ihrer Haut fühlte.

Sie tröstete sich mit dem Gedanken, dass sie erst vor wenigen Stunden angekommen war. Mit jeder weiteren Stunde würde sich dieses Gefühl sicherlich legen, bis es eines nicht so fernen Tages ganz verschwunden wäre.

Gleich nachdem Baptista aus dem Krankenhaus entlassen worden war, begannen die Vorbereitungen für ihre Hochzeit mit Fede. Die Familie hatte offensichtlich große Übung in solchen Festen, denn die Entscheidungen wurden in einem Tempo getroffen, das Helen verblüffte.

Für sie selbst gab es so gut wie nichts zu tun, und da für alle anderen längst wieder der Alltag begonnen hatte, stellte sich allmählich so etwas wie Langeweile ein.

Umso mehr freute sie sich, als eines Nachmittags Erik anrief. „Ich wollte dich um einen Gefallen bitten", erklärte er den Grund seines Anrufes. „Du kennst doch sicherlich das Castello di Farini."

„Den alten Palast in Palermo? Selbstverständlich kenne ich den."

„Die Elroy Company will das Gemäuer kaufen und zu einem Hotel umbauen. Die Verträge sind längst unterschriftsreif, doch plötzlich stellt sich der Verkäufer quer. Offensichtlich will er den Preis in die Höhe treiben. Unsere amerikanischen Anwälte kommen mit der sizilianischen Mentalität nicht klar, und unsere sizilianischen Anwälte nicht mit unserer. Die Verhandlungen stecken in einer Sackgasse. Und weil du dich in beide Seiten hineindenken kannst …"

Erik erklärte Helen ausführlich, wie er sich die Lösung des Problems vorstellte. Und je mehr sie erfuhr, desto entschlossener war sie, den Auftrag zu übernehmen.

„Das bekomme ich schon hin", sagte sie schließlich und versprach Erik, sich sofort um die Angelegenheit zu kümmern.

Der Besitzer des Kastells empfing sie ausgesucht höflich und führte sie auf dem Anwesen herum. Helen war von den Möglichkeiten, die es bot, beeindruckt, und sie ertappte sich dabei, wie sie bereits Pläne für die Einrichtung schmiedete. Doch dafür war es eindeutig zu früh, denn mit der Unterschrift des Verkäufers fehlte noch die wichtigste Voraussetzung.

Wie Erik vermutet hatte, ging es ihm hauptsächlich ums Geld. Allerdings tat er Helen nicht den Gefallen, ihr das klipp und klar zu sagen, als sie schließlich in seinem Büro saßen und die strittigen Punkte durchgingen.

Um sich von ihm nicht aufs Glatteis führen zu lassen, tat Helen betont desinteressiert und unterstrich mehrfach, dass die Elroy Company ein zweites Objekt an der Hand habe, das den Anforderungen mindestens ebenso genüge wie das Castello di Farini.

Was zwar nicht stimmte, dafür aber seine Wirkung nicht verfehlte. Denn aus Angst, leer auszugehen, setzte ihr Verhandlungspartner seine Unterschrift schließlich unter den Vertrag, so wie die Anwälte ihn aufgesetzt hatten.

Stolz und zufrieden mit sich selbst verabschiedete sich Helen von ihm und ging ins nächste Postamt, um Erik zu informieren.

„Du kannst den großen Bossen grünes Licht geben", berichtete sie ihm freudestrahlend. „Der Vertrag ist unter Dach und Fach. Ich habe allerdings ziemlich hoch gepokert."

„Wer wagt, gewinnt", erwiderte Erik anerkennend. „Ich wusste doch, dass ich mich auf dich verlassen kann."

„Gib ruhig zu, dass du mich fristlos entlassen hättest, wenn es schiefgegangen wäre."

„Es *ist* aber nicht schiefgegangen", wich er einer Antwort

aus. „Deshalb solltest du umgehend Kontakt mit Axel Roderick aufnehmen. Er ist der Projektleiter."

Er gab ihr eine New Yorker Telefonnummer und verabschiedete sich von ihr. Das Gespräch mit Axel Roderick dauerte eine geschlagene halbe Stunde. Er zeigte sich über die Nachricht hocherfreut und lobte Helen überschwänglich. Schließlich bat er sie, ihn in einer Woche vom Flughafen abzuholen und sich bis dahin um das Projekt zu kümmern.

Mit einem Gefühl des Triumphes legte Helen den Hörer auf und fuhr zur Villa zurück. Die Familie saß bereits beim Essen, und Lorenzo wirkte fast ein wenig ungehalten darüber, dass Helen sich verspätet hatte.

Aufgeregt berichtete sie von ihren Erlebnissen und erntete anerkennende Blicke. Selbst Renato ließ sich zu einem Lob hinreißen. „Respekt, junge Frau", sagte er anerkennend. „Ich wusste gar nicht, was für einen außergewöhnlichen Fang Lorenzo mit dir gemacht hat."

Besser hätte er nicht ausdrücken können, wie Helen zumute war. Jeder am Tisch schien davon auszugehen, dass sie auf Sizilien bleiben und über kurz oder lang eine Martelli werden würde. Doch so wohltuend die Selbstverständlichkeit war, mit der sie aufgenommen worden war, fühlte sich Helen tatsächlich wie ein „Fang", den man in einen Käfig gesperrt hatte – und dass der vergoldet war, machte das Eingesperrtsein bestenfalls erträglicher.

Wie sich am Nachmittag herausgestellt hatte, liebte Helen ihre Arbeit viel zu sehr, um sie einfach aufzugeben. Und dass ihr das versagt bleiben musste, wenn sie Lorenzo heiratete, stand so fest wie die Mauern des Castello di Farini.

8. KAPITEL

Axel Roderick war ein rundlicher, gemütlicher Mann in den Fünfzigern. Seine Position in der Firma verdankte er weniger eigenen Leistungen als vielmehr seiner Begabung, talentierte und hoch motivierte Mitarbeiter um sich zu scharen.

Als Helen ihm auf dem Weg vom Flughafen in die Stadt von ihren Ideen für das neue Elroy erzählte, lud er sie gleich zum Abendessen ein. Noch vor dem Dessert fragte er sie, ob sie nicht an dem Projekt mitarbeiten wolle, und zwar als seine persönliche Assistentin.

Helen überlegte nicht lange und nahm das Angebot mit Freuden an. In den letzten Tagen hatte sie sich den Kopf darüber zerbrochen, wie sie sich verhalten sollte. Einerseits wollte sie auf Sizilien bleiben, um in Ruhe abzuwarten, wie sich ihre Beziehung zu Lorenzo entwickelte. Andererseits wollte sie alles vermeiden, was nach einer Vorentscheidung in dieser oder jener Richtung aussah. Mit Axels Angebot war ihr die Lösung des Problems geradezu in den Schoß gefallen.

Dank ihrer Vorarbeiten waren nur noch wenige Formalitäten zu erledigen, bis die Umbauarbeiten beginnen konnten. Es sprach daher nichts dagegen, dass Helen ihre Arbeit erst nach Baptistas Hochzeit aufnahm.

Zur Trauung trug die Braut ein schlichtes Seidenkleid und als einzigen Schmuck ein Perlencollier, das Fede ihr zur Hochzeit geschenkt hatte. Als sie die Kathedrale von Palermo betrat, wurde sie von drei Brautführern begleitet. Die Söhne hatten sich die Ehre, ihre Mutter zum Altar zu führen, gegenseitig streitig gemacht, bis Helen vorgeschlagen hatte, sie sollten sich die Aufgabe teilen. Baptista hatte begeistert reagiert und Helen seitdem endgültig in ihr Herz geschlossen.

Als sie Fede das Jawort gab, wirkte die alte Dame wie

eine junge Frau, die ihr Glück kaum fassen konnte. Vierzig Jahre lang hatte sie auf diesen Tag gewartet, und auch wenn ihr Leben alles in allem erfüllt gewesen war, hatte Helen das eigentümliche Gefühl, dass es erst in diesem Moment wirklich begann.

Nichts anderes galt für Federico, der auf Druck ihres Vaters Sizilien hatte verlassen müssen und auf dem Festland eine Familie gegründet hatte. Trotzdem hatte er zeit seines Lebens immer nur Baptista geliebt.

Während der Zeremonie sah Helen unwillkürlich zu Lorenzo, der sie offensichtlich beobachtet hatte. Sein Blick schien ihr sagen zu wollen, dass er dieselbe unverbrüchliche Liebe für sie empfand und sich nichts sehnlicher wünschte, als es vor dem Altar zu bekunden.

Helen sah verlegen zu Boden, doch insgeheim musste sie zugeben, dass sie in diesem Moment genauso empfand.

Im Anschluss an die Trauung fuhr die Hochzeitsgesellschaft zur Villa der Martellis, wo das Brautpaar geduldig mehrere Reden über sich ergehen ließ. Vor allem Fede schien es unangenehm zu sein, derartig im Mittelpunkt zu stehen.

Helen hatte diesen zurückhaltenden Mann, der wenig sprach und dem nichts entging, vom ersten Moment an gemocht. Vor allem nahm es sie für ihn ein, dass er für die gemeinsame Zukunft mit dem geliebten Menschen nicht nur seinen Beruf aufgegeben, sondern sich trotz aller Vorbehalte dazu durchgerungen hatte, sein Haus in Palermo zu verkaufen und fortan in der Villa zu leben.

Nachdem der offizielle Teil des Empfangs beendet war, ging sie zu Fede, um ihm zu gratulieren.

„Ich will nicht undankbar sein“, schüttete sie ihm ihr Herz aus, „aber die Herzlichkeit, mit der mich die Familie aufgenommen hat, droht mich manchmal zu erdrücken.“

„Das kann ich sehr gut verstehen“, erwiderte Fede verständnisvoll. „Mir geht es im Grunde genommen nicht anders."

„Sind Ihnen noch nie Zweifel gekommen, ob Sie sich richtig entschieden haben?", fragte Helen in aller Offenheit.

„Nein", antwortete er bestimmt. „Wenn ich jünger wäre, sähe das möglicherweise anders aus, doch im Alter verschieben sich die Prioritäten. Früher hätte ich mir nicht vorstellen können, dass ich je meinen Blumengroßhandel aufgebe. Heute weiß ich ihn bei meinen Kindern in besten Händen, und eine kleine Rente zahlen sie mir auch", setzte er lächelnd hinzu. „Ich habe einen Menschen, der mich liebt und den ich liebe. Mehr kann man sich vom Leben nicht wünschen."

Fedes einfühlsame Worte rührten Helen zutiefst. Wohl deshalb entging ihr völlig, dass Lorenzo hinter ihr stand und jedes Wort mithörte.

„Er hat völlig recht, findest du nicht?", fragte er, nachdem Fede gegangen war.

„Aus seinem Mund klingt alles so leicht und selbstverständlich", erwiderte sie nachdenklich.

„Ist es das denn nicht auch, *cara?*"

Mit dem sicheren Instinkt, den sie bereits mehrfach an ihm erlebt hatte, erriet Lorenzo, warum Helen mit einer Antwort zögerte. „Niemand verlangt von dir, deinen Beruf aufzugeben. Schließlich bist du noch zu jung, um Rente zu beziehen", setzte er mit jenem Schalk hinzu, der ihn so unwiderstehlich machte. „Wichtig ist einzig und allein, dass wir uns lieben. Ich habe mich lange gegen den Gedanken gesträubt, doch nun weiß ich, was ich mir mehr wünsche als alles andere. Wünschst du es dir nicht ebenso sehr?"

Lorenzo hatte ihr einen roten Teppich ausgerollt, und die Versuchung, ihn an seiner Seite zu betreten, war schier unwiderstehlich. Stärker war einzig das Gefühl, dass sie noch ein wenig Zeit brauchte, um sich mit dem Gedanken an die Zukunft vertraut zu machen, in die er sie führte.

Dann überschlugen sich die Ereignisse. Kaum war Helen bewusst geworden, dass die Blicke aller im Raum auf sie gerichtet waren und jeder gespannt auf ihre Antwort wartete, fiel Lorenzo auf die Knie. „Elena“, sagte er feierlich, „willst du meine Frau werden?“

„Steh sofort auf“, forderte sie ihn verzweifelt auf.

„Erst wenn du Ja gesagt hast.“

„Dann wirst du bis ans Ende deiner Tage auf Knien rutschen müssen.“

„Wenn ich dich dadurch überzeugen kann, nehme ich das gern in Kauf.“

Mit seinem Charme war es ihm mal wieder gelungen, Helen zum Lachen zu bringen. Doch als Lorenzo unter dem Jubel und Applaus der gesamten Hochzeitsgesellschaft aufstand und sie überschwänglich umarmte und küsste, dämmerte ihr allmählich, was geschehen war. Ohne sich dessen bewusst zu sein, schien sie in seinen Heiratsantrag eingewilligt zu haben.

Ihre einzige Erklärung war, dass keine Frau es geschafft hätte, einen Mann abzuweisen, der vor seiner gesamten Familie vor ihr niederkniete und um ihre Hand anhielt. Zumindest konnte sich Helen nicht vorstellen, dass es eine solche Frau gab.

Die wenigen Wochen, die Helen auf Sizilien verbracht hatte, waren ein einziges Wechselbad der Gefühle gewesen. Bei ihrer Ankunft hatte Baptista noch im Krankenhaus gelegen, um dann mit Fede vor den Altar zu treten, kaum dass sie wieder genesen war. Und noch während die Familie Helens und Lorenzos Verlobung feierte, setzten bei Heather die Wehen ein.

Bei der Geburt traten unerwartete Komplikationen auf, und mehrere Stunden lang standen die Familienangehörigen große Ängste aus, bis endlich die Hebamme die erlösende

Nachricht überbrachte, dass Mutter und Kind wohlauf seien.

Am deutlichsten in Erinnerung war Helen, wie unbeteiligt Renato in jener Nacht gewirkt hatte. Unbeweglich und mit versteinertem Gesicht hatte er im Krankenhaus ausgeharrt, ohne die geringste Gefühlsregung zu zeigen.

Was sich von Lorenzo ganz und gar nicht sagen ließ. Er hatte seine Gefühle offen gezeigt und sich die halbe Nacht an Helens Hand wie an einen Rettungsanker geklammert. Als sie endlich Gewissheit hatten, dass Heather und dem kleinen Vittorio nichts fehlte, sprang er vor Freude in die Luft, ehe er Helen an sich drückte und den Tränen der Erleichterung freien Lauf ließ.

Vielleicht lag es an diesem Erlebnis, dass sie schließlich ihren Widerstand gegen Baptistas Wunsch aufgab, die Hochzeit ihres jüngsten Sohnes noch vor dem Winter auszurichten, selbst wenn sie das Argument, dass die Trauung dann bei gutem Wetter stattfinden würde, für eine denkbar schlechte Begründung hielt.

Helen wäre es lieber gewesen, nichts zu übereilen. Sie kannte Lorenzo doch erst kurze Zeit und musste sich nicht nur an eine neue Familie, sondern darüber hinaus an ein neues Land gewöhnen. Weil sie aber keine Möglichkeit sah, Baptista ihre Bedenken verständlich zu machen, willigte sie schließlich ein.

Liebend gern wäre sie wenigstens Angies Beispiel gefolgt und hätte in einer kleinen Dorfkapelle im engsten Familienkreis geheiratet. Das genaue Gegenteil stand ihr bevor: Die Vorbereitungen für die Trauung in der Kathedrale von Palermo liefen auf Hochtouren, und die Gästeliste umfasste mehrere Seiten. Allein aus New York hatten sich so viele Personen angekündigt, dass es sich beinahe lohnte, ein eigenes Flugzeug zu chartern.

Je näher der Hochzeitstermin rückte, desto größer wurde

ihr Wunsch, sich mit Lorenzo irgendwohin zurückzuziehen, wo niemand sie aufstöbern konnte. Entsprechend enttäuscht war sie, als Renato seinen kleinen Bruder nach Frankreich schickte, damit er Termine wahrnahm, die unmöglich bis nach den Flitterwochen warten konnten, die sie auf der *Santa Maria,* Renatos schneeweißer Segeljacht, verbringen wollten.

Helen war zu sehr Geschäftsfrau, um das nicht einzusehen. Dennoch bekam sie immer mehr das Gefühl, ein Phantom zu heiraten.

Sie selbst arbeitete bis drei Tage vor der Hochzeit und verabschiedete sich von ihren Kollegen in der Gewissheit, in drei Wochen als Signora Martelli an ihren Schreibtisch zurückzukehren.

Begleitet von den besten Wünschen ihrer Kollegen und einigen Tipps, wie sie sich gegen Seekrankheit schützen könnte, verließ Helen das Büro. Es war ein wundervoller Nachmittag, und spontan beschloss sie, einen Spaziergang durch den Hafen zu machen.

An der Mole lag die *Santa Maria* und zerrte an den Leinen, als könnte sie es kaum erwarten, in See zu stechen. Als Helen die majestätische Jacht sah, stellte sich endlich jene Vorfreude ein, die sie so lange vermisst hatte. In wenigen Tagen würden Lorenzo und sie an Bord gehen, und abgesehen von der Crew wäre niemand da, der ihre Zweisamkeit stören konnte.

Der Gedanke hatte sie der realen Welt so sehr entrückt, dass sie die junge Frau gar nicht bemerkte, die hinter ihr stand. Als Helen sich unvermittelt umdrehte, stieß sie mit ihr zusammen und sah zu ihrem Entsetzen, dass sie ins Stolpern geriet und schließlich aufs Pflaster fiel.

„Es tut mir so leid", entschuldigte sie sich und half ihrem Opfer beim Aufstehen. „Sind Sie verletzt?"

„Ich glaube nicht", erwiderte die junge Frau und erhob sich mit schmerzverzerrtem Gesicht. Doch sobald sie sah, mit wem sie zusammengestoßen war, hellte sich ihre Miene schlagartig auf.

Auch Helen erkannte sie sofort wieder. „Sara“, begrüßte sie das Hausmädchen der Martellis, das sich bei ihrer Ankunft um ihr Gepäck gekümmert hatte. „Darf ich Sie auf eine Tasse Kaffee einladen?“

Sie fanden einen schattigen Platz auf der Terrasse einer Bar. „Ich habe mich schon gefragt, warum ich Sie in letzter Zeit so selten in der Villa gesehen habe“, sagte Helen, nachdem sie die Bestellung aufgegeben hatte. „Machen Sie Urlaub? Oder haben Sie eine bessere Anstellung gefunden?“

„Weder noch“, erwiderte Sara bitter. „Signora Heather hat mich entlassen, während ihre Schwiegermutter im Krankenhaus war.“

„Warum das denn?“, fragte Helen erstaunt.

„Genau weiß ich es selbst nicht. Ich vermute, dass es mit Ihnen und …“

Sara unterbrach sich, als hätte sie an ein Tabu gerührt – und damit Helens Interesse erst richtig geweckt.

„Mit mir?“, vergewisserte sie sich ungläubig. „Wollen Sie damit sagen, dass ich an Ihrer Entlassung schuld bin?“

„Natürlich nicht“, entgegnete Sara. „Und wenn, dann nur indirekt. Die Signora hat es sicherlich nur gut gemeint. Schließlich heiraten Signore Lorenzo und Sie in wenigen Tagen, und da wollte sie nicht riskieren, dass Sie an diese leidige Geschichte erinnert werden.“

„Welche leidige Geschichte?“ Saras Worte machten Helen zunehmend ratlos. „Wollen Sie mir nicht endlich sagen, was Sie meinen?“

„Ich möchte nicht, dass Sie auch noch wütend auf mich sind.“

„Welchen Grund sollte ich haben, wütend auf Sie zu sein?“, wandte Helen ein. „Sie haben mir doch nichts getan.“

Sara schien offensichtlich überzeugt, denn sie lächelte Helen an, bevor sie sich endlich einen Ruck gab. „Ich bin die Einzige, die dabei war, als die Signora mit Ihrem Verlobten telefoniert hat."

„Und was ist so schlimm daran, wenn Heather mit Lorenzo telefoniert?", fragte Helen lachend.

„Eigentlich nichts", erwiderte Sara. „Doch damals hatte sie gerade erst Renato geheiratet. Sie können sich bestimmt vorstellen, wie der reagiert hat, als er erfuhr, dass seine Frau Hals über Kopf dem Mann nachgereist war, der sie erst kurz zuvor auf schmählichste Weise hat sitzen lassen."

„Reden Sie wirklich von Lorenzo Martelli?"

„Ja", bestätigte Sara. „Er hat Ihnen doch sicherlich erzählt, dass er vor Ihnen mit Signora Heather verlobt war."

„Mit wem war er verlobt?" Helen glaubte sich verhört zu haben.

„Mit Signora Heather", wiederholte Sara. „Sie ist nach Sizilien gekommen, um seine Frau zu werden. Doch am Hochzeitstag war er plötzlich verschwunden. Sie war schon auf dem Weg zum Altar, als ihr ein Junge einen Brief brachte, in dem Lorenzo sie um Verzeihung bat."

„Das kann unmöglich stimmen!", platzte Helen heraus. „Heather wäre doch augenblicklich nach England zurückgekehrt und hätte nicht Renato geheiratet!"

„Signora Baptista hat ihr keine andere Wahl gelassen."

„Was hat denn Baptista damit zu tun?"

„Sie hat die Ehe mit Renato arrangiert, um die Familienehre wiederherzustellen. Eine Liebesheirat war es jedenfalls nicht. Sonst hätte die Trauung nicht schon wenige Wochen später stattgefunden. Und wie der Anruf beweist ..."

Unvermittelt unterbrach sich Sara und lächelte Helen an. „Ich habe Sie mit meinem Geschwätz lange genug aufgehalten."

Helen wusste, dass dies die letzte Chance war, das Ganze

für die Erfindung eines gekränkten Hausmädchens zu halten, das sich für seine Entlassung rächen wollte. Doch das Gift war in ihr Herz gedrungen.

„Was hatte es mit diesem Anruf auf sich?“, fragte sie unter Qualen.

„Kurz nach der Hochzeit rief Signore Lorenzo aus London an“, erzählte Sara. „Ich habe Signora Heather ans Telefon gerufen. Sie hat mich zwar aus dem Zimmer geschickt, doch von der Tür aus konnte ich hören, wie sie sagte, dass sie sich beeilen wolle, um die Nacht an seiner Seite verbringen zu können. Dann hat sie ihre Koffer gepackt und ist abgereist, ohne ihrem Mann eine Nachricht zu hinterlassen.“

Die letzten Worte hörte Helen kaum noch, weil sie für die Herzlichkeit und Vertrautheit, die sie vom ersten Tag an zwischen Heather und Lorenzo beobachtet hatte, plötzlich eine Erklärung zu haben glaubte. Und die brachte die Welt um sie her derartig ins Wanken, dass sie sich an ihren Stuhl klammern musste, um nicht die Besinnung zu verlieren.

„Wussten Sie das denn nicht?“, erkundigte sich Sara, als sie Helens entsetzten Gesichtsausdruck sah.

„Nein“, erwiderte Helen bestimmt. Mit einer schier unmenschlichen Kraftanstrengung gelang es ihr, sich zusammenzureißen. Sie wollte sich vor Sara nicht anmerken lassen, wie es in ihr wirklich aussah. „Das wusste ich in der Tat nicht. Um ehrlich zu sein, interessiert es mich auch nicht.“

„Das braucht es auch nicht“, stimmte Sara freundlich zu. „Schließlich war das alles vor Ihrer Zeit, und Signore Lorenzo hat die ganze Angelegenheit längst vergessen.“

„Bestimmt hat er das“, erwiderte Helen. Weil sie wusste, dass jedes weitere Wort sie in den Wahnsinn treiben würde, rang sie sich ein Lächeln ab, stand auf und ging, ohne sich zu verabschieden.

Sara lehnte sich zufrieden zurück. Seit ihrer Entlassung

hatte sie überlegt, wie sie sich für die Ungerechtigkeit schadlos halten könnte. Die Gelegenheit dazu war gänzlich unverhofft gekommen, doch sie hatte in Sekundenschnelle reagiert und sie beim Schopf gepackt. Nun sollte die Familie Martelli sehen, wie sie damit zurechtkam.

Helen wusste selbst nicht, wie sie in ihr Zimmer in der Villa gelangt war. Sie schloss die Tür hinter sich ab und legte sich aufs Bett, um Ordnung in das Chaos zu bringen, das in ihrem Kopf herrschte.

Doch die Hoffnung, dass Sara sich alles ausgedacht hatte, schwand im demselben Maße, in dem Helen Indizien fand, die das Unfassliche zumindest wahrscheinlich machten.

Das wichtigste Indiz hatte ihr Heather persönlich geliefert, und zwar gleich am ersten Tag. Da hatte sie begonnen, von ihrer Ankunft auf Sizilien zu erzählen, um sich dann jäh zu unterbrechen, als sie merkte, dass sie Gefahr lief, den Namen des Mannes zu nennen, dessentwegen sie gekommen war. Offensichtlich war ihr erst in diesem Moment der Gedanke gekommen, Lorenzo könnte seiner zukünftigen Frau verschwiegen haben, dass er schon einmal verlobt gewesen war.

Bislang hatte Helen geglaubt, in ihm nicht nur einen Mann fürs Leben, sondern auch einen Freund gefunden zu haben, dem sie vertrauen konnte und der ihr vertraute. Nun sah sie sich mit der bitteren Wahrheit konfrontiert, dass sich sie zumindest im zweiten Punkt geirrt hatte.

Womit sich die ungleich bitterere Frage stellte, was das für den ersten Punkt bedeutete.

Sara hatte deutlich zu verstehen gegeben, dass Heather Renato allein aus praktischen Erwägungen geheiratet und nie aufgehört hatte, Lorenzo zu lieben. Die Unterstellung, dass sie ihren Ehemann mit dessen Bruder betrogen hatte, war nur der Gipfel dieser Verdächtigungen.

Doch auch wenn die Beweislast geradezu erdrückend war, wollte Helen Lorenzo nicht vorschnell verurteilen. Die liebevollen Umarmungen von Schwager und Schwägerin, Lorenzos ungenierter Freudenausbruch bei Vittorios Geburt, die Renato mit versteinerter Miene aufgenommen hatte – all das ließ sich auch mit dem unterschiedlichen Naturell der Brüder erklären.

Blieb ein einziger Punkt, und der war weder mit Lorenzos Naturell noch mit irgendeinem anderen Argument entschuldbar. Er hatte ihr, Helen, verschwiegen, dass er eine andere Frau hatte sitzen lassen, während sie in der Kirche auf ihn wartete, um ihm das Jawort zu geben.

Vor dieser Wahrheit konnte Helen die Augen nicht verschließen, genauso wenig wie vor den Konsequenzen. Die Gewissheit, in Lorenzo den Mann fürs Leben gefunden zu haben, schien sich als fataler Irrtum zu erweisen. Und bevor der nicht aus der Welt war, war an eine Heirat nicht zu denken.

9. KAPITEL

Mehrfach versuchte Helen, Lorenzo telefonisch zu erreichen, doch als die Leitung zum dritten Mal zusammenbrach, gab sie es auf. Was sie mit ihm zu besprechen hatte, ließ sich ohnehin nicht am Telefon klären.

Dass es nach seiner Rückkehr nicht leichter würde, musste sie am folgenden Tag feststellen, als sie ihn am Flughafen abholte.

„Wir müssen dringend miteinander reden", erklärte sie Lorenzo, nachdem er sie mit einem flüchtigen Kuss begrüßt hatte, der dazu angetan war, ihren Verdacht zu bestärken.

„Das wird leider nicht gehen", entgegnete er. „Bis zur Hochzeit habe ich alle Hände voll zu tun. Doch in unseren Flitterwochen haben wir genügend Zeit, alles nachzuholen. Nicht nur das Reden", setzte er mit einem schalkhaften Lächeln hinzu.

Was Helen bislang stets an ihm geliebt hatte, jagte ihr plötzlich einen Schrecken ein. Lorenzos Charme war in der Tat unwiderstehlich, und mit einem Mal hielt sie es nicht mehr für ausgeschlossen, dass er sich dessen durchaus bewusst war.

In seinem Gesicht suchte sie nach Anzeichen dafür, dass dieser Mann fähig wäre, eine Frau erst zu verstoßen und sie zum Gespött der Öffentlichkeit zu machen, um dann mit ihr ins Bett zu gehen, kaum dass sie mit seinem Bruder verheiratet war. Erleichtert stellte sie fest, dass ihre Suche erfolglos blieb.

Der nächste Tag stand ganz im Zeichen der Ankunft ihrer Familie aus New York. Ihre Eltern waren außer sich vor Glück, als sie endlich ihre Tochter im Arm hielten, die ihnen eine so unendliche Freude gemacht hatte. Helen fragte sich insgeheim, wie sie wohl reagieren würden, wenn sie ihnen sagte, dass sie drauf und dran sei, die Hochzeit abzusagen.

Doch irgendwie vertraute sie darauf, dass es dazu nicht kommen würde, weil sich in den verbleibenden vierundzwanzig Stunden die Gelegenheit zu einem klärenden Gespräch mit Lorenzo ergeben würde. Er würde ihr hoch und heilig versichern, dass an dem Gerücht, das Sara in die Welt gesetzt hatte, nicht das Geringste dran sei, und auch für sein Verhalten in der Kirche musste es eine vernünftige Erklärung geben, die ihr, Helen, auf Anhieb einleuchten würde.

Bis zum letzten Abend vor der Trauung wartete Helen vergeblich darauf. Und dass es dabei bleiben würde, wurde ihr schmerzlich klar, als Lorenzo ihr freudestrahlend berichtete, dass er mit seinen Brüdern und einigen Freunden den Abschied vom Junggesellendasein feiern wolle.

„Bitte, Lorenzo“, flehte sie ihn förmlich an, „es ist ungeheuer wichtig.“

„Keine Sorge, Elena“, wandte Renato beschwichtigend ein. „Ihr könnt euch später unterhalten. Wir passen auch auf, dass unser kleiner Bruder nicht zu viel trinkt.“

Helen wollte Renato keine Absicht unterstellen, doch als er und Bernardo um zwei Uhr morgens Lorenzo die Treppe hinaufführten, war ihr klar, dass an eine ernsthafte Unterhaltung nicht zu denken war.

Die ganze Nacht über lag Helen wach. Unaufhörlich kreisten ihre Gedanken um den kommenden Tag und den dunklen Schatten, der über ihrer Zukunft lag. Entsprechend erschlagen fühlte sie sich, als kurz nach Sonnenaufgang ein Hausmädchen erschien, um ihr beim Ankleiden zu helfen.

Ihr blieb kaum Zeit zu frühstücken, weil das Mädchen sie zur Eile anhielt. Das Hochzeitskleid bestand aus einem krinolinenartigen Unterkleid, einem reich bestickten Überwurf aus elfenbeinfarbener Seide und einem langen Schleier, der von einem kostbaren, mit Diamanten besetzten Diadem gehalten wurde.

Als Helen vor den Spiegel trat, fiel ihr Blick auf eine Prinzessin aus Tausendundeiner Nacht. Leider wollte der äußere Eindruck so gar nicht zu ihrer Stimmung passen, die eher an einen Albtraum als an ein Märchen erinnerte.

„Wo ist Lorenzo?", fragte sie ihre Mutter, die neben ihr stand und zufrieden ihre Tochter betrachtete. „Ich muss ihn sofort sprechen."

„Das muss bis nach der Hochzeit warten", widersprach ihre Mutter. „Du weißt doch, dass es Unglück bringt, wenn sich Braut und Bräutigam vor der Trauung sehen."

„Das mag ja sein, Mamma", wandte Helen verzweifelt ein. „Trotzdem muss ich ihn sprechen."

Plötzlich klopfte es an der Tür, und Helens Vater kam ins Zimmer. „Seid ihr so weit?", erkundigte er sich.

„Noch nicht", erwiderte seine Frau. „Elena will unbedingt mit Lorenzo sprechen."

„Kommt nicht infrage", lehnte Nicolo Angolini kategorisch ab. „Erstens bringt das Unglück, und zweitens steigt er in diesem Moment ins Auto, das ihn zur Kathedrale bringt."

Ohne sich zu besinnen, lief Helen auf die Terrasse. Vor der Haustür setzte sich ein Autokorso in Bewegung, und in einem der Wagen musste Lorenzo sitzen. Ratlos und der Verzweiflung nah sah Helen der Kolonne nach, bis sie das Grundstück verlassen hatte.

„Für uns wird es auch höchste Zeit", sagte ihr Vater, der ihr gefolgt war. „Du ahnst nicht, wie stolz ich auf dich bin", setzte er gerührt hinzu.

Kein Wunder, dachte Helen. Er hat alles, was er sich immer gewünscht hat. Widerstandslos ließ sie sich von ihrem Vater aus dem Zimmer führen. Doch als sie die breite Treppe hinabging, hatte sie das eigentümliche Gefühl, dass Heather neben ihr die Stufen herabschritt, um denselben Weg zur selben Kathedrale anzutreten, wo sie denselben Mann heiraten wollte – um erleben zu müssen, dass er es sich in allerletzter Sekunde anders überlegt hatte.

Noch während der Fahrt in die Stadt suchte Helen krampfhaft nach einer Antwort auf die Frage, wie ein Mann einer Frau diese Schmach antun konnte, ohne vor Scham im Boden zu versinken.

So erschrak sie fast, als die Tür geöffnet wurde und ihr Vater ihr die Hand reichte, um ihr aus dem Wagen zu helfen.

Mit klopfendem Herzen betrat Helen die Kathedrale. Der Gang durch das Spalier der voll besetzten Bänke wollte kein Ende nehmen, und Helen schien es, als entfernte sich der Altar mit jedem Schritt weiter.

Dann entdeckte sie Lorenzo, der sich nach seiner Braut umsah, und sein Lächeln war wie eine Erlösung. Wie sollte sie an einem Mann zweifeln, der ihr einen solch liebevollen Blick schenkte? Als sie endlich neben Lorenzo stand und er ihre Hand nahm, ging ein Raunen der Bewunderung durch die Hochzeitsgesellschaft.

Von der Zeremonie bekam Helen vor lauter Aufregung erst etwas mit, als sich der Bischof an Lorenzo wandte und ihn aufforderte, den Treueschwur zu leisten. „Ja", antwortete er auf die Frage, ob er Elena Angolini zur Frau nehmen wolle.

Der Bischof wiederholte die Trauformel, nur dass er jetzt Helen ansprach: „... bis dass der Tod euch scheidet, so antworte mit Ja", hörte sie ihn sagen.

Lorenzo hielt ihre Hand und schenkte ihr ein liebevolles und zugleich aufmunterndes Lächeln, an dem sie erkennen konnte, wie glücklich er war.

Doch Helen war außerstande, das kleine Wörtchen, das ihren Bund fürs Leben besiegelt hätte, auszusprechen. „... bis dass der Tod euch scheidet", dröhnte es ihr in den Ohren und ließ ihr einen Schauer der Angst über den Rücken laufen.

Das Schweigen drohte unerträglich zu werden, und schon

setzte ein Gemurmel der Verwandten und Freunde ein, die längst gemerkt hatten, dass etwas nicht stimmen konnte. Helen wusste genau, was von ihr erwartet wurde, doch ihr war, als hielte eine Hand ihr Herz umklammert, während eine andere ihr die Kehle zuschnürte.

„Es tut mir leid“, flüsterte sie endlich so leise, dass selbst Lorenzo es kaum hören konnte.

„Das braucht es nicht“, sagte er liebevoll. „Sag einfach Ja, und wir sind für immer ein Paar.“

Für immer, hämmerte es in ihrem Kopf, und plötzlich wusste Helen, wovor sie sich fürchtete: für immer an einen Mann gebunden zu sein, dem sie nicht vertrauen konnte.

„Ich kann dich nicht heiraten, Lorenzo!“, platzte sie heraus. „Es geht einfach nicht.“

Ohne sich umzusehen, rannte sie aus der Kirche, als fürchtete sie um ihr Leben. Atemlos erreichte sie den Parkplatz, auf dem die Autos abgestellt waren. „Fahren Sie los!“, befahl sie dem Chauffeur des Wagens, der am Anfang der Schlange stand, und setzte sich auf die Rückbank.

Der Fahrer sah sie verwundert an, doch ihr ernstes Gesicht ließ es ihm ratsam erscheinen, keine Fragen zu stellen, sondern zu tun, was sie von ihm verlangt hatte.

Kaum hatte sich das Auto in Bewegung gesetzt, kam Lorenzo aus der Kathedrale gerannt und sah sich verzweifelt nach seiner Braut um. „Elena!“, rief er dem Wagen hinterher.

Helen ließ sich in den Sitz zurückfallen, obwohl sie wusste, dass er sie gesehen hatte. „Mich kannst du nicht meinen“, sagte sie zu sich selbst. „Mein Name ist Helen! Das hast du bis heute nicht begriffen.“

Dennoch war ihr klar, dass er ihr folgen würde. Sie musste so schnell wie möglich in die Villa, um sich das Hochzeitskleid dieser Elena auszuziehen, die ihr fremder war denn je. Je eher sie Helens Kleidung anhatte, desto schneller könnte sie vergessen, dass sie auf einen sizilianischen Herzensbrecher namens Lorenzo Martelli hereingefallen war.

„Können Sie nicht schneller fahren?", stachelte sie den Chauffeur an, weil sich von hinten in rasender Fahrt ein Auto näherte.

Mit quietschenden Reifen bogen sie in die Auffahrt der Villa ein, und noch bevor der Wagen zum Stillstand gekommen war, hatte Helen die Tür aufgerissen. Sie flog förmlich die Treppe hinauf und in ihr Zimmer. Sicherheitshalber schloss sie die Tür hinter sich zweimal ab, bevor sie sich erschöpft dagegenlehnte.

Noch ehe sie wieder zu Kräften gekommen war, hörte sie Schritte auf dem Korridor. „Elena, mach sofort die Tür auf!"

„Gib mir bitte einen Moment Zeit", bat sie mit heiserer Stimme.

Offensichtlich schien Lorenzo sie verstanden zu haben, denn eine Weile lang war nicht das geringste Geräusch zu hören, bis der Hall der Schritte verriet, dass er sich von ihrer Tür entfernte.

Doch Helens Erleichterung währte nur wenige Augenblicke, denn unvermittelt stand Lorenzo vor der geöffneten Terrassentür.

Als sie ihn sah, erschrak sie zutiefst, denn er war aschfahl, und sein Gesicht war wie versteinert. „Was ist bloß in dich gefahren?", fragte er und betrat den Raum. „Wovor bist du davongelaufen?"

„Vor dir", erwiderte Helen bestimmt.

„Vor mir?", wiederholte Lorenzo fassungslos. „Aber du liebst mich doch."

„Der Mann, den ich geliebt habe, existiert nicht mehr", widersprach sie, „und den, der in der Kathedrale neben mir stand, kann ich unmöglich heiraten, weil er ein Lügner und Betrüger ist und die Frau, die ihn liebt, schamlos hintergeht."

„Ich verstehe kein Wort."

„Tu nicht so scheinheilig", platzte Helen heraus. „Ich weiß alles. *Alles,* verstehst du? Also streite nicht länger ab, dass du und Heather …"

„Dass sie meine Schwägerin ist?", fiel Lorenzo ihr ins Wort. „Warum sollte ich das abstreiten?"

„Ich meinte eher, dass sie deine Frau geworden wäre, wenn du sie nicht versetzt hättest."

„Du müsstest doch vollstes Verständnis dafür haben", erwiderte Lorenzo höhnisch. „Oder bist du nur davongelaufen, um Gleiches mit Gleichem zu vergelten?"

„Natürlich nicht", widersprach sie empört. „Du kannst nicht ernsthaft erwarten, dass ich dich nach allem, was ich erfahren habe, noch heirate."

„Warum hast du mich nicht einfach zur Rede gestellt?"

„Das habe ich doch dauernd versucht", wandte Helen verzweifelt ein, „aber der Herr hatte ja keine Zeit für seine Verlobte. Ganz abgesehen davon hättest du es mir viel früher erzählen müssen."

„Und wann? Hätte ich genauso mit der Tür ins Haus fallen sollen wie du? Da hätte ich mir ja einen schönen Bärendienst erwiesen. Du warst doch auch so schon der Überzeugung, dass alle Sizilianer altmodisch, herrschsüchtig, unzuverlässig und untreu sind. Waren das nicht deine Worte?"

„Habe ich denn nicht recht behalten?"

„Du und deine verdammten Vorurteile", sagte Lorenzo verbittert.

„Was kann ich denn dafür, wenn du alles tust, um sie zu bestätigen?"

„Also schön", lenkte Lorenzo ein, „ich hätte es dir längst sagen sollen, aber es ist doch schon so lange her, dass …"

„Na hör mal", protestierte Helen. „Es ist gerade mal ein gutes Jahr her."

„Jedenfalls lange genug, um dem Ganzen keine Bedeutung mehr beizumessen“, rechtfertigte sich Lorenzo. „Heather und ich passten einfach nicht zusammen …“

„Das wird am Anfang anders gewesen sein, sonst hättet ihr euch kaum verlobt.“

Lorenzo fuhr sich verzweifelt durchs Haar. Helen war entschlossen, die Vergangenheit bis ins letzte Detail aufzuwühlen, und danach stand ihm nach allem, was in den letzten Minuten geschehen war, wahrlich nicht der Sinn. „Anfangs glaubte ich tatsächlich, dass ich sie liebe“, gestand er widerwillig ein. „Doch das hat sich schnell als Irrtum erwiesen. Und sie hat mich genauso wenig geliebt wie ich sie.“

„Bist du dir wirklich so sicher?“, fragte Helen misstrauisch. „Nach allem, was ich weiß, hast du deinen Schritt nachträglich durchaus bereut. Von meiner Informantin weiß ich zumindest, dass du manchmal große Sehnsucht nach Heather hattest. Vielleicht zieht es dich ab und an heute noch zu ihr.“

„Wer ist diese Person, die dir einen solchen Unsinn eingeredet hat?“ Lorenzo war außer sich vor Empörung.

„Sara hat mir alles erzählt“, gestand Helen, „das Hausmädchen, das Heather entlassen hat, weil es zufällig deinen Anruf aus London …“

„Heather hat sie gefeuert, weil sie geklaut hat!“, fiel er ihr ins Wort. „Ich kann mir lebhaft vorstellen, wie sie es genossen hat, dir all die Lügen aufzutischen.“

„Willst du etwa abstreiten, dass du Heather am Tag der Trauung verlassen hast?“

„Natürlich nicht, und ich schäme mich auch dafür, aber lass dir doch erklären …“

„Dafür ist es jetzt zu spät“, entgegnete Helen bestimmt. „Du hättest nicht warten dürfen, bis ich es über Umwege erfahre.“

Lorenzo sah sie entgeistert an, bevor er entschlossen auf

sie zutrat und ihr die Hände auf die Schultern legte. „Es ist nicht zu spät, mein Liebling“, sagte er nachdrücklich. „Ich weiß, dass ich mich falsch verhalten habe, und ich bitte dich aufrichtig um Verzeihung. Du bedeutest mir mehr als alles andere. Wenn wir jetzt zurück nach Palermo fahren, können wir heute noch Mann und Frau werden. Die Gäste werden sich zwar wundern, aber mir ist egal, was sie denken. Solange wir uns lieben, ist alles andere …“

„Sei endlich still!“, platzte Helen heraus und löste sich aus seiner Umarmung. „Man kann nichts ungeschehen machen – auch nicht mit noch so schönen Worten. Du sagst, dass du mich liebst, aber kann ich deiner Liebe auch wirklich vertrauen? Ich soll dir glauben, dass Sara eine Lügnerin ist, doch bislang entsprach alles, was sie mir erzählt hat, der Wahrheit. Und vielleicht stimmt es ja auch, dass du dich heimlich mit der Frau deines Bruders …“

„Was zum Teufel willst du damit andeuten?“, unterbrach Lorenzo sie barsch. „Glaubst du wirklich, dass Heather und ich …?“ Er war außerstande, den entsetzlichen Verdacht auszusprechen.

„Kannst du mir einen vernünftigen Grund nennen, warum du sie sonst angerufen und nach London hast nachkommen lassen?“

Noch ehe sie ihren quälenden Verdacht ausgesprochen hatte, wusste Helen, dass sie einen unverzeihlichen Fehler begangen hatte. Lorenzo sah sie an, als hätte sie ihm einen tödlichen Stoß versetzt, und sein Schweigen lastete wie Blei auf ihren Schultern, weil sie instinktiv spürte, dass sie mit ihrer unbedachten Frage etwas unwiederbringlich zerstört hatte.

„Wenn du mir das wirklich zutraust, warum bist du dann nicht schon viel früher davongelaufen?“, fragte er endlich, und in seiner Stimme lagen abgrundtiefe Verzweiflung und Ratlosigkeit.

„Ich hatte bis zuletzt die Hoffnung, dass du zu mir kommen und mir alles erklären würdest", erwiderte Helen beschämt.

„Du hättest mir ja doch nicht geglaubt", entgegnete Lorenzo verbittert. „Wie hätte ich der Frau, die mich offensichtlich verachtet, erklären sollen, dass ich sie liebe?"

Der Ausdruck des blanken Entsetzens, mit dem er sie ansah, war Helen ebenso unerträglich wie seine Worte. „Du weißt gar nicht, wie sehr ich dich geliebt habe – und zwar vom ersten Tag an. Ich habe mich mit Händen und Füßen dagegen gesträubt, weil ich wusste, dass du mich *nicht* liebst. Als ich zurück auf Sizilien war, bin ich vor Eifersucht fast verrückt geworden. Ich hatte solche Angst, dass du Erik heiratest, obwohl du einzig und allein mir gehörst. Du hast ganz richtig gehört, Elena, du *gehörst* mir. Was das angeht, hattest du völlig recht. Wir Sizilianer betrachten die Frau, die wir lieben, tatsächlich als unser Eigentum. Das mag altmodisch sein, aber so ist es nun einmal. Doch du hast nie bedacht, dass es andersherum genauso ist. Du hättest über mich verfügen können wie über dein Eigentum. Ich hätte alles gemacht, was du verlangst, ohne danach zu fragen, was es für mich bedeutet. Und wenn du ehrlich bist, musst du zugeben, dass du das von dir nicht behaupten kannst."

Helen war nicht imstande, ihn anzusehen, geschweige denn, etwas zu erwidern. Was hätte sie auch sagen sollen? Was er sagte, stimmte doch!

Doch Lorenzos Verbitterung war zu groß, als dass er ihr die ganze Wahrheit ersparen konnte. „Ich habe dich mehr geliebt als je einen Menschen zuvor", sagte er mit heiserer Stimme, „und ich werde niemals einen anderen Menschen so sehr lieben, wie ich dich geliebt habe. Trotzdem wäre es wohl das Beste gewesen, wir wären uns nie begegnet."

10. KAPITEL

Zwei Monate waren seit der geplatzten Hochzeit vergangen, und dass Helen überhaupt noch auf Sizilien war, hatte sie einzig und allein Axel Roderick zu verdanken, der ihr den Gedanken, nach New York zurückzukehren, schnell ausgeredet hatte.

Der Hinweis, dass sie sich damit freiwillig den Vorwürfen ihrer Familie aussetzen würde, hätte im Grunde genommen bereits gereicht. Das entscheidende Argument war jedoch gewesen, dass ihr Arbeitgeber alles andere als begeistert reagiert hätte, wenn sie ihre Aufgabe in Palermo im Stich gelassen hätte. Das Ergebnis wäre wahrscheinlich gewesen, dass sie in New York wieder bei null hätte anfangen müssen.

So hatte sie sich entschieden zu bleiben, und der Erfolg gab ihr recht. Die Umbauarbeiten am Castello di Farini waren so gut wie abgeschlossen, und die Vorbereitungen für die Eröffnung des Palermo Elroy liefen auf Hochtouren.

Die Folge war, dass Helen in Arbeit förmlich ertrank, und da sie im Hotel auch schlief, verließ sie so gut wie nie das Haus. Das hatte den Vorteil, dass sie nicht Gefahr lief, Lorenzo zu begegnen. Seit sie sich an jenem unseligen Tag durch einen Hintereingang aus dem Haus geschlichen hatte, um sich die peinliche Situation zu ersparen, seiner Familie etwas erklären zu müssen, hatte sie nichts mehr von ihm gehört.

Eines Tages meldete ihre Sekretärin, dass Heather Martelli sie sprechen wolle. Ehe Helen sich eine Ausrede einfallen lassen konnte, stand Lorenzos Schwägerin bereits in ihrem Büro. Glücklicherweise hatte sie den kleinen Vittorio mitgebracht, sodass sich eine zwanglose Unterhaltung wie von selbst ergab.

„Weiß du schon, dass Angie ihr Kind mittlerweile bekommen hat?“, fragte Heather.

„Ich habe die Anzeige in der Zeitung gelesen."

„Bernardo ist seit der Geburt seiner Tochter ein völlig neuer Mensch. Er will jetzt sogar den Namen Martelli annehmen."

„Das freut mich für Baptista", sagte Helen nachdenklich, weil sie der gütigen alten Dame gegenüber ein schlechtes Gewissen hatte.

„Der Brief, den du ihr geschrieben hast, hat sie sehr gerührt", erwiderte Heather. „Sie lässt dir ausrichten, dass sie sich sehr freuen würde, wenn du sie recht bald besuchst."

„Ich glaube nicht, dass das eine gute Idee ..."

„Die Gelegenheit wäre günstig", fiel Heather ihr ins Wort. „Lorenzo ist zurzeit geschäftlich in Spanien."

Helen begann unvermittelt, Papiere durchzublättern, die auf ihrem Schreibtisch lagen. „Wie geht es ihm eigentlich?", fragte sie betont beiläufig.

„Ganz gut – wenn man davon absieht, dass er achtzehn Stunden am Tag arbeitet, um bestimmte Dinge nicht an sich heranzulassen."

Helen nickte nur, weil sie nicht wusste, ob es klug war, näher auf das einzugehen, was Heather „bestimmte Dinge" nannte.

Doch die nahm ihr die Entscheidung ab. „Er hat mir alles erzählt", sagte sie und lächelte herzlich. „Ich versichere dir, dass Lorenzo und ich uns nie wirklich geliebt haben. Und wenn Renato uns nicht dazu gedrängt hätte, hätten wir uns niemals verlobt. Doch er bestand darauf, dass einer der Brüder heiratet, um sicherzustellen, dass es einen männlichen Nachfolger gibt, der die Firma übernehmen kann. Und da er selbst nicht heiraten und Bernardo sich nicht zur Familie zählen wollte, blieb nur Lorenzo."

„Er hätte sich doch weigern können", wandte Helen ein.

„Das wäre viel verlangt gewesen", erwiderte Heather. „Lorenzo war damals noch ziemlich unreif, nicht zu vergleichen mit dem entschlossenen jungen Mann, der er heute ist.

Er hätte nie gewagt, sich Renato zu widersetzen. Und da wir uns zumindest gernhatten, hat er wohl geglaubt, dass es mit uns funktionieren könnte. Also bin ich in der Absicht nach Sizilien gereist, seine Frau zu werden."

Sie strich Vittorio zärtlich übers Haar, bevor sie weitersprach. „Und dann habe ich mich Hals über Kopf in Renato verliebt. Ich war völlig ratlos und konnte mit Lorenzo nicht darüber sprechen. Glücklicherweise hat er erahnt, was ich für seinen Bruder empfinde. Der Moment, als ich allein in der Kirche stand, war natürlich schrecklich, aber Renato und ich werden ihm ewig dankbar sein."

„Ich denke ..." Helen unterbrach sich und schüttelte ungläubig den Kopf.

„Hat dir Sara etwas anderes erzählt?" Erneut hatte Heather erraten, was sie bedrückte.

„Dass Baptista eure Heirat eingefädelt hat."

„In gewisser Weise stimmt das sogar", gab sie lächelnd zu. „Renato und ich waren von der Situation hoffnungslos überfordert. Und wahrscheinlich würde es den kleinen Kerl hier nicht geben, wenn Baptista sich nicht eingemischt hätte. Nichtsdestotrotz haben wir einzig und allein aus Liebe geheiratet."

„Hast du es nie bereut, dass du nicht Lorenzos Frau geworden bist?"

„Nicht eine Sekunde."

„Sara hat mir noch etwas erzählt", sagte Helen mit dem Mut der Verzweiflung. „Eines Tages soll Lorenzo dich aus London angerufen und gebeten haben, zu ihm zu kommen. Sara meinte sich daran erinnern zu können, dass du es plötzlich sehr eilig hattest, weil du die Nacht an seiner Seite verbringen wolltest."

„Das hatte ich auch vor", erwiderte Heather zu Helens Verblüffung. „Er hatte mich angerufen, weil die Polizei ihn verhaftet hatte. Ich bin sofort hingeflogen, um seine Freilassung zu erreichen. Doch weil sie bei einem Ausländer Fluchtgefahr annahmen, musste er die Nacht hinter Gittern verbringen."

„Warum hat man ihn denn verhaftet?", fragte Helen ängstlich.

„Er ist angetrunken Auto gefahren. Als wäre das nicht schlimm genug, hat er nach einem Beamten geschlagen, der ihn kontrollieren wollte. Am nächsten Tag konnte mein Anwalt erwirken, dass Lorenzo gegen eine saftige Geldstrafe auf freien Fuß gesetzt wurde. Mit dem nächsten Flugzeug sind wir zurück nach Sizilien geflogen. Die ganze Aktion hatte schon etwas Geheimnisumwittertes, und wenn man wie Sara darauf aus ist, sich zu rächen, kann man mit ein wenig Fantasie einen Seitensprung daraus konstruieren."

„Wie konnte ich nur so dumm sein!" Vor Scham schlug sich Helen die Hände vors Gesicht.

„Wenn einer dumm war, dann Lorenzo", entgegnete Heather. „Er hätte dir nur ein Wort sagen müssen, und es wäre nie so weit gekommen. Doch so ist er nun einmal. Er lebt ganz und gar im Heute, und was gestern war, interessiert ihn nicht. Obwohl ich mir da mittlerweile nicht so sicher bin", setzte sie hinzu, als sie Helens traurigen Gesichtsausdruck sah. „Wenn ich mich nicht schwer täusche, hat er sich von Grund auf geändert."

Obwohl das Jahr bereits dem Ende zuging, war das Klima sehr mild, und Helen genoss es, noch im Dezember abends in ein Straßencafé gehen und den Tag dort ausklingen lassen zu können.

Ein wenig tröstete das Wetter sie über die Aussicht hinweg, nicht einmal zum Jahreswechsel einige Tage Urlaub machen zu können. Die Eröffnung des Elroy sollte unwiderruflich im

Februar stattfinden, und der Termin verlangte Axel Roderick und seinem Team permanente Höchstleistungen ab.

Manchmal wunderte sich Helen, wie schnell und geradlinig ihre Karriere verlaufen war. Ihre Prüfung lag erst ein halbes Jahr zurück, und schon hatte sie sich eine Position erarbeitet, zu der viel Verantwortung und ein üppiges Gehalt gehörten. Zeit für ein Privatleben blieb ihr zwar kaum, dafür gab es auch niemanden, dem gegenüber sie sich hätte rechtfertigen müssen, wenn sie endlose Überstunden machte.

Was einerseits ein Segen, andererseits ein Fluch ist, dachte Helen bitter, denn die Kehrseite der Medaille war, dass sie sich mitunter sehr einsam fühlte.

Dieser Punkt war in ihrer Karriereplanung ursprünglich nicht vorgesehen gewesen, weil sie sich nie hatte vorstellen können, je einem Mann zu begegnen, der ihr ebenso viel bedeutete wie der berufliche Erfolg.

Wenn nicht gar mehr, dachte sie wehmütig, als ihr Blick auf die *Santa Maria* fiel, die im Hafen vertäut lag, den sie von ihrem Büro aus überblicken konnte. Die majestätische Jacht, auf der Lorenzo und sie ihre Flitterwochen hatten verbringen wollen, erinnerte sie schmerzlich daran, dass die Trennung unwiderruflich war. Daran konnte selbst die Tatsache nichts ändern, dass sie ihren Widerstand gegen den Gedanken, diesem Mann zu gehören, längst aufgegeben hatte. Doch mit ihrem Misstrauen hatte sie den Weg in eine gemeinsame Zukunft endgültig verbaut. Lorenzo wollte sie nicht mehr, und damit musste sie sich wohl oder übel abfinden.

Um die trüben Gedanken zu vertreiben, beschloss Helen, ein wenig frische Luft zu schnappen. Ziellos ging sie durch die Straßen, bis sie sich unvermittelt vor der *Santa Maria* wiederfand. Kaum war ihr bewusst geworden, dass eine innere Stimme sie gelenkt haben musste, die sich ihrem Einfluss gänzlich entzog, erwartete sie schon der nächste Schreck.

„Helen!", drang ihr eine vertraute Stimme ans Ohr. „Welche Überraschung!"

Als sie sich in die Richtung wandte, aus der die Stimme gekommen war, stand Bernardo vor ihr.

„Wie geht es dir?", erkundigte sie sich höflich.

„Besser als je zuvor", antwortete er, und dass er nicht übertrieb, war ihm deutlich anzusehen.

„Eure kleine Tochter macht euch sicherlich viel Freude", erwiderte Helen gerührt.

„Sie ist ein Engel. Du musst sie unbedingt sehen", sagte Bernardo euphorisch. „Am besten sofort", schlug er spontan vor. „Ich wollte ohnehin nach Montedoro fahren. Warum kommst du nicht einfach mit?"

„Ich weiß nicht so recht …"

„Tu mir doch den Gefallen", bat er sie. „Angie freut sich bestimmt riesig, wenn sie dich sieht. Ich bringe dich nachher auch wieder in die Stadt zurück."

Ohne Helens Antwort abzuwarten, nahm er ihren Arm und führte sie sanft, aber bestimmt zu seinem Auto.

Sobald sie die Küste hinter sich gelassen hatten, änderte sich das Klima schlagartig. Je höher sie hinauf in die Berge kamen, desto kälter wurde es, und die Dächer von Montedoro trugen eine weiße Haube aus Raureif und Schnee.

Bernardo parkte den Wagen auf dem Marktplatz und führte Helen durch eine enge Gasse zu seinem Elternhaus, in dem er mit seiner kleinen Familie lebte.

„Angie!", rief er, als sie den großzügigen Innenhof erreicht hatten. „Sieh mal, wen ich mitgebracht habe."

Angie kam aus dem Haus gelaufen und umarmte Helen zwar herzlich, aber mit einer Zurückhaltung, die sie stutzig machte. „Bernardo war der Meinung, ich sollte eure kleine Tochter kennenlernen", sagte sie unsicher, „aber wenn ich ungelegen komme …"

„Nein, nein", widersprach Angie, und ihr Lächeln war nun so warmherzig, wie Helen es von ihr kannte. „Du hättest dir keinen besseren Zeitpunkt aussuchen können. Sie ist im Wohnzimmer", sagte sie freundlich. „Geh schon mal vor, ich muss noch rasch in die Küche."

Gespannt betrat Helen den Raum – um jäh innezuhalten, als sie das anrührende Bild sah, das sich ihr bot.

Lorenzo saß am Kamin und hielt das Baby mit einer Unbefangenheit und Selbstverständlichkeit in den Armen, die Helen nicht für möglich gehalten hatte.

Leider war ihr der Anblick nur wenige Sekunden vergönnt, dann bemerkte Lorenzo sie. Als er aufsah, war das Lächeln aus seinem Gesicht verschwunden.

„Grüß dich, Helen", sagte er höflich, aber ohne jede Begeisterung.

„Hallo, Lorenzo", erwiderte sie verlegen. „Ich dachte, du bist in Spanien."

„Da war ich auch bis gestern", erklärte er ihr. „Was führt dich her?"

„Ich wollte deine Nichte kennenlernen."

Augenblicklich wurden seine Gesichtszüge sanfter. „Ist sie nicht wunderbar? Überzeug dich selbst."

Mit einer Kopfbewegung gab er ihr zu verstehen, dass sie sich neben ihm auf das Sofa setzen solle. Als sie Platz genommen hatte, hielt er das Baby so, dass Helen es besser sehen konnte.

„Wie heißt die Kleine eigentlich?", fragte sie.

„Das wüsste ich auch gern", erwiderte Lorenzo. „Fest steht bislang nur, dass sie mehrere Namen tragen wird: Anna, Baptista, Lenora und Marta. Bis zur Taufe müssen sich die Eltern entscheiden, welches der Rufname wird."

Während sich Lorenzo mit seiner Nichte beschäftigte, beobachtete Helen ihn heimlich. Er schien abgenommen zu haben und wirkte, als hätten ihn die vergangenen Wochen arg mitgenommen. Vor allem aber schien er seine Unbekümmertheit verloren zu haben, denn in sein jugendliches Gesicht hatten sich tiefe Sorgenfalten eingegraben.

Helen kam nicht umhin, sich die Schuld daran zu geben. Schließlich hatte sie ihn aus einem Traum herausgerissen, kurz bevor er in Erfüllung gegangen war. Und dass sie dabei, ohne es zu wissen, ihren eigenen Traum zerstört hatte, konnte sie Lorenzo nicht zum Vorwurf machen.

„Helen?"

Seine Stimme holte sie in die Wirklichkeit zurück. „Wo bist du mit deinen Gedanken?", fragte er, und sein Lächeln schnitt ihr ins Herz.

„Entschuldige bitte", sagte sie rasch, „aber die Wärme des Feuers macht mich schläfrig. Ich befürchte, ich arbeite in letzter Zeit zu viel."

„Kommt ihr denn gut voran?"

„Ich kann nicht klagen", erwiderte sie. „Manchmal wissen wir zwar nicht mehr, wo uns der Kopf steht, aber noch liegen wir im Zeitplan. Und wie ist es dir in Spanien ergangen?"

„Ausgezeichnet. Selbst Renato ist mit mir zufrieden, und das will etwas heißen."

Eine halbe Stunde lang unterhielten sie sich einigermaßen angeregt über dieses und andere unverfängliche Themen, ohne dass einer von ihnen auch nur andeutungsweise auf das zu sprechen kam, was wie ein Damoklesschwert über ihnen hing.

„Ich muss jetzt los", sagte Lorenzo schließlich und legte das Baby behutsam in die Wiege. „Soll ich dich mitnehmen?"

Helen zögerte. Bernardo hatte versprochen, sie in die Stadt zurückzubringen, doch darauf zu bestehen, wenn Lorenzo ohnehin fuhr, wäre kindisch.

„Gern", stimmte sie zu.

Bernardo begleitete die beiden zum Wagen und winkte ihnen nach, bevor er zu Frau und Kind zurückkehrte.

„Ich muss gestehen, dass ich ziemlich überrascht war, als Helen plötzlich im Garten stand“, sagte Angie.

„Ich habe sie zufällig im Hafen getroffen“, erwiderte Bernardo, „und da kam mir spontan die Idee, sie mitzubringen.“

„Und dass sich Lorenzo für heute angesagt hatte, hat keine Rolle dabei gespielt?“

„Ganz will ich das nicht ausschließen“, antwortete er ausweichend.

„Das hast du ja schön eingefädelt.“ Angie küsste ihn auf die Stirn. „Ich bin sehr stolz auf dich, mein Liebling.“

Die kurvenreiche Straße erforderte Lorenzos ganze Aufmerksamkeit, und die Fahrt nach Palermo verlief zunächst schweigend. Erst als sie sich bereits der Küste näherten, entspann sich eine zaghafte Unterhaltung.

„Eigentlich ist es unverantwortlich, dass ich mir einen ganzen Nachmittag freigenommen habe“, sagte Helen, nur um etwas zu sagen. „Die Stunden werde ich heute Abend wohl nacharbeiten müssen.“

„Vorher nehmen wir aber noch einen Drink“, erwiderte Lorenzo, und Helen war sich nicht sicher, ob es sich um eine Frage oder eine Mitteilung handelte, der sie sich zu fügen hatte. „Ich muss noch etwas mit dir besprechen.“

Er parkte den Wagen vor einer Bar in der Nähe des Strandes. Eben noch waren sie in den verschneiten Bergen gewesen, und nun war es wieder so mild, dass sie sich einen Platz auf der Terrasse suchten.

„Was willst du denn mit mir besprechen?“, fragte Helen, nachdem ein Kellner ihnen zwei Gläser Prosecco gebracht hatte.

„Wie du weißt, wird Angies und Bernardos Tochter bald getauft“, erklärte er. „Mamma wünscht sich sehr, dass du daran teilnimmst. Sie ist sehr traurig darüber, dass du sie nie besuchst.“

„Ich käme mir schäbig vor, in die Villa ...“

„Du brauchst dir nicht schäbig vorzukommen“, fiel er ihr ins Wort. „Meine Mutter weiß längst, dass ich ihr das alles eingebrockt habe.“

„Heather war vor einigen Tagen bei mir“, sagte Helen, froh, dass das Eis endlich gebrochen war. „Sie hat mir erzählt, was damals tatsächlich passiert ist.“

„Das hätte ich vor langer Zeit machen sollen“, erwiderte Lorenzo bedrückt. „Versteh mich bitte richtig, Helen, ich will nicht von meiner Schuld ablenken, aber ich hatte einfach Angst, es zu sagen, weil ich deine Vorbehalte gegen uns Sizilianer kannte. Damit, als altmodisch, herrschsüchtig und unzuverlässig zu gelten, hätte ich leben können. Doch ich wollte auf keinen Fall, dass du mich für untreu hältst.“

„Du musstest doch damit rechnen, dass ich es irgendwann sowieso erfahre“, wandte sie ein. „Und wenn du es von Anfang an gesagt hättest, könnten wir heute ...“

Sie unterbrach sich, weil Lorenzo plötzlich ungeheuer ernst wirkte. Schon glaubte sie, etwas Falsches gesagt zu haben, als sie merkte, dass sein Blick nicht ihr, sondern den jungen Männern am Nebentisch galt, die ihn mit obszönen Gesten bedachten und sich unverhohlen über ihn lustig machten.

„Ignorier sie einfach“, sagte er, als er Helens entsetzten Gesichtsausdruck sah. „Einen größeren Gefallen, als uns aus der Ruhe bringen zu lassen, könnten wir ihnen gar nicht tun.“

Am Rand der Terrasse saß ein Akkordeonspieler, und auf der kleinen Tanzfläche befanden sich einige wenige Paare. „Lass uns tanzen“, forderte Lorenzo Helen auf und nahm ihre Hand. „Dann haben sie wenigstens einen Grund, sich die Mäuler zu zerreißen.“

„Willst du dich wirklich zum Gespött ...?“

„Ich wüsste nicht, wer mich davon abhalten sollte."

Unter den höhnischen Blicken der übrigen Gäste führte er sie auf die Tanzfläche. Doch Helen konnte die lang vermisste Nähe kaum genießen, weil sie genau wusste, was in den Köpfen ihrer Beobachter vorging.

„Wie hältst du das nur aus?", fragte sie Lorenzo leise. „Sie scheinen tatsächlich zu glauben, dass ich dich wegen eines anderen Mannes verlassen habe."

„Und wenn schon", erwiderte er betont gleichgültig. „Zufällig kenne ich die Pfeifen noch aus der Schule. Sie entsprechen haargenau dem, wie du dir die sizilianischen Männer immer vorgestellt hast."

„Trotzdem sollten wir lieber gehen", wandte Helen ein. „Ich ertrage es nicht länger, dass sie dich meinetwegen verachten."

„Sie sollen tun, was sie nicht lassen können. Hauptsache, du verachtest mich nicht."

Lorenzos Lächeln hatte plötzlich wieder jene Unbekümmertheit, der Helen noch nie etwas entgegenzusetzen gehabt hatte. Und dass er sie in Schutz nahm und den Spott, der auf ihn niederprasselte, mit derart großer Gelassenheit ertrug, rührte sie zu Tränen.

„Was sollen denn die Leute denken, wenn die Frau, mit der ich tanze, plötzlich in Tränen ausbricht?", fragte er zärtlich.

„Sie sollen denken, dass du mir die Leviten gelesen hast", antwortete Helen und senkte beschämt den Blick. „Vielleicht respektieren sie dich dann wieder."

„Wie sie über mich denken, interessiert mich nicht", sagte Lorenzo, und als Helen aufsah, küsste er sie wie zufällig auf den Mund und erwartete gespannt ihre Reaktion.

„Ob das so klug ist?", fragte sie verlegen.

„Klug vielleicht nicht, aber ehrlich", erwiderte er, um sich erneut zu ihr hinunterzubeugen. Der nächste Kuss fiel ungleich länger und zärtlicher aus, und die Berührung seiner Lippen schien ein Fenster aufgestoßen zu haben, durch das zum ersten Mal seit langer Zeit wieder ein Hoffnungsschimmer in Helens Leben fiel.

Jetzt erst wusste sie, wie unglücklich sie in den letzten Wochen gewesen war, und es schien, als sollte ihr das Schicksal eine zweite Chance geben. Dieses Mal würde sie sich nicht gegen ihr Glück sträuben.

„Willst du nicht mit in die Villa kommen?“, fragte Lorenzo leise. „Es gibt so unendlich viel, worüber wir reden müssen.“

Helen nickte zum Zeichen des Einverständnisses und ließ sich von Lorenzo zurück zu ihrem Tisch führen.

Erleichtert nahm sie zur Kenntnis, dass die Flegel, die am Nebentisch gesessen hatten, mittlerweile gegangen waren. Doch während sie ihre Jacke von der Stuhllehne nahm, sah sie aus dem Augenwinkel, wie Lorenzo ein unscheinbares Blatt Papier in die Hand nahm, das unter seinem Glas steckte. Augenblicklich versteinerte sich seine Miene.

Ehe er reagieren konnte, nahm sie ihm den Zettel aus der Hand. Es handelte sich um eine rasch hingekritzelte Zeichnung, auf der eine Frau zu sehen war, die ihren Hund an der Leine ausführte. So wenig sorgfältig der Urheber das Bild als Ganzes ausgeführt hatte, so sehr hatte er sich in zwei Punkten um extreme Detailgenauigkeit bemüht: Die Frau glich Helen aufs Haar, und dem Hund hatte er Lorenzos Züge verliehen.

„Wird es einem Mann bei euch so gedankt, wenn er sich wie ein zivilisierter Mensch benimmt?“, fragte Helen schockiert.

„Du darfst das nicht so ernst nehmen, Helen“, wandte Lorenzo ein, doch seine vor Schreck geweiteten Augen verrieten, dass er selbst tief betroffen war.

„Mach dir nichts vor“, widersprach sie bestimmt. „Jedes Mal wenn wir zusammen gesehen werden, kann so etwas wieder passieren. Doch ich werde nicht zulassen, dass du dich zum Gespött machst. Ein solches Opfer *darf* ich von dir nicht verlangen. Deshalb ist es das Beste, wenn wir uns in Zukunft aus dem Weg gehen.“

Lorenzo machte keinen Versuch, sie aufzuhalten, sondern sah ihr ausdruckslos nach. Wie es in ihm aussah, ließ sich einzig daran erkennen, dass er den Zettel wutentbrannt zerriss und die Fetzen zu Boden warf.

11. KAPITEL

Die Eröffnung des neuen Elroy war ein gesellschaftliches Ereignis, zu dem sich sämtliche Honoratioren Palermos und die wichtigsten Vertreter aus Politik, Wirtschaft und Kultur einfanden.

Zu diesen gehörte auch die Familie Martelli, und so konnte es Helen nicht verwundern, als nach dem offiziellen Empfang plötzlich Renato neben ihr stand.

„Herzlichen Glückwunsch“, sagte er freundlich. „Ihr habt ganze Arbeit geleistet.“

Sie bedankte sich für das Kompliment, doch mehr als sein Urteil über den Umbau beschäftigte sie eine andere Frage. „Bist du allein gekommen?“, erkundigte sie sich vorsichtig.

„Lorenzo ist nicht hier, falls du das gemeint haben solltest“, antwortete er. „Dafür möchte jemand anderes dir Guten Tag sagen.“

Er führte sie zu einer Gruppe von Gästen, unter denen sich Baptista und Federico befanden. Mit einem bangen Gefühl ging Helen zu ihnen, doch die beiden begrüßten sie so warmherzig, dass ihre Beklommenheit rasch verflog.

„Es ist jammerschade, dass du nicht bei der Taufe unserer Enkeltochter warst“, sagte Baptista liebevoll. „Sie haben die Kleine nach Bernardos Mutter Marta genannt.“

„Ich wäre wirklich gern gekommen“, erwiderte Helen gerührt, „aber das wollte ich Lorenzo nicht auch noch antun. Dafür weiß ich zu gut, was er meinetwegen durchmachen muss. Wenn man uns zusammen gesehen hätte, wäre alles noch schlimmer geworden.“

„Schlimmer kann es kaum werden“, widersprach Baptista mit einer Bestimmtheit, die Helen zutiefst verunsicherte. „Lorenzo ist seit Monaten so verschlossen und in sich gekehrt, dass ich manchmal meinen Jungen nicht wiedererkenne.“

„Warum unternimmt er nicht endlich etwas, um dem Spuk ein Ende zu machen?“

„Liegt das nicht auf der Hand, *miu fighia?*“ Baptista wirkte plötzlich auf eine Weise ernst, wie Helen es nie zuvor an ihr erlebt hatte. „Wie du weißt, sind wir Sizilianer sehr altmodisch – jedenfalls wenn es um Werte wie Ehre, Stolz und Ähnliches geht. Ein Mann, der diese Werte missachtet, hat in unserer Gesellschaft nichts zu lachen. In den Augen seiner Altersgenossen hast du Lorenzos Stolz verletzt, und die Selbstachtung gebietet es, dass er sich an dir rächt. Dafür gibt es zwei Möglichkeiten: Entweder er sucht sich umgehend eine neue Freundin, oder er zieht dich in den Schmutz, indem er gewisse Gerüchte über dich in Umlauf bringt. Beides käme für ihn niemals infrage. Warum das so ist, müsstest du dir eigentlich denken können.“

Baptistas Worte trafen Helen nicht gänzlich unvorbereitet, denn auch wenn sie sich bemüht hatte, den Gedanken zu verdrängen, hatte auch sie nur eine Erklärung dafür, warum Lorenzo ihretwegen Qualen litt, an denen andere Männer längst zerbrochen wären.

„Soll das heißen …?“ Sie unterbrach sich und sah seine Mutter Hilfe suchend an. „Er *kann* mich doch gar nicht mehr lieben.“

„Würde er sich sonst so demütigen lassen?“, reagierte Baptista mit einer Gegenfrage, die mehr erklärte, als jede Antwort es gekonnt hätte. „Anstatt an seinen Gefühlen für dich zu zweifeln, solltest du dir lieber klar darüber werden, was du für ihn empfindest, Elena“, sagte sie mit mütterlicher Strenge. „Du hast ihn als unbekümmerten jungen Mann kennengelernt. Doch *diesen* Lorenzo gibt es nicht mehr. Aus Liebe zu dir hat er sich zum gesellschaftlichen Außenseiter gemacht. Eine gemeinsame Zukunft kann es für euch nur dann geben, wenn du bereit bist, genauso bedingungslos zu ihm zu halten, wie er zu dir hält. Kannst du dir vorstellen, dass du die Kraft dazu hast?“

„Ja“, erwiderte Helen mit aller Entschiedenheit, „das kann ich. Für den sorglosen und unbekümmerten Jungen, den ich in New York kennengelernt habe, habe ich geschwärmt. Doch den selbstlosen, rücksichtsvollen und verantwortungsbewussten Mann, den ich nun erleben durfte, liebe ich von ganzem Herzen, und ich wünsche mir nichts sehnlicher, als Lorenzos Frau zu werden und das Leben mit ihm zu teilen.“

„Dann müssen wir nur noch Lorenzo überzeugen“, sagte Baptista gerührt, bevor sie schalkhaft hinzusetzte: „Aber das bekommen wir schon hin. Wie du weißt, habe ich Erfahrung in diesen Dingen.“

Das kleine Hotel lag direkt am Marktplatz von Palermo, und vom Fenster ihres Zimmers aus konnte Helen das rege Treiben der Menschen verfolgen, die den milden Frühlingsabend genossen.

Sie warf einen letzten prüfenden Blick auf das Café, das direkt vor ihrem Zimmer lag. Alle Tische ließen sich von hier aus einsehen, und von allen Tischen aus konnte man das Fenster sehen, an dem sie stand.

Seit drei Tagen wartete sie auf diesen Moment, und der Plan, den sie sich gemeinsam mit Baptista überlegt hatte, war bis ins letzte Detail durchdacht. Wenn sich alle Beteiligten an die Anweisungen hielten, konnte eigentlich nichts schiefgehen.

Helen öffnete die Gardinen und strich nervös über das dunkelrote Seidenkleid, das sie in jener Nacht getragen hatte, in der sie Lorenzo zum ersten Mal begegnet war, und wie damals trug sie das schwarze Haar offen. Ein letzter Blick in den Spiegel bestätigte sie darin, dass sie in nichts an die beherrschte Geschäftsfrau erinnerte, die sich ihre Zukunft beinahe verbaut hätte.

Vielmehr wirkte sie wie eine junge Frau, die es darauf abgesehen hatte, einem Mann den Kopf zu verdrehen. Und genau das hatte sie vor – mit der Einschränkung, dass sie es auf einen ganz bestimmten Mann abgesehen hatte.

Wie aufs Stichwort betrat Renato den Marktplatz. Er hatte Lorenzo an seiner Seite und dirigierte ihn betont zufällig zu dem Café unter Helens Fenster.

Kaum saßen sie an einem der Tische, tauchte aus einer Seitenstraße Bernardo inmitten einer Gruppe junger Männer auf, und unter ihnen machte Lorenzo sofort einige seiner Peiniger aus. Selbst vom Fenster aus konnte Helen bemerken, wie sehr es ihn befremdete, seinen Bruder in solcher Gesellschaft sehen zu müssen.

Seine Verwunderung schlug in blankes Entsetzen um, als Bernardo die seltsame Männerrunde zu einem Drink einlud und sie zu diesem Zweck in dasselbe Café lotste, sodass ihnen Lorenzo sofort ins Auge fallen musste.

Zufrieden stellte Helen fest, dass bislang alles reibungslos funktioniert hatte. Nun war die Stunde für ihren Auftritt gekommen. Sie musste ihn so überzeugend gestalten, dass Lorenzo genau so reagierte, wie sie es eingeplant hatte. Der bloße Gedanke daran, was dann folgen würde, ließ ihr Herz höherschlagen.

Doch selbst wenn ihr Plan im letzten Punkt scheitern sollte, wäre Lorenzo in den Augen seiner Altersgenossen wenigstens rehabilitiert. Und das war das Mindeste, was sie für ihn tun konnte.

Entschlossen verließ sie ihr Zimmer und ging die wenigen Stufen zur Haustür hinab. Bis zu dem Tisch, an dem Lorenzo saß, waren es nur wenige Meter, doch er bemerkte Helen erst, als sie schon fast vor ihm stand. Er stellte sein Weinglas ab und sah sie ungläubig an. Im selben Moment verstummte das

Gespräch an Bernardos Tisch, und die jungen Männer schienen sich über die unverhoffte Gelegenheit, Lorenzo mit Hohn und Spott zu bedenken, förmlich die Hände zu reiben.

Die letzten Schritte legte Helen betont langsam zurück, um ihnen Gelegenheit zu geben, ihre betörende Erscheinung ausgiebig zu betrachten. Umso härter würde es sie treffen, wenn sie so gar nicht auf ihre Kosten kämen.

Lorenzo konnte von ihren Absichten selbstverständlich nichts wissen. Sein Blick verriet, dass er sich fragte, warum Helen ihm ausgerechnet in dieser Situation zum ersten Mal seit zwei Monaten gegenübertrat. Um ihm zu signalisieren, dass sie nicht vorhatte, ihn seinen Feinden zum Fraß vorzuwerfen, sah sie ihn mit einem Lächeln an, das kein Mann missverstehen konnte.

„Führst du etwas Bestimmtes im Schilde?“, fragte Lorenzo irritiert.

„Allerdings“, erwiderte sie laut und vernehmlich.

Lorenzo erhob sich langsam und ging unschlüssig auf sie zu. „Darf man erfahren, was?“

„Das hier.“ Kaum hatte Helen es ausgesprochen, zog sie ihn an sich, legte die Hände um seinen Nacken und küsste ihn auf den Mund, um jedes Widerwort im Keim zu ersticken. Dabei hoffte sie inständig, dass Lorenzo verstehen würde, warum sie das alles machte.

Um ihm unmissverständlich klarzumachen, dass sie seinen Peinigern in aller Deutlichkeit vor Augen führen wollte, wie sehr sie ihn und nur ihn begehrte, intensivierte sie den Kuss und ließ die Hände über seinen Rücken gleiten. Insgeheim vertraute sie darauf, dass ihre Verführungskünste von Erfolg gekrönt wären, bevor ihm Zeit blieb, durch ein falsches Wort alles zunichtezumachen, was sie eingefädelt hatte.

Seine Reaktion ließ sie erleichtert aufatmen. Endlich schien er seine Verunsicherung überwunden zu haben, denn er legte ihr die Arme um die Taille und erwiderte ihren Kuss mit einer Leidenschaft, die ihre kühnsten Erwartungen übertraf.

Instinktiv wusste Helen, dass Lorenzo sich genauso nach ihr gesehnt hatte wie sie sich nach ihm. Deshalb wurde es höchste Zeit, die nächste Phase ihres Plans einzuleiten. Für Lorenzo völlig überraschend, löste sie sich aus seiner Umarmung und trat einige Schritte zurück.

„Bist du nur deshalb gekommen?“, fragte Lorenzo. Sein Blick verriet Helen, dass er allmählich verstand, was sie beabsichtigte, doch um es deutlich auszusprechen, fehlte ihm offensichtlich der Mut.

Was sich von ihr nicht sagen ließ. Tagelang hatte sie sich innerlich auf diesen Moment vorbereitet, und auch die Aufregung, die sie plötzlich erfasste, konnte sie nicht davon abhalten, den riskantesten Punkt ihres Plans entschlossen in Angriff zu nehmen. „Nein“, erwiderte sie bestimmt und achtete darauf, so laut zu sprechen, dass alle es hören konnten. „Vor allem bin ich gekommen, um dir zu sagen, dass ich deine Frau werden will. Hast du mich verstanden, Lorenzo? Ich will, dass du mich heiratest“, wiederholte sie sicherheitshalber.

Er runzelte die Stirn und sah Helen skeptisch an. „Weißt du auch wirklich, was du tust?“, fragte er leise.

„Und ob ich das weiß! Komm mit, und ich beweise es dir.“

Ohne eine Antwort abzuwarten, drehte sie sich um und ging langsam auf den Eingang des Hotels zu. Dass Lorenzo ihr folgte, stand außer Frage. Und *wie* ernst ihr der Wunsch war, seine Frau zu werden, würde Lorenzo früh genug erfahren.

Sobald sie ihr Zimmer erreicht hatten, verschloss sie sorgfältig die Tür, nahm Lorenzos Hand und führte ihn zum Fenster, unter dem sich, wie erhofft, inzwischen Bernardos Begleiter eingefunden hatten. Als sie Lorenzo umarmte, brandete vereinzelt Applaus auf.

„Müssen wir uns wirklich vor den Augen dieser gaffenden Meute küssen?“, fragte er.

„Natürlich nicht“, entgegnete sie lächelnd. „Hauptsache, sie begreifen, dass ich zu dir gehöre. Darum schlage ich vor, dass du jetzt die Vorhänge schließt.“

Die Menge vor dem Fenster quittierte mit frenetischem Jubel, dass sich die Gardinen schlossen und kurz darauf das Licht im Zimmer gelöscht wurde.

„Respekt, Helen, dein Plan scheint tatsächlich aufgegangen zu sein.“

„Der wichtigste Teil steht noch aus“, erwiderte sie und begann sein Hemd aufzuknöpfen.

„Überleg dir genau, was du tust“, sagte er. „Wenn es dir darum ging, dem Gespött ein Ende zu machen …“

„Psst.“ Helen legte ihm einen Finger auf den Mund. „Es gibt da etwas, was wir angefangen, aber nicht zu Ende gebracht haben. Ich finde, wir sollten das augenblicklich nachholen.“

Um auch den letzten Zweifel an ihrer Entschlossenheit zu zerstreuen, küsste sie ihn, während sie die letzten Knöpfe seines Hemdes öffnete.

„Helen“, sagte er leise, als sie es ihm über die Schultern strich.

„Elena“, verbesserte sie ihn zärtlich und ließ die Hände über seine athletische Brust gleiten.

Helen war die kühle und beherrschte Geschäftsfrau, die ihre Karriere über ihre Gefühle gestellt hatte. Elena hingegen war bereit, für ihre Liebe alles andere preiszugeben, ohne es als Opfer zu empfinden. Von nun an würde sie nur noch Elena sein.

Sie zog Lorenzo fest an sich und barg das Gesicht an seiner Schulter, während er den Reißverschluss ihres Kleides öffnete. Die Berührung seiner Hände ließ sie erschauern, und als sie sich von ihm löste, glitt das Kleid sachte zu Boden.

„Findest du das nicht ziemlich gewagt?“, fragte er gespielt empört, als er feststellte, dass sie weder Slip noch BH trug. Doch sein Blick sagte mehr als deutlich, wie sehr ihm gefiel, was er sah.

„Wer nicht wagt, der nicht gewinnt“, erwiderte sie lächelnd. „Und jetzt lass mich nicht länger leiden.“

Noch ehe sie den Satz beendet hatte, hob Lorenzo sie hoch und trug sie zu dem großen Bett, das der Vermieter eigens auf ihren Wunsch in das Zimmer gestellt hatte.

Sie streckte sich aus und erwartete sehnsüchtig, dass Lorenzo sich zu ihr legte. Als es endlich so weit war, schloss sie die Augen, um die zärtliche Berührung seiner Hände noch intensiver spüren zu können, die nach und nach ihren ganzen Körper in Besitz nahmen.

Immer brennender wurde ihr Verlangen nach ihm, und als sie sich eng an ihn schmiegte, wusste sie, dass es ihm nicht anders erging. Augenblicklich zog sie ihn auf sich und öffnete sich ihm in der Gewissheit, ihr Leben an seiner Seite verbringen zu wollen.

Als Lorenzo ihren Kopf mit der schwarzen Haarpracht, der auf dem Kopfkissen ruhte, betrachtete, musste er unwillkürlich an jene Frau zurückdenken, die er vor über einem Jahr kennengelernt hatte. Schon damals hatte er die tiefe Verletzlichkeit erahnt, die sich hinter Helens Vorurteilen und ihrem unbändigen Ehrgeiz verbarg.

Inzwischen war aus Helen Elena geworden, und die Selbstsicherheit, mit der sie seine Bewegungen aufnahm und erwiderte, während sie sich gemeinsam dem Gipfel der Leidenschaft näherten, sagten ihm deutlicher als Worte, dass sie endlich zu sich selbst gefunden hatte, indem sie sich ihre Liebe zu ihm, Lorenzo, eingestanden hatte.

Erfüllt und beglückt von seiner Leidenschaft setzte sie sich schließlich auf und streichelte Lorenzo zärtlich, um das Feuer in ihm nicht erlöschen zu lassen.

„Du bist mir noch eine Antwort schuldig", schalt sie ihn gespielt ernst.

„Und auf welche Frage, *cara?*"

„Auf die Frage, ob du mich heiraten willst."

Er nahm ihre Hand und küsste sie zärtlich, bevor er den Kopf hob. „Ich wünsche mir nichts mehr, als dass du meine Frau wirst … Elena."

12. KAPITEL

„Vielleicht sollte ich doch ein anderes Kleid anziehen." Helen betrachtete sich skeptisch im Spiegel. „Es bringt sicherlich Unglück, wenn man ein Hochzeitskleid zweimal anzieht."

„Du bist doch sonst nicht abergläubisch", widersprach Heather, und Angie setzte hinzu: „Das Kleid ist für deine Hochzeit mit Lorenzo gedacht. Und auch wenn sie mit Verspätung stattfindet, besteht kein Anlass, irgendetwas anders zu machen als beim ersten Anlauf."

„Mit einer Ausnahme", wandte Helen ein, und die drei Freundinnen brachen gleichzeitig in lautes Lachen aus.

Plötzlich klopfte es an der Tür, und Helens Vater spähte ins Zimmer. „Beeilt euch", forderte er sie auf, „die anderen warten schon."

Heather und Angie wollten ihren Schwager begleiten, dessen Wagen der erste in der langen Reihe der schwarzen Limousinen war, mit denen die Gäste zur Kathedrale gebracht werden sollten. Sie verabschiedeten sich von Helen und verließen in bester Laune das Zimmer.

„Kommen dir erneut Zweifel, ob du Lorenzo heiraten willst?", fragte Nicolo Angolini scherzhaft.

„Ich kann dich beruhigen", erwiderte seine Tochter mit großem Ernst. „Noch nie in meinem Leben war ich so sehr davon überzeugt, das Richtige zu tun, wie in diesem Moment."

„Dann sollten wir keine Minute länger warten", antwortete er gerührt.

„Ich bin so w… Wo ist eigentlich mein Brautstrauß?"

„Sollte ich den wirklich in unserem Zimmer vergessen haben?" Ihr Vater sah sie peinlich berührt an. „Einen Augenblick, Elena, ich hole ihn rasch."

Er machte auf dem Absatz kehrt und lief aus dem Zimmer. Um ihre Nervosität zu bekämpfen, ging Helen auf die Terrasse. Es war ein wunderbar milder Frühlingstag, und die Landschaft, die sich vor ihr erstreckte, war saftig grün. Die Aussicht schlug sie so in Bann, dass sie gar nicht bemerkte, wie die Zeit verstrich, ohne dass ihr Vater zurückkam.

Wenigstens hatte er ihren Brautstrauß dabei, als er endlich atemlos ihr Zimmer betrat. „Du darfst dich bei deiner Mutter bedanken“, sagte er entschuldigend. „Sie hatte ihn versteckt.“

„Erzähl mir nicht, dass …“

„Ich konnte ihn jedenfalls nicht finden“, unterbrach er sie. „Aber das ist jetzt egal. Wir müssen uns sputen, wenn wir nicht zu spät kommen wollen.“

Er führte seine Tochter aus dem Haus und zu dem Auto, das für sie bereitstand. Guido, der Chauffeur, hielt ihnen die Türen auf. „Die anderen sind schon vor geraumer Zeit losgefahren“, berichtete er, nachdem er den Motor angelassen hatte.

„Dann drücken Sie mal auf die Tube, junger Mann“, ordnete Nicolo an.

Kaum hatten sie die asphaltierte Straße erreicht, beschleunigte Guido die schwarze Limousine. Die Landschaft flog förmlich vorbei. Dennoch wollte sich Helens Nervosität nicht legen.

„Keine Sorge“, sagte ihr Vater und nahm beruhigend ihre Hand, „wir haben genügend Zeit. Eine kluge Braut lässt ihren Bräutigam ohnehin einige Minuten warten.“

„In diesem Fall sollte sie das lieber nicht tun“, widersprach Helen. „Wenn ich nicht auf die Sekunde pünktlich bin, versetze ich Lorenzo in Angst und Schrecken.“

Der Fahrer schien das als Ansporn zu verstehen, noch schneller zu fahren. Einige Male quietschten die Reifen bedrohlich, bevor der schwere Wagen in einer besonders engen Kurve ins Schleudern geriet. Guido unternahm alles, um ihn abzufangen, aber dazu war es längst zu spät. Wie in Zeitlupe rutschte das Auto seitlich über die Straße, bevor es mit einem leichten Ruck im Straßengraben zum Stillstand kam.

„Das darf nicht wahr sein!“, platzte Helen heraus. „Hat sich denn alles gegen mich verschworen?“

Mühsam stieg sie aus und ging auf die Straße, um ein Auto anzuhalten, das sie zur Kathedrale bringen konnte. Doch weit und breit war keines zu sehen.

Panik drohte in ihr aufzusteigen, denn Lorenzo fragte sich sicherlich schon, wo sie blieb. In wenigen Minuten würde er anfangen, sich Sorgen zu machen, und wer weiß, wie lange er den Gedanken würde verdrängen können, dass sie ihn ein zweites Mal hatte sitzen lassen.

„Du hast doch sicherlich dein Handy dabei, Guido.“ Endlich war ihr der rettende Gedanke gekommen. Mit bebenden Händen wählte sie Lorenzos Nummer, doch der hatte sein Handy ausgestellt, bevor er in die Kirche gegangen war. Und sowohl Bernardo als auch Renato waren seinem Beispiel gefolgt.

„Was machen wir jetzt nur?“, fragte Nicolo Angolini ratlos.

„Ich weiß jetzt, wie wir nach Palermo kommen“, erwiderte seine Tochter, und zur Verwunderung ihres Vaters konnte sie schon wieder lächeln.

Dann sah auch er, was sie plötzlich so zuversichtlich gemacht hatte. „Das ist nicht dein Ernst“, sagte er fassungslos, als er das Gefährt sah, das auf sie zukam. „Wir können doch nicht mit einem Eselskarren zu deiner Hochzeit fahren – und schon gar nicht, wenn er lebende Schweine geladen hat.“

Helen schien ihn überhaupt nicht gehört zu haben, denn sie trat in die Mitte der Straße und forderte den alten Mann, der das Fuhrwerk lenkte, wild gestikulierend auf, anzuhalten.

„Sie müssen uns nach Palermo bringen“, sagte sie aufgeregt. „Wir werden dringend in der Kathedrale erwartet."

„Das ist kaum zu übersehen", erwiderte er gelassen und musterte ihr Hochzeitskleid. „Ich würde Ihnen ja gern aus der Patsche helfen, aber wie Sie sehen, bin ich bereits ausgebucht." Ohne sich umzudrehen, zeigte er auf die vier Schweine, die sich auf der Ladefläche tummelten. „Ich will sie auf dem Markt verkaufen."

„Ich kaufe sie!", sagte Helen spontan. „Aber nur, wenn Sie uns dann zu meiner Hochzeit bringen."

„Wie Sie wollen, Signorina", stimmte der alte Mann zu und nannte einen Preis.

„Das ist glatter Wucher!", wandte Guido empört ein. „Auf dem Markt bekommen Sie nicht einmal die Hälfte."

„Es zwingt Sie niemand", erwiderte der Bauer gleichmütig. „Dann fahre ich weiter, und Sie sehen zu, wie Sie die Braut nach Palermo schaffen."

Plötzlich war in Helen die Geschäftsfrau erwacht. „Treffen wir uns doch in der Mitte", schlug sie vor, und nach reiflicher Überlegung willigte der alte Mann ein.

Das Geschäft drohte dennoch zu scheitern, weil keiner genügend Geld bei sich hatte. Daraufhin zuckte der Kutscher die Schultern und hob die Zügel, um die Esel anzutreiben.

„Sie rühren sich nicht vom Fleck!", ordnete Helen an. „Ich gebe Ihnen mein Ehrenwort, dass Sie das Geld erhalten."

„Darauf will ich mich lieber nicht verlassen."

„Ist Ihnen das Wort der Familie Martelli nicht genug?"

„Sind Sie eine Martelli?", fragte er ungläubig.

„Noch nicht", erwiderte Helen, „aber wenn Sie sich endlich dazu durchringen könnten, die Schweine abzuladen und mich nach Palermo zu bringen, bin ich es heute noch."

Der alte Mann reichte Guido die Zügel und kletterte vom Kutschbock. Dann öffnete er den Verschlag und scheuchte die Schweine von der Ladefläche.

„Ich fürchte, du wirst auf sie aufpassen müssen", sagte Helen, an Guido gewandt. „Ich will sie meinem Mann zur Hochzeit schenken."

„Wird gemacht", erklärte der sich einverstanden. „Ich werde einen Freund anrufen und ihn bitten, sie mit seinem Trecker abzuholen. Bei der Gelegenheit kann er auch den Wagen aus dem Straßengraben ziehen."

Der Bauer hatte inzwischen eine Decke auf der Ladefläche ausgebreitet, damit Helens Hochzeitskleid nicht schmutzig wurde. „Komm, Poppa", forderte sie ihren Vater auf, nachdem sie auf dem Karren Platz genommen hatte.

„Glaubst du wirklich, ich würde in dieses wackelige Gefährt einsteigen?"

„Dir wird nichts anderes übrig bleiben", entgegnete Helen. „Schließlich bist du unser Trauzeuge."

„Hör endlich auf, dich verrückt zu machen!" Lorenzos Unruhe drohte sich allmählich auf Renato zu übertragen. „Sie wird jeden Moment hier sein."

„Das erzählst du seit einer Viertelstunde", wandte sein jüngster Bruder verzweifelt ein.

„Ich weiß, wie dir zumute ist", erwiderte Renato besänftigend. „Trotzdem darfst du nicht so über Elena denken. Wenn sie es sich wirklich anders überlegt hätte, würde sie sich nicht heimlich aus dem Staub machen, sondern herkommen und es dir ins Gesicht sagen."

„Denk lieber nach, bevor du den Mund aufmachst", ermahnte Bernardo ihn, als er Lorenzos entsetzten Gesichtsausdruck sah.

Dieser versuchte nach Kräften, die beiden genauso zu ignorieren wie die Tatsache, dass die zahlreichen Gäste, die sich in der Kathedrale von Palermo eingefunden hatten, allmählich unruhig wurden. Was sie dachten, lag auf der Hand, und am liebsten hätte er sich auf die Kanzel gestellt und ihnen zugerufen, dass sie sich irrten. Elena liebte ihn nicht nur, sondern inzwischen vertraute sie ihm auch bedingungslos, und etwas wie bei ihrem ersten Anlauf, ein Ehepaar zu werden, würde sich unmöglich wiederholen.

Doch je mehr Minuten ohne ein Lebenszeichen von ihr verstrichen, desto mehr drohte ihn der Mut zu verlassen. Unwillkürlich ertappte er sich dabei, dass er begann, sich seine Zukunft als zweifach verlassener Bräutigam auszumalen. Der Gedanke war so grauenhaft, dass er sich zwang, ihn zu verdrängen.

„Was war das?“ Renatos Frage brachte ihn jäh in die Wirklichkeit zurück. „Ich habe draußen Stimmen gehört.“

„Ich auch“, bestätigte Bernardo und machte sich auf den Weg zum Ausgang. Dort traf er auf Angie, welcher der plötzliche Lärm vor der Kathedrale nicht entgangen war.

Kaum hatten sie die schwere Kirchentür geöffnet, machte Bernardo auf dem Absatz kehrt und lief aufgeregt zu seinem Bruder. „Das musst du dir ansehen, Lorenzo!“

Außer Lorenzo kam die halbe Hochzeitsgesellschaft seiner Aufforderung nach und trat ins gleißende Sonnenlicht. Die meisten rieben sich verwundert die Augen, weil es sich bei dem Anblick, der sich ihnen bot, nur um eine Einbildung handeln konnte.

Doch der Jubel um sie her überzeugte sie schließlich davon, dass sich tatsächlich ein Eselsfuhrwerk der Kathedrale näherte, das von zahlreichen Neugierigen begleitet wurde. Ein Polizist hatte den Verkehr angehalten, und die Fahrer beugten sich aus den Fenstern ihrer Autos und applaudierten der festlich gekleideten Braut, die auf der Ladefläche saß.

„Bilde ich mir das nur ein, oder seht ihr auch, was ich sehe?“, fragte Bernardo ungläubig.

„Das ist mal wieder typisch“, erwiderte Renato. „Jede andere Frau hätte es vorgezogen, sich in einer bequemen Limousine zur Hochzeit fahren zu lassen."

„Meine Elena ist eben etwas ganz Besonderes", entgegnete Lorenzo stolz, und das Glück, das er empfand, stand ihm deutlich ins Gesicht geschrieben.

Als das seltsame Fuhrwerk auf den Vorplatz einbog, lief Lorenzo ihm entgegen. Kaum war der Karren zum Stillstand gekommen, stieg Helen aus und landete direkt in den Armen ihres Bräutigams.

„Wir hatten eine Panne ..." Sein Kuss hinderte sie daran, ihre Verspätung zu erklären. So dauerte es eine ganze Weile, bis sie atemlos mit ihrer Entschuldigung beginnen konnte: „Ich hatte solche Angst, du könntest denken ..."

Erneut unterbrach Lorenzo sie. „Nicht eine Sekunde habe ich das gedacht", widersprach er ihr bestimmt und zog sie fest an sich. „Trotzdem werde ich dich nicht eher loslassen, bis wir miteinander verheiratet sind."

„Warum stehen wir dann hier wie angewurzelt?", fragte Helen liebevoll.

Unter dem Applaus der Zuschauer gingen sie in die Kathedrale. Begleitet vom Spiel der Orgel schritten Lorenzo Martelli und Elena Angolini zum Altar, um zu einem glücklichen Ende zu bringen, was auf seine Erfüllung viel zu lange hatte warten müssen.

– ENDE –

Diane Lacombe
Die Herrin von Mallaig
Band-Nr. 25358
8,95 € (D)
ISBN: 978-3-89941-577-3
512 Seiten

Emma Darcy
Die Söhne der Kings
Band-Nr. 95002
7,95 € (D)
ISBN: 978-3-89941-364-9
512 Seiten

Rona Jaffe
Der Weg der Rose
Band-Nr. 25273
8,95 € (D)
ISBN: 978-3-89941-431-8
560 Seiten

Kay Hooper
Was, wenn es Liebe ist
Band-Nr. 25356
8,95 € (D)
ISBN: 978-3-89941-575-9
352 Seiten

Gordon / Hamilton / George
Liebesreise in die Toskana
Band-Nr. 15023
8,95 € (D)
ISBN: 978-3-89941-511-7
448 Seiten

Howard / Green / Kemp
Liebesreise nach Schottland
Band-Nr. 15024
8,95 € (D)
ISBN: 978-3-89941-512-4
432 Seiten

Mortimer / Ker / Peters
Liebesreise nach Mallorca
Band-Nr. 15008
8,95 € (D)
ISBN: 978-3-89941-368-7
400 Seiten

Wentworth / Field / Mayo
Liebesreise auf die
Kanarischen Inseln
Band-Nr. 15019
8,95 € (D)
ISBN: 978-3-89941-509-4
416 Seiten

Nora Roberts
Die O'Haras 1
So nah am Paradies
Band-Nr. 25290
7,95 € (D)
ISBN: 978-3-89941-474-5
304 Seiten

Nora Roberts
Die O'Haras 2
Tanz der Sehnsucht
Band-Nr. 25307
7,95 € (D)
ISBN: 978-3-89941-495-0
304 Seiten

Nora Roberts
Die O'Haras 3
Hinter dunklen Spiegeln
Band-Nr. 25317
7,95 € (D)
ISBN: 978-3-89941-519-3
304 Seiten

Nora Roberts
Die O'Haras 4
Wohin die Zeit uns treibt
Band-Nr. 25318
7,95 € (D)
ISBN: 978-3-89941-520-9
304 Seiten